HOLLY LISLE

Der Schlaf der Zauberkraft

Buch

Kait gehört der Herrscherfamilie Galweigh an, die sich mit anderen Adelshäusern erbittert um die Macht im Reich Ibera streitet. Magie ist bei Todesstrafe verboten, weshalb Kait in ständiger Angst lebt, daß ihr Geheimnis entdeckt wird: Die junge Frau verwandelt sich alle vier Wochen in ein Karnee – ein wildes, wolfartiges Tier. Auch die Mitglieder der verfeindeten Familie Sabir sind Karnees, und der Thronfolger Ry Sabir will Kait zur Gefährtin. Ihre Furcht vor Entdeckung wird jedoch nebensächlich, als ihre Cousine Danya von Mitgliedern der Sabirs geraubt und vergewaltigt wird. Danya empfängt daraufhin den Wiedergeborenen, einen Gott, der die Welt erlösen kann. Zusammen mit dem zauberkundigen Kaufmannssohn Hasmal begibt sich Kait auf die Suche nach dem Spiegel der Seelen, den der Wiedergeborene für sein großes Werk, die Wiederbelebung der Magie, benötigt …

Autorin

Holly Lisle wurde 1960 in Salem (Ohio) geboren und zog mit ihrer Familie durch die gesamten USA und bis nach Costa Rica und Guatemala. Sie hat in Restaurants gesungen, Gitarrenunterricht gegeben, professionell gezeichnet und als Krankenschwester gearbeitet, bevor sie sich 1993 als Autorin in enger Zusammenarbeit mit Marion Zimmer Bradley selbständig machte.

Weitere Bände sind in Vorbereitung.

Holly Lisle

Der Schlaf der Zauberkraft

Der magische Spiegel 1

Aus dem Amerikanischen
von Michaela Link

BLANVALET

Die amerikanische Originalausgabe erschien 1998
unter dem Titel »The Secret Texts I. Diplomacy of Wolves«
bei Warner Books, Inc., New York

Umwelthinweis:
Alle bedruckten Materialien dieses Taschenbuches
sind chlorfrei und umweltschonend.
Das Papier enthält Recycling-Anteile.

Blanvalet Taschenbücher erscheinen im Goldmann Verlag,
einem Unternehmen der Verlagsgruppe Bertelsmann GmbH.

Deutsche Erstveröffentlichung 9/99

Umschlaggestaltung: Design Team München
Umschlagmotiv: Victor Wasnezow
Satz: deutsch-türkischer fotosatz, Berlin
Druck: Graphischer Großbetrieb Pößneck
Verlagsnummer: 26550
Redaktion: Marie-Luise Bezzenberger
V. B. · Herstellung: Peter Papenbrok
Printed in Germany
ISBN 3-442-26550-9

1 3 5 7 9 10 8 6 4 2

Russel Galen,
meinem großartigen Agenten,
für seinen Beistand in schweren Zeiten.
Er hat mich durch seine Ermutigungen,
seine Ausdauer und seinen Glauben an mich
und an das, was ich leisten kann, zum Besseren geführt.
Ohne ihn existierten weder dieses Buch
noch die Welt von Matrin.

Ich danke Dir, Russ.

Danksagung

Mein Dank gilt Peter James und Nick Thorpe, den Autoren von *Ancient Inventions*, deren Buch mir bei meiner Arbeit eine ständige Quelle der Inspiration war; Betsy Mitchell, meiner Lektorin, deren schneidende Kritik mich auf dem rechten Weg gehalten und deren Enthusiasmus für meine Story es mir zu einem Vergnügen gemacht hat, dieses Buch zu schreiben; Michael Watkins für technische Kritik in einem frühen Stadium und die teilweise Überlassung von Büchern über Luftschiffe, die mir geholfen haben, einige meiner Ideen umzusetzen; Becky und Mark für Ermutigung, Unterstützung und dafür, daß sie mir nach der Schule und während der Sommerferien 10.000 Gläser Eiswasser ins Obergeschoß gebracht haben; Matt für seine Liebe und Unterstützung und viele, viele späte Abendessen; und dem mysteriösen »Fred« – bei dem es sich, wie sich im letzten Moment herausstellte, um Joseph Adam handelt – dafür, daß er die *deadline* für den ersten Band meines Zyklus zu einem *derartigen* Abenteuer gemacht hat. Und schließlich ein Dankeschön an John »JT« Tilden und Perry Ahern, die freundlicherweise die Leichen zur Verfügung gestellt haben.

Die Menschen schmieden Schwerter
aus Stahl und Feuer;
die Götter schmieden Schwerter
aus Fleisch, Blut und Tragödien.

Vincalis der Agitator
aus *Der letzte Held von Maestwauld*

Kapitel 1

Mehr als tausend Jahre lang wartete der Spiegel der Seelen auf die Rückkehr der Magie, die ihn wecken und es ihm gestatten würde, sein Werk zu vollenden. Er wartete in einem verschlossenen Raum auf dem Hang eines Hügels in einer lange vergessenen Stadt. Das Wissen um seine Existenz war erloschen auf einem Kontinent, wo Ungeheuer an die Stelle der Menschen getreten waren, das Gezücht eines höllischen Krieges. Der Spiegel schlief, schlief blind für das Verstreichen der Zeit, blind für die Veränderungen, die sich überall um ihn herum vollzogen, blind für die Zerstörung einer alten Ordnung und das Chaos, das ihr folgte, und für die neue Welt, die der Asche der alten entstieg. Mehr als tausend Jahre lang hatte der Spiegel vergeblich gewartet. Jetzt jedoch strahlte er ein sanftes Leuchten aus, während die ersten schwachen Strömungen ferner Magie ihn erreichten, und in den schimmernden Tiefen seines Brunnens regten sich die Schatten. Die Zauber, die in weiter Ferne gewoben wurden – zu kraftlos noch, um das verlorene Artefakt endgültig zu wecken – genügten, es träumen zu lassen.

Im wiedergeborenen Strom magischer Energie begann der Spiegel, von der Vergangenheit zu träumen, die immer noch seine Gegenwart war. Er träumte von den Geistern der großen Männer und Frauen, die in seinem Gedächtnis lebten. Er träumte von einer Welt, die vergessen und verloren war, von Wundern, die sich längst jeder Vorstellungskraft entzogen, von Geheimnissen, begraben im Schutt einer Welt, die nicht mehr existierte. Er träumte von dem Werk, das er tausend Jahre lang unverrichtet gelassen hatte.

Unverrichtet. Aber nicht unvergessen.

Der Spiegel dürstete danach, zu erwachen und das Werk zu vollenden, für das er geschaffen worden war.

»Deine Aufgabe wird darin bestehen, sie von den Männern fernzuhalten, Kait. Nur bis nach der Hochzeit. Du weißt ja, wie Tippa ist – und jetzt, da die Sabirs endgültig Fuß in den Territorien der Kairns fassen, brauchen wir dieses Bündnis.«

Sie hatte zu verstehen gegeben, daß sie wußte, wie leicht ihre Cousine sich von allem Männlichen faszinieren ließ, und der ältere Diplomat hatte ihr zugelächelt und ihr auf die Schulter geklopft. »Das ist deine Chance, dich zu bewähren«, hatte er gesagt. »Mach deine Sache gut, und die Familie wird dir eine feste Stellung im diplomatischen Dienst geben. Du wirst weitere Aufträge bekommen.«

Er hatte nicht gesagt: Versage, und du wirst den Rest deines Lebens wie gehabt als Zierstück im Hause Galweigh verbringen. Er brauchte es nicht auszusprechen. Es war selbstverständlich.

Ihre Stellung war natürlich eine untergeordnete. Die Familie Galweigh würde Tippa erfahrene Anstandsdamen zur Seite stellen, und die Dokteeraks würden dasselbe tun; Kait war für alle, die nicht zum diplomatischen Korps der Galweighs gehörten, nur eine »Gesellschafterin«. Sie sollte bereitstehen, wenn wider Erwarten alle anderen Vorsichtsmaßnahmen versagten, mehr nicht, und wenn auch die Wahrscheinlichkeit gering war, daß sie ihrer Aufgabe nicht gerecht wurde, so war es noch weniger wahrscheinlich, daß man ihre Tüchtigkeit würdigte – und ihr daraufhin eine echte diplomatische Aufgabe gab.

Aber es war immerhin ein Anfang. Es war ihre Chance, ihrer Familie zu dienen und vielleicht eine Stellung innerhalb des diplomatischen Korps zu erringen. Die Gelegenheit, von der sie geglaubt hatte, daß sie sie niemals bekommen würde. Sie durfte es sich auf gar keinen Fall erlauben, zu versagen oder ein Versagen auch nur in Erwägung zu ziehen. Obwohl sie mit schmerzendem Kopf und brennenden Augen auf dem seitlich offenen Laubengang stand, bedeutete ihr Schmerz gar nichts, und auch wenn sie immer wieder eine Gänsehaut bekam und ihr Magen darauf beharrte, daß etwas Böses in dieser Festgesellschaft lauere, bedeutete dies doch nur, daß sie sich noch besser konzentrieren, daß sie sich noch mehr anstrengen mußte. Sie hatte ihren Auftrag und ihre Chance. Sie würde das Beste daraus machen.

Und so stand also Kait Galweigh bei der Namenstagsfeier der Dokteeraks ein wenig abseits in einer Ecke und musterte die Gesellschaft, während sie so tat, als nippe sie an ihrem Glas. Die Frauen der Familie Dokteerak hatten sich in ihrem Feststaat aus hauchzarten Tüllgeweben unter den breiten Palmen im mittleren Garten versammelt und plauderten über belanglose Dinge. Das Fackellicht warf einen bernsteinfarbenen Schimmer auf ihre glatte Haut und ihr helles Haar, und das schwere Gold, das sie am Hals und an den Handgelenken trugen, schien förmlich zu glühen. Sie waren sehr dekorativ. Auch in Kaits Familie gab es solche Frauen, und ihr Schicksal war es, dem sie so verzweifelt zu entgehen suchte. Die älteren Diplomaten beider Familien, sowohl der Galweighs als auch der Dokteeraks, versammelten sich in dem Laubengang, der um den Innenhof herumführte; sie beugten sich über die mit Speisen überladenen Tische, taten sich gütlich an mundgerecht servierter junger Ente, gekochtem Affen, Wildschwein und mit Papaya gefüllter Python, erzählten einander amüsante Anekdoten, beobachteten ihre Umgebung, beobachteten sie mit Argusaugen. Konkubinen flirteten und versuchten, Aufmerksamkeit zu erregen, um sich einen Platz in den Betten der Mächtigen oder der Schönen zu erschmeicheln. An den Türen lehnten Wachposten der Dokteeraks in goldblauer Livree, die mit den rotschwarz gewandeten Wachleuten der Galweighs schlüpfrige Anekdoten austauschten oder mit ihren Heldentaten prahlten. Fremdländische Prinzen und Paraten anderer Familien und deren

Nebenlinien ließen sich von einer Gruppe zur anderen treiben und musterten die verfügbaren Frauen, wie jagende Wölfe eine Herde Rotwild mustern.

Im Salon neben dem Laubengang wurde getanzt; ständig wechselnde Paare tauchten in Kaits Gesichtskreis ein und wirbelten wieder hinaus. Tippa und ihr zukünftiger Schwiegervater, die inmitten der anderen Tänzer schwungvoll ihre Kreise zogen, vollführten gerade einen der traditionellen Brauttänze und legten dabei vielleicht ein wenig mehr als die geforderte Begeisterung an den Tag. Kait beobachtete den älteren Mann und fragte sich, ob dieser Paraglese der Dokteeraks wohl eine Bedrohung für die Tugend seiner künftigen Schwiegertochter darstellte. Wenn ja, würde er ihr gewiß nicht auf dem Tanzboden vor seinem Sohn und seinen Untertanen zu nahe treten, aber Kait fragte sich doch, ob eine Allianz mit einem Mann, der der zukünftigen Frau seines Sohnes mit solch unverhohlener Begierde begegnete, wirklich weise war.

Tippas Anstandsdamen, eine Galweigh und eine Dokteerak, beobachteten sie vom Rand der Tanzfläche aus, während Calmet Dokteerak, der Bräutigam, mit einer ganzen Reihe farbenprächtig gekleideter Paratas tanzte. Soweit war also alles unter Kontrolle.

Die Leute, die sie im Auge behalten mußte, waren die Paraten. Wie zum Beispiel derjenige, der gerade auf sie zukam.

»Schönste Parata«, sagte er, »bitte tanzt mit mir und seid für heute abend meine Blume. Ihr seid so schön, daß ich nicht atmen kann, es sei denn, die Luft meiner Lungen würde zuvor von Euch geküßt werden.«

Kait hatte Variationen desselben Satzes schon ein halbes dutzendmal gehört. Im Laufe der Nacht würden die Liebesbeteuerungen immer leidenschaftlicher und nachdrücklicher werden. Und, so ging es ihr durch den Kopf, immer verzweifelter. Die Konkubinen zog es in Scharen zu den älteren Männern und Frauen –

zu denen, die über Macht und Reichtum verfügten und von denen sie Geschenke oder gar das Angebot einer dauerhaften Stellung in ihren Häusern erwarten durften. Den jüngeren Männern, die weniger zu bieten hatten, blieb nur die Möglichkeit, andere Gäste zu verführen, wenn sie hofften, die Nacht mit einem Liebesabenteuer zu krönen. Kait, jung, unverheiratet und einigermaßen attraktiv, war zum Gegenstand der ganzen Palette möglicher Verführungsversuche geworden und verlor langsam die Geduld.

»Da werdet Ihr Euch wohl eine andere Blume suchen müssen«, sagte sie. »Ich habe mir leider vorgenommen, heute nacht allein zu blühen.« Sie machte sich nicht einmal die Mühe zu lächeln. Der Parat, der das Seidengewand eines der geringeren Zweige des Hauses Dokteerak trug, erbleichte, nickte steif und ging davon; die Länge seiner Schritte und die starre Haltung seiner Schultern zeigte, wie zornig er war. Er zählte nicht zu den Männern, die das Interesse ihrer Cousine Tippa erregen würden, aber es gab genug andere hier, die Tippa interessieren könnten.

Während der Parat Kait abgelenkt hatte, war ihre Cousine aus ihrem Blickfeld verschwunden. Kait trat näher an die Fensterbögen heran und wäre dabei um ein Haar über Kastos Miellen gestolpert, den Haus- und Hofkünstler der Dokteeraks, der gerade zwei staunenden Galweigh-Frauen die Funktionsweise eines bezaubernden mechanischen Spielzeugtheaters demonstrierte. Kait entschuldigte sich, wandte sich ab und erblickte im gleichen Moment Tippa, die gerade mit ihrem zukünftigen Gemahl tanzte.

Sie entspannte sich und hätte beinahe über ihre eigene Torheit gelacht. Von einem ruhigen Plätzchen unter den Fensterbögen aus verfolgte sie mit einem Auge die winzigen mechanischen Figuren des Handwerkers, die sich über die Miniaturbühne bewegten, und mit dem anderen ihre Cousine, während diese über den überfüllten Tanzboden wirbelte.

Eine massige Hand legte sich auf ihre Schulter, und sie zuckte zusammen. Als sie sich umdrehte, blickte sie in das sonnengebräunte Gesicht eines grinsenden Mannes, der plötzlich hinter sie getreten war, und es dauerte einen Augenblick, bis sie ihn erkannte. Sein Geruch wies sie in die richtige Richtung, noch bevor sie sein Gesicht einordnen konnte.

»Onkel Doghall?«

»Meine liebe Kait-cha. Du hast mich nicht vergessen.«

»Du bist es wirklich!« Sie umarmte ihn temperamentvoll und lachte leise über ihre eigene Verwirrung. Dann machte sie einen Schritt zurück, um ihn anzusehen. »Du hast dich verändert.«

Er lächelte. »Das Alter und die Frauen, Kait. Das Alter und die Frauen – das erste beschert dir Runzeln, und das zweite macht dich fett. Du dagegen bist schöner denn je.«

»Das höre ich heute nicht zum erstenmal«, murmelte Kait.

»Das glaube ich dir gern. Die jungen Burschen schwärmen heute nacht in Scharen aus. Aber du bist immer noch allein. Hat sich noch niemand gefunden, der dir gefällt?«

Kait senkte die Stimme. »Ich darf nicht mal hinsehen. Ich bin im Dienst.« Dann grinste sie – ihr Onkel war der Grund, warum man ihr überhaupt einen diplomatischen Auftrag gegeben hatte, wie unbedeutend dieser auch sein mochte. Er hatte sie für den diplomatischen Dienst empfohlen, als sie dreizehn geworden war, und darauf bestanden, daß sie in den besten Kursen von den besten Lehrern ausgebildet wurde, und ihre letzten Lehrer hatte er persönlich von seinem Posten auf den Imumbarra-Inseln nach Calimekka geschickt.

Er zog sie kurz an sich und trat nahe genug an sie heran, um ihr ins Ohr zu flüstern: »Dann hast du also einen Auftrag.«

»Die Sache an sich ist unbedeutend«, sagte sie. »Aber für mich sehr wichtig.« Sie warf einen Blick auf den Tanzboden, um sich zu versichern, daß Tippa sich immer noch wie eine Dame benahm, bevor sie sich wieder ihrem Onkel zuwandte. »Was führt dich her? Ich dachte, du könntest im Moment die Inseln wegen irgendeines Feiertages nicht verlassen.« Sie versuchte, sich auf den Namen des

Feiertages zu besinnen, den ihre Mutter nach der Lektüre von Doghalls Brief ihr gegenüber erwähnt hatte, aber es gelang ihr nicht.

»Es hat gewisse Vorteile, wenn man daheim als eine Art kleiner Gott betrachtet wird. Ich habe den Feiertag auf ein anderes Datum verlegt, mir ein schnelles Schiff genommen, und schon bin ich hier.«

Sie umarmte ihn noch einmal und wollte gerade zu einer wortreichen Schilderung anheben, wie glücklich sie sei, ihn zu sehen. Aber Kastos Miellens Miniatur hatte die Aufmerksamkeit ihres Onkels erregt.

»Beeindruckendes Spielzeug, nicht wahr?« fragte er sie und deutete mit dem Kopf auf die mechanische Bühne.

»Genial. Und es scheint hier allen zu gefallen.«

Er hob einen Finger, wie er es immer getan hatte, wenn er im Begriff stand, ihr ein Bröckchen Weisheit zu vermitteln. »Dokteerak hat Vincalis' unsterblichen Rat also nicht vergessen.«

Kait zog die Augenbrauen hoch.

Ihr Onkel grinste sie an. »Nun hast du so lange die Diplomatie studiert und immer noch nicht Vincalis, den Agitator, gelesen? Das ist ein Verbrechen.«

»Ich glaube nicht, daß ich jemals auch nur von Vincalis gehört habe«, gestand Kait ein, die hoffte, Vincalis sei ein Diplomat von Doghalls Insel oder sonst ein Unbekannter, damit ihre Unkenntnis seiner Werke sich entschuldigen ließe.

»Einer der Alten. Ein Unruhestifter reinsten Wassers, wenn man den Berichten glauben darf. Das ist wahrscheinlich auch der Grund, warum du ihn nicht gelesen hast. Ich höre, du hast selbst einiges Talent, wenn es darum geht, Unruhe zu stiften.« Doghall sah sie beim Sprechen nicht an – statt dessen betrachtete er den Künstler und dessen mechanisches Wunderwerk. Schließlich fuhr er fort: »Vincalis sagt: ›Dem reichen Mann, der groß sein will, sei folgender Rat gegeben – ein Künstler ist eine bessere Investition als ein Diplomat, und das aus drei Gründen: Erstens, wenn man einen Künstler erst einmal gekauft hat, bleibt er gekauft; zweitens, du legst den Künstler aufs Kreuz, statt umgekehrt; und drittens, falls sich die Notwendigkeit ergeben sollte, sich des Künstlers dauerhaft zu entledigen, so wird der Wert seiner Arbeiten steigen, was man von einem Diplomaten niemals behaupten kann.‹« Er hielt gerade lange genug inne, um sicher sein zu können, daß sie den Sinn seiner Worte auch wirklich verstanden hatte, dann brach er in schallendes Gelächter aus.

Kait lachte mit ihm, aber selbst in ihren eigenen Ohren klang ihr Lachen ein wenig nervös.

Doghall betrachtete sie eingehend, und sein Lächeln hatte plötzlich etwas Schelmisches. »Ich glaube, ich habe dich schockiert.«

»Zuerst ja, glaube ich. Aber Vincalis war es nicht ernst damit, oder?«

Doghall zuckte die Achseln. »Mein liebes Kind, in dem besten Witz liegt die tiefste Wahrheit, und Vincalis' Aussprüche haben heute dieselbe Gültigkeit wie vor mehr als tausend Jahren.« Er lächelte sie an und erstarrte dann plötzlich, als sein Blick an ihr vorbeiging und sich auf etwas im Hof heftete. Mit einemmal war er so wachsam wie ein Jaguar, der ein Rehkitz entdeckt hatte. Seine Miene entspannte sich genauso schnell, wie sie sich verhärtet hatte, so schnell, daß Kait nicht die geringste Chance hatte, zu erraten, was seine Aufmerksamkeit erregt hatte, aber als er sich schließlich wieder ihr zuwandte, tat er es mit einem entschuldigenden Lächeln. »Und nun muß ich traurigerweise weiter. Ich habe draußen auf dem Hof eine alte Freundin gesehen, und wenn ich mich nicht beeile, wird sie bestimmt verschwinden.«

Und bevor sie ihn auch nur noch einmal hätte umarmen oder ihm sagen können, wie sehr sie sich über dieses Wiedersehen gefreut hatte, war er fort.

Sie warf einen Blick in den Salon, um nach Tippa zu sehen. Keine der beiden Anstandsdamen war zu sehen. Tippas zukünftiger Schwiegervater war ebenfalls verschwunden. Ihr zukünftiger Gemahl stand inmitten einer Schar bewundernder Damen – aber Tippa war nicht darunter.

Tippa …

Kait spürte, wie ihr Magen sich zusammenkrampfte. Dies war ihre Chance zu beweisen, daß sie den Interessen der Familie zu dienen vermochte, und Tippa war aus dem Salon verschwunden.

Kait blickte in den Laubengang und hinaus auf den Hof, wo sich eine Gruppe von Männern plötzlich teilte und Tippa wieder zum Vorschein kam, die am Arm eines großen, gutaussehenden, jungen Fremdländers herumwirbelte; ihr Partner trug den Feststaat der Gyru-nal, und zwei andere, ähnlich gekleidete Männer sahen zu.

Das Paar hielt im Tanz inne, und Tippa warf sich auf einen Sitzplatz neben einem Springbrunnen in einer schattigen Ecke des Hofs. Ihr Kavalier machte irgendeine Bemerkung, sprach aber zu leise, als daß Kait ihn im Getöse der Menge hätte verstehen können, und Tippa kreischte vor Lachen. Einer der Männer, die ihren improvisierten Tanz mit ihrem Gefährten beobachtet hatte, reichte ihr einen großen Kelch, den sie mit nur zwei großen Zügen leerte. Irgendwann im Laufe des Abends hatte sie das äußere Mieder ihres Seidenkleides geöffnet und es zurückgestreift, so daß nun das hauchdünne Leibchen zu sehen war und Kait einen neumondfeinen Streifen einer rotgeschminkten Brustwarze erkennen konnte, der über dem bestickten Saum zu sehen war. Sehr modisch, aber keineswegs passend für eine Frau, die noch binnen dieser Woche heiraten sollte. Tippas Haar hatte sich aus seinem Netz gelöst und umrahmte in wilden Locken ihr Gesicht. Ihre Augen leuchteten, und ihr Lachen war zu laut. Alle drei Männer scharten sich um sie, als sei sie eine der Konkubinen des Abends und nicht die zukünftige Braut von Calmet, Branard Dokteeraks zweitältestem Sohn.

Das wäre mit Sicherheit ein Zwischenfall, der von sich reden machte! Die betrunkene Braut und drei »Prinzen« der Gyrus, in flagranti ertappt in irgendeinem Hinterzimmer oder einem Pferdestall, und das eine Woche vor der Hochzeit. Kait stellte ihren Becher auf ein marmornes Geländer und zwängte sich hastig und maßlos wütend durch die Menge.

Sie kam gerade noch rechtzeitig, um zu sehen, wie ihre Cousine die Finger in den Spitzenkragen des größten der drei Männer schob. »Ist er nicht einfach hinreißend?« fragte Tippa, als Kait mit eisernem Griff ihr Handgelenk umfaßte, und der Mann, der nicht im mindesten betrunken wirkte, sagte: »Wenn Ihr Euch nicht unserer Gesellschaft anschließen wollt, kleine Parata, geht einfach weiter. Aber verderbt uns nicht den Spaß.«

Der Zorn, der stets in ihr brodelte und danach trachtete, den engen Fesseln ihrer Selbstbeherrschung zu entkommen, drängte an die Oberfläche. Nur mit Mühe wandte sie sich von den Gyrus ab. »Tippa, wir müssen früh aufbrechen. Die Namensnachrichten aus Calimekka werden in Kürze eintreffen. Wir müssen da sein, wenn sie kommen, um unsere Aufwartung zu machen. Die Kutsche wartet.«

Es war eine Lüge, aber wenigstens eine plausible Lüge.

Tippa, die keine Ahnung hatte, was für eine Szene sie gerade heraufbeschwor, beugte sich weiter vor und flüsterte Kait ins Ohr – so laut, daß außer Kait auch die Gyrus und wahrscheinlich die meisten anderen Gäste ihre Worte hören konnten: »Dann geh ohne mich, Kait. Ich amüsiere mich bestens – bestens – und ich habe ein paar ... nette Freunde hier gefunden. Sind die drei nicht einfach süß?« Als sie sich wieder aufrichtete, verriet ihr Lächeln genauso deutlich das Übermaß an Wein wie ihr Flüstern. »Das ist Prinz Mira ... ehm, Ersti, Prinz Keera ... ehm, Meerki und Prinz ... Prinz ... ich weiß nicht mehr. Ah, Prinz Latti.« Sie lächelte verschwommen. »Stimmt's?«

»Du hast gewiß recht«, stieß Kait mit bedrohlichem Unterton hervor. »Aber du wirst deine Bekanntschaft mit diesen ... Edelmännern … ein andermal fortsetzen müssen.« Wie war es möglich, daß Tippa sich derart betrinken konnte? Das zu verhindern, wäre die Aufgabe der Anstandsdamen gewesen. Wo steckten sie eigentlich? Sie haßte Nachlässigkeit, und hinter dem Verhalten dieser Frauen konnte sogar noch mehr als Nachlässigkeit stecken.

Und als einer der Prinzen plötzlich eine Hand auf ihre Schulter legte, zu grob und nachdrücklich, als daß die Geste etwas anderes als eine Drohung hätte sein können, warnten all ihre Sinne sie, daß der Zwischenfall geplant worden war. Irgendwo. Von irgendwem. Der Mann sagte: »Laßt sie in Ruhe. Wir haben unseren Spaß miteinander. Geht einfach zurück zu Eurer Familie, wo Ihr hingehört, Mädchen.« Er spie das Wort »Familie« aus, als sei es ein Schimpfwort.

Kaits Zorn riß die Hälfte seiner Fesseln entzwei; sie entwand sich dem Griff des Mannes, fuhr zu ihm herum, und ihre Wut ließ ihn einen Schritt zurückprallen. Sein blasses, sommersprossiges Gesicht spiegelte sein Erschrecken wider. »Bedrängt mich nicht«, sagte sie so leise, daß nur die drei Gyrus sie hören konnten. In ihrer Stimme vernahm sie das dunkle Timbre ihres zweiten Ichs, das darum flehte, freigelassen zu werden. Ihre Haut erhitzte sich; sie prickelte über Muskeln, die es danach verlangte, sich zu regen und zu befreien, über Knochen, die sich nach unbändiger Kraft und Veränderung sehnten. Sie stand unbeweglich da, gestattete sich kein Aufblitzen von Zähnen, kein Knurren, kein Straffen der Muskeln. Sie zwang ihren Zorn zu einem Flüstern, da sie wußte, daß sie es nicht wagen durfte, ihn aufschreien zu lassen.

Sie starrte die Gyrus an, und alle drei Männer erwiderten mit einem zornigen Funkeln in den Augen ihren Blick. Sie spürte bereits das Knurren, das ganz hinten in ihrer Kehle seinen Anfang nahm, und die letzten Fesseln drohten nachzugeben. Aber dann sahen die Männer etwas in ihr, das ihnen Warnung genug war. Alle drei traten den Rückzug an.

Kait drehte sich wütend zu ihrer Cousine um. Sie zog Tippas

Mieder über der Brust zusammen, packte sie am Handgelenk und riß sie auf die Füße.

»Aber ich will nicht ...«, begann Tippa zu protestieren, hielt aber inne, als Kaits Zorn in seiner ganzen Schärfe den Nebel des Weins durchdrang. Ihre Augen wurden grob und rund, und sie preßte die Lippen fest aufeinander. Dann folgte sie Kait, ohne weitere Einwände zu äußern, als diese sie durch den Laubengang zum Haus und schließlich zu den wartenden Kutschen hinter sich herzog.

Kait blickte noch einmal über die Schulter, um sicherzugehen, daß die Gyrus ihnen nicht folgten. Sie wollte jeden Zwischenfall vermeiden, wollte keine Toten, keine schwierigen Fragen, nicht jetzt, da sie endlich, endlich auf eigenen Füßen stand und als nützliches Mitglied der Familie ihre Arbeit tat. Die drei Männer standen mit geröteten Gesichtern und starr vor Zorn dicht beieinander. Sie versuchte zu erlauschen, was sie miteinander sprachen, während sie gleichzeitig der Tür entgegenstrebte, und sie sagte sich, daß sie nur aus diesem Grund mit dem jungen Mann zusammenstieß, der in der Nähe des Eingangs stand. Sie prallte mit voller Wucht gegen ihn und taumelte einen Schritt zurück – er stand fest wie ein Baum und schien auch ebenso gründlich mit der Erde verwurzelt zu sein. Einen Augenblick später hatte sie ihr Gleichgewicht wiedergefunden; Tippa war so viel Glück nicht beschieden. Sie stolperte und fiel hin. Kait und der Fremde machten beide Anstalten, ihr zu helfen. Kait griff nach Tippas Arm, aber der Mann legte die Hände um Tippas Taille und stellte sie wieder auf die Füße. »Es tut mit furchtbar leid«, sagte er, laut genug, daß jeder, der das Mädchen hatte stürzen sehen, ihn hören konnte. »Wie unachtsam von mir. Ich habe nicht aufgepaßt.«

Kait wollte ihm gerade ein freundliches Lächeln schenken, voller Dankbarkeit dafür, daß er versucht hatte, die Trunkenheit ihrer Cousine zu verhüllen, um ihren Ruf zu retten, als ihr etwas auffiel, das nur durch sein Fehlen wahrnehmbar war.

Der Schmerz in ihrem Kopf und hinter ihren Augäpfeln war wie weggeblasen. Das unangenehme Gefühl auf ihrer Haut war verflogen. Mehr noch, die alles beherrschende Ahnung des Bösen, das unausweichlich näher kam, eine Ahnung, die Kait den ganzen Abend über niedergedrückt hatte, war von ihr genommen wie eine schwere Decke, die irgend jemand endlich von einem Bett heruntergezogen hatte. Sie fühlte sich besser. Sicherer. Ihre aufgewühlten Emotionen, genährt von der Aura der Gefahr, die sie umringt hatte, beruhigten sich. Sie holte tief Atem, lächelte dem Mann zu und hatte die Geistesgegenwart, ihm für seine Hilfe zu danken.

»Gern geschehen«, sagte er. Er hatte eine angenehme Stimme. Ein nicht weiter bemerkenswertes Gesicht, ein ganz gewöhnliches Lächeln, freundliche Augen; als Kait sich von ihm abwandte, hatte sie ihn bereits halb vergessen.

Dann, als sie sich, Tippa im Schlepptau, gerade drei oder vier Schritte von dem Mann entfernt hatte, spürte Kait, wie sich das volle Gewicht heimtückischen, nächtlichen Übels wieder auf ihre Schultern herabsenkte. Abermals befielen sie die Kopfschmerzen; ihre Haut prickelte, und ächzend vor Schmerz schauderte sie unwillkürlich. Sie war nicht bereit. Nicht im mindesten. Die Veränderung traf sie wie der Tritt eines Straßenkämpfers in den Magen, und einen winzigen Augenblick lang konnte sie keinen klaren Gedanken fassen.

Das erste, was ihr durch den Kopf ging, als sie wieder atmen konnte, war die Frage, ob der hilfsbereite Fremde nicht vielleicht die Ursache für die Aura des Bösen war, die die Nacht erfüllte. Ihr zweiter und logischerer Gedanke war jedoch, daß er irgendwie immun dagegen sein mußte – wenn er nicht gar auf irgendeine Weise davor geschützt war. Sie hielt inne, drehte sich langsam um und sah ihn durchdringend an. Er erwiderte ihren Blick, und plötzlich war es ihr unbegreiflich, daß sie ihn für nicht weiter bemerkenswert gehalten hatte. Zwar konnte sie immer noch dieselbe äußere Fassade der Harmlosigkeit sehen, aber darunter erblickte sie einen Mann, so vielschichtig und faszinierend wie das mechanische Wunderwerk, das der Künstler der Dokteerak zu diesem Namensfest enthüllt hatte. Ihre Miene mußtc ihm etwas gesagt haben, das ihm nicht gefiel, denn das harmlose Lächeln machte einem Ausdruck der Furcht in seinen Augen Platz, und sein verstehender Blick brachte sie aus dem Gleichgewicht. Die Tatsache, daß sie ihn ein zweites Mal angesehen hatte, verriet ihm etwas über sie. Er wußte es. Sie wußte nicht, was er wußte, aber sie würde es herausfinden müssen. Wenn ihre Geheimnisse keine Geheimnisse mehr waren, würde man sie töten.

»Wer seid Ihr?« fragte sie.

Sein Blick wanderte von einer Ecke des Hofes zur anderen. »Niemand von Bedeutung. Nur ein Gast.«

»Antwortet mir. Ich würde es herausfinden, so oder so.« Ihre Worte hatten keine Drohung sein sollen, aber sobald sie heraus waren, wußte sie, daß sie genauso klangen.

»Ja, wahrscheinlich.«

Sie ging zu ihm zurück, und es schien ihr, als trete sie dabei durch eine Mauer. Jenseits dieser Mauer schrien alle Fasern ihres Wesens heraus, daß etwas Furchtbares nur darauf wartete, anzugreifen. Aber im Schutze der Mauern löste das Böse sich auf, als habe es nie existiert. »Wie macht Ihr das?« Sie sprach mit Bedacht sehr leise, denn sie spürte, daß sein Geheimnis, worin es auch bestehen mochte, wahrscheinlich nicht von der Art war, die er gern in alle Welt herausposaunt sehen wollte.

Wieder antwortete ihr dieses angedeutete Lächeln, und seine Augen schossen von links nach rechts und wieder zurück, um festzustellen, ob jemand ihr Gespräch belauschte. Oder sie beobachtete. Er sagte nichts.

Sie mußte es wissen. »Die Mauer, die Euch umgibt«, forschte sie weiter. »Die die Verderbtheit dieses Ortes fernhält. Wie macht Ihr das?«

Sein Gesicht erschlaffte vor Furcht. Ein Mann, dem ein Wahnsinniger ein Messer an die Kehle hielt, hätte nicht entsetzter aussehen können. »Nicht hier«, sagte er. »Bei allen Göttern, nicht hier.«

»Dann nennt mir Euren Namen. Sagt mir, wo ich Euch finden kann.« Sie zog die Augen zusammen. »Belügt mich nicht. Ich kann Lügen riechen.«

Er nickte. »Ich habe einen Laden im Westviertel. Hasmals Kuriosa. Er liegt ganz in der Nähe der Mauer, auf der Steinmetzstraße.«

»Ihr seid Hasmal?«

»Der Dritte. Ich arbeite für meinen Vater.«

Krämerssöhne wurden nur selten in die Häuser der fünf Familien eingeladen. Und wenn, dann kamen sie, um zu arbeiten, nicht als Gäste. Und doch wirkte Hasmal, der Sohn von Hasmal, der an seinem Wein nippte und seinen Namensfeststaat trug, fraglos wie ein Gast.

Sie schloß die Finger fester um Tippas Handgelenk und sagte: »Ich werde morgen in Euren Laden kommen, um mit Euch zu reden.« Dann wandte sie sich ab, wappnete sich gegen die feindliche Nacht, trat aus dem schützenden Asyl heraus, das den Fremden umgab, und zog Tippa hinter sich her auf den Hof.

Der Paraglese des Hauses Dokteerak, Branard Dokteerak, balancierte die Spitze seines Dolchs auf der Ecke seines Schreibtisches. Mit dem Zeigefinger auf dem Smaragd im Knauf der Waffe wiegte er sie langsam hin und her und bohrte dabei eine winzige Narbe in das Holz. Ihm gegenüber stand, neben den Stühlen, weil Branard ihm keinen Platz angeboten hatte, der Bote der Sabirs. Er starrte das Messer an, wie ein Vogeljunges in seinem Nest die herannahende Schlange beobachtet. Der Paraglese war sich der Aufmerksamkeit des Sabirs wohl bewußt. Er selbst hielt den Blick fest auf die winzigen Holzspäne gerichtet, die er aus dem Schreibtisch herauslöste. Er wartete nur darauf, daß der Bote unruhig wurde oder seufzte oder auf irgendeine andere Art und Weise seine Ungeduld zum Ausdruck brachte, aber der Mann war sorgfältig ausgebildet worden. Er gab nichts preis. Zu guter Letzt sagte Dokteerak, ohne dabei sein Messer aus den Augen zu lassen: »Was habt Ihr zu Eurer Entschuldigung zu sagen?«

Der Bote erwiderte: »Meine Familie wird die Soldaten, die Ihr verlangt habt, entsenden. Sie werden morgen beim ersten Licht des Morgengrauens aufbrechen, und die Taube muß genug Zeit haben, um sie zu erreichen, falls Ihr noch eine letzte Botschaft aussenden wollt. Meine Leute brauchen alle Informationen, die Ihr ihnen geben könnt – alles, was geschehen ist und möglicherweise die Anzahl der benötigten Soldaten betreffen könnte, oder den Weg, den sie gehen müssen, oder die notwendigen Vorräte.«

»Alles, was die Anzahl der benötigten Soldaten betrifft, hm?« erwiderte der Paraglese angewidert. »Was soll das? Mein Haus ist bis zur Dachtraufe voller Galweighs, die sich bereitmachen, die Hochzeit ihrer elenden Tochter mit meinem Sohn zu feiern. Als Gastgeber dieser Farce wäre mein Platz da draußen bei ihnen, wo ich die Rolle des hingebungsvollen Vaters und eifrigen Verbündeten spielen sollte. Statt dessen bin ich hier bei Euch, und bildet Euch ja nicht ein, daß das einem von denen da draußen entgangen wäre. Außerdem, wenn man Euch hier sieht und erkennt, war all unsere Arbeit umsonst. Sie werden die Hochzeit absagen, ihre Leute nach Calimekka zurückschaffen und in Verteidigungsposition gehen. Und wenn sie das tun, werden weder Eure Leute noch meine Leute noch der Rest des Landes zusammen sie aus ihrem Haus wieder herausholen können.

Damit wäre uns diese schöne Gelegenheit entgangen – für die die älteren Mitglieder Eurer Familie und ich jetzt seit *drei* Jahren Pläne schmieden. Eure Gegenwart hier und Eure Forderung meiner Anwesenheit in diesem Raum könnte der winzige Lufthauch sein, der den Turm über uns zum Einstürzen bringt.«

Der Abgesandte der Sabirs breitete die Hände aus. »Meine Leute benötigten eine letztmalige Versicherung. Mein Paraglese bittet mich, Euch ins Gedächtnis zu rufen, daß wir mehr riskieren als Ihr, Paraglese Dokteerak – wenn wir bei diesem Unternehmen scheitern, wird ein Vergeltungszug gegen uns für die Galweighs einfacher sein als ein Vorgehen gegen Euch. Ihr braucht Euch Calimekka nicht mit den Galweighs zu teilen, während unser Haus innerhalb derselben Mauern liegt wie das ihre.«

»Das mag sein. Aber wenn das hier vorüber ist, werden wir die Stadt mit Euch teilen, und ich möchte Euch bitten, Grasmir ins Gedächtnis zu rufen, daß er und ich besser miteinander auskommen werden, wenn ich nicht unnötigerweise die besten meiner Kämpfer und meiner Söhne verloren habe, verloren durch seine Unvorsicht oder seine Ungeduld oder seine sinnlosen Sorgen.« Er spürte, wie sein Zorn langsam die Oberhand über seine Vernunft gewann. Er umklammerte das Messer noch fester, und es grub sich tief in das Holz – eine andere Äußerung seiner Gefühle gestattete er sich nicht. »Nichts hat sich geändert. Nichts. Und jetzt geht, bevor Ihr uns alle verratet.«

Der Gesandte verbeugte sich anmutig und sagte: »Dann wünsche ich noch viel Vergnügen bei Eurem Fest, Paraglese.«

Einen Augenblick später war er fort.

Der Paraglese starrte einen Augenblick lang die geschlossene Tür an und überlegte, ob der Anflug von Ironie, die er in den letzten Worten des Sabirs gehörte hatte, in der Stimme des Gesandten gelegen hatte oder eine Ausgeburt seiner Phantasie war.

Kapitel 2

Die Mauern aus grobbehauenem und mit einer schleimigen Schicht überzogenem Stein glänzten im Fackellicht. Die Kälte, der Gestank, die Dunkelheit und die leise hin und her huschenden Ratten zerrten selbst dann an Marcues Nerven, wenn alle Zellen voller Gefangenen waren und die Männer darin redeten und stritten und über ihre Zukunft nachsannen.

Jetzt war der Keller leer bis auf eine einzige Gefangene, und das war ein junges Mädchen – ein Kind im Grunde noch –, das selten ein Wort sprach, aber beinahe ständig weinte. Ihr Weinen war schlimmer als die Ratten.

Auch jetzt weinte sie wieder.

»Deine Familie wird ein Lösegeld für dich zahlen«, sagte er zu ihr. Es war nicht seine Aufgabe, dem Feind Trost zu spenden, aber es fiel ihm wahrlich schwer, ein kleines Mädchen als Feind zu betrachten, und genauso schwer fiel es ihm zu begreifen, mit welcher Berechtigung seine Arbeitgeber es wie einen solchen behandelten, ja, es sogar in den tiefsten Kerker im Hause Sabir einsperrten, und das nun schon über einen Monat lang.

Das Mädchen sagte ein paar Sekunden lang nichts, sondern schniefte nur ein wenig und atmete tief ein und aus, als versuche es, sich wieder zu fassen. Dann trat sie einen Schritt aus dem Schatten heraus und sah ihn an: »Das … das habe ich auch gedacht«, stieß sie hervor und begann von neuem zu schluchzen.

Marcue zuckte zusammen. Armes Mädchen. Sie war so jung und hübsch und so absolut hilflos. Und sie hatte offensichtlich keine Ahnung, wie diese Dinge funktionierten. Die Familien vergriffen sich nicht an kleinen Mädchen.

Er hatte keine Skrupel, Krieger und Diplomaten in den Zellen gefangenzuhalten. Es kostete ihn auch keine schlaflosen Nächte, wenn er den einen oder anderen wegen eines Fluchtversuchs töten mußte; die Krieger und Diplomaten dieser Welt hatten den Platz, an dem sie standen, selbst erwählt mit dem, was sie taten, und sie wußten um die Risiken, die ihre Arbeit mit sich brachte. Dieses Mädchen dagegen war im Schlaf aus einem Bett entführt und im Monat des Brethwan, während der Feierlichkeiten des Vollen Kreises, in diese Zelle verschleppt worden. Und dort fristete die Kleine jetzt ihr Dasein, während seine Arbeitgeber und ihre Familie über den Preis für ihre Rückkehr feilschten.

Wenn ich so eine Tochter hätte, hatte der Wachposten mehr als einmal gedacht, würde ich jeden Preis für ihre sichere Heimkehr zahlen. Aber er hatte schon vor langer Zeit erfahren, daß die Sitten der Reichen und Mächtigen nicht seine Sitten waren. Nach allem, was er gehört hatte, verlangte ihre Familie nicht nur ihre sichere Heimkehr, sondern auch eine maßlos übertriebene Summe Geldes, die sie für das Ungemach entschädigen sollte, das die Entführung des Mädchens über sie gebracht hatte. Obwohl er nicht gewagt hätte, seinen Gedanken laut auszusprechen, dachte er, daß ihre Familie nicht wußte, was Leiden war, wenn sie eine ihrer Töchter eingesperrt in einer Zelle lassen konnte, während sie nach Entschädigung schrie.

Das Mädchen erhob sich und kam an die Tür. Sie hatte sich die zerlumpte Decke, die man ihr gegeben hatte, um die zarten Schultern geschlungen und war auch schmutzig und zerzaust noch unfaßbar schön. Sie trug noch immer den seidenen Schlafanzug, den sie bei ihrer Entführung angehabt hatte, und sah so zerbrechlich aus, daß er sich einfach fragen mußte, wie sie diesen Monat in der kalten, feuchten, dreckigen Zelle überleben konnte.

»Du könntest mich freilassen«, sagte sie zu ihm. Ihre Kleinmädchenstimme war weich und zaghaft und voller Hoffnung.

Sie hätte mit ihrer Stimme das Herz eines Steins erweichen können, und Marcue war nicht aus Stein. Er sah sie jedoch nur traurig an und erwiderte: »Das kann ich nicht, aber wenn ich es wagte, würde ich es unverzüglich tun.«

Sie umfaßte die Gitterstäbe und funkelte ihn zornig an. »Warum *kannst* du es nicht tun? Du gibst zu, daß deine Herren mich zu Unrecht gefangengenommen haben und daß ihr Benehmen schändlich ist.«

Genau das hatte er einige Tage zuvor zu ihr gesagt, und nun wünschte er, er hätte es nicht getan. Es war ihm ernst gewesen mit seinen Worten; er glaubte, daß es die absolute Wahrheit war, aber wenn sie auch nur einem einzigen Mitglied der Familie Sabir von seiner unbedachten Bemerkung erzählte, würde sein Kopf in Bälde einen Zaunpfahl am Westtor des Hauses Sabir zieren.

Sie kam noch einen Schritt näher und ihre Stimme sank zu einem Flüstern. »Wenn du mir helfen würdest, könntest du von den Galweighs alles bekommen, was du willst.«

Er trat auf sie zu, überschritt dabei aber nicht die in den Steinfußboden eingemeißelte Linie der verbotenen Zone, die seinen Bereich von den Zellen trennte. Er sprach leise und betete, daß niemand ihm zuhörte.

»Ich weiß, daß ich es tun könnte, aber dennoch – ich kann dich nicht freilassen. Nicht aus Furcht um mein eigenes Leben, sondern weil ich das Leben meiner Eltern schützen muß. Sowohl meine Mutter als auch mein Vater arbeiten in den Küchen der Sabirs. Wenn ich dich freiließe, würden meine Eltern sofort getötet werden, wenn mein Verrat ans Licht käme, ganz gleich ob ich hier bliebe oder mit dir fortliefe.« Er hielt inne und dachte noch einmal nach. »Nein, das ist nicht wahr. Die Sabirs würden sie erst foltern und dann töten.«

Sie schien vor seinen Augen kleiner zu werden und in sich zusammenzuschrumpfen. »Dann ist also alles verloren. Du warst meine letzte Hoffnung. Und du sagst genau dasselbe wie die fünf anderen Männer, die mich vor dir bewacht haben – ›Ich würde dir ja helfen, wenn ich könnte, aber sie würden meine Familie töten, meine Frau oder meine Schwester.‹« Einen Augenblick lang konnte man ihr ihren Zorn ansehen. »Wenn die Sabirs euch vorgeschrieben haben, welche Geschichten ihr euren Gefangenen auftischen sollt, dann hätten sie euch eigentlich auch Anweisung geben können, ein bißchen origineller zu sein.«

Er war überrascht. Sie glaubte, daß er sie belog? Er schüttelte den Kopf und hätte beinahe die Linie überschritten, um ihr alles zu erklären, besann sich jedoch rechtzeitig eines Besseren und blieb, wo er war. »Mädchen …« begann er.

Sie fiel ihm ins Wort. »Danya. Mein Name ist Danya. Ich will, daß du ihn dir merkst, wenn du mir schon nicht helfen willst. Präg ihn dir ein, damit mein Gesicht und mein Name dich, wenn sie mir etwas antun, für den Rest deines Lebens verfolgen.« Sie stieß sich von den Gitterstäben ab und warf sich mit dem Gesicht nach unten ins Stroh.

Er zuckte innerlich zusammen. »Danya«, sagte er, »du glaubst, man hätte uns Anweisung gegeben, dir irgendeine Geschichte zu erzählen, aber das stimmt nicht. Was glaubst du, wie die Familien sich der Treue ihrer Wachen versichern? Hm? Hast du jemals darüber nachgedacht? Sie wählen nur jene von uns, die irgend etwas – nein, irgend *jemanden* – zu verlieren haben. Und sie sorgen dafür, daß wir von dem Tag an, an dem wir diese Uniformen anziehen, eines ganz genau wissen: daß die Menschen, die wir lieben, der Grund sind, warum man uns für diesen Dienst erwählt hat – und daß sie auch der Preis sein werden, den wir zahlen, wenn wir versagen.«

Danya rollte sich auf die Seite und setzte sich auf. Sie funkelte ihn wütend an und strich sich einige wirre Haarsträhnen aus dem Gesicht. »So mag es ja Sitte bei den *Sabirs* sein, aber …«

Marcue ließ sie nicht ausreden. »Solange du nicht auch eine gewisse Zeit in den Kerkern der Galweighs zugebracht, mit ihren Wachposten gesprochen und dich vom Gegenteil überzeugt hast, kannst du getrost davon ausgehen, daß der Mann, der daheim über dich gewacht hat, auf eben dieselbe Art und Weise ausgewählt wurde. Du kannst davon ausgehen, daß der Betreffende, als deine Familie deine Entführung entdeckte, mit ansehen mußte, wie man den Menschen, den er liebte, vor seinen Augen ermordet hat, bevor man auch ihn tötete. Treue läßt sich kaufen und verkaufen, Kind, und bisweilen wird sie auch verschenkt, aber Furcht kann den Preis für die Treue eines Mannes in Höhen treiben, in denen selbst der reichste Käufer nicht mehr mitbieten kann.«

Das Mädchen sah ihn einen Augenblick lang entsetzt an. »Meine Familie würde Quintal niemals etwas antun. Er hat über mich gewacht, seit ich auf der Welt bin. Und seine Frau und seine Tochter ... seine Tochter war noch bis zum letzten Jahr meine Gefährtin, und seine Frau arbeitet für unseren Seneschall. Sie gehören zur Familie.«

Sie beugte sich vor, um das Gesicht an ihren Schenkeln zu verbergen. Dann zog sie ihre dünnen Arme unter den Beinen durch und begann von neuem zu weinen. »Niemand würde ihnen etwas antun«, hörte er sie immer und immer wieder beteuern.

»Oh, bitte«, flüsterte Marcue. »Nicht. Ich bin sicher, daß du recht hast. Deinem Leibwächter geht es bestimmt gut und seiner Familie auch. Und du selbst, Danya, bist hier in Sicherheit. Deine Familie wird nicht zulassen, daß dir ein Leid geschieht. Sie werden schon zahlen, um dich zurückzubekommen – es kann jetzt nicht mehr lange dauern, bis irgend jemand die Treppe herunterkommt, um dich freizulassen.«

Sie hob nicht einmal den Kopf. Der Wachposten konnte ihre Antwort kaum verstehen, so gedämpft klangen ihre Worte. Aber er glaubte, daß sie gesagt hatte: »Heute ist *Theramistag.*«

Und was hatte die Tatsache, daß heute das Namensfest war, mit ihrem Unglück zu tun? Er fragte sie.

»Weil«, sagte sie und hob den Kopf, »der Diplomat der Sabirs, der mit mir geredet hat, nachdem ich hergebracht wurde, sagte, der Theramistag wäre der letzte Tag, an dem meine Familie eine Übereinkunft wegen meiner Entlassung treffen könne. Wenn die Sabirs bis dahin nicht bekommen hätten, was sie wollten, würden sie es sich mit anderen Mitteln nehmen, und mein Leben würde ihnen nichts mehr bedeuten.«

Der Wachmann versuchte, sie anzulächeln. »Solche Sachen erzählen sie immer, wenn sie mit ihresgleichen reden. Ich kann dir gar nicht sagen, wie viele Drohungen ich aus dem Munde der Sabirs schon gehört habe, und du mußt wissen, daß die Geschichten, die man sich über die Galweighs erzählt, da keineswegs besser sind.« Er schüttelte den Kopf, und sein Lächeln wurde zuversichtlicher. »Aber all diese Drohungen bedeuten überhaupt nichts, soweit es dich betrifft. Was könnte es ihnen schon nützen, dir weh zu tun?«

Sie bedachte ihn mit einem unheimlichen Blick, einem Blick, der sich mit messerscharfen Zähnen direkt bis auf seine Haut und in seine Knochen zu bohren schien. Dieser Blick ließ ihn bis ins Mark erstarren, und plötzlich wünschte er, er wäre nicht allein mit diesem Mädchen hier unten im Kerker. Dann schaute sie weg, und das furchtbare Gefühl verflog. »Du würdest staunen«, sagte sie schließlich.

Vielleicht würde ich das tatsachlich, dachte er, sprach es aber nicht laut aus.

Weit über sich hörte er plötzlich die ersten leisen, rhythmischen Schritte schwerer Stiefel auf der Wendeltreppe, die in den Kerker hinunterführte. Es war noch bei weitem zu früh für seine Ablösung und zu spät für die Küchenjungen, die ihm und dem Mädchen das Essen brachten. Aber wer sonst kam da die Stufen hinunter?

Danya schrak in die hinterste Ecke ihrer Zelle zurück und kauerte sich hinter einen kleinen Ballen Stroh, bis kaum noch etwas von ihr zu sehen war. »Es ist Zeit für die schlimme Nachricht«, sagte sie. »Aber vielleicht könntest du immer noch einen Weg finden, mich zu retten.«

Das Kind war fest entschlossen, ihn seinem Henker auszuliefern. Er schüttelte den Kopf.

Sie beobachtete ihn, und ihre Augen waren wie die eines Fuchses in der Falle – zu Tode erschrocken, aber auch schlau. »Ich würde mich kraft eigener Rechtsfähigkeit mit einer Ehe einverstanden erklären, wenn es das ist, was du willst. Selbst wenn du sowohl die Ehe als auch einen Namen in der Familie Galweigh verlangtest, könnte ich dir das versprechen, und du würdest es bekommen. Ich verspreche es. Wirklich. Wenn du mich nur von hier wegbringst.«

Ihre Hand zur Ehe? Er lächelte sie traurig an und sagte: »Wie alt bist du, Danya? Wohl kaum alt genug, um an eine Ehe zu denken.«

»Ich bin achtzehn«, entgegnete sie. »Alt genug, um vor dem Gesetz meine Zustimmung zu geben.«

Sie war achtzehn? Er hätte sie auf höchstens dreizehn geschätzt, und sie wäre nicht einmal eine besonders gut entwickelte Dreizehnjährige gewesen. Wenn sie wirklich achtzehn war – und er war sich nicht sicher, ob er ihr das glauben wollte –, war sie vielleicht in größeren Schwierigkeiten, als er gedacht hatte. Als Volljährige kamen ihr die Schutzklauseln nicht zugute, die die Verträge der Familien den Kindern gewährten. Mit einer Erwachsenen würden die Sabirs, wenn ihre Familie sie nicht freikaufte und sie selbst das Lösegeld nicht aufbringen konnte, möglicherweise wirklich machen, was sie wollten.

Aber sie würden einen Krieg heraufbeschwören, wenn sie der Tocher eines Galweighs ein Leid zufügten – oder sie, was völlig undenkbar war, sogar töteten. Und keine der Familien und Unterfamilien in Calimekka wollte einen Krieg.

Oder?

Die Schritte wurden lauter. Er glaubte, drei verschiedene Paar Füße ausmachen zu können, die da die steinernen Stufen herunterkamen.

»Rette mich. Alles, was dir zu geben in meiner Macht liegt, sollst du haben.«

Er spürte ihre Angst, als sei sie eine Decke, die sich unausweichlich um ihn schlang, bis sie ihn schier erstickte. »Du kannst nicht für die Sicherheit meiner Eltern garantieren«, sagte er leise. »Tut mir leid, Mädchen, aber ich kann dir nicht helfen.«

Sie schrie – aus Furcht und Zorn gleichermaßen. Dann riß sie händeweise Stroh vom Boden und schleuderte es in seine Richtung. Er trat ein gutes Stück hinter die Linie zurück und ließ seine Gesichtszüge zu absoluter Teilnahmslosigkeit erstarren. Über ihm beschleunigten sich die Schritte auf den Stufen. Seine Beklommenheit wuchs. Vielleicht hatte sie Grund sich zu fürchten. Vielleicht. Aber dasselbe galt für ihn.

Der erste Mann erschien an der Biegung des Treppenhauses. Sein langer Umhang, der um seine Reitstiefel wogte und sich hinter ihm aufblähte, verbarg auch sein Gesicht vor den Blicken anderer, aber Marcue erkannte ihn trotzdem, er erkannte ihn an dem Ring an seiner rechten Hand. Ein Wolfskopfring, Gold mit Turmalinaugen, die im Fackellicht glühten, und mit einem Maul, das sich zu einem bösartigen Knurren öffnete. Der Träger des Ringes war Crispin Sabir, einer der Sabirwölfe.

Eine Woge der Übelkeit schlug über Marcue zusammen. Das Mädchen hatte tatsächlich Grund zur Angst. Crispin Sabir war wahnsinnig. Böse. Besessen von einer Grausamkeit, die über alle Worte und jedes menschliche Begreifen hinausging. Wenn nur ein Hundertstel der Geschichten, die Marcue über ihn zu Ohren gekommen waren, der Wahrheit entsprachen, hortete der Mann Leichen in seinen Wohnquartieren und pflanzte sie in seine privaten Grundstücke, wie Gärtner Rosen pflanzten. Marcue hatte ihn einmal einen Mann foltern sehen; diese Erinnerung würde ihn niemals aus ihren Fängen lassen. Wenn er gewußt hätte, daß das Mädchen bei den Sabirwölfen enden würde, statt bei ihren Diplomaten …

»Warum schreit sie?« fragte Crispin, und Marcue schluckte und antwortete hastig: »Sie hat Angst. Sie hat Euch die Treppe herunterkommen hören, und sie sagte etwas davon, daß heute Theramistag sei.«

»Theramistag. Gregor hat mir erzählt, daß er es ihr gegenüber erwähnt hat. Freut mich, daß sie sich daran erinnert«, sagte Crispin.

Noch während er sprach, erschien der zweite Mann, und wenn Marcue schon beim Anblick Crispins weiche Knie bekommen hatte, krampften sich ihm beim Erscheinen Andrew Sabirs die Gedärme zusammen, und eine furchtbare Ahnung erfüllte ihn. Andrew Sabir. Dann lieber Besuch von Zagtasht, dem Gott der Unterwelt. Von Zagtasht sagte man zumindest, daß er bisweilen Gnade walten ließ. Andrew war ein stämmig gebauter Mann, doppelt so breit um die Schultern wie der magere, größere Crispin, mit einer Brust wie ein Bierfaß; er ließ sich nach Manier der Sloebener Matrosen das Haupt scheren, bis auf einen einzigen Zopf, der über seinem linken Ohr wuchs; und er war so häßlich wie das rotäugige Böse selbst. Als er das Mädchen erblickte, grinste er und sagte: »Soll ich sie zum Schweigen bringen, Crispin?«

»Aber ganz im Gegenteil. Laß sie ein wenig singen. Ich habe es gern, wenn sie singen.«

Nun näherten sich langsam auch die Schritte des dritten Mannes auf der Treppe. Marcue hörte ein zischendes, schleifendes Geräusch, dann einen dumpfen Aufprall und ein Ächzen, bevor das normale Klicken von Stiefelabsätzen auf Stein erklang. Eine Pause. Dann wiederholte sich die Abfolge verschiedener Geräusche. Wieder und wieder, lauter und lauter. Und die ganze Zeit über vernahm man ein merkwürdiges Kratzen, das er überhaupt erst hörte, seit die beiden anderen Männer die Treppe hinter sich gelassen hatten.

Marcue schauderte, und es war weder die Kälte noch die Feuchtigkeit, die ihn erzittern ließ. Er hatte Geschichten über die Kreaturen erzählen hören, die die Wölfe in ihren Gemächern verborgen hielten. Er hatte auch gehört, daß sie mit Dämonen und Ungeheuern verkehrten. Zwar mochte der schlurfende Schritt auf der Treppe (was verbarg sich hinter diesem kratzenden Geräusch?) nur ein freundlicher alter Diplomat der Familie sein, der heruntergehumpelt kam, um dem Mädchen zu erzählen, daß ihr Lösegeld bezahlt worden sei – aber das glaubte Marcue selbst nicht.

»Wir haben Neuigkeiten für dich, kleiner Wolf«, sagte Andrew.

Crispin musterte ihn mit einem zornigen Blick. »Warte, bis Anwyn da ist. Er möchte das hier nicht verpassen.«

Andrew lachte, ein unheimliches, hohes, zwitscherndes Kichern, das in Marcue einen Brechreiz aufsteigen ließ. »Neuigkeiten«, wiederholte er. »Aber vielleicht möchte Anwyn sie dir selbst bringen. Wir alle möchten sie dir bringen.« Er kicherte abermals.

Das Mädchen stand nur da und sah die Männer an. Sie schrie nicht mehr, und Marcue konnte kein Zeichen von Tränen entdecken. Von irgendwoher hatte sie Kraft bezogen; tief in sich hatte sie neuen Mut gefunden, und nun hob sie das Kinn, straffte die Schultern, und ihr Körper verströmte mit jeder ihrer Bewegungen Trotz. Sie funkelte Andrew zornig an und sagte: »Also, worin besteht deine Neuigkeit, Wolf?«

Crispin und Andrew grinsten einander an. In eben diesem Augenblick schob sich Anwyn unbeholfen in den Kerker. Marcue hatte aus seinem Namen geschlossen, daß er ein Mensch sein würde. Anwyn war ein guter parmatianischer Name, wie Crispin ... oder Marcue, was das betraf. Das Etwas, das da in den Kerker geschlichen kam, war jedoch kein menschliches Wesen. Er hätte einer der Narbigen sein können – eine der Kreaturen aus den vergifteten Ländern, deren Vorfahren, wie es die Geschichten zu berichten wußten, einst Menschen gewesen waren. Wenn er jedoch ein Narbiger war, kam er aus keinem Reich, das jemals mit Calimekka Handel getrieben hatte. Und wenn er kein Narbiger war, dann war er ein Dämon aus den tiefsten Schlünden der finstersten Hölle Zagtashts. Lange, geschwungene Hörner wuchsen ihm aus der schuppengepanzerten Stirn, und die tiefliegenden Augen darunter sahen wie leere Höhlen aus. Seine Lippen öffneten sich zu einem Grinsen, das den Blick auf Zähne so lang wie ein Männerdaumen und gezackt wie die eines Haifisches preisgab. Er humpelte auf die beiden anderen zu, und Marcue konnte die Höcker gewaltiger Stacheln erkennen, die unter seinem Umhang sein Rückgrat nachzeichneten. Seine Hände waren Klauen, wenn auch fünffingerig, und während einer seiner Füße in einen Männerstiefel paßte und aus einem menschlichen Bein wuchs, war der andere ein gespaltener Huf an einem Bein, das sich unter einer Männerhose am Knie nach hinten bog. Dieses Bein schleifte er vorwärts, als er in den Raum trat.

Marcue wäre am liebsten weggelaufen. Nur grimmigste Willenskraft hielt ihn auf seinem Posten, und er wußte, daß sein Grauen sich auf seinen Zügen widerspiegelte.

Das Mädchen zuckte mit keiner Wimper. Sie sah das Monstrum an als sei es jemand, den sie ihr ganzes Leben lang gekannt und mit Geringschätzung betrachtet hatte. Marcue konnte nicht einmal Furcht in ihren Augen erkennen.

Nun, er hatte Angst genug für sie beide.

Du hättest ihr helfen sollen zu fliehen, wisperte eine dünne Stimme ganz hinten in seinen Gedanken. Daß du es nicht getan hast, wirst du bis ans Ende deiner Tage bereuen. Der Name Danya Galweigh wird dich im Schlaf bis in die dunklen Hallen deiner Alpträume begleiten und auf deinen Schultern kauern, wenn du wach bist.

Das Mädchen umfaßte mit schlanken, langgliedrigen Händen die Gitterstäbe ihrer Zelle. Mit einer Stimme, die mehr als alle Worte sagte, daß sie weit über diesen drei Männern und allem stand, was sie ihr vielleicht antun mochten, sagte sie: »Ihr seid nun alle hier. Laßt mich Eure Neuigkeiten hören.«

Das Monstrum Anwyn erwiderte: »Mein liebes Kind, die Diplomaten verhandeln noch, und wir werden sie natürlich verhandeln lassen – aber sie erreichen nichts. Deine Familie ist *zutiefst* abgeneigt, uns zu geben, was wir wollen.« Er schüttelte den Kopf und blickte abwechselnd Andrew und Crispin an, bevor er sich wieder dem Mädchen zuwandte. »Und der Theramistag ist gekommen und gegangen, und es ist noch immer keine Entscheidung getroffen worden, die wir akzeptieren können.«

Sie runzelte die Stirn. »Aber Ihr sagtet doch, die Diplomaten verhandeln noch.«

Anwyn lächelte, und seine grauenhaften Zähne blitzten auf. »Nun, natürlich. Wenn wir deinen Leuten das Datum unseres wahren Ultimatums genannt hätten, würden sie wissen, wann sie auf unseren nächsten Schritt gefaßt sein müssen. Wie die Dinge liegen, glauben sie, daß wir ihre Antworten nach wie vor einer ernsthaften Prüfung unterziehen, so daß sie auf unseren Angriff nicht gefaßt sein werden.«

Danya erbleichte, und Marcue, der sich mit dem Rücken gegen die Wand drückte, litt für sie. Ihre Familie glaubte immer noch, daß sie eine Chance hätte, sie lebendig zurückzubekommen, obwohl sie in Wahrheit zu der Falle geworden war, die sie verletzlich machen würde.

Danya Galweigh brach weder weinend zusammen noch flehte sie um Gnade. Sie sah erst Marcue an, dann wieder das Monstrum und sagte: »Dann nehme ich an, daß Ihr gekommen seid, um mich zu töten.«

Die drei Besucher des Kerkers lachten wie aus einem Mund. Der Dämon sagte: »Mein hübsches Kind, wir würden nicht im Traum daran denken, dich zu töten. Noch nicht. Was für eine törichte Verschwendung kostbarer Mittel das wäre. Wie könnten wir uns dazu überwinden, einen Menschen zu töten, der so jung und schön ist, so stark und voller Leben? Nein. Wir haben einen Platz in unserer Mitte für dich.«

»In der Tat«, sagte Crispin, »handelt es sich um den zentralen Ehrenplatz im Kreis der Wölfe.«

Diese Worte bedeuteten nichts für Marcue, aber offensichtlich sehr viel für Danya. Die Fassade von Mut und Ungerührtheit zerbrach, und Tränen traten ihr in die Augen. »Nein«, flüsterte sie. »Bitte, nein. Nicht das.«

Andrew kicherte abermals. »Nein, nicht sofort. Wenn du erst Gast der Wölfe warst, wirst du, hm, wirst du nicht mehr dieselbe sein, und der Gedanke, so viel Schönheit zu vergeuden, widerstrebt uns. Daher wirst du uns während der nächsten paar Tage ein wenig unterhalten, nur uns drei.«

Sie schrak von den Gitterstäben zurück. »Faßt mich nicht an.«

Crispin und der Dämon lachten, und Crispin sagte: »Nun, Bruder, ich glaube, sie mag uns nicht.«

Der Dämon erwiderte: »Dich wird sie ganz bestimmt mögen. Und ich glaube, mir wird sie gefallen.«

Nun meldete sich Andrew wieder zu Wort. »Wache, gib mir den Schlüssel zu ihrer Zelle.«

Marcue erbebte.

Ich hätte ihr helfen sollen. Ich hätte es tun sollen, solange noch Zeit war. Ich hätte es irgendwie schaffen können. Ich hätte etwas tun können. Vielleicht kann ich das immer noch. Vielleicht finde ich einen Weg, sie herauszulassen und diese drei da einzusperren – ich kann mit ihr und meinen Eltern fliehen, bevor irgend jemand davon erfährt. Das Haus Galweigh ist gar nicht so weit von hier …

»Laßt mich für Euch öffnen«, hörte er sich sagen. »Das Schloß ist rostig und tückisch und man bekommt es nur auf, wenn man sehr viel Übung in solchen Dingen hat.« Seine Stimme zitterte beim Sprechen, aber wessen Stimme hätte wohl nicht gezittert, wenn er sich zum ersten Mal in seinem Leben einem Dämon gegenübersah. Und was er über das Schloß sagte, stimmte sogar, obwohl das Aufsperren ihn diesmal fast dreimal soviel Zeit kostete wie normalerweise. Seine Säumigkeit hatte ihren Grund zum Teil darin, daß seine Hände vor Furcht zitterten, aber darüber hinaus dachte er die ganze Zeit, während er den Schlüssel hin- und herscharren ließ, über die Frage nach, wie er die Männer und das Ungeheuer in die Zelle hinein- und das Mädchen unbeschadet herausbekommen konnte. Als die Tür sich endlich quietschend öffnete, glaubte er, die Lösung gefunden zu haben.

»So«, sagte er und trat zurück, wobei er sich direkt neben der Tür hielt und den Schlüssel im Schloß ließ.

»Bestens«, sagte Andrew. »Das sah ja tatsächlich sehr schwierig aus.«

Marcue nickte und trat einen Schritt zurück. Er versuchte, den Blick des Mädchens aufzufangen, aber sie sah Andrew an, der als erster in die Zelle ging. Crispin folgte ihm, und Marcue wünschte von ganzem Herzen, nicht er, sondern der Dämon sei als zweiter eingetreten. Crispin einen Stoß zu versetzen wäre so viel einfacher gewesen.

Er sah zu, wie beide Männer Danya in die Enge trieben, und trat noch einmal einen halben Schritt zurück, weil er hoffte, den Dämon zu entdecken, der unerklärlicherweise verschwunden war. Er spürte seine Angst im Krampf seiner Eingeweide und seiner Hoden, im Hämmern seines Herzens, und er dachte: Komm schon! Komm schon! Komm her, du Bastard, bevor es zu spät ist.

Dann spürte er die Spitze einer Nadel an seiner Kehle.

»Es hätte wahrscheinlich funktioniert«, sagte der Dämon hinter ihm. Er spürte, wie sich ihm eine Hand auf den Bauch legte. Die andere Hand umspannte seinen Hals, und das Monstrum hob ihn in die Höhe, wobei es ihm gleichzeitig den Atem abschnürte und ihn hinter sich herschleifte. Er schlug mit Armen und Beinen um sich, versuchte, die Hand von seinem Hals wegzureißen, und mußte feststellen, daß er leichter die Gitterstäbe einer der Zellen mit bloßen Händen hätte verbiegen können. Er bekam keine Luft mehr, konnte keinen Laut hervorstoßen. Der Dämon brachte ihn zu der steinernen Mauer direkt gegenüber der Zelle (zu den dort eingelassenen Eisen, warum bringt er mich zu den Eisen?) und gab seine Kehle in dem Augenblick frei, als die Welt grau zu werden begann und sein Puls die feste Wand seines Schädels zu sprengen drohte.

Marcue erbrach sich und sog keuchend die Luft ein, würgte, während sein Hals in Flammen stand, und der Dämon lachte. Er packte eine seiner Hände und schloß ein Eisen um das Gelenk, bevor er nach der zweiten Hand griff. »Du hättest sie nicht retten können, aber vielleicht hättest du uns alle drei in diese Zelle da bekommen.« Der Dämon lächelte ihn an (ein grauenvolles Lächeln) und fügte hinzu: »Aber du denkst zu laut, und du tust es mit deinem ganzen Körper. Keine gute Eigenschaft, wenn man überleben will.«

Marcue wurde sich dumpf des Umstandes bewußt, daß das Mädchen die ganze Zeit über schrie. Er blickte an dem Dämon vorbei und sah, daß Crispin und Andrew sie festhielten. Sie starrte ihn an. Sie schrie seinetwegen.

Das Ungeheuer schob sein anderes Handgelenk in ein Eisen und ließ es zuschnappen. Schloß beide Eisen ab. Lächelte ihn an.

Schreckliche, schreckliche Zähne.

Schrecklich.

Das Mädchen schrie: »Laßt ihn gehen! Laßt ihn gehen!«

»Wir wollten sie lediglich mit nach oben in unser Quartier nehmen«, sagte Crispin aus der Zelle. »Wir wollten einfach unserer Wege gehen und dich deiner Arbeit überlassen. Aber du hast dir erlaubt, in einem Gefangenen etwas anderes zu sehen als einen Gefangenen, du böser Junge, und dafür wirst du zahlen.«

»Ich finde aber nicht«, bemerkte der Dämon nun, »daß er das Leben lassen sollte, ohne sich zuvor wenigstens noch ein wenig zu unterhalten. Was meinst du, Crispin?«

»Was hattest du denn im Sinn?«

»Ihn langsam zu töten«, sagte der Dämon. »Ihm zu erlauben, uns mit dem Mädchen zuzusehen, während er stirbt. Damit er sich beim Sterben wenigstens etwas amüsiert.«

Andrew kicherte. »Tu es«, sagte er. »Tu es.«

Der Dämon wandte sich wieder an Marcue und sagte leise: »An den stillen, schweigenden Orten spricht eine Stimme zu jedem von uns – eine Stimme, die uns auffordert, aufrecht zu stehen, Mut zu haben, zu tun, was recht ist.« Er lächelte. »Und wenn wir sehr, sehr klug sind, spüren wir die Quelle dieser Stimme auf und töten sie.«

Er zog einen mit einer dolchscharfen Klaue versehenen Finger über Marcues Leib, und der Stoff seines Überwurfes sank zu Boden, und der Kettenpanzer darunter klirrte. Der Dämon schnalzte mit der Zunge und riß den Kettenpanzer von oben bis unten in zwei Hälften. Trennte das gepolsterte dicke Hemd darunter durch. Entblößte die nackte Haut von Marcues Brust und Bauch.

»So weiche Haut«, sagte er. »Meine Haut hat früher auch einmal so ausgesehen. Sie hatte genug Ähnlichkeit mit deiner, daß ich glaube, ich hätte dich ohnehin getötet. Ich vermisse mein altes Ich.«

»Nicht«, sagte Marcue. »Ihr dürft mir nichts tun. Ich habe nichts getan.«

»Du wolltest aber. Wollen genügt.«

»Das könnt Ihr nicht wissen. Ihr könnt nicht wissen, was ein Mensch denkt.«

»Ich kann es wissen. Ich *weiß* es.«

»Laßt mich gehen.«

»Wir werden dich zusehen lassen. Die Paarung der Wölfe – ein Anblick, der nicht vielen Menschen je vergönnt war.« Der Dämon lachte und zog seine Klaue ein letztes Mal über seinen Bauch.

weiß

    rot

    Schmerz Qual Schmerz

        Grauen und Blut und Gestank und

        das unglaubliche Geräusch von Schreien jemand

schreit in seinem Kopf und er will daß es aufhört er ruft dem Schmerz zu, daß er ihn töten soll und es geschieht nicht

das Gewicht von etwas das heiß und glatt ist und stinkt, als es von ihm herunterrutscht und auf seinen Füßen landet

Ohnmacht, aber Ohnmacht, die ihn im letzten Augenblick im Stich läßt, ihn der grausamen Obhut der Welt des Wachens überläßt

er lebt weiter

und eine Stimme, die sein Schreien durchschneidet, wie diese Klaue seinen Bauch durchschnitten hat, und ihn zum Schweigen bringt.

»Wir können noch viel, viel mehr tun, ohne dich gleich zu töten«, sagte Crispin Sabir. »Also, wenn du nicht willst, daß wir das beweisen, halt den Mund und sieh zu. Wir tun das hier zu deiner Erbauung.«

Marcue öffnete die Augen. Er blickte nicht hinunter. Er wußte, was er sehen würde, und er konnte nicht hinschauen. Konnte nicht. Er konnte aber auch den Blick nicht von der Szene abwenden, die sich vor ihm abspielte. Sein Vorrat an Mut war erschöpft. Er hing in den Eisen, den Rücken an die Wand gedrückt, und sah zu und wünschte, er könnte schnell sterben, wünschte, er könnte sofort sterben. Er sah dem Dämon zu und den beiden Männern, die nicht besser waren als Dämonen, und er versuchte, das Mädchen nicht anzusehen. Er versuchte, sie nicht zu hören. Denn er lebte mit dem Wissen, daß sie ihn getötet hatten, daß er eine atmende Leiche war, und es war schrecklich.

Schrecklich.

Aber was sie mit ihr machten, war schlimmer.

Kapitel 3

Schuld war ein Geruch im Korridor, der Kait beinahe in eine unkontrollierte Verwandlung gestürzt hatte; ein Geruch, der sofort vertraut war wie die eigene Familie und gleichzeitig so fremd wie die andere Seite der Welt. In dem einen Augenblick noch zerrte sie Tippa durch den langen, leeren Nebengang auf den Hof zu, wo der Fahrer die Kutsche abgestellt hatte. Im nächsten lehnte sie an einer Wand und spürte, wie sich die Knochen in ihrem Körper verflüssigten, spürte ihr Blut, das wie schäumender Wein brodelte, während sie von Jubel überwältigt wurde, Farben und Geräusche schärfer und reiner wurden und die bloße Luft, die sie atmete, zu einem reichen, berauschenden Trank wurde.

Tippa entwand Kait ihre Hand und rief mit weinerlicher Stimme: »Kait? Kait? Was ist los?« Ihre Stimme hatte diesen furchtsamen, ängstlichen Klang, den Kait so verabscheute.

Kait wischte sich mit dem Handrücken die Tränen der Hilflosigkeit und der Sehnsucht aus den Augen, während sie gleichzeitig das Aussehen dieser Hand prüfte. Normal. Gedankt sei den Göttern, gedankt sei *allen* Göttern, die Hand war normal. Wenn sie sich nur wieder unter Kontrolle bekam, würde ihr vielleicht nichts geschehen.

Ich möchte weglaufen, dachte sie. Ich möchte fliegen, möchte gegen den Wind anrennen; ich möchte spüren, wie meine Muskeln vor Anstrengung brennen, ich möchte das Blut in meinen Ohren hämmern hören. Ich möchte den Wind schmecken und die Berührung des hohen Grases auf meiner Haut spüren.

Ich möchte jagen. Ich will frisches, heißes Fleisch, den eisenbitteren Geschmack von Blut – und sie schob alles, was sie begehrte, von sich. Weit von sich. Und tief unten in den dunklen Orten in ihrem Innern kämpfte ihr Hunger gegen sie an, und sie stemmte sich dagegen, um ihn wieder dort einzusperren, wo er hingehörte. Dann sagte sie leise: »Ich möchte nichts von alledem. Ich möchte meiner Familie dienen und mir meine Unabhängigkeit erarbeiten.« Ihre Stimme klang wund, heiser, viel zu tief. Schlecht. Ganz schlecht. Ihre Stimmbänder waren ihr bereits entglitten. Sie drehte sich zu Tippa um, umfaßte mit beiden Händen die Schultern ihrer Cousine und sah ihr eindringlich in die Augen. Tippa schluckte. Sie wirkte plötzlich vollkommen nüchtern und sehr erschrocken.

»Geh zur Kutsche«, befahl ihr Kait. »Sag dem Fahrer, er soll dich nach Hause bringen. Warte bei der Familie – erzähl allen, die dir über den Weg laufen, ich hätte dich weggeschickt, weil drei Gyru-Prinzen irgend etwas im Schilde führten und deine Anstandsdamen verschwunden waren. Ich ... ich komme nach, sobald ich kann.«

Tippa schauderte. »Kait, was ist bloß *los* mit dir?«

»Nichts, was ich nicht in den Griff bekommen könnte.« Sie wünschte nur, es wäre die Wahrheit gewesen. Die Selbstbeherrschung, die ihr so leicht entglitt, schien ihr jetzt wie Quecksilber durch die Finger zu rinnen. »Geh«, fauchte sie. »Lauf.«

Tippa blickte sie noch einen Augenblick länger an, dann drehte sie sich um und floh. Als sie durch den Bogengang am anderen Ende des Korridors verschwand und die Treppe zur Kutsche hinunterjagte, zog Kait sich in den ersten dunklen Nebengang zurück, den sie finden konnte, verbarg sich hinter einer riesigen Statue und ließ sich zu Boden sinken. Ihre Seidenröcke raschelten, und das Spitzenmieder ihres verdammten Festgewandes lockerte sich, bevor es wieder enger wurde, dann lockerer, dann enger.

Das Blut hämmerte in ihren Handgelenken, in den Schläfen, hinter den fest geschlossenen Augenlidern – das Blut brannte ihr in den Adern und zischte wie das Wasser einer heiligen Quelle.

Das unerträgliche Verlangen wurde schlimmer. Sie roch ihn, diesen Fremden – einen von ihrem Blut, einen erwachsenen Rüden in der Blüte seiner Jahre ... Genau wie sie hatte er seine Selbstbeherrschung gefährlich überfordert; wie sie hungerte es ihn nach einer Jagd. Sie öffnete den Mund, zog die Nase kraus, atmete tief ein und schmeckte weit hinten im Gaumen seine Düfte, die so herrlich vertraut und gleichzeitig so herrlich fremd waren. Dieser aufgestaute Überschwang der Gefühle drohte sich Bahn zu brechen, in den wilden Jubel uneingeschränkter Verwandlung überzugehen.

Sie durfte es nicht zulassen, daß es sie übermannte. Sie durfte diese andere Kait nicht freilassen. Nicht im Hause Dokteerak, nicht umgeben von Hunderten potentieller Feinde. Sie mußte sich Einhalt gebieten, und zwar schnell.

Sein Duft hing wie ein Rauschmittel in der Luft, wie Weihrauch aus würzigem Caberra, der die Gedanken benebelte und mit Visionen erfüllte; sein Duft konnte sie sehenden Auges und beinahe willig in ihr eigenes Verderben führen. Das mußte sie als erstes unterbinden.

Sie hatte Parfüm. Eine kleine Flasche, die sie stets bei sich trug. Stinkendes Zeug wie alles Parfüm – sie haßte es, weil es den Geschmack der Luft zerstörte, wie Gewürze und Soßen den Geschmack des Fleisches zerstörten. Aber sie war schon früher von Düften überwältigt worden, und sie hatte dazugelernt. Sie zog die kleine Parfümflasche aus ihrem Taillenbeutel, spritzte sich einige Tropfen davon auf ihren Rocksaum und wischte sich mit dem widerlich riechenden Stoff über Nase und Oberlippe.

Die Wirkung war durchschlagend. Schmerzhaft. Als würde man unvermittelt aus einem angenehmen Traum gerissen, indem man kopfüber in eine eisige Quelle gestoßen wurde. Ihre Augen tränten, und sie hätte gleichzeitig husten und niesen müssen, was sie aber nicht wagte. Ihre Knochen taten weh. Ihr Blut brodelte. Die Erregung der Verwandlung kühlte sich ab, aber es war kein angenehmes Gefühl. Ihre Haut wurde zu einer Bleischicht über Muskeln, die schmerzten, als hätte sie jemand unbarmherzig verprügelt.

Ich kann die andere im Zaum halten. Ich habe es unter Kontrolle.

Ich will rennen.

Die Welt ist kühl, Blau- und Grüntöne und eisiges Weiß, still und vom Duft der Blumen und Gewürze durchzogen. Mein Herz schlägt langsam, meine Füße bleiben fest auf dem Boden verhaftet, ich suche Ruhe und Frieden.

die Welt ist rot und heiß und riecht nach Erde und Blut und dem reichen, primitiven Geschmack von Fleisch und Sex

Ich habe alles aufgegeben für diese Chance, ein Mensch zu sein. Ich habe meinen Eltern erklärt, daß ich dies tun könne, ich habe versprochen, daß ich die Verantwortung tragen könne, ich habe ihnen gesagt, wenn sie mir keine Arbeit innerhalb meiner Familie gäben, würde ich mir außerhalb der Familie eine Beschäftigung suchen, wo sie niemals sicher sein konnten, daß mir keine Gefahr drohte.

du bist eine Närrin

Ich bin mehr, als ihr mich sein lassen wollt. Ich bin mehr als Instinkt, mehr als Rennen und Jagen und Brunften. Meine Eltern haben Opfer gebracht, nur um mich am Leben zu erhalten, bis ich erwachsen wurde. Sie haben mir die Schlüssel zum Menschsein gegeben.

du bist Karnee – du bist ein Ungeheuer – du bist ein vom Fluch berührtes Monstrum, und am Ende wirst du niemals mehr sein als ein Tier

Kait öffnete die Augen und betrachtete ihre Hände. Menschliche Hände. Sie nahm den blumenartigen Gestank des Parfüms wahr und ignorierte den salzigen Geschmack der Tränen auf ihren Lippen und die feuchte Hitze auf ihren Wangen. Sie würde der Stimme jenes verhaßten anderen Wesens nicht nachgeben. Sie konnte mehr sein als das von einem Fluch geschlagene Vieh, als das sie geboren worden war. Sie würde mehr sein.

Die kühle Glätte der glänzenden Marmorwand, die sie durch die dünnen Falten ihres Seidengewandes spüren konnte, tat ihr gut. Sie drückte sich fest gegen den Stein und ließ ihn den Nacken liebkosen, während sie langsam wieder zu Atem kam. Die kristalline Vollkommenheit der Welt, die bereits zum Greifen nah gewesen war, war erloschen, umwogt von den stumpfen, leblosen Farbtönen, die alles um sie herum auszumachen pflegten, wenn sie eine solche Attacke hinter sich hatte. Schon trieb sie in die Phase des Zusammenbruchs hinüber. Sie spürte, wie der Verdruß sie ergriff. Nicht allzu schlimm diesmal – die Beinahe-Verwandlung war nicht Wirklichkeit geworden, und der Preis, den sie für die wilde, glückselige Tollheit des Karnee zahlte, war stets dem Ausmaß des Erlebnisses angemessen. Aber der Zusammenbruch würde kommen und mit ihm der gierige Hunger, die Lethargie und die anderen Symptome. Und schlimmer noch, diesmal würde sie den Preis in dem Wissen zahlen müssen, daß die Sache noch nicht ausgestanden war, daß ihr eine weitere Episode bevorstand – bald.

Diesmal hatte sie nichts gelöst. Sie hatte es einfach hinausgezögert. Ihr Körper verlangte einmal binnen jeweils vierzig Tagen nach der Verwandlung, ganz gleich, wie unbequem oder gefährlich eine solche Verwandlung sein mochte. Sie plante, und sie organisierte ... oder sie wurde entdeckt.

»... und trotzdem hast du ihn hier hereingelassen. Heute abend.«

Sie hob den Kopf und öffnete die Augen. Stimmen. Sie kamen aus dem Flur, aus einem der Räume dort, deren Türen verschlossen waren. Sie hatte sie schon seit einer ganzen Weile gehört, war aber zu tief in dem Morast ihrer eigenen Probleme versunken gewesen, um wirklich zu *hören*.

»Er hat darauf bestanden, unverzüglich zu Euch geführt zu werden – er sagte, was er mit Euch zu besprechen habe, könne die Pläne der Sabirs möglicherweise ändern.«

Sabirs? Kait glaubte, die erste Stimme erkannt zu haben: Branard Dokteerak. Die zweite Stimme konnte sie zwar nicht zuordnen, aber wenn sie sich im Falle der ersten nicht geirrt hatte, warum, in allen von Dämonengezücht bevölkerten Höllen, redete er dann mit den *Sabirs?* Vor allem jetzt, da die Allianz der Dokteeraks mit den Galweighs geschmiedet werden sollte ...

»Er wollte nicht mehr als meine Zusicherung, daß wir am Abend der Hochzeit bereit sein werden. Dann hat er mir noch irgend etwas davon erzählt, daß seine Leute es wissen müßten, falls sich irgend etwas geändert hätte, falls sie mehr Männer brauchten oder ihre Marschroute geändert werden müsse – aber er wollte nichts *Konkretes.* Er hatte keinen wirklichen Grund, überhaupt mit mir zu sprechen, und erst recht nicht, das ausgerechnet heute abend zu tun.«

»Wenn ich ihm eine Antwort hätte abpressen können, hätte ich ihn gar nicht zu Euch gelassen, aber Ihr sagtet ...«

»Und ich habe meine Meinung nicht geändert. Bevor nicht sämtliche Ländereien der Galweighs in Calimekka in unserem Besitz sind, tun wir nichts, womit wir die Sabirs erzürnen könnten. Diese Order erstreckt sich auch auf die Behandlung ihrer Abgesandten. Sobald wir jedoch festen Fuß innerhalb des Hauses Galweigh gefaßt haben, möchte ich, daß der Gesandte getötet wird. Er ist ein Sabir, auch wenn er nur ein Sproß einer entfernten Seitenlinie ist, und er hat es mir gegenüber an dem geziemenden Respekt fehlen lassen.«

Eine Pause. »Ich werde mich darum kümmern, Paraglese.«

»Gut. Inzwischen fehle ich eine ganze Weile bei meinem eigenen Fest und habe meine Gäste vernachlässigt und ich muß ihnen bei meiner Rückkehr einen einleuchtenden Grund dafür nennen – einen Grund, der jedem Argwohn standhält. Sind irgendwelche Boten angekommen?«

»Nein.«

»Ein Jammer. Das wäre die einfachste Entschuldigung gewesen.

Nun – dann – du hast gewiß die Liste unserer gegenwärtigen Hausgäste. Wer von ihnen ist nicht zu meinem Fest erschienen?«

»Castilla und ihre Kinder und Euer Neffe, Willim, der mit Grippe zu Bett liegt. Außerdem der Paraglese Idrogar Pendat.«

»Halt. Idrogar ist hier und hat sich nicht auf meinem Fest gezeigt?«

»In der Tat. Er ist gestern angekommen und wartet auf eine Gelegenheit, mit Euch zu sprechen.«

»Er hat mir in den Territorien Probleme bereitet. Er möchte mehr Einfluß auf die Angelegenheiten in Alt-Jirin.«

»Ich muß vermuten, Paraglese, daß seine Mission diesmal einzig darin besteht, seinen früheren Forderungen neuen Nachdruck zu verleihen. Er hat viele Leibwachen mitgebracht, aber keine Geschenke.«

Kait hörte Dokteerak leise kichern. »Dann hat diese lange und teure Nacht also wenigstens einen Nutzen. Welche Zimmerflucht bewohnt er?«

»Die Sommersuite im Nordflügel. Das beste Quartier für ... das, wovon ich vermute, daß Ihr es im Sinn haben werdet.«

»Da hast du recht. Bitte sorge dafür, daß mein gewiefter Vetter Idrogar von seiner tödlichen Krankheit nicht allzusehr inkommodiert wird. Und daß keine sichtbaren Male auf dem Körper zurückbleiben. Wir werden morgen den Leichnam vorzeigen müssen, um meiner Geschichte Glaubwürdigkeit zu verleihen ... aber welchen besseren Grund konnte ein Mann haben, sein eigenes Fest zu verlassen, zumindest für eine Weile, als einen dringlichen Besuch am Krankenbett eines geliebten, sterbenden Verwandten?« Eine Pause. Dann fuhr er fort: »Bevor er stirbt, möchte ich, daß du genau herausfindest, was er hier wollte, Pagos. Ich möchte auf keinen Fall versehentlich wertvolle Informationen vernichten.«

»Wie Ihr wünscht, Paraglese.« Kait hörte das Geräusch eines zur Seite gleitenden Steins und wußte, worum es sich handelte: Es war dasselbe Geräusch, das die Geheimvertäfelungen im Hause Galweigh machten. Der Handlanger des Paraglese, Pagos, machte sich auf den Weg, den Auftrag seines Herrn zu erfüllen, daran konnte kein Zweifel bestehen. Sie hatte keine Zeit mehr, sich aus dem Korridor zurückzuziehen; die Tür am anderen Ende öffnete sich, und der Paraglese kam heraus. Sie konnte ihn aus ihrem Versteck hinter der Statue nicht sehen, aber sie konnte seinen schweren Schritt und das Ächzen seiner Lungen hören. Er war kein alter Mann, aber er war krank.

Er ging an ihr vorbei, ohne nach links oder rechts zu blicken und wandte sich dann dem größeren Korridor zu, der ihn zu seinem Fest führte. Einige Gäste kamen ihm dort entgegen. »Mein teurer Cousin ist plötzlich erkrankt …« hörte sie ihn sagen; seine Stimme wurde schwächer, während er sich von ihr entfernte.

Kait wartete noch einige Sekunden, um sicherzugehen, daß er nicht zurückkehren würde, dann stand sie auf, glitt hinter der Statue hervor und eilte in Richtung Straße. Sie mußte zur Botschaft fahren, um ihrer Familie mitzuteilen, was sie gehört hatte. Ihre Aufgabe, Tippa aus Schwierigkeiten herauszuhalten, war nichts im Vergleich zu der Notwendigkeit, dafür zu sorgen, daß die Diplomaten von Branard Dokteeraks kleinem Spielchen erfuhren. Aber es ging nicht nur darum, daß sie ihr Wissen weitergeben mußte, genauso wichtig war die Frage, welchem Mitglied der Familie sie sich offenbaren sollte. Wenn sie eine schlechte Wahl traf, würde sie vor der peinlichen Aufgabe stehen, erklären zu müssen, warum es ihr möglich war, hinter einer Statue am einen Ende des Korridors zu hocken und gleichzeitig ein Gespräch zu belauschen, das hinter schweren, verschlossenen Türen am anderen Ende desselben Korridors stattfand – und, was das betraf, würde sie vielleicht auch erklären müssen, wieso sie sich überhaupt hinter der Statue versteckt hatte.

Und selbst innerhalb ihrer eigenen Familie würden die meisten Leute sie wohl, falls die Wahrheit über sie ans Licht käme, für eine

Mißgeburt halten, während die übrigen in ihr bestenfalls einen höchst zweifelhaften Gewinn für die Familie sehen mußten.

Das Böse, das in die Stadt Halles einsickerte und durch die Straßen und Häuser kroch, hatte seinen Ursprung in einem uralten Raum, tief im Herzen der Botschaft der Sabirs am fernen Nordrand der Stadt. In dem unterirdischen Gemach bewegten sich die Sabirwölfe durch flackerndes Licht und die wabernden Schwaden des Caberraweihrauchs und woben einen Zauber; sie traten in verwirrenden Musterfolgen aufeinander zu und entfernten sich wieder, wobei sie den Wegen eines komplizierten Plans folgten, der in den Steinfußboden eingemeißelt war. Halbkreis und Arabeske, Schritt vorwärts, Schritt rückwärts, ganzer Kreis im Uhrzeigersinn, gegen den Uhrzeigersinn; und die ganze Zeit über tuschelten sie miteinander.

Im Zentrum ihres Weges hing ein Mann, der mit dem Mal des verurteilten Verbrechers gebrandmarkt war, schlaff und widerstandslos in Eisen an der behauenen Steinsäule. Zu Beginn seines Martyriums hatte er geflucht, er hatte um Gnade gefleht, er hatte gekämpft und geschrien und geweint – aber der Beginn seines Martyriums lag Stunden hinter ihm, und es war nichts mehr in ihm, womit er hätte kämpfen können. Er war um die Hälfte seiner Größe zusammengeschrumpft, war in sich eingesunken, während ihm das Leben langsam entwich. Jetzt hing er schweigend in den Eisen, während die Wölfe um ihn herumschritten. Von Zeit zu Zeit richtete er sich weit genug auf, um voller Entsetzen die Gestalten der geisterhaften anderen Wesen anzustarren, die zwischen den Männern und Frauen einherschritten, von denen er wußte, daß sie dort waren. Manchmal hörte er andere Stimmen, die der Luft um ihn herum entstiegen. Er verstand nicht, was er da sah, aber er brauchte es nicht zu verstehen, um zu wissen, daß sie ihn mit dem, was sie taten, nun schnell töteten.

Die Wölfe beachteten ihn kaum. Ihre ganze Konzentration galt dem Pfad und ihrer genauen Plazierung auf demselben; sie bewegten sich nicht nur im präzisen Verhältnis zueinander, sondern auch zu ihren Genossen, die viele Meilen entfernt in Calimekka mit ihnen die einzelnen Schritte auf dem Pfad vollzogen und sangen, so wie sie sangen, um die beiden Orte miteinander zu verbinden und magische Kräfte heraufzubeschwören. Ein gutaussehender junger Mann trat durch die Tür in den Raum, und zwei der Geher blickten auf.

Er nickte ihnen zu. Sie schritten weiter über den Pfad, gaben aber einigen Wölfen, die längs der Mauer warteten, ein Zeichen, und als sie den Ruhepunkt einer bestimmten Arabeske erreichten, trat ein jeder von dem Pfad herunter. Unverzüglich nahmen jene, denen sie ein Zeichen gegeben hatten, ihren Platz ein.

Der junge Mann schlüpfte aus dem Raum, ging den halben Korridor entlang und wartete dort, bis die beiden Wölfe bei ihm waren.

»Wie ist es gelaufen?« Die Frau, die die Frage stellte, Imogene Sabir, war um die fünfzig, mit bleicher Haut und üppigem, goldenem Haar, in dem sich gerade die ersten grauen Strähnen zeigten. Ihre Augen waren ein wenig trübe, und obwohl sie den jungen Mann ansah – ihren Sohn –, vermittelte sie den Eindruck, als verließe sie sich dabei vor allem auf ihr Gehör. Sie war fast, aber noch nicht gänzlich, erblindet; die Magie, die ihr das Augenlicht zum größten Teil gestohlen hatte, hatte ihr statt dessen das zweite Gesicht gegeben, und sie war durchaus zufrieden mit ihrem Tausch. Abgesehen von der zunehmenden Trübung ihrer Augen war die Zahl ihrer sichtbaren Narben immer noch so gering, daß sie sich ihre Schönheit bewahrt hatte.

»Dokteerak war furchtbar aufgebracht darüber, daß ich mich auf seinem Fest gezeigt habe.« Ihr Sohn, Ry, war so schlank wie sie und besaß dabei die Größe seines Vaters, dazu dunkelgoldenes Haar, das er von beiden Elternteilen geerbt hatte, und raubtierhafte Gesichtszüge, die ganz allein ihm zu eigen waren. »Ich habe mich nicht auffällig benommen, aber ich weiß, daß zumindest zwei der Galweighs mich erkannt haben.«

Sein Vater, Lucien, lächelte – ein dünnes, schmallippiges Lächeln, das seine Zähne nicht entblößte. »Exzellent. Wurdet ihr belauscht?«

»Da bin ich mir nicht sicher. Ich konnte niemanden vor der Tür hören. Dokteerak hat sie geschlossen, als wir eintraten, und er hatte einen Mann hinter einer Vertäfelung versteckt, der so laut geatmet hat und dauernd von einem Fuß auf den anderen trat, daß es mir beinahe nicht möglich gewesen wäre, mir nicht anmerken zu lassen, daß ich von seiner Anwesenheit wußte. Es dürfte aber keine Rolle spielen. Wenn die Galweighs wissen, daß ich im Hause Dokteerak war, werden sie Verdacht schöpfen.«

Seine Mutter sagte: »Er hat also einen Mann hinter einer Geheimvertäfelung im selben Raum versteckt, wie?« Sie lachte. »Die Dokteeraks haben niemanden wie dich oder mich, und sie halten es wohl kaum für möglich, daß heutzutage noch Wesen wie wir existieren. Ich bin mir sicher, daß sie beide glauben, sie seien mit äußerster Behutsamkeit zu Werke gegangen.«

Ry wollte ihr gerade beipflichten, hielt dann aber jäh inne. Er runzelte die Stirn und meinte: »Jetzt, da du es erwähnst, wird mir klar, daß da etwas nicht stimmte, als ich dort war.«

»Nicht stimmte?« Die Stimme seines Vaters nahm einen scharfen Tonfall an. »Was stimmte nicht?«

»Mutter sagte, sie hätten keinen Karnee. Aber bei meiner Suche nach Dokteerak bin ich hinter einem ihrer Wachposten durch den Garten gelaufen, und ich habe die Witterung eines der unseren aufgenommen.«

»Das ist unmöglich«, entgegnete seine Mutter. »Keiner unserer Karnee war dort, und die Dokteeraks haben keine Karnee. Das weiß ich mit Sicherheit.«

»Es war aber ein Karnee dort. Ich hatte keine Gelegenheit, sie zu finden …«

»Sie?«

»Ja. Weiblich, jung, eine absolute Fremde für uns.« Er schloß die Augen und dachte einen Moment lang an diesen betörenden Duft, der ihn gefangengenommen hatte, als er sich durch die wogende Masse menschlicher Schafe in diesem Garten bewegt hatte. Wie schwer war es ihm gefallen, weiterzugehen, dem Wachposten zu folgen, statt sich loszureißen und sie zu suchen. Sie zu finden. Bei den Göttern, in diesem Augenblick hätte er beinahe die Kontrolle verloren – sie war am Rande ihrer Selbstbeherrschung gewesen, und er war fällig, wahrscheinlich sogar überfällig. Die Tatsache, daß sie nur um Haaresbreite von einer spontanen Verwandlung entfernt war, hätte ihn beinahe mit ihr zusammen in den Abgrund gerissen. Was für ein Durcheinander das gegeben hätte!

»Sie muß eine der Galweigh-Karnees sein«, sagte sein Vater.

Seine Mutter runzelte die Stirn. »Wir haben sie alle getötet.«

»Offensichtlich nicht.«

»Dann haben sie sie versteckt gehalten – und wenn sie sie vor uns verstecken konnten, haben sie möglicherweise noch andere versteckt.«

»Vielleicht.« Lucien seufzte. »Nun, jetzt ist sie jedenfalls nicht mehr versteckt. Sie haben befunden, daß sie stark genug ist, um auf sich selbst aufzupassen, und es ist ihnen klargeworden, daß sie ihnen von großem Nutzen sein kann. Wir werden sie töten müssen ...«

»Natürlich. Aber das können wir während des Angriffs erledigen ...«

Ry blickte erst seine Mutter, dann seinen Vater an. Er erinnerte sich an diesen süßen, verlockenden Duft und fiel ihnen beiden ins Wort. »Tötet sie nicht. Ich will sie haben.«

Seine Eltern sahen ihn an, als hätte er den Verstand verloren.

»Sei vernünftig. Du könntest keine Nachkommen mit ihr haben, Ry.« Seine Mutter legte ihm eine Hand auf den Arm und wandte ihm das Gesicht zu. »Eure Kinder würden alle tot zur Welt kommen. Und wie würdest du sie halten? Sie säße dir immer an der Kehle, der gefährlichste Feind, den du dir denken kannst.«

»Wir haben ein halbes Dutzend junger Frauen gefunden, die dir zur Paarung zu Diensten sein würden«, sagte sein Vater. »Du brauchst nur eine von ihnen zu wählen.«

»Sie sind Schafe. Ich will kein Schaf. Ich will jemanden, der so ist wie ich.«

»Das mag sein, aber dennoch – man zeigt einem Feind nicht die nackte Kehle, wenn man schläft. Und wie könntest du mit solch einer Gefährtin die Wölfe anführen, wenn dein Vater zurücktritt?«

»Das Risiko gehe ich ein«, erwiderte Ry. »Außerdem gehst du davon aus, daß ich die Zustimmung der übrigen Wölfe finden werde, wenn Vater der Führung müde wird. Aber der Dreierrat bringt sich bereits in Position, um eines Tages das Zepter zu übernehmen.«

Seine beiden Eltern knurrten wild, und seine Mutter sagte: »Der Tag, an dem der Dreierrat das Zepter ergreift, ist der Tag, an dem jeder anständige Wolf tot sein wird.«

Was im Grunde der Wahrheit entsprach. Der Dreierrat – die Vettern Anwyn, Crispin und Andrew – waren jedem Wolf verhaßt, der sich mit gutem Gewissen menschlich nennen konnte. Was nicht bedeutete, daß Ry auch nur den geringsten Drang verspürte, mit ihnen um die Führung des Zirkels der Wölfe zu kämpfen.

Aber er hatte noch jahrelang Zeit, sich darüber Gedanken zu machen. Sein Vater war immer noch gesund und munter, schnell und stark – er würde sie noch jahrelang führen. Rys gegenwärtiges Problem bestand darin, eine Gefährtin für die Paarung zu finden. Er dachte an die jungen Frauen, die seine Eltern ihm präsentiert hatten. Mädchen, die die Karneeanlagen in ungefährlich kleinen Mengen im Blut hatten, ohne jedoch auch nur einen Funken des Karneefeuers zu besitzen. Stumpfsinnige, passive Kreaturen, die affektiert mit den Wimpern klimperten und töricht kicherten und alle zusammen nicht einen einzigen eigenen Gedanken im Kopf hatten.

Er hatte diese Karnee-Frau auf der Feier nicht gesehen – ihr Duft sagte ihm, daß sie jung war, aber er hatte keine Ahnung, wie sie aussah. Möglich, daß sie abstoßend häßlich war. Das würde jedoch keine Rolle spielen. Nicht, wenn sie intelligent war. Nicht, wenn sie feurig, ungestüm und lebenssprühend war – und eben das mußte sie sein, nicht wahr? Sie hatte überlebt. Ihr Duft war erfüllt von Leidenschaft gewesen, erfüllt von unterdrücktem Zorn, von Neugier und unverhohlenem Entzücken über alles in ihrer Umgebung – und selbst jetzt noch, wo er weit entfernt von ihr war, konnte er spüren, daß sie an ihm zog, wie der Mond seine Anziehungskraft auf das Meer ausübte.

Er sagte: »Ihr habt gewiß recht. Sie wäre keine passende Gefährtin.« Dann entschuldigte er sich. Seine Eltern kehrten zu dem Pfad zurück, mit dessen Hilfe sie die Macht aufbauen würden, die sie in der nächsten Woche benötigten. Ihm war es nicht gestattet, den Pfad zu beschreiten – jene, die den Pfad gingen, wurden dadurch zu Narbigen und mußten sich verstecken. Seine Aufgaben für die Familie lagen noch in der Außenwelt.

Und natürlich in der Zucht von Nachkommen. Steifbeinig und mit funkelndem Blick ging er die steile Treppe hinauf. Wenn er eine geziemende Anzahl von Nachkommen hervorgebracht hatte, würde man ihn von jedweder Arbeit in der Welt abziehen und zu den übrigen Zauberern auf den Pfad stellen, und seine Welt würde auf die Forschungsbibliotheken und die Artefakte zusammenschrumpfen, die diejenigen, die sich draußen noch frei bewegen konnten, mit heimbrachten. Abgesehen davon würde ihm dann nur noch das Wirken dunkler Magie bleiben.

Seine Zukunft war vom Zeitpunkt seiner Geburt an von anderen bestimmt worden. Jetzt jedoch spürte er, daß sie vielleicht doch in eine andere Richtung gehen würde – das heißt, er spürte vielmehr, daß er seiner Zukunft eine andere Richtung geben konnte. Die Möglichkeit, zu handeln, zu wählen, erfüllte ihn gleichzeitig mit Freude und mit Angst.

Kapitel 4

Das Haus Galweigh nahm den gesamten ersten Gipfel an der Palmetto-Felsenstraße in Anspruch, und seine Balkone, die – wie das ganze Haus – direkt in den Marmor des Felsens gemeißelt und mit Chalcedon und Türkis sowie einer Fülle strahlender Buntglas-Mosaike übersät waren, säumten die gesamte Felsfläche von dem erhabenen Steinbogen der Allee des Triumphes bis zu der Stelle, wo der obsidiangepflasterte Pfad der Götter auf den Palmettofelsen traf.

Die Galweighs hatten das Haus nicht selbst erbaut, obwohl sie es vergrößert und verziert hatten – sowohl die Buntverglasung der Balkone als auch die Intarsienarbeiten mit Halbedelsteinen waren ihr Werk. Das Haus selbst übertraf das Alter seiner Bewohner um mehr als tausend Jahre. Einst war es die Winterresidenz eines Mannes von unvorstellbarem Reichtum und ebensolcher Macht gewesen, der die Sommer in der Stadt St. Morabas tief im Süden zubrachte. Der Mann und sein Reichtum waren längst zu Staub geworden und die Stadt St. Morabas eine kreisrunde Wasserfläche mit dem Namen St. Morabasmeer, unten an der Ostküste der todbringenden Veral-Territorien, aber das Haus stand noch. Im Laufe von tausend Jahren hatten seine glänzenden weißen Balkone einen Teil ihres Glanzes eingebüßt, und von Zeit zu Zeit mußte ein Steinmetz herbeigerufen werden, um eine Säule oder eine tragende Wand instand zu setzen, die der Dschungel zerstört hatte, bevor die Galweighs das Haus gefunden und für sich beansprucht hatten, aber diese kleinen Unvollkommenheiten gaben dem Hause Galweigh erst seinen Charakter. Es war das schönste bekannte noch existierende Artefakt aus dem Zeitalter der Zauberer, und es war von Zauberhand geschaffen und von magischer Natur.

Ein Teil seiner Magie lag in seiner Schönheit, die unübertroffen war, und ein anderer Teil in seiner ungeheuerlichen Größe, die sich nur erahnen ließ. Die Galweighs waren mit der Vermessung des Hauses immer noch nicht fertig, obwohl sie nun seit mehr als hundert Jahren darin lebten. Einige Bereiche des Hauses kannten sie recht gut. Das Erdgeschoß, das Stockwerk also, das sich über die ganze Länge der Felsenspitze zog, war vermessen und erkundet und mit Leben gefüllt worden; auf dieser Etage fanden sich die prachtvollen Salons und die schönen Springbrunnen, die ausladenden Bäder, die exquisiten Skulpturen, die breiten Promenaden und die Gärten, die teils öffentlich, teils privat waren. Im ersten Stock, den man von ungezählten Stellen im Erdgeschoß über herrliche, geschwungene Treppen erreichte, lagen Geschäftsräume, Gerichtssäle und Vorratslager, Räume zur privaten Unterhaltung, Klassenzimmer für die Kinder, Werkstätten und Arbeitszimmer für die Erwachsenen.

Im Stockwerk darüber befanden sich die Wohnquartiere der Familie, daneben weitere Gärten und mehrere Vogelhäuser sowie ein wahres Vermögen an Kunstwerken aus alter wie neuer Zeit und eine ganze Galerie von Raritäten aus allen Winkeln der bekannten Welt. Dort lebte die Familie mitsamt ihren Ehepartnern und Konkubinen und ihren Kindern, die recht häufig schon wieder eigene Kinder hatten. Sie alle wohnten dort – mehr als hundert Menschen, wenn das Haus nur schwach besetzt war, und es gab reichlich Platz für weitere Bewohner. Der dritte Stock war für die Diener der Familie (im Gegensatz zu den Hausdienern, die im ersten Untergeschoß lebten), und die Wohnquartiere dort waren ebenso geräumig und elegant und schön wie die der Familie selbst. Es war in Calimekka allgemein bekannt, daß die Diener der Familie Galweigh besser lebten als die reichsten Leute außerhalb der Familie.

Über der letzten bewohnten Etage lagen noch zwei weitere Stockwerke, ein beredtes Zeugnis der Pracht, die vor dem Krieg der Zauberer geherrscht hatte und die, zumindest nach Meinung der Galweighs, eines Tages wieder ihren Einzug im Land halten würde.

Das gewaltige Haus war von uralten massiven Mauern umgeben, die hoch und glatt waren wie aus Glas und härter als alle anderen Substanzen außer dem Diamant und dem niemals rostenden Stahl der toten Zauberer. Deshalb fürchteten die Menschen, die in den oberen Stockwerken des Hauses Galweigh lebten, kaum etwas und hatten auch wenig Grund zur Furcht.

Aber das Haus hatte ein zweites Gesicht und einen zweiten Charakter, wie es bei manchen Menschen der Fall ist. Bisweilen trat eine dunklere Seite zutage, in den geheimen Gängen und Räumen, die ein spielendes Kind entdeckte, oder wenn ein Diener beim Putzen auf eine Geheimvertäfelung drückte oder über eine leicht unebene Steinplatte stolperte. In solchen Augenblicken wuchsen die Karten des Hauses Galweigh um einige Zoll; und die Familie gelangte gelegentlich in den Besitz einer weiteren Kuriosität für ihre Sammlungen. Und je nachdem, welcher Natur der Gang war, wohin er führte und was er enthüllte, hatten die Diener am Ende noch ein Fleckchen mehr zu putzen. Manchmal verschwanden ein Diener oder sogar mehrere still und leise mitsamt dem Wissen von seiner oder ihrer Entdeckung, und für eine Weile machten im Personal Gerüchte über seltsame Unfälle die Runde.

Diese Andeutung von Düsternis wurde in den Untergeschossen noch deutlicher. Im ersten Untergeschoß fanden sich Küchen und Speisekammern sowie die Arbeitsräume der Diener, und alles hier schien genauso behaglich und überschaubar zu sein wie in den oberirdischen Stockwerken. Aber darunter lagen zehn weitere Geschosse. Wenn man sich dem Herzen des Berges näherte, gelangte man in Hallen, die selbst bei hellstem Tageslicht nur von Fackeln erleuchtet wurden, und wenn man noch weiter ging, stieß man auf unbeleuchtete Korridore, in die niemals Licht fiel – die letzten Füße, die dort Spuren hinterlassen hatten, waren seit etwa zehn Jahrhunderten zu Staub zerfallen.

Die Geheimnisse der Familie Galweigh wohnten, wie das bei den meisten Geheimnissen der Fall ist, in Dunkelheit und Stille, in unerforschten Tiefen. Die Galweighwölfe weilten im Herzen dieser Dunkelheit selbst, zehn Stockwerke unterhalb der strahlenden, öffentlichen Welt der Familie, wohin sich nicht einmal die neugierigsten der Kinder vorwagten und wo nicht einmal die feurigsten der jungen Liebespaare sich zu einem Stelldichein getroffen hätten.

In der ewigen Düsternis fensterloser Räume, in der Stille, die mehr als Schweigen war, lebten die Wölfe. Sie waren ihr eigenes Gesetz, die geheime und verborgene Kraft hinter der Familie Galweigh, die den Strom der Macht aufrecht erhielten, die dafür sorgten, daß die Feinde demütig blieben und ihre Grenzen nicht überschritten. Sie arbeiteten mit uralten Büchern und Aufzeichnungen, mit selbst erschaffenen Mitteln und mit jenen, die tausend Jahre und einen letzten Krieg von unvorstellbarer Zerstörungsgewalt überstanden hatten.

Sie studierten die verbotene Wissenschaft des Matrin – die Magie –, lernten und wandten das Gelernte auf jede ihnen erdenkliche Art und Weise in der Praxis an. Sie waren die neuen Zauberer, die unbesungenen Könige, die Götter, denen niemand huldigte.

Ungehindert von den Zwängen der Gesellschaft und gleichermaßen ungehindert von den Skrupeln des Gewissens, verfolgten sie jeden Weg, um ihre persönliche Neugier zu befriedigen, ergaben sich hemmungslos und auf jedem nur erdenklichen Feld der Magie ihren Experimenten und rührten dabei an die Reiche des absolut Guten wie des absolut Bösen. Und wie alle Zauberer und alle Könige und alle Götter kamen sie schließlich zu der Erkenntnis, daß das Streben nach dem Guten ihnen unbequeme Beschränkungen auferlegte, daß das Streben nach dem Bösen um des Bösen willen nach einer Weile ermüdend wurde und den Reiz des Neuen verlor – wohingegen das Streben nach Macht ergötzlich war und blieb.

Nebel hüllte die Stadt Halles ein, so daß die dunklen Häuser und die vor der Dunkelheit geschlossenen Fensterläden zu formlosen Felsen wurden; die Tavernen entließen ihre ungebärdigen Kunden mit einem Wispern statt eines Brüllens; und Geister stiegen wie aus dem Nichts aus der Dunkelheit empor und verschwanden wieder, wobei sie nur ein kaum wahrnehmbares Klirren und Klimpern zurückließen. Kait schritt durch eine schmale, gepflasterte Straße und bemerkte, wie die Gerüche mit der Dunkelheit und der Feuchtigkeit immer deutlicher wurden. Allein mit Hilfe des Geruchs hätte sie aus Dutzenden von Menschen einen jeden einzelnen aufspüren können, der vor ihr über das Pflaster gegangen war, auch wenn schon lange andere denselben Weg genommen und mit neuen Fährten die alten Spuren überlagert hatten.

Der Mond stand hoch am Himmel, wohlgerundet, aber nicht voll, und warf sein trübes Licht auf die wabernden Nebel – Licht, das, obwohl es sich mit Macht einen Weg durch den Nebel erkämpfte, nichts beleuchtete. Er schimmerte vor Kait und auf ihrer rechten Seite wie ein unförmiger Klumpen sauer gewordener Milch, den man durch ein Gazetuch betrachtete. Gleich zu ihrer Rechten stieg über einem offenen Rinnstein der schwere Gestank nach Abwässern auf. Direkt vor ihr, auf der linken Seite, kennzeichnete die Mischung aus Wein und Urin den Lagerplatz eines Betrunkenen, der sich unter modernden Lumpen zusammengerollt hatte.

Ein Stück weiter vor ihr roch sie Fleisch, das aber zu lange gekocht war. Sie hungerte nach dem warmen Geschmack rohen Fleisches – der anderen Kait, die sie zu leugnen bevorzugte, hatten die feinen Speisen des Namensfestes bei weitem nicht genügt, und sie stieß ein unbefriedigtes Knurren aus.

Jagen, rennen, Fell und aufgeschlitztes, blutiges Fleisch, mit Gewalt aus der fellbedeckten Beute gerissen, und der erste, heftige Stoß von heißem, dickem, eisensalzigem Blut.

Vor ihr, an der Einmündung einer Gasse, standen drei Männer. Sie sprachen mit unverhohlener Häme über die Beute, die sie in dieser Nacht gemacht hatten, und Kait fragte sich flüchtig, ob der Mann unter den Lumpen, der so stark nach Wein gerochen hatte, aus eigenem Antrieb dort zu Boden gesunken war, oder ob die Diebe ihn ausgeraubt und vielleicht getötet hatten. Jetzt kam ihr auch zu Bewußtsein, daß sie ihn nicht hatte atmen hören können.

Tief in ihrem Innern krampfte die Dunkelheit sich fester zusammen, drängte sie, den Männern die Stirn zu bieten, verspottete sie, nannte ihre Vorsicht Feigheit.

Mit eisernem Griff schob sie den Zorn beiseite. Lautlos ging sie auf die andere Straßenseite hinüber; der Nebel hielt sie verborgen, und sie schritt an dem Trio vorüber, ohne daß einer der Männer ihre Anwesenheit auch nur geahnt hätte.

Das schleimige Gefühl des Bösen, das die Nacht durchdrang, wurde in der Richtung, in die sie unterwegs war, immer stärker. Schließlich war es wie eine zusätzliche Dimension des Nebels, und einen Augenblick lang dachte sie an Hasmal, den Sohn Hasmals, und an seine Fähigkeit, die abscheulichen, alles ergreifenden Tentakel des Hasses und der Verzweiflung in Schach zu halten.

Sie verfolgte diesen Gedanken jedoch nicht allzu lange. Die Straßen von Halles, schmal und gewunden, voller Sackgassen und labyrinthartigen Verzweigungen, waren zu dieser späten Stunde ein Tummelplatz für Diebe, Vergewaltiger und anderes Ungemach und verlangten ihre ungeteilte Aufmerksamkeit. Sie sorgte dafür, daß sie den Mond stets vor sich hatte, obwohl sie zweimal falsch abbog und wieder umkehren mußte. Sie wußte instinktiv, wo die Botschaft der Galweighs lag; sie konnte sich nur nicht an die genaue Abfolge von Straßen erinnern, die sie auf direktem Wege dorthin geführt hätte. Es war nicht ihre Stadt; sie konnte sie nicht so spüren, wie sie die Straßen Calimekkas spürte. Daher ging sie geduldig immer weiter. Sie fürchtete die Nacht nicht. Sie brauchte kaum etwas zu fürchten; ihre Augen, ihre Ohren und ihre Nase sagten ihr alles, was sie um ihrer Sicherheit willen wissen mußte, und falls sie sich zufällig doch einmal von zwei Seiten gleichzeitig angegriffen fand, war sie gewiß, daß ihre Widersacher ihr kein zweites Mal zu Leibe rücken würden.

Sie war nur ein einziges Mal auf die Probe gestellt worden, aber dieses eine Mal hatte ihr den Mut der Erfahrung geschenkt.

Mit dreizehn Jahren, als ihre Eltern sie gerade von ihrer abgeschiedenen Farm auf dem Land ins Haus Galweigh gebracht hatten, hatte sie nicht schlafen können. Also war sie mitten in der Nacht aufgestanden, um auf Streifzug zu gehen. Sie folgte ihrem inneren rastlosen Drängen, einem bohrenden, kribbelnden Gefühl im Hinterkopf, das ihr beharrlich eine Botschaft übermittelte: Irgend etwas an dieser Nacht war nicht so, wie es sein sollte. Sie war durch die Korridore des Wohnbereiches geschlüpft und eine Hintertreppe hinuntergestiegen. Sie liebte das Haus – liebte seine Pracht und seine endlosen Geheimnisse, sein ungeheuerliches Alter und den Hauch von Rätselhaftigkeit, der es umwehte –, und sie entdeckte schnell Wege von einem Ort zum anderen, die nur wenigen anderen bekannt waren. Einem Impuls gehorchend und von ihrem Instinkt getrieben, war sie immer weiter hinabgegangen und hatte sich dabei jeden Trick zunutze gemacht, den sie mit dem Haus teilte. Sie glitt durch einen verborgenen Korridor, rutschte ein Geländer hinunter, stahl sich hinter langen Reihen von Statuen vorbei, nutzte das Geräusch der Springbrunnen, um ihr Näherkommen zu verbergen.

Ein Mann unten in einem dunklen Nebenkorridor trug einen unförmigen Sack über der Schulter, einen Sack, der die Form eines Menschen hatte, den Geruch eines Menschen. Ein weiterer Mann, der stark nach Blut roch, das nicht sein eigenes war, schob sich verstohlen hinter ihm her und vergewisserte sich, daß niemand ihnen folgte. Keiner der beiden Männer sagte ein Wort, und Kait konnte sie an ihrer Witterung nicht erkennen, aber das Blut, das sie roch, gehörte ihrer ältesten Schwester. Kait hatte keinen Laut von Dulcie gehört.

Angst schnürte ihr die Kehle zu, und die Dunkelheit und der Zorn, die zu jeder Zeit in ihr schlummerten, brachen sich Bahn. Sie erinnerte sich daran, daß sie sich auf die Männer gestürzt hatte, ihr Körper verzehrt von der Verwandlung, die Zähne gebleckt, die Lippen zurückgezogen, der Jubel herrlichen Wahnsinns wie ein Pulsschlag in ihren Adern und der Geruch des Blutes ihrer Schwester scharf in ihrer Nase. Sie erinnerte sich an die Befriedigung, zu zerreißen und zu zerfetzen, die Krallen in fremdes Fleisch zu schlagen, die Zähne hineinzubohren, erinnerte sich an das Singen ihres Blutes in ihren Ohren …

Die Schreie rief die Wachen auf den Plan. Sie kamen herbeigerannt und fanden zwei Männer, denen die Kehlen herausgerissen waren, und Dulcie Galweigh, die bewußtlos und blutend in einem Sack auf dem Fußboden lag.

Als sie genauer nachforschten, stellten sie fest, daß die Wachposten, die die Familie hätten beschützen sollen, mit durchschnittener Kehle in einem Nebenaufgang lagen. Dulcies Rächer jedoch fanden die Wachen nicht. Niemand konnte sich einen Reim auf die blutigen Tierspuren machen, die über den ansonsten makellos weißen Fußboden führten. Beim Hauspersonal kamen Gerüchte auf, nach denen die Galweighs von einem schrecklichen Geist beschützt wurden, der Seele eines gewaltigen Wolfes, die in den Hallen und Korridoren des Hauses umging und danach trachtete, alles Leid, das über die Familie kam, zu rächen.

Weder Kait noch ein anderes Mitglied der Familie Galweigh sah sich genötigt, diese Geschichte zu korrigieren.

Doghall trat der Kutsche am Tor entgegen. Aber es saß nur Tippa darin, und Tippa hatte den zu Tode erschrockenen Gesichtsausdruck eines Rehs, das nur mit knapper Not dem grausamen Angriff eines Leoparden entkommen war. Doghalls Magen krampfte sich zusammen. Wo war Kait? Sein Herz hämmerte, und er spürte, wie alles Blut aus seinem Gesicht wich. Binnen einer einzigen Sekunde blitzte Kait in hundert Gestalten vor seinen Augen auf. Die kleine Kait-cha mit den dunklen Augen, dem dunklen Haar und den leuchtendweißen Zähnen, die vom Fußboden, wo sie im Landsitz ihrer Eltern spielte, strahlend zu ihm aufsah – sieben Jahre alt, vielleicht auch acht, das erst Mal, daß er ihr begegnet war. Ein bezauberndes kleines Mädchen, ein Geschöpf der Wildnis; Stück um Stück wagte sie sich näher an ihn heran, stets bereit, die Flucht zu ergreifen, falls sie Gefahr witterte. Und Kait, die mit einer Gänseblümchenkette um die Taille über den von Mauern umfriedeten Hof rannte; ihr Haar wehte wie flatternde Wimpel hinter ihr her. Kait mit vierzehn, rittlings auf einem Pferd, das sie über ein Gatter trieb, so daß sie beide, zu einem einzigen Wesen verschmolzen, durch die Luft segelten und dann über eine Wiese davonstürmten. Kait in einem Baum, die etwas zu ihm herunterrief. Dann Kait, noch ein wenig älter, die voller Verlangen aus dem Fenster blickte und sich nach Orten sehnte, die sie nie gesehen hatte. Kait in jäh erwachtem Zorn, die so schnell aus dem Zimmer stürmte, daß ihre Gestalt selbst in der Erinnerung zu verschwimmen schien. Und Kait mit siebzehn, überglücklich, als er ihr mitteilte, daß er ihre Eltern davon überzeugt hatte, daß sie eine perfekte Botschafterin für die Galweighs sein würde, daß sie die Ausbildung beginnen konnte.

Und jetzt Kait, die verschwunden war. Und wenn ihr irgend etwas zugestoßen war, konnte er nur sich allein die Schuld geben. Er hätte sie aus dem Spiel nehmen müssen, sobald er die drei heimtückischen Sabirs über den Hof stolzieren sah, aber wenn er das getan hätte, wäre damit seine eigene Deckung aufgeflogen, und er hatte nicht erwartet, daß irgend jemand bei einer derart öffentlichen Feier, noch dazu beim Namensfest, etwas gegen eine Botschafterin unternehmen würde – nicht einmal gegen eine so junge Botschafterin wie Kait.

Er zwang sich zur Ruhe. Vielleicht hatte Tippa ja eine logische Erklärung dafür, daß sie allein nach Hause kam.

»Wo ist sie?«

Die hellen, erschrockenen Augen blickten zu ihm auf. »Sie ... ist auf dem Fest geblieben. Irgend etwas stimmte da nicht, aber sie wollte nicht sagen, was. Sie ist so böse geworden ... Und die Prinzen waren so nett zu mir, aber Kait hat sich mit ihnen angelegt, und dann hat sie mich gezwungen, allein nach Hause zu fahren.« Tippa begann zu weinen.

Sie stank nach Wein, und die Röte ihrer Wangen und das Leuchten in ihren Augen sagten ihm, wie betrunken sie war. Wenn die Anstandsdamen sie genau im Auge behalten hätten, hätte sie niemals in einen derartigen Zustand geraten dürfen. Und welche Prinzen waren nett zu ihr gewesen? Die Familien hielten nicht viel von den Prätendenten auf lang verwaiste Throne, und wenn sie in Ibera irgendwelche Prinzen kennengelernt hatte, dann waren es mit ziemlicher Sicherheit welche von dieser Sorte. Kait war ein vernünftiges Mädchen – sie hatte Ärger gewittert und Tippa von dem Fest entfernt und nach Hause geschickt.

Und dann? War sie zurückgekehrt, um die Prinzen zur Rede zu stellen? Ein junges Mädchen, ganz allein in einer fremden Stadt, im Haus von Menschen, die seit mehr als hundert Jahren zu den Todfeinden ihrer Familie zählten? Würde sie etwas Derartiges tun?

Nein. Kait war ein vernünftiges Mädchen. Was auch geschehen sein mochte, das war es nicht gewesen.

Tippa war offensichtlich zu betrunken, um ihm viel nützen zu können, obwohl Doghall um Kaits willen hoffte, daß sie ihm irgend etwas erzählen konnte, das ihn weiterbrachte. Er würde sie ins Haus bringen, den Botschaftsarzt wecken und ihr etwas zum Ausnüchtern geben lassen.

In der Zwischenzeit würde er die Männer vom Sicherheitspersonal ausfindig machen und sie ausschicken, damit sie die Straßen durchkämmten. In die privaten Bereiche des Hauses Dokteerak würde er nicht hineinkommen – nicht ohne eine Armee –, und zu dieser späten Stunde, da die meisten, wenn nicht gar sämtliche Gäste gewiß heimgegangen waren, konnte er nicht einmal mit einer überzeugenden Entschuldigung aufwarten, warum er sich Zutritt zum öffentlichen Teil des Hauses verschaffte. Aber er konnte den Männern, denen die Galweighs vertrauten, Weisung geben, sich außerhalb des Hauses umzuschauen, ohne selbst gesehen zu werden.

Alles in allem gab es nicht viel, was er gefahrlos tun konnte, ohne das Risiko einzugehen, das eine Geheimnis preiszugeben, das er um jeden Preis hüten mußte. Bei sich daheim auf den Inseln hätte er auf der Suche nach dem Mädchen Himmel und Erde in Bewegung setzen können, ohne Vergeltungsmaßnahmen befürchten zu müssen. Aber in Halles, in einer Botschaft, die den größten Teil ihres Hauspersonals unter den Einheimischen rekrutierte und die mit Sicherheit mindestens einen Spion in ihren Dienst genommen hatte, wahrscheinlich sogar mehrere –, wagte er nichts dergleichen.

Es war nicht einmal so, daß er sich davor fürchtete, mit gevierteiltem Leib auf dem Stadtplatz zur Schau gestellt zu werden, obwohl er das nach Möglichkeit natürlich vermeiden wollte. Aber wenn sein Geheimnis ans Licht kam, würde er die Bloßstellung der *Falken* riskieren, die *Texte* aufs Spiel setzen und in seinen Verpflichtungen als Zunftmeister versagen.

Wenn er sich doch nur rechtzeitig die Zeit genommen hätte, die Lage eines sicheren Raumes aufzuspüren, oder, falls kein solcher existierte, einen zu schaffen.

Während er Tippa unsanft zum Quartier des Arztes zerrte, haderte er innerlich mit seiner Hilflosigkeit. Er würde alles tun, was in seinen Kräften stand – und alles, was in seinen Kräften stand, würde dem Mädchen nicht das Geringste nutzen, wenn sie sich in echten Schwierigkeiten befand. Seiner Gänsehaut nach zu urteilen und im Angesicht des unentrinnbaren Dröhnens fremder Wolfsmagie in der Luft konnte er nur das Schlimmste befürchten.

Kapitel 5

Kait erkannte die Straße wieder, auf der sie ging. Zwei Häuserblocks, vielleicht drei, dann war sie bei der Botschaft. Fast zu Hause. Fast in Sicherheit, fast dort, wo sie der Familie von den Dokteeraks und den Sabirs berichten konnte.

Vielleicht würde sie in ihrem Zimmer in der Lage sein, die dumpf dröhnende Bedrohung des Bösen hinter sich zu lassen, die gegen ihren Schädel hämmerte.

Vielleicht konnte sie dann auch das Gefühl abschütteln, daß sie verfolgt wurde, daß sich irgendwo hinter ihr, wo sie seine Witterung nicht aufnehmen konnte, etwas bewegte, um ihr den Weg abzuschneiden. Sie war mehrmals stehengeblieben und hatte gewittert, und jedesmal hatte sie nichts als die schweren Gerüche der Kanalisation und der ungewaschenen Leiber von Betrunkenen und Huren wahrgenommen, die immer noch ein gutes Stück vor ihr waren; jedesmal blies der Wind, der so oft ihr Freund war, aus der Richtung der Botschaft, statt aus der Richtung des Menschen ... oder der Kreatur ... deren Verfolgung sie spüren konnte. Sie hörte kein einziges Mal etwas Verdächtiges. Sie sah nichts, das ungewöhnlich gewesen wäre.

Aber das Gefühl wollte nicht vergehen. Augen beobachteten sie durch den Nebel. Augen, die schärfer waren als ihre eigenen.

Jemand rannte auf sie zu. Konzentrierte sich ganz auf sie – sie wußte es, spürte es tief in ihren Eingeweiden. Nur dort. Ihre übrigen Sinne waren blind. Aber ihr Bauch sagte ihr alles. Die Schritte, die auf sie zueilten, waren nicht willkürlich gewählt, die Absicht desjenigen, der sich ihr da näherte, war für sie die Absicht eines Pfeils, der auf ihr Herz zielte.

Gefahr. Verrat. Tod.

Sie stopfte sich den vorderen Saum ihres Kleides in ihr Mieder und rannte in die nächstbeste Nebenstraße hinein ... Lautlos, entschlossen, so schnell nur irgendein Mensch laufen konnte, all ihre Sinne auf denjenigen gerichtet, der sie verfolgte. Mit einemmal kannte sie nur ein einziges Ziel, das Ziel, zu entkommen; die ganze Welt verengte sich auf die Bewegung ihrer Arme und Beine, den nächsten Schritt, den sie auf den gefährlich unebenen Straßen tun mußte, die Ausweichmanöver, mit denen sie um Hindernisse herumeilte, die sie in ihrer Flucht aufhalten konnten. Die Angst ließ das Blut abermals in ihren Adern singen; die Verwandlung war ihr ebenso dicht auf den Fersen wie der Läufer, der jede Biegung, die sie nahm, mitmachte und irgendwie das Unmögliche möglich machte und mit ihr Schritt hielt. War es ein gedungener Mörder? Jemand, der die Galweighs bis aufs Blut haßte, der sie erkannt hatte, als sie das Fest verließ, der die günstige Gelegenheit nicht ungenutzt verstreichen lassen wollte?

Sie rannte nach links, nach rechts und dann wieder nach links, zufällige Entscheidungen in einer Stadt, die sie nicht kannte. In ihrer Hast rempelte sie einen Betrunkenen an, so daß er in der Gosse landete; er schrie auf und klammerte sich im Fallen für den Bruchteil einer Sekunde an ihrem Rock fest, bevor sie sich losriß. Er kostete sie einen Schritt – vielleicht anderthalb Schritte – in einem Rennen, das sie bereits verlor. Ihre Angst wuchs. Sie rannte noch schneller und kämpfte dabei gegen die Verwandlung an und gegen den Verrat ihres Körpers, der hier in der Öffentlichkeit ihren Tod bedeuten würde. Der Nebel, der zuvor ihr Verbündeter gewesen war, wurde jetzt zu einem Hindernis, das jeden ihrer Schritte zu einer Gefahr machte. Sie wollte sich verstecken, mit der Stadt verschmelzen und nicht länger ein Fremdkörper sein, der sofort ins Auge stach; weit hinten in ihren Gedanken wisperte etwas *Menschen,* und, verängstigt und an die Grenzen der Leistungskraft ihres menschlichen Körpers getrieben, konnte sie nur an das denken, was hinter ihr war und nicht an das, was vielleicht vor ihr liegen mochte, so daß sie einen Fehler beging.

In den langsam verfliegenden Duft des Parfüms auf ihrer Oberlippe mischte sich der Geruch nach Menschen. Es waren viele. *Männer und Frauen,* sagte die Stimme in ihren Gedanken, *in dieser Richtung.* Sie folgte der Fährte auf ihrer rechten Seite, eine gewundene Straße hinunter, die statt breiter immer schmaler wurde.

Sie betete, daß die Hauswände, die sie zu beiden Seiten umschlossen, sich wieder voneinander entfernen würden. Daß sie die Bewegung der Luft würde riechen können, die auf eine Öffnung am anderen Ende dieses Durchgangs schließen ließ. Aber da war nichts dergleichen. Die Luft lag wie tot da, der Durchgang wurde noch schmaler, bis sie, wenn sie beide Arme seitlich von sich gestreckt hätte, die Wände hätte berühren können. Jetzt konnte sie auch die Menschen vor sich hören. Sie lachten. Sie lachten. Leise Stimmen, mit einem Anflug von Schärfe darin, einem Gefühl der Vorsicht. Männerstimmen, aber sie nahm auch die Witterung einer weiblichen Fährte auf. Ein Anflug des Duftes von Sex in der Luft, dazu der metallische, beißende Geruch von frischem Blut. Im Schatten der Häuser verlor sie das Licht des Mondes, und nur dank ihrer Karneeaugen sah sie noch genug, um überhaupt weiterzulaufen. Ihr Verfolger wurde niemals langsamer. Sie hörte ihn hinter sich in die Straße einbiegen. Wie war es nur möglich, daß er ihr so dicht auf den Fersen blieb? Warum konnte er sie so zielsicher verfolgen? Aber sie hatte jetzt keine Zeit, über die Antwort auf diese Frage nachzudenken.

Plötzlich hörten die Mauern zu ihren beiden Seiten einfach auf, und sie stand mitten zwischen den Menschen, nach denen sie gesucht hatte. Sie befand sich in einer Sackgasse, als sie mit zweien der Männer zusammenstieß, sie hielten sie an den Armen fest, während sie versuchten, das Gleichgewicht zu bewahren. Mit rauher Stimme stieß sie hervor: »Versteckt mich.«

Hinter ihr verharrten die Schritte ihres Verfolgers.

Und da sah sie, was sie sich eingebrockt hatte. Eine Frau kauerte auf Knien und Ellbogen auf den Pflastersteinen, ihre Handgelenke waren gefesselt, und ein Knebel steckte in ihrem Mund, während ein Mann, der ihr ein Messer an die Kehle hielt, direkt neben ihr stand. Zwei weitere Männer befanden sich hinter ihr. Einer kniete, der andere stand. Ihr zerfetztes, aufgeschlitztes Mieder enthüllte ihre Brüste, und ihr Rock war ihr bis zur Taille hochgeschoben worden. Aus einer Schnittwunde an ihrer Wange strömte Blut. Ein Toter, der nach der neuesten Mode von Halles gekleidet war, lag lang ausgestreckt an der Häuserwand ihr gegenüber; seine Kehle war nur mehr ein unkenntlicher Flecken Dunkelheit vor dem blutleeren Weiß seiner Haut. Ein Mann, der an der Vergewaltigung nicht teilnahm, raubte den Leichnam aus. Kait hörte, wie der Inhalt einer Börse auf die Steine geleert wurde; das unverkennbare, dumpfe Klimpern von Gold, das Klirren von Juwelen. Es waren sechs insgesamt. Sechs Mörder, Diebe, Vergewaltiger … und die Frau. Ein anderer Mann trat gerade aus dem Schatten und baute sich grinsend vor ihr auf. Ein junger Mann, gutaussehend, gut gekleidet, aus gutem Haus. Rundes Gesicht, helles Haar, helle Augen – Er hatte das Aussehen eines Erben der Dokteeraks, und sie dachte, diese Familie amüsiert sich also auch auf Kosten ihrer Untertanen.

Die Hände, die sie festhielten, packten härter zu. »Seht nur, was die Götter uns geschickt haben«, bemerkte der Mann zu ihrer Linken leise, und derjenige, der rechts von ihr stand, lachte.

Ihr Blut siedete, ihre Knochen prickelten, sie schmeckte Metall in ihrem Mund und hörte den Gesang ihres Herzens in ihren Ohren. Die Angst starb, erstickt von Karneezorn. Ihre Stimme wurde heiser, als ihre Stimmbänder sich neu formierten; ihr anderes Ich stemmte sich gegen sie, um freigelassen zu werden. Mit dem letzten Rest Selbstbeherrschung sagte sie: »Wenn Ihr weiterleben wollt, laßt sie gehen und laßt mich gehen. Ihr wißt nicht, was ich bin.«

Ein Kichern von den Männern, die sie festhielten. Ein rauhes Auflachen von den Männern, die sich gerade bei der Frau abwechselten.

Der Dokteerak schüttelte den Kopf. »Oh je, sie wird uns etwas antun ...«

»... ein hübsches, reiches Mädchen, das die falsche Gasse hinuntergelaufen ist ...«

»... gib uns dein Geld, und vielleicht lassen wir dich gehen »... vielleicht lassen wir *dich* am Leben.«

»Ich nicht. Ich will sie vögeln, wenn sie tot ist.«

Kehliges, haßerfülltes Lachen. Noch mehr Gekicher.

Der hochgeborene Bastard schlitzte ihr Seidenmieder auf und riß es ihr bis zur Taille herunter – für den Bruchteil eines Augenblicks kratzte die Klinge über ihre Haut, und sie roch ihr eigenes Blut. Er trat hinter sie, griff mit einer Hand in die Locken ihres Haares und riß ihren Kopf nach hinten, so daß sie auf die Knie fiel. Er packte ihren Dolch, zerrte ihr das Kleid vom Leib, durchschnitt die Bänder, die ihre Unterwäsche festhielten – den Brustgurt aus Spitze, die seidenen Strumpfbänder. Dabei schnitt er sie wieder ... kleine Schnitte, ein Schmerz wie Bienenstiche, wie der Stachelstock für den Wahnsinn, der sie in seinen Fängen hielt. Roter Nebel vor ihren Augen.

Die andere Kait sang vor Entzücken, als der Lichtblitz unverdünnten Zorns aufschoß, der sich in Hirn und Gedärme bohrte. Sie zuckte wie eine Python in den Händen ihrer Angreifer, kostete im Geiste schon sprudelndes Blut, spürte das köstliche Knirschen von Knochen und Knorpel zwischen ihren Zähnen, bevor sie auch nur einen einzigen von ihnen in Reichweite hatte. Die Jagd. Die Jagd. Das Erlegen der Beute. Jene andere Kait grinste, und ein Knurren löste sich aus den Tiefen ihrer Kehle. Heiße Wut drängte sich durch sämtliche Barrieren zwischen Kait-der-Frau und Kait-dem-wilden Geschöpf. Das Knurren in ihrer Kehle wurde lauter. Nackt in den Armen der Nacht verlor die vernünftige Kait sich an die jubilierende, glückselige, lebenssprühende, schaudernde andere, die nur kämpfen wollte, zerstören, zerreißen und schmecken und töten in dieser berauschenden, an Düften überreichen Dunkelheit. Sie riß sich los, wirbelte herum und packte den ihr am nächsten stehenden Mann mit einer Hand, die sich vor ihren Augen verwandelte und neu formte – einer Hand, die bereits von dem seidigen, glänzenden, dichten schwarzen Fell der Karnee überzogen war. Ihre Finger wurden kürzer und dicker, ihre Sehnen wölbten sich unter der Haut, und einziehbare Krallen bogen sich nach vorn.

Sie lachte, und in diesem Lachen war nichts Menschliches mehr. Sie knurrte: »Du gehörst mir« und sprang ihn an; ihre Hände und Füße waren vier nunmehr vollends verwandelte, weit ausgestreckte Pfoten mitten im Sprung, ihr Rückgrat bog und dehnte sich, um sie mit einem schweren, biegsamen Schwanz auszustatten. Ihre Muskeln brannten und flossen und ballten sich unter ihrer Haut zusammen, und die krallenbewehrten Pfoten zerschlitzten den rauhen Hemdenstoff des Schänders. Dann bohrte sie sich durch das Fleisch seiner Brust, als sei es Butter, und brachte ihr Gesicht näher an das seine heran, so daß sie den köstlichen Gestank der Angst an ihm riechen und in seiner Kehle die Anfänge eines Schreis hören konnte. Ihr Grinsen wurde breiter, als ihr Mund sich zur Schnauze streckte. Ihre Zähne waren Dolche in ihrem Maul. Sie biß zu, zermalmte seinen Schrei, bevor er geboren war, schmeckte das Eisen und Salz seiner spritzenden Halsschlagader auf ihrer Zunge und spürte das stetige Sprudeln seines Pulses an ihrem Gaumen. Nur für die Dauer von nicht mehr als zwei vogelschnellen Schlägen seines Herzens, bevor sie mit einer blitzschnellen Drehung in die Höhe schoß und von ihm abließ; ihre Nase berührte beinahe das Gesicht des zu Tode erschrockenen jungen Lords.

Sie riß ihm im Vorübergehen die Kehle heraus, bevor noch ihre Pfoten den Boden berührten, bereits auf dem Weg zu ihrem nächsten Opfer. Sie stürzte sich auf den dritten Mann, der sie festgehalten hatte. Fiel ihn an. Brachte ihn zu Fall.

Bisher hatte ihr die Überraschung einen deutlichen Vorteil verschafft, so daß sie die drei Männer mühelos überwinden konnte, aber mittlerweile hatten die anderen vier ihre Sinne und ihre Waffen wieder beieinander, und jetzt standen die Chancen gegen sie.

Alle vier Männer bewegten sich durch den Nebel, um sie einzukreisen, um sie zu umzingeln. Ihre Schwerter waren auf sie gerichtet, und sie wußte, daß sie in Schwierigkeiten war. Sie waren in der Überzahl, ihre Waffen ihren eigenen überlegen. Im Kampf zwischen einem Tier und einem unbewaffneten oder nur mit einem Dolch bewaffneten Mann lagen die Chancen auf seiten des Tieres. Aber vier Männer mit langen Klingen und mit Mord in den Augen – nun, in diesem Falle lag der Vorteil bei den Männern. Und noch während ihr dieser Gedanke durch den Kopf schoß, sprang einer ihrer Angreifer sie an und ließ sein Schwert vorschnellen, und sie trug einen tiefen Schnitt quer durch ihre rechte Schulter und über ihre Rippen davon.

Sie fauchte und setzte unter der in die Höhe schnellenden Klinge zu einem tiefen Sprung an und schlug mit einer Pfote nach ihrem Angreifer. Sie traf ihn am Knie und am Schienbein, aber die Wunde war nicht tief genug, denn er schrie zwar, wankte aber nicht. Währenddessen mußte sie selbst einen weiteren Schnitt tief in ihre linke Flanke einstecken, weil sie ihre seitliche Deckung vernachlässigt und einer der Männer hinter ihr diesen Vorteil genutzt hatte.

Sie krümmte sich, fauchte und schnappte zu, bekam aber nur Luft zu fassen, da der zweite Angreifer zurückgewichen war und sein Schwert in Verteidigungsstellung gebracht hatte. Er grinste; sie konnte seine Zähne in der Dunkelheit aufblitzen sehen. Er wußte, daß er sie da hatte, wo er sie haben wollte. Sie wußte es ebenfalls. Und sie hatte Angst. Sie wollte nicht sterben.

Eine der Klingen zitterte, und sie stürmte auf den Mann zu, der sie in der Hand hielt, durchbrach seine Deckung und bohrte ihre Krallen in das weiche Fleisch seines Bauches, und er ging zu Boden. Aber nicht ohne ihr einen Preis dafür abzuverlangen. Sie hatte den drei anderen den Rücken zugewandt, und sie griffen sie an, und der alptraumhafte Zubiß scharfen Metalls versengte ihren Nacken und ihre bisher unverletzte Flanke und tastete nach ihren inneren Organen, obwohl sie sich freikämpfte, bevor die Klinge ihr Ziel fand.

Ich werde sterben.

Hier. Jetzt.

Und dann geschah das Wunder. Etwas Großes und Dunkles und Schreckliches schoß aus der Gasse hervor. Dem Mann, der ihm den Rücken zuwandte, entfuhr ein einziger Schrei, dann stürzte er und stand nicht mehr auf. Ein turmhoher Schatten, schnell und massig, schlitzte ihm die Kehle auf, als er fiel, und stürzte sich dann auf den Mann, der ihm am nächsten stand. Kait hatte keine Zeit, den Ausgang dieser zweiten Schlacht zu beobachten; sie wandte sich um, um sich dem einzigen noch verbliebenen Angreifer zu stellen. Es war nur ein Mann, aber immer noch bewaffnet, unverletzt, wachsam. Sie machte eine Finte nach rechts, dann nach links, täuschte einen Sprung hoch in die Luft vor, und als ihr Feind seine Waffe zu einem Streich herunterschnellen ließ, der ihre Eingeweide zerteilen sollte, duckte sie sich darunter weg und stürzte sich auf ihn. Er war nicht schnell genug für sie, und sie zerbiß ihm den Oberschenkel und brachte sich mit einem kraftvollen Sprung in Sicherheit, bevor seine Klinge auf ihren Rücken herunterfahren konnte. Er traf sie jedoch am Hinterkopf, und wäre der Hieb mit größerer Wucht geführt worden, hätte er sie vielleicht an Ort und Stelle zur Strecke gebracht. Sie konnte von Glück sagen, daß er zuschlug, bevor er sein Gleichgewicht wiedergefunden hatte. Wie die Dinge lagen, stolperte sie, und eine Million weißer Lichter blinkten hinter ihren Augen auf, während der Schmerz sie halb blind machte.

Schwer atmend, unter Schmerzen und blutend wappnete sie sich gegen den Angriff des Mannes. Aber der Fremde …

… er ist Karnee, er ist derjenige, den ich im Hause Dokteerak gerochen habe, er ist derjenige, der mir gefolgt ist …

… der Fremde stürzte sich von hinten auf den letzten der Verbrecher und verbiß sich in eins seiner Beine. Der Mann schrie auf und stürzte. Danach war es sehr schnell vorüber.

Kait spürte, wie die Hitze ihres Karneestoffwechsels ihre Verletzungen mit ihrem Feuer schloß. Die weniger tiefen Wunden würden bis zum Morgen nicht einmal Narben zurückgelassen haben; die eine schwerere Verletzung dagegen würde wahrscheinlich noch ihre Spuren hinterlassen, aber selbst die mußten in ein oder zwei Tagen der Vergangenheit angehören. Das war der Segen ihres Fluches. Sie war ein Ungeheuer, aber eines, das sich verdammt schwer umbringen ließ.

»Wir sollten gehen«, sagte der fremde Karnee. »Die Wachen werden die Schreie gehört haben.« Seine Stimme zitterte durch ihre Knochen und erreichte auf direktem Wege ihr Inneres. Hypnotisch. Kehlig, sinnlich, voller Leidenschaft und Rätsel – sie wandte sich ab. Er konnte unmöglich mit ihr machen, was er da machte; er stand doch nur da, blutend und mit Blut bedeckt, und warnte sie vor der Gefahr, und doch war seine Stimme eine mächtige Droge für sie, von derselben überwältigenden Kraft wie Caberraweihrauch, von derselben Kraft wie seine Witterung es etwas früher am Abend gewesen war, im Hause Dokteerak. Er war unmöglich. Sie wandte sich ab und sah die Frau an, die sich an die gegenüberliegende Mauer der Sackgasse kauerte.

Von tiefem Entsetzen gepackt, preßte sie die zerlumpten Überreste ihres Gewandes an ihre Brüste und starrte Kait und den Fremden an, als hätte diese Nacht der Höllen gerade erst die schlimmste aller Höllen hervorgebracht. Und das war das Furchtbarste daran. Kait hatte der Frau das Leben gerettet, aber weil sie eine Karnee war, durfte sie nur Furcht und Haß erwarten – vielleicht sogar Verrat. Kait hätte der Frau gern Trost angeboten, ihr geholfen, einen sicheren Ort aufzusuchen, aber sie wagte es nicht.

Daher starrte sie nur in die Augen der in sich zusammengesunkenen Frau und zog die Lippen zu einem Grollen zurück, das jeden einzelnen ihrer messerscharfen Fangzähne entblößte. »Ich kenne dich«, stieß sie knurrend hervor, »ich weiß, wo du wohnst, mit wem du betest, auf welchen Straßen du gehst. Ich habe dir heute nacht das Leben gerettet, aber ich weiß, daß du diese Gnade von einem wie mir nicht gutheißt. Ich warne dich also nur dieses eine Mal – wenn du es wagst, zu irgend jemandem ein Wort von dem, was du heute nacht hier gesehen hast, zu sprechen, werde ich dich in der Dunkelheit finden, und du wirst nie wieder einen neuen Sonnenaufgang begrüßen.«

Die Frau hatte sich mit immer noch gefesselten Händen den Lumpen aus dem Mund gezogen. Sie bebte, nickte und krächzte: »Was soll ich ihnen dann sagen?«

»Daß du nichts gesehen hast. Daß du um dein Leben gekämpft hast, daß diese Bastarde dir einen Schlag auf den Kopf versetzt haben, und daß du, als du erwachtest, sie so vorgefunden hast, wie sie jetzt sind. Ein Wort mehr, und es wird dein Tod sein – das ist ein Versprechen.«

»Ich habe nichts gesehen«, wisperte die Frau. Tränen glitzerten auf ihrem Gesicht. »Ich habe nichts gesehen ... Nichts gesehen ... Sie haben mich geschlagen ... Ich bin gestürzt ...« Sie sprach mit sich selbst, nicht mit Kait.

Kait hatte anderes zu tun. Sie rollte die Leichen zur Seite und fand die Überreste ihres Kleides und ihrer Unterwäsche. Schließlich entdeckte sie auch die Schuhe, die sie getragen hatte, und ihren Dolch. Jeder einzelne dieser Gegenstände würde sie bei weitem leichter verraten, als die Frau es konnte – die Seidenstoffe waren von Webern der Galweighs im Galweighmuster gefertigt worden, die Spitze zeigte Rose und Dorn, wie sie die Galweighs trugen, auf den Schuhspangen prangte der goldene Galweighring, in den Griff des Dolches waren Rubine und Onyx eingearbeitet und in den Knauf das Galweighwappen; in die Reben, die sich um die Parierstange wanden, war ihr Name eingearbeitet. Alles, was sie besaß, bedeutete stummen Verrat, bedeutete Soldaten und Priester und blutdürstigen Pöbel, die sich auf sie und alle stürzen würden, die sie liebte.

Sie preßte ihre Habe so fest an sich, wie Pfoten und Klauen es zuließen, schob sich das Bündel ins Maul und sprang auf die Gasse zu. Es gab immer noch Hindernisse zu überwinden – Menschen auf den Straßen, die Botschaft, die gefunden werden mußte, die Notwendigkeit, an den Leuten ihrer eigenen Familie vorbei und ins Innere des Gebäudes zu gelangen. Sie mußte den Kopf freibekommen, mußte alles, was sich gerade zugetragen hatte, aus ihren Gedanken verbannen oder sterben.

Aber der Fremde glitt neben ihr her, schweigend und schön und atemberaubend. Irgendwo in der Gasse nahm er sein eigenes Bündel auf und lief dann neben ihr her, bis sie an eine Stelle kamen, an der das Mondlicht sich wie ein Kuß über ihn legte. Dann trat er vor sie hin, drehte sich um und verharrte. »Ich habe mein ganzes Leben damit zugebracht, dich zu suchen«, sagte er.

Er war riesig, gut doppelt so schwer wie sie und von kräftigem Knochenbau, als sei er von einem Künstler gemeißelt worden, der ihm in großer Liebe zugetan war. Seine Augen, ein helles Blau mit einem schwarzen Ring um die Iris herum, würden auch nach der Verwandlung erkennbar sein – weder ihre exotische Farbe noch ihr auffallendes Muster würden sich ändern. Sein glänzendes Fell, Kupfer mit schwarzen Streifen, betonte mächtige Muskeln, die sich deutlich sichtbar über seine breite Brust, seine steil abfallenden Schultern zogen und in seinen Schenkeln spielten. Seine kraftvollen Kiefer öffneten sich zu einem Grinsen, und sein starker Hals mündete in einem Kopf, der so massig und gleichzeitig anmutig war, wie man ihn nur je bei einem Wolf oder einem Jaguar gesehen hatte. In seinen Ohren steckten schmale Goldringe, und an der Stelle, an der sein Hals mit seiner Brust verschmolz, glitzerte an einer schweren Silberkette ein wie ein Schild geformtes Medaillon. Sie konnte das Wappen auf dem Medaillon deutlich erkennen: Zwillingsbäume mit ineinandergeschlungenen, emporgewölbten Zweigen, zarten Blättern und den vollen Formen reifer Früchte. Das Familienwappen der Sabirs – ein hübsches Muster, es sei denn, man bedachte, daß die Sabirs behaupteten, der eine Baum trage gute Früchte für die Sabirs und ihre Freunde und der andere vergiftete Früchte für ihre Feinde.

Und Kait war eine Galweigh und daher eine Feindin, hinter der fünfhundert Jahre Familienhaß standen. Sie war, was sie war, wegen des Fluches, mit dem einst ein Sabirzauberer einen ihrer Vorfahren belegt hatte; er war, was er war, weil dieser Fluch, nachdem er die Blutlinien der Galweighs vergiftet hatte, auf den Mann, der den Zauber gewoben hatte, zurückgefallen war. Fünfhundert Jahre bösen Blutes, und er sagte, er habe sein ganzes Leben lang darauf gewartet, sie zu finden.

Das Schlimmste daran war die Anziehungskraft, die von ihm ausging. Diese Kraft war so überwältigend und so allumfassend, daß sie unwillkürlich wünschte, ihm glauben zu können, wünschte, ihm zu sagen, was ihr durch den Kopf ging – daß sie ihn wollte. Was natürlich lächerlich war; mit ein klein wenig Vernunft betrachtet, konnte sie ihn unmöglich begehren. Sie kannte ihn nicht, und wenn sie ihn gekannt hätte, hätte sie ihn gehaßt, weil er ein Sabir war. Es spielte keine Rolle, daß er ihr das Leben gerettet hatte. Er wußte nicht, wer sie war, sonst hätte er sich in diesem Augenblick längst in ihre Kehle verbissen.

Er beobachtete sie, wartete darauf, daß sie den nächsten Schritt tat.

Sie ließ das Bündel zwischen ihre Pfoten fallen und drückte es so fest zusammen, daß sie es anschließend wieder aufnehmen konnte. Sie würde ihm mit einer List entkommen müssen. »Meinen Dank«, sagte sie. Formelle Worte, die so wenig zu ihren unverständlichen Gefühlen passen wollten. Irgendwie *kannte* sie ihn, obwohl sie ihn noch nie im Leben gesehen hatte. Die Vertrautheit war mehr als simple Identifikation; es war das bis ins Mark reichende Wissen einer Frau, die in einer übervölkerten Stadt um eine Straßenecke biegt und sich Hals über Kopf in die Arme des Mannes wirft, der vom Schicksal ausersehen war, ihr Seelengefährte zu werden.

Mein Feind. Meine Seele.

Absurd. Es weckte in ihr den Drang, zu lachen – und es ließ sie dankbar sein, daß sie nicht an Schicksal glaubte.

Meine Seele. Mein Feind.

»Komm mit mir«, sagte er, und sein volles, dröhnendes Knurren ließ ihre eigene wilde Karneestimme weich und hell klingen. »*Bleib* bei mir.«

»Ich muß nach Hause.«

»Aber ich will dich.«

»Die Wachen sind bereits auf dem Weg«, sagte sie. »Kannst du sie nicht hören?« Sie glaubte eigentlich, gelogen zu haben, aber noch während sie die Worte aussprach, wurde ihr klar, daß sie die Wahrheit sagte. Der rhythmische Aufprall von Schritten – schnell, im Gleichtakt – bewegte sich durch die Straßen. Und Stimmen, noch schwach, aber immer lauter, je näher sie kamen. »Ausschwärmen! Durchsucht diese Gasse da! Beeilung, Männer, bevor wir sie verlieren!«

Einen Augenblick lang zögerte er. Nur einen Augenblick. Dann sagte er: »Such mich. Bitte. Bitte, such mich.« Mit diesen Worten nahm er sein eigenes Bündel zwischen die Zähne und drehte sich, bereit, loszustürmen. Sie folgte ihm, und gemeinsam hetzten sie durch die Mündung der Gasse, die Krallen eingezogen, so daß sie beim Laufen nicht mehr Lärm machten als der Wind, der über die Pflastersteine strich. Beide bogen scharf nach rechts ab, als sie auf die Straße hinauskamen, und bewegten sich von da an hügelaufwärts, weg von den näher kommenden Wachen. Für kurze Zeit liefen sie Seite an Seite nebeneinander her, streiften einander manchmal und lösten sich dann wieder. Ihre Muskeln dehnten sich und zogen sich wieder zusammen in fließender Bewegung, ihr Rücken wölbte und streckte sich, ihr Körper sang in der leichten Brise, die ihre Haut liebkoste, sang, erfüllt von dem Glück des Laufes und dem Staunen über seine Nähe – wie vergänglich sie auch sein mochte. Die ganze Welt war Duft: der süße Geruch der Nacht, der Karneemoschus, die Feuchtigkeit des Nebels, die grünen Pflanzen, die in der Ferne wuchsen, und der Essensgeruch des städtischen Ungeziefers in den nahen Straßen; das stetige Rauschen des Wassers in einem Springbrunnen, Stimmen, die von Ferne riefen, das weiche Zirpen eines Nachtvogels, der am Himmel über ihnen jagte: das Licht des späten Mondes, der wie Silber durch die dichter werdenden Nebelschwaden fiel, die anmutigen Spitzenmuster, die er durch Bäume und Häuser warf; das kühle, glatte Rund der Kupfersteine unter ihren Füßen, der schwere Nebel, der in ihrem glatten Pelz winzige Tröpfchen bildete und ihr Kühle schenkte. Das Brennen ihrer heilenden Wunden, das Feuer der Luft in ihren Lungen, das Glück darüber, lebendig zu sein. Später, wenn sie wieder Mensch war, würde sie Entsetzen über das Gemetzel erfüllen, für das sie verantwortlich gewesen war. Die Geister der toten Männer würden sie in ihren Träumen verfolgen. Später würde sie die Taten ihres monströsen Ichs betrauern. Aber die Karnee-Kait trauerte nicht. *Sie* fühlte sich herrlich. Sie war lebendig, und jene, die sie schänden und ermorden wollten, waren tot, und ihr Tod erfüllte sie mit wilder Freude.

Der fremde Karnee wandte sich von ihr ab und bog nach links in eine Nebenstraße ein. Sie blieb auf der Straße, auf der sie war; sie hatte endlich erkannt, wo sie war. Durch reinen Zufall war sie auf gerade die Straßen gestoßen, die sie nach Hause führen würden. Noch ein Häuserblock, eine Abzweigung nach rechts, und sie würde vor dem hohen, mit Eisenspitzen versehenen Zaun stehen, der die Botschaft von der sie umgebenden Stadt trennte. Der Sabirkarnee war bereits außer Sicht, floh seiner eigenen Sicherheit entgegen; auf diese Weise würde er nicht erfahren, wer sie war. Gut. So würde sie länger leben.

Sie verringerte ihr Tempo zu einem langsamen Trab und wurde plötzlich wachsam. Solange sie diese Gestalt trug, waren ihre eigenen Leute genauso tödlich für sie wie ein Feind. Sie wagte es nicht, sich sehen zu lassen. Sie mußte an den Wachen vorbeikommen, über den Zaun, die drei Stockwerke hohe Steinmauer hinauf bis zu dem Fenster ihres Quartiers. Bevor sie zu der Feier aufgebrochen war, hatte sie weder die Läden geschlossen noch das Fenster verriegelt; der Karneeteil ihres Wesens sträubte sich gegen den Geruch und das Gefühl abgeschlossener Orte, und je mehr es sie nach der Verwandlung verlangte, umso schlimmer wurde das Gefühl. Das war ein Vorteil. Ihr einziger Vorteil.

Sie kauerte sich in den Park auf der anderen Straßenseite und beobachtete die Wachen, die jenseits des Zaunes einherschritten. Regelmäßige Bewegungen; eine Runde, die jeweils von zwei Männern gedreht wurde, eine kurze Pause, dann wieder zwei Männer, die in entgegengesetzter Richtung über das Grundstück gingen. Sie hatte sie in anderen schlaflosen Nächten von oben beobachtet. Die Pausen waren zu dieser frühen Morgenstunde kürzer als sonst – es befanden sich mehr Männer auf dem Grundstück, und sie waren wachsamer. Zu dieser Zeit gab es keine Scherze, kein Geplänkel, während die Wachen paarweise ihre Runden drehten; sie rechnete mit Schwierigkeiten ... oder ihr Fehlen in der Kutsche, die Tippa heimgebracht hatte, und irgendwelche verdrehten Geschichten, die Tippa vielleicht noch hervorzustoßen in der Lage gewesen war, hatten die Botschaft in Alarmzustand versetzt. Kait würde sehr schnell und umsichtig sein müssen, um an den Wachen vorbeizukommen. Sie blickten jedoch niemals an den Hausmauern hinauf. Also hatte sie noch einen zweiten Vorteil auf ihrer Seite.

Sie bewegte sich so dicht an der Straße und dem Zaun entlang, wie sie es nur wagte. Dann wartete sie. Zwei Wachen gingen vorbei. Der Nebel würde sie vor den Blicken der Männer schützen, gleichzeitig aber auch jedes Geräusch, das sie machte, verstärken. Sie ließ die Wachen sich so weit von ihr entfernen, wie sie es eben wagte; der zweite Wachtrupp in Gegenrichtung kam bereits um die Ecke des Hauses, und der nächste Trupp in gleicher Richtung des ersten konnte nicht mehr lange auf sich warten lassen.

Sie rannte die Straße entlang und stieß sich vom Boden ab, die Zähne nach wie vor fest in ihr Bündel geschlagen. Ihr Körper zog sich zusammen und streckte sich wieder, als sei sie eine Feder. Ihr Sprung brachte sie auf gut doppelte Mannshöhe, genug, um auf dem Zaun zu landen. Alle vier Pfoten fanden Halt; sie wölbte den Rücken, um der scharfen Eisenspitze auszuweichen, über der sie leicht schwankend zum Stehen gekommen war; ihr Schwanz zuckte hin und her und half ihr, das Gleichgewicht zu halten.

Auf ihrer linken Seite erklang eine Stimme: »Hast du was gehört?«

»Klingt, als … als hätte irgendwas am Zaun gerüttelt.«

»Ja. Vor uns?«

»Kann ich nicht sagen. Der ganze verdammte Zaun hat geklappert.«

Sie würden stehenbleiben und nachsehen. Vielleicht langsam wieder zu ihr zurückwandern. Sie durfte den beiden nicht begegnen, wagte es nicht, sich blicken zu lassen. Also schätzte sie die Entfernung ab und ließ sich dann mit fließenden Bewegungen wie eine Katze hinabgleiten – obwohl niemand, der sie sah, sie jemals mit irgendeiner Art von Katze hätte verwechseln können – und landete in dem kurzgeschnittenen Gras auf der anderen Seite des befestigten Weges. Bei ihrem Aufprall gab es ein ganz leises Rascheln; sie hörte es deutlich, aber die Wachen würden nichts bemerken. Ihre Stimmen übertönten das Geräusch. Ein Sprung übers Gebüsch, dann einige verstohlene Schritte im Schutz der Pflanzen bis zu der Stelle unter ihrem Fenster, dort, nicht mehr als ein oder zwei Sekunden, um festzustellen, ob sie ihr Bündel immer noch fest im Maul hatte und daß nichts zu Boden fallen würde, womit sie Aufmerksamkeit erregen würde. Eine kurze Wartezeit, während der nächste Wachtrupp vorbeischritt, der nur Augen für die beiden Männer weiter vorne und den Zaun hatte. Gut.

Sie kletterte die grobbehauenen Steine zu dem Fenster hinauf, durch das sie in ihr Zimmer gelangte, die Glieder weit ausgestreckt, um besser Gleichgewicht halten zu können, die Krallen in jeden noch so kleinen Vorsprung im Gestein geklammert, den Körper dicht an die Mauer gedrückt. Ein Augenblick des Bangens, atemlos, da sie direkt oberhalb des zweiten Stockwerkes den Nebel hinter sich ließ. Das Mondlicht würde sie für jeden, der unten stand, deutlich sichtbar machen – sie war ein glänzendes, schwarzbepelztes Ungeheuer auf leuchtendweißem Stein. Aber niemand blickte nach oben.

Sie warf sich durchs Fenster und landete der Länge nach auf dem Fußboden ihres Schlafzimmers; dort fiel endlich die Hitze der Angst und Verzweiflung, die sie aufrechterhalten hatte, von ihr ab, und die Karneebestie machte wieder einmal dem von Schuldgefühlen geplagten Geschöpf Platz, das als menschlich durchgehen konnte, aber niemals ein Mensch sein würde.

Kait, die Frau, wusch sich, so gut es in der Dunkelheit ging, das Blut ab, das Kait, das Ungeheuer, zurückgelassen hatte. Dann versteckte sie ihr ebenfalls blutverschmiertes Bündel unter dem Bett und zog sich einen Morgenrock über den Kopf. Anschließend fiel sie in ihr Bett und damit auch in die Welt der Alpträume und des Entsetzens, in der die Geister ihrer Opfer sie jagten und quälten, in der Blut an ihren Händen klebte und ein Schicksal, an das sie nicht glaubte, sie verhöhnte und ihr ins Ohr flüsterte: »Deine Seele, dein Feind; dein Feind, deine Seele.«

Doghall Draclas wandte sich an den Hauptmann der Wache und sagte: »Ich werde Euch bald nichts mehr nützen, wenn ich nicht etwas Schlaf bekomme. Weckt mich, sobald irgend jemand irgend etwas herausgefunden hat. Ich bin in meinem Quartier.«

Der Hauptmann nickte. »Glaubt Ihr, es ist dasselbe, was Danya zugestoßen ist, Sir? Daß jemand sie geraubt hat?«

»Ich weiß nicht, was ich denken soll. Wenn es sich um eine Entführung handelt, werden wir jetzt sehr bald die Lösegeldforderung bekommen. Aber irgendwie glaube ich nicht an eine Entführung. Ich spüre, daß es etwas anderes ist. Ihr kann ja alles Mögliche zugestoßen sein. Sie kennt sich in der Stadt nicht aus; wenn sie versucht hat, zu Fuß nach Hause zu gehen, könnte sie in eine verrufene Gasse geraten und ausgeraubt worden sein – oder Schlimmeres.« Er wandte sich vom Hauptmann ab. »Ich wünschte, sie hätte Tippa gesagt, was sie entdeckt zu haben glaubte. Oder warum sie zurückgeblieben ist. Dann wüßte ich jetzt vielleicht, wo ich mit der Suche anfangen soll.«

Seine Leute hatten die Prinzen bereits entdeckt, die geplant hatten, Tippa betrunken zu machen und dann in Schande zu bringen und mit ihr das ganze Haus Galweigh. Sie gehörten zu einem Zirkel von Fanatikern der Gyru-nalle, die glaubten, eine Verbindung der Dokteeraks und der Galweighs würde das Ende der Unabhängigkeit der Gyru-nalle in den umstrittenen Territorien bedeuten, die zwischen dem Land der Dokteeraks und dem der Galweighs lagen. Die drei wollten alles abstreiten, bis sie herausfanden, daß man sie wegen des Verschwindens einer Botschafterin befragte und nicht, weil sie geplant hatten, die Familie in Verlegenheit zu bringen. Hätte man sie mit der Entführung eines Familienbotschafters in Verbindung gebracht, wäre jeder Gyru-nalle auf der Halbinsel gejagt und niedergemetzelt worden. Die Familien hielten die geringeren Bewohner Iberas in eisenhartem Griff, wie Adler, und sie hatten keinerlei Respekt für die ungekrönten königlichen Häupter lange verblichener Reiche.

Also redeten die Gyru-nalle-Prinzen. Ihre Antworten kamen flüssig und schnell – mit einiger Ermutigung seitens des Botschaftsfolterers –, und Doghall war, nachdem er sich das Verhör angehört hatte, davon überzeugt, daß keiner der drei etwas mit Kaits Verschwinden zu tun hatte.

Er strebte seinem Quartier entgegen, und die Erschöpfung einer ganzen Nacht, die er in Erwartung einer Katastrophe verbracht hatte, machte jeden seiner Schritte zusätzlich schwer. Es war nicht genug, daß ein Botschafter verschwunden war. Es mußte ausgerechnet Kait sein. Er hatte zu viele Verwandte, und die meisten davon verabscheute er. Aber Kait war das Abbild seiner Lieblingsschwester Grace – zierlich, dunkelhaarig, schön und mit dem Kampfgeist einer jungen Löwin. Wenn ihr etwas zugestoßen war, würde er ehrlich um sie trauern.

Sein Weg führte ihn an Kaits Zimmer vorbei; einem Impuls gehorchend, blieb er vor ihrer Tür stehen. Vielleicht sollte er hineingehen und ihre Sachen durchsuchen, um festzustellen, ob er vielleicht irgend etwas fand, das ihm einen Fingerzeig auf ihren Verbleib geben konnte. Er war ziemlich sicher, daß die Suche fruchtlos bleiben würde, aber derselbe Instinkt, der darauf beharrte, daß sie keiner Entführung zum Opfer gefallen war, sagte ihm jetzt, daß er es zumindest versuchen sollte.

Er schaute im Flur nach links und rechts, um sicherzugehen, daß niemand ihn beobachtete. Dort in dem leeren Korridor war er in gewisser Weise im Vorteil; Spionen mußte es sinnlos erscheinen, sich in Räumen zu verstecken und in Korridoren wie diesem herumzustöbern, da das, was sie überhaupt in der Botschaft hielt, für gewöhnlich hinter geschlossenen und versperrten Türen stattfand. Dennoch, er hätte ein Narr sein müssen, wenn er die Falken mit einer so simplen Geste wie dem Öffnen einer abgeschlossenen Tür verraten hätte. Der Korridor war jedoch nach wie vor leer. Er kam zu dem Schluß, daß es sich um ein kalkulierbares Risiko handelte. Also zückte er seinen Dolch und zog die Klinge schnell und sachte über den Zeigefinger seiner linken Hand – der Schnitt war gerade tief genug, um zu bluten, mehr nicht. Als die dunklen Tröpfchen aus der Wunde traten, murmelte er ein paar Worte, und einen Augenblick später war seine Hand von einem sanften, strahlenden Licht umhüllt. Er berührte das Schloß über dem Türgriff von Kaits Zimmer. Ein Gedanke, eine flackernde Bewegung des Lichtes von der Spitze seines Fingers zu dem weichen Metallzylinder, und die Tür schwang auf.

Sie lag der Länge nach auf ihrem Bett, versunken in rastlosem Schlaf, die Bettdecken achtlos zu Boden geworfen, das Nachthemd bis zu den Schenkeln hochgezogen, so daß man mehrere lange, frischverheilte Narben auf der Rückseite ihrer rechten Wade sehen konnte. Auf ihrem Bein, ihrer Hand und ihrem Gesicht waren verwischte Flecken, die in dem schwachen Lichtschein wie Blut aussahen. Sie wimmerte im Schlaf, und ihre Beine zuckten; ihr Atem ging in kurzen, harten Stößen. Als liefe sie vor etwas davon.

Doghall runzelte die Stirn. Er schloß für eine Sekunde die Augen und betrachtete den schwachen Schimmer ihrer Gestalt auf dem Bett, den sein zweites Gesicht ihm enthüllte. Merkwürdig, daß er das in der ganzen Zeit, die er Kait kannte, noch nie zuvor gesehen hatte. Noch merkwürdiger indes, daß ihm nie auch nur der Gedanke gekommen war, genau hinzuschauen. Die Aura der Magie hielt sie ganz sachte umfangen und schien, je länger er dort stand, immer schwächer zu werden. Es war jedoch keine Wolfsmagie, und es war auch keine Falkenmagie. Sie war die Quelle dieser Magie und war es gleichzeitig doch *nicht.* Sein Stirnrunzeln vertiefte sich. Rätsel über Rätsel – daß sie ungesehen in ihr Zimmer gelangen konnte, vorbei an Wachen, die nach ihr Ausschau hielten, daß sie überhaupt verschwunden war, daß sie geheimnisvolle Narben trug, daß sie ein sanftes Wispern von Magie umgab, obwohl er *wußte,* daß sie keinerlei magische Ausbildung gehabt hatte.

Dies waren Rätsel, denen er auf den Grund gehen mußte. Und zwar schnell. Aber nicht so schnell, daß er Kaits rastlosen Schlaf stören mußte. Vielleicht würde er etwas herausfinden, wenn er einfach nur abwartete.

Er ließ sich in dem Sessel gegenüber ihrem Bett nieder, errichtete einen Schild um sich herum, den sie, sobald sie erwachte, erschüttern würde, und ließ den Kopf in den Nacken sinken. Binnen weniger Augenblicke war er fest eingeschlafen.

Hasmal streute mit der linken Hand Salz auf die Oberfläche des Spiegels. Es wurde von dem Blut aufgesogen, mit dem er ein Dreieck auf das Glas gezeichnet hatte. Dann saugte er kurz an seinem rechten Daumen, um die letzten Spuren seines Blutes zu entfernen – sollte er auch nur einen winzigen Tropfen davon auf den Spiegel fallen lassen, wenn er die *Sprecherin* anrief, würde er verschlungen werden. Oder Schlimmeres.

Schließlich flüsterte er die letzten Zeilen der Beschwörung:

Sprecherin tritt zwischen die Mauern
aus Erde und Blut und Luft;
gebunden vom Willen, gebunden vom Geist,
bist du eine Gefangene dieses Ortes.
Beantworte meine Fragen klar und wahr,
tue nur Gutes, und dann
kehre zurück in das Reich, aus dem du kamst,
und komme nicht wieder.

Das Salz auf dem Spiegel begann zu brennen. Die blaßblauen Flammen flackerten einen Augenblick lang, bis sie sich zu einem stetigen Glühen herabsenkten. Und im Herzen der Flammen blinkte jäh ein winziges Licht auf, das sich zu einem perfekten Abbild einer Frau formte, auch wenn sie nicht größer war als Hasmals längster Finger.

Sie schaute zu ihm auf, und ihr langes, glühendes Haar wehte in einer Brise, die niemals über das Dreieck aus Feuer hinausdrang. »Was willst du wissen?« Ihre Stimme war tief und süß, leiser noch als Hasmals Flüstern, aber nicht geflüstert. Sie sprach aus unvorstellbarer Ferne zu ihm, mußte das unablässige Schluchzen des Windes übertönen, der zwischen den Welten wehte, und ihre Worte erreichten ihn nur kraft der Magie ihres auf dem Glas erschienenen Abbildes.

Hasmal räusperte sich und beugte sich tiefer über den Spiegel, schirmte das Licht, das er verströmte, mit seinem Körper ab. »Ich habe heute abend eine Frau getroffen. Sie konnte durch meine Schilde hindurchblicken, obwohl ihr das nicht hätte möglich sein dürfen. Ich habe ihr meinen Namen gesagt, obwohl ich gar nicht die Absicht hatte. Sie hat mir angst gemacht. Sie ist nicht, was sie zu sein scheint. Will sie mir Unheil?«

»Nein, obwohl sie es dir eines Tages dennoch bringen wird. Du bist ein Gefäß, auserwählt von dem Wiedergeborenen, Hasmal, Sohn von Hasmal; dein Schicksal ist Schmerz und Ruhm. Dein Opfer wird dem Falken zu neuer Größe verhelfen, und dein Name wird zu aller Zeit gepriesen werden.«

»Mein Opfer?« Hasmal spürte, wie sich ihm das Herz in der Brust zu einem harten, kleinen Knoten zusammenzog. Es war schön und gut, einen Namen zu haben, der gepriesen wurde, aber die Menschen, die von den Falken gepriesen wurden, waren für gewöhnlich tot, und schlimmer noch, sie hatten meistens einen ganz üblen Tod gefunden. »Was für ein Opfer meinst du?«

Die Frau machte eine Geste mit ihrer winzigen Hand, und in den Flammen sah Hasmal seine Eltern an das Große Tor genagelt. Dann sah er sich selbst, wie er von Männern in der Livree einer der fünf Familien geschlagen, gefoltert und schließlich gehäutet wurde; und am Ende stand er dann ohne Haut mitten in der Stadt Halles, während die Menschenmenge um ihn herum johlte und ihn mit verfaulten Früchten bewarf, und dann banden Soldaten seine Gliedmaßen an vier Pferde, die sie anschließend im Galopp in vier verschiedene Richtungen hetzten.

Hasmal glaubte, ohnmächtig zu werden. Er hatte schon geahnt, daß man ihn nicht bitten würde, eine reine, schwarze Ziege zu opfern oder gar einen Sack Gold. Aber das Leben seiner Eltern und sein eigenes …

Die Bilder erstarben, und schließlich blieb einzig die kleine Frau zurück, die mit ernster Miene zu ihm aufsah. »Deine Taten werden dir große Liebe eintragen. Danach wirst du für alle Zeit in den Seiten der Geheimen Texte und in den Herzen aller Falken weiterleben.«

Hasmal wandte den Blick von ihr ab und versuchte, das Bild seines gehäuteten Körpers, wie er von den anziehenden Pferden in vier Stücke gerissen wurde, aus seinem Geist zu löschen.

Ich werde auf den Ruhm verzichten, beschloß er. Ich möchte lieber in der Gegenwart leben als auf den Seiten eines Buches.

Er starrte auf die Sprecherin herab und schauderte. »Kann ich diesem Schicksal entrinnen?«

Einen Herzschlag lang hörte er nur den Klang jenes außerweltlichen Windes. Dann lachte sie. »Versuchen kannst du es.«

»Wie?« fragte er.

Aber das Feuer auf dem Spiegel hatte seine Glut verzehrt und war plötzlich erloschen. Die Sprecherin verschwand, und auf dem Glas waren weder Salz noch Blut zurückgeblieben.

Er konnte sich noch einmal die Haut aufritzen, eine andere Sprecherin herbeirufen und vielleicht die Information bekommen, die er begehrte. Aber der Zauber hatte ihn große Energie gekostet. Und schlimmer noch, er hatte ihn Zeit gekostet. Die Energie für einen weiteren Zauber mochte er vielleicht aufbringen können, aber die Zeit, die er verloren hatte, ließ sich nicht mehr wettmachen.

Die fremde Frau hatte gesagt, sie würde ihn finden. Sein Schicksal und die Vernichtung seines Lebens wie des Lebens seiner Eltern standen in direkter Verbindung zu seinem Kontakt mit ihr. Es gab keine Garantie dafür, daß er den grauenvollen Bildern der

Sprecherin entrinnen konnte; genausowenig wie man ihm das Versprechen gegeben hatte, daß seine Mutter und sein Vater verschont werden würden. Aber wenn er nicht in Halles war, konnte die Frau ihn nicht finden, und vielleicht war er dann keine gar so große Gefahr für seine Eltern – und für sich selbst.

Er erhob sich, schob den Spiegel wieder in sein Gehäuse und verließ den Lagerraum. Bevor sie kam, mußte er seine Habe zusammenpacken und fortgehen. Er wagte es nicht, seinen Eltern Lebewohl zu sagen – sein Vater würde gewiß eine Erklärung verlangen, wenn sein solider, verläßlicher Sohn, der entschiedenermaßen keine Neigung zum Abenteurer zeigte, plötzlich beschloß, seinen Ranzen zu schnüren und sich zu unbekannten Gestaden aufzumachen. Und wenn der alte Mann jemals argwöhnte, daß sein Sohn sich seiner heiligen Pflicht, für die Falken zu sterben, entziehen wollte, würde er Hasmal wahrscheinlich an die Dokteeraks ausliefern und anschließend sich und seine Frau zur Buße eigenhändig an das Große Tor nageln. Hasmal, der Ältere, billigte es gewiß nicht, vor dem Schicksal davonzulaufen – schon gar nicht vor einem Schicksal, das dem Streben seiner geliebten Falken dienlich wäre.

Hasmal, der Jüngere, hatte sich weder mit derselben Inbrunst wie sein Vater diesem uralten Geheimorden verschrieben, noch war er so gleichmütig, was sein vorherbestimmtes Dahinscheiden im Dienste eben dieses Ordens betraf. Er packte nur einige notwendige Dinge ein, seine magische Ausrüstung, seine Kopie der Geheimen Texte und das wenige an Geld, das er besaß, und dachte nicht darüber nach, wie er dienen, sondern darüber, wohin er fliehen konnte und wie er dorthin gelangen sollte.

Kapitel 6

Kait hörte im Schlaf Atemzüge, die nicht ihre eigenen waren, und spürte Blicke, die auf ihr ruhten. Trotz ihrer Träume – Träume, in denen sie rannte und sich der Verwandlung unterwarf – wurde sie sich eines Fremden bewußt, der in ihre Domäne eingedrungen war. Sie kämpfte gegen den Sog des Schlafes an, wußte, daß sie erwachen mußte, spürte, daß irgend jemand ihr Geheimnis entdeckte, während sie ungeschützt auf ihrem Bett lag; aber sie vermochte nicht, sich aus den unausweichlichen Tiefen ihrer von der Verwandlung genährten Träume zu lösen.

Die Alpträume streckten ihre Fänge nach ihr aus und zerrten an ihr. Sie sah den Sabirkarnee, der sie verfolgte, und sie floh, aber er holte sie ein. Diesmal kam er nicht, um sie vor Vergewaltigern und Mördern zu retten, diesmal kam er, weil er sie wollte. Er berührte und küßte sie, und ihr Verstand schrie ihr zu, daß sie mit ihrem Begehren Verrat an ihrer Familie beging, daß sie fliehen mußte, bevor sie sich ihm hingab. Aber sie war schwach. Sie tat, was sie, wie sie sehr wohl wußte, nicht tun durfte. Sie ließ sich seine Umarmung gefallen – und ihre Familienangehörigen starben zu Dutzenden unter den Händen seiner Familie, während sie sich ihrer Lust hingab und ihre Pflicht vernachlässigte. Dann verwandelte sich der Traum, und sie lief, wild und verwegen, roch die reiche Erde und das pralle Leben von Dschungel und Wald und Feld, jagte mit unglaublicher Geschwindigkeit dahin, ohne daß ihre Füße jemals wirklich den Boden berührten. Und die ganze Zeit über war ihr etwas Schreckliches auf den Fersen. Die Witterung ihres Verfolgers stieg aus dem Erdboden auf und vergiftete die Luft, die sie atmete. Geißblatt. Süßes Geißblatt. Es machte ihr angst, obwohl sie nicht wußte, warum. Sie lief schwankend am Rand eines Felskliffs entlang, das aus dem Nichts erschienen war, und entdeckte im selben Augenblick, daß sie neben ihrer Cousine Danya herlief. Sie waren beide wieder kleine Mädchen und erkundeten das Land außerhalb des Hauses, und sie wußte, ohne zu wissen warum, daß sie etwas Altes und Böses geweckt hatten ... und daß das Ungeheuer, das sie in seinem Schlaf gestört hatten, sie vernichten wollte. Dann war der Felsen unter ihnen plötzlich nicht mehr da, und sie und Danya stürzten lautlos ins Leere. Während des Sturzes begann Kait abermals, sich zu verwandeln – und war gleichzeitig voller Angst, daß ihre Cousine sie sehen und das Geheimnis entdecken könne, das sie auf gar keinen Fall preisgeben durfte. Trotz ihrer Bemühungen, die Verwandlung unter Kontrolle zu halten, reckten ihre Arme sich zu Vorderläufen und wurden dann immer dünner, formten sich zu Schwingen ... aber sie fiel immer noch. Hilflos stürzte sie in den Abgrund und sah zu, wie der Erdboden immer näher und näher kam.

Dann war sie urplötzlich wach, mit jagendem Herzen und trockenem Mund. Sie rührte sich nicht, schlug die Augen nicht auf, denn es war tatsächlich jemand in ihrem Zimmer. Der Geruch sagte ihr, daß dieser Jemand ihr Onkel Doghall sein mußte; das unregelmäßige, schnurrende Schnarchen sagte ihr, daß er in dem Sessel neben der Tür schlief. Wann war er in ihr Zimmer gekommen, und warum hatte er es vorgezogen zu warten, bis sie von allein aufwachte, statt sie zu wecken? Und wichtiger noch, wieviel hatte sie im Schlaf von ihrer Natur preisgegeben?

Ihr Körper schmerzte, und sie wünschte, sie könnte die Katastrophen der vergangenen Nacht vergessen. Sie wünschte, sie könnte den Sohn der Sabirs vergessen.

Und sie wünschte, sie könnte an Doghall vorbeikommen, ohne ihn zu wecken, damit sie sich zuerst etwas zu essen besorgen konnte, bevor sie eine Menge Fragen würde beantworten müssen. Sie war vollkommen ausgehungert – ihr Körper forderte den Preis für seine Verwandlung, für die ungeheuer schnelle Heilung seiner Wunden, für die gewaltige Kraft und Schnelligkeit. Er verlangte nach Nahrung in ungeheuren Mengen; wenn er nicht bekam, was er brauchte, würde er sie zuerst zur Verzweiflung treiben und dann in einen tödlichen, unkontrollierbaren Zorn. Je länger sie mit dem Essen wartete, um so weniger würde sie in der Lage sein, ihre Launen zu beherrschen. Aber sobald sie die Augen öffnete, um sich im Zimmer umzusehen, erwachte Doghall, als hätte jemand ihm eine Ohrfeige versetzt. Sein Schnarchen wurde zu einem Schnauben, er riß mit sichtbarer Verwirrung die Augen auf und saß einen Augenblick später schon aufrecht und leicht keuchend im Sessel.

Und damit war jede Hoffnung auf ein Frühstück vor dem Verhör, das ihr mit Gewißheit bevorstand, dahin. Sie sagte: »Guten Morgen, Onkel« und tat ihr Bestes, freundlich zu erscheinen.

Er brauchte einen Augenblick, bevor er sich erinnern konnte, wo er war und wie er dort hingekommen war.

Kait konnte sehen, wie die Antworten auf seine Fragen langsam aus der Traumwelt, die er eben noch bewohnt hatte, aufstiegen und sich in seinen Augen niederschlugen, und sie sah, wie seine Freude über ihren Anblick allmählich dahinschwand und etwas anderes an ihre Stelle trat … was? Sorge? Angst? Ärger? Was immer sie dort gelesen hatte, war unter der gelassenen Maske des Diplomaten verschwunden, bevor sie es noch identifizieren konnte.

»Was ist passiert?« fragte er.

Wieviel durfte sie ihm verraten? Doghall war nicht der oberste Botschafter in Halles. Für die Botschaft selbst war er nur von geringfügiger Bedeutung – gewiß, er war ein wichtiger Mann; auf den Inseln, wo die Galweighs ihre mageren Vorräte an Caberra ernteten, huldigten die Eingeborenen Doghall wie einem Gott und weigerten sich, mit irgend jemandem sonst zu verhandeln. Er hatte Macht und Ansehen, und er repräsentierte die Familie im Augenblick als wohlgelittener, erfahrener Staatsmann. Aber er war nicht das Oberhaupt der Botschaft von Halles und daher nicht der Mann, der entscheiden würde, wie mit den Dokteeraks und den Sabirs zu verfahren sein würde. Wenn sie sich an das Protokoll hielt, mußte sie Doghall sagen, daß sie das Thema nicht mit ihm besprechen könne, und dann nach oben gehen, um mit Eldon Galweigh zu reden, der die Entscheidungen traf. Aber für Eldon Galweigh war sie eine jüngere Diplomatin ohne echte Bedeutung. Für Doghall Draclas war sie eine geliebte Nichte und die junge Frau, die auf Grund seiner Fürsprache in den diplomatischen Dienst aufgenommen worden war. Außerdem würde Onkel Doghall wohl weniger geneigt sein, unliebsamen Fragen auf den Grund zu gehen. Daher sagte sie: »Erstens, ich bin auf eine Verschwörung gestoßen.«

Er zog eine Augenbraue hoch. »Die Sabirs und die Dokteeraks.«

Kait hätte erleichtert sein müssen, daß das Komplott bereits Sache derer war, die das Problem zu lösen wissen würden, aber sie war törichterweise enttäuscht. Sie hatte gehofft, daß sie ihre Sünde, den Sabirkarnee zu begehren, irgendwie wiedergutmachen konnte, indem sie der Familie von ihrer Entdeckung erzählte und sie so vor Verrat und Niederlage bewahrte. Sie schloß die Augen. »Du wußtest es schon.«

»Ich habe einen der Sabirs erkannt, als ein ungehaltener Hausdiener ihn inmitten der Feier zum Haus führte. Allerdings habe ich nicht die leiseste Ahnung, was er dort getan hat.«

Kait sah ihm direkt in die Augen und sagte: *»Ich* weiß es.«

Dann gab sie beinahe wortgetreu das Gespräch wieder, das sie zwischen dem Paraglese der Dokteerak und seinem Diener gehört hatte.

Als sie fertig war, saß Doghall einen Augenblick lang einfach nur da und starrte sie an. Sein Gesicht war bleich, und seine Lippen und seine Knöchel waren vollkommen weiß. Zu guter Letzt sagte er: »Bei allen Göttern, Mädchen, das ist ein Alptraum. Sie planen einen Überfall während der Hochzeit selbst? Eine richtige Schlacht? Ich dachte, daß die verdammten Sabirs schlimmstenfalls versuchten, sich bei den Dokteeraks einzuschmeicheln – daß sie vielleicht selbst eine Ehe arrangieren wollten, um unser Bündnis zu schwächen.« Eine Ewigkeit lang blickte er auf seine Hände herab. Dann sagte er mit leiser Stimme: »Wenn ich beweisen kann, daß das tatsächlich stimmt, ist es eine ungemein wertvolle Information, die du uns da beschafft hast, Kait-cha. Erzähl mir, wie bist du dazu gekommen?«

Als Kait am Abend zuvor nach Hause gegangen war, hatte sie ausführlich über genau diese Frage nachgedacht. Sie brauchte die Lüge, mit der sie darauf antworten wollte, nur noch abzurufen. »Mir war übel, und ich habe Tippa zur Kutsche vorausgeschickt. Ich habe ihr gesagt, sie soll nach Hause fahren – sie hat mit drei Gyru-nalle-Prinzen geflirtet und hatte es irgendwie fertiggebracht, sich zu betrinken; von den Anstandsdamen, die eigentlich nicht von ihrer Seite weichen sollten, war keine Spur zu sehen. Ich wollte sie aus dem Haus haben, bevor sie eine Dummheit machen konnte. Die Sache war ohnehin schon knapp genug.«

»Ich habe … schon von den Prinzen … davon erfahren. Gestern abend. Einige ihrer Vertrauten unter dem Personal der Dokteeraks haben beide Anstandsdamen betäubt und weggebracht. Es sollte so aussehen, als hätten die beiden Frauen sich ein Gläschen zuviel vom Wein der Dokteeraks gegönnt und den Konkubinen Konkurrenz gemacht, die für die abendliche Unterhaltung bereitgestellt worden waren. Sie wollten unsere Familie demütigen.« Er bedeutete ihr mit einer knappen Handbewegung, fortzufahren. »Darum haben wir uns bereits gekümmert. Sprich weiter.«

Sie bedachte ihn mit einem neugierigen Seitenblick. Bei der Verfassung, in der sich Tippa am Abend zuvor befunden hatte, war es schwer vorstellbar, daß er irgend etwas Nützliches aus ihr herausbekommen hatte; Kait fragte sich unwillkürlich, ob Doghalls Methoden, an Informationen heranzukommen, vielleicht genauso unkonventionell waren wie ihre eigenen. Woher hatte er gewußt, daß er sich die drei Prinzen vornehmen mußte? Wie war es ihm gelungen, sie aufzuspüren? Sie lehnte sich an die Wand, zog sich ihre Decken um die Schultern und sagte: »Ich bin einen Nebenflur hinuntergegangen, weil ich glaubte, daß ich dort vielleicht einen Springbrunnen finden würde, aus dem ich trinken könnte. Dann wurde mir schwindelig, und ich habe mich gegen eine Statue gelehnt. Als der Schwindel nachgelassen hatte, konnte ich Stimmen hören. Ich habe eine Weile gelauscht und mich schließlich hinter einer Statue versteckt, als ich herausfand, daß das, was dort besprochen wurde, von einigem Interesse für uns war. Als der Paraglese den Raum verließ, habe ich ihn weggehen sehen.« Sie schloß die Augen und dachte an den bleichen, stämmigen Mann, der an ihr vorbei den Korridor hinunterging, so nahe, daß sie den Luftzug spüren konnte, als er vorbeikam. Er hatte bemerkenswerte Ähnlichkeit mit einer Kröte gehabt, ging es ihr jetzt durch den Kopf. Sie sah ihren Onkel vorsichtig an. »Er hat den Befehl gegeben, einen Paraglese aus den Territorien, der in seinem Hause zu Besuch weilt, töten zu lassen – um einen Vorwand vorweisen zu können, warum er sein Fest verlassen hatte.«

Doghall runzelte die Stirn, und einen Augenblick lang fragte sie sich, ob sie etwas Falsches gesagt hatte. Aber dann sagte er: »Verflucht. Das ist ein Punkt, der deine Geschichte bestätigt. Einer unserer Läufer kam nicht lange nach Tippas Erscheinen gestern abend zur Botschaft, um uns darüber zu informieren, daß der Paraglese Idrogar Pendat aus der Stass-Bucht soeben an einem akuten Fieber gestorben sei. Es macht mich nicht gerade glücklich zu entdecken, daß sein Tod so … gelegen kam.«

»Aber es scheint dich nicht zu überraschen.«

Sein dünnes, freudloses Lächeln war nicht eben ein Trost. »Das tut es auch nicht. Pendat ist davon ausgegangen, daß man ihn im Hause der Dokteeraks willkommen heißen und vor Gefahren schützen würde, weil er bei seiner eigenen Familie war. Aber in jedem Haus schaffen neue Gesichter Gelegenheiten für vielerlei Veränderungen, und wenn der Besucher nicht vorsichtig ist, muß er häufig feststellen, daß er zu einem Bauern im Spiel eines anderen geworden ist. Manchmal zu einem toten Bauern.«

»Aber er gehörte doch zur *Familie.*« Für Kait war die Familie heilig.

Doghall sagte: »Nicht alle Familien sind wie unsere, Kait-cha.«

Kait nickte. Sie hatte gewußt, daß die Sabirs böse waren, und auch die Dokteeraks hatten ihr nicht besonders gefallen, als sie ihr vorgestellt worden waren. Es fiel ihr jedoch immer noch schwer, ihre verschwommene Vorstellung des Bösen mit der Wirklichkeit eines Mannes in Einklang zu bringen, der ein Mitglied seiner eigenen Familie ermordete, weil er einen bequemen Vorwand brauchte, um ein Fest zu versäumen. Das gab dem Wort »böse« ein Gesicht, wie sie selbst es sich niemals hätte ausdenken können.

Sie versuchte, sich von ihrem Hunger abzulenken, indem sie sich auf Doghall konzentrierte. Sie wußte, daß sie auf der Hut sein mußte. Aber die Nachwirkungen der Karneeverwandlung ließen sich nicht verleugnen; sie wollte essen. Essen. Doghall schien vor ihren Augen zu verschwimmen und seine Stimme klang wie aus weiter Ferne, als spräche er von der anderen Seite eines großen Feldes zu ihr.

»Was ist dir auf dem Heimweg zugestoßen?« fragte er nun. »Ich konnte nicht umhin, das Blut auf deinen Beinen und deiner Hand zu bemerken, als ich hereinkam.«

Sie riß die Hände vors Gesicht und spürte, wie sie errötete. »Ich dachte, ich hätte alles abgewaschen.«

Er nickte. »Also, was ist passiert?«

Sie hatte noch nicht die Zeit gefunden, sich eine überzeugende Lüge auszudenken. »Ich wurde angegriffen«, sagte sie. »Als ich nach Hause ging. Diebe.« Sie zuckte die Achseln. »Ich hatte

Glück – den einen konnte ich, als er mich bedrohte, mit dem Dolch angreifen, den ich in meinem Rock versteckt hatte, und gerade in dem Augenblick kam ein Fremder vorbei und hat die anderen verjagt. Ich habe etwas Blut abbekommen, aber ich hatte Glück.«

»Das hattest du in der Tat. Die Straßen in dieser Stadt sind sehr gefährlich. Dir hätte weit Schlimmeres zustoßen können.«

Sie nickte ernst und sagte nichts.

»Wenn ich die Teile deines Berichts, die wir noch nicht nachgeprüft haben, bestätigen kann, gebe ich alles an Eldon weiter«, sagte er. Sie nickte abermals und war mit ihren Gedanken mehr bei der Frage, was sie sich zu essen beschaffen könne, als bei seinen Worten. Aber mit seiner nächsten Bemerkung holte er sie augenblicklich in die Gegenwart zurück. »Inzwischen müssen wir uns heute bei den Feierlichkeiten zum Namensfest zeigen. Die Dokteeraks veranstalten auf dem größten Platz der Stadt eine Parade und eine Art Festspiel. Ich möchte, daß du ebenfalls hingehst; du hast deine Sache gestern abend wirklich gut gemacht. Obwohl deine Aufgabe eigentlich nur darin bestand, ein Auge auf Tippa zu haben, ist es dir obendrein noch gelungen, zur rechten Zeit am rechten Ort zu sein, um an eine Information heranzukommen, die deine Familie dringend brauchte. Ich war noch nie der Meinung, daß solche Leistungen ausschließlich mit Zufall zu erklären sind. Es gehört immer auch eine Portion Können dazu. Vielleicht wirst du heute noch einmal Glück haben. Ich werde übrigens auch dafür sorgen, daß du für deine Arbeit gestern abend eine Belobigung bekommst.« Er musterte seinen Handrücken. »Vielleicht sogar eine Beförderung.« Er blickte auf, bemerkte die Freude in ihren Augen und lächelte. »Aber was die Beförderung betrifft, kann ich dir nichts versprechen, Kait. Du bist noch sehr jung.«

»Ich verstehe.«

»Noch einmal zurück zu der Feier«, fügte er hinzu. »Du solltest zur Stura abfahrtbereit sein. Die Zeremonie beginnt zur Duea, und wir sollen auf dieser alten Ruine von einem Turm Plätze neben den Dokteeraks zugewiesen bekommen.«

Kait fragte sich, ob sie ihren Onkel richtig verstanden hatte. »Sie haben vor, uns alle zu ermorden, und wir sollen bei ihnen in ihrem verdammten Turm sitzen und so tun, als würden wir ihr Festspiel genießen?«

Doghall antwortete mit einem breiten Lächeln. »In der Tat, wir werden uns prächtig amüsieren. Außerdem werden wir, was die unglückliche Situation gestern abend mit Tippa und den Prinzen betrifft, überaus verständnisvoll und großmütig sein; unsere Anstandsdame hat genauso böse versagt wie ihre, als es galt, das Mädchen zu beschützen, und heutzutage ist es schwer, verläßliche Hilfe zu finden.« Seine Augen wurden schmal, und eine tödliche Schärfe stahl sich in sein Lächeln. »Und während wir die Narren spielen, werden unsere Leute hier in der Botschaft dafür sorgen, daß ihre Verschwörung gegen uns entschärft wird und sich gegen die wendet, die sie angezettelt haben.«

Er kicherte, schüttelte den Kopf, als sei die ganze Angelegenheit ein Grund zur Erheiterung, und erhob sich dann, um den Raum zu verlassen. »Du solltest übrigens nichts Orangefarbenes tragen. Diese Baltos glauben, es sei eine unglückliche Farbe für den ersten Monat des neuen Jahres. Und natürlich hast du noch nicht gegessen.«

»Nein. Noch gar nichts.«

»Hast du Hunger?«

»Ich bin völlig ausgehungert.«

Doghall öffnete die Tür, drehte sich dann noch einmal um und sagte: »Du mußt dich beeilen. Keine Zeit, in die Küche zu gehen. Ich lasse dir von einem Dienstboten etwas heraufbringen.«

»Wenn der Betreffende mir nicht genug bringt, werde ich ihn gleich mit verschlingen«, sagte sie, und vielleicht stahl sich eine gewisse Schärfe, die von ihrem Hunger rührte, in ihre Stimme hinein, denn Doghall warf ihr einen merkwürdigen Blick zu. »Sag ihnen, sie sollen mir Fleisch bringen. Aber nicht dieses gewürzte Fleisch, das die Leute hier so lieben.«

Er lachte. »Schon so erwachsen, und du kannst Gewürze *immer noch* nicht ausstehen? Ich sage ihnen einfach, sie sollen ein ganzes Lamm in dein Zimmer tragen – das kannst du dann so ungewürzt essen, wie es dir gefällt.«

Immer noch lachend trat Doghall durch die Tür, zog sie hinter sich zu, besann sich dann aber anders und steckte noch einmal den Kopf durch die Tür. Auf seinem Gesicht stand immer noch ein fröhliches Lächeln, und Kait grinste ihn an. »Hast du was vergessen?«

»Nichts Wichtiges. Aber wie bist du gestern abend eigentlich in dein Zimmer gekommen?«

Sie konnte nicht klar denken. Der Hunger machte ihre Reaktionen schwerfällig. Schlimmer noch, die Frage kam völlig überraschend für sie, und sein Tonfall war so beiläufig, daß sie die Gefahr darin gar nicht wahrgenommen hatte. Bevor sie sich wieder in der Gewalt hatte, hatte sie auch schon einen Blick auf das Fenster geworfen, durch das sie zuvor eingestiegen war. Die naheliegende Lüge kam einen Augenblick zu spät, aber sie versuchte es dennoch. »Ich bin natürlich durch die Haustür gekommen«, sagte sie, aber Doghalls Lächeln hatte sich so schnell und so restlos aufgelöst, daß ihr sofort klarwurde, was da vorgegangen war: Er hatte sich geschickt verstellt, als er sie fragte, wie sie ins Haus gekommen sei – er hatte diese Frage die ganze Zeit über stellen wollen und nur deshalb so lange damit gewartet, damit sie sich in Sicherheit wiegte. Damit sie glaubte, er habe vergessen, daß sie hereingekommen war, ohne daß man sie am Tor gesehen oder ihre Identität überprüft hatte.

Er ging nicht weiter auf ihre Lüge ein; statt dessen kam er wieder ins Zimmer. Schlenderte zum Fenster hinüber. Drückte die Läden auf, lehnte sich heraus und blickte zu Boden. Ihr Zimmer lag im dritten Stockwerk, und obwohl die Steine ungeschliffen waren,

waren doch keine Vorsprünge zu sehen, an denen man sich hätte festhalten können. Sie wußte, was er sah, und sie wußte, daß kein Mensch die Wand hochklettern und durch dieses Fenster hätte einsteigen können. Als er die Läden wieder zuzog und sich zu ihr umdrehte, hatte sie nicht die leiseste Ahnung, was der Ausdruck auf seinem Gesicht zu bedeuten hatte.

»Wir werden uns später unterhalten, du und ich«, sagte er. Von der lächelnden Freundlichkeit, die er zuvor gezeigt hatte, war nichts mehr übriggeblieben. Aber er schien auch nicht wütend zu sein. Es war ihr völlig unmöglich, ihn zu durchschauen. »In der Zwischenzeit sieh zu, daß du ißt und dich fertigmachst, um mich zur Feier des Namensfestes zu begleiten.«

Als er diesmal das Zimmer verließ, kehrte er nicht mehr zurück. Sie starrte das Fenster an, haßte sich für die Dummheit ihrer Antwort und fragte sich, ob sie mit diesem einen gedankenlosen Blick vielleicht all ihre Chancen im diplomatischen Korps der Galweighs zerstört hatte … ob sie sich verraten hatte …

Oder schlimmer noch, ob sie ihre Eltern und Geschwister verraten hatte.

Tief in Gedanken versunken eilte Doghall zu seinem Quartier. Kait stand für Rätsel über Rätsel, und er würde sich soviel Zeit nehmen wie nötig, um die Geheimnisse, die sie verborgen hielt, zu ergründen. Die Familie konnte ihre Diplomatie niemandem anvertrauen, der ihr etwas vorenthielt – Diplomaten mit Geheimnissen waren leichte Beute für Feinde, die sie zu erpressen suchten.

Was auch immer Kait jedoch verbarg, es schien im Prinzip nützlich zu sein. Wenn all ihre Informationen über die Sabirs und die Dokteeraks sich als wahr erwiesen, hatte sie den goldenen Ball im Spionagespiel errungen, und er fragte sich, wie sie es wirklich geschafft hatte. Gedankenmagie? Irgendeine Form der Unsichtbarkeit? Zugang zu einem Artefakt, das ihr neue Fähigkeiten verlieh?

Was sie auch getan hatte: falls sie es wieder tun konnte, war sie die beste Diplomatin, die die Familie je besessen hatte.

Vielleicht hatte sie gelernt zu fliegen. Es war schier undenkbar, daß jemand diesen Teil der Mauer erklimmen konnte – und in Anbetracht der Tatsache, daß sie die Wachen verdoppelt und in Alarmbereitschaft versetzt hatten, fand er auch, daß die Unsichtbarkeitstheorie durchaus etwas für sich hatte. Außerdem glaubte er keinen Augenblick lang an ihre Geschichte von einem Angriff durch Diebe und die Rettung durch einen Fremden. Erstens hatte sie lange Narben auf ihrem Bein und ihrer Hand und Blut am ganzen Körper; ein einfacher Raubüberfall hätte nicht so dramatische Folgen gehabt. Zweitens war sie außerstande gewesen, ihm fest in die Augen zu sehen, während sie ihm diese Geschichte erzählte. Wenn sie als Diplomatin überleben wollte, würde er ihr ein wenig Raffinesse beibringen müssen, was erfolgreiches Lügen betraf.

Kaits Geheimnisse konnten jedoch warten, bis er sich versichert hatte, daß ihre Informationen zutreffend waren. Wenn diese Geschichte zwischen den Sabirs und den Dokteeraks sich als wahr erwies, war Kait alle Zeit wert, die sie ihn kostete.

Doghall ging von Kaits Zimmer direkt in sein eigenes und machte sich dort unverzüglich daran, demonstrativ seine Morgengewänder abzustreifen und statt ihrer die weiten, schwarzen Seidenhosen und die kunstvoll bestickte rote Robe aus Seidenbrokat anzuziehen, die seine offizielle Kleidung als oberster Botschafter der Galweighs auf den Imumbarra-Inseln darstellten. Er wußte, daß er beobachtet wurde – in der nördlichen Wand des Raumes war ein verborgenes Paneel eingelassen, durch das sein Zimmer zu jeder Zeit von irgend jemandem überwacht wurde.

Er hatte dieses Paneel schon am ersten Abend entdeckt, sich jedoch nichts anmerken lassen. Das sichere Wissen, daß ein Spion zusah, war beinahe genauso nützlich wie das Wissen, daß man nicht beobachtet wurde.

Sobald er angekleidet war, öffnete er eine der sechs Hutschachteln, die er in seinem Zimmer aufbewahrte, nahm eine raffiniert geflochtene Perücke heraus und setzte sie sich auf den Kopf. Aus einer anderen Schachtel nahm er den mit Dornen besetzten Kopfschmuck, mit dem er die Perücke befestigte. Er rückte den Kopfschmuck zurecht, so daß der Teil mit den sieben Dornen von einem Ohr zum anderen verlief, überprüfte noch einmal den festen Sitz des Ganzen und zog dann das Büschel perlengeschmückter Federn heraus, die in die Spitze eines jeden Dorns paßten, um schließlich die einzelnen Federn in ihre Hülsen gleiten zu lassen.

Er hatte ursprünglich nicht die Absicht gehabt, einem Ereignis, das im Grunde nur halbformeller Natur war, in so formellem Staat beizuwohnen, aber die Perücke, der Kopfschmuck und die Brokatrobe wiesen allesamt besondere Merkmale auf, die seinen Zwecken im Augenblick gut zupaß kamen, und der Spion würde es merkwürdig finden, wenn er diese Dinge erst anlegte, um sie dann, bevor er irgendwo hinging, wieder auszuziehen.

Es waren die Kleidungsstücke, die er vor der Abreise von den Inseln für seine Teilnahme an dieser Hochzeit vorbereitet hatte. Die Brokatrobe hatte in ihrem Futter zahlreiche versteckte Taschen, und in jeder dieser Taschen befanden sich Päckchen mit Pulvern für bestimmte Zaubersprüche oder ein Talisman, der für einen speziellen Zweck mit einem Zauber belegt war. Er ließ eine Hand in eine Öffnung des Gewandes gleiten, die wie ein zur Zierde angebrachter Schlitz aussah, und betastete die Perlen, die direkt unterhalb der Kante angebracht waren, um ein spezielles Muster auszumachen. Nachdem er es gefunden hatte, zog er aus der Tasche direkt daneben ein seidenes Beutelchen hervor.

Er öffnete die Kordeln, mit denen das Beutelchen zugebunden war, und nahm eine hübsche Goldbrosche heraus – das Schmuckstück zeigte ein eingraviertes Bild, eine Sippe verspielter Füchse, umgeben von den sieben Rubinsternen, die für die sieben größeren Inseln der Imumbarra-Inselgruppe standen. Im Hintergrund waren Hunderte winziger Sterne eingeritzt, die die zahllosen geringeren Inseln symbolisierten. Es war eine sehr gute Kopie eines offiziellen Juwels, und der Zauber, mit dem sie versehen war, hatte ihn eine ganze Woche Arbeit gekostet sowie eine beträchtliche Menge seines Blutes.

Er steckte sich die Brosche auf das Mittelstück des Gewandes und spürte, wie der magische Wall, den er geschaffen hatte, lebendig wurde. Er lächelte. Der Spion auf der anderen Seite dieses raffinierten Gucklochs würde nicht mehr sehen als das, was er bisher gesehen hatte und was er zu sehen erwartete: einen Mann, der sich bereitmachte, einer wichtigen Amtspflicht nachzukommen. Es würde so aussehen, als wandere Doghalls Doppelgänger durchs Zimmer, um Dokumente durchzublättern und vielleicht etwas von der endlosen Korrespondenz zu erledigen, aus der das diplomatische Leben bestand, der aber nichts weiter Bemerkenswertes unternahm. Doghall selbst trat in der Zwischenzeit an eine andere Perückenschachtel, hob die Perücke von dem Ständer, auf dem sie ruhte, nahm den Ständer heraus und warf die Perücke wieder in die Schachtel.

Der Ständer, ein Stück geschnitzten Holzes in der Form eines Kopfes, öffnete sich in seinen Händen, als er einen sorgfältig versteckten Schieber im rechten Kiefer betätigte, um eine Geheimöffnung freizugeben, und dann gleichzeitig mit Fingern in diese Öffnung und auf das linke Ohr drückte.

In dem Holzkopf hatte er seine Wahrsagewerkzeuge versteckt: eine Schale und einen Ständer, um das Blut aufzufangen, einen Spiegel für die Flammen, zwei Puderpinsel, Schwefelhölzchen und Abwehrpulver sowie eine Ausrüstung für den Aderlaß, die er selbst entworfen hatte, als er der Schmerzen müde war, die er sich selbst mit dem besten Messer zufügte, wenn er sich schnitt. Schließlich setzte er sich mit gekreuzten Beinen auf den Fußboden und stellte die Wahrsagewerkzeuge um sich herum auf. Dann befestigte er einen der hohlen Dornen in der Glasphiole, wickelte eine Aderpresse aus Gummi um seinen Unterarm und stach sich mit dem Dorn in die erste Ader, die in seinem Fleisch anschwoll. Er zuckte zusammen, auch dies war nicht gerade die angenehmste Methode, aber dem Messer immer noch vorzuziehen.

Das Blut quoll durch den Dorn in die Schale. Als es ihren Boden bedeckte, zeichnete er auf dem Spiegel den ersten Kreis mit seinem Blut, das er in einer sauberen, perfekten Linie aus dem Dorn tropfen ließ. Dann streute er das Abwehrpulver in den Becher, strich eines der Schwefelhölzchen an und entzündete damit das Pulver. Während es brannte, hastete er mit der Geschwindigkeit langer Übung durch seine Eröffnungsbeschwörung.

Entlang des Blutkreises flammte nun ein geheimnisvolles Feuer auf, in das er ein Zeichen schrieb, das auf die Vergangenheit deutete. Dann murmelte er den Namen des Paraglese der Dokteeraks und konzentrierte sich auf die letzte Gelegenheit, bei der er den Mann am Abend zuvor auf der Feier gesehen hatte. Jedesmal, wenn die Flamme ein wenig schwächer wurde, ließ Doghall etwas Blut auf den Spiegel tropfen; er sah zu, wie der feindliche Paraglese mit dem Gesandten der Sabirs über die Zerstörung seiner Familie verhandelte. Er versuchte, dem Gesandten der Sabirs durch die Straßen von Halles zu dessen Versteck zu folgen, aber ein magischer Schutzwall machte es ihm unmöglich, den Mann wiederzufinden, nachdem er sich weit genug vom Hause der Dokteeraks entfernt hatte.

Es spielte jedoch im Grunde keine Rolle. Das einzige, was zählte, war die Tatsache, daß er Kaits Bericht in allen Punkten bestätigt gefunden hatte. Die Dokteeraks und die Sabirs hatten sich verbündet – gegen die Galweighs.

Kapitel 7

Auf gestohlenen Pferden war schlecht reiten. Hasmal verfluchte jeden unbeholfenen Schritt des Tieres auf der gepflasterten Straße und jedes nervose Aufbäumen, wann immer plötzlich Vögel aus dem Gebüsch aufflogen oder Kinder aus ihren Hütten herbeigelaufen kamen. Das Pferd, dessen war er gewiß, gehörte keinem anderen als Brethwan, dem iberischen Gott der Keuschheit und Geschlechtslust, der Freude und des Schmerzes, des Lebens und des Todes – und für ihn war es ein Bote von Schmerz und Tod. Und wahrscheinlich, wenn der Zustand seiner Hoden ein Indiz dafür war, auch von länger währender Keuschheit. Hasmals Körper war ein einziger Bluterguß; er stand solche Schmerzen aus, daß es ihm nicht einmal mehr Linderung verschaffte, wenn er zwischendurch für kurze Zeit seinen Ritt unterbrach, um zu Fuß zu gehen und das verfluchte Tier am Zügel hinter sich herzuführen.

Was ihm eine Lehre sein sollte, sich nie wieder in einem Land niederzulassen, über das iberische Götter wachten und nicht die gütigen Hmothgötter, von denen man wußte, daß man sich auf sie verlassen konnte. Hätte Vodor Imrish ihm gestattet, ein so hinterhältiges Vieh zu stehlen? Nein, nein und nochmals nein.

Hasmal hatte die Absicht, einen Ort aufzusuchen, an dem die Götter ein gewisses Ehrgefühl hatten – wo er nicht ständig den Eindruck haben würde, daß sie ihn auslachten oder ihm gemeine Streiche spielten. Er hatte gehört, daß die Menschen, die es immer noch in den strithischen Ländern aushielten, freundliche, wenn auch etwas amoralische Götter hätten – aber vielleicht würden Götter, die Diebstahl und Hurerei guthießen, nicht allzuschlecht von einem Falken denken, selbst wenn er so fern der Heimat umherstrich. Deshalb wollte er also nach Strithia – an einen Ort, der fremdartig genug war, um seinen Bedürfnissen Rechnung zu tragen, aber trotzdem noch in Reichweite. Fünfzig Meilen südöstlich von Costan Selvira konnte er an Bord des ersten Schiffes, das Richtung Brelst in See stach, um freie Überfahrt anheuern. In Brelst wollte er dann auf einem Flußschiff anheuern, das den Emjosi hinauffuhr; wenn die Reise stromaufwärts ging, konnten die Matrosen ein zusätzliches Paar Hände immer gebrauchen. Hätte er flußabwärts reisen wollen, hätte er für die Fahrt bezahlen müssen, also war das Glück ihm in diesem Falle offensichtlich gewogen. Je weniger eine Sache kostete, um so sympathischer war sie Hasmal.

Und sobald er erst die Grenze nach Strithia überschritten hatte, würde er in Sicherheit sein. Die Frau, die sein Untergang sein sollte, gehörte zu einer der *Familien,* darauf hätte er sein Leben gewettet. Genaugenommen *verwettete* er ja bereits sein Leben. Sie war wahrscheinlich eine Galweigh, wenn er das gewobene Muster in ihrem Seidengewand richtig gedeutet hatte, und gewiß stand sie recht weit oben auf der Leiter gesellschaftlicher Ränge. Sie würde nicht all das wegwerfen, um die strithische Grenze zu überqueren und ihn zu verfolgen.

Solchermaßen in seine Gedanken verstrickt, erlaubte er sich, den Schmerz zu vergessen, den dieses Reittier mit dem rasierklingenscharfen Rücken ihm verursachte; wichtiger noch, er gestattete sich, die Tatsache zu vergessen, daß er durch den Shatalleswald ritt. Ersteres mochte vielleicht ein Segen gewesen sein, letzteres jedoch wäre beinahe sein Tod gewesen.

Er ließ gerade dieses abscheuliche Zerrbild von einem Pferd um eine scharfe Kurve auf der Straße traben, als plötzlich Männer aus den Bäumen sprangen, deren Zweige sich wie ein Baldachin über die Straße woben – und diese Männer, die mit Lumpen bekleidet waren, hatten Messer und entschlossene Gesichter. Sein Pferd geriet in Panik und bäumte sich auf. Hasmal, der ein schlechter und unerfahrener Reiter war, fiel auf die Straße. Eine Sekunde später spürte er auch schon ein Messer an seiner Kehle, und während sein Pferd den Weg zurückstürmte, den es gekommen war, blieb ihm selbst nichts anderes übrig, als möglichst still zu liegen und zu versuchen, nur ja nicht zu tief einzuatmen. »Dein Geld«, sagte der Mann, der ihm das Messer an die Kehle hielt.

»Ich habe keins«, erwiderte Hasmal.

Mehrere der Diebe lachten, und einer sagte: »Du reitest ein Pferd, nicht wahr? Deine Kleider sind neu und von sehr feiner Qualität, wie?«

Und der Dieb mit dem Messer an seiner Kehle wiederholte: »Dein Geld.«

Hasmal schluckte heftig und wünschte, er hätte sich die Zeit genommen, einen Unsichtbarkeitsschild um sich herum aufzubauen, bevor er Halles verließ – aber das hätte Stunden gedauert, und *sie* hätte ihn sich vielleicht schon lange vorher geholt. Was das betraf, hätte er sich vor langer Zeit schon einen dauerhaften Schutztalisman machen sollen …

Aber solchen Luxus hatte er immer auf den nächsten Tag verschoben, denn stets war soviel zu tun gewesen. So war der Talisman also nie angefertigt worden, und jetzt lag er voller Angst und hilflos vor seinen Angreifern.

»Ich schwore es«, sagte er, »ich schwore bei meiner Seele, daß ich kein Geld habe. Nicht mal einen einzigen Dak.« Und er dachte an das wenige an Geld, das er besessen hatte, an seine kostbaren magischen Vorräte, an sein Buch und seine Kleider, die allesamt in eben diesem Augenblick auf dem Rücken des verfluchten Pferdes davongaloppierten. »Ich habe das Pferd gestohlen«, sagte er in einem Anfall von Ehrlichkeit, dem er eine aus jäher Inspiration geborene Lüge hinzufügte. »Und die Kleider auch.«

Die Männer lachten ihn aus, und der mit dem Messer an seiner Kehle sagte: »Er glaubt, er hätte sein Geld zu gut versteckt, als daß wir es finden könnten. Zieht ihn aus – wir werden nicht lange suchen müssen.«

Vier Diebe hielten seine Arme fest und vier weitere seine Beine, und drei andere begannen, an seinen Kleidern zu reißen. Der mit dem Messer an Hasmals Kehle fauchte: »Paßt auf, daß ihr seine Sachen nicht zerreißt, ihr Idioten. Ich will sie haben.« Dann beugte er sich tief über Hasmal und sagte: »Auch wenn du dein Geld heruntergeschluckt hast, werde ich es finden.« Sein Lächeln war zutiefst böse.

Hasmal schwitzte und zitterte. Er hatte keine Chance, sich von den Dieben loszureißen, ganz gleich, wie sehr er sich zur Wehr setzte. Sie hielten ihn sorgsam fest, riskierten keinerlei Unbedachtsamkeit und gingen auch nicht davon aus, daß er, nur weil sie in der Überzahl waren, nicht kämpfen würde. Sie waren vorsichtig und schlau und gingen mit einer wohlabgestimmten Präzision zu Werke, die von langer Übung zeugte. Sie würden schließlich herausfinden, daß er nichts bei sich hatte, und ihn dann ausweiden, um festzustellen, ob er vielleicht sein Gold verschluckt hatte, wie es manche Männer angeblich taten, bevor sie sich auf gefährliche Wegstrecken begaben. Und wenn sie endlich entdeckten, daß er wirklich nichts besaß, würde die Wahrheit ihm nichts mehr nützen.

Einer der Diebe hatte seine Kleider durchsucht und kam nun mit seiner Arbeit zum Ende. »Er hat nichts bei sich.«

»Dann muß ich dich wohl aufschlitzen.« Die Männer, die Hasmal festhielten, griffen härter zu, und Hasmal versteifte sich und kniff die Augen zusammen.

»Alles, was ich auf der Welt besessen habe, ist mit diesem verfluchten Pferd auf und davon«, stieß er hervor. Er erwartete nun jeden Augenblick, das scharfe Feuer des Messers in seinem Bauch zu spüren, aber nichts geschah. Schließlich öffnete er vorsichtig ein Auge und sah, daß alle Diebe ihn anstarrten.

Derjenige, der drauf und dran gewesen war, ihn auszuweiden, sagte: »Du pißköpfiger *Idiot.* Alles, was du hattest, war auf dem Pferd? *Alles?* Was hättest du denn gemacht, wenn es dich abgeworfen hätte?«

Hasmal sagte: »Ich wußte nicht, daß diese elenden Biester so schwer zu reiten sind.«

Daraufhin brachen die Diebe in schallendes Gelächter aus, und ihr Anführer schüttelte den Kopf und sagte: »Jetzt kann ich dir beinahe glauben ... beinahe ... denn wer sonst wäre so dämlich, nichts in seinen Taschen zu tragen, für den Fall, daß er sein Pferd verliert? So dumm ist nur ein Mann, der noch nie ein Pferd hatte.«

Einer der anderen Diebe meinte: »Sieh dir mal die wunden Stellen an seinen Beinen an. Für mich sieht das so aus, als hätte er wirklich noch nie auf einem Pferd gesessen.«

Einen Augenblick lang flackerte neue Hoffnung in Hasmal auf. Er war nackt, er besaß nichts mehr, aber wenn sie ihn nicht töteten, würde er vielleicht Kleider finden, die er stehlen konnte, und Essen und einen Platz zum Schlafen, und mit der Zeit und mit Hilfe einiger Grundstoffe konnte er sich einen Schutzzauber weben, Arbeit finden ...

Aber seine Hoffnung starb, noch bevor er seinen Gedanken zu Ende gedacht hatte. »Willst du ihn immer noch ausweiden?« fragte ein anderer und der Anführer sagte: »Wozu? Um mir meine neuen Kleider mit Blut zu bespritzen? Hängt ihn einfach auf, dann ist die Angelegenheit erledigt.«

»Warum wollt ihr mich hängen?« fragte Hasmal. »Laßt mich doch einfach gehen. Ihr braucht mich nicht aufzuhängen.«

»Wir sollen dich gehen lassen, damit du einer Horde Soldaten erzählst, wo wir dich getroffen haben? Oder wie viele von uns sie vielleicht aufspüren werden, wenn sie suchen kommen? Ich glaube nicht. Wir werden dir den Hals lang machen, bis du nichts mehr erzählen kannst, niemandem. Für uns ist das vollauf genug.« Er wandte sich an seine Männer. »Fesselt ihn und nehmt ihn mit.«

»Mich mitnehmen?« Hasmal hoffte immer noch, daß sich irgend etwas ergeben würde; wenn sie ihn nicht auf der Stelle hängten, bekam er vielleicht doch noch eine Chance, zu fliehen.

»Wenn wir dich hier an der Straße aufknüpfen würden«, sagte

der Anführer mit überraschend geduldiger Stimme, »könnten wir den Reisenden genausogut gleich erzählen, daß wir hier sind. Wir bringen dich ein Stück weiter in den Wald hinein, und da machen wir dich dann kalt.« Seine Stimme sagte: *Nichts für ungut; wir tun nur unsere Arbeit.*

Hasmal brachte es nicht fertig, sich verständnisvoll zu zeigen. Sie gingen ziemlich weit, wobei sie Hasmal mit sich schleiften – nach einer Weile erklärte ihm einer der Männer, ohne gefragt worden zu sein, daß sie so weit gehen müßten, weil der Geruch sonst bis zur Straße geweht würde und auch das manchmal die Aufmerksamkeit der Behörden erregte. Er sagte nicht *der Geruch der Leiche*, aber das war auch nicht notwendig.

Hasmal wurde klar, daß er schon so gut wie tot war. Daraufhin ließ er sich in sich zusammensinken und gab es auf, auf eine günstige Gelegenheit zu hoffen. Er ließ sich weiterschleppen. Er war fest davon überzeugt, daß es ihm nichts mehr ausmachte. Dann hörte er den Gesang. Zuerst glaubte er, er hätte die Stimmen der *Karae* gehört, die ein wenig verfrüht die Klagelieder anstimmten, mit denen man ihm das Geleit ins Dunkle Land geben würde; aber die *Karae* sangen nur in den Ohren der Toten, niemals in denen der Lebenden. Mehrere der Diebe waren bei dem Geräusch zusammengezuckt.

»Boesels?« flüsterte jemand.

Boesels waren angeblich gewaltige, behaarte, menschenfressende Waldgeschöpfe, die Reisende in den Tod lockten, indem sie vorgaben, Menschen zu sein. Hasmal hätte nicht beschworen, daß es solche Geschöpfe nicht gab – immerhin hatte er schon mit eigenen Augen merkwürdigere Dinge gesehen –, aber er hatte nie davon gehört, daß eine dieser Kreaturen in einem zivilisierten Land gesehen worden wäre. Und er hatte nie gehört, daß sie sangen.

»Wahrscheinlich Jäger«, meinte ein anderer, aber auch er sprach mit leiser Stimme.

Dann jedoch drang der Refrain des Liedes an ihre Ohren und mit ihm die süßen Molltöne einer Stockflöte.

Khaadamu, khaadamas, merikaas cheddae
Allelola vo saddee.
Emas avesamas betorru faeddro
Korrosum khaadamu zhee

»Nein, ein Jäger ist das auch nicht«, sagte der Anführer. Er grinste wie ein Leopard, der auf ein paar unbewachte Ziegen gestoßen ist. »Das sind Gyrus, bei Coz, und das erste gottverdammte Mal, daß wir heute ein bißchen Glück haben.«

Ein großes Glück für die Diebe – und ein kleines Glück für Hasmal. Das Lied war betörend und die Stimme des Sängers ein volltönender Bariton, aus dem die Qual von Schmerz und Verlust herauszuhören war, aber Hasmal hätte es nur noch mehr bedauert, diese Stimme zu hören, hätten die Diebe ihn bereits an einem Baum aufgeknüpft, als der Gesang begann. Er wußte sofort, daß ihm einerseits vielleicht eine Gnadenfrist gewährt wurde, andererseits möglicherweise aber auch eine Verurteilung zur Hölle bevorstand.

Als der Dieb *Gyrus* sagte, hatte er Gyru-nalles gemeint: Die berüchtigten Gyru-nalles, Mitglieder einer ganzen Rasse, die sich auf einem hohen und wohlorganisierten Niveau dem Diebstahl verschrieben hatte. Sie waren in ganz Ibera und darüber hinaus als Händler von Pferden und Hunden, Steinen und seltenen Metallen bekannt, als Lügner und Taschendiebe, die überdies behaupteten, einstmals Könige von ganz Ibera gewesen zu sein. Wichtiger jedoch war das, was man sich im Dunkel der Nacht und hinter sicher verriegelten Türen zuflüsterte: Sie galten als Räuber von Kindern, jungen Frauen und hübschen Knaben, als Sklavenhalter ohne Skrupel, die sich nicht darum scherten, wo sie ihre menschliche Ware kauften und wohin sie sie verkauften oder zu welchem Zweck. Männer, die mit den Gyru-nalles Geschäfte machten – Käufer ohne Lizenz, die unversteuerte Sklaven ohne Papiere kauften – taten das nur, so dachte Hasmal, weil sie Sklaven wollten, mit denen sie völlig nach Belieben verfahren konnten. Hasmal wußte, daß es schlimmere Todesarten als das Hängen gab, und wenn man ihn in die unsanfte Obhut der Gyrus verkaufte, so würde er eine davon höchstwahrscheinlich aus erster Hand kennenlernen.

Nicht daß er in dieser Hinsicht eine Wahl gehabt hätte. Die Diebe zerrten ihn abermals über den Waldboden, diesmal bei weitem schneller als zuvor, und der Anführer begann zu pfeifen; einen langen, fallenden Ton, zwei kurze, scharfe, ansteigende Töne, dann ein Triller. Während sie weitereilten, wiederholte er das Signal noch dreimal, und beim vierten Mal fügte er eine Melodie hinzu, die wie Vogelgezwitscher klang, obwohl Hasmal in der Stadt aufgewachsen war und nicht die leiseste Ahnung hatte, welchen Vogel der Mann mit diesem Ruf nachahmen mochte. Als der Dieb in Schweigen verfiel, hörte Hasmal Bewegungen aus den Bäumen um sich herum, wo er bis dahin nicht das geringste Geräusch vernommen hatte. Hinter einem gewaltigen Gummibaum trat ein Mann mit bleicher Haut, fleckigen Sommersprossen und hellen Augen hervor. Sein rotes Haar fiel ihm in Hunderten dichtgeflochtenen Zöpfen bis zur Taille hinunter, und er hatte sich auch den Schnurrbart, an dessen Spitzen goldene Perlen hingen, geflochten. Als er lächelte, blitzten im trüben Licht des Waldes Goldzähne auf. Es gab keinen Zweifel, daß er ein Gyru-nalle war. Hasmal wäre in Tränen ausgebrochen, hätte er nicht befürchtet, daß er seine Situation damit noch verschlimmern würde. Keiner der anderen Gyrus, die sie umringten, kam zum Vorschein, aber Hasmal wußte, daß sie da waren. Und daß einige ihrer Pfeile direkt auf seine Nieren zielten, auch dessen war er sich gewiß. Der Gyru umarmte den Anführer der Diebe und sagte: »Tra metakchme, baverras ama tallarra ahaava?«

Der Anführer lachte und schlug dem Gyru auf den Rücken. »Allemu kheetorras sammes faen zeorrae llosadee, vo emu ave. Haee tahafa khaarramas salleddro.« Er zeigte mit dem Kinn auf Hasmal. »Tho fegrrp awomas choto? Hettu!«

Hasmal hatte einen Gutteil dieser Unterredung verstanden – die Gyrus handelten auch mit Antiquitäten, und er hatte zugehört, wie sie seinem Vater verkauften, seit er alt genug war, um zu laufen. Shombe war zwar nicht die Sprache, von der Hasmal je gedacht hätte, er würde sie einmal hören, während er selbst die in Rede stehende Ware war, aber das Leben hielt nun mal allerlei Überraschungen bereit. Der Gyru hatte ungefähr folgendes gesagt: »Sei mir gegrüßt, du behaarter Bastard, und was für eine Ware hast du mir da mitgebracht?« Und der Dieb hatte in abscheulich verstümmeltem Shombe geantwortet: »Mein Bruder, ich habe diesen prächtigen Sklaven gefunden, wie er über die Straße wanderte, und es gibt niemanden, der Anspruch auf ihn erhebt. Also, was wirst du mir für ihn geben? Komm und laß uns einen Handel abschließen.«

Der Gyru schlenderte auf Hasmal zu und musterte ihn eingehend, wobei er die Augenbrauen hob und die Lippen schürzte. Er ging um Hasmal herum, betrachtete ihn aus allen Winkeln, hockte sich dann vor ihn hin, schnaubte angewidert und unterzog Hasmal einer konzentrierten Inspektion, die einen Hengst hätte erröten lassen. Endlich erhob er sich und wandte sich wieder an den Dieb. Er sprach wiederum Shombe, als er sagte: »Naja, schlecht ist er wohl nicht. Er hat durchaus ein paar Muskeln. An die Matronen kann ich ihn allerdings nicht verkaufen, weil er einen Schwanz wie eine Mücke hat, und auf dem Jungenmarkt werden sie ihn aus demselben Grund nicht haben wollen.« Die Diebe kicherten, und auch aus den Bäumen, in denen sich die Verbündeten der Gyrus versteckten, hallte nun das Gelächter. »Ich werde ihn wohl bestenfalls als Arbeiter verkaufen können, und die bringen nicht viel.«

Der Anführer der Diebe sah flüchtig zu Hasmal hinüber. »Er meint, du gefällst ihm«, sagte er. »Er sagt, wenn du mal eine Frau vögelst, ist sie hinterher immer noch Jungfrau. Er glaubt, wenn er dich besitzt, kann er vielleicht ein Geschäft mit Wunderbabys aufziehen.«

Hasmal sah keinen Grund, irgend jemanden wissen zu lassen, daß er verstanden hatte, was wirklich gesagt worden war. Daher antwortete er auf iberisch: »Dann ist es ja wohl ein Glück, daß niemand versucht, dich zu verkaufen. Ich kann mir nicht vorstellen, daß schwanzlose Eunuchen auf diesem Markt etwas wert sind.«

Der Dieb funkelte ihn zornig an, obwohl seine Männer – und auch einige der Gyrus – in Gelächter ausbrachen. Der Anführer der Diebe kehrte Hasmal den Rücken zu und sagte: »Gibst du mir acht Ros für ihn?«

Der Gyru mit dem geflochtenen Haar verdrehte die Augen und hob zwei Finger. »Ich kann dir unmöglich mehr als zwei geben.«

»Das nützt mir einen Affendreck. Ich will wenigstens sieben für all die Mühe, die ich hatte, ihn hierherzuschaffen.«

Die Gyrus lachten abermals, und ihr Wortführer schüttelte den Kopf. »Für so was willst du sechs Ros? Pah! Ich gebe dir vier, aber ich muß schon Glück haben, wenn ich ihn für dieselbe Summe verkaufen soll.«

Der Dieb zog die Augenbrauen hoch. »Vielleicht stehen Wunderbabys im Augenblick doch nicht so hoch im Kurs«, sagte er auf iberisch zu Hasmal. »Er will dich billig haben.« Dann sagte er auf Shombe zu dem Gyru: »Ich bekomme sechs Ros … und du stiehlst mir die Augen und das Essen aus dem Mund, wenn ich ihn dir zu diesem Spottpreis überlasse.«

Der Gyru grinste. »Ich kann dir nicht stehlen, was dir nicht gehört. Du kannst von Glück sagen, daß wir nicht dich und deine Bande einfach mitnehmen und euch alle verkaufen – ich glaube, der da ist viel eher ein freier Mann als ihr anderen. Aber weil ich dich nun mal mag und weil wir schon früher Geschäfte miteinander gemacht haben, kaufe ich dir dein Problem ab. Viereinhalb Ros. Das ist mein letztes Wort.«

Der Dieb lief rot an und runzelte die Stirn, und plötzlich lachte niemand mehr. Er stand einen Augenblick lang da und sah aus wie ein Mann, der kämpfen wollte, aber angesichts all der Gyrus, die sich da in den Bäumen versteckten, hätte er ein Narr sein müssen, um etwas Derartiges anzuzetteln. Schließlich zuckte er also mit den Schultern und sagte auf Shombe: »Na schön. Ich nehme deine viereinhalb Ros.« Allerdings fügte er auf pethca, einem der Hinterlanddialekte der Iberen, hinzu: »Und ich hoffe, daß dir deine Eier am Rumpf verwesen, du stinkender Hurensohn.«

In den Augen des Gyrus blinzelte nicht der leiseste Funke des Verstehens auf. Er öffnete einen kleinen Lederbeutel, der an seiner Taille hing, und zählte lächelnd vier silberne Ros und zwei kleine Kupfermünzen ab. Dann ließ er das Geld in die ausgestreckte Hand des Anführers fallen, verbeugte sich leicht vor den übrigen Dieben und bedeutete Hasmal immer noch lächelnd, ihm zu folgen. Die Diebe, die ihn durch den Wald gezerrt hatten, ließen ihn los.

Eine Sekunde lang zog Hasmal es in Erwägung zu fliehen. Aber in den Bäumen über ihm und aus dem dicken Unterholz überall um ihn herum hörte er das leise Stimmengewirr und die schwachen Bewegungen der Freunde des Gyrus. Er spürte ihre Blicke, und er konnte schon beinahe ihre Pfeile spüren, die bei einem Fluchtversuch seinen Körper durchbohren würden. Da war es besser weiterzuleben, dachte er, denn der morgige Tag mochte immer noch Freiheit bringen – besser ein hartes Leben zu leben als einen leichten Tod zu sterben. Er stolperte ein wenig – mit auf dem Rücken zusammengebundenen Händen war es nicht leicht, das Gleichgewicht zu halten, und seine Nacktheit machte den Kampf durch Dornen und Gesträuch und nadelscharfe Palmenblätter zu einem größeren Abenteuer, als es irgendein Mann verdient hätte.

Er folgte den Gyrus und wünschte, er wäre ein stärkerer Mann oder ein schnellerer oder ein tapferer; wünschte, daß er plötzlich durch ein Wunder oder einen Akt der Götter seine Freiheit wiedergewönne. Und wußte, daß solche Hoffnung vergebens war.

Es gab nur einen einzigen angenehmen Gedanken, an dem er sich festhalten konnte. Zumindest war er weit weg von der Frau, die sein Verhängnis gewesen wäre.

Kapitel 8

Der große Platz von Halles war umflattert von Bändern und Wimpeln, und überall hörte man Trommeln, Mamboors, Zimbeln und Gongs. Die dichte Menge der einfachen Leute tanzte in langen, gewundenen Reihen die breite Hauptallee zu dem uralten Obsidianturm hinauf, wo die Dokteeraks – und in diesem Jahr auch die bereits in Halles eingetroffenen Mitglieder der Hochzeitsgesellschaft der Galweighs – abwartend dem Spektakel zusahen. Kait fand den Turm recht interessant; er war gewiß ein Artefakt und in dieser Hinsicht älter als die übrigen Bauten der Dokteeraks und die meisten, wenn nicht alle anderen Gebäude in Halles, aber niemand würde ihn versehentlich für das Werk der Alten halten. Wo ihre Bauten, die fast ausschließlich aus dem weißen Stein der Alten bestanden, in zierlichen Bögen und Türmchen emporragten und auf ihren glatten, durchscheinenden Flächen keinerlei Muster aufwiesen, war der Turm von Halles aus schwarzem Marmor erbaut, dessen Oberfläche über alle Steine hinweg von einem großen Relief geziert wurde; die oberen Steine waren sogar zu atemberaubend abscheulichen, geflügelten Ungeheuern behauen worden. Die Zeit hatte sie jedoch nicht unversehrt gelassen und den detailreichen Bildern eine gewisse Verschwommenheit verliehen, aber die Pockennarben und das Moos unterstrichen nur noch ihre schrecklichen Zähne und den wahnsinnigen Ausdruck in ihren Augen. Wer hatte den Turm erbaut? Kait blickte auf den Pöbel unter ihr und dachte, daß es wohl kaum die Vorfahren dieser Leute gewesen sein konnten.

Das bedrohliche Gefühl des wie blind umhertastenden Bösen, das Kait am Abend zuvor auf dem Fest gepackt hatte, war, wenn das überhaupt ging, noch stärker geworden. Die ganze Stadt stank danach. Aber ihre Sinne waren eingelullt, und die Anspannung der bevorstehenden Verwandlung war inzwischen gelöst worden, so daß sie das Wissen um dieses überall lauernde Böse in einen dunklen Winkel ihres Geistes schieben konnte, wo sie es zu ignorieren vermochte. Da sie vor ihrem Aufbruch aus der Botschaft ein gewaltiges Mahl verzehrt hatte, wollte Kait im Augenblick nur noch schlafen; die unausweichliche Müdigkeit, die sie nach jeder Verwandlung überkam, hielt sie erbarmungslos in ihren Fängen. Aber sie mußte wach bleiben, und mehr noch, sie mußte charmant sein, auch wenn sie den verlogenen Bastarden von Dokteeraks, die sie umringten, am liebsten die Kehlen herausgerissen hätte.

Der Paraglese Branard Dokteerak, klein und dick und mit langem Haar, das zu Seilen gedreht und mit Schleifen geschmückt war, kam zu ihr herüber und stützte sich direkt neben ihr auf die Balustrade; er gab sich keine Mühe, die Tatsache zu verbergen, daß er in ihren Ausschnitt blickte, um ihre Brüste zu sehen. Sie verbarg ihren Ärger – schließlich besuchte sie die Zeremonie aus einem ganz bestimmten Grund, demselben Grund, aus dem sie das freizügige Kleid trug und sich unter diese verlogenen, hinterhältigen Falschspieler mischte: Sie wollte den Verdacht der anderen zerstreuen und ihrer Familie die Zeit geben, eine passende Rache zu ersinnen. Trotzdem war der Paraglese eine widerliche Kröte, und wäre es Kait möglich gewesen, es zu tun, ohne einen Zwischenfall zu verursachen, hätte sie ihm irgend etwas angetan.

»Nun, schönes Mädchen«, sagte er und blickte lächelnd zu ihr auf, »man nennt dich Kait-ayarenne, nicht wahr? Die Tochter von Strahan Galweigh, wenn ich mich nicht irre.«

Kait hoffte, daß sie sich geziemend geschmeichelt zeigte, weil der Paraglese ihr seine Aufmerksamkeit erwies. »Dies bin ich«, antwortete sie, »aber es überrascht mich sehr, daß Ihr meinen Namen jemals gehört haben solltet. Ich bin eine viel zu unbedeutende Diplomatin, als daß meine Familie Euch auf mich hätte aufmerksam machen können.«

»Und ein bei weitem zu exquisites Geschöpf, um meinen Augen zu entgehen.« Sein Lächeln wurde breiter, wodurch seine Ähnlichkeit mit einer Kröte auf verblüffende Weise bekräftigt wurde. »Ich gestehe, daß es nicht Eure Eigenschaft als Diplomatin ist, der ich Euren Namen verdanke. Ich habe Euch gestern abend auf meinem Fest gesehen und fand Euch so ausnehmend liebreizend, daß ich mich bei einem der Euren nach Euch erkundigt habe, damit ich Eure Bekanntschaft machen konnte.« Sein Lächeln verschwand, und er blickte zu Boden und schüttelte den Kopf. »Unglücklicherweise wurde ich gestern abberufen, bevor ich einen gemeinsamen Bekannten dazu veranlassen konnte, uns einander vorzustellen. Ich mußte mich um einen lieben Cousin kümmern, der plötzlich erkrankt war …«

»Idrogar Pendat? Ich hörte, daß er gestern nacht verstorben ist.«

»Traurigerweise habt Ihr richtig gehört. Sein Tod kam vollkommen unerwartet – er war ein starker Mann und stand in der Blüte seiner Jahre, und trotz seiner Krankheit war niemandem bewußt, wie furchtbar nahe der Tod schon war. Mein Arzt sagt, er habe ein schwaches Herz gehabt, und die Hitze und die Feuchtigkeit der Luft hier seien am Ende zu viel für ihn gewesen.«

»Ich trauere mit Euch in Eurer Zeit des Kummers und empfehle den Geist Eures Cousins Lodan an, auf daß sie ihm mit Güte entgegentreten möge«, sagte Kait. Das war die Antwort, die man von ihr erwartete, aber es gelang ihr trotzdem, ihrer Stimme einen überzeugenden Klang zu geben. Zu ihrem Erstaunen stellte sie fest, daß sie die Unterredung genoß; nicht das Gespräch mit dem Paraglese als solches, weil der Mann sie schlichtweg anwiderte; nein, woran sie Gefallen fand, war das Wissen um die Wahrheit hinter den Lügen, die er ihr auftischte. Es gefiel ihr, Unwissenheit zu heucheln und eine Rolle zu spielen, die sie zu jemand anderem machte als sie war, um diesen Mann zu hintergehen. Im Gegensatz zu ihrer lebenslänglichen Charade in dem Versuch, ein Mensch zu sein, teilte sie diese Charade mit allen anderen um sie herum. Alle Leute auf dem Turm heuchelten – nun, möglicherweise mit Ausnahme Tippas, aber Tippa war eine Närrin. Lieb, aber eine Närrin.

Für Kait war das Gespräch mit dem Paraglese eine Offenbarung. Die Erschaffung einer Kait, die in Wirklichkeit gar nicht existierte, diente nun einem bestimmten Zweck. In den langen Jahren der Verstellung hatte sie gelernt zu schauspielern, und das Schauspielern war nun einmal ein Teil der Diplomatie. Und so konnte sie diese Fähigkeit jetzt einsetzen, um ihrer Familie zu dienen und dem Namen Galweigh Ehre zu machen.

Der Paraglese lächelte abermals, aber es war ein trauriges Lächeln. »Ihr seid ebenso gütig wie schön. Weshalb es mich um so mehr bekümmert, daß Ihr schon fort wart, als ich zu meinem Fest zurückkehrte.«

Sie nickte und legte ebenfalls ein gewisses Maß an Enttäuschung in ihren Blick. »Das Bedauern ist ganz meinerseits. Aber ich hatte keine andere Wahl. Einige Eurer Gäste haben meine Cousine Tippa belästigt, wie Ihr zweifellos bereits gehört habt. Ich war nur in meiner Eigenschaft als Tippas Gesellschafterin bei dem Fest zugegen – ich hatte keine andere Wahl, als sie nach Hause zu bringen.«

Einen Augenblick lang schien er nicht recht auf der Hut gewesen zu sein, denn sie sah das Erschrecken in seinen Augen. Er verbarg diese Regung jedoch sehr schnell und geschickt hinter einem weiteren unangenehmen Lächeln. »Die drei Gäste sind in Haft genommen worden und befinden sich jetzt in unserer Obhut. Die Gyru-nalles schmieden schon seit Jahren Komplotte gegen die Familien; diesmal jedoch waren sie sorglos genug, sich erwischen zu lassen. Diese drei sogenannten Prinzen werden heute als Teil des Unterhaltungsprogramms exekutiert werden. Die Kränkung Eurer Cousine – meiner zukünftigen Tochter – kann nicht toleriert werden.« Er bedachte sie mit einem langen, nachdenklichen Blick und fügte hinzu: »Aber ich hatte ja keine Ahnung, daß Ihr es wart, die sie nach Hause gebracht hat. Die Männer haben, als wir ... ah, sie befragten ... eine fürchterliche Galleech von einer Frau erwähnt, die ihnen einen solchen Schrecken einjagte, daß sie von der lieben Tippa abließen, aber weder ich noch sonst jemand konnte sich an eine solche Frau auf dem Fest erinnern. Und wenn ich Euch nun so betrachte, vermag ich keinerlei Ähnlichkeit mit der Galleech zu entdecken.«

Die Galleech war eine der fünf Furien, Göttinnen aus voriberistischer Zeit, mit blauer Haut, Fangzähnen und Rubinaugen, mit deren Feuer sie ihre Feinde verzehrte. Sie geisterte durch die Mythen Iberas als das in einer Frau personifizierte Unheil, die all jenen, die sie erzürnten, nichts als Vernichtung brachte.

Kait sagte: »Ich würde mich kaum mit der Galleech vergleichen, obwohl ich bisweilen durchaus zu einem gewissen Jähzorn neige.«

Der Paraglese antwortete mit einer hochgezogenen Augenbrauc und einem schiefen Lächeln. »Offensichtlich.« Danach tauschte er nur noch ein paar belanglose Floskeln mit ihr, bevor er sich entschuldigte, um sich anderen Gästen zu widmen.

Kait sah ihm verwundert nach. Als er herausgefunden hatte, daß sie diejenige war, die den drei Prinzen die Stirn geboten hatte, war der Moschusduft körperlicher Erregung, den er während ihres Gesprächs verströmt hatte, urplötzlich verschwunden, und an seine Stelle war der schwache Schweißgeruch der Angst getreten. Interessant. Sie fragte sich, was die Männer gesehen hatten und was sie gesagt hatten, das den Paraglese zu einer solchen Reaktion bringen konnte.

Unten auf dem Platz kam gerade das Ende der Parade in Sicht, und die Bauern, die beide Seiten der Allee säumten, brachen in Beifall aus. Gut hundert Parnissas in den purpurnen Roben, die sie allein am Tag nach Theramis tragen durften, marschierten auf den Platz. Die Leute an der Spitze trugen auf den Schultern eine Sänfte mit einer ganz in Gewänder aus Gold gehüllten Frau. Die neue Carais von Halles, die Frau, die durch Orakel und Los dem neuen Jahr der Stadt seinen Namen gegeben hatte, winkte den jubelnden Massen zu. Kait beugte sich über die Balustrade und war gegen ihren Willen fasziniert. Die Entscheidung der Götter bei der Auswahl ihrer Caraisi war noch immer für eine Überraschung gut gewesen.

Die Frau dort unten wirkte winzig – und sehr, sehr alt.

Neben Kait kicherte jemand. »Wartet nur, bis Ihr hört, welchen Namen sie dem neuen Jahr gegeben hat.«

Als sie sich umdrehte, sah sie Calmet Dokteerak vor sich stehen, der noch vor Ende der Woche der Gemahl ihrer Cousine werden sollte. Er war mit seinem weißen Haar, den eisblauen Augen, dem flachen Gesicht und dem kleinwüchsigen, untersetzten Leib ebenso offenkundig ein Baltos wie Kait – groß, schlank und mit dunklen Haaren, dunkler Haut und dunklen Augen – eine Zaith war. Noch hatte er nicht das Aussehen einer Kröte, aber Kait entdeckte alle Anzeichen dafür, daß er es eines Tages haben würde. Eine perfekte jüngere Ausgabe seines Vaters. Kait versuchte sich vorzustellen, selbst mit einem solchen Mann verheiratet zu werden, um ein Bündnis zu besiegeln, und sie hatte alle Mühe, ihren Abscheu herunterzuschlucken. Gedankt sei den Göttern, daß ihr Zweig der Familie nicht hoch genug angesehen war, um solche Ehen notwendig zu machen.

Sie lächelte. »Wir gehören nun schon beinahe derselben Familie an. Ihr würdet mich doch nicht unnötig im dunkeln tappen lassen, oder?«

Er zwinkerte ihr zu. »Ich glaube, ich könnte mich überreden lassen, es Euch zu erzählen … wenn Ihr mir einen kleinen Kuß dafür schenken würdet. Wo wir doch beinahe zur selben Familie gehören.«

Wie der Vater, so der Sohn. Die andere Kait, die gefährliche Kait regte sich in ihrem Schlaf und träumte von Mord und Vernichtung von Männern, die es verdienten. Die Kait, die sich endlich ihren Platz als Diplomatin erstritten hatte, lächelte jedoch breit und sagte: »Ich hätte Euch den Kuß auch ohne einen Vorwand gegeben. Ich finde, meine Cousine hat großes Glück.« Sie beugte sich vor und gab ihm einen kurzen, aber leidenschaftlichen Kuß auf die Lippen.

Sein Gesicht nahm eine erstaunliche Rottönung an, und er belohnte sie mit einem Lächeln, das ihn beinahe sympathisch erscheinen ließ. Beinahe, aber nicht wirklich. »Die neue Carais ist eine Schweinehirtin«, sagte er und blickte auf die Prozession hinab, die immer näher herankam. »Und sie hat dem Jahr den Namen gegeben: *Mein Ruhmreiches, Unglaublich Fettes Schwein Abramaknar.*«

Kaits Lachen war echt. »O nein, ein Schweinejahr. Wie peinlich …« Sie sah ihn mit einem boshaften Grinsen an und fügte hinzu: »Aber wir hatten schon mal etwas noch Schlimmeres.«

Er hatte seine Fassung wiedergefunden. »Das müßt Ihr mir erzählen.«

»Vor vier Jahren wurde bei uns eine Fünfzehnjährige zur Carais ernannt. An dem Tag, als sie ihren Jahresnamen in die Lotterie gab, hatte sie einen Streit mit ihrem Bruder. Ihr Name war so schrecklich, daß unsere Familienparnissa erzählte, alle Parnissas hätten das Orakel zu überreden versucht, ob sich der Name nicht vielleicht verwerfen und ein anderer ziehen lasse. Aber das war natürlich unmöglich.«

»Nein, wirklich. Ich habe noch nie gehört, daß irgendwelche Parnissas einen Namen hätten ändern wollen. Wie lautete er denn?«

»Wir nennen das Jahr jetzt einfach nur Mirakelschwert, aber sein voller Name lautet: *Der Penis Meines Scheißgeborenen Bruders Gamal, Dem Er Den Namen Mirakelschwert Gegeben Hat Und Von Dem Ich Hoffe, Daß Er Grün Wird Und Ihm Abfällt, Weil Gamal Ein Arschloch Ist.*«

Calmet kicherte, und seine Ohren wurden rot. »Ich kann mir vorstellen, an welcher Stelle sie den Namen gern geändert hätten – ja, doch.«

»Aber das ist noch nicht mal das Schlimmste. Die Parnissas hatten furchtbare Schwierigkeiten, den Gott zu bestimmen, der über das Jahr herrschen sollte. Sie haben es schließlich dem armen Brethwan in seinem dunklen Aspekt aufgehalst und befunden, es solle ein von bösen Omen gezeichnetes Jahr werden. Wir waren alle froh, als es endlich zu Ende war, nicht zuletzt die Carais selbst. Sie wurde es schließlich müde, wo sie ging und stand mit dem Omen in Verbindung gebracht zu werden, mit Brethwan dem Dunklen und dem Penis ihres Bruders. Vor allem Letzteres ist ihr wahrscheinlich wirklich auf die Nerven gegangen.«

»Das kann ich mir denken«, erwiderte Calmet mit Nachdruck. »Bei einem schönen fetten Schwein weiß man zumindest, daß die Omen gut sein werden.«

Unter ihnen waren die Parnissas mit ihren Anweisungen für die neue Carais endlich fertig. Nun begann die Menge zu singen, zuerst leise und dann immer lauter und lauter. Als Kait verstand, worum es den Menschen unten auf dem Platz ging, zuckte sie zusammen. Sie schrien: »Bringt sie raus! Bringt sie raus!« Die Tradition wollte es, daß die Parnissas am Tag nach dem Namenstag als symbolisches Opfer des Bösen in aller Öffentlichkeit Verbrecher exekutierten, um etwaige böse Einflüsse für das bevorstehende Jahr zu zerstören. Die Opferungen dienten in Wirklichkeit aber auch der Belustigung der Menge, wie die immer wilderen Rufe von unten bewiesen. Kait haßte diese Opfer und hatte fast immer Gründe gefunden, ihnen aus dem Weg zu gehen. Aber diesmal würde sie dem Spektakel nicht entfliehen können; wenn Calmet nicht direkt hinter ihr gestanden hätte, wäre es ihr vielleicht noch gelungen, sich ungesehen davonzustehlen. Er war der Sohn des Paraglese und zeigte nicht die geringste Neigung, seine Aufmerksamkeit anderen Gästen zuzuwenden.

»Wir haben einige ganz exzellente Opfer«, sagte Calmet.

Unten auf der Straße rollte zuerst ein von Pferden gezogener Käfig heran und dann ein weiterer. Der Jubel wurde lauter.

»Ihr habt aber ziemlich viele Leute da drin.« Kait konnte allein im ersten Käfig mindestens zehn entdecken; dieser Käfig versperrte den Blick auf den zweiten, so daß sie nicht sehen konnte, wie viele in diesem gefangen waren, aber sie schätzte, daß es ungefähr genauso viele sein würden wie im ersten – warum sollte man schließlich den einen Käfig überfüllen und den anderen nicht? Ihr Magen verkrampfte sich; sie haßte die Opferungen in Calimekka, aber dort wurden für gewöhnlich nur ein oder zwei Verbrecher hingerichtet, und die hatten dann immer so grauenvolle Dinge getan, daß Kait zugeben mußte, daß ihr Tod der Gerechtigkeit diente. Aber zwanzig Menschen ... Sie wußte nicht, wie sie sich dazu zwingen sollte, zuzusehen, wie zwanzig Menschen starben, ganz gleich, welche Greueltaten sie begangen hatten.

»Das sind doch nicht viele. Letztes Jahr hatten wir fast hundert, und die meisten davon wurden gestreckt und gevierteilt. Die Leute wären bestimmt enttäuscht von einem so mageren Schauspiel, wenn wir dieses Jahr nicht etwas wirklich Besonderes für sie hätten. Ihr habt von guten Omen gesprochen ...« Er schüttelte verwundert den Kopf. »Ich hätte nicht gedacht, daß wir jemals wieder etwas Derartiges bekommen würden. Und nach dem Gemetzel im Blamaukbezirk gestern nacht ... aber davon habt Ihr gewiß noch nichts gehört ...«

Er hatte keine Zeit mehr, seinen Gedankengang zu vollenden. Auf dem Platz unter ihnen kam ein Dutzend berittener Soldaten in der blaugoldenen Livree der Dokteeraks von ihrem Standort am Fuß des Turms herbeigeritten; ihre schwarzen Hengste tänzelten zu den Fanfaren der Trompeten. Die Pferde trugen keine Sättel, sondern glitzernde schwarze Geschirre, die aussahen, als seien sie eigens dazu geschaffen, die Pflüge der Verdammten der

Hölle zu ziehen. Zu beiden Seiten der Zweierreihe von Reitern marschierten bewaffnete Pikenträger jeweils in Gruppen von fünf mal fünf Männern. Die Leute auf dem Platz johlten noch lauter.

Kait dachte kurz daran, eine Ohnmacht zu heucheln; das wäre nicht allzu schwierig gewesen, und sie wäre auf diese Weise dem grauenvollen Spektakel entkommen, das sich in Kürze vor ihren Augen entfalten würde. Aber ein solches Benehmen hätte Aufmerksamkeit auf sie gelenkt – noch dazu die falsche Art von Aufmerksamkeit –, und wenn Kait eines schon früh in ihrem Leben gelernt hatte, dann, daß sie niemals Aufmerksamkeit auf sich ziehen durfte. Sie würde an ihrem Platz bleiben. Sie würde die Opferungen mit ansehen. Und die ganze Zeit, während sie dastand und so tat, als sei sie ein Teil der Zuschauer auf dem Turm, würde sie daran denken, daß ihre Familie diese Zeit nutzte, um die Vernichtung der verräterischen Dokteeraks zu planen.

Plötzlich fegte ein Windstoß über die Straße unter ihnen, der Blätter und allerlei Unrat Richtung Turm wehte, und mehrere Dinge geschahen gleichzeitig. Die Pferde der Soldaten bäumten sich auf und scheuten. Durch ihre unerwartete Bewegung wurden mehrere Pikenträger zu Boden geworfen, was an verschiedenen Stellen in der Menge für Unruhe sorgte. Und dann drang, getragen von der jähen Brise, ein vertrauter und beängstigender Geruch in Kaits Nase. Sie erstarrte.

»Wer sind die Leute, die ihr opfern wollt?« fragte sie ruhig, obwohl sie die Antwort bereits kannte – wenn nicht dem Namen nach, so doch durch Bande, die tiefer gingen als Blut allein.

Calmet sah sie grinsend an. »Ich will die Überraschung nicht verderben … aber es wird wunderbar, das verspreche ich.«

Es würde nicht wunderbar werden; es würde schlimmer sein als alles, was Kait erwartet hatte.

Die Soldaten der Dokteeraks hatten sich neu formiert und warteten nun auf die Ankunft der Käfige. Die Gespräche auf dem Turm waren erstorben; die Repräsentanten beider Familien stellten sich an der Balustrade auf, damit sie die Vorgänge unten auf dem Platz beobachten konnten. Die einzige Ausnahme bildete Kaits Onkel Doghall, der plötzlich links neben ihr aufgetaucht war.

Sie sah ihn hoffnungsvoll an. »Müssen wir gehen?« fragte sie.

Er schüttelte den Kopf. »Ich dachte, ich sehe mir das Schauspiel zusammen mit meiner Lieblingsnichte an.« Er lächelte, während er sprach, aber sie spürte – oder roch es vielleicht nur –, daß er sie mit seinem Verhalten vor irgend etwas warnen wollte.

Sie zwang sich, sein Lächeln zu erwidern. »Du weißt, daß deine Gesellschaft mir immer eine Freude ist.« Sie warf einen Blick auf Calmet und sah zu ihrer Überraschung, daß er sich von ihr entfernte. Zumindest für einen Augenblick waren sie und ihr Onkel weit genug von den anderen Leuten auf dem Turm entfernt, um ungestört reden zu können.

Er drehte sich um und starrte auf die Menge herunter, wobei er äußerlich ganz den Anschein hatte, als fasziniere ihn das Spektakel dort genauso wie die übrigen Zuschauer der Familie. Mit einer Stimme, die so leise war, daß sie ihn trotz ihres außerordentlichen Gehörs kaum verstehen konnte (einer Stimme, die ihr mehr als alle Worte klarmachte, wie viel sie von ihrem Geheimnis preisgegeben haben mußte), murmelte er: »Ich habe von den Sippenältesten der Dokteeraks gehört, was uns erwartet. Und wenn ich mir auch nicht sicher bin, was dich betrifft, Kait, so weiß ich doch, was ich *vermute*. Es gibt keinen Vorwand, unter dem wir hier verschwinden könnten; man beobachtet uns genau. Wirst du das hier durchstehen?«

Sie folgte seinem Beispiel und tat so, als konzentriere sie sich auf die drei Prinzen, aus deren Gesellschaft sie am Abend zuvor Tippa befreit hatte; Pikenträger banden ihre Arme und Beine, jeweils ein Glied pro Pferd, an die eigens dafür eingerichteten Geschirre der Hengste. Sie sagte: »Ich habe ein ganzes Leben darauf verwandt, den äußeren Schein zu wahren. Ich werde tun, was ich tun muß.«

Die Schreie und das Flehen der drei Männer übertönten selbst das Johlen und Pfeifen der in Ekstase geratenen Menge. Der oberste Parnissa trat auf ein Podium und gab ein Signal, woraufhin die Menge in Schweigen verfiel. »Paraglese«, rief er, und seine Stimme tönte über den ganzen Platz und drang dröhnend bis zum Turm herauf: »An diesem ersten wahren Tag des Jahres *Meines Prächtigen Unglaublich Fetten Schweins Abramaknar* frage ich Euch, wie Ihr über diese Männer hier urteilt.«

Der Paraglese holte tief Atem und rief der Menge zu: »Mein Urteil über diese Männer lautet: Aufgrund ihres Verrats gegen die Familien von Ibera, aufgrund von Verschwörung und Intrigen mit dem Ziel, Mitgliedern der Familie Schaden zuzufügen, und weil sie die heiligen Pakte mit den Göttern gebrochen haben, die die Herrschaft der Familien befürworten, befinde ich die drei Gyrunalles, die sich Prinzen nennen und deren Namen Erstisto Geist-auf-der-Straße, Lataban Zu-fern-der-Heimat und Meeraklf Noch-drei-Liedchen-laufen aufgrund ihrer Geständnisse für schuldig und verurteile sie zum Tode.«

Der Parnissa rief zurück: »Gewährt Ihr Gnade oder Vergebung?« Kait dachte, daß die Männer, gäbe es auch nur die geringste Hoffnung auf Gnade oder Vergebung, nicht bereits an die Pferde gefesselt worden wären ... Aber die Menge, die ihr Spektakel wollte, schien unter keinerlei Zweifeln zu leiden, was den gerechten Gang der Ereignisse betraf. Die Leute auf dem Platz begannen unverzüglich zu schreien: »Keine Gnade! Keine Gnade!«

Der Paraglese hob die Hände, und die Menge verstummte. »Keine Gnade!« rief er. Das zustimmende Brüllen des Mobs übertönte den Befehl, mit dem alle zwölf Pferde gleichzeitig in verschiedene Richtungen gejagt wurden.

Kait biß die Zähne so fest zusammen, daß die Muskeln in ihrem Gesicht schmerzten; sie sah mit äußerlicher Teilnahmslosigkeit zu, wie die drei Männer in Stücke gerissen wurden.

Plötzlich wurde sie sich einer Hand auf ihrem Unterarm bewußt, und als sie zu ihrem Onkel aufblickte, sah sie ein Abbild ihres eigenen Zorns in seinen Augen. Das Wissen darum, daß sie nicht die einzige war, der diese öffentlichen Opferungen keinen Genuß bereiteten, nahm eine Last von ihr, von der ihr bis dahin gar nicht klar gewesen war, daß sie sie trug. In einer Hinsicht zumindest war sie nicht allein.

Einige Diener schnitten die Überreste der drei Gyru-nalles von den Pferden, während sich die Wachen dem zweiten Käfig zuwandten. Der Gefangene, den sie aus diesem Käfig holten, war ein kleiner Junge. Er war nicht älter als fünf oder sechs Jahre, und er war ein wunderschönes Kind, von einem Liebreiz und einer Unschuld, die ihn wie ein Lichtschein zu umhüllen schienen. Seine Kleider wiesen ihn als den Sohn eines Kaufmanns aus und ließen darauf schließen, daß seine Familie recht wohlhabend war. Die Sauberkeit und Sorgfalt, mit der er ausstaffiert war, legten weiterhin die Vermutung nahe, daß seine Eltern ihn sehr liebten. Er versuchte sich loszureißen, und Kait konnte sein dünnes, verängstigtes Jammern hören – »Maman! Papan!«

Sie schluckte schwer und rang die Tränen nieder, die sie bereits zu schmecken vermeinte. Mehrere Parnissas nahmen den Jungen von den Soldaten entgegen und zerrten ihn in die Mitte des Podiums. Der oberste Parnissa zog einen großen, juwelenbesetzten Dolch aus den Falten seines Gewandes und rief: »Paraglese, seht das Ungeheuer.« Er ließ den Dolch über das Gesicht des Kindes fahren, und eine rote Linie klaffte auf. Aber nicht lange. Das Kind schrie, und Kait spürte sein Entsetzen so heftig, als wäre es ihre eigene Regung. Und sie spürte auch die Reaktion – den Schrei, der zu einem Knurren wurde, den Schmerz, der die rotäugige, stets lauernde Wut freisetzte, das Gefühl der Macht, wenn das Blut zu singen begann und die Knochen in Fluß gerieten, um sich neu zu formieren und Haut und Muskeln dem glorreichen Versprechen der Verwandlung entgegensprangen.

Da plötzlich gruben sich fremde Fingernägel in ihren Arm, und dicht an ihrem Ohr wurde Doghalls Stimme hörbar: »Ganz ruhig, Mädchen«, und Kait trat von dem Abgrund zurück, vor dem sie gestanden hatte, ohne ihn auch nur zu ahnen. Gedankt sei dem einen Gott und allen Göttern, daß sie in der Nacht zuvor eine Verwandlung durchgemacht hatte, sonst hätten alle beruhigenden Stimmen der Welt sie nicht davor bewahren können, sich zu verraten. Wie die Dinge lagen, wallte ein Zorn in ihr auf, der sich nicht Bahn brechen durfte, während sie auf diesen schönen, kleinen Knaben herabblickte, der kein kleiner Junge mehr war. Seine eigene Verwandlung hatte ihn zum Teil in die geflügelte Gestalt schlüpfen lassen, die der Karneefluch mit sich brachte, aber nur zum Teil. Natürlich – seine Wächter hatten gewiß dafür gesorgt, daß er verletzt und verängstigt genug war, um einen großen Teil der letzten Zeit im Zustand der Verwandlung zugebracht zu haben; auf diese Weise hatten sie den Brennstoff erschöpft, der das Feuer der Verwandlung schürte. Er war ein kleiner Junge, aber in vollem Karneezustand wäre es trotzdem gefährlich für sie gewesen, sich ihm entgegenzustellen. Halb verwandelt und unfähig, sich zu rühren, bewies er dem Paraglese lediglich, daß er war, was man von ihm behauptete. Ein Ungeheuer. Ein Tier.

Eine Woge der Erregung lief durch die Menge. Das war weit besser, als Diebe auseinanderzureißen, prickelnder als eine Bärenhatz; einer ihrer angesehenen Nachbarn hatte ein Ungeheuer unter ihnen verborgen, und das Ungeheuer war entlarvt worden und mit ihm die schmutzigen Geheimnisse einer Familie, die zu Verbrechern geworden waren. Der oberste Parnissa rief zu dem Paraglese hinauf: »Das Kind ist Marshalis Silkmans Sohn, und während seiner ersten fünf Lebensjahre wurde an jedem Gaerwantag dem Gott Abjan und den Parnissas an seiner Stelle ein anderes Kind vorgeführt, damit die monströse Natur des Knaben verborgen bliebe. Paraglese, an diesem ersten wahren Tag des Jahres *Meines Prächtigen Unglaublich Fetten Schweins Abramaknar* frage ich Euch, wie Ihr über die Familie Silkman urteilt.«

»Mein Urteil über sie lautet: Weil sie die Eide gebrochen und ein Ungeheuer in unserer Mitte verborgen haben, weil sie Götter wie Menschen betrogen haben, weil sie das Wohl der Öffentlichkeit gefährdet haben und wegen ihrer Verschwörung gegen die Familien Iberas und die Menschen von Halles, befinde ich die Familie Silkman aufgrund materiellen Beweises für schuldig und verurteile jedes lebende Mitglied der Familie, ob es ihr nun durch Geburt oder Heirat angehöre, in allen Generationen zum Tode.«

Dies war die Strafe, die Kait für ihre eigene Familie so sehr gefürchtet hatte; nicht für den ganzen Clan der Galweighs, denn der war als Gesamtheit immun gegen derartige Gemeinschaftsstrafen, sondern für ihre Kleinfamilie – Vater, Mutter, Schwestern und Brüder –, weil kein einzelner Zweig der großen Familie so wertvoll war, daß man ihn nicht hätte abschneiden können, wenn man damit einen Mob befriedigen oder die Macht der Familie in ihrer Gesamtheit bewahren konnte.

»Gewährt Ihr Gnade oder Vergebung?«

»Die Götter selbst haben ihr Urteil über dieses Tier und seine Familie gesprochen. Es kann keine Gnade geben und keine Vergebung.«

Der Junge weinte, die Familie flehte die Götter an, in ihr Geschick einzugreifen. Die Soldaten fesselten den Jungen an die Pferde. Der Mob brüllte seine Begeisterung heraus.

Die Pferde sprangen los.

Kapitel 9

Ein halbes Dutzend junger Männer lehnte lässig an Säulen oder lag wie hingegossen auf den weißen Steinbänken im Innenhof der Taverne. Ein einziges Barmädchen bediente sie mit gerötetem Gesicht und sorgenvollen Augen; sie brachte Tabletts mit Bier in Flaschen und große Platten mit gebratenem Schweinefleisch und geröstetem Brot heraus, aber ihre Gedanken waren offensichtlich nicht bei ihren Kunden, genausowenig wie bei dem beträchtlichen Trinkgeld, auf das zu hoffen sie allen Grund hatte; jedesmal, wenn sie ein Jubeln in der Ferne hörte, krümmte sie sich innerlich. Als sie die letzten Erfrischungen auftrug, die Ry Sabir verlangt hatte, fragte sie:

»Werdet Ihr sonst noch etwas benötigen?«

Sie war eine typische Landbewohnerin, und ihre Gedanken galten einzig den religiösen Festlichkeiten, die sie verpaßte.

Einige der Männer lachten ein rauhes Lachen, aber Ry brachte sie mit einer knappen Handbewegung zum Schweigen. »Nein. Geh nur. Genieße dein Fest. Und grüß die Götter von mir«, fügte er hinzu, als sie durch die Bogen des Säulengangs schlüpfte und verschwand.

»Wir hätten unseren Spaß mit ihr haben können.« Der Mann, der dies sagte, hatte auf beiden Wangen eine senkrecht verlaufende Narbe, die wie ein Ehrenabzeichen aussah. Sein Hemd aus feinster und teuerster roter Seide war so durchscheinend, daß es nur dem einen Zwecke diente, die kraftvollen, mageren Linien des Körpers darunter zu betonen; seine Lederhose, die mit Öl eingerieben war, so daß sie glänzte, verhüllte seinen Unterleib ebensowenig wie das Hemd die Brust. Seine weiten schwarzen Stiefel, der breitrandige

Hut aus scharlachrotem Samt sowie die mit großer Sorgfalt in seine langen, blonden Zöpfe aus Goldtuch gewobenen Bänder wiesen ihn als Dandy aus, aber nur ein Narr hätte ihn für einen Schwächling gehalten. Seine Name war Yanth; er war reich, gehörte einer der jüngeren Linien der Familie Sabir an und war, seit er denken konnte, Rys bester Freund und engster Verbündeter gewesen.

Ry zuckte die Achseln. Er war so müde, daß es schmerzte, und er war immer noch ausgehungert und reizbar wie nach jeder Verwandlung. Wären nicht die Festlichkeiten gewesen, hätte er den Tag im Bett verbracht und von den Dienern verlangt, ihm Essen zu bringen. Aber das Fest gab ihm die Gelegenheit, allein mit seinen Leutnants zu sprechen, fern der Botschaft der Sabirs und damit auch fern jeglicher Spione, die selbst an einem Ort wie dem hübschen Innenhof dieser kleinen, öffentlichen Taverne möglicherweise hätten lauschen können. »Stimmt. Aber dann wären wir nicht allein gewesen.«

»Seit wann macht es Spaß, allein zu sein? Hast du etwas Besseres für uns als ein hübsches Mädchen?«

»Ich brauche eure Hilfe.«

Rys Leutnants, fünf Männer insgesamt, sahen einander an, und ihre Mienen spiegelten eine Palette verschiedener Gefühle wider, angefangen von Neugier über Überraschung bis hin zu vorsichtiger Zurückhaltung.

»Du weißt, daß du darum nicht erst bitten mußt«, sagte der braunhaarige, grünäugige Valard.

»Diesmal ist es anders. Was ich will, verstößt gegen die Befehle der Familie. Ihr müßt entscheiden, ob ihr mir helfen wollt oder nicht; ihr seid es mir jedenfalls nicht schuldig, denn es könnte für mich den Bruch mit dem Rest der Familie bedeuten – und vielleicht auch für Euch.«

Jetzt konnte er sehen, daß die anderen wirklich neugierig geworden waren. Er hatte noch nie gegen irgendeine Anweisung seiner Familie verstoßen, und sie wußten das.

Yanth, der bisher lässig an einer der Säulen gelehnt hatte, versuchte nicht länger, sich den Anschein zu geben, als fände er das Leben sterbenslangweilig, und setzte sich auf eine der Steinbänke. Er setzte sich einfach hin; setzte sich nicht in Szene, machte sich keine Gedanken darüber, ob er sich etwaigen Neuankömmlingen auch von seiner besten Seite zeigte, falls vielleicht ein hübsches, junges Ding darunter sein sollte. Die Ellbogen auf die Oberschenkel gestützt, beugte er sich stirnrunzelnd vor. »Ich kann natürlich nicht für die anderen sprechen, aber ich stehe nach wie vor auf deiner Seite. Nicht, weil ich dir etwas schuldig bin, obwohl ich weiß, daß das so ist. Sondern weil du mein Freund bist.«

Valard nickte. »Dasselbe gilt für mich. Du führst, ich werde folgen. Ganz egal, wohin oder warum.«

Nun meldete sich der breitgesichtige, blasse Trev zu Wort. »Ich glaube, ich würde zuerst gern wissen, daß wir hier nicht von einem Umsturz sprechen. Mit etwas Derartigem würde ich meine Familie in zu große Gefahr bringen.« Trev hatte zwei jüngere Schwestern, für die er Berge versetzt hätte. Und obwohl Ry wußte, daß er in jeder anderen Hinsicht ihm genauso treu ergeben war wie Valard oder Yanth, war doch auch klar, daß Trev niemals etwas tun würde, das seinen Schwestern auch nur den geringsten Schaden zufügen konnte. Er stammte aus einer unbedeutenderen Familie und hoffte, beide Mädchen gut verheiraten zu können.

»Es geht nicht um Hochverrat«, sagte Ry. »Aber es ist auch nichts, das dich beim *Haus* besonders beliebt machen würde, falls deine Rolle bei dem Ganzen bekannt werden würde.«

Karyl, Rys Cousin und um mehrere Jahre älter als die übrigen, bedachte Ry mit einem nachdenklichen Blick. »Wenn du im Begriff bist, eine Dummheit zu machen, sollte ich wohl mit von der Partie sein, schon um die Einzelteile aufzulesen und deiner Mutter zurückzubringen, wenn es zum Schlimmsten kommt. Du kannst also auf mich zählen.«

Ry lachte. Man konnte sich immer darauf verlassen, daß Karyl eine Angelegenheit von ihrer düstersten Seite betrachtete.

Nun wandte er sich an Jaim, der bisher nichts gesagt hatte. Das wiederum war typisch für Jaim – es dauerte lange, bis er sich auf eine Sache einließ, aber hatte er es einmal getan, dauerte es noch länger, bevor er eine Niederlage auch nur in Betracht zog. Ry hatte das Gefühl, daß er, wenn er Jaim für seine Sache gewinnen konnte, des Erfolgs sicher sein durfte. »Wie steht es mit dir?«

Jaim lächelte sein zögerliches Lächeln. »Ich möchte wissen, worum es geht, bevor ich ja oder nein sage.«

Ry kicherte leise. Das war Jaim, wie er leibte und lebte. Er vertrat in ihrer Mitte die Stimme der Vernunft, war derjenige, der zur Vorsicht mahnte, derjenige, der immer vor allen anderen die Schwächen eines Plans entlarvte und der für gewöhnlich schon eine Lösung parat hatte, bevor irgend jemand sonst auch nur das Problem umreißen konnte. Ry *wollte* Jaim auf seiner Seite haben.

»Ich werde ein Mädchen rauben, das die Familie tot sehen will.«

Jetzt flogen die Augenbrauen seiner Freunde in die Höhe. »Ein Mädchen? Wozu denn das – die Familie bewirft dich doch förmlich mit Mädchen, und du greifst *nie* zu«, sagte Karyl.

»Diese Frau ist etwas Besonderes.«

»Das muß sie wohl sein. Du hast so ziemlich alle Schönheiten Calimekkas zurückgewiesen.«

Yanth grinste. »Da fragt man sich natürlich, warum sie so etwas Besonderes ist.«

Und das war die Frage, die Ry beim besten Willen nicht ehrlich beantworten konnte – nicht, weil er diesen fünf Freunden nicht die Wahrheit anvertrauen konnte, sondern weil er die Wahrheit nicht kannte. Wie sollte er ihnen erklären, daß diese Frau aus dem Hause Galweigh, die er in der Nacht zuvor kennengelernt hatte, sich in seinem Verstand breitmachte und daß er, obwohl sie nicht einmal mehr in der Nähe war, immer noch die Hitze ihres Körpers an seinem spürte, genauso wie in diesen Minuten, die sie nach dem

Kampf Seite an Seite geflohen waren; wie konnte er seinen Freunden eingestehen, daß seine Gedanken nicht länger ihm gehörten? Wie konnte er ihnen klarmachen, daß er, wenn er die Augen schloß und an sie dachte, irgendwie spüren konnte, wo sie sich aufhielt; daß er in diesem Augenblick ihren Zorn über irgendeine Ungerechtigkeit fühlen konnte, die auf eine Art und Weise, die er nicht zu verstehen vermochte, mit ihnen beiden, mit ihr und ihm zusammenhing? Er seufzte. »Sie ist wie ich. Und sie ist eine Galweigh, deshalb ist die Familie der Meinung, daß ich sie nicht haben darf. Und das ist auch der Grund, warum sie sie tot sehen wollen.«

Jetzt sahen sie ihn stirnrunzelnd an; der Gedanke, daß er sein gutes Verhältnis zu der Familie wegen einer Frau aufs Spiel setzte, wollte ihnen nicht gefallen. Yanth sagte: »Sie ist wie du? In welcher Hinsicht? Verwegen? Stiernackig? Stur?«

»Karnee«, sagte Ry.

Die Stille, die dieser unverblümten Antwort folgte, zog sich in die Länge, während Rys Leutnants einander fassungslos ansahen. Das Schweigen dauerte an, während sie sich einer nach dem anderen zu ihm umwandten.

»Karnee«, flüsterte Yanth.

Abermals senkte sich Schweigen auf die sechs Männer herab.

Schließlich seufzte Jaim. »Das ist etwas anderes, als ein normales Mädchen zu schnappen. Wenn wir auch nur einen einzigen falschen Schritt tun, wird sie uns vernichten. Der Gedanke, es mit dir aufnehmen zu müssen, selbst wenn ich ein Dutzend Bewaffneter um mich herum hätte, erfüllt mich mit Grauen; ich kann mir nicht vorstellen, daß sie sehr viel schwächer ist als du. Nicht, wenn sie so lange überlebt hat.« Er holte hörbar Luft und stieß den Atem wieder aus. »Nur ein einziger Augenblick der Unbedachtsamkeit ...« Er blickte auf seine Hände herab. »Und ich schätze, du hast vor, sie zu entführen, wenn wir das Haus Galweigh einnehmen.«

Ry nickte. »Ich dachte, daß wir in der allgemeinen Verwirrung die beste Chance hätten, sie da rauszuholen, ohne daß irgend jemand bemerkt, was wir tun. Ich kann sie nicht vor dem Überfall rauben, ohne den Plan der Familie, das Haus einzunehmen, zu gefährden, und wenn ich abwarte und versuche, sie später zu finden, wird sie höchstwahrscheinlich tot sein.«

Yanth sagte: »Wir werden also während der Invasion in das Haus eindringen, genau wie wir es geplant hatten, aber statt die Galweighs zusammenzutreiben und gefangenzunehmen, werden wir diesen ganzen riesigen Kasten nach einer einzigen Frau durchkämmen.«

»Richtig.«

»Einer Frau, die den Plan des Hauses genau kennt, die nicht mit uns kommen will und die rein zufällig einen der tödlichsten Alpträume verkörpert, der uns wahrscheinlich je im Leben begegnen wird.«

»Genau.«

Yanth nickte. »Ich wollte nur sichergehen, daß ich dich richtig verstanden habe.«

Jaim seufzte. »Nun, wenn es so steht, sehe ich keine Möglichkeit abzulehnen. Ohne meine Planung wird keiner von euch auch nur den ersten Angriff überleben. Also bin ich mit dabei.«

Die Männer verfielen in einstimmiges Gelächter. Jetzt fiel ihnen das Lachen leicht, dachte Ry, da alle Gefahr und alle Schwierigkeiten in ferner Zukunft lagen, wo sie alle hier im freundlichen Schatten der Palmen zusammensaßen und nichts anderes zu tun hatten, als zu essen und zu trinken, während Jasmin und Rosen mit ihren süßen Düften die Luft erfüllten. Aber seine fünf Freunde hatten sich gerade allesamt freiwillig bereit erklärt, für ihn in den Tod zu gehen, falls das notwendig sein sollte, und er durfte sich nicht gestatten, zu vergessen oder zu übersehen, wieviel es bedeutete.

»Im Augenblick hält sie sich in der Botschaft der Galweighs auf.

Sie werden sie natürlich vor der Hochzeit nach Calimekka zurückbringen, zusammen mit allen übrigen Mitgliedern der Familie, soweit sie nicht zur Kampftruppe gehören.«

Yanth stöhnte. »Du weißt nicht mal ihren Namen?«

Jaim seufzte. »Und wenn wir ihren Namen nicht wissen, wie sollen wir sie dann finden?«

»Ich zeige euch, wie sie aussieht.« Der Gedanke an das, was er vorhatte, erfüllte Ry mit einer gewissen Nervosität – das Heraufbeschwören ihres Bildes war nur ein kleiner Zauber und obendrein kein zerstörerischer, aber bisher wußten nicht einmal seine besten Freunde von seinen zauberischen Fähigkeiten. Es war ihnen bekannt, daß er den Karneefluch trug; er hatte sich einmal verwandelt, um Yanths Leben zu retten, als sie beide noch jünger und verwegener und jämmerlich in der Minderheit gewesen waren. Die Magie hatte er jedoch vor ihnen verborgen gehalten, aus Angst, daß es gewisse Frevel gab, die so schwerwiegend waren, daß nicht einmal die besten Freunde sie verzeihen konnten.

Was ihm nur abermals bewies, welches Ausmaß sein Wahnsinn angenommen hatte. Er würde das eine Geheimnis verraten, das er bisher um jeden Preis für sich behalten hatte, und er würde es tun, um das Leben einer Frau zu retten, die schon als seine Feindin geboren worden war. Die immer noch seine Feindin war.

Einer Frau, die zu hassen er jeden Grund hatte.

Warum haßte er sie nicht?

Er hätte viel für die Antwort auf diese Frage gegeben.

Unter den erschrockenen, verwirrten Blicken seiner Freunde streute er nun etwas Caberrapulver auf den Boden. Er murmelte seine Beschwörung, schnitt sich mit seinem Dolch in die Innenfläche seiner linken Hand und zeichnete mit dem Blut einen winzigen Kreis innerhalb des Kreises. Dann stützte er sich auf die Verbindung, die er in sich spürte, und beschwor das einzige Bild von ihr herauf, das er hatte – blutend und der Erschöpfung nahe und mit Blut bedeckt, wie sie immer noch in ihrer Karneegestalt ausgesehen hatte. Er schloß die Augen und holte das Bild immer näher heran, während er sich an ihren Duft erinnerte, den Klang ihrer Stimme und die unglaublichen, die unmöglichen Gefühle, die sie in ihm erweckt hatte. Er rief das Bild der vergangenen Nacht jedoch nicht in den Kreis hinein – statt dessen appellierte er an das unerklärliche Band, das er zwischen sich und dieser Frau spürte, und konzentrierte sich auf sie, so wie sie in diesem Augenblick war.

Er hörte ein Keuchen und öffnete die Augen und sog sie in sich auf. Sie stand in der Mitte des Kreises, den er geworfen hatte und starrte irgend etwas an, das sich vor ihr befinden mußte, während sie sich auf die Brüstung des Turms im Zentrum von Halles lehnte; das schwarze, in Stein gemeißelte Ungeheuer, das direkt unter ihr kauerte, war unverkennbar. Ihr glattes, schwarzes Haar wehte hinter ihr wie ein seidener Wimpel. Sie trug ein dunkelblaues Seidengewand, elegant und im Stil der calimekkischen Mode geschneidert, der solch hinterwäldlerische Städte wie Halles noch nicht erreicht hatte. Sie sah aus wie die hochgeborene, anmutige Tochter der Macht; sie sah nicht aus wie eine Frau, die in der Nacht zuvor eine ganze Bande von Mördern und Dieben getötet hatte. Nachdem er sie nun das erste Mal in ihrer menschlichen Gestalt erblickt hatte, war er ihr vollends verfallen. Er wußte, daß er sie haben mußte oder bei dem Versuch sterben würde. Sie war exquisit und schön und … verboten. Aber nicht so verboten wie die Art und Weise, auf die er ihr Bild heraufbeschworen hatte.

Seine Freunde – seine Leutnants – schienen die Grenzen der Zeit verlassen zu haben; reglos wie Eisstatuen starrten sie das schimmernde Bild an, die Augen weit aufgerissen und voller Entsetzen. Langsam rissen sie sich einer nach dem anderen von dem bezaubernden, flüchtigen und sanft leuchtenden Abbild der Frau los und sahen ihn an. Ry hielt Ausschau nach Zeichen ihres Zornes, nach Zeichen des Verrats, aber statt dessen sah er nur Erstaunen.

»Wie …?« flüsterte Yanth.

Es verging geraume Zeit, während derer keiner der vier anderen ein Wort sprach. Schließlich bemerkte Jaim: »Das Wie ist mir egal. Könntest du mir das beibringen?«

Damit war der Damm gebrochen, und die Fragen seiner Freunde überschlugen sich schier. Sie wollten mehr Magie von ihm sehen; sie wollten, daß er ihnen alles zeigte, was er wußte; sie wollten selbst ein Teil dieser schönen, verbotenen Welt werden, die er ihnen enthüllt hatte; und es war ihnen egal, daß für die Wiederentdeckung seines Wissens Männer gestorben waren, daß es aus einem sehr guten Grund verlorengegangen war und daß sie auf dem öffentlichen Platz dafür hingerichtet werden konnten, sollte man ihnen je auf die Schliche kommen. Sie hatten nicht die Absicht, sich ertappen zu lassen, und in der Zwischenzeit fachte das Wunder dieses Zaubers ihre Phantasie an und versprach ihnen Geheimnisse und eine Welt jenseits des Alltäglichen. Sie wollten diese Welt erobern. Und sie waren bereit, dafür jede Sünde, jedes Verbrechen zu übersehen, waren bereit, beinahe alles zu versprechen, um sich Zugang zu der Tür zu verschaffen, durch die sie dorthin gelangen konnten.

»Wir helfen dir, die Frau zu bekommen«, sagte Yanth und sprach damit für sie alle. »Aber du mußt versprechen, daß du uns dafür in der Magie unterweist. Als Vergünstigung für deine treuen Freunde und Verbündeten, die dir bedingungslos überallhin folgen, erbitten wir uns nicht mehr als diesen Gefallen.«

Für das, was sie ihm anboten – ihr Leben, ihre Ehre –, mußte er einen geziemenden Lohn bieten. Er hatte an Land und zusätzliche Titel gedacht … aber sie hatten das Recht, den Preis von ihm zu verlangen, den sie am meisten begehrten. Und er würde ihre Bitte nicht abschlagen. Er erklärte sich einverstanden.

»Ich dachte, ich würde es nicht durchstehen.« Kait schritt unruhig von einem Ende der schmalen Bibliothek zum anderen. Taub und angewidert und immer noch voller Zorn kämpfte sie mit dem Dämon in sich, der um eine Chance bettelte – nur eine einzige Chance –, die Ungeheuer zu töten, die für dieses alptraumgleiche Gemetzel Unschuldiger verantwortlich waren.

Während der ganzen Zeremonie hatte Doghall nicht ein einziges Wort gesagt. Er war an ihrer Seite geblieben, und obwohl er scheinbar überhaupt nichts tat, hatte er jeden verscheucht, der den Eindruck erweckte, sie ansprechen zu wollen; er hatte ihr geholfen, Ruhe zu bewahren, und er hatte sie und Tippa bei der ersten sich bietenden Gelegenheit in die Botschaft der Galweighs zurückgebracht. Als er sie dann jedoch allein in die Bibliothek führte, wußte Kait, daß er reden wollte. »Aber du hast es geschafft«, sagte Doghall. »Und jetzt mußt du aufhören, daran zu denken. Du hast immer noch eine Rolle zu spielen, und es ist von allergrößter Wichtigkeit für die Familie, daß du diese Rolle spielst, ohne zu stolpern. Vor allem …« Er verstellte ihr den Weg, so daß sie stehenbleiben mußte, und blickte ihr direkt in die Augen. »*Vor allem,* weil sich deine Informationen als absolut zutreffend erwiesen haben. Die Dokteeraks und die Sabirs haben sich gegen uns verschworen, genauso wie du es mir berichtet hast. Du hast gewisse … Talente, sollte ich wohl sagen? … Ja, Talente … durch die du für deine Familie unersetzlich bist.«

Kait hielt den Atem an. »Du mußt wissen, was ich bin, Onkel.«

»Ich kann es mir denken – das heißt, ich glaube zumindest, daß ich eine Erklärung für einige Besonderheiten deines Wesens gefunden habe. Früher oder später werden vielleicht auch einige andere Mitglieder der Familie davon erfahren müssen. Aber du darfst nicht glauben, daß deine Andersartigkeit ein Problem für uns darstellt. Im Gegenteil, Kait, du bist ein Gewinn für die Familie, ein Geschenk. Du bist schön, du bist intelligent, und du bist charmant und hast eine hervorragende Ausbildung … und deine besonderen Talente gestatten es dir, Dinge zu tun, die andere nicht tun können.« Er tätschelte ihren Arm.

»Du warst ein prachtvolles Kind – nie hattest du Angst vor irgend etwas. Du entwickelst dich jetzt zu einer prachtvollen jungen Frau. Aber mehr als das, du kannst dich zu einer Waffe für die Galweighs entwickeln, wie sie keine der anderen Familien gegen uns aufbieten könnte.«

Kait zog die Augenbrauen hoch und dachte an den Sabirkarnee. Wenn Doghall von seiner Existenz nichts wußte, hatte er keine Ahnung von dem wahren Ausmaß dessen, womit die Galweighs es zu tun hatten. »Das ist alles, was ich will. Es ist alles, was ich je gewollt habe – meiner Familie zu dienen. Ich möchte alles in meinen Kräften Stehende tun, um sie vor ihren Feinden zu schützen. Um es ihnen zu vergelten, daß sie mich beschützt haben und mir die Chance gegeben haben, meinen Platz unter ihnen einzunehmen.« Sie hielt inne und sah Doghall mit einem flehentlichen Blick an. »Aber vielleicht habe ich kein Recht, Maman und Papan zu gefährden, indem ich im diplomatischen Corps bleibe«, sagte sie. »Vielleicht habe ich gar nicht das Recht zu dienen, weil ich nicht die einzige sein werde, die den Preis zahlen muß, sollte ich versagen.«

»Setz dich.« Doghall zeigte auf den geschnitzten, hohen Holzstuhl, der behaglich in einer Nische hinter einem der Bleiglasfenster der Bibliothek stand. Er ließ sich auf dem Stuhl gegenüber nieder, und erst, als Kait ebenfalls Platz genommen hatte, sagte er: »Du dienst der Familie; das ist deine Pflicht. Du tust dies, ohne das Leben *deiner* Familie zu gefährden; das ist sowohl Verpflichtung als auch ein Akt der Liebe. Aber die Bedürfnisse *der* Familie müssen an erster Stelle kommen, Kait-cha. Ich habe nach diesem Gebot gelebt, und du wirst es ebenfalls tun müssen: Du bist zu etwas Großem geboren, aber Größe muß in jeder Generation aufs neue verdient werden. Dein Leben ...«

Kait fiel ihm ins Wort. »... ist eine Verlängerung des Lebens meiner Vorfahren und eine Brücke in die Zukunft, und als solches kann mein Leben mir nie ganz allein gehören, denn mit jeder meiner Taten ernte ich die Früchte von gestern und säe die Saat von morgen aus.« Mit ernstem Gesicht zitierte sie die Worte Habaths. »Ich *kenne* meine – Pflicht.«

»Dann möchte ich keine Zweifel mehr darüber hören, ob du recht daran tust zu dienen. Du bist auserwählt worden; du mußt dienen.«

»Dazu möchte ich bemerken, daß ich nicht von jenen auserwählt wurde, die die Wahrheit über mich wissen; ich bezweifle, daß ich gewählt worden wäre, wäre die Wahrheit über mich bekannt gewesen.«

»Und daß du überhaupt das Erwachsenenalter erreicht hast, so daß du erwählt werden konntest, was ist damit? Ich möchte den Wert von Wundern nicht allzu genau in Frage stellen – die Götter leiten unsere Schritte über rätselhafte Wege; ich habe dich erwählt, aber ich glaube jetzt, daß meine Entscheidung besser war als ich damals dachte, nicht schlechter. Und es interessiert mich in diesem Zusammenhang nicht, wie andere vielleicht darüber denken mögen. Ich werde dein Geheimnis für den Augenblick für mich behalten; ich wage nicht zu hoffen, daß jedes Mitglied der Familie klug genug ist, einen Glücksfall zu erkennen, wenn das Schicksal ihm einen solchen gewährt.«

Kait quittierte diese Bemerkung mit einem Lachen. »Um die Wahrheit zu sagen, ich wage nicht zu hoffen, daß auch nur ein einziges Mitglied der Familie mich vor den Pferden auf dem Marktplatz bewahren würde. Außer meiner eigenen Familie und dir.«

»Das ist auch klug von dir. Sei immer auf der Hut, und ich sorge dafür, daß du die Aufträge bekommst, die deinen speziellen Talenten angemessen sind.« Er lehnte sich zurück und faltete die Hände. »Und wo wir gerade von deinen Talenten sprechen … worin genau bestehen sie eigentlich? Ich habe bereits erraten, daß dein Gehör besser ist als meines, und ich weiß, daß du steile Wände erklettern kannst, für deren Bezwingung ich bisher Hammer und Kletterhaken für unerläßlich gehalten hätte. Aber warum kannst du diese Dinge tun?«

Kait sagte: »Ich bin Karnee.«

Doghall sah sie einen Augenblick lang gedankenvoll an, dann atmete er mit einem leisen Seufzer aus. »Ich habe mir schon gedacht, daß es das sein könnte. Deshalb hab ich dich auch wegen des Jungen, den sie heute hingerichtet haben, gewarnt – ich hatte, bevor wir die Botschaft verließen, etwas gehört ... Gerüchte ... dahingehend, daß er in der letzten Nacht wild geworden und in den frühen Morgenstunden gestellt worden sei. Ich bezweifle aber, daß der Junge verantwortlich für diese Toten in der Gasse war.« Er blickte sie mit fragend hochgezogenen Augenbrauen an. »Der Familienfluch ist also noch nicht tot.«

»Dafür bin ich wohl der lebende Beweis.«

»In welchem Ausmaß bist du davon betroffen? Besseres Gehör, schärfere Sicht, erhöhte Begierde und Energie, vermehrte Kraft?«

Diesmal lag keine Belustigung in Kaits Lachen. »All diese schönen Dinge und daneben auch alle unerfreulichen. Ich bin ein voller Karnee, genau wie das Kind, das heute auf der Straße gestorben ist. Ich verwandle mich, wenn ich wütend bin oder wenn irgendein anderes Gefühl mich überwältigt oder wenn ich zu lange keine Verwandlung durchgemacht habe; ich bin Frau und Ungeheuer in einem Körper, und der Teil meiner selbst, der Glück und Freude ohne Bedauern kennt, ist nicht die Frau, sondern das Ungeheuer. Wenn ich Karnee bin, singt mein Blut und verlangt nach anderem Blut und nach Jagd und nach Brunft, und ich bin ohne Gnade und ohne Reue.«

»Es gibt Zeiten, mein Kind, da Gnade und Reue ebenfalls als Fluch gelten dürfen.«

Kait runzelte die Stirn. »Mag sein. Aber der menschliche Teil von mir muß die Reue für beide Teile übernehmen – und scheint doppelt schwer daran zu tragen.«

Doghall nickte, lehnte sich auf dem Stuhl zurück und legte die Fingerspitzen aneinander. »Um mit uns selbst leben zu können, bringen wir den, der wir sind, in Einklang mit dem, der wir zu sein wünschen. Wenn wir in diesem kurzen Leben Glück erfahren sollen, tun wir es, ohne uns selbst zu belügen und ohne zu vergessen, gütig zu sein. Ebenfalls Vincalis. Ich muß dir wirklich eine Ausgabe des Buches Vom *Ehrenhaften Dienen* beschaffen, wenn wir zum Haus zurückkommen. Diese Schrift und die Geheimen Texte sind unentbehrlich für jeden Diplomaten. Einfach unentbehrlich.«

Kait sagte: »Ich werde beide Schriften lesen, wenn sie mir helfen, der Familie besser zu dienen.«

»Sie werden dir helfen. Wenn du natürlich der Familie wirklich dienen willst, dann finde den Spiegel der Seelen für uns.« Er lachte, als er dies sagte.

Kait verstand den Witz nicht. »Den Spiegel der Seelen? Was ist das?«

»Ein Mythos, glaube ich«, antwortete Doghall. »Wir haben in den ältesten Büchern, die wir besitzen, mehrere Hinweise darauf gefunden, und die Geheimen Texte sprechen natürlich ebenfalls von dem Spiegel.« Er seufzte. »Angeblich ist er das größte Artefakt der Alten. Aus den besten Übersetzungen, die wir haben anfertigen lassen, ist ersichtlich, daß der Spiegel ein Instrument ist, das die Toten aus dem Grab zurückrief und wieder in die Welt der Lebenden brachte. Stell dir nur vor, in der Lage zu sein, all unsere toten Verwandten wieder ins Leben zurückzuholen.« Er schüttelte den Kopf, und in seinen Zügen malte sich Staunen ab. »Wir könnten die Sabirs, die Dokteeraks, die Masschankas und die Kairns binnen Tagen überrennen und Ibera unter unsere Herrschaft bringen. Und das wäre dann das Ende der Kriege und des Mordens und des Kampfes.«

»Du hörst dich an, als glaubtest du wirklich an die Existenz eines solchen Instruments.«

»Ach ja? Vergib einem alten Mann seine Sehnsucht. Ich *wünschte* nur, es gäbe wirklich ein solches Instrument – natürlich nur, wenn die Galweighs es in ihren Besitz bringen könnten. Aber trotz der zahlreichen Verweise auf diesen Spiegel, die wir in der alten Literatur finden, glaube ich, daß er, wenn er überhaupt je existiert hat, lange schon vom Antlitz der Erde verschwunden ist. Und ich zähle mich zu den Zynikern, denn ich glaube nicht, daß es ihn je gegeben hat. Eine solche Magie wäre …«

Er beugte sich vor und lächelte. »Vergiß meine Überlegungen, Kait. Wie kindisch von mir, deinen Kopf mit den Phantastereien der Alten zu füllen. Du kannst solchen Unsinn wahrhaftig nicht gebrauchen. Konzentrier dich lieber darauf, Tippa aus Schwierigkeiten herauszuhalten, und sorge dafür, daß sie keinen Verdacht gegen die Dokteeraks schöpft, sonst wird sie uns alle verraten. Sie ist ein liebes Kind, aber viel zu naiv.«

»Ich werde dafür sorgen, daß sie sich in Sicherheit wiegt. Wie lange werde ich mich noch verstellen müssen?«

Doghalls Grinsen hatte etwas Raubtierhaftes. »Du und ich und Tippa, wir werden heute in vier Tagen bei Sonnenaufgang mit dem Luftschiff nach Calimekka fliegen.«

»Das ist der Tag der Hochzeit.«

»Ja.«

»Was ist denn mit den anderen?«

»Die meisten werden spätestens morgen abreisen. Ein kleiner Rest wird übermorgen die Reise antreten.«

Kait erschrak. »Das kann den Dokteeraks unmöglich entgehen.«

Doghall lachte. »Das ist ja gerade das Schöne daran. Seit wir gestern dem Haus Bericht erstattet haben, bringen die Luftschiffe einen stetigen Strom von ›Hochzeitsgästen‹ her … Nur daß diese Leute natürlich keine echten Hochzeitsgäste sind. Es sind Soldaten in Hochzeitskleidung, viele davon als Frauen verkleidet, weil wir zu wenige Schwertkämpferinnen und weibliche Bogenschützen haben. Und das Botschaftspersonal ist, als Ballast getarnt, in den angeblich leeren Fluggeräten zurückgereist. Wir drei können erst im letzten Augenblick aufbrechen, weil Tippa und Calmet, diese Ratte, am Vorabend der Hochzeit das Sonnenuntergangs-

Reinigungsritual vollziehen müssen; ich muß die Angelegenheit bezeugen, und du mußt abermals deinen Pflichten als Anstandsdame nachkommen. Aber sobald wir zur Botschaft zurückkehren, steht ein Luftschiff für uns bereit, und verschleierte Soldaten werden dich und Tippa bei der Hochzeit vertreten, während mein Ersatzmann eine Kapuze tragen wird.«

Kait lächelte, und zum ersten Mal an diesem Tag wirkte ihr Lächeln echt. »Dann wird die Hochzeit nicht ganz so verlaufen, wie die Dokteeraks sich das vorstellen.«

»Absolut nicht. Wenn alles vorbei ist, werden die Galweighs die einzigen sein, die Grund zum Feiern haben.«

Kapitel 10

Sein Pferd – nun ja, selbst bei großzügigster Betrachtung konnte er es eigentlich nicht *sein* Pferd nennen, aber es war jedenfalls das Pferd, das er gestohlen hatte, das da bei den anderen Tieren der Gyrus auf der provisorischen Koppel stand und zufrieden an seinem Heu knabberte. Er erkannte sowohl das scheckige Fell des Tieres als auch das geschwungene Brandmal an seiner rechten Flanke … und er glaubte auch das boshafte Glitzern in seinen Augen wiederzuerkennen. Hasmal entdeckte das Tier, als sein Wächter ihn zum Fluß hinunterführte, damit er sich waschen konnte; die Gyrus hielten die Pferde sowohl am Fuß des Hügels als auch am unteren Teil des Wasserlaufs, womit sie mehr Rücksicht auf Fragen der Hygiene bewiesen als die Planer der Stadt, in der er gelebt hatte. Er ließ sich dem Wachposten gegenüber mit keiner Miene anmerken, daß er das Tier wiedererkannt hatte; es schien ihm das Vernünftigste zu sein, sich größtmögliche Zurückhaltung aufzuerlegen. Aber innerlich hätte er jubilieren mögen. Wenn die Gyrus sein Pferd gefunden hatten, waren vielleicht auch seine Sachen irgendwo im Lager. Vielleicht konnte er eine Möglichkeit finden, sie wieder an sich zu bringen.

Das Lager der Gyrus zog sich über den ganzen Nordhang des niedrigen Hügels, auf dem es angelegt war, von dem langgezogenen Kamm abwärts bis zu dem Bach, der sich im Tal zwischen Bäumen einherwand. Hasmal schätzte, daß mehr als hundert Wagen der Gyrus dort standen, obwohl er sich nicht ganz sicher sein konnte, weil der Wald zu dicht war, als daß er alle Wagen genau hätte sehen können. Überdies hatten die wunderschön mit Wald- und Wiesenszenen bemalten Wagen die irritierende Eigenschaft, mit ihrer Umgebung zu verschmelzen. Trotzdem konnte er ungefähr überschlagen, wie viele es waren, und am Ende stand fest, daß die Gyrus ihm gegenüber mit mindestens fünfzig Erwachsenen in der Überzahl waren – er brauchte sich also keine Hoffnung zu machen, daß es ihm möglich wäre, die Wachen zu überwältigen und zu fliehen.

Außerdem kannte er seine Stärken, und er kannte seine Schwächen, und er hielt sich für intelligent genug, um nicht das eine mit dem anderen zu verwechseln. Geboren als Stadtkind, aufgewachsen inmitten der Zivilisation – wo das Wasser sein Haus über das Aquädukt erreichte, wo die Menschen drinnen kochten, in schönen Steinöfen, und wo sie sich in öffentlichen Bädern wuschen statt im Fluß –, glaubte er keine Sekunde lang, daß er dazu in der Lage wäre, durch den Wald zu fliehen, seine Verfolger abzuschütteln und die Gefahren der Wildnis zu überleben. Die Wildnis war nicht seine Stärke.

Aber List und Vorsicht zählten durchaus zu seinen Stärken, und mit List und Vorsicht würde er sich aus diesem Schlamassel befreien.

Sein Wächter schien es nicht eilig zu haben und hatte nichts dagegen, daß Hasmal sich mit seinem Bad Zeit ließ. Er setzte sich auf einen umgestürzten Baum und zielte mit seiner Armbrust grinsend auf Hasmals Oberkörper. Die Armbrust machte Hasmal nervös, obwohl der Wächter ihn bisher gut behandelt hatte; er hatte dafür gesorgt, daß er reichlich zu essen bekam, und hatte ihn ungehindert durch das dornige Unterholz gehen lassen statt ihn hindurchzustoßen. Da Hasmal immer noch kein einziges Kleidungsstück am Leibe trug, bedeutete vor allem diese letztere Vergünstigung eine ganze Menge für ihn.

»War nett von dir, daß du mir Zeit gelassen hast, mich zu säubern«, sagte Hasmal auf iberisch. Er und der Wachposten spielten ein raffiniertes Spielchen miteinander, indem der Wachposten so tat, als verstehe er kein Wort Iberisch, während Hasmal vorgab, noch niemals etwas mit Shombe zu tun gehabt zu haben. Wenn sie sich miteinander verständigen wollten, taten sie es mit Pantomime, oder sie richteten bisweilen scheinbar beiläufige Nebenbemerkungen an die Götter, wobei ein jeder von ihnen versuchte, den anderen dazu zu bewegen, als erster irgendwelche Geheimnisse preiszugeben.

Hasmal schrubbte sich mit der Seife, die sein Wächter ihm gegeben hatte, und war dankbar für den Schaum auf seiner Haut, genauso dankbar wie für das Gefühl fließenden Wassers auf all den blauen Flecken, die das gestrige Martyrium auf dem Pferderücken ihm beschert hatte. »Diese Bastarde, die mich gestern gefangengenommen haben, haben mich durch jede Schlammpfütze und jedes Dickicht gezerrt, das sie zwischen der Straße und dem Ort, an dem sie auf euch gestoßen sind, nur finden konnten.«

Der Wächter grinste unverdrossen weiter; nichts ließ darauf schließen, daß er irgend etwas von dem, was Hasmal sagte, verstand.

Hasmal ließ sich entspannt ins Wasser sinken. Es war nicht so klar wie das Wasser aus dem Aquädukt, und es war auch kälter, aber im Augenblick war es dennoch eine wahre Wohltat. »Ich glaube nicht, daß du eine Vorstellung davon hast, was für ein Gefühl das ist, verkauft zu werden«, fuhr Hasmal fort. »Was für ein Gefühl das ist, ein freier Mann zu sein, der vor bösen Omen flieht, die seinen sicheren Tod prophezeien, und dann von Dieben gefangen zu werden, die beschließen, dich zu hängen, weil du nichts hast, was sie stehlen könnten, und dann mit anhören zu müssen, wie sie, als das Seil schon um deinen Hals liegt, beschließen, dich statt dessen in die Sklaverei zu verkaufen, so daß sie zumindest einen kleinen Gewinn mit dir machen.« Er schüttelte den Kopf, tauchte gänzlich unter die Wasseroberfläche, um sich das Haar gründlich naß zu machen, und kam dann wieder zum Vorschein, um sich einzuseifen. »Die Bastarde haben mir obendrein noch meine Kleider gestohlen und mich nackt durch den Wald laufen lassen. Nicht einmal ein paar Lumpen, mit denen ich meine Blöße hätte bedecken können, haben sie mir zugeworfen. Aber dennoch ... besser, ein nackter Sklave zu sein als ein toter Freier.« Er war fertig mit dem Einseifen, spülte sich den Schaum vom Leib und erhob sich.

Sein Wächter warf ihm immer noch grinsend ein Handtuch zu, das so rauh und grob war, daß es in den Badehäusern von Halles zu keinem erhabeneren Zwecke benutzt worden wäre als dem, sich damit den Dreck von den Schuhen zu putzen. Hasmal war sich nicht sicher, ob er sich mit dem Handtuch abtrocknen oder es sich um die Taille schlingen sollte, und da sein Wächter ihm weder mit Gesten noch sonst irgendwie zu verstehen gab, was von ihm erwartet wurde, beschloß er, beides zu tun. Als er auf dem Weg zum Fluß hinunter an den Frauen aus dem Lager vorbeigeführt wurde, hatten diese seine Nacktheit bereits mit einem verhaltenen Kichern quittiert; wenn er eine Wiederholung dieser Erfahrung auf dem Rückweg vermeiden konnte, war ihm das mehr als recht.

»Ich gäbe alles dafür, wenn ich meine Sachen wiederhätte und hier wegkäme«, sagte Hasmal. Der Wächter zeigte zum Hügel hinauf. Hasmal setzte sich in Bewegung. Der rauhe Waldboden schmerzte unter seinen Füßen, aber nach dem Bad und mit dem Handtuch um die Hüften, das seine Nacktheit zumindest zum Teil bedeckte, war ihm beinahe fröhlich zumute. »Ihr wäret mich wahrscheinlich auch gern los, wenn Ihr wüßtet, welche Schwierigkeiten Ihr wahrscheinlich noch mit mir bekommen werdet. Ich stehe unter einem Fluch – es ist ein Verhängnis, das mit einer Frau der Galweighs zusammenhängt. Ich möchte so viel Entfernung wie nur möglich zwischen mich und diese Frau legen, bevor etwas Schreckliches geschieht. Mich wird mein Schicksal gewiß ereilen, aber das Orakel hat nichts darüber gesagt, daß es nicht auch für alle Leute in meiner Umgebung Probleme geben könnte.«

Der Wachposten führte ihn zurück zu dem Zelt, in dem man ihn einquartiert hatte. Er ließ ihm das Handtuch – eine Vergünstigung – und legte seine Hände auch nicht wieder in die Fesseln, in denen er hatte schlafen müssen. Eine weitere Vergünstigung. Andererseits schloß er den Metallring wieder um Hasmals Hals, und er befestigte an diesem Ring auch wieder die Kette, die an der Steinkugel in der Mitte des Zelts hing. Hasmal wehrte sich gegen diese Demütigung genausowenig, wie er sich gegen vorherige Demütigungen zur Wehr gesetzt hatte. Er ließ mit sich geschehen, was ohnehin geschehen würde, und wartete. Warten war eine Tugend, auf die er sich verstand.

Die Sonne brachte mehr als die Hälfte ihres Weges über den Himmel hinter sich, und die Geräusche im Lager veränderten sich, was ihre Natur und ihre Lautstärke betraf. Hasmal hörte lautes Rufen, daneben das Stampfen von Pferden und das Knirschen von Wagen, und er wünschte, er hätte sehen können, was dort vorging. Endlich kam wieder jemand in sein Zelt, aber es war nicht sein Wächter, sondern eine Frau. Sie mußte seiner Schätzung nach in mittleren Jahren sein, obwohl sie sich außerordentlich gut gehalten hatte. Bekleidet war sie mit weiten Lederhosen und einem bunten Seidenhemd, der von den Gyru-Frauen bevorzugten Gewandung; um den Hals trug sie einen schweren Goldreif und ihr geflochtenes Haar zierten etliche Reihen goldener Perlen. In ihrer Jugend war sie, daran hatte er keinen Zweifel, bestimmt von atemberaubender Schönheit gewesen, aber auch wenn die Zeit zusätzliche Linien in ihr Gesicht gemeißelt und ihrem feuerroten Haar graue Strähnen hinzugefügt hatte, so war sie doch nicht imstande gewesen, ihren Liebreiz auszulöschen. Im Gegenteil, sie hatte ihr nur Charakter verliehen – etwas, das den Gesichtern der Frauen seines eigenen Alters seiner Meinung nach zumeist abging. Das Lächeln, mit dem er sie begrüßte, kam automatisch. Sie war genau die Art Frau, die ihm in jeder Situation aufgefallen wäre, und diese schwierigen Zeiten stellten keine Ausnahme dar.

Sie unterzog ihn nachdenklich einer genauen Musterung. Er

wartete weiterhin ab, spürte aber, daß ihre Anwesenheit in diesem Zelt sein Geschick wenden würde. Schließlich sagte sie: »Du bist ein seltsamer Sklave. Du hast nicht um deine Freiheit gebettelt und behauptest doch, ein freier Mann zu sein; du hast uns nicht mit schlimmem Verhängnis gedroht, falls wir dich nicht freilassen, und doch behauptest du, unter einem Fluch zu stehen. Du hast weder versucht, dein Pferd noch deine Besitztümer zurückzubekommen, und doch sagt Ffaunaban, du hättest dein Pferd gesehen, das zwischen unseren festgemacht war.«

»Also spricht Ffaunaban doch Iberisch.«

»Genau so gut, wie du Shombe sprichst, wenn ich mich nicht sehr irre. Wir haben ihm Weisung gegeben, so viel wie möglich über dich in Erfahrung zu bringen. Du warst überaus entgegenkommend. Und, wenn ich das hinzufügen darf, ganz anders als unsere gewohnten Sklaven.«

Hasmal lächelte, sagte jedoch nichts. Höflichkeit, Dankbarkeit für erwiesene Vergünstigungen und ein paar Informationen, die zur rechten Zeit in die rechten Ohren geflüstert wurden, erzielten noch immer Ergebnisse. Er konnte nur hoffen, daß es das gewünschten Ergebnis sein möge.

Auch die Frau wartete ab, als rechne sie damit, daß er noch mehr sagen würde – daß er vielleicht gegen seinen Status als Sklave Protest erheben oder sie fragen würde, ob er seine Habe zurückbekommen könne. Als er weiterhin Schweigen bewahrte, belohnte sie ihn mit einem strahlenden Lächeln und sah ihn mit hochgezogenen Augenbrauen an.

»Exzellent«, sagte sie. »Ihr macht Euch Ehre mit Eurem Schweigen.« Dann fügte sie etwas hinzu, das ihn bis ins Mark erschütterte. »Katarre kaithe gombrey; hai allu neesh?«

Dies waren Grußworte, wie sie die Falken untereinander benutzten; Worte aus einer Sprache, deren größter Teil in den zerstörerischen Stürmen der Zeit verlorengegangen war, obwohl sie von einer Bruderschaft am Leben gehalten wurde, die geschworen hatte, die Geheimnisse der Vergangenheit zu bewahren und auf jene Prophezeiungen hinzuwirken, die das Los der ganzen Menschheit bessern würden. Sein Vater hatte ihn gelehrt, was diese Worte bedeuteten: *Der Falke entbietet dir seine Flügel; willst du fliegen?*

Er antwortete, wie sein Vater es ihn gelehrt hatte. »Alla menches, na gombrey ambi kaitha chamm.« *Ich nehme dein Angebot an, und für die Flügel des Falken entbiete ich mein eigenes Herz.*

»Wohlan denn, Bruder«, sagte sie. Sie beugte sich über ihn und schloß den Ring auf, mit dem er an den Stein gefesselt war. Ihre schweren Zöpfe strichen über seine nackten Schultern, und ihr süßer, leicht moschusartiger Duft stieg ihm in die Nase, und plötzlich wuchs seine Dankbarkeit für das rauhe Handtuch, das immer noch um seine Hüften geschlungen war, ins Unermeßliche. »Wir haben einiges zu bereden. Bitte folge mir.«

Von einem Augenblick zum anderen war er ein Gast der Gyrunalles und nicht mehr ihr Sklave. Sie führte ihn aus dem Zelt heraus, und er sah, daß die Wagen in Reih und Glied aufgestellt worden waren und daß einige Leute gerade Ersatzpferde hinter ihren Wagen festbanden, während die Reiter der Vorhut bereits an dem gewaltigen Zug entlangritten und ihre Befehle gaben.

Sie geleitete ihn zu einem wunderschön bemalten Wagen, der ihr, wie sie ihm erklärte, als persönliches Quartier diente. Einer der Fahrer saß bereits, die Zügel in der Hand, auf dem hohen Bock. Sie winkte ihm und rief ihm etwas auf shombe zu, dann führte sie Hasmal in ihr Haus auf Rädern.

Er war augenblicklich begeistert. Er hatte noch nie zuvor auch nur einen Blick in einen Gyruwagen geworfen und hatte nicht die leiseste Ahnung gehabt, wie anheimelnd ein so winziger Raum sein konnte. Der Wagen war ein einziges Zimmer mit Holzfußboden und einer Decke aus bemaltem Holz, die so hoch war, daß er ohne weiteres aufrecht stehen konnte. An einer Wand verlief unter einem Fenster aus echtem Glas eine gepolsterte Sitzbank, und an der gegenüberliegenden Wand befanden sich ein Vorratsschrank und eine eingebaute, vom Fußboden bis zur Decke reichende Schubladenkommode, die durch ein Fenster und einen Bereich für die Essenszubereitung voneinander getrennt wurden. Der vordere Teil der Behausung wurde von einem tiefen Wandschrank mit einer Leiter beherrscht, die zu einem Dachboden hinauf führte, in dem eine dicke Daunenmatratze und mehrere Kissen allen Platz vereinnahmten.

Sie hat alles, was man wirklich benötigt, dachte er, und sie nahm es überallhin mit, wohin ihr Weg sie führte. Einen Augenblick lang beneidete er sie.

Dann schob sie eines der Kissen auf der langen Sitzbank beiseite und hob den mit Scharnieren befestigten Deckel, mit dem der Hohlraum unter der Bank verschlossen wurde. Aus dieser Truhe zog sie eine abgewetzte dunkelgrüne Lederhose und ein taubengraues Seidenhemd. Beide Kleidungsstücke warf sie ihm zu, und er zog sie an, wobei er sich die ganze Zeit über der Tatsache bewußt war, daß sie ihn beobachtete. Die Sachen paßten gar nicht so schlecht, wenn man bedachte, daß die Männer der Gyru im Durchschnitt eher groß und mager waren, während er selbst klein und muskulös gebaut war. Die Kleidungsstücke waren von bester Qualität – besser als das, was er sich am Tag zuvor gestohlen hatte.

»Wem gehören die Sachen?«

»Jetzt gehören sie dir. Früher gehörten sie einem ... Freund ... aber er ist mittlerweile weitergezogen.«

»Dann möchte ich Euch danken ...« Er hielt inne. Er kannte ihren Namen nicht. »Lady ...«

»Eine Lady war ich nie«, sagte sie mit einem Kichern, »wenn auch immer eine Frau. Ihr dürft mich Alarista nennen.«

Was nicht ihr wirklicher Name war, das wußte er. Die Gyrus nannten niemals irgend jemandem ihren wahren Namen – sie glaubten, daß der Besitz des wahren Namens dem anderen Zutritt zu der eigenen Seele gewährte. Er nickte. »Alarista. Ihr dürft mich Chobe nennen.« Das war sein Spitzname als Kind gewesen, und auf diese Weise blieb er davor bewahrt, den gesellschaftlichen Schnitzer zu begehen, ihr seinen wahren Namen aufzudrängen, womit er sie teilweise für seine Seele verantwortlich machte, ganz gleich, ob sie es wollte oder nicht.

Als er sich angezogen hatte, ließ sie ihn Platz nehmen, bot ihm ein Getränk an, das sie *chemisch* nannte und das, wie sie ihm erzählte, aus den Samen und Früchten der Cocovapflanze hergestellt wurde. Weitere Zutaten waren rote Pfefferschoten und gemahlener, getrockneter Fisch, so daß das Gebräu gleichzeitig bitter, würzig und fischartig schmeckte – genau betrachtet war es das Abscheulichste, was man ihm jemals angeboten hatte. Seine Leute stellten aus gemahlenem Cocova und Honig Getränke her, die süß und einfach köstlich waren; er wäre nie auf den Gedanken gekommen, daß irgend jemand eine Möglichkeit ersinnen würde, Cocova ungenießbar zu machen. Trotzdem, er war als Gast hier und, wichtiger noch, er war der Gast einer Falkenkameradin, und als Gast schluckte er das widerliche Zeug und lächelte und tat so, als ob es ihm schmeckte.

Als sie ihre Gläser geleert hatten, kam sie endlich zur Sache.

»Als du Ffaunaban von dem Fluch erzähltest, mit dem du belegt bist, hab ich ihm geantwortet, das sei Unsinn, und du würdest nur versuchen, ihn mit deinen Geschichten derart zu erschrecken, daß er dich entkommen ließe. Andererseits war es meine Pflicht, eine solche Behauptung zu überprüfen.« Sie lächelte ihm zu.

»Natürlich.« Er wartete ab, ohne weitere Einzelheiten über den Fluch zu enthüllen, weil sie mit Sicherheit auf irgend etwas Bestimmtes hinauswollte, und alles, was er nun sagte, würde die Informationen, die sie ihm gab, nur schmälern.

»Ich habe in die Zukunft geschaut. Was ich dort sah, war … erschreckend.«

Er wartete weiter. Vielleicht wußte sie mehr als er. Vielleicht würde sie ihm erzählen, was sie herausgefunden hatte.

Sie seufzte. »Wir können dich nicht bei uns behalten, so gern ich das auch täte; ich hatte noch nie die Gelegenheit, außerhalb meines eigenen Volkes einen anderen Falken kennenzulernen. Aber das Verhängnis, das dich ereilt, wird nach dem, was ich gesehen habe, ebenfalls über uns kommen, um dich zu erreichen.« Sie saß ihm gegenüber und sah ihn an, die Hände steif im Schoß verschränkt, den Kopf hoch erhoben. »Wir haben immer großen Wert darauf gelegt, jenen Zuflucht zu gewähren, die von denen unterdrückt werden, die die Macht in ihren Händen halten. Aber die Kräfte, die dich haben wollen ...« Sie hob anmutig die Schultern. »Nicht einmal ich dürfte es wagen, von meinem Volk zu verlangen, sich zwischen dich und die Götter zu stellen.«

Er hoffte, sie werde noch etwas mehr sagen, ihm vielleicht Genaueres über das Verhängnis berichten, das ihre Prophezeiung ihm vorhergesagt hatte, ihm vielleicht erklären, warum dieses Los auf ihn gefallen war. Aber sie hatte ebenso wie er den Weg des Schweigens eingeschlagen; sie beobachtete ihn, und nun wartete sie auf seine Antwort.

»Dann werdet Ihr mich also gehen lassen? Ihr laßt mich frei?«

»In gewisser Weise. Wir haben Brieftauben an unseren Agenten in Costan Selvira geschickt, und man hat eine Schiffspassage für dich organisiert. Wir werden jetzt das Lager abbrechen – wir bringen dich zu deinem Schiff, geben dir deinen Besitz zurück, sehen zu, wie du an Bord gehst und passen auf, bis das Schiff den Hafen verläßt. Sobald wir sicher sind, daß genug Abstand zwischen dir und uns liegt, magst du tun, was immer du wünschst; aber bis dein Schiff den Hafen verläßt, wird dir entweder ein Wachposten Gesellschaft leisten oder ich werde es tun.«

»Dann bin ich also immer noch ein Gefangener.«

Ihr Lachen war ebenso entzückend wie ihr Lächeln. »Nun, du bist kein Sklave mehr, und ich würde es vorziehen, wenn du dich als meinen persönlichen Gast betrachten könntest, aber falls du versuchen solltest zu ... ah, meiner Gastfreundschaft zu entfliehen, bevor du mit deinem Schiff davongesegelt bist ...« Sie zuckte abermals die Schultern, eine Bewegung, die sich, wie ihm auffiel, höchst interessant auf ihre Brüste auswirkte. »Meine Leute wären gezwungen, dich zu erschießen, noch bevor du zehn Schritte weit gekommen bist.«

»Warum? Warum gebt Ihr mir nicht einfach mein Pferd und meine Sachen zurück und laßt mich ziehen?«

Diesmal fiel ihr Lachen noch herzlicher aus, und um ihre Augenwinkel machten sich Lachfältchen bemerkbar. »Weil – und ich bitte dich, mir meine Offenheit zu vergeben – ich nicht glaube, daß du die Vernunft oder das Geschick hast, soviel Entfernung zwischen dich und mein Volk zu legen, wie ich es wünsche. Anscheinend hast du weder die Fähigkeit, ein Pferd zu reiten, noch so viel Gefühl für das Leben im Wald, um zu wissen, wann du in einen Hinterhalt reitest, und ich glaube, daß du trotz all deiner Intelligenz und aller anderen Talente, die du gewiß besitzt, wieder in Gefangenschaft geraten würdest, bevor du dich auch nur auf dreihundert Schritte von unserem Lager entfernt hättest.« Sie beugte sich vor, und der Ausschnitt ihres Seidenhemdes klaffte auf höchst liebreizende Art und Weise auf, so daß er einen guten Blick auf ihre rechte Brust und den größten Teil der linken werfen konnte.

Hasmal hatte alle Mühe, Empörung zu heucheln.

»Du wirst also dafür sorgen, daß ich so weit wie nur möglich von hier fortkomme.«

»So weit die See und das Schiff dich führen werden.«

»Nun, da kann ich mich wohl kaum beklagen. Ich hatte selbst etwas Ähnliches geplant; solange ich nur mein Schicksal hinter mir lassen kann, bin ich es zufrieden.«

Sie hatte sich nicht bewegt, und ihm wurde bewußt, daß er seine Worte an ihre Brust gerichtet hatte. Er errötete, sah ihr in die Augen und las in ihnen, daß sie genau gewußt hatte, wohin sein Blick gewandert war ... und daß seine Neugier sie zu amüsieren schien. Er starrte auf seine Hände hinab und kam sich vor wie ein Tölpel und ein Idiot; um das Thema zu wechseln, fragte er schließlich: »Was soll ich in der Zwischenzeit anfangen?«

Sie antwortete ihm nicht. Als er nach einigen Sekunden aufsah, spielte ein rätselhaftes, schiefes Lächeln um ihre Lippen, und in ihren Augen stand ein schwelender Blick. Ihre Stimme senkte sich zu einem tiefen, heiseren Flüstern, und sie sagte: »Ich schätze, daß uns da schon *irgend* etwas einfällt.«

Kapitel 11

Kait ging die Quellwasserstraße hinunter, mit Tippa neben sich und einem Gefolge von Soldaten im Schlepptau, die allesamt als Diener und geringere Würdenträger verkleidet waren. Sie waren scheinbar unterwegs, um weitere Seidenstoffe und Glasgeschirr für Tippas Aussteuer zu kaufen, aber in Wirklichkeit hatten sie das Haus nur verlassen, um gesehen zu werden, um die Dokteeraks und die Sabirs davon zu überzeugen, daß die Familie Galweigh keinen Verdacht geschöpft hatte und arglos in die Hochzeitsfalle tappen würde, wenn am nächsten Tag zur Stunde Soma die Glocken läuteten.

Tippa, das arme, begriffsstutzige Kind, hatte immer noch nichts bemerkt. Man hatte ihr erzählt, daß ihre Eltern und die anderen ehrenwerten Mitglieder der Familie am Abend mit einem Fluggerät ankommen würden, nach dem Eröffnungsgottesdienst, und daß es sich bei den Leuten, die bisher erschienen waren, einfach um entfernte Verwandte aus Goft und den Kolonien handelte. Sie akzeptierte die ganze Geschichte wie eine heilige Schrift und versuchte sehr zum Verdruß aller Beteiligten, möglichst viel Zeit darauf zu verwenden, diese »Verwandten« kennenzulernen. Also hatte Kait nun die zweifache Aufgabe, sie zum einen vor dem Blick der Öffentlichkeit abzuschirmen und zum anderen von den gerade angekommenen Soldaten fernzuhalten, die die Zeit dringend brauchten, um sich eine endgültige Strategie zurechtzulegen.

Dies also war der Grund für ihre Einkaufsexpedition, die zum Erwerb von fünf Ballen saphirfarbener Seide geführt hatte; darüber hinaus waren hundert rubinrote Trinkkelche aus Glasgespinst bestellt worden, und das zu einem Preis, der Kaits Vorstellungskraft bei weitem überstieg. Zu guter Letzt hatten sie noch ein Paar silberner Karaffen erstanden, die die Form von Leopardenjungen hatten und die Tippa »entzückend« fand, während sie Kait absolut lächerlich erschienen. Obendrein hatte Kait das Ganze furchtbare Kopfschmerzen eingetragen, die zum Teil von der Notwendigkeit rührten, den unablässigen Ansturm der Wogen des Bösen abzuwehren, der sich seit dem Abend des Namensfestes nicht gebessert hatte, sondern eher schlimmer geworden war. Teilweise jedoch rührten die Kopfschmerzen wohl auch vom Hunger; sie hatte nur ein leichtes Frühstück zu sich genommen, und das bereits bei Sonnenaufgang. Schon jetzt hallte die Anrufung des Mosst durch die Straßen, und die Sonne, die direkt über ihnen stand, brannte erbarmungslos auf sie herab.

Die köstlichen Düfte von Fleisch, Brot, Pasteten und einer Vielzahl anderer Delikatessen erfüllten die Quellwasserstraße von einem Ende bis zum anderen; die Seidenhäuser und Metallwechsler und Handwerkerläden teilten sich die schmale Straße mit Bäckereien, Fischhäusern und Metbrauereien – und Kait, die die verschiedenen dort feilgebotenen Dinge roch, glaubte, daß sie den Verstand verlieren würde, wenn sie nicht bald etwas zu essen bekäme.

»Möchtest du nicht eine Pastete?« fragte sie Tippa, die bereits naserümpfend eine Python am Spieß und ganz geröstete, wunderbar in ihrem eigenen Saft geschmorte und mit Mais und Süßkartoffeln gefüllte Papageien verschmäht hatte sowie einen Nabelschweineintopf, der Kaits Meinung nach einfach himmlisch gerochen hatte.

Nun stieß Tippa ihr typisches gequältes Seufzen aus, mit dem sie andeuten wollte, daß sie sich von Idioten umgeben wähnte. »Cousine, begreifst du denn nicht? Ich kann hier unmöglich irgendwo etwas essen. Ich werde eine Adrata in dieser Stadt sein, und eines Tages bin ich vielleicht sogar Paraglesa. Du müßtest eigentlich wissen, daß ich es mir nicht erlauben kann, an einem Imbißstand zu essen wie ein Mitglied des gemeinen Volkes.«

Kait, die gerade eine prächtige Mangopastete aus Blätterteig ins Auge gefaßt hatte, die auf der Theke einer dieser Küchen des gemeinen Volkes feilgeboten wurde, hatte nicht die Absicht, sich noch einmal mit einem Nein zu begnügen – erst recht nicht, wenn ihre Cousine keinen besseren Grund zu nennen wußte als den, daß der Verzehr gemeiner Speisen unvereinbar mit der Stellung war, die sie ohnehin niemals bekleiden würde. Also sagte sie: »Im diplomatischen Corps habe ich gelernt, daß man, wenn man die aufrichtige Liebe des ganzen Volkes gewinnen will, Möglichkeiten finden muß, die Leute glauben zu machen, man nähme ehrlichen Anteil an ihnen. Und wie könntest du ihnen besser beweisen, daß du Anteil an ihnen nimmst, als dadurch, ohne Scham ihr Essen mit ihnen zu teilen?«

Tippa blickte stirnrunzelnd auf ihre Füße hinab, und Kait konnte sehen, daß sie die Lippen bewegte. Endlich schaute sie wieder auf. »Bist du sicher, daß wir, wenn wir hier auf der Gasse etwas zu uns nehmen, nicht den Eindruck erwecken, wir wären ... von niederer Geburt?«

Kait zwang sich zu einem ernsthaften Gesichtsausdruck. »Ganz sicher.«

Eine Pause. Ein neuerliches Seufzen. Dann: »Also gut. Wir werden alle essen. Ich bin tatsächlich ein wenig hungrig.«

Also stellten sie sich mit den Arbeitern und den Händlern und den Verkaufsmädchen in eine Schlange und kauften sich zwei der herrlichen Pasteten, während die Soldaten Kuchen bekamen. Dann gingen sie zu einem weiteren Stand, wo sie gefüllte Papageien aßen. Danach kam die Reihe an eine Metbrauerei, in der sie sich einen starken roten Met gönnten, den man in Behältern aus den Blättern von Bassosbäumen servierte. Diese Blätter waren so gedreht und mit Wachs versiegelt, daß sie hohle Trinkhörner ergaben. Kait fand, daß Becher, die nach einmaliger Verwendung getrost weggeworfen werden konnten, eine ausgesprochen gute Idee waren – es war überhaupt das erste Mal, daß irgend etwas von dem, das sie in Halles sah, sie aufrichtig beeindruckte. Und schließlich machten sie, kurz bevor sie das letzte Seidengeschäft auf der Straße erreichten, an einer Eisbude halt.

Der Ladenbesitzer verbeugte sich huldvoll und fragte sie nach ihren Wünschen. Eis war in Halles sogar noch rarer als in Calimekka, weil es nicht nur aus den Bergen heruntergebracht, sondern auch über Land transportiert werden mußte, und die Preise auf der Tafel des Mannes waren astronomisch. Dennoch ließ die Hitze des Mittags beiden Frauen diese gefrorenen Leckereien unwiderstehlich erscheinen, und in einem Anfall von Großzügigkeit kaufte Kait für sich und ihre Cousine sowie sämtliche Pseudofunktionäre und Pseudodiener kleine Schälchen von mit Fruchtsäften und Honig versetzten Eissplittern. Sie lehnten an der Hauswand, versuchten, sich im Schatten zu halten, und kosteten diesen seltenen Genuß aus, als Kait plötzlich merkte, daß sie beobachtet wurde.

Sie versteifte sich ein wenig, brachte es jedoch fertig, sich äußerlich nicht anmerken zu lassen, daß sie wußte, was vorging – zwar waren sie und Tippa eigens zu dem Zweck unterwegs, Aufmerksamkeit zu erregen, aber dies hier war etwas anderes.

Er war irgendwo in der Menge. Der andere Karnee. Der, den sie in dieser Stadt getroffen und begehrt hatte.

Seit dem Augenblick ihrer Trennung war sie sich ständig zumindest teilweise seiner bewußt gewesen. Sie konnte es durch steinerne Mauern hindurch spüren, wenn er draußen vor der Botschaft auf und ab ging in der Hoffnung, einen Blick auf sie zu erhaschen. Manchmal konnte sie mitten in der Nacht spüren, wie ihr Herz zu rasen begann, und es war seine bloße Existenz, die ihr diese Reaktion abnötigte. Sie fühlte sich zu ihm hingezogen, als sei er ein Magnet und sie aus Eisen; etwas, das über ihr Fassungsvermögen und ihr Begreifen ging, weckte ihr Verlangen nach ihm, obwohl sie wußte, daß sie damit einen Verrat an ihrer Familie beging.

Er war ein Hunger, den sie sich nicht einzugestehen und den sie nicht zu stillen wagte; er war Heiltrank und Gift in einem, und selbst der Gedanke, sie könne ihrem Verlangen nachgeben, hatte denselben zwanghaften und unverzeihlichen Beigeschmack wie eine Verwandlung.

Jetzt war er ganz in ihrer Nähe – nicht nahe genug, um seine Witterung aufnehmen zu können, oder vielleicht auch nur auf der windabgewandten Seite –, aber doch so nah, daß sie spüren konnte, wie sich dieser andere Hunger einem Wahn gleich in ihr aufbaute. Die Leidenschaft von Tieren, schalt sie sich. Karneebegierden, die Schwächen deines anderen, nichtmenschlichen Ichs. Benimm dich nicht wie ein Tier.

Die Begierde loderte unbeeindruckt immer höher auf.

Und zum tausendsten Mal seit dem Abend des Festes dachte sie an Hasmal, Sohn von Hasmal, und an den Wall des Friedens, mit dem er sich umgab. Zum tausendsten Mal ärgerte sie die Gegenwart der anderen, der sie nicht entrinnen konnte; seit der Nacht, als sie den Mann kennengelernt hatte, war sie keinen Augenblick allein und ohne Bewachung gewesen, so daß sie bisher ihr Versprechen, ihn zu finden, nicht hatte wahrmachen können. Sie argwöhnte die Ränke ihres Onkels hinter dem Ganzen und nicht nur bloßes Pech – obwohl Doghall sie nicht gefragt hatte, was sonst noch geschehen war, bevor sie in jener Nacht zur Botschaft zurückgekommen und die Mauer hinaufgeklettert war, hatte er wahrscheinlich doch den Verdacht, daß sie ihm etwas vorenthielt. Und er schien entschlossen zu sein, sie unter ständiger Beobachtung zu halten, damit nichts ohne sein Wissen geschehen konnte.

Jetzt jedoch, da Tippa und die Soldaten bei ihr waren, fragte Kait sich, ob sie nicht vielleicht einen kleinen Ausflug in die Steinmetzstraße vorschlagen könne, zu Hasmals Raritätenladen. Sie konnte vorgeben, gehört zu haben, daß es dort sagenhafte Dinge zu kaufen gebe, und sie brauchte ja auch noch ein Geschenk für Tippa … Sie machte Norlis auf sich aufmerksam, den Sergeantobersten der Botschaft, der heute das Gewand eines jüngeren Hilfssekretärs trug. Er trat neben sie und sagte mit leiser Stimme: »Meinen Dank, Lady, für das Eis. Es war sehr gut.«

Sie lächelte. »Eine kleine Anerkennung der … ah, der Unannehmlichkeiten, die Ihr heute auf Euch nehmen mußtet.« Tippa hätte es niemals gewagt, zu einem Sergeantobersten in einem Tonfall zu sprechen, mit dem sie einen jüngeren Hilfssekretär abgefertigt hätte, und Norlis und seine Männer waren in ihrer Verkleidung das Ziel für einige recht unfreundliche Schimpftiraden gewesen. Soldaten in Diensten der Familien genossen hohes Ansehen und bekleideten Positionen von einigem Rang, und die Mitglieder der Familien behandelten sie mit dem Respekt, den jeder vernünftige Mensch jenen erweist, auf die er in Augenblicken der Krise angewiesen ist, um ihm das Leben zu retten. Bloße Hausangestellte hatten solchen Respekt nicht verdient, und man brachte ihnen ihn für gewöhnlich auch nicht entgegen.

Norlis errötete und zuckte die Achseln. »Es war ein langer Vormittag und schwierig, aber … es war ja alles für einen guten Zweck.«

»Ich habe eine Bitte. Es soll da ein kleines Geschäft auf der Steinmetzstraße geben, in dem man wunderbare Geschenke finden kann.« Sie wandte den Blick ab und runzelte die Stirn, als hätte sie Mühe, sich auf den Namen zu besinnen. »Hat … Har … irgendwas mit Raritäten.« Sie sah ihm in die Augen und lächelte triumphierend. *»Hasmals* Raritätenladen! Das war es! Ich würde gerne dort vorbeischauen, bevor wir zur Botschaft zurückkehren, um ein besonderes Geschenk für Tippa und ihren zukünftigen Gemahl zu kaufen.«

Norlis schüttelte langsam den Kopf und sah ihr eindringlich in die Augen, um vielleicht zu erraten, was sie wirklich wollte. Ihm war natürlich klar, daß die Sache mit dem Hochzeitsgeschenk eine

Lüge sein mußte, denn er wußte genausogut wie sie, daß es keine Hochzeit geben würde. An seinem Gesichtsausdruck erkannte sie jedoch, daß ihre Bitte bei ihm nicht auf Gegenliebe gestoßen wäre, ganz gleich, welchen Vorwand sie ihm genannt hätte. Er sagte: »Ich weiß mehr oder weniger, wo das ist ... aber ich könnte Euch niemals dorthin bringen. Es ist ein gefährlicher Teil der Stadt; wer so gut gekleidet ist wie wir, könnte dort sehr leicht bei hellem Tageslicht einfach verschwinden, und die Tatsache, daß wir als Gruppe unterwegs sind, wäre da kein Schutz.«

Sie zog die Augenbrauen hoch und formte lautlos die Worte: »Aber ihr seid doch Soldaten.«

Er zeigte auf seinen Gürtel, an dem nur ein Dolch hing. Erst jetzt kam ihr zu Bewußtsein, daß er kein Schwert trug; keiner der Soldaten hatte ein Schwert. Welcher Hausdiener konnte sich schon eine Waffe des Kriegs erlauben ... und hätte er eine solche besessen, was hätte er damit anfangen können? Warmes Mitleid für diese Krieger stieg in ihr auf, die ihnen, bekleidet mit dem rotschwarzen Pomp der Funktionäre, das Geleit gaben – sie mußten sich nackt fühlen ohne ihre Klingen und ihre Uniformen, deren Zuschnitt ihnen größere Bewegungsfreiheit verlieh, statt die schön geschwungenen Kurven ihrer Waden und Schultern zu betonen.

In der Quellwasserstraße, nur einen Häuserblock von der Botschaft entfernt und in dem denkbar besten Viertel gelegen, hatten sie keine wirklichen Probleme. Kait und Tippa trugen nur eine geringe Menge Bargeld bei sich – wie die übrigen Hochwohlgeborenen erwarb Tippa alles, wonach ihr der Sinn stand, mit einem Kreditbrief. Jeder Diebstahl wäre eine nutzlose Geste gewesen, eine Tatsache, die selbst den ärmsten Stadtbewohnern wohlbekannt war. Eine Entführung dagegen war immer einträglich, und da die Soldaten ihre Rolle als Funktionäre bis zu den Waffen, die sie bei sich trugen, genau einhielten, wäre die Gruppe eine leichte Beute für eine Bande gewesen, die nach einer solchen Gelegenheit Ausschau hielt. Deshalb durften sie sich weder allzuweit von der Botschaft entfernen noch über die falschen Straßen flanieren.

Aber sie mußte Hasmal finden, mußte sein Geheimnis ergründen, mit dem er das Böse in der Welt davon abhalten konnte, ihn zu berühren. Das war ihre letzte Chance; wenn sie und Tippa in die Botschaft zurückkehrten, würden sie unverzüglich mit den Vorbereitungen für den Eröffnungsgottesdienst beginnen. Dann würden sie unter ständiger Bewachung stehen bis zu dem Augenblick, in dem sie wieder in die Botschaft zurückkehrten, und das würde nicht vor der Stunde von Telt geschehen, wenn der Himmel vollkommen dunkel war und der Rote Jäger sich mit der Weißen Dame des Himmels vereinte. Dann würde man sie und Tippa in eines der letzten Fluggeräte scheuchen, die Halles verließen; sie würden in die Finsternis emporgehoben werden, und Hasmal und sein Geheimnis des Friedens wären ihr für alle Zeit verloren.

Sie mußte ihn finden und konnte es nicht. Sie wußte, daß sie Norlis befehlen konnte, sie dorthin zu bringen, und er wäre verpflichtet, ihren Befehlen Folge zu leisten und sie mit seinem Leben zu beschützen ... Aber die Familie vergeudete nicht leichtfertig das Leben treuer Soldaten. Auch Kait hatte ihre Pflichten, und zu denen gehorte es, Norlis' Warnung zu akzeptieren – um ihrer eigenen Sicherheit willen sowie zum Schutze Tippas. Entführungen brachten die Familie in eine Position der Schwäche; man denke nur an die arme Danya, deren Lösegeld immer noch nicht bezahlt war, während die Sabirs um Säcke von Gold und ein paar Zoll Grenzverschiebungen feilschten wie die Matronen auf dem Markt um einen Fisch. Die Galweighs taten unterdessen alles Erdenkliche, um die Entführer dazu zu bewegen, sich auf irgendein Geschäft einzulassen und das Mädchen heimzuschicken.

Sie wandte den Blick ab, zur westlichen Stadtmauer hin, wo Hasmal gerade seinem Tagewerk nachging, worin auch immer dieses bestehen mochte. Sie ließ den Kopf hängen, denn sie hätte fast alles darum gegeben, sich in den Besitz seines Geheimnisses zu bringen, aber die Gefahr, daß man die Kraft und Ehre ihrer Familie durch eine Lösegeldforderung schwächen konnte, diese Gefahr durfte sie nicht eingehen.

Sie blickte wieder zu Norlis auf und sagte: »Dann laßt uns zu diesem letzten Seidenmarkt gehen, den Tippa besuchen möchte. Es ist ihr noch immer nicht gelungen, die ganze Stadt aufzukaufen.«

»Wenn Ihr irgend etwas Bestimmtes dort erstehen wollt«, antwortete Norlis leise, »könnte ich, sobald ich außer Dienst bin, hingehen und es für Euch kaufen.«

»Nein. Ich wollte mich nur umsehen. Aber trotzdem vielen Dank für Euer Angebot. Ihr seid sehr freundlich.«

Norlis lächelte und wandte sich ab, und Kait schloß für eine Sekunde die Augen, spürte das unausweichliche Böse, das in ihrem Schädel hämmerte, spürte die Blicke des Sabir-Spions, der sie beobachtete und begehrte, genauso wie sie ihn begehrte, und verabschiedete sich im Geiste von Hasmal und seinem Geheimnis und von der Hoffnung, daß sie jemals diese Art von Frieden und Selbstbeherrschung finden würde, die er in sich trug.

Einen Moment lang dachte sie darüber nach, ob er sich überhaupt noch an sie erinnerte. Dann wandte sie sich wieder der vor ihr liegenden Aufgaben zu.

Hasmal, der endlich die Seekrankheit überwunden hatte, die ihn tagelang in seiner winzigen Kabine hatte ausharren lassen, setzte sich auf das Achterdeck des kleinen rophetianischen Handelsschiffs. Er begab sich an eine Stelle, wo er die immer wieder in die Takelage hinaufkletternden Matrosen nicht störte, genoß die angenehme Brise und die klare Luft und fragte sich derweil, warum das Schiff anscheinend stetig nach Nordosten segelte.

Alarista hatte ihn ihrem Versprechen getreu aufs Schiff gebracht und der Mannschaft Order gegeben, ihn zu töten, falls er versuchen sollte, von Bord zu gehen. Sie hatte eine einfache Passage für ihn bezahlt zur Kanderkolonie, die sowohl auf der anderen Seite des Ozeans lag als auch auf der anderen Seite der Erde. Das Schiff sollte eigentlich bereits Kurs auf diese Kolonie nehmen, um dort Seide, Glas und Korn gegen Caberragewürze zu tauschen. Alarista hatte ihm seine Habe und einen letzten leidenschaftlichen Kuß gegeben und ihm versichert, daß sie ihn vermissen würde, wie sie noch nie jemanden vermißt hatte. Und dann war sie fortgegangen, ohne sich auch nur noch einmal nach ihm umzudrehen, und das Schiff hatte Segel gesetzt, und er hatte herausgefunden, daß er sich nicht viel aus Seereisen machte.

Nun, vielleicht würde er niemals einen ordentlichen Matrosen abgeben, aber er hatte trotzdem einen guten Orientierungssinn und wußte, daß das Schiff Richtung Südosten gefahren war, als sie von Costan Selvira aus in See stachen. Als er versuchte, sich bei dem Kapitän oder der Mannschaft danach zu erkundigen, warum sie die Richtung geändert hatten – denn er hatte eine ihm unbekannte Zahl von Tagen verloren, während derer er, zu krank, um sich von der Stelle zu rühren, in seiner Hängematte gelegen hatte –, machten sie das Zeichen der Viper und spien hastig aufs Deck, um das Böse abzuwehren. Schließlich hatte er das Fragen aufgegeben. Der Kurswechsel des Schiffes machte ihm jedoch Sorgen, und die Tatsache, daß er der einzige Passagier war und ausnahmslos jeder an Bord ihn mit unverhohlener Furcht betrachtete, machte die Sache nicht besser. Er wußte, daß sie von seinem Verhängnis erfahren hatten – zweifellos hatte einer der Gyrus etwas durchblicken lassen –, und er fragte sich, ob man ihn wohl ins Meer werfen und den Haien und Seeungeheuern als Beute überlassen wolle.

Der laute Ausruf »Land!« riß ihn aus seinem Tagtraum heraus. Er blickte zum Horizont und erkannte im Nordwesten einige niedrige, schwarze Flecken – wie eine Linie von Wolken, die gerade über dem Horizont sichtbar wurden. Er blinzelte, aber die Linie blieb weiterhin unscharf. Nach einer Weile jedoch erkannte er, daß vor ihnen eine große schmale Landspitze ins Meer ragte, flach und grün, zu deren beiden Seiten das Land zurücktrat; das Ganze war ihm aus der Ferne winzig erschienen, wurde nun aber im Näherkommen immer größer, bis er sich fragte, ob er eine große Insel vor sich hatte oder den ins Meer ragenden Teil eines Kontinents. Drei der schwindelnd hohen, weißen Türme, die auf das Handwerk der Alten schließen ließen, erhoben sich über die Bäume; er stellte sich vor, daß man sie wohl als Leuchttürme benutzte. Der Handelskreuzer ging auf östlichen Kurs und segelte in einiger Entfernung parallel zur Küste weiter.

Der Wind summte in den Tauen und ließ die Segel schlagen, als die Mannschaft das größte einholte und statt dessen kleineres Tuch aufzog. Der Kapitän rief den Matrosen seine Anweisungen zu, die Männer gaben ihm entsprechend Antwort, und allesamt taten sie so, als existiere Hasmal gar nicht.

Es dauerte nicht lange, da kam links von Hasmal eine Stadt in Sicht; verputzte, in leuchtenden Rot-, Gelb- und Purpurtönen gestrichene Häuser, von Bougainvilleen umrankt, die ziegelgedeckten Dächer von Kaskaden üppig wuchernder Fuchsien, Lavendelblüten und Kletterrosen bewachsen. Affen huschten über die Häuser hinweg, schwangen sich durch Palmen und Pepulbäume und ließen sich kreischend an den gefiederten Blättern von Dattelpalmen herab; eine Schar Papageien zog schreiend über ihnen hinweg; Möwen umschwebten in trägen Kreisen den Mast des Schiffes, und Pelikane ließen sich im Kielwasser mitziehen. In den Straßen drängten sich Menschen, von denen die meisten ganz in Weiß gekleidet waren, so daß sie in der Tropensonne förmlich zu glühen schienen. Der Handelskreuzer legte sich plötzlich auf die Seite und fuhr nach Norden um eine Landspitze herum, die Hasmal zuvor nicht gesehen hatte, weil die langgezogene Linie der Küste dahinter sie verbarg. Eine Sekunde später kam rechts von Hasmal eine Heerschar winziger Inseln in Sicht, während er zu seiner Linken einen wunderschönen Hafen ausmachte, in dem gut fünfzig Segelschiffe aller Art festgemacht hatten, deren kahle Masten sich wie ein seiner Blätter beraubter Wald emporreckten. Zwischen ihnen fuhren Beiboote, Ruderboote, Auslegerboote und Katamarane auf ihrem Weg von den Schiffen zum Ufer und zurück, um Passagiere und Fracht überzusetzen.

Die Mannschaft des Handelskreuzers holte die Segel ein und ließ Anker fallen, und Tempo und Stimmung auf dem Schiff schlugen um; alles verlangsamte und verdüsterte sich und wirkte plötzlich irgendwie bedrohlich. An einem derart lebenssprühenden und schönen Ort hätte Furcht, so ging es Hasmal durch den Kopf, eine Obszönität sein sollen, aber er hatte dennoch Angst.

Der Kapitän kam auf ihn zu und sagte: »Hol deine Sachen. Du wirst uns hier verlassen.«

Der Ausdruck in den Augen des Mannes ermutigte nicht zu Fragen, und Hasmal stellte keine. Er ging unter Deck, packte den Sack, in dem sich seine Artefakte, seine Kleidung und seine andere Habe befand, und eilte wieder die Leiter hinauf, gerade rechtzeitig, um zu sehen, wie vier der Matrosen das Beiboot des Schiffes zu Wasser ließen. Der Kapitän wartete auf ihn. »Geh mit ihnen«, sagte er, »und mach ihnen keine Schwierigkeiten. Du kannst von Glück reden, daß ich dich nicht gleich in der ersten Nacht auf See über Bord geworfen habe; der einzige Grund, warum ich es nicht getan habe, ist der, daß diese Gyru-Bande mir einmal einen Gefallen getan hat, und sie haben mich gebeten, dich gut zu behandeln. Aber Gefallen hin, Gefallen her, deine Reise mit mir ist hier zu Ende. Lieber verrotte ich in der Hölle Tonns, bevor ich dich und deinen Fluch über den ganzen Bregischen Ozean schleppe und Gefahr laufe, daß *mein* Schiff sinkt.«

Hasmal hatte weder Geld noch einen Platz, an dem er hätte bleiben können, ja, er hatte nicht einmal eine klare Vorstellung davon, wo er sich befand; vielleicht war er auf den Feuerinseln gelandet oder auch irgendwo an der Küste der Verlorenen Seelen. Aber er protestierte nicht. So gern er seine Reise bis zur Kanderkolonie fortgesetzt hätte (die nicht nur den Vorteil hatte, auf der anderen Seite der Welt zu liegen, sondern auch von Sabirs besetzt war – eine Garantie dafür, daß sein Galweigh-Problem ihm nicht dorthin folgen würde), würde er sich bereitwillig an Land bringen lassen und sich des zweifachen Segens erfreuen, noch am Leben und weiter entfernt von dieser Frau zu sein, als er es zuvor gewesen war.

Er stieg in das Langboot, ließ sich schweigend ans Ufer rudern und sprang auf ein Zeichen eines der Matrosen hin ins Wasser, das an dieser Stelle nur noch knietief war. Während er an Land watete, drehten die vier Männer in dem Langboot unverzüglich um und ruderten zum Schiff zurück. Als er schließlich auf einem steinernen Pier einen einigermaßen bequemen Ausguck gefunden hatte, blähten die Segel des Handelskreuzers sich bereits wieder im Wind, und er fuhr hinaus aufs offene Meer.

Er sah dem Schiff nach, bis es auf der anderen Seite der Landspitze verschwunden war; das Gefühl der Leere, das ihn übermannte, erschien ihm töricht, aber er konnte sich seiner nicht ganz erwehren. Dieses Schiff war eine, wenn auch dürftige Brücke zu seinem alten Leben und seinem alten Ich gewesen, und während es davonsegelte, mußte er sich unweigerlich der Frage stellen, was nun aus ihm werden sollte.

Zu guter Letzt stand er jedoch auf; seine ledernen Hosen waren immer noch feucht, und er mußte irgendwo Süßwasser finden, um das Salz aus dem Leder zu waschen, bevor es trocknete und brüchig wurde. Außerdem mußte er auch etwas zu essen finden; sein vom Rollen des Meeres befreiter Magen begann ihm unmißverständlich klarzumachen, daß Essen in letzter Zeit rar gewesen war und mit Freuden aufgenommen werden würde.

Und er mußte herausfinden, wo er an Land gesetzt worden war. Letzteres sollte eigentlich das geringste Problem sein, falls er jemanden fand, der iberisch sprach, und falls er vorsichtig genug an die Formulierung seiner Frage heranging. Er wollte sein neues Leben nicht genauso beginnen, wie er sein altes beendet hatte, als ein Mann, von dem allenthalben bekannt war, daß er unter einem Fluch stand. So dachte er zunächst einmal eine Weile über verschiedene harmlose Gründe nach, warum man ihn ohne Geld und ohne Kenntnis seines Standorts an Land gebracht hatte – es dauerte einige Zeit, aber zu guter Letzt hatte er sich eine Geschichte zusammengereimt, die seiner Meinung nach seinen Zwecken dienen würde.

Als nächstes machte er einen rophetianischen Matrosen aus, der, in beiden Armen ein weiß gekleidetes Mädchen, am Pier stand. Er ging auf den Mann zu. »Meine Kameraden haben mich vom Schiff geworfen«, sagte er. »Ich dachte, beim Knochenspiel sei mir das Glück gewiß hold, aber beim letzten Wurf hat die Göttin mich verlassen, und am Ende war ich ihnen mehr schuldig als ich besaß.« Er seufzte und grinste. »Außerdem war ich die letzten fünf Tage betrunken und habe keine Ahnung, wo ich mich befinde.«

Der Matrose lachte, und weiße Zähne blitzten hinter einem dichten schwarzen Bart auf. »Die Knochen und der Met haben schon mehr als einen Mann auf fremde Erde gespült«, sagte er, »aber wenn du auch ein Esel bist, so bist zumindest du ein Esel mit Glück. Wir sind hier nur einen Steinwurf von der Zivilisation entfernt. Dies hier ist Marcada, auf Goft.«

»Meinen Dank«, erwiderte Hasmal. Er brachte ein Lächeln zuwege, nach dem ihm nicht im mindesten zumute war, und ging ohne zu stolpern davon, um nach einem Platz zu suchen, wo er sich verstecken konnte. Er glaubte beinahe, die Götter über ihn lachen zu hören; Goft war eine große Insel – vielleicht dreißig Leagues lang –, aber sie war nicht groß genug. Eine Landenge verband die Insel mit dem Festland, und auf deren anderer Seite war man in Ibera. Und hatte nicht mehr als zwanzig Meilen vor sich, wenn man nach Calimekka wollte, wo die Familie Galweigh ihren Stammsitz hatte.

Er war dem Unheil näher, als er es in Halles gewesen war. Er mußte ein neues Schiff finden, mußte abermals in See stechen, und zwar schnell.

Kapitel 12

Dunkelheit, die harte, kalte Schwärze der Stunde Huld, wenn die Gegenwart von Licht und Wärme wie ein Traum erscheint, der niemals mehr Wahrheit werden wird. Kait stand neben Tippa auf dem Hof und sah zu, wie Doghall auf und ab schritt. Tippa schluchzte immer wieder: »Warum darf ich nicht heiraten? Heute soll meine Hochzeit sein!« Und weder Kait noch Doghall brachten die Geduld auf, ihr weiterhin zu erklären, daß sie zusammen mit dem Rest der Familie bei ihrer Hochzeit hätte ermordet werden sollen. Das letzte Fluggerät hätte bereits da sein müssen; irgend etwas war schiefgegangen, und sie würden nun inmitten eines Kriegs in einer feindlichen Stadt in der Falle sitzen. Kait blieb ganz ruhig; sie beobachtete den Himmel und lauschte auf das Motorengeräusch der Luftschiffe, auf das leise Dröhnen der Kolben und das Schlagen der Rotoren in der Nachtluft, aber das Tier in ihr hatte bereits Panik gewittert und wollte fliehen. Wollte davonrennen, in seinem Bau untertauchen, sich verbergen.

Die Soldaten der Galweighs, deren Aufgabe es war, die Seile des Fluggeräts aufzufangen, standen weiter mit brennenden Fackeln auf ihrem Posten und warteten an der Feuerlinie, die den Landeplatz der Botschaft markierte. Sie würden die Seile fangen und das Fluggerät herunterziehen, um es vor Anker zu legen; jedenfalls würden sie das tun, falls das Fluggerät jemals ankam …

Kait betastete den Griff des Langschwerts an ihrer Hüfte und versuchte, das Ungeheuer in ihrem Innern zur Ruhe zu zwingen; versuchte, eine Möglichkeit zu ersinnen, auf welche Weise sie Tippas und Doghalls Sicherheit garantieren konnte; versuchte, sich darauf zu konzentrieren, nicht zu dem Karneegeschöpf zu werden, sondern menschlich zu bleiben und ihrer Familie in Menschengestalt zu helfen. Aber die Wände des unsichtbaren Käfigs wurden immer enger, ihr Herz raste, und ihre Sinne schärften sich unter der bevorstehenden Verwandlung – und genau in diesem Augenblick hörte sie das stetige metallische Schlagen des Fluggeräts, das die normalen Geräusche der Nacht übertönte.

»Es kommt«, sagte sie, und ein Murmeln lief durch die Reihe der Soldaten; sie hörten nichts und sagten das auch.

Doghall drehte sich um, hielt in seinem besorgten Auf und Ab inne und sah sie an. »Bist du dir sicher?«

»Ich kann es hören.«

»Gut.« Er nickte. Wartete einen Augenblick und dann noch einen, bis das Motorengeräusch Kaits Meinung nach nicht mehr zu überhören war. Aber erst als weitere Sekunden verstrichen waren und das Geräusch, das sie hörte, langsam die Hintergrundgeräusche von Halles , das Getöse der Hausierer und Händler, die lärmend durch die Straßen zogen, übertönte, erst da sahen die ersten Soldaten sich nach ihr um und sagten: »Bei allen Göttern, jetzt höre ich es auch.«

Karnee-Ohren. Sie würde sich eines Tages noch einmal selbst verraten. Kait sagte sich, daß sie vorsichtiger sein mußte, bevor sie bekanntgab, was sie gehört hatte. Bei einer anderen Gelegenheit, an einem anderen Ort mochte es durchaus ihren Tod bedeuten, wenn sie ihr scharfes Gehör preisgab.

Das Geräusch des Fluggeräts wurde lauter und immer lauter, und plötzlich konnte Kait das Gefährt am Himmel erkennen; seine Gestalt, ein Punkt dunklerer Schwärze, der die Sterne für einen Augenblick ausblendete. Diesmal sagte sie nichts, da sie nicht sicher war, ob menschliche Augen das Fluggerät so früh würden erkennen können; sie wollte sich nicht in einer Nacht mit zu vielen Geheimnissen auf einmal umgeben.

Ein Augenblick verstrich, dann sagte einer der Soldaten: »Da! Vor den Schäfern.« Er zeigte nach Nordosten auf eine Sternenkonstellation hoch oben am Nachthimmel. Das Fluggerät passierte dieses Sternbild und machte es vorübergehend unsichtbar, und die übrigen Soldaten nickten und beugten sich über die Bodenlampen, mit denen sie signalisieren wollten, daß am Boden alles klar zur Landung sei. Sie hielten ihre Fackeln an die Lampen und löschten dann, während die Flammen in den grünen Glaslaternen eine nach der anderen aufflackerten, ihre Fackeln in den am Boden bereitliegenden Körben.

Heutzutage benutzte man zwar kein Gaimthe – Brenngas – mehr, um die großen Ballons der Fluggeräte zu füllen, aber auch der Brennstoff für die Motoren war leicht entflammbar, so daß man die Gewohnheit, niemals offenes Feuer in der Nähe eines Fluggeräts brennen zu lassen, beibehalten hatte.

Die nur von einer Reihe grüner Laternen beleuchtete Landebahn hatte etwas Unheimliches; die Menschen dort sahen aus wie wochenalte Leichen. Eine Gänsehaut kroch Kait über den Rücken; die Schauerlichkeit der Szenerie schien ihr ein Omen zu sein, ebenso unheilschwanger wie die pulsierenden endlosen Wogen des Bösen, die über Halles hinwegspülten, oder die unausweichliche Gewißheit, daß der Sabir-Karnee sie begehrte und versuchen würde, sie sich zu nehmen. Sie wehrte den Gedanken mit Gewalt ab, während das Fluggerät mit überraschender Geschwindigkeit zu Boden ging und seine Seile schlangengleich vom Himmel heruntuntergl itten.

Binnen Sekunden schwebte das Fluggerät direkt über dem Boden und zerrte dabei an seinen Verankerungen. In dem grünen Lichtschein schien das rotschwarze Wappen der Galweighs auf der schauerlich fahlen Seide des Flugballons bis zur Unkenntlichkeit zu verschwimmen. Aus beiden Luken des langgestreckten, geschlossenen Korbes sprangen nun Männer und Frauen zu Boden, ihre Bewegungen begleitet von dem leisen Klirren wattierter Rüstungen. Als letztes erschien der Pilot in der vorderen Luke und sagte: »Schnell, schnell, wir müssen wieder starten. Von oben konnte ich im Osten bereits den ersten Schimmer der Morgendämmerung erkennen.«

Die Soldaten zogen erst Tippa, dann Doghall in die Luke; Kait unterdrückte den Impuls hinaufzuspringen und ließ sich unsanft hochheben. Sie war nur dankbar, daß sie vernünftige Reisekleidung trug, derbe Stiefel, eine schwere Lederhose und eine Baumwolljacke mit einem wollenen Überwurf –, statt des zarten Seidenkleides, auf dem Tippa bestanden hatte. Es sah nie besonders anmutig aus, wenn man ein Fluggerät bestieg, erst recht nicht, wenn man es in solcher Eile tat. Während sie noch auf dem Boden des Korbes lag, hörte Kait das Surren des Seils, das gelöst wurde, und spürte dann, wie ihr ganzes Gewicht gegen die Planken gedrückt wurde; sie stiegen mit hoher Geschwindigkeit empor, schossen so schnell gen Himmel, daß sie glaubte, das Trommelfell werde ihr platzen.

Doghall sagte: »Warum seid Ihr so spät?«

Kait setzte sich auf. Der Pilot, ein Rophetianer namens Aouel, wandte sich keinen Augenblick lang von seinen Ventilen und seinem Ruderrad ab. Ihnen allen den Rücken zugewandt, sagte er: »Wir hatten in mittleren Lagen einen unangenehmen Querwind, der uns nach Süden vom Kurs abtrieb, bevor ich höher steigen konnte, und als ich das Ding endlich hochbekam, hatten wir einen Gegenwind, mit dem ich bis zum Ziel zu kämpfen hatte. Wenn Ihr aber zusammen mit der schlechten noch eine gute Neuigkeit wünscht, kann ich Euch versichern, daß wir den ganzen Rückweg über denselben Ostwind haben werden, und diesmal wird er unsere Reise beschleunigen.«

»Ich dachte schon, Ihr würdet gar nicht mehr kommen«, meinte Doghall.

Aouel warf einen schnellen Seitenblick auf Kait, gab sich dann aber hastig den Anschein, als gelte seine Aufmerksamkeit allen drei Passagieren gleichermaßen. »Ich wäre mitten durch Tonns Hölle geflogen, um Euch da rauszuholen«, sagte er.

Was, wie Kait vermutete, der Wahrheit entsprach; Aouel war ein alter Freund von ihr – seit jenem Tag, an dem sie mit dreizehn Jahren auf das Landefeld ihres Hauses in Calimekka hinausgewandert war und er ihr zum ersten Mal die Wunder des Fliegens gezeigt hatte. In den folgenden Jahren hatte er ihr dann heimlich beigebracht, wie man die kleineren Fluggeräte handhabte – Geräte, die wie dies hier von einer Person allein bedient werden konnten. Sie hatten über ihrer beider Träume gesprochen und einander auch dann noch ihr Vertrauen geschenkt, als Kait in den diplomatischen Dienst trat und nicht länger Herrin ihrer Zeit war. Die Familie wäre entsetzt gewesen; ein Mädchen aus dem Geblüt der Galweighs mit einer Zukunft, die eine hohe Position vorsah, lernte das Gewerbe eines Matrosen, selbst wenn es sich um einen Matrosen der Luft handelte? Eine Frau, die eines Tages als Unterhändlerin über das Geschick der Familie entscheiden würde, die Vertraute eines einfachen Rophetianers?

Undenkbar.

Wie man es von Kait nicht anders erwarten durfte, war ihr die Freundschaft weiterhin teuer gewesen, und sie hatte sie gehütet, so wie sie ihre eigenen dunklen Geheimnisse hütete. In Anlehnung an die rophetianische Theologie war sie zu dem Schluß gekommen, daß die Familie zu Tonns Hölle fahren könne, wenn sie nicht verstanden, was Aouel ihr bedeutete.

Das Luftgefährt stieg immer höher, und das erste fahle Licht der Dämmerung, die sich langsam über den Horizont im Osten schob, erhellte plötzlich das Innere der Flugkabine. Von der Sonne war noch nichts zu sehen, aber es würde nun nicht mehr lange dauern. Kait schauderte bei dem Gedanken, wie knapp ihre Flucht gewesen war; unten in der Dunkelheit, die noch immer wie eine Decke über Halles lag, beobachtete man schon den Himmel und wartete auf den ersten Sonnenstrahl, der sich auf dem höchsten Bogen des Steinturms auf dem Stadtplatz zeigte. Dieses Licht würde die Stunde von Soma ankündigen, man würde die Altglocke läuten, die von der Begrüßung des neuen Tages kündete, und die »Hochzeitsprozessionen« aus dem Hause Dokteerak und der Botschaft der Galweighs würden sich auf den Weg machen. Und am Ende stand dann die Vernichtung der Familie Dokteerak, mit der vielleicht auch der Untergang eines großen Teils der Familie Sabir einhergehen würde.

Einen Moment lang sah Kait, als sie in dieses fahle Licht starrte, ein Abbild des schmalen, hungrigen Gesichts des Sabir-Karnee, und einen Moment lang spürte sie seine Berührung. Und in diesem Augenblick hoffte ihr verräterisches Herz, daß er dem Morden entgehen möge.

Der erste Strahl des Sonnenlichts fiel von einem wolkenlosen Himmel auf den obersten Bogen des schwarzen Turms der Zeit, und unverzüglich erfüllte der Glöckner die Luft mit dem wiederholten Läuten der Stunde Soma. Der ersten Stunde des Morgens, dem Ersten Freund des Neuen Tages.

Als bestünde eine Verbindung zwischen der Botschaft der Galweighs und dieser Glocke, schwangen die Türen beim ersten Ton weit auf, und zehn Trompeter sowie zehn Trommler traten auf die Straße hinaus. Sie waren prachtvoll gekleidet in der rotschwarzen Livree der Galweighs, ihre Gesichter von der Stirn bis zur Nase verdeckt von Fransen aus goldenen Perlen, und sie hielten ihre Instrumente bereit. Hinter ihnen kamen zehn Handglockenspieler, gefolgt von zehn Holzflötisten, denen wiederum fünfzig Tänzer folgten.

Die Glocke der Soma erscholl sieben Mal. Der letzte Ton hing noch in der Luft, und die Musiker warteten – reglos und wie gebannt –, bis das letzte bebende Wispern in der morgendlichen

Stille verklungen war. Dann stimmten sie auf einen Befehl vom Botschaftsgelände her den Hochzeitstanz an. Die Tänzer sprangen durch die Straße, schnellten sich hoch in die Luft und vollführten, begleitet von Klappern und Rasseln, gewaltige Salti und Drehungen. Die schweren Perlenfransen schepperten wie eine zusätzliche Phalanx von Trommlern auf ihren Metallkostümen.

Die Tänzer trugen Krummsäbel, die sie mit schier unermeßlicher Geschwindigkeit unter den Beinen ihrer Kameraden hindurchschwingen ließen, die mit flinken Sprüngen darüber hinwegjagten. Dazu schrien sie die Namen des Gottes der Woche – das war Duria, der Spinner – und des Gottes des Tages – Bronir, der Gott der Freude –, ohne auch nur einen einzigen falschen Schritt zu tun. Anmutig und in strahlender Pracht boten sie ein großartiges, lärmendes Schauspiel.

Die Straßen zwischen der Botschaft und dem Hause Dokteerak waren bereits von Männern und Frauen aus dem Volk in ihrem feinsten Staat gesäumt, die gekommen waren, um zu sehen und um gesehen zu werden. Der Paraglese der Dokteeraks und die Parnissas der Stadt hatten den Duria-Bronirstag bereits einstimmig zum Festtag erklärt, und die einfachen Leute von Halles waren entschlossen, sich nicht einen Augenblick der prächtigen Hochzeitsparade entgehen zu lassen, die eigens zu ihrer Unterhaltung durch die Straßen zog; kostenlose Darbietungen dieser Art hatten in der Stadt Seltenheitswert.

Hinter den akrobatischen Schwerttänzern kamen die Jongleure, die allesamt mit je drei blitzenden Schwertern jonglierten. Die Leute am Straßenrand murmelten einander zu, daß auf dieses Kunststück nicht allzuviel zu geben sei – jeder wisse schließlich, daß Jongleure niemals geschärfte Schwerter benutzten. Aber sie kamen doch alle darin überein, daß das Licht, das auf die Schnittflächen der falschen Waffen fiel, sie zumindest scharf *aussehen* ließ.

Den Jongleuren folgten die Konkubinen. Hüftenschwingend

und mit stolz präsentierten Brüsten flirteten sie im Vorbeigehen mit der Menschenmenge, obwohl sie sich in der ungewohnten Verhüllung ihres Hochzeitsstaats ein wenig unbehaglich zu fühlen schienen.

Die Bewohner von Halles hatten darauf gehofft, als nächstes gezähmte Tiger zu sehen oder vielleicht einige der Bestien, die die Narbenländer bewohnten, aber Derartiges blieb aus. Statt dessen brachten sechzehn kräftige Sänftenträger in voller Livree die erste Sänfte, in der ein hübscher junger Mann und eine recht stämmig wirkende Frau saßen, die beide merkwürdigerweise schwere Umhänge trugen, die Gesichter von der Stirn bis zur Oberlippe verborgen unter den landesüblichen perlenbesetzten Fransen. Hinter dieser ersten Sänfte kam eine scheinbar endlose Abfolge weiterer Sänften, wobei jede etwas weniger farbenprächtig ausfiel als die vorherige und in jeder einzelnen ein mehr oder weniger auf dieselbe Art und Weise verhülltes und verschleiertes Paar saß. In Dunkelrot und Schwarz gehalten, ergoß sich ein mit blitzendem Gold geschmückter Strom von Galweighs aus der Botschaft, und in diesem gewaltigen Zug von Sänften schien das atemberaubende Glitzern von Juwelen so selbstverständlich, als seien diese nicht mehr als Steine auf dem Grund eines gewöhnlichen Flusses. Überall blitzten geschliffene Smaragde und Onyxe; sie übersäten die Sänften, übersäten die Sänftenträger und die Familie der Braut. Einige der besser Informierten entlarvten den endlosen Strom von Juwelen als etwas, das mit an Sicherheit grenzender Wahrscheinlichkeit schnödes Glas war, aber selbst sie mußten zugeben, daß das allgemeine Funkeln ein prächtiges Schauspiel ergab.

Ein Chor männlicher Sänger begleitete die letzten Sänften, in denen die Botschafter saßen, der Paraglese der Galweighs und zu guter Letzt die Braut. Sie sangen die Standardauswahl von Hochzeitsliedern, in denen die Ehe Maraxis geweiht wurde, dem Gott des Spermas, des Samens und der Fruchtbarkeit, in dessen Monat die Hochzeit stattfand, und empfahlen die Braut Drastu, der Göttin des Schoßes, der Eier und der Fruchtbarkeit.

Die Braut war den Sitten entsprechend vollkommen verschleiert; die jüngeren verheirateten Frauen in der Menge versuchten die Konturen ihres Gesichts unter den Schwaden roter Seide und den Fransen aus goldenen Perlen zu erkennen (denn wenn man die Augen einer Braut vor ihrer Hochzeit sah, galt dies als ein Fruchtbarkeitsomen für das bevorstehende Jahr), aber auch sie mußten sich mit einem großzügigen Winken der Braut und einem Blick auf ihre juwelenübersäten Hände zufriedengeben. *Diese* Juwelen, da stimmten alle überein, waren echt. Die Hallesiten übertrafen sich förmlich, was die Gerüchte über die Braut betraf, die die Runde machten. Sie sei schön und gütig, sie habe eine Mahlzeit auf der Straße eingenommen und gewöhnliche Speisen gegessen, sie sei jenen gegenüber, die ihr auf den Straßen begegnet waren, großzügig mit Geschenken und Geld gewesen.

Sie habe schöne, breite Hüften, wie geschaffen fürs Kinderkriegen. Brüste, die groß genug waren, damit diese Kinder reichlich zu trinken hatten. Sie sei nicht klug und nicht geistreich und wirke auch nicht allzu ehrgeizig – immer ein Vorzug bei einer Frau, die die Braut eines zweiten Sohns sein sollte.

Insgesamt eine wohlgeratene junge Frau – das war die allgemeine Meinung. Vielleicht ein wenig zu schade für den zweiten Sohn ihres Paraglese, der überall in der Stadt im Ruf stand, verzogen und ein echter Mistkerl zu sein.

Ein weiterer Trupp von Schwertjongleuren und Musikern folgte der Sänfte der Braut, aber diese Schausteller boten keine großen Überraschungen mehr. Insgesamt waren die Leute der Meinung, daß diese Hochzeitsparade, verglichen mit anderen, gar nicht so schlecht gewesen sei. Ein paar Tiger, etwas weniger Stoff und tiefere Ausschnitte bei den Konkubinen und vielleicht eine Handvoll feuerfressender Zwerge, und die Sache wäre perfekt gewesen.

In der Weißen Halle des Hauses Sabir in Calimekka fiel strahlendes, morgendliches Sonnenlicht schräg durch die Buntglasfenster und warf scheckige Muster gefärbten Lichts auf den gemeißelten weißen Marmorfußboden, so daß er aussah wie ein mit Narzissen, Tulpen und Glockenblumen bestandenes Feld, aus dem nach frischem Schneefall nur noch die Blüten herausragten. Über einem kreisförmigen Raum mit steinernen Wänden erhoben sich die zart geschwungenen Bögen eines gewaltigen Marmorbaldachins, der jedes noch so leise Geräusch aus dem Raum zurückwarf. In diesem prächtigen Refugium schritten die Sabirwölfe die letzten Arabesken ihres Zaubers zum Aufbau der Macht ab. Zwei von ihnen waren gerade erst aus Halles hier angekommen – Imogen und Lucien Sabir, der oberste Wolf und seine Gefährtin. Die Wölfe murmelten ihren Gesang, und in ihre Stimmen fiel das Geisterflüstern ihrer fernen Gefährten ein, die sich – körperlos und nur halb sichtbar – mit ihnen über den Pfad bewegten ... und vielleicht waren noch andere bei ihnen, noch fremdere Geister.

Plötzlich legte sich wie aus dem Nichts der Duft von Geißblatt über den Raum, und als dies geschah, brach alle Aktivität im Raum ab, so abrupt und so endgültig wie Kerzen, die von einem jähen Luftzug ausgelöscht werden. Niemand flüsterte mehr, niemand schritt über den Pfad, niemand setzte den Gesang fort. Die Wölfe auf dem magischen Pfad in der Marmorhalle blieben zusammen mit den geisterhaften Bildern ihrer Kameraden aus Halles und Costan Selvira und Waypint, die mit ihnen gegangen waren, wie angewurzelt auf den abgetretenen Steinlinien stehen, die Köpfe der Hauptsäule in der Mitte des Raumes zugewandt – die nicht wie die Säule in Halles aus gemeißeltem Stein war, sondern aus purem Gold. Die von den würzigen Schwaden des Caberraweihrauchs, der klebrigen Süße des Geißblatts und einem spürbaren Hauch schieren Bösen geschwängerte Luft schimmerte erwartungsvoll. Im Kopf eines jeden Wolfs wurde klar und deutlich eine Stimme hörbar: »Die Zeit ist gekommen. Laßt das Opfer beginnen.«

Etwas strich leise quer durch den Raum, ungesehen, aber für die Wölfe, die seinem Weg am nächsten waren, doch in Form eines Drucks auf der Brust durchaus spürbar, wie eisige Luft, die aber kein einziges Haar auf dem Kopf bewegte, wenn sie vorüberstrich; und sie alle atmeten diesen Luftzug in dem lastenden Gestank von Geißblatt, der plötzlich zum Schneiden dick schien, durchzogen von dem darunter verborgenen Geruch von etwas, das lange tot und verwest war.

Stille. Das Gefühl, daß nicht nur die Wölfe in dem Raum warteten – daß andere, ältere Augen zusahen, andere Ohren lauschten. Die Mauern des Refugiums seufzten auf und murmelten dann mit eigener Stimme; Worte einer lang vergessenen Sprache, die bedeutungsschwer gewesen oder auch nur das Gestammel eines lange toten Wahnsinns sein mochten.

Weiterhin Schweigen.

Ein Augenblick verstrich, dann ein zweiter, schließlich ein dritter. Endlich vibrierten kaum wahrnehmbare Trommelschläge in der Luft. Ein Schlag, dann ein weiterer, dann ein dritter, geisterhaft, gerührt von etwas, das nicht menschlich war, nie menschlich gewesen war, das in der Luft pulsierte, das an Geschwindigkeit und Stärke zunahm, wie die Trommelschläge lauter wurden. Das Dröhnen war die Auferstehung eines monströsen Herzens, das an Entschlossenheit und Kraft gewann, je näher es der Quelle seines Lebensblutes kam: dem Weißen Raum und dem Zentrum der Sabirmagie. Das Schlagen kam näher und immer näher, wurde lauter und kraftvoller. Beschleunigte sich, je näher es kam. Näher.

Die Wölfe starrten unverwandt die Säule an; ihr Blick irrte kein einziges Mal zu der einzigen, überwölbten Tür des Raumes ab, durch die das Brüllen dieses höllischen Herzschlags jetzt wie der Puls eines von Wölfen gehetzten Hirschs hindurchjagte.

Ein Mädchen erschien; es hing in der Luft, schwebte in der Umarmung des Nichts. Ihr langes, schwarzes Haar war mit kunstvoller Raffinesse und großer Sorgfalt geflochten und mit Blumen durchwoben worden, so daß sie, wie sie da durch das gescheckte Sonnenlicht trieb, einen Augenblick lang nur eine weitere Blume in diesem Buntglasgarten zu sein schien, eine ätherische Schöpfung aus Licht und Schatten.

Sie hätte eigentlich schön sein müssen; ihre zarten Wangenknochen, die geschwungenen Lippen, die gerade Nase und die großen, leicht schrägen Augen waren vollendet geformt. Ihre Hände, die gefaltet in ihrem Schoß ruhten, waren Kunstwerke. Unter dem hauchzarten Weiß ihres Gewandes wölbten sich kleine, vollkommene Brüste über einem zierlichen Leib und einer schmalen Taille.

Sie hätte schön sein müssen. Und gewiß war sie einst schön gewesen.

Aber die Leblosigkeit ihres Gesichtsausdrucks, die unnatürliche Blässe ihrer Haut und die schwache Verfärbung von nur unzureichend durch Puder und Cremes verdeckten Quetschungen, die die Schärfe des Morgenlichts bloßlegte, verliehen ihr das geisterhafte Aussehen eines Leichnams – beseelt von etwas, das kein Leben war.

Drei Augenpaare wandten sich gerade lange genug von der Säule ab, um das Mädchen zu betrachten – um sich zu vergewissern, daß die Spuren von etlichen Tagen und Nächten der Folter, der Schändung und der Entwürdigung ausreichend unter Schminke und schönen Kleidern verborgen war, um Kritik oder Strafe zu vermeiden. Dann tauschten Crispin, Anwyn und Andrew kurze Blicke untereinander, alle drei verunsichert von der Tatsache, daß Danya nicht so überzeugend rein aussah wie zuvor, als sie sie in ihrem Quartier für ihre Rolle vorbereitet hatten. Crispin deutete jedoch ein Nicken an – die Bestätigung, daß er derjenige sein würde, der die Sache in die Hand nahm, falls ihr Aussehen zu Komplikationen führte. Ohne eines weiteren Zeichens zu bedürfen, hefteten sie daraufhin alle drei ihren Blick wieder auf die Säule.

Das Mädchen trieb in der Wolke kalter, geißblattgeschwängerter Luft zur Mitte des Raums, wo unsichtbare Hände sie auf den Boden herabholten und mit unerbittlichem Griff an die goldene Säule preßten. Jeder einzelne Schlag der Geistertrommel ließ sie schaudern, aber das war auch das einzige Lebenszeichen, das sie von sich gab.

Das Trommeln erstarb zu völligem Schweigen, und der Raum seufzte abermals; die Wände atmeten leise, wisperten Unverständliches. Die Wölfe in dem Raum gestatteten sich nicht, sich von dem Gemurmel ablenken zu lassen; unverzüglich machten sie sich daran, den Zauber zu weben, dem all die Vorbereitungen gegolten hatten. Viele Jahre des Forschens und noch mehr Jahre, um den richtigen Zauber aus den Alten Texten auszusondern und aus den alten Sprachen der Zauberer in die reiche, geschmeidige Sprache Iberas zu überführen, Monate der Machtanrufung, Hunderte geringere Opfer, die Entführung einer jungen, machtvollen Feindeswölfin, ein raffiniertes Ablenkungsmanöver und die Bündelung all dessen, was die Familie Sabir an Material und Menschen aufbringen konnte – all das konzentrierte sich nun endlich auf diesen einen Zeitpunkt, diesen einen Ort, diese eine unwiederbringliche, unwiderrufliche Chance, den Erbfeind der Familie, die Galweighs, endgültig aus Calimekka zu vertreiben. Kein Zaudern jetzt, kein Zurück mehr, keine Bedenken. Die Toten standen bereit; die Lebenden mußten handeln.

Wie aus einem Mund stimmten die Wölfe ihren Gesang an.

Kapitel 13

»Irgend etwas stimmt nicht«, sagte Kait.

Doghall, der soeben die schluchzende Tippa getröstet hatte, blickte auf. »In welcher Hinsicht?«

Das Gefühl alles durchdringenden Bösen war in den letzten Sekunden schier unerträglich geworden. Kait spürte dieses Böse in Form von Übelkeit und einem hämmernden Kopfschmerz hinter den Augäpfeln, spürte es wie Tausende unsichtbarer Spinnen, die ihr Rückgrat auf und ab krochen. »Seit dem Abend des Namensfestes habe ich in Halles etwas Böses gespürt«, antwortete sie ihm, »aber jetzt fühlt es sich beinahe so an, als würde es …« Sie runzelte die Stirn. »… als würde es bersten.«

Doghall wandte sich wieder an Tippa. »Leg dich hin, mein Kind, und atme möglichst tief durch. Dann wird es dir bald bessergehen.« Er wartete, bis sie sich auf der mit einem Sandkissen gepolsterten Bank zusammenrollte, dann ging er zu Kait hinüber und setzte sich neben sie. »Du hast die Gegenwart des *Bösen* gespürt. Und du spürst sie jetzt.« Er runzelte die Stirn, aber Kait hatte den Eindruck, als verströme er gleichzeitig auch den Geruch einer gewissen Erregung.

»Ja.«

»*Wie* kannst du sie fühlen?«

»Ich weiß nicht, wie. Ich fühle es einfach.«

»So habe ich meine Frage nicht gemeint. Beschreib mir die Gefühle, über die dieses Böse dir seine Existenz mitteilt.«

Kait verstand nun und nickte. »Zunächst ist es ein Druck auf meiner Haut. Dann spüre ich ein Prickeln im Nacken. Eine Art … eine Art *Schmierigkeit,* die sich um mich herum und durch mich hindurch zu bewegen scheint. Jetzt... ist es ein Gefühl, als würden mir die Augen aus dem Kopf platzen, und ich möchte mich übergeben, und mir tut alles weh.«

Doghalls Augen weiteten sich. »Ja. Ja. Und dieses Gefühl der Schmierigkeit?«

»Das kann ich immer noch spüren, aber alles andere ist jetzt so viel stärker, daß mir das kaum noch zu schaffen macht.«

»Ja. Genau. Sag mir ... hattest du in letzter Zeit irgendwelche Träume?«

»Alpträume. Jede Nacht. Ungeheuer, die mich jagen, und überall Tod – seit wir nach Halles gekommen sind, habe ich keine einzige Nacht mehr gut geschlafen.«

»Ja, natürlich.« Auf Doghalls Gesicht hatte sich ein Grinsen ausgebreitet. Der Geruch der Erregung, die von ihm ausging, wurde stärker. »Ich werde etwas tun. Sag mir, was du spürst.«

Kait wartete ab. Doghall hatte die Hände auf den Knien verschränkt und die Augen fest geschlossen ... tat aber nichts. Und dann waren Kaits Kopfschmerzen plötzlich wie weggeblasen und mit ihnen die Übelkeit und der Schmerz. Sie fühlte sich wunderbar, so wunderbar wie in dem Augenblick, in dem sie mit Hasmal zusammengeprallt war. Vielleicht sogar noch besser, da ihr Unbehagen und ihre Angst sich seither noch viel mehr verschlimmert hatten.

»Es ist alles weg«, sagte sie. »All das Böse, all der Schmerz.«

»Bestens«, murmelte Doghall, und seine Stimme war so leise, daß nur sie ihn hören konnte. »Das ist einfach bestens, Kait-cha.«

»Warum?« Sie hielt ihre Stimme genauso tief und leise, wie er es zuvor getan hatte.

»Was du da spürst, ist das Wirken von Magie. Ich darf doch davon ausgehen, daß dich niemand gelehrt hat, wie man so etwas macht ...?«

»Nein. Natürlich nicht.« Kait sah ihren Onkel verwirrt an. *Magie?* Sie konnte das Wirken von Magie spüren? Aber niemand praktizierte heute noch Magie – ihre Ausübung war verboten, seit die Menschen den Trümmern des Zaubererkriegs entstiegen waren und sich darangemacht hatten, die Welt neu aufzubauen. »Warum sagst du das? Daß ich Magie spüren kann?«

Er nahm ihre Hand und hielt sie zwischen seinen fest. »Glaube nicht, daß die Magie, nur weil sie verboten ist, nicht mehr praktiziert würde. Oder auch nur, daß sie einzig das Werkzeug des Bösen sein könne. Wenn du sie spüren kannst, Mädchen, dann hast du auch die Fähigkeit in dir, sie zu nutzen. Und du könntest viel Gutes damit tun – die Magie war einst einer der Pfade zur Erleuchtung.« Er seufzte. »Schon allein die Fähigkeit, zu erkennen, wann du von Magie umgeben bist, wird für dich als Diplomatin in Diensten der Familie von unschätzbarem Wert sein. Wir müssen zu jeder Zeit Kenntnis davon haben, wenn unsere Feinde oder unsere Verbündeten über Möglichkeiten gebieten, die uns selbst nicht offen stehen.«

Kait dachte für eine Weile darüber nach. Magie war Ketzerei der schlimmsten Sorte; das Wirken von Magie war noch schlimmer, als ein Karnee zu sein. Wenn sie Magie spüren konnte, bedeutete das, daß sie Magie wirkte? Hatte sie sich, ohne es je zu wollen, auch dieser Ketzerei schuldig gemacht?

Wahrscheinlich ja. Es spielte keine Rolle. Sie konnte nur einmal sterben, und die automatische Verurteilung zum Tode, die auf ihr lastete, nur weil sie Karnee war, konnte nicht schlimmer werden, auch wenn sie dem ein ganzes Fuder weiterer Sünden hinzufügte.

Doghall schien ihrem Gedankengang folgen zu können, denn er sagte: »Du denkst darüber nach und stellst fest, daß deine Situation ohnehin nicht mehr schlimmer werden kann, nicht wahr?«

»Genau das ging mir gerade durch den Kopf.«

»Nun, ich sage dir jetzt, auf welche Weise du deine Situation sogar verbessern kannst. Du mußt mir erlauben, dich zu lehren, wie du deine Talente mit Hilfe von Magie ausnutzen kannst. Sobald du dich darauf verstehst, die Kräfte überall um dich herum zu nutzen, wirst du in der Lage sein, dem Schmerz auszuweichen, den du in der Nähe jener empfindest, die *darsharen* wirken – das ist die Magie der Wölfe, die Art von Magie, die dich krank macht. Und mit *farhullen,* der Magie der Falken und einer Macht des Guten, wirst du in der Lage sein, einiges an Bösem zu überwinden – und sogar zu verhindern. Deine Fähigkeit, der Familie zu dienen, wird sich in einem Maße steigern, das deine kühnsten Träume übertrifft.« Während er ihr all dies erklärte, leuchtete sein Gesicht auf wie das eines Jungen, der ein wunderbares Geschenk erhält, und er roch nach Freude und Erregung.

Kait war immer noch vorsichtig, obwohl seine Begeisterung ihr eigenes Unbehagen zum größten Teil zerstreute. Alles, was Kait jemals von Doghall erfahren hatte, hatte ihr Leben bereichert. Sie vertraute ihm. Also fragte sie: »Wenn das so ist – wenn Magie zum Guten und nicht nur zum Bösen benutzt werden kann – warum ist sie dann verboten?«

Doghall machte ein angewidertes Gesicht. »Weil die Parnissas lieber verbieten, was sie nicht begreifen, als zu lernen, wie es ihnen von Nutzen sein könnte, wenn es erlaubt wäre. Das ist, glaube ich, eine Eigenschaft, die all jenen gemeinsam ist, die nach öffentlicher Macht streben. Willentliche Ignoranz und endlose Gesetze treten an die Stelle von Bildung und Selbstdisziplin, denn Ignoranz und Gesetze sind einfach.«

Kait verachtete die Parnissas. Wenn sie je herausfanden, was sie war, würden sie sofort ihren Tod fordern. Ihre Eltern hatten ihr eigenes Leben aufs Spiel gesetzt, indem sie fünf Jahre lang am Tag des Kindes ein anderes Kind an ihrer Stelle zur Inspektion präsentierten. Dennoch hatte sie nichts getan, womit sie den Tod verdient hätte, und sie konnte es den Parnissas nicht vergeben, daß sie die Gesetze erzwungen hatten, die ihre Hinrichtung verlangten. »Lehre es mich«, sagte sie. »Ich lerne schnell, und ich arbeite hart. Du wirst eine willige Schülerin in mir finden.«

»Wir werden morgen beginnen.« Er lächelte und blickte dann

zu Tippa hinüber. Sie hatte sich wieder aufgesetzt, schluchzte doppelt so laut wie zuvor, und nun wiegte sie sich auch noch im Takt ihres Weinens hin und her. Sein Lächeln verkrampfte sich, und Kait konnte die Anspannung in seinen Augen sehen. »In der Zwischenzeit findet deine Cousine, wie ich sehe, daß sie nicht die Aufmerksamkeit bekommt, die sie verdient. Entschuldige mich bitte, während ich mich um sie kümmere ... sonst wird sie sich am Ende vielleicht noch die Haare vom Kopf und die Kleider vom Leib reißen und heulen wie ein Klageweib.«

Er ging zu ihrer Cousine hinüber und überließ Kait sich selbst und ihren Überlegungen, was Magie für sie und ihre Welt bedeutete.

»Geheiligt ist die Verbindung zweier Leben, geheiligt das Band zwischen zwei Familien, geheiligt sind die Versprechen, die an diesem Tag gegeben werden.« Die Parnissa, die die Hochzeitszeremonie leitete, bewegte sich auf ihrem Podium, und das morgendliche Sonnenlicht wob einen silbernen Strahlenkranz um ihren Kopf. Sie lächelte auf die verschleierte Braut und den Bräutigam hinab, die auf der Erhebung am nördlichen Ende des Beckens vor ihr standen. Sie lächelte auch den Repräsentanten der beiden Familien zu, den in Blau und Gold gehüllten Gasten auf den Steintreppen auf der westlichen Seite des Amphitheaters und denen in Rot und Schwarz, die sich auf der östlichen Seite drängten. Sie ließ sich sogar dazu herab, die große Schar von Schaustellern mit einem freundlichen Blick zu streifen, die den ganzen äußeren Rand des Amphitheaters besetzt hielten, obwohl die meisten Parnissas ihnen keinerlei Beachtung geschenkt hätten; zu ihresgleichen hatten die Götter bei solchen Anlässen nichts zu sagen.

Norlis, der Sergeantoberst der Botschaft, spielte die Rolle Macklin Galweighs, des Brautvaters. Er beobachtete, wie die Schwertkämpferin, die die Braut spielte, ihre rechte Hand langsam in die tiefen Falten ihres Rocks gleiten ließ. Dennoch zwang er sich zu äußerer Gelassenheit und atmete, obwohl es ihn große Anstrengung kostete, weiterhin in tiefen, gleichmäßigen Zügen – und obwohl er wußte, daß dieselbe angespannte Erregung jeden anderen Mann und jede andere Frau in den Truppen Galweighs erfaßt hatte. Bald … bald …

Jerren Draclas Galweigh, Kommandant der Truppe, rutschte auf der harten Steinbank unruhig hin und her. Er saß direkt links von Norlis und war, weil er sehr schlank und kleiner als die meisten anderen Männer war, als Frau verkleidet. Norlis hörte, wie sein Atem sich beschleunigte.

Bald … bald …

Und über ihnen machten sich die zusätzlichen Reihen von Schwertkämpfern und Bogenschützen in ihrer Verkleidung als Jongleure und Konkubinen bereit, ohne sich etwas davon anmerken zu lassen.

Die Parnissa hob die Arme hoch über ihren Kopf, und ihre Hände formten die Symbole der Sonne und der Erde. »Wie die Sonne Matrin nährt, so nährt der Mann die Frau. Wie Matrin dem Universum Leben schenkt, so schenkt die Frau dem Mann Leben. Ihr seid euch gleich und von diesem Tag an für immerdar sollt ihr Seite an Seite stehen, zu einem Paar gefügt, zwei Wesen zu einem gemacht und stärker, als drei es sein könnten.«

Kampfeslust kreiste in Norlis' Adern, gemischt mit der Schärfe der Furcht. Unausweichlich die Furcht – daß der Tod ein so vertrautes Gesicht haben und doch ein Fremder sein konnte, daß er wirklich auf ihn und auf all die anderen, die in dem geheiligten Becken saßen, wartete –, und doch lebte er für Augenblicke wie diesen, in denen er lebendiger war als jemals sonst. Er wartete und beobachtete die Limoneneidechsen, die unter ihm durchs Gras huschten und mit ihren leuchtend gelben Leibern in den kürzer werdenden Strahlen der tropischen Sonne funkelten … so hell und metallisch funkelten wie die winzigen Schuppen der Rüstungen, die ihm von der Seite des Amphitheaters, auf der die Dokteeraks saßen, entgegenblinkten. Dieser Umstand entlockte ihm ein Lächeln. Die Tradition wollte es, daß die Familie der Braut auf der östlichen Seite des Beckens plaziert wurde, und diesmal bedeutete die Tradition, daß der Feind zu Beginn der Schlacht die Sonne in den Augen haben würde und daß die vereinzelten Bewegungen der Dokteeraks nun ihren Verrat enthüllten, während gleichzeitig die langen Schatten auf der Ostseite des Beckens den Umstand verbargen, daß die Galweighs ihrerseits auf Angriff wie auf Verteidigung gefaßt waren. Norlis roch den Schweiß der Männer und Frauen überall um ihn herum, die genauso wie er in ihren unter Hochzeitsgewändern verborgenen Rüstungen in der Sonne brieten. Er lauschte dem monotonen Singsang der Parnissa und dem Gemurmel des Publikums, und er spürte, wie die Sonne in seinem Nacken ihm unter dem Schuppenpanzer, den Polstern und seiner durchweichten Kleidung Schweißperlen über den Rücken sandte, zu einer Stelle hinunter, wo er nichts dagegen tun konnte. Wie herrlich es war, am Leben zu sein, wie berauschend, wenn all diese Wahrnehmungen einem binnen Sekunden entrissen werden konnten.

»Und willst du, Tippa Delista Anja na Kita Galweigh, in Ehren diesen Mann annehmen und ihm im Angesicht der Götter, die alle wahren Vereinigungen segnen, Treue geloben?«

»Meine Ehre auf seine Treue, jetzt und immerdar«, sagte Tippas Vertreter.

Gleich … gleich …

»Und willst du, Calmet E'kheer na Boulouk Dokteerak, in Ehren diese Frau annehmen und im Angesicht der Götter, die alle wahren Vereinigungen segnen, ihr Treue geloben?«

Wenn die Dokteeraks ihren Verrat wahr machen wollten, müßten sie jetzt handeln, oder sie hatten sich vor den Göttern verschworen.

Und Calmet Dokteerak, der bereit war, sein Gelöbnis der Menschheit gegenüber zu brechen, wollte seinen Verrat offenkundig nicht so weit treiben, ein doppeltes Spiel mit den Göttern zu wagen. Er riß sich seinen Bräutigamsschleier ab, um darunter einen Helm zu enthüllen. »Das will ich nicht!« rief er und zog einen Dolch, den er unter seinem kurzen Umhang im Kreuz verborgen gehalten hatte. »Stirb, du törichtes Miststück!«

Tippas Vertreterin hatte ihre Klinge in der Hand, bevor noch irgend jemand etwas unternehmen konnte, und einen Augenblick später lag Calmets Hand mitsamt dem Dolch, den sie umklammert hatte, blutüberströmt auf den Steinen.

»Zu den Waffen«, rief Jerren Galweigh, und plötzlich war der oberste Kreis des Amphitheaters von rotschwarzen Uniformen gesäumt, und ein Hagel von Pfeilen ging von beiden Seiten auf die westlichen Stufen nieder. Überall herrschte Chaos, aber es war ein zielgerichtetes Chaos. Die in Goldblau gewandeten Dokteeraks stürmten unter disziplinierter Führung die westlichen Treppenstufen hinauf, um die Bogenschützen dort in einen Nahkampf zu verwickeln; der Plan wäre gut gewesen, aber die Bogenschützen fielen zurück und machten den Einheiten der Schwertkämpfer Platz, die als Jongleure verkleidet gewesen waren – Elitekämpfer, die ihre Waffen mit überragendem Geschick zu handhaben wußten. In der Zwischenzeit schwärmten die Galweighs auf den östlichen Stufen des Theaters nach unten aus und schlossen den Feind zwischen sich und den restlichen Galweightruppen ein.

Die Soldaten der Dokteeraks, die nicht mehr Widerstand erwartet hatten, als eine Hochzeitsgesellschaft eben zu leisten vermochte, starben zuhauf.

Hoffnungslos in der Minderheit und nicht darauf gefaßt, auf kampferprobte Krieger zu stoßen, schrien sie nach Verstärkung, die nicht kam, und kämpften gut, aber nicht gut genug.

Die beiden Flanken der Galweightruppe zwangen die Überlebenden auf den Boden des Amphitheaters hinab und zurück zu der ängstlich geduckten Parnissa, die ihren Abscheu vor dieser Gotteslästerung in den Himmel schrie, aber von beiden Seiten verschont blieb, weil der, der die heilige Hand Gottes tötete, damit für ungezählte Generationen Verdammnis über die eigene Familie bringen würde. Und so türmten sich die Leichen um sie herum, die meisten gewandet in Blau und Gold. Aber natürlich nicht alle. Nicht alle.

Norlis sah Freunde fallen; er verzog das Gesicht und ging noch härter gegen die schwindenden Reihen der Dokteerakschen Truppen vor. Seine Klinge glitzerte so rot wie seine Uniform, während die Rinnsteine sich mit Blut füllten. Für Kait, dachte er, weil er die Galweighs bewunderte, Kait aber insgeheim liebte. Für Kait, weil diese Bastarde sie und ihre ganze Familie niedermetzeln wollten.

Für Kait.

Dann gab es keine Feinde mehr zu töten – es blieben nur noch Soldaten übrig, die sich ergaben und um ihr Leben flehten. Jerren Galweigh stieg auf das Podest und hob sein immer noch blutverschmiertes Schwert hoch über den Kopf. »Der Triumph ist unser!« schrie er. »Auf zur Stadt, wo wir für uns fordern wollen, was jetzt rechtmäßig unser ist.«

Der tosende Jubel. Norlis schrie mit den übrigen, schrie sich die Kehle wund. Dann wurde er auf eine Bewegung über sich aufmerksam. Ein Luftschiff segelte langsam über das Amphitheater, und allenthalben hoben sich die Köpfe, um es zu betrachten. Merkwürdig – er hatte geglaubt, alle Fluggeräte wären nach Calimekka zurückgekehrt. Dann tauchte ein zweites Luftschiff hinter dem ersten auf.

Er runzelte die Stirn. Viele Soldaten schrien immer noch und hießen diese unerwartete Unterstützung aus der Luft jubelnd willkommen, aber Norlis fand, daß die Fluggeräte irgendwie nicht *richtig* aussahen. Die gewaltige, weiße Außenhaut der Luftschiffe schien einerseits zu kurz und andererseits irgendwie zu rund. Ihre Umrisse wirkten seltsam klobig, ihre Motoren klangen zu laut und zu holprig, und die Gondeln darunter ...

Die überlebenden Dokteeraks begannen zu grinsen.

Die ersten Gesichter spähten über die Gondeln hinweg, und eine jähe Furcht ergriff Norlis. Die Luftschiffe der Galweighs hatten heutzutage keine offenen Gondeln mehr, das wußte er. Aber die Galweighs waren die einzige Familie in Ibera, die Fluggeräte besaß – beziehungsweise die Motoren, die sie antrieben. Diese Dinge waren Geheimnisse aus uralter Vergangenheit und ebenso wohlbehütet, wie die Galweighs ihr Leben behüteten.

Aber die Luftschiffe kamen immer näher, und sie gehörten nicht den Galweighs. Die Männer, die aus den Gondeln schauten, warteten, bis sie noch näher herangetrieben waren; dann ragten plötzlich Schläuche über den Rand der Gondeln, und im nächsten Augenblick ging ein Regen aus einer stinkenden, feuchten, grünen und klebrigen Substanz auf sie herab, ein Regen, der ihn und alle anderen im Amphitheater und in seiner unmittelbaren Nähe bedeckte.

»Lauft!« schrie Jerren, aber er hatte nicht schnell genug begriffen, was vor sich ging. Während weiterhin grüner Regen vom Himmel fiel, begannen die Bogenschützen aus der zweiten Gondel, brennende Pfeile auf die Menge und in die stinkenden Fluten zu schießen. Die grüne Flüssigkeit fing Feuer, und plötzlich regnete es Feuer vom Himmel, und in der Nähe des Amphitheaters gingen Hunderte von Männern und Frauen in Flammen auf.

Die Fluggeräte drifteten seitwärts ab. Norlis, der noch nicht brannte, aber im Zentrum der Flammen gefangen war, hätte eigentlich an nichts anderes denken sollen, als an seinen eigenen, unmittelbar bevorstehenden Tod. Dennoch fielen ihm die Luftschiffe auf, und er erkannte, als es bei weitem zu spät war, um ihm oder sonst irgend jemandem noch irgendwie zu nutzen, die Wappen, die auf ihre plötzlich sichtbar gewordenen Flanken gemalt waren. Sabirs. Uniformen aus Waldgrün und Silber, auf denen die mit silbernen Früchten beladenen Zwillingsbäume aufblitzten.

Die zweite Hälfte des Verrats – und eines Verrats nicht nur an den Galweighs, sondern auch an den Dokteeraks, die die Sabirs als ihre Verbündeten betrachtet hatten.

Wir werden alle gemeinsam brennen – Galweighs und Dokteeraks gleichermaßen. Und die Sabirs, die uns hintergangen und die Dokteeraks doppelt hintergangen haben, werden Halles gewinnen. Und was noch? Da all unsere Kampftruppen hier sind und die ganze Familie in Calimekka weilt ... werden sie auch das Haus Galweigh einnehmen?

Dann gab es nur noch Flammen und Rauch und Schreie, die Norlis verschlangen.

Die langen Schatten im Hof des Hauses Galweigh verwandelten dort, wo die Morgensonne über die Mauer kroch, das sorgfältig geschnittene Gras in rauhen Samt. Die Luft war feucht, die Temperatur stieg bereits, und eine gelegentliche Brise raschelte in den Palmenblättern in der Nähe des Hauses und ließ ferne Windspiele zu unsichtbarem Leben erwachen. Ein schöner Morgen, der versprach, später einem heißen und wahrscheinlich stürmischen Tag zu weichen. Die junge Dienstmagd ging den Pfad entlang, der zu dem Wachhaus am Tor führte; sie trug zwei Tabletts mit verschiedenen Speisen, eines davon auf dem Kopf, das andere in den Armen. Einer der Wachposten sah sie kommen und lief ihr entgegen, um ihr das schwerere der beiden Tabletts abzunehmen.

»Vielen Dank. Tut mir leid, daß ich so lange gebraucht habe.« Sie blickte lächelnd zu ihm auf. Sie war ein hübsches Ding – breites Lächeln, gleichmäßige Zähne, Augen, die, wenn sie lachte, sich an den Außenwinkeln zusammenzogen. Ein üppiges Dekolleté – dessen Darbietung sie einiges an Zeit und Mühe gekostet hatte.

Er lachte. »Wir dachten langsam schon, die Köchin würde uns heute morgen hungern lassen.«

Das Mädchen schüttelte den Kopf. »Du solltest doch wissen, daß ich dich nicht mit leerem Magen in den Tag gehen lasse. Wann habe ich je versäumt, dir dein Essen zu bringen?«

»Wohl wahr.« Einer der anderen Soldaten öffnete die Tür des Wachhauses und seufzte. »Wahrhaftig, Lizal, für einen hungrigen Mann wie mich bist du eine Offenbarung.«

»Natürlich bin ich das. Aber nicht, weil du mich als Weib begehrst, du Ochse. Du liebst mich bloß wegen meiner süßen Brötchen.«

Alle Männer lachten. Einer sagte: »Du hast doch nicht etwa wirklich süße Brötchen mitgebracht, oder?«

»Und ob. Deshalb hab ich ja so lange gebraucht. Ich konnte schließlich nicht genug für euch alle stehlen, bis sie für einen Augenblick die Küche verlassen hatte.«

Der Mann, der ihr geholfen hatte, die Mahlzeit ins Wachhaus zu tragen, sagte mit Inbrunst: »Ehrlich, ich würde dich wirklich heiraten, wenn du mich nehmen wolltest.«

Die Frau, die sie Lizal nannten, lachte. »Aber ich will dich nicht. Also werden deine Tugend und deine Ehre unversehrt bleiben.«

Sie blieb noch ein Weilchen bei den Männern stehen und plauderte mit ihnen, während sie aßen, wie sie es jeden Morgen tat, und mit leuchtenden, eifrigen Augen sah sie zu, wie sie das Flachbrot aus Mais, den Pudding, die gebratenen Feigen und vor allem die gestohlenen süßen Brötchen verzehrten. Als sie ihr Mahl beendet hatten, meinte sie, sie müsse nun schleunigst in die Küche zurückkehren, weil die Köchin ihr sonst das Fell abziehen würde. Dasselbe sagte sie jeden Morgen, und jeden Morgen lachten die Männer daraufhin und tätschelten ihr wohlgerundetes Hinterteil und versicherten ihr, daß sie sie heiraten würden, wenn sie nur wollte. Und dann versuchten sie, sie dazu zu verlocken, ein wenig länger zu bleiben, um mit einem von ihnen oder mit allen ins Bett zu gehen oder verschiedene andere verbotene Dinge zu tun.

Wie immer lächelte sie, machte vage Versprechungen, daß sie ihre Angebote erwägen würde, und ging.

Sie kehrte jedoch nicht in die Küche zurück. Zwar ging sie auch an diesem Morgen den Weg hinunter, der sie dort hingeführt hätte, aber sobald man sie vom Wachhaus aus nicht mehr sehen konnte, verschwand sie hinter einem hohen Busch. Dort streifte sie ihre Galweighlivree ab und zog einen schmuddeligen, schlichten, braunen Kittel, einen geflickten Rock aus grober Wolle und schäbige Ledersandalen an – eine Bekleidung, die sie beinahe wie ein armes Bauernmädchen aussehen ließ. Dann zerzauste sie sich das Haar, rieb sich Erde in die Handflächen und unter die Fingernägel und verfuhr auf dieselbe Weise mit ihren Füßen und Waden. Jetzt sah sie tatsachlich aus wie eine arme Bäuerin. Solchermaßen verkleidet, griff sie nach zwei kleinen Beuteln, einem, aus dem ein dumpfes Klimpern ertönte, und einem etwas größeren, unförmigeren, der keinerlei Geräusch machte. Mit diesen beiden Säcken in der Hand bewegte sie sich hinter dem Gebüsch entlang, bis das Wachhaus abermals in Sicht kam. Von ihrem Versteck heraus beobachtete sie ihre Umgebung und wartete.

Für kurze Zeit hörte sie nur die gewöhnlichen Gespräche zwischen den Wachen. Dann erklang ein Stöhnen, das Geräusch von Erbrechen. Noch mehr Stöhnen. Endlich, nach einer Zeit, die ihr wie eine Ewigkeit erschien, Schweigen.

Sie erhob sich, ging abermals zu dem Wachhaus hinüber und blickte hinein. Die Wachen lagen allesamt auf dem Fußboden, einige quer ubereinander, da, wo sie gestürzt waren. Ihre Leiber wölbten sich vor, die Arme lagen, steif wie Bretter, gerade ausgestreckt am Boden, sie hatten die Hälse nach hinten gereckt, ihre Augen traten aus den Höhlen, und die Zungen hingen ihnen aus dem Mund.

Das Gift, das ihr Arbeitgeber, ein Sabir, ihr gegeben hatte, schien in der Tat höchst wirksam zu sein. Zwei süße Brötchen pro Mann, und kein einziger der Soldaten atmete noch.

»Keine Schweinerei, kein Theater, kein Ärger«, murmelte sie. Keine besonders große Schweinerei jedenfalls. Sie achtete jedoch sorgsam darauf, wohin sie ihre nur mit Sandalen bekleideten Füße setzte, während sie über die Leichen stieg. Dann betätigte sie den

Hebel, der die Gewichte löste, die das Fallgitter hoben (was sie ein wenig ins Schwitzen brachte, weil der Hebel überraschend schwer ging) und schob ihn dann wieder zurück in seine ursprüngliche Stellung. Als das getan war, ging sie durch das Tor und zu dem mit Obsidian gepflasterten Pfad der Götter, wo sie sich vor dem ersten der Männer in Dunkelgrün und Silber verbeugte, die auf sie warteten. »Die Soldaten im Wachhaus sind tot. Alle anderen leben noch – die Galweighs sind heute morgen ziemlich umtriebig, und ich hatte Angst, einer von ihnen könne die Leichen finden, wenn ich die anderen Küchenbediensteten vergiftet hätte.«

Sie reichte ihm den kleineren Beutel. »Kopien aller Schlüssel des Hauses, die ich in die Finger bekommen konnte, sind hier drin, und dazu die beste Abschrift einer Karte, die ich stehlen konnte. Der größte Teil der Familie befindet sich im Augenblick im zweiten Stock, in den Wohnräumen. Ein paar sind noch im Hauptsalon im ersten Stock. Im Erdgeschoß ist, soweit ich weiß, niemand mehr.«

»Und darunter?« fragte Ry Sabir.

»Ich weiß nicht, wer sich dort noch aufhalten könnte. Wenn Ihr in die unteren Stockwerke müßt, werdet Ihr Schwierigkeiten bekommen. Es gibt ... Dinge da unten, die mir angst machen. Ihr könnt sie hören, wie sie sich bewegen, und manchmal könnt Ihr sie auch riechen ... aber sie halten sich immer im Dunkeln, wo man sie nicht sehen kann.«

Er nickte, schien aber nicht weiter besorgt zu sein. »Wir kommen schon zurecht. Du weißt, wo du jetzt hingehst?«

»Ja, ich weiß. Für meine Überfahrt ist alles geregelt?«

»Ja. Ich glaube, du bist zu vorsichtig – du hättest einen Platz im Hause Sabir haben können, wenn das dein Wunsch gewesen wäre. Du hast uns gute Dienste geleistet.«

Sie schüttelte den Kopf. »Ihr habt nicht die Absicht, sämtliche Galweighs zu töten, und sie werden eines Tages möglicherweise draufkommen, wer der Spion in ihrer Mitte war. Sie können sehr ... rachsüchtig sein.«

»Wie wir alle, wenn man uns in die Quere kommt.« Er lächelte verschlagen. »Dann wünsche ich dir eine angenehme Reise, Wenne.«

Während das Mädchen dem Hause Galweigh eiligst den Rücken kehrte, führte Ry Sabir, ausgerüstet mit Karte und Schlüsseln, seine Leutnants und die Soldaten seiner Familie auf das feindliche Territorium. Das Mädchen hatte recht gehabt – die Diener befanden sich zum größten Teil im Erdgeschoß, und das Aufblitzen der Schwerter bewog die meisten zu einer stillen Kapitulation; die geschickten Schwerthiebe, mit denen sie die wenigen töteten, die Widerstand zu leisten wagten, überzeugten die übrigen. Als dies erledigt war, teilte Ry die Truppen der Sabirs in fünf Gruppen ein; sie erstürmten gleichzeitig die beiden Haupttreppenaufgänge und die verschiedenen Dienstbotentreppen, die in den ersten Stock hinaufführten, und nahmen unterwegs noch weitere Diener gefangen. Im Salon wartete der größte Teil der Familie Galweigh auf Nachrichten von der Schlacht in Halles. Die Galweighs, unbewaffnet und unvorbereitet wie sie waren, machten nicht mehr Schwierigkeiten als die Dienstboten – sie kapitulierten im Austausch für das Versprechen, daß man ihnen das Leben lassen würde. So leicht fiel das große, altehrwürdige Haus.

Ry überließ die Aufsicht über die Haupttruppen dem von seinem Vater erwählten Kommandanten und nahm seine Kameraden beiseite. »Sie ist nicht bei den übrigen; wir werden das Haus nach ihr durchsuchen müssen.«

»Wir könnten abwarten, bis sie zu uns kommt.«

Entgegen seiner sonstigen Art war Jaim diesmal der erste, der das Wort ergriff.

Ry schüttelte den Kopf. Er war zum einen zu erregt, um abzuwarten, und hatte zum anderen zuviel Angst, daß irgend etwas schiefgehen könne. Die Männer seines Vaters hatten nicht die Absicht, die Versprechungen, die sie den Galweighs gegeben hatten, zu halten; sobald die Suchtrupps sicher sein konnten, daß sich alle Gefangenen an einem Ort befanden, würden sämtliche Familienmitglieder – mit Ausnahme einiger weniger Personen, die nützliche Informationen geben konnten – enthauptet werden. Lucien Sabir wollte keine tollkühnen Rettungsaktionen unter der Leitung der verschiedenen Zweige der Familie Galweigh auf den Imumbarra Inseln, auf Goft oder in den fernen Kolonialniederlassungen von Icta Draclas oder der Nordküste, und er hatte sich ausgerechnet, daß es keine derartigen Aktionen geben würde, wenn sämtliche Mitglieder des calimekkischen Zweiges tot waren.

»Wir müssen sie unverzüglich finden«, sagte er. »Sofort. Es ist dringend.«

»Ich folge dir, wo immer du uns hinführst ...«, sagte Yanth, »aber wohin *willst* du uns in diesem riesigen Kasten führen?«

Ry schloß die Augen und versuchte, die Frau aufzuspüren. In diesem Haus waren zu viele Dinge, die ihr gehörten, Gegenstände, in die sie einen Teil ihrer selbst übertragen hatte. Er spürte das schwache Glühen dieser Dinge aus allen Richtungen, spürte, wie es an ihm zog. Hinzu kam, daß seine Angst und seine Erregung ihn zu raschem Handeln drängten, jetzt, da seine Stunde endlich gekommen war, und bevor irgend etwas sie ihm für alle Zeit nehmen konnte – und all diese Gefühle benebelten seine Sinne. Aber das war nicht die einzige Schwierigkeit, die sich ihm in den Weg stellte: Ein weiteres Problem war die überwältigende Wucht der Magie, die sich gegen die Galweighs richtete, aber noch nicht entladen hatte – eine Magie, die die bloße Luft, die er atmete, zu verdichten schien, die ihm das Gefühl gab, als renne er hügelaufwärts durch tiefen Schlamm. Er konnte sie einfach nicht klar ausmachen. An mehreren Orten des Hauses spürte er ihre Gegenwart jedoch besonders stark, und zumindest wiesen all diese Hinweise in dieselbe Richtung. »Nach oben«, sagte er. »Sie muß irgendwo über uns sein.« Er rannte auf die nächstgelegene Treppe zu.

Die Galweigh-Wölfe setzten in der Dunkelheit ihren Gesang fort, mit dem sie einen vernichtenden Angriff gegen die Sabir-Wölfe aufbauten – einen Schlag, der sie genau in dem Augenblick treffen sollte, in dem die Streitkräfte der Galweighs in Halles die vereinten Truppen der Dokteeraks und der Sabirs besiegten. In den vier Ecken des riesigen Arbeitsraumes ließen Trommler vier verschiedene Rhythmen erklingen, die sich übereinander und umeinander wanden, Rede und Gegenrede führten und sich wie rauchig-heisere Stimmen im Einklang mit den vereinten Stimmen der Zauberer bewegten, die aus Silben und Willenskraft die Vernichtung und den Tod für ihre Erbfeinde woben. Kein Feuer beleuchtete den fensterlosen Raum, und doch gab es dort Licht – einen sanften Schein, der die Opfer umfloß; diese Opfer hockten in der Mitte des Raums in ihrem Käfig und flehten um ihr Leben. Überdies konnte man untypischerweise den Duft von Geißblatt wahrnehmen, weich und verführerisch zuerst und dann immer durchdringender und gewürzt mit dem Geruch nach Tod und Verfall.

Baird Galweigh, das vielnarbige Oberhaupt der Familienwölfe, warf den Kopf in den Nacken und heulte die letzten Worte des Zerstörungszaubers ... Und während er dies tat, spürte er, wie alte Seelen über seine strichen und alter Ehrgeiz zitternd unsichtbare Gitterstäbe streifte. Die Angst krampfte seine Gedärme zusammen, aber er hatte in seinem Leben schon Schlimmerem als Angst ins Gesicht gesehen und die Verheißung, die die Vernichtung seines Feindes versprach, sang in seinem Blut und übertönte die Warnung, die aus seinem Innersten kam. Er brachte den Zauber zum Abschluß, gestützt von der Willenskraft der übrigen Wölfe.

Ein Blitz durchzuckte den Raum, lief vom Boden die Wände hinauf, strömte über die Decke, wanderte dem Bau der Sabirs entgegen und dem magischen Ziel, zu dem der Zauber die Sabir-Wölfe gemacht hatte. Die Galweigh-Wölfe wappneten sich gegen das Kommende und richteten ihre Aufmerksamkeit auf ihre Gefangenen, die in der Mitte des Raumes festgehalten wurden – jenen Gefangenen, die dazu bestimmt waren, die *rewhah* aufzunehmen, die geballte Wucht negativer Energie, die von dem gerade gewobenen Zauber zurückprallen würde. Jener Teil der *rewhah,* den sie nicht absorbierten, würden die Wölfe selbst auf sich nehmen müssen. Und jede Magie, die die Wölfe absorbieren mußten, würde sie weiter vernarben.

Der Druck in dem Raum wuchs und wuchs und wuchs, und Baird kroch immer tiefer und tiefer in sich hinein, wie um mit einer unbewußten körperlichen Geste die magischen Vorbereitungen nachzuahmen, die sein Körper traf, um den kommenden Schlag abzuwehren.

Mit einemmal änderte der Blitz seinen Kurs und schoß in die Gefangenen hinein, dorthin geleitet von den Wölfen. Die leidenschaftliche Willenskraft der Zauberer widerstand der magischen Rückströmung der schreienden Gefangenen, während die Energie deren Körper verzerrte und verstümmelte. Aber plötzlich breitete sich der Blitz aus, sprengte seine Fesseln und ergoß sich auch über die Wölfe, verzerrte und schmolz sie und gab ihnen neue Form, als sei er das Feuer, in dem sie das Wachs waren.

Die Gefangenen explodierten in hellen Lichtkugeln, lösten sich auf in Staubwolken.

Der Blitz jedoch hatte sich immer noch nicht verzehrt, und die Wölfe fielen einer nach dem anderen zu Boden – krümmten sich, starben. In einer letzten Sekunde klaren Denkens begriff Baird, daß die Sabir-Wölfe denselben Augenblick für einen Angriff auf die Galweigh-Wölfe gewählt hatten, in dem die Galweigh-Wölfe ihrerseits sie angegriffen hatten. Er hoffte nur, daß ihre *rewhah* genauso unkontrollierbar war; er hoffte, daß ihr Blutzoll genauso hoch war.

Aber der letzte Eindruck, der seine sterbenden Sinne streifte, war weder der Schmerz noch die Furcht, die die Sabirs erlebten. Es war der Gestank von Geißblatt, der an seine Nase drang, so stark, daß er wie eine todbringende, erstickende Decke erschien.

Kapitel 14

Die Energie sang durch die Weiße Halle, während der Angriffszauber die Galweigh-Wölfe zerschmetterte und die Sabirs sich gegen den Rückschlag wappneten. An der Mittelsäule stand Danya Galweigh und schrie und krümmte sich, ihr Körper absorbierte fast die gesamte Wucht der magischen Gegenwehr des Feindes. Ihre Gestalt verwandelte sich von liebreizend zu abscheulich, als die verderbte Magie durch sie hindurchströmte; aus ihrem Fleisch sprossen Hörner und Stacheln, ihr wuchsen Schuppen, Fangzähne und Klauen, die sie wenige Augenblicke darauf bereits wieder abstreifte, um Platz für schlimmere und grauenvollere Dinge zu schaffen; und die ganze Zeit über schmolz sie und verzerrte sich auf obszöne Weise. Aber die Sabirs hatten ihre Kraft und Biegsamkeit richtig eingeschätzt: Sie war ein wirksamer Puffer, der die Wölfe gegen die tödliche *rewhah* abschirmte, während sie den geringfügigen Überfluß untereinander aufteilten und so verhinderten, daß einer aus ihrer Zahl allzuschwere Narben empfing.

Was die Sabirs jedoch nicht in ihre sorgfältigen Berechnungen einbezogen hatten, war ein gleichzeitiger Angriff von seiten der Galweighs, und als dieser Zauber ihr Opfer traf, brach sich seine mit ihrer eigenen *rewhah* vereinte Wucht mit Gewalt Bahn und sprengte die Fesseln ihrer Zaubersprüche und des Puffers, den das Mädchen darstellte. Danya Galweighs Körper knisterte für einen Augenblick, dann umschloß sie ein schwarzer Blitz; die Luft füllte sich mit Rauch und dem Übelkeit erregenden Geruch nach Verwesung; Danya schrie so laut und in solch panischem Entsetzen, daß es klang, als werde ihre Kehle bersten. Dann krachte ein Donnerschlag in die Weiße Halle, und das Mädchen verschwand vollends. Die geballte Magie des Zaubers und der *rewhah* stürzte auf die Sabir-Wölfe ein, ohne Puffer, ohne Richtung und mit roher Gewalt.

Jene, die am schnellsten begriffen, was da geschah – die älteren Wölfe und die unheilige Dreiheit Andrew, Anwyn und Crispin –, gaben den Hauptansturm dieser brennenden Hölle der Macht schnell an die jüngeren, schwächeren Wölfe weiter. Auf diese Weise überlebten sie, obwohl selbst sie frische Narben davontrugen. Die anderen, die weder so schnell noch so skrupellos waren, starben einen furchtbaren Tod, zerschmolzen zu unmenschlichen Gestalten, veränderten sich immer wieder aufs neue, bis die Mutationen zu zahlreich und zu tödlich waren, um sie zu überleben, und während sie sich noch krümmten und wanden, flehten sie um Rettung. Doch niemand erhörte ihr Flehen, und so brachen sie schließlich zusammen.

Die Wände der Weißen Halle begannen zu schreien – das Gewirr von tausend Stimmen, von hundert lange toten Zungen. Die Überlebenden hörten ganz deutlich das Geräusch einer sich öffnenden Tür, obwohl es in der Weißen Halle keine Türen gab. Licht schimmerte auf, Lachen hallte durch Donner und Blitz, und einen Augenblick wurde der Geruch von Geißblatt so stark, daß man schier daran erstickte.

Die überlebenden Wölfe fielen bewußtlos zu Boden, überwältigt von der Gewalt dessen, was da durch jene anderweltliche Tür in die Halle eingedrungen war.

Beinahe zu Hause. Kait sah zu, wie die gewaltige Stadt unter dem Fluggerät dahinglitt, und fragte sich, ob ihr Zeit für einen Besuch bei ihren Geschwistern bleiben würde, ehe sie ihren nächsten Auftrag bekam. Lächelnd blickte sie aus dem Fenster, und ihre Gedanken eilten bereits dem Wiedersehen mit ihrer Familie entgegen – Drusa war schwanger, und Echo hatte gerade erst ein Baby bekommen, und Kait, die es niemals wagen würde, eigene Kinder in die Welt zu setzen, liebte es so sehr, die Regung neuen Lebens im Leib ihrer älteren Schwester zu spüren, zu spüren, wie der kleine Sohn ihrer jüngeren Schwester mit seiner winzigen Hand nach ihren Fingern griff.

Beinahe zu Hause. Tippa hatte endlich aufgehört zu jammern; Doghall hatte ihr zum Trost eine Reise nach seinen Inseln versprochen, wo sie unter den schönsten imumbarrischen Geweben wählen dürfe. Sie war eingeschlafen. Doghall lag auf einer der mit Samtpolstern bezogenen Bänke und las.

Unter ihr erhaschte sie, ein gutes Stück weit zu ihrer Rechten, den ersten Blick auf das Haus. Seine efeuumrankten Mauern schlangen sich wie ein Ring um einen Edelstein, um einen smaragdfarbenen Rasen. Sie seufzte. Beinahe zu Hause … Bei Schwestern und Brüdern und ungezählten Cousins und Cousinen; bei Mahlzeiten voller Lachen an den langen Tischen; bei Gesprächen mit ihrer Mutter, während sie am Springbrunnen saßen oder des Morgens durch den Hängegarten wanderten; zu Hause bei Diskussionen mit ihrem Vater und ihren Onkeln über die Stadtverwaltung, den Handel und die Politik; bei vertrauten Büchern in der Bibliothek und dem vertrauten Geruch ihres Bettes, ihrer Decken, ihres Zimmers.

Sie freute sich auf ihre Rückkehr und fragte sich, ob sie nach jedem Auftrag solches Heimweh haben würde oder ob es mit der Zeit leichter würde, fortzugehen.

Ihr Kopf begann aufs neue zu schmerzen.

Sie blinzelte und rieb sich geistesabwesend die Schläfen. Sie schloß die Augen.

Der Schmerz wurde schlimmer.

Doghall stöhnte. Kait setzte sich stirnrunzelnd auf und fragte: »Onkel? Mein Kopf …«

Der alles verschlingende Schmerz traf sie völlig unvorbereitet. Sie umklammerte ihren hämmernden Schädel und schrie auf, während Woge um Woge feuerheißer Pein ihr die Sicht raubte und sie hilflos auf den Boden des Fluggerätes schleuderte.

Der Druck verdoppelte sich und verdoppelte sich abermals, und zu guter Letzt wurde sie von tiefer Schwärze verschlungen.

Aouel zog die Ventilkette, die den Ballast zur Nase des Fluggeräts verlagerte. Calimekka glitt unter ihnen dahin; sein strenges Gitternetz von Straßen und die geometrischen Muster roter und brauner Ziegeldächer bildete einen krassen Gegensatz zu dem üppigen, grünen Dschungel, der aus jedem noch so kleinen Stückchen unbewachter Erde sproß, und zu dem bunten Gedränge von Menschen und Tieren, die die Alleen und Gassen füllten. Schon konnte er die Vorderfront des Hauses Galweigh sehen, die in die Felsen gehauen war, und die glatten, durchscheinenden Mauern, die es umgaben. Er liebte die Ruhe der Luft, den Abstand von dem Lärm und dem hektischen Treiben der Stadt, das Gefühl, ein Teil der Welt zu sein, die dort unten dahineilte, und doch gleichzeitig abseits zu stehen und ihr überlegen zu sein.

Er ließ seine Gedanken zu dem neuesten Fluggerät wandern, das sich auf dem Flugfeld der Galweighs in Glasmar bereits im Bau befand, und er dachte an die größere Antriebskraft und die höhere Geschwindigkeit, die er andere hatte rühmen hören; er war jedoch nicht weitergekommen, als sich in Gedanken zum Kapitän eines solchen Luftschiffs aufzuschwingen, bevor ein Stöhnen, ein dumpfer Aufprall und ein Schrei, alles in dichter Abfolge, sein Phantasiegebilde zerstörten. Er griff nach seinem Dolch und drehte sich um, weil er erwartete, vielleicht einen Dokteerak vorzufinden, der sich als blinder Passagier an Bord gestohlen hatte – aber er konnte keinerlei Anzeichen von Gefahr entdecken.

Kait lag reglos auf dem Boden der Kabine. Als er zu ihr hinübereilte, konnte er sehen, daß ihre Brust sich hob und senkte. Schweißperlen standen auf ihrer unnatürlich bleichen Haut, und unter ihren geschlossenen Lidern schossen ihre Augen von einer Seite zur anderen.

»Was ist passiert?« fragte er Doghall. Aber obwohl Doghall auf seinem Platz geblieben war und seine Augen offenstanden, gab der Botschafter keine Antwort. Statt dessen lehnte er sich gegen die Sandkissen, sein Gesicht ebenso bleich wie Kaits, und schien nichts zu sehen oder zu hören, was um ihn herum vorging. Er zitterte und preßte sich die Hände auf die Ohren, als wolle er ein unangenehmes Geräusch zum Verstummen bringen. Aouel sah Tippa an, die seinen Blick erschrocken erwiderte. »Was ist passiert?«

»Ich weiß es nicht«, antwortete sie. Sie war gerade erst erwacht. Ihre Augen waren gerötet und geschwollen vom langen Weinen und sie wirkte verängstigt. Dennoch kniete sie neben Kait nieder und fühlte erst ihr, dann Doghall den Puls. Aouel hatte sie immer für ein hohlköpfiges Geschöpf gehalten, aber vielleicht hatte sie doch ein klein wenig Verstand von ihrer Familie mitbekommen. »Ich habe geschlafen, als ich plötzlich einen Schrei hörte.«

Aouel warf einen Blick auf die Kontrollschalter des Fluggeräts Es behielt die sanfte Abwärtsneigung, die er eingestellt hatte, bei. Er hatte noch einen Augenblick Zeit, bevor er zu den Schalthebeln zurückkehren mußte. Also versuchte er, Doghall zu wecken, den die Ereignisse, worin auch immer sie bestehen mochten, offensichtlich weniger stark betroffen hatten. Er schüttelte ihn an der Schulter und riß dann jäh die Hand zurück, als für den Bruchteil einer Sekunde ein schauerliches, schwaches, grünes Licht Doghalls Körper erhellte. Das Licht verschwand so schnell, daß Aouel sich hätte einreden können, daß das Ganze nur seiner Einbildung entsprungen war – aber das glaubte er nicht.

Nun begann Doghall zu stöhnen, griff sich an den Kopf und schlug die Augen auf. »All diese Stimmen ...« wisperte er. Dann begegnete sein Blick dem Aouels. »Kait?«

»Sie hat sich noch nicht gerührt«, erwiderte Aouel.

Doghall massierte seine Stirn. »Nimm Tippa mit nach vorne. Und dann sieh zu, daß du uns so schnell wie möglich nach unten bringst.« Doghall bedachte Tippa mit einem harten Blick. »Du gehst, sobald wir gelandet sind, hinein und suchst deinen Vetter Shaid. Sag ihm, daß ich draußen bin und seine Hilfe brauche. Und kein Wort über das, was geschehen ist. Kein Wort. Nichts, was Kait betrifft, nichts über meine Ohnmacht, nur, daß ich draußen Shaids Hilfe benötige. Hast du verstanden?«

Tippa nickte. »Dann geh.« Er wandte sich wieder Aouel zu. »Dauert es noch lange, bis wir landen?«

»Nein.«

»Gut. Bring uns runter und sieh zu, daß du jemanden findest, der mir bei dem Mädchen helfen kann. Paß auf, daß diese Idiotin, Tippa, nicht im ganzen Haus herumschreit, daß Kait etwas zugestoßen ist. Das war ...« Er runzelte die Stirn und senkte dann die Stimme »... das war ein feindlicher Angriff. Es fühlt sich an, als sei es das Werk der Sabirs gewesen, aber irgendwie steckt noch mehr dahinter. Da ist etwas Gefährliches im Gange, und bevor ich nicht die Gelegenheit hatte, mit dem Paraglese zu reden, dürfen wir keinen Wirbel darum machen.«

Aouel war übel. Das Werk der Sabirs – und es hatte Kait schwer getroffen. Er fragte sich, wie groß die Gefahr sein mochte, in der sie schwebte. Ohne noch weitere Zeit zu verlieren, lief er nach vorne und übernahm wieder die Kontrolle über das Luftschiff – das Fluggerät war in südlicher Richtung von seinem Kurs abgekommen, aber die Kursabweichung war nicht allzu groß. Er würde einen Kreis fliegen müssen und den Landeplatz von Norden aus ansteuern, was ein wenig heikel war. Der größte Teil der gelernten Fluglotsen war mit den übrigen Soldaten in Halles; eine ungeübte Mannschaft, die überwiegend aus Hausangestellten bestand, würde ihn einweisen, und sie würden ihn gewiß nicht von Norden her erwarten.

An diesem Tag hatte er Order, seine Ankunft nicht eigens anzuzeigen – der Abtransport der Galweighs aus Halles sollte an beiden Enden der Reise unter größter Geheimhaltung vonstatten gehen. Unter anderen Umständen hätte er am Himmel gekreist, bis die Lotsen ihn sahen und herauskamen, um das Fluggerät einzuweisen. Dies waren jedoch keine normalen Umstände. Er hatte strikte Anweisungen, so schnell wie möglich zu landen.

Also zog er an dem Seil, mit dem er die Alarmsirene des Luftschiffes auslöste. Die Leute im Haus und auf dem Landeplatz würden dieses Gellen nicht überhören ... Ja, wahrscheinlich hörte man ihn bis zum Bau der Sabirs, der zwei Hügel weit entfernt lag. Mochten sie doch alle in Tonns Hölle fahren, jeder einzelne, der sich über ihn beklagen würde.

Als er das Fluggerät endlich mit großer Mühe in die richtige Position gebracht hatte, kam auch die Lotsenmannschaft auf die Landefläche heraus. Er verzichtete auf die Einhaltung des Protokolls und brachte das Fluggerät herunter, so schnell er es vermochte, und ließ die Haltetaue herunter, lange bevor einer der Männer sie hätte auffangen können. Einige würden sich vielleicht verwirren ... aber es würden genug übrigbleiben, die das nicht taten.

»Macht euch bereit zu springen, sobald wir Bodenkontakt haben«, wies er Tippa an. Es grenzte an ein Wunder, daß sie nicht über schmutzige Röcke oder aufgeschürfte Knie jammerte, die ihr so gut wie sicher waren. Teilweise, um sie so weit zu beruhigen, daß sie keine Dummheit machte, und teilweise, um sich selbst Mut zuzusprechen, sagte er: »Ich bin sicher, daß Kait wieder in Ordnung kommt«, obwohl er nichts dergleichen empfand.

»Das möchte ich ihr auch geraten haben«, antwortete Tippa leise. »Sie hat ihr Leben für mich aufs Spiel gesetzt, als sie sich am Abend des Namensfestes einigen Gyrus widersetzt hat. Und Onkel hat mir erzählt, daß sie diejenige war, die den Plan der Dokteeraks, mich heute zu töten, aufgedeckt hat. Ohne sie wäre ich einmal in Schande gestürzt worden und einmal gestorben.«

Die Lotsen waren langsam an den Winden und nachlässig mit den Seilen, aber Aouel hatte nichts Besseres erwartet. Er schloß die Drosselklappe, durch die der Brennstoff zu den Motoren des Fluggeräts gelangte, und ließ die Lotsen ihre Arbeit tun, ohne sich darum zu scheren, daß es die reinste Pfuscherei war. Schließlich ging er zusammen mit Tippa die Laufplanke hinunter, so daß er ihr auf den Boden hinabhelfen konnte – man konnte wohl kaum erwarten, daß diese Anfänger da draußen an den Seilen wußten, daß es auch zu ihren Pflichten gehörte, Passagieren der Familie beim Aussteigen zu helfen.

Als das Fluggerät sich endgültig auf dem Boden niederließ und er die Luke öffnete, war er nicht im mindesten auf den Anblick gefaßt, der seiner harrte – in Reih und Glied stehende Bogenschützen der Sabirs, die durch den überhängenden Erdgeschoßbalkon des Hauses aus der Luft nicht zu sehen gewesen waren. Sie hatten ihre Bogen gespannt und zielten auf die Lotsen; zwei weitere Bogenschützen, die allerdings nicht die Livree der Sabirs trugen, richteten ihre Pfeile auf Tippa und ihn; und eine Handvoll Schwertkämpfer in der Uniform der Sabirs kamen auf das Fluggerät zugelaufen.

Aouel dachte nicht nach; im selben Augenblick, in dem Tippa aufschrie, rief er hinter sich: »Doghall – Sabirs!«

Die Soldaten der Sabirs grinsten, und die Bogenschützen hoben ihre Waffen ein wenig höher.

»Auf den Boden mit euch«, rief einer der Männer. »Alle beide. Sofort. Sonst werden wir das Mädchen töten.«

Aouel schluckte. Er ließ Tippa auf den Boden herunter und sprang dann hinterher.

»Wer ist sonst noch an Bord?«

»Der Botschafter. Doghall.«

»Sonst niemand?«

»Nein«, log Aouel.

Der Schwertkämpfer wandte sich an Tippa. »Stimmt das?«

Tippa nickte. Der Schwertkämpfer sah Aouel an, und sein Blick erfaßte die Livree, das geflochtene, schwarze Haar und den mit Perlen geschmückten Bart. »Du bist der Pilot von diesem Ding da, stimmt's?«

Aouel nickte.

»Und Rophetianer?«

»Ja.«

»Die Rophetianer sind in Ordnung, und einen ausgebildeten Piloten können wir gut brauchen. Du wirst einen Platz bei uns finden.« Er zeigte auf die beiden anderen Schwertkämpfer, woraufhin diese neben Aouel traten, ihm geschickt sämtliche Waffen abnahmen und ihn dann von der Laufplanke wegzogen.

Nun drehte der Schwertkämpfer sich wieder zu Tippa um. »Und wer bist du? Die kleine Möchtegernbraut?«

Sie nickte.

»Noch so eine verdammte Galweigh. Wir haben schon mehr von deinen Leuten als wir brauchen können ... Aber ich bin gewiß, die Männer finden schon eine Möglichkeit, dir deinen Hochzeitstag denkwürdig zu gestalten.« Er lachte und packte sie am Arm, um sie zu einer Gruppe von Soldaten hinüberzuzerren.

Es geschah so schnell, daß Aouel es beinahe nicht mitbekommen hätte. Der Sabir legte die Finger um Tippas linken Unterarm. Ihre rechte Hand schnellte aus den Falten ihres Rockes hervor, und ihr Dolch schoß mit einem Aufblitzen über seine Kehle, noch bevor er die Hand heben konnte, um die Waffe abzuwehren. Blut quoll in einem pulsierenden Strom aus der Wunde, spritzte auf Tippas Gesicht, ihre Hände, ihr Kleid. Im selben Augenblick, da die Finger des Schwertkämpfers ihren Griff zu lösen begannen, sprossen wie von Zauberhand zwei Pfeile aus Tippas Oberkörper, und sie starrte entsetzt und ungläubig auf ihre Brust herunter. Mit weitaufgerissenen Augen wandte sie sich zu ihm um; sie sah aus, als wolle sie ihm eine Erklärung abverlangen, ihr Mund öffnete sich, und er hätte schwören können, daß sie ihm eine Frage stellen wollte. Dann sackte sie in sich zusammen, das Leben wich aus ihren Augen, und sie stürzte über den am Boden liegenden Schwertkämpfer.

In diesem Augenblick erschien Doghall in der Luke. Er blickte auf den Leichnam seiner Nichte herab und ließ sich schwerfällig auf die Landebahn herunter. »Ich werde dafür sorgen, daß Ihr dafür zahlt«, sagte er zu den Bogenschützen. Die Männer lachten, und einer hob seine Waffe. Einer der Schwertkämpfer blaffte ihn jedoch wütend an: »Runter mit dem Bogen. Das ist der, den wir gefangennehmen sollten, du Esel«, woraufhin der Bogenschütze die Sehne wieder lockerte.

Aouel dachte, ja, natürlich, sie wollen Doghall. Die Imumbarra-Inseln waren das Herzstück des Caberrahandels der Galweighs, und wenn die Sabirs den Handel übernehmen wollten, mußten sie in Erfahrung bringen, was Doghall wußte und vielleicht zu einer Einigung mit ihm gelangen. Er war immerhin einer der Götter der Imumbarras.

Und die Sabirs waren keine Narren; sie würden den Gewürzhandel unbedingt unter ihre Kontrolle bringen wollen. Also war Doghall zumindest für den Augenblick in Sicherheit.

Aouel vermied es, den Botschafter anzusehen, aus Angst, daß die Frage, die ihm so sehr am Herzen lag, in seinen Augen vielleicht allzu deutlich sichtbar werden konnte: *Was habt Ihr mit Kait gemacht?*

Er würde es vielleicht allzubald herausfinden – gerade stiegen mehrere Schwertkämpfer in das Luftschiff, um es zu durchsuchen. Er blieb, wo er war, zwang sich zu einem teilnahmslosen Gesichtsausdruck und hoffte, daß Doghall sie versteckt hatte, wagte es jedoch nicht, den Diplomaten auch nur anzusehen.

Während er schwitzend in der heißen Sonne stand, betete er um die Sicherheit seiner Freundin, und endlich kamen die Soldaten der Sabirs wieder über die Laufplanke herunter, um Meldung zu machen: »Alles klar. Wir haben einige Briefsendungen gefunden, etwas Seide und zwei Silberflaschen, die aussehen wie Katzen. Aber sonst ist niemand da drin.«

Als die Soldaten ihn und Doghall unsanft zum Haus hinüberzerrten, hätte Aouel beinahe gelächelt.

Kapitel 15

Das Geräusch von Stimmen, ihr unverständliches Geplärre in seinem Schädel, brachte Ry schließlich wieder zu Bewußtsein. Er schlug die Augen auf, um den Leuten, die all den Lärm machten, Stille zu gebieten – aber nur ein Mann saß neben ihm. Das war Yanth, und Yanth, dessen Kopf zum Teil von einem Verband verdeckt wurde, döste in seinem Sessel.

Das Schreien der Stimmen wurde lauter – es kam nicht aus einem anderen Zimmer oder aus größerer Entfernung, sondern direkt aus seinem Kopf. Sie waren zu dritt, zwei Männer und eine Frau, die hitzig und in schneidendem Ton miteinander stritten, aber wenn er auch jede einzelne Silbe des Gesprächs deutlich hören konnte, konnte er nichts von dem, was sie sagten, verstehen. Ja, er konnte nicht einmal die Sprache, die sie sprachen, erkennen – obwohl sie ihm gleichzeitig schrecklich und fremdartig erschien. Als ein Sohn der Sabirs und von Geburt an sowohl in Diplomatie als auch in Magie ausgebildet, bargen die Sprachen Iberas – sowohl die lebenden wie die toten – nur wenige Geheimnisse für ihn. Er beherrschte die meisten Sprachen fließend und konnte in den übrigen zumindest einfachen Gesprächen folgen. Auch was die toten Sprachen betraf, verfügte er über solide Kenntnisse; die meisten erhalten gebliebenen Arbeiten über die Magie waren in den fünf wichtigeren Sprachen Altkasrees verfaßt, jenes Landes, das vor den sogenannten Tausend Jahren Dunkelheit Ibera, Strithia und einen Teil von Manarkas ausgemacht hatte.

Dennoch verstand er nichts von dem Gespräch, das in seinem Kopf geführt wurde, nichts, bis auf den Zorn der drei Sprecher.

Er preßte sich die Fäuste gegen die Schläfen und versuchte, sich darauf zu besinnen, was geschehen war. Er und seine Freunde waren die Treppen hinaufgelaufen. Etwas war in seinem Kopf explodiert – Schmerz und Lärm, beides von ungeheuerlichem Ausmaß, hatten ihn für einen Moment blind gemacht und auf die Knie gezwungen. Die Welt war plötzlich erfüllt gewesen von dem Geruch nach Blumen und nach Fäulnis.

Und darüber hinaus … nichts. Nichts.

Welche Stunde des Tages war es? Wo war er? Wo waren die übrigen seiner Freunde? Wie lange hatte er bewußtlos dagelegen? Und was war in der Zwischenzeit aus dieser Frau geworden, der Galweigh, nach der er gesucht hatte?

Er setzte sich auf. Die Stimmen verstummten, aber er hatte nicht das Gefühl, daß sie ihn verlassen hätten. Es schien lediglich, als warteten sie auf etwas. Es war Wahnsinn zu glauben, daß er Stimmen in seinem Kopf hören konnte, nur daß er nicht glaubte, zu jenen zu gehören, die dem Wahnsinn zum Opfer fielen.

In einem Sessel neben dem Bett, auf dem er lag, schlief sein bester Freund. Ry sagte: »Yanth, wach auf.«

Yanth bewegte sich, stöhnte und öffnete die Augen. »Oh, mein Kopf«, sagte er und sah dann Ry an. »Bei den Göttern, du bist also endlich wieder da …« Er runzelte die Stirn, erhob sich mit einer ruckartigen, beinahe panischen Bewegung aus dem Sessel und trat hastig einen Schritt zurück. »Oder bist du es nicht?«

Ry hatte keine Geduld für solchen Unfug. »Natürlich bin ich wach. Was für eine dumme Frage.«

»Wenn das eine dumme Frage wäre, hätte ich kein Loch im Kopf, und der arme Valard läge nicht mit gebrochenem Arm im Nebenzimmer. Wir haben einmal irrtümlich geglaubt, du seist wieder bei dir, aber du hast uns angegriffen.«

Ry zuckte zusammen. Vielleicht war er doch der Typ, der wahnsinnig wurde; er erinnerte sich nicht an den Zwischenfall, aber er wollte Yanths Worte nicht bezweifeln.

»Was ist passiert?«

»Woran kannst du dich erinnern?«

»Wir sind im Haus Galweigh die Treppe hinaufgegangen. Dann gab es eine Art Explosion und einen grauenhaften Geruch. Schmerz. Dunkelheit. Dann nichts mehr.«

Yanth seufzte und ließ sich wieder in dem Sessel nieder. »Es gab keine Explosion im Hause Galweigh. Keinen Geruch, keinen Lärm. Du bist vor uns hergelaufen, dann hast du dich plötzlich auf den Boden fallen lassen und dir den Kopf gehalten. Deine Augen waren offen, aber du hast nichts zu uns gesagt, und ganz gleich, was wir taten, du hast kein Anzeichen gegeben, daß du uns hören konntest. Wir haben alles Erdenkliche versucht, um dich zu wecken, aber zu guter Letzt war uns klar, daß wir nichts tun konnten, um dir zu helfen, also haben wir dich wieder die Treppe heruntergetragen. Dann haben wir dem Gefolgsmann deines Vaters das Kommando übertragen – mit ausdrücklichen Anweisungen, das Mädchen betreffend, das wir suchen. Wenn ein Mädchen, das Ähnlichkeit mit ihr hat, hier auftaucht, wird er es für dich in Verwahrung nehmen. Das hat er uns versichert.

Seine Männer waren zu dem Zeitpunkt bereits damit beschäftigt, die unwichtigen Leute zu töten, und schleppten die Leichen zum Verbrennen nach draußen, aber er sagte, er würde nach einem solchen Mädchen Ausschau halten und nicht zulassen, daß jemand sie tötet. Wir haben versucht, dich nach Hause zu schaffen, damit dir dort geholfen wird ... aber ...« An dieser Stelle bewölkte sich seine Miene, und er sagte nichts mehr.

»Aber was?«

»Ich wollte, daß einer der Ärzte deiner Familie nach dir sieht«, erwiderte Yanth, »aber es stand keiner zur Verfügung. Deiner Familie ist etwas Furchtbares zugestoßen.«

Etwas in Ry krampfte sich zusammen, und er schluckte. »Was genau ist passiert?«

»Die Ärzte wissen es nicht. Einer deiner jüngeren Vettern ist in die Weiße Halle gegangen. Er hat den Ärzten erzählt, daß ihn irgend etwas dorthin gezogen habe. In der Halle fand er dann viele deiner Verwandten ... tot ... und noch viele weitere ... ah ... verändert, erzählte mir der Arzt, aber er wollte sich nicht näher darüber äußern.«

»Meine Eltern?«

Yanth schien kleiner zu werden. »Deine Mutter ist schwer verletzt, obwohl sie überlebt hat. Dein ...« Er seufzte tief und sagte dann: »Es tut mir leid, Ry. Dein Vater ist tot.«

Ry erbleichte. Sein Vater hatte die Wölfe geführt und durch sie die gesamte Familie Sabir. Wenn sein Vater wirklich tot war, dann war die Familie vorübergehend ohne Führung. Und zum neuen Führer würde derjenige gewählt werden, der sich durch geschickte Manöver unter den stärksten der Überlebenden auszeichnete. Durch diese Manöver würden wahrscheinlich genauso viele von ihnen sterben wie durch das Unglück, wenn auch auf raffiniertere Art und Weise. »Wie viele andere sind noch gestorben?« fragte er. »Und wer hat überlebt?«

»Das weiß ich nicht. Der Arzt, mit dem ich sprach, hat mir nur soviel Zeit geopfert, wie er brauchte, um dich anzusehen und mir zu erklären, daß er nichts für dich tun könne und daß er sich um andere kümmern müsse, die seine Hilfe weit dringender benötigten. Das wenige, das ich weiß, habe ich erfahren, während er deine Atmung und dein Herz überprüfte. Dann hat er mir den Rat gegeben, dich aus dem Haus wegzubringen und an irgendeinem sicheren Ort zu verstecken, weil er nicht wußte, was deinen Verwandten zugestoßen war, und er konnte nicht versprechen, daß es nicht wieder geschehen würde. Bevor nicht wenigstens ein paar der Überlebenden aus der Weißen Halle aufgewacht sind und reden können, sollte ich das Schlimmste annehmen, hat er gesagt.«

»War es irgendein Trick der Galweighs?« überlegte Ry laut, aber natürlich mußte es genau das gewesen sein. Sie hatten den Plan endeckt, mit dem die Sabirs Tod und Vernichtung über sie bringen wollten, und mit einem Gegenschlag reagiert.

Nein, das konnte es nicht sein. Wenn die Galweighs die Schuldigen wären, würden ihre Leichen nicht zuhauf auf dem Grund und Boden ihres eigenen Hauses verbrennen. Die Dokteeraks? Noch einmal nein. Sie hatten keine Wölfe in ihren Reihen – von den fünf Familien verstanden sich einzig die Sabirs und Galweighs auf die alten magischen Künste, und nur sie wagten es, sich ihrer zu bedienen. Yanth hatte nicht gesagt, daß Rys Verwandte durch Magie angegriffen worden seien, aber der Arzt hätte auch nie gewagt, so etwas einem Mann gegenüber durchblicken zu lassen, der nicht einmal zur Familie gehörte, geschweige denn ein Wolf war. Er hatte Yanth jedoch berichtet, daß die Überlebenden des Angriffs verändert seien – Ry, der die Narben gesehen hatte, die durch den Rückstoß eines Zaubers geschlagen worden waren, brauchte nicht mehr zu wissen. Und nichts als Magie hätte bei ein und demselben Angriff seinen Vater töten und seine Mutter verletzen können. Nichts sonst – dessen war er gewiß.

Nicht die Galweighs. Nicht die Dokteeraks. Ein faules Spiel aus ihren eigenen Reihen konnte er nicht völlig ausschließen – er hätte sich ohne weiteres vorstellen können, daß zum Beispiel sein Cousin Andrew und seine Cousins zweiten Grades Crispin und Anwyn jeden ihrer Verwandten töten würden, wenn sie konnten, um die Führung der Familie untereinander aufzuteilen. Die einzige Schwäche dieser Theorie war die, daß weder sie noch sonst irgendeine kleinere Gruppe seines Wissens nach in letzter Zeit eine Mehrheit unter den Wölfen gefunden hatte. Niemand innerhalb der Familie konnte die Art magischer Unterstützung für sich gewinnen, die notwendig war, um einen Zauber gegen die anderen Wölfe der Familie zu lenken – und ein Übernahmeversuch ohne eine Mehrheit wäre Selbstmord gewesen. Daß Crispin, Anwyn und Andrew keinerlei selbstmörderische Neigungen besaßen, dessen war er sich sicher.

Der Vernichtungsschlag mußte also von einem anderen Spieler

geführt worden sein. Einem *mächtigen* Spieler. Aber von wem? Und wie? Und was erhoffte sich dieser andere Spieler davon?

Sie sind tot, Kait, sie sind alle tot, und du wirst es auch bald sein, wenn du nicht von hier verschwindest.

Drückende Luft und der Gestank von Alkohol. Ein weiches, schweres Gewicht, das sie vollkommen bedeckte und zu Boden drückte. Ihr Herz hämmerte, und ihre Augen verweigerten ihr den Dienst. Die Stimme in ihrem Kopf ließ sich indes nicht zum Schweigen bringen; Kait wünschte, in den Trost der Dunkelheit zurückkehren zu dürfen, aber irgendeine Frau, die sie nicht kannte, ließ sich nicht davon abbringen, auf sie einzureden.

Sie sind alle tot – die Sabirs verbrennen gerade ihre Leichen. Du könntest das Feuer riechen, wenn du aufstehen würdest.

Sie blinzelte, aber was sie sah, als sie die Augen aufschlug, war nicht mehr, als das, was sie zuvor gesehen hatte – nämlich gar nichts. Die vollkommene Schwärze der Blindheit hatte sie verschlungen. Etwas Furchtbares war geschehen. Etwas hatte sie aus der Sicherheit der ihr bekannten Welt herausgerissen; etwas hatte die Regeln der Welt, wie sie sie verstand, verändert; etwas Gefährliches hatte eine Tür geöffnet und war eingetreten.

Sie erinnerte sich an Schmerz und an einen süßen, fauligen Geruch. Sie schloß die Augen, drückte mit den Fingern gegen ihren pochenden Schädel und versuchte, sich an soviel wie möglich von dem zu erinnern, was in jenen letzten Augenblicken geschehen war. Das Gefühl von stärker werdendem Bösen, das auf dem Fest der Dokteeraks so deutlich gewesen war und sich in den nächsten Tagen noch heftiger gezeigt hatte, hatte sie hoch oben in der Luft jäh überwältigt; und für den Bruchteil einer Sekunde hatte sie die freudige Erregung eines lange gefangenen Tieres gespürt, das endlich seine Gitterstäbe gesprengt hatte.

Und dann hatte sie unglaublicherweise einen widerlich süßen Duft wahrgenommen – einen Duft wonach? Der Name wollte ihr nicht einfallen, aber sie würde den Geruch wiedererkennen, falls sie noch einmal darauf stieß. Dann war ein wahnsinniges Stimmengewirr in ihrem Schädel explodiert, als schrien tausend Wahnsinnige alle gleichzeitig auf sie ein, als versuchte ein jeder von ihnen, ihre Aufmerksamkeit zu erringen. Der Schmerz dieses Irrsinns hatte sie schließlich in die dunkle Flucht der Bewußtlosigkeit getrieben. Und nun?

Luftschiffbrennstoff, ging es ihr durch den Sinn. Der Alkoholgeruch kam vom Brennstoff des Fluggeräts. Sie befand sich immer noch in dem Luftschiff, aber nicht mehr im Passagierteil der Gondel, statt dessen lag sie in der kleinen Kammer direkt vor den Brennstofftanks. Über sich spürte sie die Falten des Ersatztuchs, das jedes Luftschiff für möglicherweise notwendige Reparaturen der Außenhaut bei sich führte. Jemand hatte sie versteckt. Wäre das Schiff sicher gelandet, hätte Doghall sie zu einem Arzt gebracht – oder sich selbst um sie gekümmert, was ihm bei seinem Wissen wahrscheinlich durchaus möglich gewesen wäre. Statt dessen hatte man sie mit großer Sorgfalt in einem Teil des Schiffes verborgen, den man vom Passagierabteil aus leicht erreichen konnte, der aber für einen Fremden schwierig zu finden wäre. Außerdem hatte man sie auch *innerhalb* dieses mit Bedacht erwählten Verstecks verborgen. Das ließ darauf schließen, daß, wer auch immer dafür verantwortlich war, damit gerechnet hatte, daß Feinde das Schiff gründlich durchsuchen würden.

Genau das haben sie getan, sagte die unbekannte Frau. Ihre Stimme erklang in Kaits Kopf, was entweder bedeutete, daß Kait den Verstand verloren hatte oder daß die Welt übergeschnappt sein mußte. Kait, die nicht glaubte, selbst Beute jener Schwächen zu sein, die viele Frauen ihrer Klasse in ihren Fängen hielt, ging lieber von letzterem aus.

Für den Augenblick wollte sie daher die Anwesenheit der Fremden in ihrem Kopf akzeptieren. Sie bot ihr Informationen an, und Kait brauchte Informationen. Sobald Kait in Sicherheit war, würde sie die Gegenwart der anderen Frau und deren Identität hinterfragen, aber fürs erste war simple Neugier ein Luxus, den Kait sich nicht leisten konnte.

»Sie haben also das Schiff nach mir durchsucht«, flüsterte sie.

Nach irgend jemandem, den sie vielleicht übersehen haben. Die anderen drei hatten sie gefunden.

»Und wer sind *sie?*«

Das weißt du doch schon.

Ja, das wußte sie. »Als du mich geweckt hast, sagtest du, es seien die Sabirs gewesen.«

Ja.

Das ergab einen Sinn. Sie waren die einzige Familie, die es wagen würde, die Galweighs auf ihrem eigenen Grund und Boden anzugreifen; sie waren die einzigen, die so grausam waren oder so sehr darauf versessen, ihre Macht auszudehnen, daß sie ein derartiges Risiko auf sich nehmen würden. Und anscheinend hatten sie Erfolg gehabt.

Das Fluggerät befand sich also in der Gewalt des Feindes. Kait fuhr sich mit der linken Hand über den Schenkel und spürte die tröstlichen Umrisse des Schwertknaufs. Wenn sie in ihrer menschlichen Gestalt über eine Waffe verfügte, würde es ihr vielleicht gelingen, sich zu verteidigen, ohne die gefährliche Bloßstellung einer Verwandlung riskieren zu müssen. Auf diese Weise blieb ihr zumindest eine kleine Hoffnung auf Rache. Sie lauschte und wurde mit den gedämpften Geräuschen der Nacht belohnt, mit fernen, aber unverständlichen Stimmen und dem Knirschen des Fluggeräts, das an seinen Halteseilen zerrte. Sie wand sich aus der Umklammerung des Stoffballens heraus und atmete langsam und tief durch. Der Gestank des Brennstoffs wurde unangenehmer, aber die Luft war augenblicklich kühler geworden; ein mehr als gerechter Handel. Direkt über der Falltür konnte sie nun Atemgeräusche hören, die ihrem Versteck immer näher kamen – ein hastiges Keuchen, unterbrochen von leisem Kläffen. »Wer ist da?«

flüsterte sie und bekam zur Antwort ein leises Winseln und ein kurzes, leises Kratzen an der Falltür.

Ein Freund von dir, sagte die Frau. *Er ist in das Fluggerät gesprungen, als alle anderen fort waren, und hat seither auf der Tür gelegen.*

Kait bekam eine Gänsehaut. »Gashta?«

Das Winseln wurde lauter, und die Pfoten, die an der Tür scharrten, wurden beharrlicher.

Der alte Freund war ein Wolf, ein gelegentlicher Kamerad aus den Hügeln, mit dem sie in ihrer Karneegestalt Hirsche und Nabelschweine gejagt hatte. Sie hatte ihm einmal das Leben gerettet, und er belohnte sie mit einer Treue, wie sie die Menschen ihrer Meinung nach nicht aufzubringen vermochten. Er war jedoch kein Schoßtier, sondern ein durch und durch wilder Wolf, der die Berggipfel in und um Calimekka durchstreifte, und sie konnte sich nicht vorstellen, wie er an Bord des Fluggeräts gekommen war. Entweder war das Luftschiff irgendwo außerhalb der Mauern gelandet, die das Haus Galweigh umgaben, oder in die Mauern selbst waren Breschen geschlagen worden, und irgend etwas innerhalb der Mauern hatte ihn wie magisch angezogen.

Nachdem sie aus dem Stoffballen heraus war, hatten ihre Augen sich langsam an das fahle Licht gewöhnt. Sie war lange Zeit bewußtlos gewesen. Es mußte bereits Nacht sein, sonst hätten die Lichtprismen, die sich über die ganze Gondel zogen, das Tageslicht eingelassen.

Was sollte sie tun? Jeden angreifen, den sie draußen vor dem Fluggerät fand, und so viele wie möglich töten, bevor sie selbst starb? Sollte sie versuchen zu fliehen, um Hilfe zu holen? Oder um eine Armee auszuheben, die dann versuchte, das Haus zurückzuerobern? Oder sollte sie sich ergeben und kampflos töten lassen?

»Analysiere die Situation, ehe du handelst«, murmelte sie. Die Weisheit Nas Madibles – und anders als Vincalis, den ihr Onkel

Doghall so sehr liebte, erfreute sich Madible bei der ganzen übrigen Familie höchster Wertschätzung. Ihre Lehrer hatten ihn ihr eingebleut, seit sie ihre diplomatische Ausbildung begonnen hatte.

Analysiere die Situation. Die Fremde sagte, der Wolf sei außer Kait der einzige an Bord des Fluggeräts. Für den Augenblick war sie dann wohl in Sicherheit. Sie strich sachte über den Griff ihres Schwertes, wie um Trost zu suchen, dann drückte sie gegen die Falltür. Gashta leistete nur kurze Zeit Widerstand, bevor er ihr Platz machte. Sie stemmte die Tür auf, schwang sich in das Passagierabteil und drückte die Tür hinter sich wieder zu. Während sie daneben kauerte, beschnupperte Gashta sie, leckte ihr das Gesicht und jaulte abermals.

Die Fremde hatte recht gehabt. Es war sonst niemand im Abteil. Jetzt jedoch konnte sie die Stimmen draußen deutlicher hören. Und sie konnte etwas riechen, das der Gestank des Brennstoffs bisher völlig überdeckt hatte: den kräftigen Geruch von brennendem Fleisch, der an geröstetes Schwein erinnerte. Aber es war das Fleisch von Menschen. Sie hatte als Teil ihrer diplomatischen Ausbildung der Verbrennung eines narbigen Spions auf dem Platz des Gesetzes in Calimekka beigewohnt. Was sie damals gerochen hatte, roch sie heute wieder.

Sie sind alle tot, hatte die Fremde gesagt. Bisher hatte sie in allen Punkten recht behalten. Die Sabirs waren da draußen und verbrannten die Leichen ihrer Verwandten. Also mußte Kait der Möglichkeit ins Gesicht sehen, daß sie das letzte noch lebende Mitglied ihrer Familie war.

Nein. Das war undenkbar. Die Verzweiflung war zu nahe, und ihre Chancen, zu überleben, waren auch ohne diese Verzweiflung mehr als gering. Sie sind *nicht* alle tot, redete sie sich ein. Wenn ich besonnen und schnell handle, kann ich einige von ihnen noch retten.

Analysiere die Situation, ehe du handelst.

Sie erhob sich, und Gashta knurrte.

»Pst«, flüsterte sie und zog ihr Schwert. Als erstes mußte sie herausfinden, wo sie war.

Sie stahl sich zu den Fenstern des Fluggerätes hinüber und blickte hinaus. Was sie sah, brach ihr beinahe das Herz. Das Fluggerät war auf dem Landeplatz des Hauses Galweigh verankert, und selbst von diesem Standort aus konnte sie erkennen, daß das große Tor offenstand – dieses Tor, das ihrer Erinnerung nach niemals länger offengestanden hatte, als man brauchte, um jemanden einzulassen, dessen Kommen von der Familie gebilligt wurde. Sie konnte das Tor ganz deutlich sehen, konnte es in den hüpfenden Flammen eines gewaltigen Scheiterhaufens sehen, der neben dem Portal brannte, und sie konnte auch den Scheiterhaufen sehen. Und die schwarzen Silhouetten der Leiber, die ihm Nahrung gaben. Und außerhalb des Flammenkreises Soldaten. Soldaten der Sabirs, auf deren Umhängen die Zwillingsbäume des Sabirwappens deutlich zu erkennen waren. Das Haus Galweigh war gefallen.

Sie schluckte ihre Tränen herunter, dann stahl sie sich zusammen mit dem Wolf aus dem Luftschiff und auf die Landefläche hinunter. Sie tötete die beiden Männer, die den Landeplatz bewachten – lautlos und ohne Vorwarnung oder Reue. Das Haus stand unter schwerster Bewachung, und sie wußte, daß sie allein keine Überlebenden retten konnte, ganz gleich, wie schnell oder wie grimmig ihr Angriff erfolgte. Sie konnte freiwillig mit ihnen in den Tod gehen oder versuchen, Hilfe zu holen.

Goft lag nur zwanzig Meilen entfernt in nordöstlicher Richtung, und in der Stadt Maracada stand eines der geringeren Häuser der Galweighs, das Haus Cherian. Die Familie im Haus Cherian trieb Handel und verfügte über gewaltige Reichtümer, und sie besaß eine Schiffsflotte und Hunderte von Männern, die stark und entschlossen genug waren, um für das, was die Familie verloren hatte, zu kämpfen. Sie mußte sie erreichen.

Du hast nicht viel Zeit, sagte die Fremde.

Das wußte Kait bereits.

Das Fluggerät war natürlich ihre größte Chance, nach Goft zu kommen, aber ohne eine Mannschaft, die die Haltetaue losschnitt, sah sie sich einem Problem gegenüber. Sie mußte vom Boden abheben und eine gewisse Höhe gewinnen, bevor die Sabirs sie bemerkten. Sie lag neben dem Wolf im taufeuchten Gras und beobachtete die Männer, die um die Flammen schritten, um das Feuer zu schüren. Nachdenklich betrachtete sie die runden Umrisse des Fluggeräts, das sich in der leichten Brise gegen die Halteseile stemmte. Sie hob einen Finger, um die Stärke des Windes zu ermitteln und runzelte die Stirn. Zuviel jedenfalls, um die Seile eins nach dem anderen zu lösen; wenn sie das tat, würde das Fluggerät herumschwojen und in den Wind drehen oder vielleicht aus dem Gleichgewicht geraten und sich steil aufrichten – und sie selbst würde entdeckt werden.

Eine Möglichkeit gab es natürlich. Die Galweighs und ihre Forscher und Helfer bewahrten sowohl das Geheimnis der Baupläne ihrer Fluggeräte wie auch das Geheimnis der großen Motoren, die sie antrieben. Nach Erzählungen ihres Vaters war ein einzelnes altes Manuskript, das die ganzen Tausend Jahre Dunkelheit überlebt hatte, zu guter Letzt in die Hände der Familie gefallen – voller Geheimnisse, dieses Manuskript, von denen viele nach wie vor verschlossen in rätselhaften Kommentaren und Diagrammen lagen, die von Maschinen sprachen, mit denen man in dieser neuen Zeit nichts anzufangen wußte. Aber die Handwerker und Erfinder des Hauses, die an einen sicheren, wohlverborgenen Ort gebracht worden waren, hatten nach und nach alle Fakten über den motorisierten Flug ans Licht gebracht und es zu guter Letzt vermocht, den Galweighs Flügel zu schenken. Und während der vergangenen zehn Jahre hatten die Galweighs diese Geheimnisse eifersüchtig gehütet. Sollte jemals ein Fluggerät in die Hände des Feindes fallen, hatte der Pilot Weisung, einen verborgenen Hebel zu betätigen, der sämtliche Halteseile gleichzeitig an der Außenhaut kappte und das Luftschiff auf diese Weise befreite. Es war dann immer noch manövierfähig, konnte allerdings nicht mehr landen – der Pilot mußte eine Bruchlandung überleben, sobald er weit genug vom Feind entfernt war, um das Luftschiff zu Boden zu bringen. Aber es war bei weitem wichtiger zu verhindern, daß Fluggeräte in die Hände des Feindes fielen, als möglicherweise ein einzelnes Luftschiff einzubüßen.

Kait wußte, wo dieser Hebel war; sie verfügte über einige Erfahrung als Pilotin und konnte selbst nach Goft fliegen. Mit der Frage, wie sie dort landen sollte, würde sie sich beschäftigen, wenn es soweit war.

Sie strich mit den Fingern über die Nackenhaare des Wolfs und fragte sich, warum er sie gesucht und wie er sie gefunden hatte. Sie konnte ihn nicht mitnehmen, aber sie hatte Angst, ihn in unmittelbarer Reichweite der Sabirs zurückzulassen. Als sie sich jedoch wieder zu dem Luftgerät zurückstahl, löste er das Problem für sie, indem er ihr kurz die Nase leckte und ihr ganz sachte ins Ohr biß. Dann knurrte er leise, erhob sich und trottete an der Mauer entlang Richtung Tor. Sie blickte ihm nach und sah, daß andere Wölfe ihn am Tor erwarteten. Sie fragte sich, ob sie ihn jemals wiedersehen würde. Schließlich kroch sie über den Boden zur Laufplanke des Fluggeräts hinüber, zog sich in die Luke hoch, als sei sie selbst ein Wolf, und ließ dann flink eine Hand unter das polierte Holz des Kontrollpults gleiten, um den versteckten Hebel zu suchen. Nachdem sie ihn mit kräftigem Griff herumgerissen hatte, hörte sie für den Bruchteil das Sirren schlagender Seile und spürte schließlich den scharfen Ruck, mit dem das Fluggerät ohne Motorenkraft und seltsam unbeholfen vom Boden abhob – und das war der Augenblick, in dem die Wölfe zu heulen begannen.

Die Winde, die über den Gipfel des Felsens wehten, rüttelten das Fluggerät durch; Kait fürchtete schon, daß sie die Bäume oder die Mauer streifen würde, bevor sie genug Höhe gewann, so schnell wurde die Fahrt des Luftschiffs. Obwohl sie spürte, daß die Gondel an der Mauerkrone entlangscheuerte, stieg das Schiff wunderbarerweise immer weiter in die Höhe, bis es friedlich durch die Schwärze der Nacht trieb.

Unter ihr blinkten die Lichter der Stadt, die mit dem sanften Schein zahlloser Kerzen in zahllosen Fenstern schimmerte; daneben die helleren Feuer in den Lampen, die jeden Abend bei Einbruch der Dämmerung von den Lampenanzündern entfacht wurden; daneben das schärfere Leuchten der Gasflammen in den Gießereien, in denen selbst in der Nacht noch Männer sich im Schweiße ihres Angesichts abplagten; und daneben … das grelle Feuer, das seine fettigen Schwaden vom Haus der Galweighs aus in die bereits nach Rauch riechende Stadt heruntersandte und so viele von ihrer Familie mit sich nahm.

Aber nicht alle. Nicht alle. Und sie würde die Sabirs für das Leben eines jeden geliebten Wesens, das sie ihr genommen hatten, zahlen lassen. Sie schwor bei all ihren Göttern, daß sie sie vernichten oder bei dem Versuch sterben würde.

Kapitel 16

Doghall gestattete sich den Anflug eines Lächelns, als die Wölfe zu heulen begannen. Er schloß die Faust über dem Schnitt in seiner Handfläche; der unbedeutende Zauber, der sie zum Feuer gezogen hatte, war nicht so schwierig gewesen und hatte ihn auch nicht soviel gekostet, wie er befürchtet hatte. Sein Ruf war ganz allgemein gehalten gewesen – an jedes Geschöpf, das bereit war, durch die Mauern des Hauses Galweigh zu schlüpfen und über Kait zu wachen, bis sie außer Gefahr war, und dann ihre Flucht anzuzeigen. Er hatte einen Vogel erwartet – Vögel reagierten immer sehr gut auf ihn. Aber die Wölfe hatten als erste geantwortet und schienen darauf zu brennen, herzukommen, als seien sie mit dem Haus und dem dazugehörigen Gelände vertraut ... oder mit Kait. Er erlaubte sich nicht, über die Merkwürdigkeit des Ganzen nachzudenken. Die Nacht war voller Magie, selbst jetzt noch, und als Falke wußte er, daß alle Lebensformen auf ihre eigene Art darauf reagierten und aus ihren eigenen Gründen – aber er wußte auch, daß, wer im Guten gerufen wurde, dies mit Gutem erwiderte. Sie würden ihr nichts zuleide tun.

Und ihr Heulen sagte ihm, daß Kait es irgendwie geschafft hatte, sich außerhalb der Mauern des Hauses Galweigh in Sicherheit zu bringen. Wenn es ihn auch neugierig machte zu erfahren, wie ihr das gelungen war, überraschte es ihn doch nicht. Die Mauer, über die sie in Halles geklettert war, stand ihm noch deutlich vor Augen.

Jetzt, wo sie in Sicherheit war, war die Zeit für seinen nächsten Schritt gekommen. Er blieb weiter auf dem Boden liegen und tat so, als schliefe er; die Wachen der Sabirs hatten ihn und die anderen »wertvollen« Galweighs sowie sämtliche Techniker und

Handwerker, die sie finden konnten, in einem fensterlosen, inneren Gemach im vierten Stock eingesperrt. Zwei Männer – der Seneschall des Hauses und ein entfernter Vetter Doghalls, ein muskulöser Mann, – lagen tot in einer Ecke des Raumes, gestorben an den Verletzungen, die ihr Fluchtversuch ihnen eingetragen hatte. Die Wachen hatten sich geweigert, medizinische Hilfe für sie herbeizurufen, solange sie noch lebten, und als sie tot waren, hatten sie (zu Doghalls Erleichterung und zum Entsetzen seiner übrigen Gefährten) die Leichen nicht weggeschafft. Die beiden Toten lagen in der Ecke direkt neben ihm – er hatte sich aus freien Stücken einen Schlafplatz in ihrer unmittelbaren Nähe gesucht.

Doghall sandte behutsame geistige Fühler aus und berührte alle im Raum, die noch lebten. Die meisten waren in tiefen Schlaf gesunken. Einige wenige drifteten zwischen Schlafen und Wachen hin und her. Nur einer außer ihm selbst war noch wach. Doghall unterdrückte einen Seufzer und holte seinen winzigen Ersatzdolch vor, der der aufmerksamen Durchsuchung der Wachen entgangen war – denn welcher Soldat wäre schon auf die Idee gekommen, in der Speckfalte des Bauchs eines Diplomaten in mittleren Jahren nach einem Messer zu suchen, das nicht größer war als ein Daumen? Mit diesem Dolch kratzte er nun den Schorf von der flachen Schnittwunde in seinem Handteller, ließ sein Blut auf den Boden tropfen und rief für den einen, der noch wach lag, und die wenigen, die nur unruhig schliefen oder gegen Alpträume kämpften, einen friedlichen, geruhsamen Schlaf herbei.

Bei den Wachen, die draußen vor der Tür saßen und einander lachend von den Frauen erzählten, die sie vergewaltigt, und der Beute, die sie an diesem Tag gemacht hatten, versuchte Doghall nichts dergleichen. Zum einen trugen die Männer der Sabirs Amulette, die irgendein Sabirmeister gefertigt hatte und die sie vor geringeren Zaubern schützten. Zum anderen *wollte* er, daß die Bastarde draußen vor der Tür saßen. Das war der beste Platz für sie.

Als er sich versichert hatte, daß er als einziger im Raum noch wach war, setzte er sich hin und kroch zwischen die beiden Leichen. Er streckte die Hand aus, berührte ihre kalten Leiber und tastete nach ihren Händen. Als er sie fand, legte er beide vor sich auf den Boden, wobei er zunächst die Starre überwinden mußte, die sie befallen hatte. Blut würde er keines mehr von ihnen bekommen; er mußte mit Fleisch als Opfergabe vorliebnehmen. Fleisch würde den Zauber zwar stärker machen, ihm aber auch die Kontrolle darüber erschweren. Und der Schatten wilder Magie, der nach wie vor das Haus und die Stadt durchdrang, gab ihm zu denken. Wie rein seine Beschwörung auch sein mochte, wie ausschließlich sie auch der Verteidigung dienen mochte, die wilde Magie konnte ihr eine unerwartete Wendung beifügen, so daß der Zauber möglicherweise zurückgeworfen wurde, um ihn und die seinen anzugreifen, und die Kraft der Fleischmagie konnte einen solchen Angriff tödlich machen. Aber er hatte die Wahl, nichts zu tun und die wenigen Überlebenden seiner Familie zum Tod und zu Schlimmerem zu verurteilen, oder zu versuchen, sie zu retten, wohl wissend, daß dennoch Tod und Schlimmeres das Ergebnis sein mochten.

Zu seinen Gunsten sprach, daß die Sabirs die anderen Leichen der Galweighs verbrannt hatten. Und ihre eigenen Toten hatten sie gewiß bereits nach dem Haus Sabir gebracht; bevor die Sabirs nicht das Haus Galweigh einer eigenen Weihe unterzogen hatten, wäre jede andere Vorgehensweise Ketzerei gewesen. Eine Opfergabe von nur zwei Leichen war recht mager für das, was er brauchte, aber wenn zumindest einige derer im Feuer auch nur teilweise von den Flammen verschont geblieben waren, würden sie dem Opfer zusätzliche Kraft verleihen. Und die Tatsache, daß innerhalb der Mauern des Hauses nur wenige Leichen lagen, würde die Macht des Zaubers in Grenzen halten, so daß er hoffentlich nicht die Beherrschung über seinen Bannspruch verlor, falls dieser außer Kontrolle geriet.

Ein heikles Gleichgewicht – der schmale Grat zwischen nicht genug und zuviel. Er schürzte die Lippen und begann.

Als erstes schnitt er die Handteller der Toten auf und preßte die Schnitte aufeinander. Dann legte er seine eigene blutverschmierte Hand über die der beiden Leichen und flüsterte:

»Beim Blute der Lebenden
Und beim Fleische der Toten,
Rufe ich die Geister der Familie,
Die vor uns gegangen sind.
Außerhalb der Mauern dieses Raumes,
Aber innerhalb der Mauern dieses Hauses
Haben sich Feinde eingenistet
Und getötet,
Haben geplündert
Und geraubt,
Haben erobert
Und unterworfen.
Kommt, Geister der Toten.
Alles tote Fleisch innerhalb der Mauern des Hauses Galweigh
Entbiete ich euch als Lohn,
Wenn ihr aus den Mauern dieses Hauses jagt,
Alles Lebende Außerhalb dieses Raumes.
Tut niemandem Böses; vergießt kein lebendes Blut;
Fügt niemandem Schmerz zu.
Ich bitte nicht um Rache;
Ich bitte nur um Hilfe.

Bei meinem eigenen Geist und meinem eigenen Blut
Entbiete ich mich selbst als Preis,
Um die Sicherheit jedes lebenden Geschöpfes zu gewähren,
Sei es Freund oder Feind,
Das innerhalb der Mauern des Hauses weilt,
Bis dieser Zauber sich erfüllt hat.
So sei es.«

Eine kalte Stimme, so fern wie das dunkle Reich zwischen den Welten und doch so nah wie der Tod selbst, flüsterte ihm ins Ohr: »Wir nehmen an.« Der Finger eines Geistes zeichnete eine Linie auf seine Wange, und eine Zunge, die nirgends in der körperlichen Welt existierte, leckte das Blut von seiner Hand. Etwas seufzte. Etwas anderes kicherte. Doghall stellten sich die Nackenhaare auf, und eisiger Schweiß tropfte ihm von Oberlippe und Stirn, rollte die Furche seines Rückgrats herunter und benetzte seine Handflächen. Noch nie zuvor hatte er die Toten herbeigerufen, und er hoffte inbrünstig, daß er es nie wieder würde tun müssen.

Dann begannen die Leichen von innen heraus schwach zu leuchten, als seien sie dicke Kerzen, deren Dochte tief in ihren Herzen herunterbrannten. Ihr Schimmer war rot und sanft, und ihr Licht loderte immer heller, während die Leichen von Sekunde zu Sekunde durchscheinender wurden, bis man schließlich durch sie hindurchsehen konnte. Doghall spürte das Anschwellen der Magie so machtvoll wie das eines Flusses. Aber die Wucht des Zaubers übertraf alles, was er erwartet hatte. Wie viele Tote hatten in den Mauern des Hauses gelegen? Hatte der Strom wilder Magie Fuß gefaßt? Er konnte nicht erkennen, von welchem Ort der Zauber seine zusätzliche Kraft bezog, aber während er danach suchte und sich verzweifelt bemühte, den wild wachsenden Puls der Energie unter Kontrolle zu halten, schwoll der magische Fluß bis zur Hochwassermarke an, bis zu dem Punkt, an dem er vielleicht noch einen Funken Hoffnung gehabt haben könnte, ihn zurückzurufen, dann war dieser Punkt überschritten.

Er schloß die Augen und betete, daß er seinen Zauber ohne eine Spur von Haß gewoben hatte, ohne irgendeinen verborgenen Wunsch nach der Vernichtung oder dem Tod seiner Feinde. Andernfalls würden diese Feinde mit Sicherheit sterben – aber dann würden sie ihn und alle anderen in diesem Raum mit sich nehmen.

Hasmal wälzte sich in der Koje auf dem Schiff rastlos von einer Seite auf die andere, nachdem ihn abermals der Klang von Gelächter aus einem von Alpträumen verwüsteten Schlaf gerissen hatte. Und einmal mehr hallte das Lachen nur in seiner Erinnerung nach, hell und feminin, ohne jemals die Welt zu berühren, die er bewohnte.

In seinen Träumen schwebte das Geschöpf, das ihn verhöhnte, über ihm, diese Frau, deren Haar so rot war wie Rubine, deren Flügel wie Juwelen im strahlenden Sonnenlicht blitzten und blinkten und deren zierlicher Körper nicht größer war als seine Hand. Sie war ein Geschöpf der Geisterwelt – derselben Geisterwelt, die er bei dem Versuch, seinem Verhängnis zu entrinnen, heraufbeschworen hatte. Es war eine der ihren, die ihm geraten hatte, zu fliehen. Seine späteren Zaubersprüche und Divinationen hatten ihn zu diesem Schiff geführt, zu einem Kapitän, der einen Mann brauchte, der Metall bearbeiten und kleinere Reparaturen durchführen konnte.

Der vorherige Schiffszimmermann war mit zu viel Geld und zu wenig Verstand an Land gegangen, hatte sich betrunken und sich Ärger eingehandelt. Der Kapitän hatte bei Hasmals Einstellung unmißverständlich seine Bedingungen klargemacht, daß er nämlich keine Kaution zahlen würde, um seine Männer aus dem Gefängnis zu holen (was auch der Grund war, warum die Stelle überhaupt frei geworden war); für Hasmal, der nicht trank und dessen ganze Existenz im Augenblick darauf ausgerichtet war, sich aus Schwierigkeiten herauszuhalten, waren diese Bedingungen kein Problem. Während der vergangenen Tage hatte er daran gearbeitet, das Schiff seefest zu machen, während der Kapitän seine Zeit darauf verwandt hatte (wenn auch bisher ohne Erfolg), nach einer möglichen Fracht zu suchen. Er versicherte Hasmal, daß die *Wanderfalke* niemals lange im Hafen warten mußte und daß sie gewiß binnen weniger Tage Segel setzen würden.

Wenn es auch nicht so gut war wie eine sofortige Abreise,

schien es doch für Hasmal Hoffnung genug zu sein, dem Unglück, das seiner harrte, bald zu entrinnen. Aber das Geisterlachen hallte in seinen Träumen wider und störte seinen Schlaf, und während er in der Dunkelheit lag, fragte er sich, ob er nicht besser versuchen sollte, ins Hochland zu fliehen, fort von den Menschen, um sich in dem dunklen, feuchten Dschungel zu verstecken.

Seine Divinationen waren eindeutig – die geworfenen Knochen, die Karten und sogar eine einsame, mitternächtliche Begegnung mit einem weiteren, von Blut beschworenen Geist versicherten ihm, daß er sich genau an dem Ort befand, an dem er sein sollte. Ganz gleich, wie nervös er auch mitunter werden mochte, dies war sein Weg. Sein Schiff. Die *Wanderfalke* – ein Falke wie er – war nicht das allein schon ein Zeichen? Ein Falke würde den anderen fortbringen von Gefahr und Vernichtung.

Er ließ sich wieder in seine Koje sinken und lauschte dem tröstlichen Knarren der Planken und dem Plätschern des Wassers gegen den Rumpf. Süße, besänftigende Geräusche, die unmittelbar bevorstehende Flucht und herrliche Freiheit verhießen. Wieder driftete er den Träumen entgegen, diesem im Zwielicht gelegenen Land zwischen Wachen und Schlafen.

Und dort saß die geflügelte Geisterfrau, schwebte mit gekreuzten Beinen in der Luft, ein hinterhältiges Grinsen im Gesicht, und drohte ihm mit dem Finger.

Elendes Geschöpf. Er verstärkte seine Schilde, sog Energie aus der Bucht hinter ihm und den Luftströmungen um ihn herum und verwob sie zu einer weiteren Schicht jener Mauer, die das Böse fernhielt und ihn als einen Niemand erscheinen ließ – einen Mann, der keinerlei Eindruck machte, keine Spur hinterließ, niemandes Phantasie Nahrung gab –, und dieser Zauber schenkte ihm Ruhe. Gesegnete Ruhe. Der Geist, der sich solchermaßen aus seinen Gedanken ausgesperrt fand, verschwand. Nach einer Weile schlief er wieder ein.

Steh auf! Steh auf, oder du wirst sterben!

Ein Mann, der abwechselnd lästig und wütend war, schrie sie von irgendeinem Ort in weiter Ferne aus an. Das Mädchen rollte sich noch enger zusammen und versuchte, seine Stimme auszublenden; diese Stimme zwang sie ins Bewußtsein zurück, und obwohl sie sich nicht darauf besinnen konnte, warum, wußte sie, daß sie nicht aufwachen wollte.

Dann geh wenigstens unter die Bäume, wo du ein klein wenig geschützt bist! Beweg dich! Beweg dich, Mädchen! Du darfst mir jetzt nicht einfach sterben!

Ihr Körper schmerzte, aber es war ein Schmerz, den sie nicht verstand. Irgendwie schienen die Verletzungen nicht zu ihr zu gehören. Sie erkannte zwar den Schmerz, aber es schien nicht ihr Schmerz zu sein. Er saß an Stellen, die ihr Körper gar nicht aufwies. Es tat auf die falsche *Weise* weh, obwohl sie nicht recht zu begreifen vermochte, wie das sein konnte. Sie schien irgendwie in den Körper eines Fremden gelangt zu sein, und dieser Körper empfand nicht so, wie sie empfand, hörte nicht, wie sie hörte, und roch nicht, wie sie riechen konnte.

Ganz verschwommen nahm sie wahr, daß sie fror. Die Luft roch falsch – steril und leer. Ihr ganzes Leben lang war die Welt vom üppigen Wachstum des Dschungels geschwängert gewesen, von den reichen, dunklen Düften der Erde, dem verschwenderischen Parfüm der Blumen und der tausend einander überlagernden Gerüche der Stadt Calimekka, und jetzt war all das wie ausgelöscht, spurlos verschwunden. Die Kälte machte ihr weniger zu schaffen als die Abwesenheit von Gerüchen … und von Geräuschen. Sie hörte den Wind heulen und stöhnen und von Zeit zu Zeit ein fernes, scharfes Knacken und sonst nichts.

Steh auf! Bitte, steh auf! Ich kann dich doch nicht sterben lassen, Mädchen. Wir brauchen einander, du und ich.

Fast nichts anderes also. *Er* hatte sie nicht im Stich gelassen. Warum nicht? Er war ein Fremder. Sie hatte seine Stimme noch nie zuvor gehört. Genaugenommen hatte sie überhaupt noch nie eine Stimme wie die seine gehört. Er sprach mit einem schwachen Akzent, aber einem, der sich all ihrer bisherigen Erfahrung entzog. Sie öffnete vorsichtig ein Auge.

Grelles Weiß stürmte auf sie ein. Etwas hatte auch die Welt ausgelöscht, hatte sie an einem Ort zurückgelassen, so leer wie ein Pergament, das von der Feder des Schreibers unberührt geblieben war. Unmöglich. Wenn sie sich die Augen rieb, würden sie gewiß wieder richtig funktionieren. Sie versuchte es, aber als sie den Arm bewegte, schob sich eine monströse, krallenbewehrte Hand vor sie und griff nach ihr. Sie schrie auf und versuchte, die Hand wegzustoßen, und der weiße Boden unter ihr und neben ihr gab plötzlich nach und verwandelte sich in ein Pulver, das ihr in Nase, Mund und Augen stieg, das brannte, wo auch immer es sie berührte, das schmolz und schmeckte wie …

Schnee.

Sie versank in einer tiefen, weichen Woge dieser Substanz und begriff erst in diesem Augenblick, was sie da umgab. Dies war der Schnee, den die Händler aus dem fernen Süden herbeiholten und auf dem Markt becherweise verkauften. Nicht im Traum wäre ihr jemals eingefallen, daß die ganze Welt von diesem Zeug bedeckt sein könnte. In ihrer Vorstellung hatten diese Händler stets nach der kostbaren Delikatesse graben müssen, hatten in der Erde nach Adern schürfen müssen, so wie die Bergarbeiter Opale und Smaragde abbauten. Hier lag ein ganzes Vermögen an Schnee, so tief, daß die Ader, in der sie stand, ihr von den Füßen bis zum Hals reichte; sie erstreckte sich in alle Richtungen, so weit das Auge sehen konnte. Sie drehte sich um, um nach irgend etwas anderem Ausschau zu halten, und entdeckte endlich ein kleines, nicht allzu weit entferntes Wäldchen. Endloser Wind hatte die Bäume gebeugt, bis sie sich krümmten wie müde, alte Männer, die Feuerholz auf dem Rücken trugen. Ihre Blätter waren nadelförmig, kurz und grün, aber das Grün sah in Danyas Augen trübe und dunkel aus.

Sie konnte auch die Quelle jener Stimme nicht ausmachen, die so beharrlich an ihr herumgenörgelt hatte, bis sie erwacht war; genausowenig konnte sie irgendwo ein Ungeheuer entdecken. Tatsächlich schien sie das einzige lebendige Geschöpf auf der ganzen Welt zu sein. Sie fragte sich, wohin das Ungeheuer oder der Besitzer der Stimme gegangen sein mochten; fragte sich, ob sie vielleicht ein und derselbe waren. »Wo bist du?« rief sie, und unverzüglich wisperte die Stimme, die sie zuvor gehört hatte, in ihrem Kopf: *Schhht! Sie werden dich hören, und du bist noch nicht bereit, dich ihnen zu stellen.*

Sie wirbelte herum, aber es war nichts hinter ihr. Als sie wieder zu sprechen begann, tat sie es mit leiser Stimme, denn dieses »sie werden dich hören« hatte ihr gar nicht gefallen, erst recht nicht, da der Fremde in unüberhörbar ängstlichem Tonfall gesprochen hatte. Daher flüsterte sie nur: »Versteck dich nicht vor mir. Komm heraus und laß dich sehen.«

Ich ... kann nicht herauskommen. Und du kannst mich nicht sehen. Ich sitze in einer Falle, an einem Ort, an dem man mich seit, nun, seit lange vor deiner Geburt als Gefangener hält. Ich kann dir nur meine Stimme schicken, aber auch die kann ich nicht an deine Ohren dringen lassen. Ich spreche zu deinem Geist, obwohl ich mit deinen Augen sehen und mit deinen Ohren hören kann.

Danya runzelte die Stirn und hob dann die Hand, um sich den vom Wind verwehten Schnee aus dem Gesicht zu wischen. Und wieder sah sie die Hand eines Monstrums sich ihrem Gesicht nähern. Diesmal schrie sie nicht mehr. Einzelne Bruchstücke der Erinnerung kehrten nach und nach zurück – es fiel ihr langsam wieder ein, daß sie lange Zeit in einem Kerker gelebt hatte und dann im Quartier dieser Sabirs, ihrer Folterknechte, gefangengehalten worden war. Ja. Diese Tage verschmolzen zu einer endlosen Folge von Demütigungen und Entwürdigungen und Schmerz. Sie hatten jedoch ein Ende gefunden; sie lag nicht länger in Ketten auf dem Boden. Vor kurzem war etwas geschehen – etwas hatte sie von diesen drei Männern fortgebracht, aber dieses Etwas war schlimmer gewesen als das, was sie ihr angetan hatten …

Dann wußte sie es wieder. Die Erinnerung kehrte zurück, und sie wollte schreien, tat es aber nicht. Statt dessen starrte sie die Hand an. Ihre Hand. Winzige, dunkel kupferfarbene Schuppen bedeckten sie wie ein Panzer, bis hin zu den Fingerspitzen, die in harten, schwarzen, geschwungenen Klauen ausliefen. Die Schuppen zogen sich über ihren ganzen Arm, wobei sie jedoch größer und lichter wurden, so daß sie am Ellbogen einen helleren Kupferton annahmen; an der Schulter, wo Stacheln aus Knochen oder Horn über und unter dem Gelenk entsprangen, waren sie bleich, beinahe lohfarben, hatten aber immer noch denselben metallischen Schimmer. Danya hob die Hand, die sie betrachtet hatte, und auch die andere und schloß die Augen, damit sie sie sich nicht versehentlich auskratzte; dann tastete sie ihr Gesicht ab. Von der Frau, die sie einst gewesen war, war nichts geblieben. Sie fand einen scharfen Kamm aus Knochen, der von ihrem Schädel abwärts zu der deutlich verbreiterten Stelle zwischen ihren Augen verlief. Ihre Nase ragte, so lang wie eine ganze Hand, aus ihrem Gesicht heraus und bildete den Teil einer schmalen Schnauze. Ihre Zähne fühlten sich wie Dolche an – mehrere Reihen davon. Zu beiden Seiten ihres Gesichtes – eines Gesichtes, das jetzt zur Gänze von winzigen, kieselsteinartigen Schuppen überzogen war – sprangen weitere Stacheln hervor.

Aber erst als ihre Finger sich in einem schweren Geflecht langen, weichen, schwarzen Haars verwirrten, erst da begann sie zu weinen. Dieses Haar, das jetzt naß war und an einigen Stellen gefroren, fühlte sich nicht anders an als zu der Zeit, bevor sie den Sabirs als Opfer gedient hatte. Bevor ihre Magie sie zu einer Narbigen gemacht hatte. Das Haar war immer noch menschlich, obwohl sie selbst es nie wieder sein würde.

Ohne auf die Stimme zu achten, die sie anflehte, wenigstens den dürftigen Schutz der Bäume zu suchen, ließ sie sich auf die Knie fallen, schlug sich die Hände vor die Augen und schluchzte. Der unsichtbare Fremde mahnte sie immer wieder, daß sie sterben werde, wenn sie nicht irgendwo Zuflucht suchte. Das war ihr gerade recht. Sie wollte sterben.

Kalte Tränen klebten auf ihrem Gesicht und froren zu Eis. Der bitterkalte Wind heulte um sie herum und drang ihr bis auf die Knochen. In der Ferne, so weit fort, daß es beinahe eine weitere Stimme des Windes hätte sein können, schrie jemand. Ihr Herz schleuderte seinen ganzen Schmerz und Gram und all das, was sie verloren hatte und nie wieder besitzen würde, in den Himmel. Sie stürzte selbstgewähltem Vergessen entgegen, blickte der Finsternis von Kapitulation und leichtem Tod ins Auge und ließ sich beinahe ... beinahe ... beinahe hineinfallen.

Dann, ganz allmählich, wurde ihr Schluchzen leiser und der Strom ihrer Tränen versiegte. Danya hob den Kopf und starrte auf die trostlose Weite des Nichts hinaus, das sie auf allen Seiten umgab. Es war ein höllisches Nichts, entblößt all dessen, was ihr einst teuer gewesen war. Sie hatte ihre Familie verloren, ihre Welt, ihre Freunde – und in diesem entstellten Leib, den sie nun trug, mußte sie sich eingestehen, daß ihr Verlust von ewiger Dauer sein würde. Sie konnte nie mehr zurückkehren und wieder Danya Galweigh, eine Wölfin der Galweighs, sein. Ihre Familie hatte sie nicht gerettet, hatte das Lösegeld für sie nicht bezahlt, hatte sie in der Gewalt der Feinde im Stich gelassen, und sie konnte und wollte das nicht vergessen. Sie hatte unter den Händen ihrer Peiniger gelitten, und sie hatte viele Male den Tod erwartet und sich noch häufiger den Tod ersehnt. Sie haßte die Ungeheuer, die sie gefoltert hatten. Niemals mehr würde sie dem Klang ihrer Stimmen entkommen, dem Gefühl ihrer Berührung, der bitteren Vision ihrer Gesichter.

Aber sie lebte. Sie lebte, und sie war frei, und ganz gleich, was die Sabirs getan und die Galweighs nicht getan hatten, sie war jetzt in einer besseren Position als sie alle. Denn sie war am Leben, und das konnten die anderen nicht wissen. Sie dagegen wußte, wer sie waren. Und sie wußte, wo sie sie finden würde.

Und sie würde sie finden, ganz gleich, wie lange es dauerte, ganz gleich, welchen Preis es kostete, ganz gleich, was sie tun mußte. Sie würde diejenigen finden, die sie im Stich gelassen hatten, und die, die sie gefoltert hatten, und die, die sie geopfert hatten, und sie würde sie bezahlen lassen.

Sie stand auf, schüttelte sich den Schnee vom Leib und hob den Kopf. Sollten sie doch in ihren warmen Betten liegen, sicher geborgen in wohliger Unwissenheit. Sie war auf dem Weg.

Sie war auf dem Weg.

Sehr gut, flüsterte die Stimme ihres unsichtbaren Verbündeten in ihren Gedanken. *Wirklich sehr gut. Dachte ich mir doch, daß du stark genug bist, um zu überleben. Wenn es dich nach Rache verlangt, werde ich alles in meiner Macht Stehende tun, um dir dazu zu verhelfen. Alles, Danya. Aber als erstes möchte ich vorschlagen, daß du dir ein Dach über dem Kopf suchst und vielleicht etwas zu essen. Denn du wirst sie nicht sühnen lassen können, wenn du hier stirbst.*

»Kannst du mich irgendwo hinbringen, wo ich unterkommen kann?«

Ich kann dich führen. Ich bin sehr eingeschränkt in dem, was ich tun kann – aber ich habe gewisse Möglichkeiten, Dinge zu finden.

»Warum solltest du das tun?«

Einen Augenblick lang herrschte Schweigen. Dann kam die Antwort:

Weil ich weiß, was dir widerfahren ist. Weil ich weiß, wie es sich anfühlt. Weil ich die Dinge, die mir widerfahren sind, nicht überlebt habe. Du wärest durchaus im Recht, wenn du niemals mehr jemandem vertrauen würdest, aber ich kann dir sagen, daß ich dort gewesen bin, wo du jetzt bist, und ich habe mehr Gründe, als du dir jemals vorstellen könntest, dir zu dem zu verhelfen, was du willst. Du kannst mir helfen, Danya – und ich kann dir helfen.

Danya dachte darüber nach. Sie wußte nicht, wie der Geist sie gefunden hatte oder warum; sie wußte nichts über die Person, die er gewesen war. Sie wußte jedoch, daß sie keine anderen Verbündeten hatte, und daß es höchst unwahrscheinlich war, daß sie, auf sich allein gestellt, überleben würde.

»Führe mich«, sagte sie. »Ich folge dir.«

Kapitel 17

Sobald sie hoch oben am Himmel und ein gutes Stück vom Haus Galweigh entfernt war, stellte Kait die Fremde zur Rede, die durch ihre Augen sah, mit ihren Ohren hörte und mit ihrer Nase die feuchte Nachtluft roch. Die Fremde bewahrte jedoch Schweigen, so daß nur das Gefühl, nicht allein zu sein, sowie das unvertraute Gesicht und eine gelegentliche rastlose Bewegung der Fremden in den verborgenen Nischen ihres Geistes auf die Anwesenheit dieses stillen, wachsamen Gastes schließen ließ. Wer immer sie war, sie war jedenfalls keine Ausgeburt ihrer Phantasie oder des Entsetzens und der Trauer, die sie an diesem Tag erlebt hatte.

Kait ließ die Motoren an, sobald sie sicher war, daß die Sabirs sie nicht mehr hören konnten. Danach hatte sie eine ganze Weile mit dem Rückenwind zu kämpfen, der das Fluggerät eher nach Norden als nach Westen trieb. Als das Luftschiff dann endlich einen geraden Kurs Richtung Goft flog, sagte sie: »Du kannst jetzt aufhören, dich zu verstecken, und mir sagen, wer du bist. Und *was* du bist.«

Die Fremde in ihren Gedanken seufzte. *Ist das wichtig? Ich kann dir helfen.*

»Es ist wichtig. Bist du eine Art Dämon, der von einer Person Besitz ergreift und sie dazu treibt, mit Schaum vorm Mund zur Luft zu sprechen? Oder bist du ein Gott, der mir eine Aufgabe auferlegen will? Oder bist du etwas ganz anderes?«

Nichts so Gewaltiges wie ein Dämon oder ein Gott. Mein Name ist Amalee Kehshara Rohannan Draclas.

Als es Kait gelungen war, den Namen einzuordnen, erstarrte sie. »Du bist meine Urururururgroßmutter?« Amalee Draclas war eine Märtyrerin, die vor annähernd zweihundert Jahren den Tod gefunden hatte, und kein anderer als die Sabirs waren es, die sie auf dem Gewissen hatten. Nach den Überlieferungen der Familiengeschichte hatten sie sie direkt außerhalb der Mauern des Hauses Galweigh und vor den Augen ihres Mannes und ihrer Kinder zuerst gefoltert und dann ermordet.

Ja.

Kait wußte nicht, was sie sagen sollte.

Du zweifelst an mir.

»Ja.«

Du müßtest eine Närrin sein, wenn du das nicht tätest. Ich kann jedoch beweisen, wer ich bin. Und ich kann dir helfen, dich an den Sabirs zu rächen.

Daß ihre Urahnin Rache an den Sabirs nehmen wollte, das konnte Kait durchaus glauben. Aber daß sie in Form einer Stimme in Kaits Kopf erscheinen sollte …

Ich bin durch Magie von dem Ort freigekommen, an dem ich seit dem Tag gefangengehalten worden bin, an dem die Sabirs mich ermordeten. Ich habe natürlich keinen Körper. Aber ich erinnere mich daran, wer ich bin, und an mein Leben, bevor ich getötet wurde. Und als ich dann freigelassen wurde, machte ich mich auf die Suche nach einer Nachfahrin. Du warst diejenige, die überlebt hat.

»Das ergibt wohl einen gewissen Sinn, obwohl ich nie wirklich an Geister geglaubt habe, die die Lebenden besuchen. Ich dachte immer, die Toten wandelten zwischen den Welten und würden mit einem neuen Körper und einem neuen Leben wiedergeboren.«

Du liegst mit deiner Theorie gar nicht so weit daneben … eine Ausnahme sind jedoch Fälle, in denen sadistische Folterer den Geist in eine Falle locken und einsperren. Ich hätte gewiß schon vor diesem Tag ein neues Leben gelebt, hätten sie nicht getan, was sie mir antaten.

Kait erinnerte sich an das Chaos, das sie über den Rand des Abgrunds getrieben hatte, hinab in tiefe Bewußtlosigkeit. *Viele* Stimmen hatten um ihre Aufmerksamkeit gerungen. Einige von ihnen – nein, die meisten – waren beängstigend gewesen.

Ich war nicht der einzige Geist, der auf diese Weise gefangengehalten wurde, sagte Amalee. *Und einige jener, mit denen ich die letzten tau ... ah, hundert Jahre zugebracht habe, waren böse. Von Grund auf böse.*

Kait akzeptierte diese Erklärung. »Was ist aus all diesen anderen geworden?«

Amalee antwortete nicht.

»Großmutter ... was ist aus all den anderen geworden?«

In der Erwiderung schwang ein Hauch müder Traurigkeit mit. *Ich weiß es nicht. Sie sind vielleicht in die Zwischenwelt gegangen. Oder vielleicht auch nicht.*

Danach wollte Amalee nicht mehr reden, und Kait mußte sich konzentrieren. Die Insel Goft war ein schwieriges Ziel in einer dunklen, windigen Nacht.

Und später, als sie beobachtete, wie die Lichter der Gofter Küste näherrückten und dann wieder eine Spur nach links abdriftete, verschlimmerten sich ihre Schwierigkeiten noch. Ihr Brennstoffvorrat schwand rapide dahin, und sie mußte das Fluggerät in den Wind drehen, damit sie es einigermaßen ruhig halten konnte, während sie in die Bucht von Maracada sprang. Ein Motor stotterte und erstarb; das Luftschiff war, als es beim Haus landete, nicht seiner gewohnten Bodenwartung unterzogen worden. Die drei anderen Motoren setzten ebenfalls immer wieder aus und ließen bereits die typischen Klopfgeräusche hören, die zeigten, daß der Brennstoff endgültig zur Neige ging. Daß sie es überhaupt bis nach Goft geschafft hatte, hatte sie nur der Unterstützung des Rückenwindes zu verdanken. Bei Gegenwind hätten die Motoren sie schon lange im Stich gelassen, und sie wäre vom Kurs abgekommen. Nun lag Maracadas Hafen direkt unter ihr, aber sie war sich ziemlich sicher, daß sie nur ein einziges Mal darüber hinwegfliegen konnte, bevor der Brennstoff und das Glück ihr ausgingen. Sie mußte schleunigst aus dem Luftschiff heraus.

Sie runzelte die Stirn und zog noch kräftiger am Seitenruder. Gleichzeitig verlagerte sie den Ballast nach vorn und drückte die Nase des Luftschiffs nach unten, Richtung Wasser. Sie wollte das Fluggerät so dicht ans Wasser herunterbringen, wie sie es nur wagte, bevor sie die Nase wieder hochzog und den Flieger dem Wind preisgab. Wenn nötig, konnte sie das Fluggerät in die Bucht krachen lassen und dort versenken, bevor sie wegschwamm, aber in Maracada gab es jede Menge ausdauernder Schwimmer, Taucher und Bergungsspezialisten, und irgend jemand würde vielleicht die Motoren oder die Außenhaut aus dem Wasser ziehen und sich die Geheimnisse der Familie zunutze machen. Für die Interessen der Galweighs war es da bei weitem besser, wenn sie das Schiff auf dem Ostwind weitersegeln ließ, bis es irgendwo in die unendliche Fläche des Ozeans stürzte. Dort würde niemand es finden.

Sie schob das Ruder noch weiter vor, und das Fluggerät schlug einen südöstlichen Kurs ein. Unter ihr lag nun die gesamte Bucht von Maracada, überfüllt mit Schiffen und immer noch voller Lichter; trotz der Dunkelheit wimmelte es dort unten von Seeleuten, die in Langbooten Fracht ans Ufer oder zu ihren Schiffen brachten, zum Landgang aufbrachen oder an Bord zurückkehrten. Kait ließ den Flieger noch weiter zum Wasser hinuntersinken und zog dann die Luke auf. Sie wollte nicht, daß das Fluggerät die Masten des einen oder anderen Schiffes streifte, die da im Hafen lagen. Um das zu verhindern, würde sie sehr schnell sein müssen. Sie versicherte sich, daß ihr Dolch und ihr Schwert beide gut an ihrem Körper befestigt waren, und zog die Schnürung ihrer Stiefel fest. Sie mußte das Schiff so dicht wie möglich runterbringen, im letzten Augenblick die Nase wieder hochreißen und abspringen, bevor es zu hoch stieg. Sie war eine kräftige Schwimmerin, weit kräftiger als jeder normale Mensch, und das Wasser in der Bucht lag völlig ruhig da; sie brauchte auch nicht zu befürchten, daß ihre Kleider oder ihre Waffen sie in die Tiefe ziehen würden. Außerdem hatte sie gute, schnelle Reflexe, um das Schiff rechtzeitig verlassen zu können, bevor es wieder zu hoch stieg. Aber sie war müde, der Kopf tat ihr weh, und der Schmerz und die Trauer, die dieser Tag ihr gebracht hatten, zeigten langsam ihre Wirkung. Sie starrte auf die leicht gekräuselte Spiegelfläche des Wassers unter ihr hinab und fragte sich, wie schlimm es wohl wäre, auf den Grund der Bucht herabzusinken und nie wieder hochzukommen.

Ich habe mir sagen lassen, es sei eine sehr schmerzhafte Todesart, bemerkte Amalee. *Und während deine Probleme damit gelöst wären, würde es deinen Racheplänen nichts nützen.*

Wohl wahr. Kait ärgerte sich zwar über das Eindringen ihrer toten Ahnin in ihre Gedanken, aber ein Teil von ihr war auf widersinnige Weise dankbar dafür, daß sie sie gezwungen hatte, der Wirklichkeit ins Auge zu sehen. Tot konnte sie nichts mehr tun, um möglichen Überlebenden zu helfen, genausowenig wie sie die Toten würde rächen können. Sie hatte sich gewünscht, ihrer Familie dienen zu können. Jetzt war sie weit mehr als eine junge, unbedeutende Diplomatin. Jetzt brauchte ihre Familie sie dringend.

Sie brachte das Fluggerät auf den vorausberechneten Kurs, wappnete sich gegen die vorübergehende Lähmung der Angst, und als das Schiff wieder emporzusteigen begann, sprang sie. Sie hatte den Augenblick gut gewählt – sie stürzte an einer Stelle auf das Wasser zu, wo weder Schiffe noch Beiboote oder andere Hindernisse eine Gefahr bildeten –, aber sie hatte nicht damit gerechnet, welche Wirkung ein Aufprall aus großer Höhe auf die Wasseroberfläche auf sie haben würde. Sie schlug auf die Wasseroberfläche auf wie auf festes Land; das felsenharte Wasser versetzte ihr einen solchen Schlag, daß der Schock sie betäubte. Dann wurde sie von der Bucht verschlungen und spürte, wie sie immer tiefer unter die Oberfläche glitt. Das Wasser schloß sich über ihrem Kopf.

Sowohl ihr Verstand als auch ihre tote Ahnin schrien: *Schwimm, verdammt noch mal! Schwimm!* Aber Kait konnte nicht. Ihr Körper weigerte sich, zu reagieren. Sie ertrank, und sie wußte es, und sie konnte nicht anders, als immer tiefer in die Strudel der Bucht hinabzusinken. Ihre Lungen brannten, während sie sich mit Wasser füllten.

Ihr Körper reagierte jedoch selbst in seinem benommenen Zustand auf diese Bedrohung. Er bot seine letzte Waffe auf. Kait spürte ein gedämpftes Feuer an beiden Seiten ihres Halses, und ohne den Augenblick wahrzunehmen, in dem es geschah, merkte sie, daß sie plötzlich das Salzwasser der Bucht atmen konnte. Sie blinzelte und stellte fest, daß ihre Augen selbst in der Dunkelheit unter Wasser Formen und Gestalten ausmachen konnten. Die Verwandlung war nur zum Teil vollzogen; vielleicht lag ihre letzte Verwandlung noch nicht lange genug zurück, vielleicht machte auch der Schock des Aufpralls auf das Wasser ihrem Körper eine weitergehende Reaktion unmöglich. Aber der Karneereflex war genug.

Sie konnte atmen, und nach einer Weile konnte sie sich auch wieder bewegen, bis es ihr schließlich möglich war, ans Ufer zu schwimmen. An einem Abschnitt des Sandstrands, der ein gutes Stück entfernt von Menschen, Licht und Bewegung lag, zog sie sich aus dem Wasser. Als die Verwandlung verging und sie wußte, daß sie sich wieder unter Menschen wagen konnte, ohne sich einem Todesurteil auszusetzen, stand sie auf, klopfte sich so viel Sand wie nur möglich von den Kleidern, rieb ihr Schwert und ihren Dolch an ihrem Hemd trocken und ging durch die Stadt und den langgestreckten Hügel hinauf zum Haus Cherian, wo der in Maracada ansässige Teil ihrer Familie lebte.

Sie mußte bei den Wachen am Tor des Hauses warten, während man nach jemandem suchte, der für sie bürgen konnte. Wie sich herausstellte, fiel diese Aufgabe einem entfernten Cousin von ihr zu, der in ihrem Alter war und mit ihr zusammen den einjährigen

Diplomatenkurs im Hause Galweigh absolviert hatte, bevor er nach Hause zurückgekehrt war, um dort seine Pflichten als Händler aufzunehmen. Sein Name war Fifer, und Kait hatte ihn schon immer ziemlich langweilig und einfältig gefunden. Daran hatte sich nicht viel geändert.

Er stand am Tor und musterte sie mit schlaftrüben Augen. Er lächelte nicht, begrüßte sie nicht und verriet auch sonst mit keiner Miene, daß sie willkommen sei. Er starrte sie einfach nur an; dann seufzte er, wandte sich an den Nachttorhüter und sagte: »Ja, ja. Sie ist meine Cousine. Du kannst sie einlassen.«

»Hallo, Fifer«, sagte sie.

»Du bist genauso unvernünftig wie früher«, sagte er zu ihr. »Dies ist nicht die rechte Zeit, um ein Haus zu stören. Ich mußte Vater wecken, damit er dich begrüßen kann. Und du siehst gräßlich aus.«

Sie erklärte ihm nichts; selbst wenn sie ihm erzählte, was geschehen war, würde er kein Mitleid mit ihr haben, außerdem brauchte sie sein Mitleid nicht. Sie würde auf bessere Behandlung durch ihren Onkel hoffen.

Fifer führte sie durch das Haus zu einer Audienz mit ihrem Onkel Shaid, dem Paraglese der Familie in Goft.

Der Gofter Paraglese schien mit seinem jüngsten Sohn nicht das Geringste gemein zu haben. Er war ein gutaussehender Mann, der sie lächelnd und freundlich in der Bibliothek des Hauses mit einem Glas Wein, einigen Maistortillas und einer Schale frischem Obst begrüßte, die einer der Diener gerade auf den Tisch stellte, als Kait eintrat. Es schien ihn nicht im mindesten aus dem Gleichgewicht gebracht zu haben, daß man ihn zu einer derart unmöglichen Stunde aus dem Bett geholt hatte.

»Kait, mein liebes Kind, du siehst aus wie der Tod persönlich. Und warum hat mein Sohn nicht dafür gesorgt, daß du dich zuerst umziehen konntest? Ich hätte doch auf dich warten können.«

Kait nahm das Weinglas, das ihr dargeboten wurde, und nippte langsam an dem Getränk. »Mir geht es gut, Onkel«, sagte sie.

»Und was ich dir zu sagen habe, ist wichtiger als frische Wäsche oder eine Dusche. Diese Dinge können warten – die Nachrichten, die ich bringe, dulden dagegen keinen Aufschub.« Er führte sie zu dem Stuhl, der den Erfrischungen am nächsten stand, und nahm ihr gegenüber Platz. »Dann sprich, mein Kind. Was hat dich in mein Haus geführt – und in einem solchen Zustand?«

Sie erzählte ihm die ganze Geschichte und sah, wie er erbleichte. Als sie geendet hatte, lehnte er sich auf seinem Stuhl zurück und schloß die Augen. »Ah, ihr Götter. Galweigh gefallen und die Sabirs in Calimekka an der Macht.« In den Winkeln seiner fest geschlossenen Augen glitzerten Tränen, die er sich jedoch sogleich ungehalten wegwischte. »Und wie steht es um die Schlacht in Halles? Hast du Nachricht von dort?«

»Nein, nichts. Doghall, Tippa und ich sind vor Anbruch des vergangenen Tages dort aufgebrochen, bevor die Schlacht beginnen sollte – und von unserer Ankunft in Calimekka habe ich dir ja bereits berichtet. Ich hatte keine Möglichkeit, vor meiner Flucht noch mehr herauszukommen.«

Er rieb sich die Schläfen, seufzte und schlug die Augen auf. »Vielleicht haben wir dort keine Niederlage erlitten. Eine Unterstützung aus dieser Richtung wäre eine große Hilfe.«

Kait dachte an die Männer und Frauen in Halles, die ihrer Familie so treu gedient hatten und biß sich auf die Unterlippe. »Die Sabirs haben gewußt, daß wir ohne unsere Kampftruppen nach Calimekka zurückkommen würden. Sie waren an einem Ort auf uns vorbereitet – ich muß davon ausgehen, daß sie auch an dem anderen Ort bereit waren.«

»Dann müssen wir so handeln, als sei von Westen keinerlei Hilfe zu erwarten.« Er runzelte die Stirn. »Eine Herausforderung und eine Prüfung … nun, es wird uns irgendwie gelingen, den Sieg davonzutragen.« Er straffte die Schultern und lächelte grimmig. »Kait, ich muß heute nacht darüber nachdenken, wie ich Überlebende retten kann, falls es welche gibt, noch bevor ich an die Übernahme des Hauses und die Vernichtung der Sabirs auch nur denken kann. Du solltest jetzt duschen gehen und dich ausruhen, dann kann dir das Nachtpersonal aus der Küche etwas zu essen bringen, falls du noch Hunger hast, und man wird dir gewiß auch frische Kleidung hinaufschicken. Wenn du morgen aufwachst, setzen wir uns zusammen und sprechen über den Grundriß des Hauses und alle anderen Dinge, mit denen du uns vielleicht helfen kannst, hineinzugelangen. Ich war schon seit Jahren nicht mehr auf Galweigh, und obwohl Fifer sich längere Zeit dort aufgehalten hat, fürchte ich, daß es mit seiner Beobachtungsgabe nicht weit her ist. Auf seine Ratschläge möchte ich lieber keinen Schlachtplan gründen müssen.«

Er erhob sich, und während sie es ihm nachtat, hörte sie ein leises Schlurfen hinter der mit Büchern bedeckten Wand direkt neben ihnen. Shaid schenkte dem Geräusch keine Beachtung, und Kait fragte sich, ob er es mit seinen Ohren wohl hören konnte. Irgend jemand stand hinter dieser Wand und hatte sich die ganze Zeit, während sie und der Paraglese sprachen, sehr still verhalten, oder er war gerade erst angekommen. Sie fragte sich, welches von beidem wohl zutraf.

»Fifer, gib ihr bitte das Botschafterzimmer. Der Raum ist weit ab von den belebteren Teilen des Hauses gelegen; Kait muß sich jetzt erst einmal ordentlich ausschlafen, und ich möchte nicht, daß sie gestört wird. Wir werden morgen viel zu erledigen haben, sie und ich.«

»Jawohl, Vater.«

Shaid schloß sie fest in die Arme. »Kait, ich möchte dir mein Beileid zu deinen Verlusten aussprechen. Wir alle haben heute nacht viel verloren, aber mir ist klar, daß du mehr verloren hast als die meisten. Du sollst wissen, daß ich alles in meiner Macht Stehende tun werde, um diese Bastarde für das, was sie getan haben, zur Rechenschaft zu ziehen. Nicht nur um der Familie willen, sondern auch um deinetwillen.«

»Ich danke dir, Onkel«, sagte sie. Dann wünschte sie ihm gute Nacht und folgte Fifer aus dem Raum.

Die Tür schloß sich hinter ihnen, und genau in diesem Augenblick sagte Amalee: *Warte, Du hast noch nicht genug gehört.*

Kait überlegte schnell. Sie hielt Fifer am Ärmel fest und sagte: »Einen Moment, bitte. Ich habe etwas im Stiefel. Wenn du eine Sekunde warten könntest; ich glaube nicht, daß ich auch nur noch einen einzigen Schritt tun kann, bevor ich es rausgeholt habe.« Sie lehnte sich gegen die Wand zur Bibliothek und begann, an dem nassen Leder zu zerren … aber ganz langsam.

In dem Raum hinter sich hörte sie das leise Ächzen einer Geheimtür, die sich öffnete. Und dann Shaids Stimme: »Damit wären die Gerüchte also bestätigt.«

»Allerdings. Eine Überlebende, die von den Ereignissen Bericht erstatten kann. Was hast du jetzt vor?« Die andere Stimme gehörte einer Frau, dem Akzent nach von hoher Geburt, einer kultivierten Frau, deren Tonfall kalte Belustigung verriet.

»Warten natürlich. Feststellen, was die Sabirs bezüglich eines Gefangenenaustausches zu bieten haben, feststellen, ob wir zu irgendeinem Handel mit ihnen kommen können – und schließlich das Haus zurückerobern. Nicht allzu bald.«

»Was etwas heikel werden könnte, solange das Mädchen sich hier aufhält, würde ich meinen. Sie wird sicher unverzüglich eine Rettungsmannschaft losschicken wollen.«

»Mir wäre es lieber«, sagte Shaid leise, »wenn die Calimekka-Linie der Familie ganz aussterben würde. Da unsere Blutlinie dann Vorrang vor den übrigen hätte, könnten wir ganz legitim die calimekkischen Gebiete für uns fordern, und wir brauchten für die Wahl unserer Handelswege niemandes Zustimmung mehr einzuholen. Überdies könnten wir dann mit den Kolonien verfahren, wie es uns beliebt. Aber wenn auch nur eine einzige von ihnen überlebt, genießt natürlich ihre ganze Linie weiterhin Vorrang.«

Kait zog sich den Stiefel vom Fuß und tastete demonstrativ die

Sohle ab, während Fifer, taub für das Gespräch hinter der Tür, langsam ungeduldig wurde.

»Dann wirst du also nicht zulassen, daß das Mädchen sich über eine Rettungsaktion den Kopf zerbricht?«

»Das Mädchen? Welches Mädchen? Sie muß bei einem Luftschiffunglück ums Leben gekommen sein, oder sie ist im Meer ertrunken, wenn sie nicht gar in den Hinterhalt irgendwelcher Banditen geraten ist, denn hier ist sie gewiß nie angekommen.«

»Sehr klug, Shaid, sehr klug. Soll ich die Sache für dich in die Hand nehmen?«

»Persönlich, ja. Je weniger Leute sich an sie erinnern können, um so besser. Ich sorge dafür, daß alle anderen, die sie hier ankommen sahen, Sonderaufträge bekommen, bis wir gewiß sein können, daß der Rest der Hauptlinie tot ist.«

Kait tat so, als hätte sie einen Stein gefunden, den sie sich in die Tasche steckte. Sie machte sich daran, den Stiefel wieder anzuziehen, was abermals ein schwieriges Unterfangen zu sein schien.

»Jetzt?«

»Nein. Erst wenn sie in ihrem Zimmer ist. Fifer wird hierher zurückkommen und uns Bescheid geben, wenn sie an ihrem Bestimmungsort angelangt ist. Ich möchte keine ... ah ... störenden Geräusche, an die sich später vielleicht irgend jemand erinnern könnte. Und im dritten Stock hält sich zur Zeit sonst niemand auf.«

Kait zog ein letztes Mal heftig an der Stiefelkrempe, und er glitt über ihren Fuß. Sie hatte keine Ahnung, wer diese Frau war, die Shaids Vertrauen genoß. Aber nun, da sie wußte, daß man ihren Tod plante, würde sie sich wahrscheinlich gegen diesen ersten Angriff zur Wehr setzen können. Allerdings wäre sie dann immer noch an einem Ort, an dem sie nicht erwünscht war und von dem aus sie keine Hilfe holen konnte. Sie würde Zeit verlieren, und schließlich konnte sie nicht gegen das ganze Haus kämpfen, wenn Shaid wirklich entschlossen war, sie zu töten. Onkel Doghall hatte recht mit seiner Einschätzung gehabt, daß Außenseiter in einem Haus leichte Beute waren und nicht unbedingt mit einem herzlichen Willkommen rechnen durften.

Onkel Doghall ...

Eine Träne wollte ihr über die Wange rinnen, und sie wischte sie mit einer heftigen Geste weg. Sie würde leben, und sie würde die Menschen, die sie liebte, rächen, auch wenn sie es ganz allein tun mußte.

Jetzt jedoch mußte sie etwas tun, womit die anderen nicht rechneten. Und da Shaid so freundlich gewesen war, ihr einen seiner Söhne auszuliefern, war dieses Geschenk wohl am besten für eine Überraschung geeignet.

»Ich bin soweit«, sagte sie. »Hättest du etwas dagegen, mich zuerst zur Küche zu bringen? Ich bin halb verhungert, und ich würde schrecklich gern etwas zu essen mit auf mein Zimmer nehmen.«

Fifer betrachtete sie mit ausdruckslosen Augen. »Du kannst von deinem Zimmer aus jemanden in die Küche schicken und dir etwas nach oben bringen lassen.«

»Ich würde aber lieber unterwegs essen. Ich habe seit vorgestern nichts mehr gegessen.«

Er seufzte. »Es ist spät, und ich bin müde.«

»Fi-fer. Ich mußte ein Fluggerät stehlen, es hierher fliegen und dann von der Bucht aus zum Haus schwimmen. Ich wette, ich bin müder als du. Außerdem war ich es, die dich gefunden hat, als du dich in den unteren Geschossen meines Hauses verirrt hattest. Einen kleinen Gefallen bist du mir wenigstens schuldig.« Sie versuchte sich an einem spöttischen Lächeln, obwohl ihr nach dem, was sie gerade gehört hatte, keineswegs danach zumute war. Das einzige, was sie im Augenblick empfand, war Zorn.

Die dümmlichen Augen betrachteten sie mit unverhohlenem Abscheu. Er seufzte. »Die Küche.«

»Ja. Die Küche.«

Er zog sie einen Korridor hinunter, bog dann in einen davon abzweigenden Flur ein und trottete eine offensichtlich für die Dienstboten bestimmte Wendeltreppe hinunter, die in regelmäßigen Abständen von Öllampen beleuchtet wurde. Und auf jeder zweiten Treppenstufe stieß er einen schweren Seufzer aus.

Ohne ein Wort zu wechseln, gingen sie zwei Stockwerke weit hinunter. Während der ganzen Zeit begegneten sie keinem einzigen Dienstboten. Schließlich fragte Kait: »In welchem Stock liegt eigentlich die Küche?«

»Im Erdgeschoß. Natürlich. Wir sind fast da.«

Kait legte wie zufällig die Hand auf ihren Dolch. Der nächste Augenblick würde von entscheidender Bedeutung sein. Links von ihr zweigte der Gang ab, der zur Küche führte, aber er führte nicht direkt dorthin. Statt dessen gelangte man zunächst in eine Halle. Eine dunkle, leere Halle. Gut. Die Treppenflucht endete nicht im Erdgeschoß, sondern führte weiter in die Tiefe. Kait ließ sich einen halben Schritt hinter Fifer zurückfallen und preßte ihm dann von hinten die linke Hand auf den Mund. Mit der rechten Hand drückte sie den Dolch gegen seine Kehle. »Hör mir genau zu«, sagte sie, »und mach keinen Lärm. Ich mag dich nicht, und jetzt, wo ich weiß, daß dein Vater mich heute nacht töten lassen will, mag ich dich noch weniger. Aber ich werde dir nichts tun, wenn du genau das machst, was ich dir sage.« Sie faßte ein wenig fester zu, um ihrer Karneekraft Nachdruck zu verleihen, und spürte, wie seine Gegenwehr schwand. »Hast du mich verstanden?«

Er nickte. Sein Atem ging schnell, und sie konnte sein Herz hämmern hören. »Wo ist eure Schatzkammer?«

Er murmelte irgend etwas, aber da sie ihm noch immer die Hand auf den Mund preßte, konnte sie ihn natürlich nicht genau verstehen. Also verlangte sie: »Zeig mir die Richtung.«

Er zeigte auf die Treppe nach unten.

»Bring mich hin.«

Er setzte sich in Bewegung. Sie fand es interessant, daß er nicht mehr ständig seufzte. Vielleicht war er nicht mehr schläfrig. Die

Treppe endete vor einer metallbeschlagenen Steinholztür. Die Tür hatte jedoch weder Riegel noch Griff, weder Schlüsselloch noch Fenster. Sie kannte diese Art Türen – die Schatzkammer im Hause Galweigh hatte genau so eine. Wer auch immer diese Tür öffnen wollte, mußte seine Finger in die korrekte Abfolge von Vertiefungen legen und die Riegel beiseite schieben. Wenn man auch nur einen einzigen falschen Riegel betätigte, würde ein Messermechanismus ausgelöst, der dem Eindringling direkt unterhalb der Knöchel säuberlich sämtliche Finger abtrennte.

Ein sehr wirksamer Schutz vor unerwünschten Gästen, diese Türen.

»Mach auf«, sagte Kait.

»Mmm maaaahhhmiih«, erwiderte Fifer kopfschüttelnd.

Kait drückte ihm die Schnittfläche des Dolchs so fest gegen den Hals, daß die Haut weiß wurde. »Du kannst nicht? Natürlich kannst du. Oder zumindest wollen wir hoffen, daß du's kannst. Ich kann dich nämlich nicht laufenlassen, weil du sonst Lärm schlagen oder Hilfe holen würdest. Wenn ich mich selbst um die Tür kümmern muß, muß ich dafür beide Hände frei haben, und das heißt, ich müßte dich zuerst töten. Dann müßte ich dir noch die Hände abschneiden, damit ich etwas hätte, das ich in die Löcher schieben kann, denn meine eigenen Finger werde ich bestimmt nicht benutzen. Ich würde dich eigentlich lieber nicht töten – ich möchte eigentlich *niemanden* töten ... aber falls es auf die Entscheidung du oder ich hinausläuft, Cousin, brauchst du nicht zu fragen, in welche Richtung die Knochen fallen werden.«

Sie faßte abermals fester zu, und er stöhnte.

»Wirst du tun, was ich gesagt habe?«

Er nickte.

»Dann los.«

Er legte die Hände an die Tür und schob langsam einen Finger nach dem anderen in eine der Vertiefungen. Er ließ sich Zeit, und Kait trieb ihn nicht zur Eile – obwohl sie die Kombination für die

Tür der Schatzkammer ihres Vaters kannte, würde sie auch nicht gern in allzu großer Eile ihre Finger hineinstecken müssen.

Fifer schluckte so heftig, daß sein Körper zitterte, und schob dann beide Riegel gleichzeitig beiseite. Einen Augenblick später hörte Kait ein Klicken von der anderen Seite der Mauer. Fifer zog die Hände zurück, und die Tür schob sich lautlos in die linke Mauer hinein.

Kait trat auf den Absatz von Fifers rechtem Stiefel und sagte: »Zieh deinen Fuß raus ... schön langsam ...«

Er wand sich in ihrem Griff, tat aber wie geheißen. Kait schob den Stiefel in die Öffnung, direkt neben die Rille, in die die Tür zurückgleiten würde, wenn sie sich wieder schloß. Dann zwang sie ihren Vetter, als erstes in die Schatzkammer zu treten.

Sobald sie über die Schwelle gestiegen waren, schlug die schwere Tür hinter ihnen zu, aber wegen des Stiefels konnte sie sich nicht völlig schließen. Auf der Innenseite von Schatzkammertüren war eine andere Kombination erforderlich, und Kait wollte ihren Vetter, wenn sie das Gewölbe verließ, nicht wieder mitnehmen. Solange die Tür offenblieb, würde das auch nicht notwendig sein.

Sie standen vor einem Wunderland, in dem säuberlich sortierte Juwelen in Glaskästen sich vom Fußboden bis zur Decke erstreckten und zu Barren geschmolzene, kostbare Metalle sich in solcher Höhe und Breite auftürmten, daß sie wie zusätzliche Wände wirkten. Daneben entdeckte Kait an einer der Wände etliche Schränke mit hölzernen Schubladen, und an einer weiteren Wand standen Regale, auf denen wunderschön bestickte Seidenstoffe, stapelweise Bücher der Alten und Schnitzereien aus Ebenholz, Bernstein und Elfenbein verstaubten. »Es ist ganz einfach«, sagte Kait. »Ich brauche Geld, und davon nicht einmal sehr viel.«

Fifer zeigte auf die hölzernen Schubkästen.

»Bestens.« Sie führte ihn in die gegenüberliegende Richtung. Auf dem Regal, auf dem die bestickten Seidenstoffe lagen, fanden sich auch Zeremoniengewänder – und zu den Zeremoniengewändern gehörten Gürtel. Sie drückte Fifer auf den Boden, zog ihr Schwert, schob ihren Dolch in die Scheide und nahm ein paar Gürtel. Nachdem sie ihn gefesselt und geknebelt hatte, eilte sie zu den Schubladen hinüber.

Was sie enthielten, war das Vermögen einer kleinen Nation. Münzen aus Gold und Silber lagen da, in kleinen und größeren Häufchen, sortiert nach Wert und Prägeanstalt: glitzernde, achteckige dokteeraksche Daks; mit einem Baummuster versehene sabirsche Farnes; masschankasche Robans; kairnische Slauds, galweighsche Preids; und Währungen, die von außerhalb der Reiche der fünf Familien stammten, aus Strithia, den maracadischen Territorien und von Orten, die Kait unbekannt waren – Münzen, die das Gepräge von Gesichtern der Narbigen und ihrer Welt trugen. In diesen Schubladen lag genug Geld, um ihr tausendfach die Möglichkeit zu geben, eine Armee von Söldnern auszuheben. Sie würde, wenn möglich, Leute von den Kolonien anwerben, aus Ländern, die mit ihnen verbündet waren, wenn sich das machen ließ. Aus fremden Ländern, wenn nötig.

Verschwende deine Zeit nicht damit, nach Söldnern zu suchen, sagte Amalee. *Ich habe dir doch erklärt, die Familie ist tot. Aber du kannst sie zurückholen.*

»Von den Toten?!« stieß Kait hervor.

Ich weiß von einem alten Artefakt, das dir die Möglichkeit geben wird, sie … wiederauferstehen zu lassen.

»Von den *Toten.*« Sie erinnerte sich an Doghalls belustigte Spekulationen über die Existenz eines solchen Artefakts – des Spiegels der Seelen – und an seine Bemerkung, daß die Existenz dieses Spiegels fast mit Gewißheit ein Mythos war.

Er hat sich geirrt. Der Spiegel der Seelen existiert wirklich, und er funktioniert. Nimm dir genug Geld, um dir ein Schiff und eine Mannschaft zu besorgen, die dich nach Nordosten über den Ozean bringen, und ich werde dich zu dem Spiegel führen. Wenn du unserer Familie helfen willst, dann hol dir den Spiegel.

Eine Fahrt nach Nordosten würde sie quer über den Bregischen Ozean führen. Das war eine Reise, wie sie nur wenige Schiffe unternahmen, und die Länder auf der anderen Seite waren noch zum größten Teil unerkundet.

Aber wenn ihre Ahnin recht hatte, gab es eine Chance, ihre Familie zurückzuholen …

Ihre Familie. Ihre Familie, von der sie geglaubt hatte, sie sei so viel besser als die der Sabirs oder Dokteeraks, als die der Kairns oder der Masschankas. Ihre Familie mit einem Onkel, der sich genauso schnell gegen sie gewandt hatte wie der Paraglese der Dokteeraks gegen seinen Verwandten – und weshalb? Weil sie seinem Aufstieg im Hause Galweigh im Weg stand. Und weil er ohne sie noch mehr Macht gewinnen würde. Und noch mehr Reichtum.

Man hatte ihr immer gesagt – und sie hatte es immer geglaubt –, daß die Loyalität innerhalb der Familie an erster Stelle stehe, daß sie die Quintessenz dessen war, was Familie ausmachte.

Sie sank gegen die Mauer, und für einen Augenblick verließ sie aller Mut. Tränen liefen ihr über die Wangen; sie schmeckte ihr Salz und erinnerte sich an die warmen Arme ihrer Mutter, die sie umschlungen hielten, wenn sie sich weh getan hatte. Erinnerte sich an den Trost der Stimme ihres Vaters, der sie beruhigte und ihr half, einen Weg zum Menschsein zu finden, wenn sie, in ihre Karneegestalt verwandelt, sich an dunklen Orten im Haus verstecken mußten, damals, nachdem sie von ihrem Heim auf dem Lande dorthin gezogen waren. Sie hatte damals solche Angst gehabt. Angst, daß jemand sie sehen könne, daß jemand ihr Geheimnis entdecken und sie töten könne, wie man das Kind in Halles getötet hatte. Aber ihre Eltern hatten sie gerettet. Wieder und wieder hatten sie ihr das Leben gerettet. Und ihre Brüder und Schwestern hatten ihr geholfen, und sie hatte überlebt, um sich die Chance zu verdienen, es ihnen zu vergelten.

Nur daß sie zu spät kam.

Den Toten konnte man nichts vergelten. Wenn sie auf Amalee

hörte, machte sie sich nur selbst etwas vor. Bestenfalls war der Spiegel der Seelen vor tausend Jahren verlorengegangen und nicht wieder aufzufinden. Schlimmstenfalls war er von Anfang an ein Mythos gewesen. Die Sabirs und ihr Verrat dagegen waren Wirklichkeit. Und die manarkischen Galweighs und *ihr Verrat* waren ebenfalls Wirklichkeit. Und sie konnte sich nicht einmal an den Bastarden rächen, die alles zerstört hatten, was ihr jemals auf der Welt lieb und wert gewesen war. Eine solche Rache war unmöglich, weil die überlebenden Mitglieder ihrer Familie diesem Gezücht des Bösens ihre eigenen Seelen verschreiben würden, um in ihrer maßlosen Habgier das Haus Galweigh und die damit verbundene Macht und seine Schätze in ihren Besitz zu bringen.

Ihr Leben lang hatte ihre Familie ihr alles bedeutet, weil sie so sicher gewesen war, daß der Name Galweigh gleichbedeutend mit allem Guten war, mit allem Gerechten und Ehrenhaften auf der Welt. Sie hatte sich geirrt. Es gab, wie sie nun begriff, die große Familie – die eine politische Angelegenheit war und keine Treue kannte – und die *kleine* Familie, bei der es um Blutsbande und Liebe ging und für die sie, Kait, mit Freuden ihr Leben gegeben hätte.

Und wenn deine einzige Chance eine geringe Chance ist, ist das nicht immer noch besser, als gar keine Chance zu haben? Denk nach, Kait! Denk nach. – Wenn der Spiegel der Seelen für immer verschwunden ist, hast du nichts verloren, was du nicht ohnehin verloren hattest. Aber wenn es ihn gibt, und wenn du ihn finden kannst, wirst du etwas gewinnen, das du auf andere Weise niemals wiederbekommen kannst.

Kait stand auf und wischte sich mit einem Ärmel die Tränen vom Gesicht. Sie hätte für jeden in ihrer Familie ihr Leben gegeben. Sie würde *immer noch* ihr Leben geben. Wenn auch nur der Hauch einer Chance bestand, daß sie ihre Mutter und ihren Vater lebendig wiedersehen konnte, ihre Brüder und Schwestern … wenn sie sich an der Hoffnung festhalten konnte, daß Onkel Doghall ihr noch einmal seine unflätigen Eingeborenenwitze erzählen und seine obskuren Philosophen zitieren konnte ... wenn sie auch nur träumen konnte, daß eines Tages die geliebten Stimmen abermals durch die Korridore des Hauses hallen würden ... allein dafür würde sie über den beinahe unerforschten Ozean segeln und durch die verödeten Ebenen der Narbenländer ziehen. Für das Leben jener, die sie liebte, würde sie alles riskieren.

Vielleicht konnte sie niemals mehr an die Familie als solche glauben. Aber sie würde nie aufhören, ihre eigene Familie zu lieben.

Kaits Kiefermuskeln spannten sich, bis sie brannten. Wenn sie diese Chance wollte, mußte sie handeln. Schnell. Sie machte sich daran, einen kleinen Lederbeutel mit Gold zu füllen, den sie an dem Gürtel unter ihrem Gewand befestigte, bevor sie nach einem zweiten Beutel griff.

Braves Mädchen. Ich wußte, daß ich mich auf dich verlassen kann. Also, sobald du dein Geld hast, mußt du noch eines dieser Bücher aus dem Regal stehlen – je älter, desto besser – und von hier fliehen. Wenn du in Sicherheit bist und wir irgendeinem habgierigen Kapitän die Lüge aufgetischt haben, die dir eine Koje und Verbündete auf der Suche nach dem Spiegel verschaffen wird, gebe ich dir die Beweise, die du, was meine Person betrifft, verlangst. Nur bring dich zuerst in Sicherheit.

Sie füllte die zweite Börse und verbarg auch diese unter ihrem Gewand. Dann steckte sie sich noch eine Handvoll Silbermünzen und einige Bronzetaler in die Taschen – eine Frau, die an den falschen Orten Gold vorzeigte, hatte nicht lange zu leben.

Zu guter Letzt durchstöberte sie die Alten Bücher, bis sie eines fand, das zu alt war, um auch nur die Buchstaben zu erkennen.

Dieses Buch wird genügen.

Kait wußte nicht, wozu sie es benötigte, aber besser, etwas zu haben und nicht zu wollen, als etwas zu wollen und nicht zu haben, wie Wain Pertrad schrieb. Als sie alles hatte, was sie brauchte, verabschiedete sie sich mit einem spöttischen Salut von ihrem Vetter und floh.

Doghalls Zauber hatte sich zu eigenem Leben gewoben. Unten in dem schwarzen Herzen des stillen Hauses glühten die Leichen der toten Wölfe und warfen einen Lichtschein in ihre geheime Kammer – eine Kammer, die danach viele Jahre lang kein Licht mehr sehen würde. Das Leuchten der Toten warf formlose, flackernde Schatten, nur um sodann sämtliche Schatten in einer Explosion von Helligkeit zu zerstreuen, die alle Dunkelheit zu zerstören schien. Aber die Leichen, die nun zur Gänze von den Geistern der Toten verzehrt wurden, verschwanden ohne eine Spur von Staub oder Asche, als hätte es sie nie gegeben. Dann forderte die Dunkelheit den Raum wieder für sich.

In anderen Räumen in dem finsteren Labyrinth des Haupthauses streifte derselbe Hauch lang vergessene Opfer von Gewalttaten, verschiedene Selbstmörder und zwei kleine Kinder, die sich zu weit von den Wohnquartieren entfernt und nie wieder ins Reich des Tageslichtes zurück gefunden hatten. Nun warfen sie ebenfalls ihre eigenen kleinen Schatten an die Wände, bevor auch sie verschwanden. Ratten, Katzen, Mäuse und Schlangen, die sich zum Sterben irgendwo einen dunklen Winkel gesucht hatten, blitzten für einen Augenblick lang hell wie Sterne auf und waren dann für immer verschwunden. Im Kühlraum des Hauses verschwand das Fleisch auf dieselbe Art und Weise und mit ihm alle Nahrungsmittel, die nicht verzehrt worden und in den Abfalleimern gelandet waren. In den Gräbern der toten Galweighs auf dem Knochenhof der Familie flackerte ein Licht auf, das jedoch niemand sehen konnte. Draußen auf dem Hof leuchteten die Kohlen des Feuers, in dem die Toten verbrannt worden waren, eine Sekunde lang heller als zuvor. Und auf der Landefläche, wo das Fluggerät gestanden hatte, flammten zwei strahlende Lichter auf und zeigten, daß das Luftschiff entkommen war, eh man noch herausfinden konnte, welches Schicksal die beiden Männer, die zu seiner Bewachung abgestellt worden waren, befallen hatte.

Als die letzten Lichter erstarben, legte sich einen Herzschlag lang tiefe Stille über das Haus Galweigh. Die Wachen, die Soldaten und die Offiziere sahen einander an und hatten keine Worte für das, was sie erlebten. Und in dieser tiefen Stille fanden die Geister der Toten alle Lebenden und rührten sie an.

Trev lehnte an der Steinmauer im Korridor und starrte die Tür an, die er bei seiner Suche entdeckt hatte. Der Flur dahinter führte ins Dunkel, in eine Schwärze, die seine Lampe sich zu erhellen weigerte. Seine Haut zuckte, als hätten tausend Spinnweben sie gestreift, und der Schweiß tropfte ihm von der Stirn auf die Nase und bildete Perlen auf seiner Oberlippe. Eine Sekunde zuvor hatte er den Widerschein eines hellen, roten Lichts gesehen, und zwar hinter dem Punkt, an dem der Korridor eine Biegung machte; in derselben Sekunde, in der seine Augen den Lichtschein wahrgenommen hatten, war er auch schon wieder verschwunden.

Etwas wartete dort unten. Etwas Böses, das von seiner Existenz wußte und das sich nun in der Dunkelheit verbarg und darauf wartete, daß er in seine Reichweite käme.

Wozu weitergehen? Die Frau, die Ry haben wollte, war ohnehin nicht mehr im Haus – darauf hätte Trev beinahe sein Leben verwetten mögen. Nachdem Ry diesen Anfall gehabt hatte, hatte er sich freiwillig erboten, zurückzubleiben und nach ihr zu suchen, aber je länger und gründlicher er suchte, um so sicherer war er, daß sie nicht in der Nähe sein konnte. Wozu weitersuchen? Er konnte es nicht sagen. Vielleicht wollte er insgeheim Rys Bewunderung erringen oder Yanth seinen Platz als Rys engster Vertrauter streitig machen. Vielleicht hoffte er in einem noch verborgeneren Winkel seines Herzens, selbst ein Stück voranzukommen, wenn Ry in der Hierarchie der Familie aufstieg. Obwohl er bei anderen derart niedrige Motive verachtet hätte, mußte er zugeben, daß sie ein ebenso starker Antrieb waren wie seine Freundschaft mit Ry. Vielleicht sogar noch stärker.

Die Dunkelheit vor ihm schien sich zu vertiefen, schien schwerer und unmittelbarer zu werden, und Trev schluckte. Er würde nicht auf Galweigh leben wollen, nicht einmal, wenn die Sabirs ihn zum Paraglese des Hauses bestimmen würden. Dieser verdammte Kasten fühlte sich lebendig an, als beobachte er jeden einzelnen Schritt, den er, Trev, machte.

Du kannst sie sowieso nicht mitnehmen, selbst wenn du sie findest, redete er sich zu. Wenn du es versuchst, wird sie sich verwandeln und dich in Stücke reißen.

Die Dunkelheit begann zu wispern. Sie zischte, nur halb geformte Worte drangen wie von Ferne an Trevs Ohren. Ein Prasseln in der Finsternis und ein trockenes Quieken, wie von Ratten, die unter dem Gewicht der lastenden Finsternis zu Staub zermalmt wurden, wurde hörbar, um von ihrem Geschick zu künden. Ein modriger Luftzug strich über seine Wange, und er trat einen Schritt zurück, weg von der Tür, überrascht von dem schwachen, unangenehmen Gestank nach Aas, der ihn anwehte.

Warte, flüsterte die Dunkelheit, und er wußte nicht, ob er das Wort gehört oder es sich eingebildet hatte.

Sie war bestimmt nicht da drin.

Er schloß die Tür und ging langsam rückwärts, wobei er sich mit dem Rücken zur Wand hielt, damit niemand ihn überraschen konnte. Seine Lampe warf lange, hüpfende Schatten, und er wünschte, die Morgendämmerung käme und würde auch sie verjagen. Hinter ihm begann von neuem das Gewisper. Er fuhr herum und spähte blinzelnd in die Dunkelheit. Sah nichts. Hörte, wie die Tür, die er geschlossen hatte, sich hinter ihm öffnete. Wirbelte mit erhobenem Schwert herum und hob die Laterne, damit er die Umrisse seines Feindes ausmachen konnte.

Sah nichts.

Aber der Aasgeruch schlug ihm entgegen wie eine bewegliche Wand. Nichts vor ihm, nichts hinter ihm.

Die kalten, feuchten Hände des Nichts griffen durch seine Kleider nach seiner Haut, streichelten ihn, stießen ihn sachte an. Die schon lange tote Stimme dieses Nichts murmelte: *du gehörst mir,* und diesmal konnte er nicht daran zweifeln, daß er die Worte mit seinen eigenen Ohren gehört hatte und nicht in seiner Phantasie. Was er spürte, spürte er wirklich. Er schlug mit seinem Schwert um sich, aber seine Klinge traf in ihrem weiten Bogen nirgendwo auf Widerstand, und der Stahl prallte klirrend auf den steinernen Fußboden. Die Wucht seines eigenen Schlages schmerzte seine Hand und seinen Arm, und er schrie auf. Verlor das Gleichgewicht. Ließ die Lampe fallen.

Sie krachte auf den Boden, und einen Augenblick lang brannte das Öl lichterloh in seiner Pfütze auf dem Stein, und er machte einen Satz nach hinten, um dem Feuer zu entgehen. Halb verweste Arme fingen ihn auf. Hielten ihn fest, während die Flammen zischend zu tiefem Schwarz erstarben und die Dunkelheit, die mehr war als die Abwesenheit von Licht, sich abermals mit zorniger Gewalt herabsenkte. Ein vermoderter Körper, den er nicht berühren, dem er keinen Schmerz zufügen konnte, obwohl dieser Körper ihn berühren konnte, preßte Fleisch auf sein Fleisch, und die Leichenkälte dieses Körpers und sein Gestank flossen durch ihn hindurch. Er glaubte zu sterben. Zu verängstigt, um einen Laut von sich zu geben oder sich auch nur zu bewegen, wünschte er, daß er in Ohnmacht fallen und feststellen konnte, daß die Sonne ihn am nächsten Morgen in seinem eigenen Bett weckte, das Opfer von nichts Schlimmerem als zuviel Wein und einem allzu lebhaften Traum.

Du bist mein.

Modrige, verweste Lippen strichen über seinen Nacken, und Fingerspitzen, die Fäulnis mit knochiger Fleischlosigkeit vereinten, liebkosten seine Brust, seinen Bauch, seine Wangen, seinen Rücken.

Ich habe so lange auf dich gewartet … so lange … so lange –

Sie war nicht da. Nichts war da. Aber er konnte sich nicht losreißen, konnte nicht fliehen und konnte nicht kämpfen, und sein

Schwert entfiel kraftlosen Fingern und klirrte auf die Steine. Er verlor den Boden unter den Füßen, als sie ihn hoch in die Luft hob und davontrug – blindgemacht von der undurchdringlichen Schwärze, die sie umgab, von der Tatsache, daß sie bei alledem nur ein einziges Geräusch machte: ein sanftes Rascheln, das beinahe wie ein lange der Vernichtung anheimgegebener Seidenrock klang, der über den Boden strich. Er verlor jegliche Orientierung. Er wußte nicht, ob sie mit ihm nach oben stieg oder nach unten, oder welche der beiden Möglichkeiten die erschreckendere gewesen wäre. Er war der Gefangene des Todes selbst, und von dieser Tatsache abgesehen konnte er an nichts anderes denken, konnte nicht überlegen, nicht planen.

Aus den Stockwerken unter sich hörte er Schreie und die Echos von Schreien. Sie kamen näher, wurden lauter; bewegte er sich auf die Schreie zu oder die Schreie sich auf ihn?

Die alles verschlingende, blindmachende Decke der Dunkelheit, der Gestank, die Furcht, die Schreie zahlloser, ungesehener anderer – sie waren die Wände und der Boden und die Decke seiner Welt, der äußere Rahmen seiner Existenz, außerhalb dessen es nichts anderes gab.

Dann waren sie verschwunden.

Er lag auf einem Lager aus Steinen, atmete kühle, saubere Luft, die nach Morgentau und Lehm roch, und die Geräusche um ihn herum waren das Stöhnen und Schluchzen anderer, aber daneben auch die Geräusche einer Stadt, die unmittelbar vor Tagesanbruch zum Leben erwachte. Die Rufe von Menschen, gutmütige wie wütende, und Karren und Lasttiere in den Straßen, und Bauern, die Vieh zum Markt trieben, irgendwo unter ihm. Im Tal. In der Welt jenseits von Galweigh.

Sein Blick wurde klar, und die unnatürliche Dunkelheit erlosch von einer Sekunde auf die andere. Er rollte sich auf die Seite, setzte sich auf und sah sich um. Er befand sich mitten auf einer geschotterten Straße, zu allen Seiten umringt von den Soldaten der

Sabirs, die das Haus Galweigh eingenommen hatten, von den Offizieren, die sie geführt hatten, und den Familienangehörigen, die gekommen waren, um die Verteilung der Beute zu überwachen. Die Straße und der Grasstreifen, der zu ihren beiden Seiten verlief, hätten ein mit Leichen übersätes Schlachtfeld sein können, nur daß keiner von denen, die benommen und noch in den Fängen des Entsetzens dort lagen, verletzt war. Vor ihm schlängelte die Straße sich dem mondbeschienenen Dschungel entgegen. Hinter ihm …

Er drehte sich um und sah durch den Rahmen von Palmen und vielfach verzweigten Feigen die Mauern von Galweigh und einen Teil des Tores, für dessen Öffnung die Sabirs einen so hohen Preis gezahlt hatten. Vor seinen Augen fiel das Tor langsam wieder zu. Sperrte ihn und die übrigen Eroberer abermals hinter der undurchdringlichen Mauer aus, um das Haus in die Obhut der Toten zu geben.

Kapitel 18

Eine Frau kam in die Taverne, in der Ian Draclas zusammen mit drei unverschämten Lügnern an seinem bitteren Mangobier nippte. Sie erregte seine Aufmerksamkeit weniger mit ihren Vorzügen als durch das, was seltsam an ihr war. Ohne sich um die interessierten Blicke der Männer an den Tischen zu scheren, ging sie direkt auf den Mann an der Theke zu. Das war unbedingt merkwürdig; zu dieser späten Stunde der Nacht waren den meisten Frauen in der Taverne solche Blicke hochwillkommen, weil sie das Geld wollten, das diese Männer ihnen geben konnten. Hinzu kam, daß diese Frau aussah, als hätte man sie in einen Brunnen getaucht und dann in Dreck gewälzt; aber nichts an ihr sprach von Armut oder schlechten Zeiten. Ihre Kleider, vollkommen unpassend für diesen Landstrich und diese Tageszeit, waren Gewänder, die man draußen trug, lange haltbar und zum Schutz vor den Elementen gedacht. Er musterte ihre Kleidung mit geübtem Blick; alles war ordentlich gefertigt. Allerbeste Qualität. Genauso wie das Schwert, das sie an der einen Hüfte, und der Dolch, den sie an der anderen trug.

Ihre Knochen waren zart, die Hände schlank und langgliedrig, ließen jedoch eine gewisse Kraft ahnen. Ihre Unterarme waren muskulös genug, um den Verdacht zu wecken, daß das Schwert für sie kein Zierat war, mit dem sie den Status ihrer Familie unterstrich. Und sie war bildhübsch, obwohl sie ihre Schönheit hinter zerzaustem Haar und vom Wasser verdorbener Kleidung verbarg. Selbst die Art, wie sie ging und stand, sprach unverkennbar von guter Herkunft. Er vermutete, daß sie zur obersten Elite der hiesigen Gesellschaft gehörte – in die Gemächer und Salons der großen Familien, angetan mit hauchzarten Seidenstoffen, einen Becher Nektar in der Hand. Sie gehörte ebensowenig in diese Hafentaverne wie … er lächelte innerlich, dachte nach und zog eine Augenbraue hoch. Sie gehörte genausowenig hierher wie er.

Ein Rätsel. Er liebte Rätsel. Sein Lächeln drang nach außen, während sie sich mit einem energischen Nicken von dem Mann an der Theke abwandte, einen Blick über den Raum warf und direkt zu ihm hinübersah. Dann wandte sie sich noch einmal dem Schankmann zu, sagte ein paar Worte, bekam ein Nicken zur Bestätigung und bahnte sich zielstrebig ihren Weg zwischen den Tischen hindurch auf ihn zu.

»– und dann haben sie alle drei mich angebettelt, aber ich … ich … wollte sie hungrig haben … ihr versteht schon … damit ich –«

Ian befand, daß eine Lügengeschichte über erotische Abenteuer mit drei manarkischen Prinzessinnen von geringerem Reiz sei als ein dunkeläugiges Rätsel. »Später«, sagte er und überließ die Männer sich selbst. Er ging ihr entgegen, bis sie sich zwischen zwei Tischen trafen. »Ich habe Euch die Unannehmlichkeit erspart, euch an einen Tisch voller Tölpel begeben zu müssen«, sagte er. »So wie Ihr ausseht, war Eure Nacht bereits interessant genug.« Ihr schiefes, zustimmendes Lächeln erreichte ihre Augen nicht. »Kapitän Draclas?«

»Zu Euren Diensten.«

»Durch einige Erkundigungen habe ich in Erfahrung gebracht, daß Ihr nicht nur ein schnelles Schiff besitzt, das Ihr anderen gegen ein Entgelt zur Verfügung stellt, sondern daß Ihr vielleicht auch einer raschen Abreise nicht abgeneigt wäret … daß Ihr vielleicht sogar, falls der Anreiz groß genug wäre, ohne Ladung segeln würdet.« Sie sprach sehr leise und ließ ihn keine Sekunde lang aus den Augen. Sie wirkte gefährlich in ihrer Erregung. Prickelnd gefährlich.

Er nickte rasch und so unmerklich, daß nur sie es sehen konnte.

Dann ließ er ein trunkenes Grinsen in seine Züge treten und sagte: »Warum sagst 'n das nicht gleich, Süße?« Er ließ seine Stimme ein klein wenig zu laut klingen, ein klein wenig zu betrunken. »Wenn du für ein oder zwei Nächte ein Plätzchen zum Schlafen brauchst, bin ich –« Er kicherte, »bin ich sicher, wir finden ein Bett für dich … *irgendwo.«* Er sah sich im Schankraum um und bemühte sich um die Aufmerksamkeit der Männer an den Tischen. Sie reagierten, indem sie sich neidisch abwandten oder ermutigend johlten. Ian grinste und taumelte leicht, bevor er einen Arm um ihre Taille schlang und dabei ihr Schwert geschickt zwischen ihrem Schenkel und seinem verbarg. Falls später irgend jemand Fragen stellen sollte, war es gewiß besser, daß die Leute sich nicht an dieses Schwert erinnerten. Dann sagte er leise: »Draußen.«

Sie legte ihm daraufhin ebenfalls einen Arm um den Rücken und ließ ihre Finger über seinen Nacken und zwischen seinen Schulterblättern hindurch wandern, eine vertrauliche Geste, die angenehmere Gefühle in ihm weckte, als ihm lieb war. Beinahe genauso laut wie er zuvor und mit einem Akzent, von dem er geschworen hätte, daß er waschechtes Hafenviertel sei, sagte sie: »So darfst du nich' mit 'nem anständigen Mädchen wie mir reden, du. Ich bin nich' so eine.« Danach brachte sie ein raubtierhaftes Lächeln zustande und ein Lachen, das keine der Berufshuren im Raum besser hinbekommen hätte. Sie kniff ihm in den Hintern und Seite an Seite verließen sie die Taverne. Nachdem die Art ihrer Verbindung als persönliche Angelegenheit eingestuft war, standen sie nun nicht länger im Mittelpunkt des allgemeinen Interesses. Nichts, was weitere Aufmerksamkeit gelohnt hätte.

Draußen löste sich ihre Scharade auf wie Zuckerwatte im Sommerregen. Die Frau entzog sich anmutig seiner Umarmung, drehte sich zu ihm um und lächelte – diesmal ein echtes Lächeln. »Gut gemacht. Ihr habt einen schnellen Verstand, wenn es darauf ankommt.«

»Unabdingbar in meinem Gewerbe.«

»Beruhigend für jemanden in meiner Lage.«

»Und in welcher Lage seid Ihr, bitte sehr?«

Ihre Zähne blitzten auf – das Grinsen breit und gefährlich. »Es sind einige mächtige Leute hinter mir her, wegen eines Manuskripts, das ich ... mir besorgt habe. Gekauft. Von einem Händler. Diese Leute haben irgendwie Informationen über den Inhalt des Manuskripts bekommen, und jetzt wollen sie es haben – und mich obendrein.«

Sie log. Er konnte es in ihren Augen lesen. Er wußte es so sicher, wie er wußte, daß die Sonne bald aufgehen würde. Sie hatte ihr Manuskript nicht von irgendeinem Händler – sie hatte es gestohlen. Und warum sollte eine Frau, die allem Anschein nach zu einer der Familien gehörte, irgendein Manuskript stehlen? Warum es nicht kaufen? Bei allen Höllen, warum sollte sie, was das betraf, nicht einfach verlangen, daß man es ihr übergab? Wenn sie einer der Familien angehörte, hatte sie jedes Recht dazu. Ein Rätsel innerhalb eines Rätsels – und nur eine Möglichkeit für ihn, das Geheimnis zu lüften. Fragen. »Also, was ist so besonderes an diesem Manuskript, daß man Euch deswegen verfolgt?«

Ihre Stimme sank zu einem Flüstern, und sie trat näher an ihn heran. »Der Standort einer unentdeckten Stadt der Alten.«

Er lachte verblüfft auf. »Es gibt keinen Ort mehr auf diesem Kontinent, an dem sich eine solche Stadt verbergen könnte – zumindest keinen Ort, den Ihr oder ich erreichen könntet. Vielleicht in Strithia oder tief im Herzen der Veral-Territorien ... aber für keinen Schatz der Welt würde ich dort hinfahren.«

»Ganz meine Meinung. Aber die Stadt befindet sich nicht auf diesem Kontinent.«

Sein Herz begann zu hämmern. »Aber wo dann? Manarkas?«

Sie lächelte. »Nord-Novtierra.«

Er wich einen Schritt vor ihr zurück und starrte sie an, während sein Herz beim Gedanken an einen solchen Schatz zu hüpfen begann. »Nord-Novtierra?« Jungfräuliches Land – unerobert, noch nicht einmal kartographiert, reif für jeden, der es sich nehmen konnte. Schwer zu erreichen, schwer zu erkunden, von einer Größe, die alle Phantasie übertraf. Drei Monate auf See, nur um dorthin zu gelangen, und dabei nicht einmal die Zeit mitgerechnet, die man darauf verwenden mußte, um auf der Suche nach dieser Stadt die unbekannte Küste entlangzukriechen.

Zweifellos bargen die fruchtbaren, bewaldeten Hänge und weiten Ebenen Nord-Novtierras Hunderte unentdeckter Städte der Alten. Ein Mensch konnte sein ganzes Leben darauf verwenden, nur eine einzige davon zu finden, und scheitern. Aber wenn diese Frau den genauen Standort einer solchen Stadt kannte –

Ah, Shang! Eine solche Stadt war es wert, daß man Leben, Vermögen und Familie riskierte – alles riskierte –, um sie zu finden. Mit dem Vermögen, das diese Frau mit der Beute aus einer unberührten Ruine der Alten machen konnte, konnte sie sich das Paraglesiat einer der kleineren Städte ihrer Familie kaufen. Und sie würde noch genug Geld übrig haben, um ein schlagkräftiges stehendes Heer aufzubauen ... sie konnte jede Technologie, die sie in besagter Stadt fand, mitnehmen und entweder selbst entwickeln oder als Hebel für eine noch höhere Machtposition benutzen ... eine solche Stadt konnte ihr helfen, sich in ansonsten unerreichbare Sphären der Macht aufzuschwingen. Konnte sie jedem Paraglese Iberas ebenbürtig machen.

Natürlich wären die Reichtümer dieser Stadt nicht allein ihr Besitz, sondern auch der eines jeden, der sich an ihrem Abenteuer beteiligte – und das schloß ihn mit ein. Sie machte auf ihn nicht den Eindruck, als sei sie dumm, daher mußte sie sich darüber im klaren sein. Er wollte wissen, was sie getan hatte, um ihre Interessen zu schützen. »Nord-Novtierra. Das ist eine halbe Welt von hier entfernt, und die Überfahrt dorthin ist obendrein höllisch gefährlich.«

»Ja. Aber Euer Schiff sollte eine solche Reise bewältigen können. Es ist kein Kahn, der nur für die Küste taugt. Das habe ich nachgeprüft.«

»Ihr habt recht. Das ist es nicht. Es ist seefest und schnell. Nicht einmal die neuesten Karavellen, wie sie die Familien in ihren Flotten haben, könnten Euch mehr bieten. Außerdem habe ich schon früher den Bregischen Ozean überquert – ich könnte Euch wahrscheinlich dorthin bringen – aber was soll mich daran hindern, mir den Schatz zu holen und Euch irgendwo auszusetzen, sobald wir ankommen … oder Euch, was das betrifft, über Bord zu werfen, sobald wir auf hoher See sind, um die Stadt für mich allein zu fordern?«

Sie lachte leise und etwas Furchtbares stahl sich in dieses Lachen. Seine Nackenhaare stellten sich auf, und sein Magen krampfte sich zusammen. »Ihr würdet nicht versuchen wollen, mich auszusetzen oder über Bord zu werfen, Kapitän. Ich versichere Euch, daß ich auf mich achtgeben kann. Was die Möglichkeit betrifft, daß Ihr das Manuskript selbst benutzen könntet, um die Stadt zu finden, wäret Ihr dazu wohl nicht in der Lage. Es sei denn, Ihr wäret zufällig Übersetzer bei einer der Familien und hättet Euch zufällig auf die Sprache der Alten spezialisiert und könntet zufällig Tongata Vier in brasmianischer Schrift lesen. Ich wette, das könnt Ihr nicht. Außerdem wette ich, daß Ihr außer mir auch sonst niemanden finden würdet, der es kann. Soweit ich weiß, bin ich bisher die einzige, die das Manuskript entziffert hat.«

Er konnte genausowenig Tongata Vier lesen, wie er mit den Armen wedeln und fliegen konnte. Und brasmianische Schrift hätte er nicht einmal dann erkannt, wenn jemand sie ihm auf die Nase tätowiert hätte. Was sie für ihn genauso wertvoll machte wie die Stadt selbst – und zumindest, bis sie die Stadt erreicht hatten, ihre Sicherheit garantierte. Was sie zweifellos wußte. Danach … nun, irgendwie glaubte er ihr, wenn sie sagte, daß er sie besser nicht irgendwo aussetzte. *Warum* er ihr glaubte, konnte er nicht sagen. Vielleicht war es die Gefahr, die in ihrem Lächeln lag.

Mit einemmal paßte alles, was sie ihm erzählt hatte, zusammen, wie die Teile eines Mosaiks, die sich präzise zu einem Ganzen fügten. In diesem Augenblick wußte er nicht nur, wie sie zu dem Manuskript gekommen war, sondern auch, wer sie war. Sie hatte es natürlich nicht gekauft, andererseits war sie aber auch nicht zufällig darüber gestolpert und hatte es gestohlen. Sie war eine der geringeren Töchter ihrer Familie, verurteilt zu der trockenen und staubigen Übersetzung alter Archive, beiseite geschoben, weil ihr Zweig der Familie nicht genug Einfluß besaß, um ihr eine gute Ehe oder eine gute Stellung zu verschaffen. Sie mußte ein einfaches Bindeglied zwischen dem Willen ihrer Familie und den Handwerkern und Künstlern gewesen sein, die ihre Übersetzungen benutzten, um alte Technologien wieder zu beleben. Man hatte ihr ein Manuskript zur Übersetzung gegeben, und an irgendeiner Stelle war sie über einen Hinweis auf den Standort einer Stadt gestolpert, die ihrer Meinung nach erreichbar war und der Mühe lohnte. Und weil sie Ehrgeiz hatte und nach einem besseren Leben als dem hungerte, das sie bisher geführt hatte, hatte sie die Gelegenheit ergriffen, das Manuskript gestohlen und war in sein Leben geflohen.

Was sie natürlich niemals zugegeben hätte.

Sie gefiel ihm. Bei allen Göttern, sie gefiel ihm. Sie war ihm nicht unähnlich. Sie ähnelte ihm bis hin zu diesem gefährlichen kleinen Schnurren in ihrer Stimme, als sie ihm erklärte, daß er schlecht beraten wäre, den Versuch zu wagen, sich ihrer zu entledigen. Auch das gefiel ihm. Er beschloß, daß er sie, *wenn* … nein, *sobald* … Warum sollte er schließlich kein Vertrauen in sein Glück haben? Er beschloß also, daß er, *sobald* sie die Stadt fanden, keine Zeit auf den Versuch verschwenden würde, sie über Bord zu werfen oder zu töten. Warum sollte man eine Frau töten, die es wert war, daß man sie heiratete? Macht zu heiraten war schließlich bei weitem einträglicher, als sie sich zu erarbeiten.

Und sie sah gut aus. Nach ihrer Größe, ihrer Gesichtsfarbe und ihrer Figur zu schließen, gehörte sie entweder der Familie Galweigh oder den Kairn an, und da sie sich auf Goft befand, wäre er jede Wette eingegangen, daß sie eine Galweigh war. Was äußerst nützlich sein würde, falls sie ihr Spiel um Macht gewinnen sollte. Selbst eine bescheidene Position in dieser Familie war ein Paraglesiat bei den Dokteeraks, den Kairns oder den Masschankas wert. Nur die Sabirs konnten den Galweighs als ebenbürtig gelten. Hätte sie jedoch zu den Sabirs gehört, wäre das schlecht gewesen – er hatte handfeste Gründe, dieser Familie aus dem Weg zu gehen.

Er betrachtete sie mit dem Vergnügen des Besitzers. Seine zukünftige Frau. Seine zukünftige Brücke zu Wohlstand, Macht, Luxus. Es hatte keinen Sinn, sie jetzt schon wissen zu lassen, daß er ihr die Reise kostenlos gewähren würde, um Gelegenheit zu bekommen, sie für sich zu gewinnen und mit ihr ihre Stadt. Diesen Teil der Angelegenheit mußte er langsam angehen lassen. Also bedachte er sie mit seinem besten Gesichtsausdruck der Marke hartgesottener Händler und sagte: »Was ist für mich drin?«

»Die Bezahlung für die Überfahrt dorthin – Ihr nennt mir einen vernünftigen Preis, und ich werde ihn entrichten. Dazu einen gerechten Anteil an der Fracht, die wir dort finden – ich werde dafür sorgen, daß die Sache sich für Euch lohnt. Meine Fürsprache bei möglichen weiteren Reisen dorthin. Einen Platz in –« Sie dachte noch einmal über das, was sie hatte sagen wollen, nach und zuckte dann lächelnd die Achseln. »Nun, für den Augenblick wäre wohl alles, was ich Euch darüber hinaus anbieten könnte, noch hypothetischer als die Stadt und die Fracht. Aber wie gesagt, ich werde dafür sorgen, daß die Sache sich für Euch lohnt.«

Er nickte. »Der Preis für die Überfahrt –« Er wollte nicht soviel verlangen, daß sie es nicht zahlen konnte, und wieviel konnte sie schon besitzen? Aber er wollte auch nicht so wenig verlangen, daß er möglicherweise ihren Argwohn weckte. »Zehn solide Große. Im voraus.« Das war eine Menge, aber auch nicht unvernünftig für die Entfernung und die Gefahr der Reise. Sie zuckte unmerklich zusammen.

Er wartete. Wenn er zuviel verlangt hatte, würde er es merken und seinen Preis nach und nach immer weiter senken. Sie seufzte, blickte auf ihre Füße herab und nickte schließlich. »Zieht ihr eine bestimmte Münze vor?«

»Die Dokteeraks verschneiden ihre Goldmünzen manchmal mit Silber – bezahlt mich nicht mit geprägten Daks. Farnes und Preids lassen sich am leichtesten einlösen, aber Gold ist Gold.«

Sie nickte. »Abgemacht.«

Nun gut. Sie erhob keine Einwände, also hätte er vielleicht mehr herausschlagen können. Trotzdem, wenn er die Stadt bekam, was brauchte er da sonst noch? »Also, was muß ich wissen, um uns lebendig aus dem Hafen herauszubekommen?« fragte er.

Sie verschwendete seine Zeit nicht damit, so zu tun, als verstehe sie ihn nicht. »Wir müssen uns beeilen und eine falsche Spur legen. Falls Ihr Eure Vorräte nicht bereits aufgestockt habt, können wir es unmöglich hier tun. Wenn wir auch nur ein Wort darüber verlieren, wonach wir suchen oder wohin unsere Suche uns führen wird, könnte das tödlich sein.«

Er zuckte die Achseln. »Ich bin bis auf frische Nahrungsmittel bestens bevorratet – und die können wir uns auf jeder der Inseln am Teufelsschwanz besorgen. Was sonst noch? Gibt es irgend jemand Bestimmtes, dem Ihr aus dem Weg gehen müßt?«

Ihr Lachen war so rauh, daß es ihn erschreckte. »Falls Ihr irgendwelche engen Beziehungen zu den fünf Familien unterhaltet, erwähnt mich besser nicht, hm?«

Jetzt war er wirklich überrascht. »Alle *fünf.*« Nicht einmal ihm war es bisher gelungen, sich derart tief in Schwierigkeiten hineinzureiten.

»Bei den Galweighs, den Sabirs und den Dokteeraks ist mein Leben … nichts wert. Bei den Masschankas gilt auf Grund ihrer Verbindung zu den Sabirs und den Dokteeraks wahrscheinlich dasselbe. Die Kairns würden mich auf Grund ihrer Allianz mit den Galweighs wohl für jede gebotene Belohnung ausliefern. Allen Fünfen aus dem Weg zu gehen, wäre wohl das beste.«

Ihre Worte nötigten ihm ein gewisses Maß an Bewunderung ab. Er kannte *niemanden,* der ehrlich für sich in Anspruch nehmen durfte, sich bei allen fünf Familien Feinde gemacht zu haben. »Ich werde mein Bestes tun.«

»Wie früh könnt Ihr zum Aufbruch bereit sein?«

»Erwartet mich, wenn die Glocken zur Stunde Huld schlagen, am Strand beim Kai. Bis dahin habe ich meine Mannschaft an Bord und ein Lügenmärchen, was unseren Zielort betrifft, unter die Leute gebracht.«

Die Frau blickte zum Himmel auf, und er sah, wie sie die Weiße Dame aus den anderen Sternen herausfand und ihre Entfernung vom Horizont maß. Der Rote Jäger, der das Ende der Stunde Telt und den Beginn von Huld anzeigte, würde sich noch eine ganze Weile nicht zu ihr gesellen.

»Einverstanden«, sagte die Frau. »Auf diese Weise habe ich noch Zeit, um das wenige zu erledigen, was mir noch zu tun bleibt.«

Sie war bereits fort, als ihm klar wurde, daß er nicht einmal ihren Namen wußte.

»Er hat mir geglaubt.« Kait lief zum Strand hinunter. Sie hatte nichts Dringenderes zu tun, als sich vor neugierigen Blicken zu schützen, und an der Kaimauer in der Nähe der Stelle, an der sie sich ans Ufer gezogen hatte, hatte sie reichlich Möglichkeiten entdeckt, sich zu verstecken.

Natürlich hat er dir geglaubt. Du brauchst nur jemandem eine unglaubwürdige Lüge aufzutischen und sie mit einem glaubwürdigen Ablenkungsmanöver zu untermauern, und er wird so gut wie immer die unglaubwürdige Lüge durchdringen, um dein Ablenkungsmanöver aufzudecken; dann denkt er, er hätte die Wahrheit gefunden, und geht der Sache nicht weiter auf den Grund. Amalee kicherte und wechselte das Thema. *Der Kapitän war jedenfalls sehr von dir eingenommen.*

Kait hatte den Strand mittlerweile erreicht und ging zu einer Reihe niedriger Büsche nördlich der Kaimauer hinüber.

»Das liegt daran, daß ich Karnee bin. Mit mir hatte sein Interesse nichts zu tun.«

Amalee schwieg, während Kait sich einen bequemen, wohlverborgenen Ausguck suchte, von dem aus sie den Kai im Auge behalten konnte. Dann ließ sie sich in ihrem Versteck nieder. Sobald sie jedoch zur Ruhe gekommen war, sagte ihre Ahnin: *Was soll das heißen, weil du Karnee bist? Du bist eine schöne Frau. Das kann ihm unmöglich entgangen sein.*

»Glaub mir, das würde keine Rolle spielen. Eine der Nebenwirkungen des Fluches ist die, daß die Karnee Mitglieder beiderlei Geschlechts anziehen, und zwar durch eine Art ... ich weiß nicht recht ... vielleicht durch einen Duft. So wie Blumen Bienen anziehen, denke ich. Die Biene begehrt im Grunde nicht die Blume selbst, und die Menschen begehren keinen Karnee – sie wollen beide nur das, was den Duft verströmt. Diese Auswirkung des Fluchs ist schon vor vierhundert Jahren genau untersucht worden.« Kait seufzte. »Meinen Eltern ist es gelungen, heimlich Abschriften von allem zusammenzutragen, was über meinesgleichen bekannt war. Sie haben mir diese Dokumente zu lesen gegeben, damit ich meine eigene Natur begreifen konnte.«

Sie machte sich nicht die Mühe hinzuzufügen, daß sie dies unter furchtbaren Gefahren für sich selbst unternommen hatten. Oder daß sie ihr jeden nur erdenklichen Vorteil verschafft hatten, um ihr zu helfen, in der Welt zu überleben, wobei sie ihr eigenes Leben ebenso wie das Leben ihrer anderen Kinder aufs Spiel gesetzt hatten. Sie hatte in ihrem Leben sehr wohl Liebe erfahren; ihre Eltern und ihre überlebenden Geschwister hatten sie ohne Frage und ohne Rückhalt geliebt. Eine solche Liebe würde sie einfach nie wieder finden.

Das heißt, alle Männer begehren dich.

»Die meisten. Und viele Frauen. Es scheint jedoch stärker auf

Männer zu wirken. Einige Leute dagegen scheinen immun gegen den Duft zu sein. Oder die Droge. Oder was immer es ist, das ich verströme. Aber das sind nicht viele.«

Es folgte ein langes Schweigen, dann sagte ihre Ahnin: *Oh, wie herrlich das wäre.*

»Findest du? Stell dir vor zu wissen, daß niemand, den du begehrst, wirklich *dich* will. Daß, wo auch immer du hingehst, Männer und Frauen an dich herantreten, dich hofieren, dich in ihr Bett bekommen wollen ... und daß sie, wenn du deinen Duft loswerden und ihn an einen Hund weitergeben könntest, dich stehenlassen und den Hund umwerben würden. Also, stell dir vor, wie herrlich *das* wäre.«

Und? Gehst du jemals mit ihnen ins Bett?

Kait fragte sich, ob diese Frau wohl zu Lebzeiten auch schon so eine neugierige Nervensäge gewesen sein mochte. Das würde vielleicht erklären, warum die Sabirs sie geopfert hatten.

»Manchmal«, gab sie zu. »Ein weiterer Fluch des Karneeseins ist der unersättliche Hunger. Auf alles. Einschließlich Sex. Ich kämpfe gegen diesen Hunger. Manchmal verliere ich den Kampf.« Und wenn sie das tat, fühlte sich der Sex immer schal an, leer. Ein Akt ohne Liebe und Leidenschaft, in dem sie ständig auf der Hut sein mußte, damit die Exzesse der Lust sie nicht in eine Verwandlung stürzten. Nach jeder solchen Begegnung empfand sie nichts als Schuldbewußtsein und das Verlangen, eine Wiederholung zu vermeiden. Aber genau wie die Verwandlung selbst ließ sich auch der geschlechtliche Hunger des Karnee nur für eine begrenzte Zeit im Zaum halten. Meistens ließ sich das sexuelle Verlangen jedoch länger hinhalten als die Verwandlung – die war etwas Unausweichliches, wie Ebbe und Flut. Aber manchmal ließ sich das Tier in ihr nicht abweisen.

Kait gähnte. Langsam hatte sie das Gefühl, daß es ein Fehler war, einfach nur dazusitzen und zu warten. Wie lange hatte sie nicht mehr geschlafen? Das kurze Zwischenspiel der Bewußtlosigkeit schien nicht viel geholfen zu haben, sie war anschließend genauso müde und erschöpft gewesen wie zuvor. Angst, Zorn und Hoffnung hatten den Schlaf im Zaum gehalten, während sie zuerst versucht hatte, eine Möglichkeit zu finden, ihrer Familie zu helfen, und dann ihr eigenes Leben zu retten. Nun aber wurde die Erschöpfung unerträglich. Der Schlaf lockte; ein Gott, der umarmt sein wollte, begehrenswerter als alles andere auf der Welt. Sie ließ sich tiefer in den Sand hinabsinken und fand heraus, daß einer der Zweige des Busches direkt hinter ihr sich zu einem Halbmond wölbte, der ihren Kopf stützen würde.

Amalee bemerkte ihre Müdigkeit nicht. Sie plapperte weiter über die Vorzüge, die das Dasein als Karnee mit sich brachte. *Wie wunderbar. Ein gewaltiger sexueller Appetit und ein endloser Vorrat an Leuten, diesen Appetit zu stillen. Meine Liebe, ich wünschte, ich wäre als Karnee geboren worden. Soviel Macht ... so viele Möglichkeiten –*

Kait hatte einen Augenblick lang echtes Mitgefühl mit den lange toten Sabirs, die ihre Ahnin geopfert hatten. Wenn die Frau noch lebte, hätte sie sich vielleicht versucht gefühlt, etwas Ähnliches zu tun. Sie gähnte abermals und bemerkte dabei, daß ihr die Augen zugefallen waren – sie hatte keine Ahnung, wie lange sie schon so dagelegen hatte. Sie zwang sich, die Lider zu heben. »Kannst du wachbleiben, wenn ich schlafe?«

Mein Kind, ich habe seit ... seit zweihundert Jahren nicht mehr geschlafen.

»Falls ich einschlafe, könntest du mich dann wecken, wenn wir gehen müssen?«

Ja.

»Gut. Dann sei still, bis in der Stadt Huld geschlagen wird. Ich bin entsetzlich müde.«

Huld. Natürlich. Eine Pause. Und wie schlägt man diese Stunde heute?

Kait ließ sich in willkommene Dunkelheit sinken.

Kait? Wie wird Huld heute geschlagen?

Sie kämpfte noch einen Augenblick länger gegen die Umarmung des dunklen Gottes. »Genauso wie immer.«

Die Pause, die sie nun als Antwort bekam, war nicht gerade ermutigend.

»Drei Glocken. Unterschiedliche Töne. Du wirst es schon hören.«

Seltsam, daß ihre Ahnin sich daran nicht erinnern konnte. Vielleicht machten einen zweihundert Jahre Totsein vergeßlich.

Der dunkle Gott strich mit seinen Lippen über ihre Wangen, und der Gedanke verlor sich im federweichen Wohlbehagen des Schlafs.

Kapitel 19

Die letzten Schreie waren vor nicht allzulanger Zeit erstorben. Für einen Augenblick lang gehörte das Haus der Stille. Doghall erhob sich und klopfte dem Luftschiffpiloten Aouel auf die Schulter. »Sie sind geflohen«, sagte er. »Aber wir müssen hier raus und das Tor schließen, bevor sie zurückkommen. Könnt Ihr die Tür eintreten?«

Aouel, hohläugig und schlaftrunken, hatte Mühe, Doghalls Worte zu verstehen. »Geflohen? Die Sabirs? Warum? Seid Ihr sicher?«

»Ich weiß nicht, warum, und wir haben auch keine Zeit, das herauszufinden. Sie haben plötzlich alle angefangen zu schreien und sind davongelaufen; sie befinden sich jetzt außerhalb der Mauern, und wir müssen hinaus zum Tor.«

Er hätte die Tür mit Hilfe von Magie selbst öffnen können, aber er hätte den anderen Überlebenden nicht erklären können, wie er das gemacht hatte – und er wollte nichts tun, was ihn vielleicht mit dem verdächtigen Verschwinden der beiden Leichen aus dem Raum und der Flucht der Sabirs aus dem Haus in Verbindung bringen würde.

Andererseits war die Methode, mit der ein großer, kräftiger junger Mann sich einen Weg durch eine verschlossene Tür bahnt, für jeden verständlich. Daran war nichts Verdächtiges. Und Aouel benutzte diese Methode. Er rannte auf die Tür zu und warf sich mit der Schulter dagegen. Das Holz erbebte, hielt seinem Ansturm jedoch stand. Erst nach sechs oder sieben weiteren Versuchen begann der Türrahmen um den Riegel herum zu splittern und brach auf.

Der Lärm weckte die anderen Schläfer. Doghall sagte ihnen nur: »Die Sabirs sind geflohen.« Dann lief er in den Korridor hinaus, zu der Treppe hinüber, über die er ins Erdgeschoß gelangen würde. Schließlich gelangte er nach Aouel, der jünger und besser in Form war und seinen Schritt nicht zu mäßigen brauchte, um seinen Bauch unter Kontrolle zu halten, zum Eingang. Hinter sich konnte Doghall die anderen Überlebenden aus dem Haus stürmen hören; sie ließen sich darüber aus, was wohl die Flucht der Sabirs ausgelöst haben mochte. Gut. Sie konnten sich irgendeine Erklärung für ihre wunderbare Rettung zurechtlegen, solange er nicht zugegen war. Er folgte Aouel, der durch die Gärten, über die sorgfältig gepflegten Wege, den Exerzierplatz und die Landefläche zu dem Wachhaus am Tor lief. Es gelang ihm, den jüngeren Mann nicht aus den Augen zu verlieren, wenn es ihn auch manchmal einige Mühe kostete. Schließlich erreichte er gerade noch rechtzeitig das Ende der Hecken, um zu sehen, wie das Tor zufiel.

Er lächelte und beugte sich, die Hände auf die Schenkel gestützt, keuchend vor. Das Tor war geschlossen. Seine linke Hand schmerzte wie die Ausgeburt der Hölle. Seine Lungen brannten. Die Welt war umwogt von grauem, mit winzigen Lichtpunkten durchsetztem Nebel. Sein Herz schien ihm aus der Brust springen zu wollen. Es war nicht wichtig. Wenn er einen Arm oder ein Bein verloren hätte, wäre ihm auch das recht gewesen. Die Sabirs waren nicht mehr da. Fort. Wieder einmal geschlagen.

Aouel kam über einen geschotterten Weg zwischen den Blumenbeeten auf ihn zu und blieb neben ihm stehen. »Ihr werdet mir doch jetzt nicht sterben, alter Mann?« Seine Stimme hörte sich so an, als sei auch er außer Atem.

Doghall hob den Kopf. »Nicht heute, du junger Gockel. Nicht heute.«

»Gut. Denn da ist etwas, das Ihr wissen müßt.«

Doghall richtete sich auf und blickte in das besorgte Gesicht des

Rophetianers. Sein kurzes Gefühl des Triumphs schmolz dahin. »Was?«

»Sie hat das Fluggerät genommen.«

Diese Feststellung ergab keinen Sinn für Doghall. Er hatte zwar im Unterbewußtsein registriert, daß das Fluggerät nicht mehr da war, aber nicht weiter darüber nachgedacht. Aouel schien es getan zu haben. »Wer ... wer hat das Fluggerät genommen?«

»Kait.«

Doghall schnaufte. »Unfug. Es muß dir doch klar sein, daß sie das unmöglich getan haben kann. Selbst wenn sie in der Lage wäre, es zu fliegen, hatte sie keine Bodenmannschaft, um die Seile zu lösen – und wo sollte sie damit hinwollen oder es landen? Die elenden Sabirs haben es gestohlen, und ich hoffe, es stürzt mit ihnen ab, und sie verbrennen zu Asche.«

Aouel schien keineswegs überzeugt zu sein. »Kait hat es genommen«, beharrte er.

»Aber wie, Junge? Wie sollte sie das fertiggebracht haben?«

»Seht doch da drüben, auf dem Boden.« Aouel zeigte auf die Landefläche, und Doghall sah, daß die Taue immer noch in den Landewinden steckten.

»Sie haben die Seile durchtrennt.« Er kicherte. »Sie haben die Seile durchtrennt.« Er konnte direkt vor sich sehen, wie diese Idioten sich abmühten, das Luftgerät vom Boden hochzubekommen, und er mußte unwillkürlich lächeln. »Wenn die Sabirs die Seile des Fluggeräts durchtrennt haben, um zu starten, werden sie Brethwans Höllentänze tanzen, um es in einem Stück wieder auf den Boden zu bringen.«

Aouel schüttelte den Kopf. »Die Seile sind nicht durchtrennt worden. Die Sabirs hätten alles in ihrer Macht Stehende getan, um das Luftschiff unversehrt zu ihrem eigenen Haus zu bringen. Die Bodenmannschaft wäre, wenn nötig, von hier den ganzen Weg durch die Stadt zu Fuß gegangen. Diese Seile wurden mit voller Absicht gelöst, und das kann nur Kait getan haben.«

Doghall verschränkte die Arme vor der Brust und wartete auf die Erklärung des jungen Mannes. Eine Erklärung, von der er wußte, daß sie ihm nicht gefallen würde.

»In der Pilotenkanzel ist ein versteckter Nothebel«, sagte der Pilot. »Mit seiner Hilfe werden alle Landeseile gleichzeitig gelöst – eine Vorrichtung, die die Handwerker für den Fall eingebaut haben, daß einer von uns jemals nach der Landung von Feinden überrannt werden sollte.«

Doghall runzelte die Stirn. »Dann hättet Ihr gestern also einfach diesen Hebel ziehen und uns alle wieder in die Luft bringen können –«

Aouel schüttelte den Kopf. »Wäre ich in der Kanzel gewesen, hätte ich es getan. Aber Ihr erinnert Euch gewiß, daß Kait ohnmächtig geworden war. Tippa und ich standen bereits in der Luke, um möglichst rasch Hilfe für sie zu holen. Und die Männer der Sabirs haben gedroht, Tippa zu töten, falls ich irgend etwas anderes getan hätte, als aus dem Fluggerät auszusteigen.«

Doghall erinnerte sich. »Ja. Das alles scheint so lange her zu sein, aber Ihr habt natürlich recht. Zumindest was das betrifft. Was diesen Unfug angeht, Kait habe das Fluggerät genommen –«

Aouel legte Doghall eine Hand auf die Schulter und sagte: »Sie konnte es fliegen, Parat Doghall. Sie wußte, wo sich der versteckte Hebel befand, sie wußte, wie man es hochbringt und die Motoren bedient, und sie hat dieses spezielle Luftschiff schon mehrmals gesteuert.«

Doghall starrte den anderen Mann sprachlos an.

Aouel las die Frage in seinen Augen und zuckte kaum merklich zusammen. »Ich habe es ihr selbst beigebracht«, fügte er hinzu.

Es verging geraume Zeit, bevor Doghall eine Erwiderung einfiel. Schließlich gelang es ihm, mit krächzender Stimme zu fragen: »Warum?«

Aouel zuckte die Achseln. »Sie wollte es lernen. Und sie war schnell und geschickt und –«

Doghall spürte, wie die Knie unter ihm nachgaben. »Dann hält sie sich also nicht irgendwo außerhalb des Tores versteckt.«

»Nein.«

Doghall war sich so sicher gewesen, daß zumindest ein Mitglied der Familie, das er von Herzen liebte, in Sicherheit war. Jetzt wußte er gar nichts. »Welche Maßnahmen haben die Handwerker getroffen, um das Schiff zu landen, wenn man gezwungen war, die Seile auf diese Weise zu lösen?«

Aouel schürzte die Lippen. »Wir sollten das Luftschiff nicht landen. Falls wir den Notfallhebel betätigten, sollten wir das Schiff entweder über freundliches Territorium fliegen und es auf unserem eigenen Grund und Boden abstürzen lassen, oder wir sollten das Fluggerät aufs Meer hinausfliegen und dort versenken.«

»Und sind für einen solchen Fall Hilfsboote an Bord?«

»Wir ... ah ... man hat uns immer zu verstehen gegeben, daß wir ... ah ... mit dem Luftschiff untergehen sollten, sozusagen.«

»Das heißt, Kait hat keine Möglichkeit, sicher wieder runterzukommen.«

»Keine. Zumindest keine, die sich garantieren ließe. Bestenfalls kann sie darauf hoffen, nicht über Feindesland abzustürzen und bei dem Absturz keine allzu bösen Verletzungen davonzutragen. Aber wenn die Bodenmannschaft das Schiff nach der Landung nicht aufgetankt hat – und ich kann mir nicht vorstellen, daß das passiert ist –, war sie vielleicht nicht in der Lage, Freundesland zu erreichen.«

Doghall schaute den Piloten wütend an und dachte an Kait. Sie hätte so eine außerordentliche Diplomatin sein können, ging es ihm durch den Kopf. Sie hätte wunderbare Dinge für die Familie tun können. Und nicht nur für die Familie. Sie war etwas Besonderes gewesen. Jetzt konnte er nur davon ausgehen, daß sie tot war und daß ihre vielversprechenden Talente mit ihr gestorben waren.

»Ich sollte Euch hängen lassen«, sagte er zu Aouel. »Aber ich werde es nicht tun. Die Familie hat genug Menschen verloren. Aber Ihr habt Kaits Tod zu verantworten, und ich werde das nicht vergessen. Eines Tages werde ich Euch dafür zur Rechenschaft ziehen.«

Das Schiff wiegte sich nicht länger sachte von einer Seite zur anderen, sondern wogte auf und nieder, als erklimme es einen Hügel, um dann auf der anderen Seite herabzugleiten und den nächsten in Angriff zu nehmen, wieder und wieder. Hasmals Hängematte hatte, wie es schien, ein Eigenleben entwickelt. Einen Augenblick lang verwirrte ihn die Veränderung. Dann breitete sich ein zufriedenes Lächeln auf seinen Zügen aus, weil ihm klar wurde, was das bedeutete. Die *Wanderfalke* war in See gestochen und irgendwohin unterwegs – und irgendwohin war Hasmal gerade recht, denn es bedeutete, daß er endlich entkommen war.

Er zog seine Schuhe an und eilte den Niedergang zum Hauptdeck hinauf. Zu seiner Linken erkannte er eine niedrige Inselgruppe, aber die *Wanderfalke* segelte im offenen Wasser.

Der Kapitän lehnte an der Ruderpinne und blinzelte mit einem zufriedenen, schiefen Lächeln in die tiefhängende Morgensonne. Mehrere Matrosen, zu denen auch die Narbigen aus Keshi zählten, die sich während der ganzen Zeit, in der das Schiff vor Anker lag, nicht auf Deck zu zeigen gewagt hatten, hingen in den Seilen und genossen die steife Brise und den Sonnenschein. Hasmal spürte ihre Freude darüber, endlich wieder frei zu sein, und verstand sie nur allzugut. Es ging ihm selbst nicht anders.

Er schlenderte nach achtern und nickte dem Kapitän zu. »Dann haben wir also unsere Fracht?«

Der Kapitän lächelte. »Und Ihr seid zügig auf hohe See gekommen, ganz wie ich es versprochen habe. Ihr sagtet doch, Ihr wolltet gern eine ganze Weile auf See bleiben. Da sollte unser Ziel Euch eigentlich froh stimmen.«

»Ach ja?«

»Ich denke schon. Wir segeln bis nach Nord-Novtierra hinüber. Ich hoffe, Ihr habt alles bei Euch, was Ihr benötigt – wir werden ziemlich lange kein Land mehr zu Gesicht bekommen.«

Hasmal lachte laut auf. »Gute Neuigkeiten«, sagte er. »Ah, Kapitän, Ihr habt ja keine Ahnung, wie gut diese Neuigkeiten sind.« Er lehnte sich gegen die Reling und blickte auf das vorbeigleitende Wasser hinab.

»Ich dachte mir schon, daß Ihr das so sehen würdet, auch wenn Ihr mir nie erzählt habt, was es ist, dem Ihr ... aus dem Weg gehen wolltet.«

Der Kapitän benutzte das Wort »weglaufen« nicht, aber Hasmal hörte es dennoch aus seiner unausgesprochenen Frage heraus. Er zuckte die Achseln und entschloß sich zu einer Halbwahrheit. »Nichts Besonderes. Eine Frau. Erwartungen. Eine Zukunft, auf die ich nicht besonders scharf war.«

Ian Draclas lachte laut auf. »Ihr habt mir gleich nicht nach einem Verbrecher ausgesehen, als ich Euch an Bord genommen habe, Has. Es sind schon viele gute Männer zur See gegangen, um vor einer Frau zu fliehen. Um die Wahrheit zu sagen, meine erste Reise habe ich aus demselben Grund angetreten.«

Hasmal blickte neugierig zu ihm auf.

»Ein junges Mädchen hatte eine Vorliebe für mich gefaßt und ihrem furchteinflößenden Vater erzählt, ich hätte ihr ihre Jungfernschaft geraubt und sie wolle mich lieber heiraten als mich auf dem Marktplatz hängen zu sehen. Ich ... ah ... ich dachte, ein Mädchen, das seinem Vater solche Lügen auftischte, wäre wahrscheinlich geneigt, ihren Ehemann genauso zu belügen. Außerdem verspürte ich nicht den Wunsch, ein Leben als Lehrling eines Krämers zu führen, ganz gleich, wie erlesen seine Ware und wie wohlgefüllt seine Schatztruhen waren. Also habe ich mir eine Koje an Bord eines Schiffes nach Norden gesucht, und ich habe nie zurückgeblickt.«

Hasmal nickte und dachte an das Verhängnis, dem er endlich

entronnen war. »Es gibt schlimmere Schicksale als Ehe oder Tod, aber die beiden sind schon schlimm genug.«

Der Kapitän lachte.

Hasmal schloß die Augen, ließ die Wärme der Sonne über sein Gesicht streichen, roch die salzige Meeresluft und stellte fest, daß er wieder tief durchatmen konnte – zum ersten Mal seit jenem Abend, an dem er sich in einen Mantel aus Magie gehüllt hatte und uneingeladen bei der Namensfestfeier der Dokteeraks erschienen war. Frei, frei, endlich frei; er hatte sich seinem Geschick entrissen, war seiner unerwünschten Zukunft entflohen, hatte seine Schlacht gewonnen. Und wenn er sich auch auf einem Schiff befand, das ihn an einen Ort bringen würde, den nur die Götter kannten, und wenn er auch die See haßte, und wenn er auch von dem ständigen Geschaukel seekrank wurde – egal. Er wollte diesen Preis dafür, daß er sein eigener Herr sein konnte, gern zahlen.

Vincalis, der alte Poet, Philosoph und Schutzheilige der Falken, hatte einst gesagt: »Die Kunst erwählt den Augenblick und den Mann und reitet diesen Mann wie einen Gaul, bis sein Herz birst und er stirbt; einzig der Narr wagt sich ohne guten Grund in die Gewalt der Magie.«

Vielleicht bin ich ein Feigling, aber ich habe keine Lust, für die Falken zu sterben. Ich will nicht wieder das Reittier der Magie sein. Und ich werde nie wieder aus Neugier das Schicksal herausfordern.

Am Namensfest hatte er sich eingeredet, daß er einen guten Grund hätte, sich ungesehen in das Haus der Dokteeraks hineinzustehlen; in der Steinmetzstraße, ja, im ganzen Bremischen Quartier, wimmelte es nur so von Gerüchten, daß die Familien der Stadt sich für einen Krieg gegeneinander rüsteten. Genauso zahlreich waren Geschichten über fremdländische Botschafter gewesen, die nicht nur eine, sondern zwei feindliche Familien repräsentierten, und Spekulationen, daß die bevorstehende Hochzeit keineswegs das war, was sie oberflächlich betrachtet zu sein schien. Mit seinem Eindringen in das Haus Dokteerak hatte er geglaubt, sich und seiner Familie einen Gefallen zu tun. Außerdem stank die Stadt selbst nach dunkler Magie. Also hatte er Falkenmagie beschworen, um die Schliche der Familien aus der Nähe zu beobachten, und sich dabei eingeredet, daß seine Triebfeder nicht eitle Neugier, sondern Selbsterhaltung gewesen sei. Aber dann hatte er mit seiner Einmischung nur das Interesse der anderen Welt erregt und eine Verbindung zwischen sich und diesen Familien und den Ereignissen hergestellt; schließlich war es ihm nur mit knapper Not gelungen, nicht auch noch in ihren Untergang verstrickt zu werden.

»Spiel nicht auf den Spielplätzen der Götter – ihre Spiele werden dir nicht gefallen, und sie mogeln obendrein.«

Wieder Vincalis. Worte, nach denen man sich richten sollte.

Ich habe meine Lektion gelernt, betete Hasmal. Ich danke dir, Vodor Imrish, für deine freundliche Güte, daß du deinen braven Hmothjungen aus den Händen der zudringlichen iberischen Götter befreit hast. Ich verspreche auch, nie wieder Neugier mit Selbsterhaltung zu verwechseln.

Kait hatte keine Ahnung, wie lange sie geschlafen hatte. Sie erinnerte sich lediglich vage daran, daß Amalee sie geweckt hatte, damit sie an Bord des von ihr angeheuerten Schiffes gehen konnte. Noch viel weniger konnte sie sich daran erinnern, den Kapitän bezahlt und ihm erklärt zu haben, daß sie kein Gepäck habe, bevor sie in ihre Kajüte eingezogen war. Daß ihr all das jedoch gelungen war, stand außer Frage. Sie lag in einer bequemen Koje in einer sauberen, kleinen Kajüte und hatte weder die Decke ihres Bettes zurückgeschlagen noch die Stiefel ausgezogen. Ihre Kleider waren nur noch Lumpen. Sie wünschte, sie hätte Gelegenheit gehabt, neue zu kaufen und gleichzeitig auch andere Dinge zu erwerben; sie konnte nur hoffen, daß Kapitän Draclas Frauen in seiner Mannschaft hatte und daß eine von ihnen vielleicht bereit wäre, Kait ein paar Sachen zu verkaufen, mit denen sie sich bis zum Einlaufen in den nächsten Hafen bedecken konnte.

Fühlst du dich besser?

Amalees »Stimme« ließ Kait auffahren. Sie schrak zusammen, und ihre lange verstorbene Ahnin lachte.

»Mir geht es gut«, murmelte Kait. »Ich wünschte, du würdest das bleiben lassen.«

Kann ich mir vorstellen. Aber du hast ja keine Ahnung, wie einsam ich gewesen bin. Es ist herrlich, wieder jemanden zum Reden zu haben, und es ist herrlich, gehört zu werden.

Kait reckte sich gähnend und setzte sich hin. In der Kajüte roch es nach Eiche und Zeder, nach Holzpolitur und Kerzenwachs, und in das alles mischte sich der Geruch von ehrlichem, kräftigem Putzmittel – der gescheuerte Fußboden leuchtete so weiß wie Knochen, die abgenutzten Laken und die sorgsam geflickte Decke waren makellos sauber und parfümiert mit Alaria und Lavendel.

Möchtest du nicht reden? Ich habe dir so vieles zu erzählen –

»Offen gesagt, nein. Morgens bin ich am liebsten allein mit meinen Gedanken.«

Es ist bereits nach Mittag und wahrscheinlich nicht mehr lange bis Sonnenuntergang.

Kait löste ihre Zöpfe und wünschte, sie hätte eine Möglichkeit, sich die Haare zu waschen. Obwohl sie nicht mehr feucht waren, fühlten sie sich immer noch unangenehm stumpf und klebrig an, was daher rührte, daß sie das Salzwasser immer noch nicht herausgespült hatte.

»Na schön, wenn dir das besser gefällt: Ich bin *gern* für mich, und es gibt da einige Dinge, über die ich allein nachdenken möchte. Also, geh weg und sprich mich nicht an, bevor ich dich darum bitte. Und zwar ganz egal, ob das heute nacht oder morgen früh passiert.«

Von der Tür ihrer Kajüte erklang ein vorsichtiges Klopfen. Kait erstarrte.

»Parata? Seid Ihr wach?«

»Ja«, antwortete Kait.

»Habt Ihr Gesellschaft?«

Kait rieb sich die Augen und seufzte. »Ich habe ... mit mir selbst geredet. Ich war noch nicht ganz bei mir, als ich aufgewacht bin.«

»Ich bin Eure Kabinenmagd. Darf ich eintreten?«

»Bitte.«

Die Tür wurde geöffnet. Auf das Geschöpf, das sich ihrem Blick darbot, war Kait jedoch nicht gefaßt gewesen. Bisher hatte sie nur einige derjenigen Narbigen gesehen, die sich über die Grenzen Iberas gewagt hatten und auf dem Großen Platz von Calimekka hingerichtet worden waren. Doch die hatte sie immer nur von Ferne gesehen, wobei sie überdies meistens den Blick abgewandt hatte. Noch nie war sie einer Narbigen so nahe gekommen, und sie hätte es auch nie erwartet, daß etwas Derartiges jemals geschehen könnte. Aber nun stand ein Geschöpf vor Kait, das schlimmere Narben trug, als sie es sich jemals hätte vorstellen können, und dieses Geschöpf stellte sich ihr als ihre Kabinenmagd vor. In Ibera wäre das Mädchen durch ihre bloße Existenz zur Verbrecherin abgestempelt worden – was wohl, wie Kait überlegte, bewies, daß sie nicht in Ibera waren.

Es gab zwei Spielarten der Narbigen von Matrin – die, der Kait zugehörte, deren Narben entweder immer oder doch einen größten Teil der Zeit verborgen waren, und diejenigen, für die dieses Mädchen ein Beispiel war, der man von weithin ansehen konnte, was sie war. Das Mädchen entstammte gewiß einem ganzen Stamm von Wesen, genau wie sie eines war, einem Stamm, der nur einer von einer unbekannten und vielleicht unermeßlichen Anzahl ähnlicher Stämme war. Die sichtbar Narbigen wurden manchmal die Tausend Rassen Der Verdammten genannt. Sie kamen aus den verheerten Gebieten rund um die Kreise der Hexer; alte Magie, die außer Kontrolle geraten war, hatte den Bewohnern dieser Länder vor tausend Jahren ihre Menschlichkeit geraubt. Alte Magie hatte die Überlebenden genauso verheert wie ihre

Heimat und auf diese Weise zahllose Rassen von Ungeheuern hervorgebracht. Ungeheuern, denen der Weg nach Ibera, der letzten Heimat der Menschheit, verwehrt war.

Kait erinnerte sich verschwommen daran, daß Kapitäne dem Gesetz nach Herrscher über ihre Schiffe waren und daß alle an Bord eines Schiffes, solange sie und ihre Mannschaft dieses Schiff nicht verließen, keinem anderen Gesetz untertan waren als dem des Kapitäns ... Aber der Gedanke, daß ein iberischer Kapitän eine Mannschaft aus Narbigen anheuern könnte, wäre Kait nie in den Sinn gekommen. Sie hatte geglaubt, daß das Kapitänsgesetz einzig dazu da sei, dem Kapitän die notwendige Autorität über die Mannschaft zu geben, nicht, es ihm zu ermöglichen, innerhalb hölzerner Grenzen ein eigenes, fremdes Land zu gründen.

Kait starrte das Mädchen an, weil sie einfach nicht anders konnte; weil sie das Gefühl hatte, mit einer Art Frevel konfrontiert zu werden, weil sie sich als Heuchlerin empfand, da sie selbst ein Geschöpf des Frevels und dennoch schockiert war; weil sie nicht wußte, was sie sonst hätte tun sollen.

Das Mädchen, das ihrem Blick nicht ausweichen konnte, senkte den Kopf und flüsterte: »Wenn Ihr unzufrieden mit mir seid, kann ich gehen. Es sind andere da, die sich um Euch kümmern können und die nicht ... die nicht sind, was ich bin.« Was du bist, dachte Kait, angewidert von sich selbst, was du bist, ist eine ehrliche Version dessen, was ich bin.

»Bitte komm herein«, sagte Kait mit bewußt freundlicher Stimme. »Und bitte verzeih mir mein ungehobeltes Benehmen. Ich habe noch nie zuvor einen Narbigen gesehen – du warst einfach eine Überraschung für mich. Ich wußte gar nicht, daß eine Narbige so schön sein kann.«

Und wenn sie auch mit ihren Worten nur ihr schlechtes Benehmen hatte überspielen wollen, wurde Kait nun bewußt, daß sie durch und durch der Wahrheit entsprachen. Das Mädchen war schön. Ihre Augen, riesig und pechsteinschwarz, lagen funkelnd in einem Gesicht, das es an schillerndem Glanz mit dem Rückenschild eines Käfers oder dem Federkleid eines Kolibris aufnehmen konnte – im Licht der hinter ihr stehenden Sonne sah sie aus wie ein Edelstein. Obwohl ihr Gesicht überwiegend in Purpur-, Blau- und Grüntönen schimmerte, waren ihre hohen Wangenknochen und das lange, zierliche Kinn von rubinroten und goldfarbenen Lichtreflexen übersät. Als sie die Tür hinter sich zuzog und das Sonnenlicht damit aussperrte, machte der größte Teil des schillernden Glanzes einem Schwarz Platz, das ebenso reich und rein war wie das ihrer Augen. Über den bodenlosen Teichen ihrer Augen wölbten sich Augenbrauen, die ein eigenes Leben zu haben schienen; sie bestanden aus einer duftigen, zarten, weißen Substanz, die so leicht war, daß selbst der schwächste Dufthauch genügte, um sie in Bewegung zu versetzen. Das Mädchen hatte sich die äußeren Enden der Augenbrauen, an denen das Haar lang auslief, zu Zöpfen geflochten; die Zöpfe fielen ihr zu beiden Seiten des Gesichts bis zum Kinn herunter, wobei die Enden der kleinen Zöpfe mit winzigen, glänzenden Perlen und umwickelten Federn geschmückt waren. Ihr Haar besaß dasselbe, beinahe magische Leben wie ihre Augenbrauen. Es war genauso weiß und zu einem einzigen, dicken Zopf geflochten, den sie sich über eine ihrer schlanken Schultern gelegt und an der Taille wie einen Gürtel mehrmals um ihren Leib geschlungen hatte. Es fiel einem schwer, sich nicht zu fragen, wie lang dieses Haar ungeflochten wohl sein mochte oder wie es offen aussehen würde. Alles in allem jedenfalls erstaunlich. Und ihre Ohren – etwas Ähnliches hatte Kait nur bei den Rehen und Hirschen gesehen, die sie in ihrer Karneegestalt jagte. Dieselbe Größe, dieselbe Form, dieselbe, stets bewegliche Nervosität; Ohren, die zu beiden Seiten eines Gesichtes standen, das sie geradezu winzig erscheinen ließen. Die Nase war sehr spitz, mit breiten Nasenlöchern und ebenfalls von großer Beweglichkeit. Der üppige Mund mit den vollen Lippen zog sich an beiden Winkeln nach oben.

Was den Körper des Mädchens betraf, der unter ihrem weiten, weißen Flachshemd, den grauen Hosen und den weichbesohlten Stiefeln verborgen war, ließ sich nichts Genaueres sagen, abgesehen davon, daß er im großen und ganzen dem eines Menschen entsprach und sonst keine Besonderheiten aufwies.

Das Mädchen musterte Kait seinerseits mit derselben Neugier. Sie ließen sich beide Zeit mit der Betrachtung der anderen. Schließlich legte die Narbige den Kopf schief, runzelte leicht die Stirn und bemerkte: »Ihr seid nicht wie die übrigen von ihnen.«

Kait spürte, wie ihr Herzschlag sich bei diesen Worten beschleunigte. »Nein?«

Das Mädchen lächelte und entblößte dabei eine Reihe sehr weißer, sehr spitzer kleiner Zähne. »Nein. Ihr seid –« Sie hob die Schultern, und ihre Mundwinkel zuckten, als fände sie das Rätsel amüsant. »Ich weiß nicht. Irgendwie habt Ihr etwas von einem Raubtier. Wie ich. Irgendwie. Bitte, seid nicht gekränkt. Ich würde niemals behaupten, Ihr wäret … meinesgleichen – ich weiß, daß das in Eurer Welt ein todbringendes Verbrechen wäre. Aber Ihr habt den Geruch des Jägers an Euch. Und Ihr benehmt Euch wie jemand, der jagt und gejagt wird.«

Kait nickte. Raubtiere erkannten einander, und das Mädchen hatte recht. Kait war ein Raubtier, und hätte sie es geleugnet, hätte sie der Neugier des narbigen Mädchens eher zusätzliche Nahrung gegeben, als sie zu stillen. »Ich bin zu Hause oft auf die Jagd gegangen. Rotwild meistens. Manchmal auch andere Tiere. Jetzt sind Menschen hinter mir her, so daß ich selbst zu einer Gejagten geworden bin. Deine Sinne sind sehr scharf.«

Die Narbige lächelte. Akzeptierte das Kompliment und vielleicht die Erklärung, obwohl etwas in ihren Augen Kait das Gefühl gab, daß die andere ihre Antwort für unvollständig hielt. Dennoch sagte sie höflicherweise: »Etwas Ähnliches dachte ich mir schon.«

Kait wechselte das Thema. »Und du hast an meiner Tür gelauscht.«

»Oh.« Die großen Augen wurden rund. »Ja, hm. Aber ich habe nicht wirklich gelauscht – ich höre einfach sehr gut, und der Kapitän hat mir den Auftrag gegeben, Euch, sobald Ihr erwacht, zum Schiffslager zu bringen. Aus diesem Grund hat er mich vor Eurer Tür postiert, weil Ihr ohne Gepäck an Bord gekommen seid, und er meinte, er hätte einige Dinge an Bord, die Ihr vielleicht brauchen würdet. Kleider und Dinge, die Ihr für Eure persönliche Toilette benötigt – Ihr sollt unter den Sachen, die wir haben, Eure Wahl treffen, dann soll ich Euch zu den Duschräumen bringen, wo Ihr Euch umkleiden könnt. Während Ihr zu Abend eßt, werde ich die Kleider, die Ihr jetzt tragt, für Euch säubern. Ich glaube, sie haben nicht gar so großen Schaden genommen, wie Ihr das vielleicht denkt, obwohl Eure Weste wahrscheinlich nachgefärbt werden muß.« Sie warf einen Blick auf Kaits Füße. »Und die Stiefel –«

»Mach dir keine Gedanken wegen der Stiefel. Mit etwas Lederfett und Hartwachs kann ich sie bestimmt wieder in einen respektablen Zustand bringen.«

Das Mädchen nickte. »Ich sorge dafür, daß Ihr alles bekommt, was Ihr braucht.«

»Du bist diejenige, die den Raum sauber hält, nicht wahr?«

»Ja.«

»Du hast deine Sache ganz wunderbar gemacht. Wenn ich dich jedoch um eines bitten dürfte –«

»Ihr braucht es nur zu sagen.«

»Die Alaria, mit der die Laken parfümiert sind –«

Ein schnelles Lächeln huschte über die Züge des Mädchens. »Der Duft ist zu süß für Eure Nase, nicht wahr?«

»Ja.«

»Für meine auch. Es ist kein Raubtiergeruch. Er verdeckt zu viel.«

Kait nickte. »Aber Lavendel gefällt mir.«

»Mir auch. Sehr sauber. Und er überlagert die anderen Gerüche kaum. Die Diaga – aber nein, Ihr seid ja ebenfalls

Diaga.« Sie runzelte die Stirn, und dieses Mienenspiel ließ ihre Augenbrauen tanzen. »Die *meisten* von Eurer Rasse mögen Alaria. Aber ich werde sie für Eure Sachen nicht mehr benutzen. Nur noch Lavendel.«

»Ich danke dir.«

»Seid Ihr dann jetzt bereit? Euch einige neue Sachen zu holen, zu duschen und dann zum Abendessen zu gehen? Ihr sollt heute abend am Tisch des Kapitäns sitzen.«

»Ich bin fast fertig. Aber sag mir zuerst deinen Namen.«

»Die Passagiere nennen mich immer Mädel.«

»Aber das ist nicht dein Name.«

»Nein. Aber mein Name ist sehr schwer auszusprechen.«

Kait wartete.

Das Mädchen rollte die Zunge und trällerte etwas, das als tiefer Ton begann, immer höher wurde und schließlich mit einem leisen Wispern endete.

Kait hatte einiges Talent, Geräusche nachzuahmen, und das jahrelange Studium der anderen Sprachen Iberas hatte sowohl ihr Ohr als auch ihre Zunge geschärft.

»Rrru-eth?« fragte sie.

Das Mädchen lachte, und das Lachen klang so melodisch wie sein Name. »Das ist genau richtig. Genau. Nicht mal Jayti kann ihn so gut aussprechen.«

»Jayti?«

»Mein Geliebter. Er ist Diaga, aber er ist wunderbar. Ihr werdet ihm früher oder später begegnen; er ist einer der Matrosen.«

Kait nickte und dachte daran, daß eine unverzügliche Verurteilung zum Tod durch Folter und Verstümmlung sowohl Rrru-eth als auch Jayti erwartete, falls sie jemals in Ibera an Land kamen und ihre Beziehung dort bekannt wurde; wenn ein menschlicher Mann mit einer Narbigen eine sexuelle Beziehung einging, hatte das für beide verheerende Folgen. Sie war also nicht die einzige auf dem Schiff, die tödliche Geheimnisse hütete.

Sie gingen ins Vorratslager. Kait fand dort Kleider, die ihr paßten – schlichte Arbeitskleidung, strapazierfähig genug für ihre Zwecke, wenn auch nicht von der Qualität, wie ihre Kleider es ihr ganzes Leben lang gewesen waren. Schwertöl und ein Schleifstein und Putzlumpen. Persönliche Dinge. Sie nahm sich, was sie brauchte. Rrru-eth brachte sie zu der winzigen Dusche, und sie ließ sich das spärlich spritzende kalte Wasser über den Leib rinnen, wusch sich das Haar und zog anschließend die neuen Kleider über. Beide Frauen kehrten kurz in Kaits Kajüte zurück, um ihre neuen Sachen in die Schubladen zu räumen, die unter der Koje eingebaut waren, und auf die Regale am Fuß der Bettstelle. Dann führte Rrru-eth Kait zur Kombüse, wo der Kapitän und die Mannschaft zum Abendessen versammelt waren.

Dort sollte Kait entdecken, daß manchmal doch Wunder geschahen – und besser noch, daß sie bisweilen sogar ihr geschahen. Hasmal, Sohn von Hasmal, saß an dem langen Tisch zwischen einem Mitglied der Mannschaft, das so vernarbt war, daß Kait nicht sagen konnte, ob es männlichen oder weiblichen Geschlechts war, und einer mageren Frau mit harten Augen, die eine Hand auf seinen Unterarm gelegt hatte und unaufhörlich auf ihn einredete; sie erzählte ihm irgendeine Geschichte, die er offenkundig nicht zu hören wünschte.

Rrru-eth hatte bemerkt, wie Kait scharf den Atem einsog, und als sie die Freude in ihren Augen aufleuchten sah, fragte sie: »Ein alter Liebhaber?«

»Nur ein Bekannter, aber einer, den ich besser kennenzulernen gehofft hatte. Bevor die Umstände sich änderten. Ich hätte nie gedacht, daß ich ihn noch einmal wiedersehen würde. Jetzt –« Sie konnte ihr Lächeln nicht verbergen. »Entschuldige mich doch bitte einen Augenblick.«

Hasmal wurde sich ihrer Gegenwart erst bewußt, als sie direkt hinter ihm stand und sagte: »Hasmal, Sohn von Hasmal, wenn ich je geglaubt hätte, daß die Götter mich vielleicht doch lieben, dann wäre der Augenblick jetzt gekommen. Man stelle sich vor, daß ich Euch ausgerechnet hier finde –«

Er drehte sich um, und sie sah sofort, daß er sie nicht gleich erkannte. Was kein Wunder war; er hatte sie nur flüchtig gesehen, und damals war sie für ein Fest gekleidet gewesen und in der Gesellschaft ihrer jüngeren und hübscheren Cousine. Sie kam zu dem Schluß, daß sie keinen besonderen Eindruck auf ihn gemacht hatte. Dann aber blitzte das Erkennen in seinen Augen auf, und sein Gesicht verlor alle Farbe. Er sagte: »Ihr!«, und das mit einer Stimme, mit der sie bestenfalls einen wandelnden Leichnam begrüßt hätte. Seine Augäpfel rollten in ihren Höhlen, so daß sie deutlich das Weiß darunter erkennen konnte. Seine Muskeln erschlafften, und er sank wie die Stoffpuppe eines Kindes in sich zusammen. Bevor irgend jemand ihn hätte festhalten können, glitt er unter den Tisch.

Kait blickte voller Verwunderung erst auf den erschlafften Körper Hasmals unter dem Tisch, dann auf die Mannschaft, die sie von allen anderen Sitzplätzen der Kombüse aus anstarrte. Der Kapitän hatte das ganze Zwischenspiel offensichtlich beobachtet; seine Miene zeigte verschiedene Gefühle, aber am deutlichsten trat wohl seine Verwirrung zutage.

Kait streckte ratlos die Hände aus und versuchte, etwas zu sagen. Aber die Worte wollten nicht kommen.

Ian Draclas trat auf sie zu, zog Hasmal unter dem Tisch hervor und versicherte sich, daß er noch atmete. Dann blickte er zu Kait auf. »Ich hätte nicht gedacht, daß Ihr diejenige seid. Wenn wir gegessen haben, kommt doch bitte mit in meine Kajüte. Wir beide müssen reden.«

Kait, die immer noch sprachlos war, nickte nur. Sie war *diejenige?* Was sollte das nun wieder bedeuten? Und warum hatte Hasmal mit solchem … solchem Entsetzen auf ihre Anwesenheit reagiert, denn Entsetzen war es gewesen, dessen war sie sich nun sicher. Sie selbst war entzückt gewesen, ihn zu sehen. Erfreut, daß es jemanden an Bord des Schiffes gab, den sie kannte, auch wenn sie ihn nicht gut kannte. Sie hatte jedenfalls gehofft, daß er ihr das Kunststück beibringen würde, wie man eine Mauer des Friedens um sich herum erschuf – dasselbe Kunststück, das sie bei Doghall beobachtet hatte, kurz bevor das Unheil seinen Lauf nahm.

Sie runzelte die Stirn, und während einige der Matrosen Hasmal aus der Kombüse trugen, nahm sie ihren Platz direkt neben dem Kapitän ein.

Das Abendessen verlief in gedämpfter Atmosphäre.

In dem langgestreckten Krankensaal lagen in dem von Wolken getrübten Licht des späten Nachmittags die Wölfe, die noch am Leben waren; zwischen ihnen zogen sich kalte, weiße Reihen schmaler, leerer Betten hin. Ry stand neben seiner Mutter, die zwar noch lebte, aber nicht mehr das Geringste sehen konnte und deren Narben Ry in jüngeren Jahren die grauenvollsten Alpträume beschert hätten. Die ihm, wie er wohl wußte, immer noch Alpträume bescheren mochten, obwohl er, als er zu ihr sprach, sein Entsetzen und seinen Abscheu nicht in seinen Worten durchklingen ließ.

»Wer lebt noch?« fragte sie ihn. »Dein Vater?«

»Nein, Mutter. Es tut mir leid ... aber er hat nicht überlebt. Audrai auch nicht –« fügte er hinzu. Audrai war seine ältere Schwester gewesen.

»Elen?«

»Natürlich. Ihr geht es gut, und wenn du möchtest, sage ich ihr, daß du auf einen Besuch von ihr wartest.« Elen, die sieben Jahre jünger war als er, würde erst in zwei Jahren alt genug sein, um die Ausbildung bei den Wölfen zu beginnen. Sie war an jenem Tag nicht im Kreis gewesen, so daß sie, genau wie er, von der Katastrophe vollkommen verschont geblieben war.

Seine Mutter verriet weder Schmerz über den Verlust ihres Gemahls und ihrer älteren Tochter noch Erleichterung darüber, daß die jüngere überlebt hatte. Sie hatte niemals große Liebe für ihre Kinder oder für Lucien geheuchelt, und sie heuchelte sie auch jetzt nicht. Ihre Sorgen galten der Nachfolge; galten der Richtung, die die Wölfe einschlagen würden, jetzt, da Lucien tot war. Das war es, was sie beschäftigte. »Wer hat deiner Meinung nach die beste Chance, die Wölfe zu führen?«

»Du meinst jemanden, den du akzeptieren könntest?« Was nicht die Frage war, die sie gestellt hatte, aber Ry war noch nicht bereit, sich diesem Thema zuzuwenden. Er seufzte und blickte an den beinahe leeren Reihen entlang. So viele waren gestorben. Waren einen nutzlosen, sinnlosen Tod gestorben. »Tomey wird bald wieder wohlauf sein.«

»Tomey ist sowohl schwach als auch dumm.«

»Tomey ist biegsam. Nicht dumm. Mit deiner Unterstützung könnte man ihn in eine akzeptable Richtung leiten.« Wobei sich als akzeptabel natürlich das verstand, was seine Mutter wollte. In all den Jahren, in denen Lucien die Führung der Wölfe innegehabt hatte, war das die Definition des Wortes »akzeptabel« gewesen, und Imogene würde daran zu diesem späten Zeitpunkt in ihrem Leben nichts mehr ändern wollen.

»Dumm. Er wird niemals die Führung übernehmen.«

Und das war wahrscheinlich zutreffend. Tomey war nicht dumm; tatsächlich verfügte er über einen bemerkenswert ausgeprägten Selbsterhaltungstrieb, der wahrscheinlich dafür sorgen würde, daß er sich sorgfältig aus jedweden Machtkämpfen heraushielt. Ry zuckte die Achseln. Dachte über andere nach, gegen die seine Mutter vielleicht keine Einwände erheben würde. »Die Gizealle hat schlimme Narben davongetragen. Sie wird weiterleben, aber ihre Verletzungen sind genauso schwerwiegend wie deine. Sie wird Zeit brauchen.«

»Sie hat gewisse Chancen, den Machtkampf für sich zu entscheiden.«

»Nach einiger Zeit. Wahrscheinlicher ist jedoch, daß sie ihren Bruder unterstützen wird.«

Seine Mutter sog scharf die Luft ein und zischte dann: »Andrew lebt?«

»Das ganze Trio hat überlebt. Andrew geht es gut. Seine Vernarbung war minimal; er ist bereits in sein Quartier zurückgekehrt. Crispin ist äußerlich irgendwie unversehrt geblieben, obwohl die Ärzte sagen, er hätte innere Vernarbungen davongetragen. Anwyn hat ebenfalls überlebt, wenn auch nur mit knapper Not. Er hat von allen Überlebenden die schlimmsten Narben davongetragen, aber er war ja schon vor dem Unglück stärker gezeichnet als die meisten.«

Seine Mutter legte eine entstellte Hand auf ihre blinden Augen und stöhnte. Obwohl sie zu Lebzeiten seines Vaters bei einer Bewerbung um die Macht vielleicht keine Unterstützung gefunden hätte, würde die Triade – oder, wie man die drei Vettern hinter ihrem Rücken nannte, die Dreifaltigkeit der Hölle – möglicherweise durchaus in der Lage sein, in der neuen, geschwächten Zusammenstellung der Familie einen nicht unerheblichen Rückhalt zu erzwingen. Vor allem, da die meisten derer, die einen Platz in den obersten Reihen des Kreises der Wölfe innegehabt hatten, entweder tot oder auf furchtbare Weise verletzt waren.

»Du mußt jetzt deine Ansprüche geltend machen«, sagte seine Mutter.

Ry hatte gewußt, daß das Gespräch sich in diese Richtung entwickeln würde. Es war so unausweichlich wie der Sonnenaufgang, wie Sommerregen, wie der Tod. Bevor er zu ihr hingegangen war, hatte er versucht, sich auf irgendeine Möglichkeit zu besinnen, wie er sie aufhalten konnte, bevor sie überhaupt anfing, aber eine solche Möglichkeit gab es nicht. Sein Schicksal war in dem Augenblick besiegelt gewesen, als sein Vater gestorben war und die Triade überlebt hatte; seine Mutter würde ihn entweder auf einen Kurs einschwören, den er nicht einschlagen wollte, oder er würde ihr und dem Willen der Familie trotzen und Schande auf sich laden müssen. Vielleicht würde er sogar verstoßen werden.

»Du bist diejenige, die führen will«, sagte er leise. »Es ist *dein* Ehrgeiz, *dein* Herzenswunsch, *dein* Talent. Warum bewirbst du dich nicht selbst um die Führung?«

»Ich bin keine geborene Sabir.«

»Du hast die Familie seit zwanzig Jahren geführt – wenn auch nicht dem Namen nach, so doch als treibende Kraft hinter dem Ganzen. Du bist eine Sabir, weil du ihren Namen trägst. Die meisten der Wölfe werden dir folgen. Die wenigen, die protestieren, wirst du zur Räson bringen. Oder verstoßen.«

Sie zwang sich unter großer Mühe, sich aufzusetzen, und er schrak zurück. Jetzt, wo die Decke heruntergefallen war, wurden ihre furchtbaren Entstellungen noch deutlicher sichtbar. »Selbst wenn ich immer noch unvernarbt wäre«, sagte sie leise, »selbst wenn ich noch über mein Augenlicht, über meine Kraft und über meine Schönheit verfügte, selbst dann würden sie mir nicht folgen. Ich bin nicht und kann nie sein, was du von Geburt an warst. Keine Charakterstärke, kein Willensakt, keine große Tat können mir das Geburtsrecht der Sabirs geben – das Geschenk, als Sabir geboren worden zu sein. Noch niemals hat ein anderer als ein geborener Sabir die Wölfe geführt. Niemals wird ein anderer als ein geborener Sabir sie führen. Das ist die Wahrheit, die ich in all diesen Jahren zu begreifen und zu hassen gelernt habe – die Wahrheit, die auch du akzeptieren mußt. Ich bin die einzige der noch lebenden Wölfe, die die Familie wirklich so führen kann, wie sie geführt werden muß. Aber du bist derjenige, der vor mir stehen und die scheinbare Führung ausüben muß. Dich werden sie akzeptieren, Ry, wie sie mich niemals akzeptieren könnten. Dein Platz ist an der Spitze der Wölfe. Deine Zeit ist gekommen.«

Er verschränkte die Arme über der Brust. »Und was ist mit deiner beharrlichen Forderung, ich müsse eine Horde Kinder zeugen, bevor ich in den Kreis trete?«

Ihr Gesicht spannte sich. »Jetzt ist es zu spät für dich, um eine Braut zu nehmen. Ich habe dir immer gesagt, daß du an die Zukunft denken müßtest. Aber gleichviel. Du mußt doch in ganz Calimekka deine Bastarde herumlaufen haben. Verlange die vielversprechendsten unter ihnen für dich und hole ihre Mütter in die Familie. Wenn die Mütter nicht gut genug für uns sind, halten wir sie verborgen, bis wir uns ihrer endgültig entledigen können; wenn sie einigermaßen akzeptabel sind, machen wir sie zu Paraten. Wie dem auch sei, wir werden die Kinder offiziell anerkennen und zu deinen Erben erklären.«

Er lächelte, obwohl er wußte, daß sie sein Gesicht nicht sehen konnte, aber er wußte auch, daß sie das Lächeln in seiner Stimme hören würde. »Ich habe keine Bastarde, Mutter. Ich habe keine Kinder gezeugt, weder eheliche noch sonstige.«

Ärger flammte in ihrem Gesicht auf wie ein Blitz; im Nu war die Regung wieder verflogen, konnte aber jeden Augenblick wieder aufflackern. Es kümmerte ihn nicht. »Bist du steril?«

Sein Lächeln wurde breiter. »Nicht, daß ich wüßte. Ich war einfach vorsichtig.«

Sie verdrehte die Decke in ihren Händen. Ihr zerstörtes Gesicht verdunkelte sich vor Zorn – Zorn auf ihn, daß er sie im Stich gelassen hatte, indem er es unterlassen hatte, die fruchtbaren Felder jener Frauen zu beackern, die ihm angeboten worden waren. Wahrscheinlich war ein Teil ihres Zorns jedoch auch Wut auf das Universum, das sie mit einem Schlag ihrer Schönheit, ihrer Stärke und ihrer Macht beraubt hatte. »Dann wird Elen Kinder gebären, die die Linie fortsetzen, und entweder sie oder ihre Kinder werden deine Stelle einnehmen, wenn du sie nicht länger halten kannst. Du hast jetzt keine Zeit mehr, zu entscheiden, daß du die Kinder willst, die du zuvor nicht wolltest. Die Stelle an der Spitze der Familie steht offen, aber der Schnellste und Stärkste und Kühnste wird sie bekommen. Und das wirst du sein.«

»Mit dir hinter mir.«

»Ja. Du hast nicht die Erfahrung, die Stellung aus eigener Kraft zu halten.«

Er hatte nicht die Erfahrung, sie überhaupt zu halten. Und er war nicht sein Vater und wollte nicht den Rest seines Lebens unter der Herrschaft seiner Mutter stehen. Selbst wenn er diese Galweighfrau nie kennengelernt hätte, hätte er sich dagegen gewehrt, daß man ihn an die Spitze der Familie Sabir setzen wollte. Jetzt jedoch, da er diese Frau im Kopf hatte, war die ganze Sache vollkommen undenkbar geworden.

»Nein«, sagte er. »Ich kann nicht.«

»Ich habe dich nicht gefragt, ob du kannst, Sohn. Ich habe dir gesagt, daß du wirst. Wir dürfen der Dreifaltigkeit nicht gestatten, die Wölfe zu übernehmen, und du wirst wenigstens meine Unterstützung und den Ruf deines Vaters im Rücken haben.«

»Ich kann nicht.« Er seufzte und sprach aus, was er wirklich meinte. »Ich will nicht.« Dann erzählte er ihr eine Lüge, in der zumindest eine Spur von Wahrheit enthalten war. »Die Galweigh-Karnee ist nach Nordosten gesegelt. Ich habe Gerüchte gehört, nach denen sie eine Armee Narbiger aufstellen will, um sie gegen die Familie zu führen. Ich werde das Land verlassen, um sie aufzuhalten.«

Das Gesicht seiner Mutter zeigte keinerlei Gefühle mehr. »Nichts, was du tun könntest, ist so wichtig für die Familie, wie die Position deines Vaters zu übernehmen.«

»Ich habe dich nicht um Erlaubnis gefragt«, sagte er. »Ich bin hergekommen, um dir auf Wiedersehen zu sagen. Mehr nicht.«

Sie lag schweigend und reglos da, und er fragte sich, wieviel diese Selbstbeherrschung sie kosten mochte. Sie war nie eine Frau gewesen, die ihre Gefühle verborgen hielt. Er wartete ab, denn er wußte, daß sie ihn nicht gehen lassen würde, ohne selbst das letzte Wort gehabt zu haben; er wartete auch deshalb, weil er, auch wenn er nicht behaupten konnte, sie zu lieben, sie dennoch respektierte. Er schuldete ihr Respekt, den sie durch ihre Stellung verdient hatte, sowohl als seine Mutter wie auch als langjährige Führerin der Wölfe. Er wartete, und sie ließ ihn warten.

Endlich jedoch sagte sie: »Du bist fest entschlossen, fortzugehen?«

»Das bin ich.«

»Und du wirst zweifellos deine Freunde mitnehmen.«

Er belog sie abermals, trotz seines Respekts, trotz der Ehrerbietung, die sie verdiente, trotz seines Verlangens, aufrichtig und ehrlich zu sein. Die erste Lüge machte die nächste jedoch leichter. »Meine Freunde wurden in der Schlacht im Haus Galweigh getötet. Ich reise allein.«

Kein Gefühl in ihrem harten Gesicht. »Sie starben im Dienst der Familie. Ihren eigenen Familien wird die Ehre zuteil werden, die sie erstritten haben. Was dich betrifft …«

Neuerliches Schweigen.

Ry stand da und spürte, wie seine Schultern sich immer mehr anspannten. Er hatte das Beste getan, was er für seine Leutnants tun konnte; sie alle hatten darauf bestanden, ihn bei seiner von zwanghaftem Verlangen getriebenen Reise zu begleiten. Sie würden jedoch nicht seine Schande teilen, ebensowenig wie ihre Familien unter der Rache seiner Mutter zu leiden haben dürften.

Aber wenn er allein im Zentrum ihres Zorns stand, würde sie ihn umso schwerer strafen.

Sie hustete. Räusperte sich. »Was dich betrifft, brauchst du, wenn du fortgehst, nicht zurückzukommen. Die Sabirs werden auch ohne deine Hilfe jede jämmerliche Armee von Narbigen zurückschlagen, die dieses Mädchen aufstellen kann. Wenn du gehst, wirst du ein *Barzanne* werden, und alle Mitglieder dieser Familie und der Verbündeten dieser Familie werden sich gegen dich stellen. Dein Name wird aus dem Geburtenregister gelöscht werden, und du wirst aufhören, als Sabir zu existieren. Überdies werde ich dich verfluchen, und ich werde meinen Fluch in den Kreis tragen, und der Fluch, den wir über dich bringen werden, wird der des lebenden Todes sein – wir werden deinen Geist zerschmettern und dein Leben stehlen, aber dein Leichnam wird niemals Ruhe finden. Das, mein Sohn, schwöre ich – wenn du nicht bleiben und den Ehrenplatz einnehmen wirst, der dir in dieser Familie zukommt. Du wirst aufhören zu existieren.«

Schlimmer, als er befürchtet hatte. Schlimmer, als er es sich hätte vorstellen können. Zu einem *Barzanne* erklärt zu werden bedeutete, zu einem Nichtmenschen gemacht zu werden. Er hatte damit gerechnet, daß sie ihn vielleicht verstoßen würde; darauf war er bis zu einem gewissen Grad gefaßt gewesen. Aber erkennen zu müssen, daß sie ihm sein Recht auf Existenz innerhalb ganz Iberas nehmen würde – daß sie ihn im Grunde zur Zielscheibe für jeden Meuchelmörder und Kopfgeldjäger und jeden skrupellosen Glücksritter erklären würde – weil er sich ihrem Willen nicht beugen wollte, das raubte ihm für einen Augenblick den Atem. Er versuchte sich vorzustellen, gezeichnet zu sein. Gejagt zu werden. Oder aus Ibera zu fliehen, um nie mehr zurückzukehren.

Seines Wissens nach hatte keine Mutter in der ganzen Geschichte Iberas ihren Sohn jemals zum *Barzanne* erklärt. Ein solches Urteil war unaufhebbar. Sobald es bestätigt und veröffentlicht war, würde er, solange er seinen Jägern entging, ein lebender Toter sein – und schließlich ein Toter. Dann, wenn Imogene auch den letzten Teil ihres Fluchs wahrmachen konnte, ein Toter, der keine Ruhe fand.

Er schloß die Augen. Er konnte salzige Gischt auf seinen Lippen schmecken und Meeresluft riechen. Er konnte die Wärme nachmittäglichen Sonnenscheins auf seinem emporgewandten Gesicht spüren und das Schlingern eines Schiffsdecks unter seinen Füßen. Wenn er lauschte, konnte er die weichen Schwingungen ihrer Stimme hören, auch wenn er die Worte, die sie sprach, nicht verstand. Mit jedem Atemzug, den er nahm, entfernte sie sich weiter von ihm, und sein Körper verzehrte sich nach ihr. Sein Geist verzehrte sich nach ihr.

Aber ... *Barzanne.*

Er hatte sich für tapfer gehalten. Er hatte gedacht, nichts könne ihn aufhalten.

Ich habe mich geirrt, begriff er.

»Ich werde bleiben«, sagte er zu Imogene. »Ich werde tun, was du von mir verlangst.«

Ein Schiff lag im Hafen, seine Freunde erwarteten ihn dort bereits, die Vorräte waren an Bord. Das Schiff würde jedoch nicht segeln, und wenn es segelte, dann ohne ihn.

Kapitel 20

Die Kapitänskajüte war zwar klein, bot ihrem Bewohner jedoch eine gewisse Ungestörtheit. Sie war elegant eingerichtet mit Vorhängen aus feinster Seide und Möbeln aus exotischem Holz, die mit reichen Intarsien aus Knochen und Halbedelsteinen verziert waren. Hier und dort blinkte Gold: ein kleines Katzenbildnis mit Juwelenaugen, das in einer Nische des Schreibtisches stand; ein Medaillon an einer Kette aus schweren Gliedern, die von einem ebenhölzernen Haken herabhing; drei Siegelringe in einem halboffenen Schmuckkasten. Beiläufige Spuren von Wohlstand und Erfolg, augenfälliger, aber weniger vielsagend als die Bücher, die säuberlich geordnet auf einem Regal über der Koje standen: eine schön gebundene Ausgabe der *Zweihundert Geschichten der Kaline* gleich neben der Übersetzung von *Philosophen und Meditationen* von Oorpatal und daneben Geographien von Braliere, Minon Draclas, Hahlen und Shotokar.

Kait betrachtete den Raum mit geübtem Blick und kam zu einigen Schlußfolgerungen, die den Kapitän, hätte er davon gewußt, durchaus in Verlegenheit gebracht hätten. Sie befand, daß er von hoher Geburt, möglicherweise von Familie war; daß er gebildet, aber rebellisch war und vielleicht ein Feind der privilegierten Welt, der er entstammte. Daß er eitel und ehrgeizig war, und daß er auch der Piraterie nicht abgeneigt war, wenn sich ihm keine ehrlichere Arbeit bot.

»Ich kann nicht zulassen, daß mein Schiffszimmermann aus der Fassung gebracht wird«, sagte der Kapitän nun. Er ging mit langen Schritten vor dem Stuhl auf und ab, auf dem er sie Platz zu nehmen gebeten hatte. Die Hände hatte er hinterm Rücken verschränkt, den Kopf gesenkt. »Wir können auf einer langen Fahrt unmöglich auf ihn verzichten. Wenn wir draußen auf See sind, müssen wir unsere eigenen Reparaturen vornehmen können – am Schiff wie auch an unserer Ausrüstung oder den Dingen, die der Mannschaft gehören –« Er zuckte die Achseln. »Bisweilen müssen wir für eine besondere Situation auch etwas Neues fertigen. Wie dem auch sei, ich kann es mir nicht leisten, daß Hasmal in irgendeiner Form bedroht oder unter Druck gesetzt wird. Ich habe keine Ahnung, wie Eure frühere Beziehung zu ihm aussah –«

Kait hob die Hand. »Einen Augenblick bitte, Kapitän.«

Er hielt in seinem Auf und Ab inne und sah sie an.

»Ich kann nicht einmal behaupten, Hasmal wirklich kennengelernt zu haben. Ich weiß über ihn nur drei Dinge: daß er früher mit seltenen altertümlichen Artefakten gehandelt hat, daß er auf einem Fest war, das ich ebenfalls besucht habe, und daß er mir und meiner Cousine bei eben jenem Fest behilflich war. Ich habe ihn vor diesem Abend noch nie gesehen. Ich habe ihn später nie wieder gesehen, bis heute. Ich wollte ihm lediglich für seinen Beistand danken – meine Cousine hatte sich sehr betrunken und sich sehr schlecht benommen, und er hat mir geholfen, sie aus dem Gebäude herauszuschaffen, ohne daß irgend jemand ihres Zustandes gewahr wurde.« Nicht die ganze Wahrheit, aber doch gewiß der Wahrheit nahe genug.

Der Kapitän schob die Hände in die Taschen und lehnte sich an seinen Schrank. »Warum ist er dann ohnmächtig geworden, als Ihr ihn angesprochen habt? Ich stand unter dem Eindruck, daß Ihr versucht hättet, ihn zur Ehe zu drängen. Daß Ihr ihm vielleicht damit gedroht hättet, falls er nicht kapitulieren würde, zu behaupten, er hätte sich an Eurer jungfräulichen Tugend vergangen.«

Kaits schockiertes Gelächter kam ohne Vorwarnung. »Meine *jungfräuliche Tugend?* Mein werter Kapitän, jedes *Vergehen* daran liegt Jahre zurück und bleibt auch besser dort begraben.« Sie holte einige Male tief Luft, kicherte leise und schüttelte dann ungläubig den Kopf. »Meine jungfräuliche Tugend wurde, wenn wir es so … höflich ausdrücken wollen, auf ganz und gar freiwilliger und für beide Teile angenehme Art und Weise beigelegt und hat mir seither keinerlei Ungemach mehr bereitet. Ebensowenig habe ich jemals die Notwendigkeit gesehen, den Betreffenden mit Drohungen zu behelligen; ich bin auch nicht bereit, meine Selbständigkeit der Ehe und ihren entmündigenden Geboten zu opfern. Dafür war meine Freiheit zu teuer erkauft.« Bei diesen Worten verflog der letzte Rest ihrer Belustigung, und an seine Stelle trat Verwirrung. »Was den Grund betrifft, warum Hasmal ohnmächtig wurde –« Sie hob verständnislos eine Hand und zuckte leicht mit den Schultern. »Darüber wißt Ihr mindestens genauso viel wie ich.«

Sie maßen einander und suchten nach irgendwelchen weiteren Anhaltspunkten.

»Seine Reaktion hat mich bestürzt«, sagte der Kapitän.

»Bestürzt mich noch.«

»Natürlich. Mich hat sie schockiert. Aber ich weiß nicht, was der Grund dafür war.«

»Euer Erscheinen war der Grund dafür.«

Kait seufzte. »Falls er nicht in genau diesem Augenblick einem Gift erlag – was mir unwahrscheinlich erscheint –, bin ich geneigt, Euch zuzustimmen. Aber ich weiß ehrlich nicht, warum.«

Draclas runzelte plötzlich die Stirn. »Dieses … das Manuskript, das Ihr erwähntet … Ihr sagt, er habe mit Antiquitäten gehandelt?«

»Das jedenfalls hat er mir auf dem Fest erzählt.«

»Ihr habt es nicht zufällig … von ihm *gekauft,* oder?«

»Nein.«

»Ein Antiquitätenhändler –« Sein Stirnrunzeln vertiefte sich. »Er hat mir seine Fähigkeiten als Schmied unter Beweis gestellt, bevor ich ihn angeheuert habe. Seine Darbietungen waren absolut überzeugend. Aber er hat behauptet, bereits Erfahrung an Bord eines Schiffes gesammelt zu haben. Ich hatte keinen Grund, an ihm zu zweifeln –« Er blickte auf seine Füße herab und sprach schließlich mehr zu sich selbst als zu ihr. Als er wieder aufblickte, fragte er sie: »Wo seid Ihr ihm begegnet?«

Kait dachte einen Augenblick lang über ihre Antwort nach. Sie wollte nicht allzu offen sein, was ihre Vergangenheit betraf – ihre Anwesenheit in Halles konnte Draclas, falls er sich über die gegenwärtigen Ereignisse auf dem laufenden hielt, eine Möglichkeit geben, herauszufinden, wer sie wirklich war. Aber Lügen waren schwer zu beherrschen, und eine Lüge auf die Frage, wo sie Hasmal kennengelernt habe, erschien ihr riskant, vor allem, weil sie nicht wußte, warum er so reagiert hatte, als er sie sah. »In Halles«, sagte sie.

»Halles? Das liegt aber nicht an der Küste.«

»Dort habe ich ihn kennengelernt. Er erzählte mir, daß er für seinen Vater Antiquitäten erwerbe und verkaufe. Das ist alles, was ich über ihn weiß, bis auf die Tatsache, daß sowohl er als auch sein Vater den Namen Hasmal tragen.«

Draclas ließ sich auf die Kante seiner Koje sinken und bedachte sie mit einem harten Blick. »Halles. Warum habt Ihr so lange gezögert, bevor Ihr mir diese Antwort gegeben habt?«

»Ich bin mir nicht sicher, wieviel ich Euch über mich wissen lassen möchte. Ich habe versucht, zu entscheiden, ob es Euch zuviel über mich sagen würde, wenn Ihr wißt, daß ich in Halles war. Ich bin zu dem Entschluß gekommen, daß das nicht der Fall wäre.«

Er schnaubte. »Das klingt zumindest ehrlich.«

»Es ist ehrlich.«

»Es wird schwer für uns beide, Freundschaft zu schließen, wenn Ihr mir nicht traut.«

Kait zog eine Augenbraue hoch. »Wenn *ich Euch* nicht traue? Kapitän, ich vermute, daß Ihr bei weitem mehr Geheimnisse habt als ich.« Sie sah sich in dem Raum um und ließ ihren Blick auf einer der so lässig dargebotenen Kostbarkeiten ruhen. »Ich denke, daß zumindest für den Augenblick Ihr – und ich – gut beraten seid, niemanden sonst ins Vertrauen zu ziehen. Ich glaube nicht, daß Euch so viel mehr daran gelegen ist als mir, irgendwelche Geheimnisse auszuplaudern.«

Sie lächelte bei diesen Worten, und er antwortete mit einem Lächeln, aber die Wachsamkeit, die sich in seine Augen stahl, entging ihr nicht. In der Gewißheit, ins Schwarze getroffen zu haben, erhob sie sich. »Wenn wir nun hier fertig sind –?«

Er erhob sich ebenfalls. »Ich würde mir wünschen, Euer Freund zu sein, Kait. Ihr macht auf mich den Eindruck, als könntet Ihr einen Freund gebrauchen.«

»Möglich. Aber noch nicht jetzt. Wir werden ... Bekannte ... sein.« Sie erprobte das Gewicht des Wortes und befand, daß es ihren Zwecken dienlich sei. »Ja. Gute Bekannte. Zumindest für den Augenblick. Wir haben gemeinsame Ziele, und vielleicht haben wir noch mehr gemein. Aber Freunde ... wir werden sehen. Freundschaft braucht ihre Zeit.«

Er öffnete ihr die Tür seiner Kajüte, und sie trat hinauf aufs Deck. Als sie zu ihrer eigenen Kajüte ging, spürte sie seinen Blick noch als ein Kribbeln im Nacken, bis sie den Raum betrat und die Tür hinter sich zuzog – und abschloß.

Hasmal hockte in seiner Kajüte und starrte die Sprecherin, die seinem Ruf Folge geleistet hatte, wütend an. »Sie ist hier. *Hier.* Du wußtest, daß das geschehen würde. Du hast mich *belogen.*«

Die Sprecherin, die innerhalb ihrer Mauern aus blauen Flammen stand, kicherte. »Meine *Schwester* hat deinen Ruf beantwortet, und sie hat dir lediglich die Wahrheit gesagt.«

»Sie hat mir gesagt, daß ich meinem Verhängnis entkommen könnte.«

»Nein. Sie hat dir gesagt, daß du es versuchen könntest.«

»Wenn ich zu Hause geblieben wäre, wäre ich in Sicherheit gewesen. Statt dessen bin ich wegen der Dinge, die sie mir erzählt hat, durch halb Ibera gereist und sitze nun auf eben dem Schiff fest, auf dem die Frau fährt, der aus dem Weg zu gehen ich mich so sehr bemüht habe.«

»Wenn du nichts getan hättest, wärest du in Sicherheit gewesen. Aber deine Sicherheit ist belanglos für den größeren Plan. Während du versucht hast, dich vor deinem Schicksal zu verstecken, und dich damit unbeabsichtigt noch tiefer hineinbegeben hast, sind ganze Welten in den Kampf eingetreten, der im Werden begriffen ist.«

Hasmal ballte die Hände zu Fäusten, zwang sich aber, tief durchzuatmen und seinen Zorn loszulassen. »Warum hat deine Schwester mich in die Irre geführt? Warum hat sie mich glauben gemacht, ich müsse fliehen?«

»Weil du etwas tun mußt, Hasmal rann Dorchan, das deine Welt verändern wird und das sich auf unsere und vielleicht noch viele weitere Welten auswirken wird, die tiefer in den Schleier eingebettet sind. Wenn du dein Schicksal fliehst, werden diese Welten darunter zu leiden haben. Du bist wichtig, Sterblicher, wichtig auf eine Weise, wie nur wenige es jemals sind – und wenn auch niemand und nichts deine Taten auf den rechten Weg zwingen kann, konnte meine Schwester dich in eine Richtung leiten, die uns zu jener Zeit am günstigsten erschien.«

»Was erwartet man von mir?«

»Das ist nicht die Frage. Dein Weg ist niemals in Eisen gegossen, deine Zukunft niemals gewiß. Die Frage ist: ›Was *darfst* du tun?‹ Und nicht einmal das kann ich dir sagen, nicht weil ich dich verhöhnen möchte, sondern weil ich es nicht weiß. Ich sehe nur die sich verzweigenden Pfade, über die sterbliches Leben gehen kann, und die verschiedenen Arten, wie diese Pfade ineinanderfließen und sich entfernen. Ich kann sehen, daß Ihr beide, du und Kait Galweigh, die Frau, die du fürchtest, eine machtvolle Zukunft habt, wenn Ihr zusammen seid, und daß Ihr beide sehr viel Gutes oder sehr viel Böses bewirken könnt, daß Ihr jedoch nichts zuwege bringen werdet, wenn Ihr getrennt seid.«

»Aber sie wird mich und alle, die ich liebe, ins Verderben stürzen.«

»Deine Verbindung mit ihr führt zu Verhängnis und Schmerz und Trauer. Vielleicht zu großem Sieg ... und vielleicht zu deinem Tod. Aber alle Menschen sterben, Hasmal«, sagte der Geist. »Nur wenige leben ewig.«

Er saß schweigend da und sah zu, wie der Geist wieder in dem Schleier verschwand, aus dem er ihn gerufen hatte, sah zu, wie die letzten Spuren kalter Flammen noch einmal auf der Oberfläche des Spiegels aufzuckten und dann flackernd erloschen.

Die Kälte in seinem Innern breitete sich von seinem Kern, seinem Herzen, seinen Gedärmen und seinem Geist – bis zu seinen Fingern und Zehen aus. Sein Fleisch prickelte, und er schauderte, obwohl die Luft in seinem Zimmer stickig und heiß war. Sie hatte Vincalis zitiert, und er war sich sicher, daß es sich dabei um eine gewollte freie Wiedergabe handelte. Das ursprüngliche Zitat lautete:

Alle Menschen sterben, Antram. Alle Menschen altern und welken und kriechen zu guter Letzt in ihre dunklen Gräber und von dort aus in die Flammen von Hölle oder kaltem Vergessen, ganz wie ihre Theologie es befiehlt. Aber nur wenigen Menschen geben die Götter eine Aufgabe, eine Bürde, eine Strafe zu Ruhm und Größe, die sie, wenn sie diese Strafe erwählen, über die dicken Wolken der Selbstgefälligkeit hinauserheben, die die meisten Augen blind macht und die meisten Ohren taub. Nur einigen wenigen Menschen geben die Götter wahren Schmerz, der das aufgeblähte Kissen der Verweichlichung fortstößt und ein scharfes Bewußtsein für die Kostbarkeit des Lebens mit sich bringt; der Helden erhebt und Feiglinge vor der Welt nackt sein läßt. Du, Antram, wirst große Dinge tun. In jedem Augenblick des Lebens, der dir gegeben ist, wirst du sehen, wirst du fühlen, wirst du atmen und berühren und das Leben lieben. Und du wirst großen Schmerz leiden. Und eines Tages, ob nun früh oder spät, wirst du sterben.

Aber alle Menschen sterben, Antram. Nur wenige leben ewig.

In Calimekka, im Zentrum des Hauses Sabir, ging in einem stillen Raum, der zu einem Balkon über einem nach Jasmin duftenden Garten hinausführte, Ry Sabir auf und ab. Der Raum lag im Dunkeln – nicht einmal eine einzige Kerze brannte –, aber das bedeutete wenig für ihn; er sah sehr gut in einer Finsternis, in der normale Menschen blind gewesen wären. Hin und her lief er, die glasvertäfelten Türen entlang, und nahm weder den süßen Duft der Nachtluft noch die sanfte Brise war, unter der sich die hauchzarten Vorhänge blähten.

Er war verloren im Gefängnis seiner eigenen Gedanken, gefesselt an den Pranger der Worte, die er gesagt und derer, die er ungesagt gelassen hatte. Und er konnte keinen Frieden finden.

»Warte auf mich«, hatte er zu Yanth gesagt. »Ich muß mich um meine Mutter kümmern und wenigstens versuchen, es ihr begreiflich zu machen. Aber ob sie mir ihren Segen gibt oder nicht, heute nacht segeln wir.«

Und Trev, der um seine Schwestern bangte, hatte er versichert: »Ich verspreche dir, daß deine Schwestern durch das, was wir tun werden, nicht in Schande gestürzt werden. Das werde ich nicht zu lassen.«

Dem Kapitän des Schiffes, das sich im Besitz der Sabirs befand, hatte er erklärt: »Ich bezahle dir das Doppelte deines Jahreslohns und gebe dir obendrein noch ein Geschenk, wenn du mich und meine Leutnants dort hinbringst, wohin wir reisen müssen, wenn du uns sicher an jenen Ort segelst und keine Fragen stellst. Das ist eine Familienangelegenheit, und sie ist gefährlich; du hast mein Wort als Sabir, daß der Dienst, den du uns leistest, dir die Achtung der ganzen Familie eintragen wird.«

Und zu seiner Mutter hatte er gesagt: »Meine Freunde wurden in der Schlacht im Hause Galweigh getötet. Ich reise allein.«

Und zu ihr hatte er auch gesagt: »Ich werde bleiben. Ich werde tun, was du von mir verlangst.«

Verrat, Wortbruch, die Zerstörung seiner Ehre an einem halben

Dutzend felsiger Gestade – ganz gleich, in welche Richtung er sich wandte, irgend jemanden würde er belügen müssen. Trev, Valard, Karyl, Jaime und Yanth waren durch seine Äußerung zu Toten geworden, außerstande, unter ihrem eigenen Namen in ihre Stadt oder ihr Haus zurückzukehren; seine Mutter würde nur dann zu ihrem Wort stehen und ihre Familien gut behandeln, wenn diese Männer sich nie wieder sehen ließen. Als er eine unwägbare Reise vor sich sah, als er sicher gewesen war, die Kraft zu haben, ihr zu trotzen, war ihm seine Lüge als die einzige Möglichkeit erschienen, wie er sein Versprechen halten konnte, die Familien seiner Freunde nicht in Schande zu stürzen. Er hatte eine ruhmreiche Rückkehr geplant, so daß man ihm alles verzeihen würde.

Und der Kapitän, der in diesem Augenblick auf ihn wartete, in dem Bewußtsein, daß seine Zukunft gesichert war, weil er einem Sabir diente, der ihm nichts Geringeres geschworen hatte … was war mit dem? Ry hatte ihm die Achtung der Sabirs versprochen, und wenn der Mann einem der anderen Sabirs erzählte, worauf er gewartet hatte, würden sie ihn zweifellos wie den Komplizen eines Verräters behandeln.

Nur ein atemberaubender Erfolg mit einer Reise, die nach ich-weiß-nicht wohin führt und die einem mir nicht bekannten Zweck dient, kann diesem Mann alles geben, was ich ihm versprochen habe. Ich hatte die Absicht, eine Möglichkeit zu finden, dieses Versprechen wahr zu machen. Aber jetzt?

Was war mit seiner eigenen Feigheit im Angesicht einer Drohung, von der er geglaubt hatte, daß seine Mutter sie niemals aussprechen würde? Feigheit … Er konnte keinen anderen Namen dafür finden. Sie hatte *Barzanne* über sein Haupt gehalten, und er hatte kapituliert; er hätte seine Ehre mit sich ins Exil nehmen können, aber statt dessen hatte er ihr sein Wort gegeben, daß er bleiben und seine Pflicht erfüllen würde, so, wie sie sie definierte. Sein Wort. Welchen Wert hatte das noch? Welchen Wert hatte es je gehabt?

Ein Jammer, daß er nicht tot war. Niemand stellte Erwartungen an die Toten oder band sie an ihr Wort; sie wurden eines jeden Versprechens, das sie je gegeben hatten, enthoben.

Ein Jammer, daß er nicht tot war.

Solch ein Jammer.

Er hielt in seinem rastlosen Auf und Ab inne und trat auf den Balkon. Draußen auf dem Hof, in der herrlichen Nacht, rührten sich nur Tiere. Er konnte sie in der Brise riechen: die miteinander vermischten Witterungen von Katze, Hund und Pfau; ein schwacher Hauch von Maus, Spatz und Eule; das moschusähnliche Parfüm der beiden Rehkitze, die den Hof zieren würden, bis sie zu groß und zu ungebärdig wurden, um dort zu leben, und die dann ein Festmahl abgeben würden, während aus der Wildnis neue Schmuckstücke herbeigeschafft würden. Blätter raschelten, die Katze fing eine Maus, und Ry lauschte auf das verzweifelte Quieken, das rasch zum Schweigen gebracht wurde, und lächelte langsam.

Besser, er wäre tot. Noch besser, er würde ermordet und sein Leichnam nie gefunden. Am besten von allem wäre es, wenn es Beweise dafür gäbe, daß er den Tod unter den Händen der Dreifaltigkeit der Hölle gefunden hatte, denn solch ein Beweis würde die Familie schneller und gründlicher gegen sie und ihre Bewerbung um die Macht einnehmen, als sonst irgend etwas es vermochte. Mord war immer ein Weg gewesen, die eigene Sache in der Familie voranzutreiben, aber so nachlässig vorzugehen, daß man dabei erwischt wurde – nein. Die Entfernung eines Hindernisses mußte, wenn man seinen Ruf bewahren wollte, mit einer gewissen Finesse bewerkstelligt werden. Einer gewissen Anmut. Einem Hauch von … Mysterium.

Er konnte verschwinden, ging es Ry plötzlich durch den Sinn. Er konnte auf diese Weise die Sache seiner Mutter unterstützen oder zumindest ihren Feinden einige Verlegenheit bereiten. Er konnte die Frau finden, die er suchte, und vielleicht gleichzeitig das finden, was sie suchte.

All das kannst du tun. Aber nur, wenn du schnell handelst. Wenn du bis zum Morgen wartest, ist die Chance vertan.

Da war er wieder, dieser Druck in seinem Schädel, und mit ihm war auch diese geistige Unruhe zurückgekehrt. Er versteifte sich. Die Stimme der Fremden machte sich wieder in seinen Gedanken breit. Diesmal war es nur eine einzige Stimme, aber er konnte einen einzigen Außenseiter in seinen intimsten Gedanken genausowenig willkommen heißen, wie er das Gewirr von Stimmen willkommen geheißen hatte, das in ihm explodiert war, als er nach dem katastrophalen Angriff der Familie Sabir auf das Haus Galweigh wieder erwacht war. Er war ein Wolf, und kein Wolf konnte ein solches Eindringen dulden. Er begann, die Magie zu spinnen, die den Eindringling mit Gewalt vertreiben würde, aber noch während er dies tat, hielt der Fremde ihn mit einem leise gemurmelten Satz auf. *Vorsicht, kleiner Bruder. Du bist klug, aber du hast nicht gesehen, was ich gesehen habe.*

Ry erstarrte. »Gib dich zu erkennen«, flüsterte er.

Wie viele tote ältere Brüder hast du?

»Ich schätze, das kommt ganz darauf an, wieviele Mätressen Vater hatte, von denen Mutter nie etwas erfahren hat, und wie unvorsichtig ihre Bastarde waren.«

Ein halbes Dutzend, soweit ich weiß. Aber ich habe nicht »Halbbrüder« gesagt.

»Du bist Cadell?« Er glaubte es nicht. Er konnte es nicht glauben. Dieses wilde Stimmengewirr in seinen Gedanken, als er nach dem Debakel im Hause Galweigh erwacht war, war in einer Sprache gewesen, die er noch nie zuvor gehört hatte. Diese Stimme dagegen sprach deutliches, akzentfreies Iberisch. Und was hätte sein toter Bruder in seinen Gedanken zu schaffen gehabt?

Es würde zu lange dauern, das zu erklären, und wir haben nicht viel Zeit.

»Wir haben genug Zeit, damit du beweisen kannst, wer du bist.«

Das stimmt. Ich bin–oder war–Karnee, wie du. Wir haben bis zu meinem Tod ein Zimmer und ein Bett miteinander geteilt. Als ich an jenem letzten Tag fortging, hatte ich das Gefühl, daß ich vielleicht nicht zurückkehren würde, und ich habe mein Medaillon dagelassen, das du selbst jetzt um den Hals trägst, damit Mutter es dir gebe. Und als du vier Jahre alt warst, habe ich dich jedesmal, wenn wir über die Rote Brücke mußten, auf meinen Schultern hinübergetragen, weil du glaubtest, ein Mann mit purpurnen Augen lebe darunter, und jedesmal, wenn wir in die Nähe dieser Brücke kamen, hast du beharrlich beteuert, er starre dich an.

Ry erinnerte sich. Unwillkürlich kamen ihm die Tränen, und er schloß die Augen. »Ich habe dich vermißt.«

Ich dich auch. Aber wenn du dich nicht beeilst, wirst du Kait verlieren. Und du wirst es nicht wagen, sie zu verlieren. Diese Sache ist wichtig, kleiner Bruder: wichtiger als alles, was du je getan hast, und vielleich wichtiger als alles, was du jemals tun wirst.

Ry war verwirrt. »Wer ist Kait?«

Kait Galweigh. Ein Bild formte sich in seinen Gedanken: das verführerische Geschöpf, das er das erste Mal in der Hintergasse in Halles getroffen hatte und das er während der Hinrichtungen oben auf dem Turm hatte stehen sehen.

»Gut. Du kennst ihren Namen. Sag mir, warum es so wichtig für dich ist, daß ich sie finde?«

Weil sie weiß, wo der Spiegel der Seelen zu finden ist. Und sie wird in See stechen, um ihn zu holen. Warum der Spiegel so wichtig ist, das erzähle ich dir später. Für den Augenblick muß es genügen, wenn ich sage, daß er nicht in den Besitz einer anderen Familie als der der Sabirs gelangen darf.

»Ich habe eine Legende darüber gehört.«

Unwichtig. Geh einfach. Vertrau mir, kleiner Bruder. Du hast keine Zeit zu verlieren. Tu, was du tun mußt, um von hier fortzukommen. Und wir reden über die Deutung all dessen, was geschehen ist, wenn du dich auf See befindest. Einverstanden?

»Einverstanden.«

Nun richtete Ry seine Aufmerksamkeit auf die Inszenierung seines eigenen Todes. Vorsichtig und leise stellte er die Möbel um, legte einen Stuhl auf die Seite, brach eines seiner Beine ab, zog die Decken von dem schmalen Bett und schleifte sie durch den halben Raum in Richtung Tür. Dann nahm er Feder, Tinte, Papier und Löscher von dem Schreibtisch an der Nordwand des Raumes und machte sich daran, ein kurzes Schreiben zu verfassen:

Mein geschätzter Onkel Grasmir,

ich habe die Bürde der Verantwortung für meine Familie akzeptiert. Nachdem ich die Angelegenheit mit Mutter besprochen habe, habe ich ebenso wie sie das Gefühl, daß meine Bewerbung um die Führung der Wölfe für die Bedürfnisse und Ziele der Familie von größtem Nutzen sein wird. Obwohl ich diese Position nicht mit frohem Herzen anstrebe – ich habe weder Frau noch Kind, und solche Dinge werden mir verwehrt sein, sobald ich beginne, den Kreis zu gehen –, spüre ich, daß ich von allen Kandidaten am besten geeignet bin, eine Machtübernahme durch Crispin, Anwyn und Andrew zu verhindern.

Darf ich dich mit diesem Ziel im Sinn um deine Unterstützung bitten, als Paraglese ebenso wie als geliebtes Familienmitglied? Ich brauche deine

Er ließ den Brief mitten im Satz aufhören, blies auf das Papier, um die Tinte zu trocknen, und ließ ihn zwischen der Wand und dem Schreibtisch fallen, wobei er dafür sorgte, daß ein Teil des Blattes mit seiner Handschrift darauf deutlich zu sehen war. Wer auch immer das Blut und die Unordnung in dem Raum entdeckte, würde die Familie herbeiholen, und Grasmir würde auf einer Untersuchung bestehen. Der Brief würde in die von Ry beabsichtigte Richtung weisen oder zumindest Verdacht erregen, während die Spuren, die er hinterließ, auf seine Ermordung hindeuteten.

Er zog sein Messer, tauchte die Klinge in die Weinflasche, aus der er getrunken hatte – denn jeder wußte, daß die Geister des Alkohols den Geistern der Krankheit den Weg in den Körper versperrten – und schnitt sich in den Arm. Der Schmerz weckte den Karneewahnsinn in ihm, und er stieß ein Knurren aus, bevor er sein Blut auf den Boden tropfen ließ. Er beschmierte sich die Hände damit und ergriff die Decken, dann ließ er Spuren auf dem Boden zurück, als hätte man ihn an den Füßen durchs Zimmer geschleift. Schließlich bedeckte er das abgebrochene Stuhlbein mit seinem Blut, wobei er den größten Teil davon auf das äußerste Ende rieb. Schließlich riß er sich einige Haarsträhnen aus, tränkte diese ebenfalls mit Blut und zog sie durch das gesplitterte Holz. Das sollte als Beweis genügen.

Zu guter Letzt ließ er sich der Verwandlung entgegentreiben. Er *brauchte* noch keine Verwandlung, nicht so, wie er sie in einem halben Monat brauchen würde, aber seine Schmerzen waren groß genug, um die Veränderung mühelos herbeizuführen. Er spürte, wie das Feuer in die Wunde floß, und seufzte. Noch während er dort hockte und wartete, heilte die Wunde sich selbst. Dann drängte er sich immer weiter und tiefer in die Verwandlung hinein, so daß der Hunger sich weiter aufbauen konnte. So schnell er konnte, streifte er seine Kleidung ab und wickelte sie zu einem Bündel. In das Bündel schob er seinen Kreditbrief. (Wertlos, wenn er *Barzanne* wäre und gleichermaßen wertlos, wenn er tot war. Aber er und das Schiff würden lange aus Calimekka abgesegelt sein, bevor sich die Nachricht seines Todes auf seinen Kredit auswirken konnte.) Dazu legte er schließlich seine Ringe, seine Börse, seinen Dolch und sein Schwert. In der wenigen Zeit, die ihm verblieben war, schnürte er das Bündel so fest und säuberlich, wie es ihm nur möglich war.

Sobald er die Verwandlung vollkommen vollzogen hatte, sprang er auf den Balkon hinaus und kletterte die Mauer hinauf, wobei er seine Krallen in die kleinen Löcher zwischen den Steinen bohrte und das Bündel mit den Zähnen festhielt. Oben angelangt, lief er über die Dachpfannen und schloß dabei einen Kompromiß zwischen Geschwindigkeit und Verstohlenheit, um auf die Nordseite des Hauses zu gelangen. Dort war die Mauer vom Dach aus nicht einmal mannshoch, und der Sprung in die Tiefe würde, auch wenn er nicht einfach war, leichter zu bewältigen sein als an einer anderen Stelle, und die Gefahr, daß die Wachen oder die Diener ihn sahen, wäre dort geringer.

Sobald er die Mauer sicher hinter sich wußte, suchte er sich eine dunkle, verlassene Gasse, und dort entspannte er sich und gönnte sich ein wenig Ruhe, bis er in der Lage war, bereitwillig wieder in seine Menschengestalt zu schlüpfen. Er kleidete sich an, gürtete seine Waffen um und trat abermals auf die Straße hinaus.

Ein sehr besorgter Yanth kam ihm auf Deck entgegen. »Ich dachte schon, du seiest auf dem Weg hierher ermordet worden oder sonst etwas hätte dich zurückgehalten.«

Ry umarmte seinen Freund und seufzte. »Daran ist mehr Wahres, als du glauben würdest.« Er beobachtete die Matrosen, die die Segel hißten, während der Kapitän am Ruder stand. Sowohl die Flut als auch die leichte Brise begünstigten ihren Aufbruch, würden dies jedoch nicht mehr sehr lange tun – wenn er mit seinem Entschluß, was zu tun sei, noch weiter gezögert hätte, hätte diese Verzögerung sie vielleicht einen halben Tag gekostet, und dieser halbe Tag hätte sie möglicherweise alles gekostet. »Aber ich bin fortgekommen, und wir sind frei, unsere Reise durchzuführen.«

»Sie hat es verstanden? Das überrascht mich.«

»Sie hat es nicht verstanden. Aber es gibt andere Möglichkeiten, ein Ziel zu erreichen. Ich habe eine davon gewählt. Das Hafenbuch führt diese Reise nicht unter meinem Namen, oder?«

»Der Kapitän hat getan, was du ihm aufgetragen hast – er hat den Namen C. Pethelley, Händler, eingetragen und als Ladung Obst und Holz für die Kolonien angegeben.«

Das war eine große Erleichterung. Manchmal vergaßen die

Leute Einzelheiten, wenn es aufs Ganze ging, aber Ry hatte den Kapitän sorgfältig ausgewählt: Er stand im Ruf, unter Druck große Besonnenheit zu zeigen und zeichnete sich überdies durch ebenso große Verschwiegenheit aus. »Dann können wir also glücklich in See stechen und Kait suchen.«

»Das ist ihr Name?«

»Kait Galweigh.«

Yanth grinste. »Mit einem gewöhnlichen Namen wie diesem hat sie schon nicht mehr gar so viel Magie.«

»Für mich wohl.«

»Dachte ich mir.« Er zuckte die Achseln, und in seinem Lächeln lag keinerlei Entschuldigung. »Also, wohin segelt sie denn, deine Kait?«

»Im Augenblick fährt sie auf nordöstlichem Kurs. Wir folgen ihr.«

Yanth kicherte. »Nach Nordosten. Das ist keine besonders genaue Angabe für uns, um zwei Kontinente zu umrunden ... Noch dazu, wo der zweite davon beinahe zur Gänze unerkundet ist. Hinzu kommt noch ein ganzer Ozean, und auch der ist nicht gerade als freundlich bekannt. Ich hoffe, deine Nase funktioniert gut, sonst haben wir eine lange Suche vor uns.«

»Die uns genug Zeit lassen wird, damit ich dir einige der Tricks beibringen kann, die du lernen wolltest. Und du kannst mir diesen Dolchstoß beibringen, mit dem man den Gegner entwaffnet; um diesen Kniff beneide ich dich schon lange.«

Yanths Gesicht war der Inbegriff widerstreitender Gefühle. »Willst du gleich heute abend damit anfangen?«

Ry war so müde, daß er glaubte, er werde die ganze Nacht und auch noch den nächsten Tag verschlafen. Außerdem hatte seine kurze Verwandlung bereits gierigen Hunger in ihm geweckt. »Nicht heute abend. Heute werden wir schlafen. Morgen oder vielleicht übermorgen haben wir immer noch Zeit, unsere Gelehrsamkeit unter Beweis zu stellen.«

Doghall beugte sich stirnrunzelnd über den Orakelwurf auf dem Tisch. Wäre das Orakel weniger deutlich ausgefallen, hätte er sich versucht gefühlt, sein eigenes Blut zu benutzen, um einen Geist zur Bestätigung dieser Botschaft heraufzubeschwören. Das Muster der Silbermünzen, die auf dem *zanda* aus bestickter Seide ausgebreitet lagen, ließ jedoch keinen Raum für Zweifel. Im Quadranten des Hauses lag die beklemmende Botschaft zweier Münzen: *Flieh* und *Verrat durch bewährte Bundesgenossen.* Im Quadranten des Lebens fand sich die nicht weniger beklemmende Feststellung: *Gefahr im Verzug.* Die Quadranten des Geistes und der Freude waren leer geblieben, während im Quadranten der Pflicht die vielschichtige Botschaft *Heimat* teilweise überlappt wurde von der Aufforderung *Suche neue Verbündete,* in Konjunktion mit *Ziehe niemanden ins Vertrauen,* und *Die Götter schreiten ein.* Die Quadranten Wohlstand, Gesundheit, Ziele, Träume, Vergangenheit, Gegenwart und Zukunft waren allesamt leer geblieben, und er konnte sich nicht daran erinnern, jemals im Leben einen so seltsamen Wurf gesehen zu haben. Die Münzen, die in den leeren Quadranten hätten landen müssen, waren allesamt auf ihren Prägerändern fortgerollt und so außerhalb der bestickten Grenzen des *zanda* liegengeblieben, wo sie auf der schwarzen Seide glitzerten und ihn mit ihrem Schweigen erschreckten.

Die Götter schreiten ein, wahrhaftig.

Er hatte die Absicht gehabt, im Haus Galweigh zu bleiben, um der Familie bei ihren Angelegenheiten zu helfen, bis die Überlebenden des Massakers weit genug wiederhergestellt waren, um das Haus wieder in seine gewohnte Ordnung zu bringen. Aber während er nun das *zanda* anstarrte, wurde ihm klar, daß das ihren Zwecken nicht dienlich wäre. Er mußte eine kleine Reisetasche packen, ohne Erklärung aufbrechen und so viel Abstand wie nur möglich zwischen sich und den Rest der Familie legen. Und er mußte es sofort tun.

Verrat durch bewährte Bundesgenossen. Das beunruhigte ihn zutiefst. Welche Bundesgenossen waren gemeint? Sein persönlicher Stab, der mit ihm nach Calimekka gekommen war? Sein Berater, der ihm den größten Teil seines Lebens zur Seite gestanden hatte? Die Familienmitglieder, denen er das Leben gerettet hatte, als er die Sabirs verjagte? Der Pilot? Wer würde ihn verraten? Und warum?

Gewiß waren nicht alle, die sich mit ihm im Haus befanden, Verräter – er wußte, daß einige der Überlebende ihm helfen würden, daß sie mit ihm zusammen tun würden, was getan werden mußte. Aber er hatte keine Möglichkeit, in Erfahrung zu bringen, wer sie waren und welchen unter ihnen er auf keinen Fall sein Vertrauen schenken durfte. Die Botschaft des *zanda* sagte ihm, daß er nicht versuchen dürfe, sie auf die Probe zu stellen. Er würde still und unverzüglich aufbrechen, als hätte ein Zauber ihn fortgeweht, und sowohl die Schuldigen wie auch die Unschuldigen würden hinter ihm zurückbleiben und sich fragen, was aus ihm geworden sein mochte.

Er prägte sich die Plazierung der Münzen auf dem Tuch ein, hob dann die Arme vor seinem Oberkörper in die Höhe, drückte die Handflächen zusammen und preßte sich die Handballen an die Stirn. Mit geschlossenen Augen ließ er die Energie wieder frei, in die er sich eingehüllt hatte wie in einen schützenden Mantel, um seine Aktivitäten zu verbergen. Dann murmelte er seinen Dank an Vodor Imrish, den Schutzgott der Falken, und fügte die hintergründige Bitte hinzu, daß diese jüngste Aufgabe, mit der er sich konfrontiert sah, das Leben und die Ehre aller loyalen Mitglieder seines Stabes, die er zurücklassen mußte, nicht beeinträchtigen möge.

Dann packte er so viele von seinen Sachen zusammen, wie er in einem kleinen Bündel auf dem Rücken tragen konnte, und wob eine Tarnung um sich herum, die besagte: *Ich bin nur jemand, der deine Aufmerksamkeit nicht wert ist, jemand, den du hier erwarten würdest* und trat hinaus in den Korridor.

Er würde fliehen, er würde neue Verbündete suchen, er würde niemanden ins Vertrauen ziehen, und zumindest für den Augenblick würde er den Weg nach Hause einschlagen, nach Jeslam auf den Imumbarra-Inseln, allein und ohne die Befehle in Frage zu stellen, die ihn dort hinschickten. Von dem Tag an, an dem seine Mutter ihn bei den Falken eingeführt hatte, war ihm klar gewesen, daß die Götter eine besondere Mission für ihn hatten. Er hatte sein ganzes Leben lang darauf gewartet, herauszufinden, worum es sich handelte, und er hatte bereits zu glauben begonnen, daß die frühen Orakel sich geirrt hätten, daß er lediglich ein weiterer Hüter der Geheimen Texte sein würde, und daß das allein das Besondere seiner Aufgabe ausmache. Er hatte versucht, sich davon zu überzeugen, daß das alles gewesen war.

Jetzt ...

Jetzt ...

Sein Instinkt sagte ihm, daß seine Stunde gekommen war. Daß die Welt sich veränderte und daß nun der Ruf an ihn ergangen war, als Schwert der Götter zu wirken. Er war von Tragödien gestählt und in seinem Temperament gemäßigt worden; auch wenn er dick und alt und langsam geworden war, hatte er doch – nun endlich – die leuchtend brennende, skrupellose Flamme in sich, die er sein mußte, wenn eine ewige Hand ihn als Waffe benutzte. Vincalis wäre mit seinen Qualifikationen zufrieden gewesen.

In seinem Herzen und in seiner Seele konnte er das glockenklare Klirren von Metall auf Metall hören. Er war ein aus der Scheide gezogenes Schwert.

Er fragte sich, wer der wahre Feind sein mochte.

Kapitel 21

Schneeblind, halb verhungert, durchgefroren und krank, zwang Danya Galweigh sich, einen weiteren Schritt durch die endlose Tundra zu machen. Und danach noch einen. Und danach noch einen. Sie schwebte zwischen Ohnmacht und Bewußtsein, und wenn sie wach war, erkannte sie in der Stimme, die sie weitertrieb, die Stimme ihres Wächtergeistes, die ihr versicherte, die Erlösung liege direkt hinter der nächsten Anhebung. Die Stimme verwandelte sich, wenn sie verwirrt war, auf furchtbare Weise: Sie wurde zur Stimme Crispin Sabirs, der kam, um sie erneut zu foltern, und sie verwandelte sich in die der Sabir-Wölfe, die im Mittelpunkt eines riesigen Kreises ihren Gesang anstimmten; die Stimme verwandelte sich in die Stimme all jener, die sie hatte leiden sehen und denen sie nicht geholfen hatte: Sie verwandelte sich in die ihrer toten Großmutter und in die einer Lieblingscousine, die in Kindertagen gestorben war.

Einmal mehr erhob sie sich aus den Nebeln in ihrem Geist, und in diese vorübergehende Klarheit hinein sagte die Stimme: *Beinahe am Ziel, Danya. Beinahe bei Freunden, die dir helfen werden, auf dich und das Baby achtzugeben. Nur noch ein wenig weiter. Nur noch ein klein wenig weiter.*

»Das Baby?« fragte sie.

Ja, das Baby. Du wußtest es doch, oder?

Sie erinnerte sich an die Folter. Die Vergewaltigung. Das brutale Gelächter, die grausamen, stinkenden Gesichter dicht über dem ihren, grinsend, während sie ihr weh taten, frohlockend im Angesicht ihrer Demütigung.

»Ein Baby?« Es konnte, durfte kein Baby aus dieser entsetzlichen Vereinigung geben. So grausam konnten die Götter nicht sein.

Aber jetzt, da die Stimme es ihr gesagt hatte, konnte sie mit Hilfe ihrer Magie die Wahrheit dessen, was er gesagt hatte, spüren. Das Erbrechen, die Schwäche, der Schwindel, das Gefühl, daß irgendetwas nicht *stimmte,* das alles waren nicht nur Symptome der Vernarbung gewesen; auch die Tatsache, daß sie dem Hungertod nahe war, konnte diese Dinge nicht gänzlich erklären. Das war es also – ein neues Leben wuchs in ihr. Mit dem wenigen, was sie an Magie heraufbeschwören konnte, griff sie in ihr Inneres und spürte dieses Leben. Klein und schwach pulsierte es in ihr wie die Flamme einer einzelnen Kerze in einem zugigen Raum.

Sie wollte es hassen, so wie sie jedes dieser drei Ungeheuer haßte, das sein Vater sein konnte. Sie wollte es hassen, wollte einen Weg finden, um es zu töten, und doch, als sie es mit ihrem Geist berührte, antwortete ihr etwas, das rein war und durch und durch gut. Sie zog sich von dieser ersten zaghaften Berührung des Fremden in ihr zurück und blieb mitten im Schnee stehen, um voller Entsetzen auf ihre Füße herabzublicken. Wie konnte so viel Böses etwas Gutes hervorbringen? Sie wollte es nicht wissen, und sie wollte das Kind nicht. Aber dieser Hauch von Grundgutem – und nicht zuletzt auch ihre eigene momentane Schwäche – hielt sie davon ab, dem in ihr wachsenden Kind seine zerbrechliche Verbindung zu ihr abzuschneiden und ihren Körper von ihm zu befreien.

Sie spürte die Befriedigung dessen, der über sie wachte. *Du hast wohlgetan, liebes Kind. Und du wirst es weiter tun. Nur eile dich jetzt, dann bringe ich dich in Sicherheit.*

Sie beeilte sich, auch wenn es ihr im Augenblick nicht viel nutzte. Der versprochene sichere Hafen lag nicht wenige Schritte von ihr entfernt. Sie mußte noch einen weiteren halben Tag gehen, bevor sie endlich in ein Loch im Schnee taumelte und sich einer Familie Narbiger gegenübersah. Die Familienmitglieder zogen ihre Waffen, aber Danya, umgeben von unerwarteter und wunderbarer Wärme, von den köstlichen Düften gekochten Fleischs und der Erleichterung, daß es einen Ort jenseits des endlosen, schrecklichen, kalten und höllischen Schnees gab, fiel in Ohnmacht.

Sie hatte keine Ahnung, wieviel Zeit verstrichen war, als sie endlich erwachte, aber sie lag immer noch im Warmen, lag im flackernden Lichtschein in der Nähe eines kleinen, offenen Feuers. Das Geschöpf, das ihr gegenüber auf der anderen Seite des Feuers hockte, hielt in einer Hand einen langen, mit einer Spitze aus Knochen versehenen Speer. Der Mann starrte in die Flammen, die zusammengekniffenen Augen beinahe verborgen in dem tiefen Fell, das sein Gesicht bedeckte. Seine flache, glänzende, graue Nase und der schmale Schlitz seiner dünnen Lippen waren die einzigen weiteren Durchbrechungen dieses dicken weißen Pelzes. Seine Ohren, falls er überhaupt welche hatte, waren so klein, daß sie in dem dicken Kragen grauweißen Fells, der sein Gesicht umringte, verschwanden. Danya fand, daß er merkwürdig, wenn auch nicht unfreundlich aussah. Als er bemerkte, daß Danya ihn ansah, schwenkte er warnend seinen Speer und sagte etwas Unverständliches. Was er sagte, klang jedoch nicht nach feindseligen Absichten. In seiner Stimme schwangen Freundlichkeit und Vernunft mit. Nur der Anflug einer Warnung.

Sie stellte sich vor, daß er gesagt hatte: »Mach keine Dummheiten. Ich will dir helfen, aber das kann ich nicht, wenn du mich angreifst.«

Gut geraten, flüsterte die Stimme in ihrem Kopf. *Wenn du mir ein wenig Zeit gibst, kann ich dafür sorgen, daß du mit ihnen reden kannst. Für den Augenblick solltest du einfach das Essen annehmen, das er für dich zubereitet hat.*

Sie setzte sich langsam auf und streckte die Hand aus, um zu zeigen, daß sie keine Waffen bei sich trug. Zumindest keine anderen Waffen als ihre Krallen.

Das Geschöpf sagte noch etwas und zeigte auf den großen Kochtopf aus gebranntem Ton, der über dem kleinen Feuer hing. Danya streckte langsam die Klaue danach aus und nahm ihn, wobei sie sich alle Mühe gab, so wenig bedrohlich wie nur möglich auszusehen.

Er hatte ihr eine Art Eintopf gekocht. Sie sagte: »Ist das für mich?« Seine Antwort verstand sie nicht, und sie konnte auch den Ausdruck auf seinem fellbedeckten Gesicht nicht deuten, aber sein Tonfall bestärkte sie in der Vermutung, daß er es nur gut mit ihr meinte.

Sie griff in den Topf und spießte einen Fleischwürfel auf eine ihrer Krallen. Sie wußte, daß sie es nicht wagen würde, zu viel oder zu hastig zu essen, aber abgesehen von den wenigen Hasen und Schneetauben, die sie mit einiger Mühe gefangen und roh gegessen hatte, hatte sie seit ihrer letzten Mahlzeit nichts mehr zu sich genommen – am Abend, bevor man sie zu einem Opfer machte. Sie aß den Fleischwürfel und wünschte, sie hätte ihre Schnauze direkt in den Topf senken können, um den Inhalt mit einigen wenigen hastigen Schlucken verschlingen zu können. Sie wollte jedoch nicht, daß ihr übel wurde. Also zwang sie sich, zierliche, kleine Bissen zu nehmen und ihrem Gastgeber den Topf zurückzugeben, noch bevor er ganz geleert war, denn sie konnte bereits einen unbehaglichen Druck im Magen spüren.

Sie saßen da und sahen einander über das Feuer hinweg an. Danya erinnerte sich an die anderen, die sie zuvor in dem Haus gesehen hatte, aber sie konnte sie weder hören noch riechen oder ihre Anwesenheit sonst irgendwie spüren.

Er hat seine Familie weggeschickt. Sie sind in eines der anderen Häuser im Dorf gegangen, bis er sicher sein konnte, daß du nicht gefährlich warst.

Danya dachte einen Augenblick lang darüber nach. *Warum hat er mich nicht einfach getötet, als ich in sein Haus gestürzt bin? Warum geht er überhaupt irgendein Risiko mit mir ein?*

Bei seinem Volk ist es anscheinend Sitte, Fremde grundsätzlich aufzunehmen und willkommen zu heißen. Ich habe ähnliche Dinge schon früher gesehen –

Aber ich bin nicht von seinem Volk. Ich bin eine ganz andere Art von ... von Ungeheuer.

Ein leises Kichern weit hinten in ihren Gedanken war die Antwort. *Du befindest dich nicht länger im Menschenland, Danya. Außerhalb Iberas gelten die Leute für gewöhnlich einfach als Leute, ganz gleich, welche Gestalt sie haben. Die Menschen sind, mit nur einigen wenigen Ausnahmen, die einzigen, die sich weigern, das anzuerkennen.*

Danya erwiderte nichts darauf. Sie konnte sich selbst nicht länger als menschliches Wesen betrachten, aber sie mußte zugeben, daß sie im Innern dieselbe Person geblieben war, die sie zuvor gewesen war; das heißt, falls sie irgendwie anders war, hatte sie das bisher noch nicht entdeckt.

Du ... du hast mich zu diesen Leuten gebracht. Woher wußtest du, daß ich bei ihnen in Sicherheit sein würde?

Sie spürte den Seufzer mehr als sie ihn hörte. *Als erstes möchte ich dir jetzt, wo du gegessen und ein Dach überm Kopf hast und für den Augenblick in Sicherheit bist, noch einmal meinen Namen sagen. Ich fand es noch nie besonders erstrebenswert, einfach »du« genannt zu werden.*

Du hast mir deinen Namen schon einmal genannt?

Gewiß. Aber das hat sich als ausgesprochen überflüssig erwiesen, da du die meiste Zeit über im Delirium warst. Mein Name ist Luercas. Ich bin ... das heißt, ich war ... ein Wolf wie du. Ich wurde in einer Situation getötet, die ich im Augenblick lieber nicht mit dir besprechen möchte, aber aus irgendeinem Grunde wurde mein Körper in dem Schleier gefangengenommen, und ich konnte mich bisher weder vorwärts noch rückwärts bewegen. Bis jetzt. Als man dich ... äh ... opferte, ... ist etwas geschehen, etwas, das mich aus dem Gefängnis befreite, in dem ich ... nun, ich weiß ehr-

lich nicht, wie lange ich dort festgehalten wurde. Aber plötzlich fand ich mich in deinen Gedanken wieder und konnte mit deinen Augen sehen, und ich glaube, der Grund für meine Freilassung war vielleicht der, daß ich dir helfen konnte, während niemand das konnte. Luercas verfiel für einen Augenblick in Schweigen. Danya wartete.

Endlich fuhr er fort: *In meinem gegenwärtigen Zustand kann ich Dinge spüren, die sich in einer gewissen Entfernung befinden. Ich kann Möglichkeiten fühlen – und wenn ich mir auch nicht sicher sein konnte, was wir vorfinden würden, wenn wir hierherkämen, habe ich doch gespürt, daß in dieser Richtung Sicherheit für dich lag und deine einzige Chance zu überleben.*

Danya legte sich wieder nieder und ließ ihre geschlossenen Augen umherschweifen. Das Essen, die Wärme und die Härten der letzten Tage, deren Zahl sie nicht zu nennen vermocht hätte, all das verschwor sich nun, um sie in Schlaf zu lullen. Sie fragte jedoch noch: *Warum ist mein Überleben für dich von Bedeutung? Das verstehe ich nicht.*

Weil ich, sagte Luercas, *Möglichkeiten spüren kann. Du hast etwas Wichtiges zu tun. Etwas, das deine Welt verändern wird. Und ich bin in gewisser Weise ein Teil davon. Außerdem glaube ich, daß du diese Aufgabe bewältigen mußt, bevor ich erlöst werde und den Schleier passieren kann, um zu dem Ziel zu gelangen, das mich dort erwartet, worin es auch bestehen mag.*

Danya nickte. Ihr gegenüber saß der Narbige und aß den Eintopf, den sie übriggelassen hatte. Er verzerrte das Gesicht, aber sie konnte seine Miene nicht deuten. Sie versuchte, mit einem Lächeln zu antworten, mußte aber feststellen, daß ihre Gesichtsmuskeln solche Feinheiten nicht mehr zuließen. Sie seufzte abermals und schloß die Augen.

Ich bin froh, daß du mir hilfst, sagte sie zu Luercas.

Und dies war für lange Zeit ihr letzter zusammenhängender Gedanke.

Kapitel 22

Kait saß im Dunkeln in der Parnisserie des Schiffes. In Kürze würde der Embastaru heraufdämmern, der *Tag der Stunden,* und Kait lauschte auf die süße, hohe Stimme der Parnissa des Schiffes, die die alten Worte las. Sie war nun seit einem Monat an Bord der *Wanderfalke,* und der Rhythmus des Lebens auf dem Schiff hatte einen Teil des Schmerzes gedämpft, den ihre überstürzte Abreise aus Calimekka mit sich gebracht hatte.

»Das Buch der Zeit, das dritte der fünf heiligen Bücher Iberas, sagt: ›Zähle weder deine Tage noch deine Stunden, auf daß sie nicht schnell an dir vorübergleiten, während du sie zu messen suchst. Nenne sie stattdessen beim Namen wie Freunde und bitte sie, ein wenig zu verweilen, und du wirst langes Leben und Glück erfahren.‹ So kommt es, daß wir eine jede Stunde des Tages mit Namen begrüßen und mit Ehrerbietung, womit wir sie alle als Freunde anerkennen, die uns abermals besuchen, und als Fremde, die wir willkommen heißen – Fremde, die für kurze Weile in unsere Mitte getreten sind und die nie wieder zurückkehren werden.«

Die Parnissa trug die weiße Robe, die die Tradition für diesen Tag vorsah, und der Kerzenschein, der sich auf ihrem Gewand, ihrer bleichen Haut und ihrem ebenso hellen goldenen Haar widerspiegelte, ließ sie eher wie einen Geist aussehen als wie ein Wesen aus Fleisch und Blut. Das Schiff knirschte und wiegte sich, und die Geräusche und Rhythmen waren zutiefst beruhigend. Kait war dem Einschlafen nahe, aber sie erinnerte sich daran, daß sie als ein Sproß der Familien die Pflicht hatte, an allen Orten und zu allen Zeiten den Iberismus aufrechtzuerhalten, daher saß sie auf der harten Bank in der von Kerzen erleuchteten Parnisserie und gab sich alle Mühe, die Augen offenzuhalten.

»Der Morgen naht – gesegneter Morgen.«

Die Parnissa hielt inne, und Kait und die anderen Teilnehmer antworteten einmütig: »Wir ehren Die Stunden Des Morgens.«

»Wir ehren die Soma«, intonierte die Parnissa.

Alle anderen erwiderten: »Soma, die die Überbringerin des ersten Lichtes ist.«

Kait ließ die Worte an sich vorbeiziehen. Die Messe war gleichzeitig Mutterschoß und Verletzung, wiegte sie in ihren Banden der Vergangenheit und schmerzte sie gleichzeitig mit ihrer Erinnerung daran, daß die Zukunft nie wieder genauso strahlend oder genauso warm sein konnte. In den letzten Tagen hatte sie sich stets von den anderen abgesondert. Sie hatte Kerzen für ihre Eltern und Geschwister angezündet, für ihre Tanten und Onkel, ihre Vettern und Cousinen; sie hatte für den Erfolg ihrer Reise gebetet, ohne je recht daran zu glauben, daß das Artefakt, das sie suchte, wirklich existieren konnte. Sie hatte ihr Bestes getan, um sich ein gewisses Maß an Frieden zu verschaffen, aber der innere Friede entzog sich ihr.

Die Parnissa ging am Rand des Podests, das an der Stirnseite der Parnisserie stand, entlang und entzündete Kerzen. »Wir ehren die Stura.«

»Stura, die Sängerin der Morgenlieder, das lebensvolle Kind.«

»Wir ehren die Duea.«

»Duea, schöne Tochter, die die Sonne tanzend dem Mittag zuführt.«

Kait erinnerte sich daran, wie sie ein dutzendmal in der Parnisserie ihrer Eltern gesessen und in demselben schläfrigen Tonfall dieselben Worte wiederholt hatte, um ein wenig halbherzig Götter zu ehren, an die weder sie noch ihre Familie wirklich glaubte, jedoch getröstet von der Anwesenheit ihrer Geschwister auf der Bank neben ihr. Ihr Vater hatte sie alle mit harten Blicken schweigen geheißen, ihre Mutter hatte sie mit für später versprochenen Leckereien bestochen.

Dieselben Worte, derselbe Tonfall, der Duft von Bienenwachs, gesüßt mit Lavendel, den die Kerzen verströmten, und dieses Jahr zu alledem der Schmerz in ihrem Herzen.

»Und in unmittelbarer Folge des Morgens«, fuhr die Parnissa fort, »die Stunden des Aftering.«

»Wir ehren die Stunden des Aftering.«

»Wir ehren Mosst.«

»Mosst, Herr der Hitze, Schöpfer des Feuers.«

Der Gedanke an ihre Familie brachte sie auf deren Mörder, und der Gedanke an die Sabirs verwandelte sich sogleich in den Gedanken an einen ganz speziellen Sabir. Ihr Magen verkrampfte sich, als ihr der Karnee in der Gasse wieder in den Sinn kam, und plötzlich wurde ihr klar, daß es weder Erinnerung noch die willkürlichen Streifzüge ihrer Gedanken von einem Thema zum nächsten waren, die das Bild dieses Karnees vor ihrem inneren Auge erstehen ließen. Nein, seine Anwesenheit in ihren Gedanken hatte ihren Grund darin, daß ein Teil seiner selbst sich dort bereits häuslich eingerichtet hatte. Und wartete. Ein verführerisches, lockendes Mosaikstück eines Traums huschte durch ihren Sinn und war bereits wieder fort, bevor sie es festhalten konnte, aber sie hatte es lange genug vor sich gesehen, um zu wissen, daß sie irgendwann von ihm geträumt haben mußte.

»Wir ehren Nerin.«

»Nerin, deren Geschenke langes Licht und klare Sicht sind.«

Sie schauderte und versuchte, ihn von dem Platz zu verdrängen, den er in ihren Gedanken innehatte; sie wollte sich wieder auf die Messe zu Ehren der Stundengötter konzentrieren. Stattdessen stellte sie fest, daß sie in Gedanken die Hand nach ihm ausstrecken und ihn berühren konnte.

Er schlief. Sie verhielt sich so still, daß sie beinahe zu atmen aufhörte, und ließ ihre Augen zufallen.

Er schlief an Bord eines Schiffes. Er war ein gutes Stück von ihr entfernt.

Er folgte ihr.

»Wir ehren Paldin.«

»Paldin, die die Welten des Lichts und des Dunkels verschmelzen läßt und die Welt erhält, nachdem die Sonne geflohen ist.«

Er folgte ihr auf einem Schiff, auf dem er seine Männer um sich geschart hatte; er jagte sie. In seinem leichten Schlaf konnte sie seine Entschlossenheit spüren, sie einzuholen. Sie konnte ein Gefühl des Verlustes in ihm spüren, obwohl sie nicht zu ergründen vermochte, was er verloren hatte. Sie spürte seinen Hunger und spürte, daß er auf sie gerichtet war. Selbst im Schlaf machte er Jagd auf sie.

»So wie wir die Zeiten des Lichtes ehren, ehren wir die Dunkelheit.«

»Wir ehren die Stunden der Nacht.«

»Wir ehren Dard.«

»Dard, die erste wahre Dunkelheit, die die Weiße Dame begrüßt.«

»Wir ehren Telt.«

»Telt, die Mitte der Dunkelheit, die die Weiße Dame und den Roten Jäger miteinander vereinigt.«

Die Weiße Dame, die einst eine Sterbliche gewesen war, war im Leben vor dem Roten Jäger geflohen. Er hatte sie von dem Zeitpunkt an gejagt, da sie ihre Volljährigkeit erreicht hatte und zu einer Schönheit herangewachsen war. Er hatte sie bis zu dem Tag gejagt, als sie sich, schwach und ermüdet, in einen Durchgang zwischen den Felsen in einem Wald begab, den sie nicht kannte. Schließlich mußte sie entdecken, daß der einzige Weg, der wieder hinausführte, der Weg war, über den sie hereingekommen war. Gefangen in dieser Schlucht, betete sie zu Haledan, der Göttin der Schönheit und der Wahrheit, und flehte sie an, sie vor dem Schicksal zu bewahren, das der Jäger ihr bereiten wollte. Haledan kam zu ihr und erbot sich, sie vor dem Jäger zu schützen, sofern sie das Gelöbnis ablegen wolle, für alle Zeit in Haledans Dienst zu treten. Das Mädchen stimmte zu, und Haledan verwandelte sie in den schönsten Stern des Himmels, die Weiße Dame, und auf diese Weise entkam sie sowohl dem Jäger als auch dem Tod.

Aber der Jäger rief seinen Schutzgott herbei, Stolpan, den Gott der Handwerksleute, und bat ihn, ihn nicht um die Beute seiner Jagd zu betrügen, nachdem er ihr schon so nahe gewesen war. Stolpan konnte nicht ungeschehen machen, was Haledan getan hatte, aber er konnte dem Jäger erlauben, seine Jagd fortzusetzen. Der Jäger fand sich bereit, Stolpan für ewig zu dienen, und Stolpan machte ihn zu dem Roten Jäger, dem Stern, der ebenso dunkel und furchteinflößend war, wie die Weiße Dame strahlend und rein war, und in dieser Verkleidung jagte er sie jede Nacht über den Himmel. Er würde sie niemals fangen, aber er würde sie für alle Zeit verfolgen.

In dem Begreifen, daß ihr Feind, der Sabir-Karnee, sie verfolgte und daß er irgendwie wußte, wo sie war, spürte Kait eine plötzliche Seelenverwandtschaft mit der Weißen Dame. Der einzige Unterschied war der, daß sie nicht den Schutz einer Göttin besaß – sie hatte keine Garantie, daß der, der sie jagte, sie nicht fangen würde.

»Wir ehren Huld.«

»Huld, Sängerin der letzten Dunkelheit, die darauf wartet, den Aufgang der Sonne zu umarmen.«

»Wartet in Schweigen, denn der neue Tag kommt und die neue Stunde mit ihm. Haltet die Soma tief in euren Herzen und all jene Stunden, die ihr nachfolgen. Seid gesegnet, an diesem und an jedem anderen Tag, und erfreut euch an jedem Augenblick, denn sie alle sind heilig und keiner wird wiederkehren.«

»Wir segnen dich; wir segnen einander; wir segnen uns selbst, an diesem und an allen Tagen. *Desporati sajamis, tosbe do naska.*«

Die Worte des Schlußsegens, die in der Sprache der alten Parnissas bedeuteten »in unserer Menschlichkeit vereinen wir uns, Körper und Geist«, waren das Zeichen für das Ende der Messe. Die Bewegung der Leute links und rechts von ihr entrissen Kait die Verbindung, die sie für kurze Zeit zu ihrem Jäger gehabt hatte. Diese jähe Veränderung weckte ihn. Sie spürte, wie er die Augen öffnete. Für den Bruchteil einer Sekunde konnte sie durch seine Augen sehen; er bewohnte eine Kajüte, die luxuriöser und größer war als ihre eigene, aber er teilte sie mit anderen. Sie erhaschte einen flüchtigen Blick auf einen Mann mit harten Augen und hagerem Gesicht, der ihm gegenüber auf der Kante einer Koje hockte, sowie eines weiteren Mannes mit hellem Haar und beinahe kindlich süßem Gesicht, der in der Koje über dem anderen Mann schlief. Dieser schien Kait nun direkt in die Augen zu sehen. Er runzelte die Stirn und sagte: »Was ist los, Ry? Du siehst ... krank aus.«

Dann spürte sie, daß dem Sabir ihre Anwesenheit bewußt wurde, und unverzüglich riß die Verbindung zwischen ihnen, und ihr Bewußtsein wurde wieder in ihren eigenen Körper zurückgeschleudert, in die Parnisserie. Die meisten der anderen Betenden hatten den Raum bereits verlassen, und die Parnissa sah sie neugierig an. Kait erhob sich hastig, bevor die Frau sie fragen konnte, ob sie irgend etwas mit ihr zu besprechen wünsche, und folgte den anderen hinaus auf das Deck des Schiffes. In diesem Augenblick vewandelte sich der Himmel, der entlang des östlichen Horizonts kräftige Adern aus tiefem Purpur und Rubinrot über einer breiter werdenden Linie aus Rosa und Gelb zeigte. Von einer Sekunde zur anderen war alles in goldenes Licht getaucht, und die Sonne riß sich aus dem Meer los, das sie verborgen gehalten hatte.

Die Altglocke, die die Soma willkommen hieß, begann zu läuten, und alle Betenden an Deck blickten nach Osten, ließen sich auf die Knie fallen und hießen die neuen Stunden und den neuen Tag willkommen.

»Wenn Ihr fertig seid, muß ich mit Euch sprechen.«

Sie war mit den anderen niedergekniet und fuhr nun jäh herum. Als sie aufblickte, sah sie Hasmal hinter sich stehen, der sie mit einer seltsamen Mischung aus Entschlossenheit und Furcht musterte. Er war während der Messe nicht in der Parnisserie gewesen, und sie fragte sich, ob er rein zufällig auf sie gestoßen war oder ob er sie gesucht hatte.

Noch immer erschüttert von dem Kontakt mit dem Sabir mit Ry, wie sein Gefährte ihn genannt hatte –, stand sie auf und zuckte mit den Schultern. »Vielleicht später.«

Hasmal roch eingeschüchtert, aber er hob dennoch den Kopf und sah sie durchdringend an. Ohne irgend etwas zu tun, das sie hätte erkennen können, umgab er sich selbst und sie mit demselben Wall des Friedens, der bei dem Namensfest seinerzeit ihre Aufmerksamkeit erregt hatte. Im gleichen Augenblick spürte sie, daß Amalee protestierte und dann schwieg; ihr erschrockener Aufschrei war wie abgeschnitten. Und mit ihr verschwand auch ein ganz leichter Druck, der weit hinten in ihren Gedanken eine Art Kitzeln verursachte und den sie jetzt erst durch sein plötzliches Verschwinden bemerkte. »Was ich Euch zu sagen habe, kann nicht mehr länger warten. Ich habe es ohnehin schon viel zu lange hinausgezögert, und ich habe … ehm, ich habe gehört … daß ich uns beide damit unnötiger Gefahr ausgesetzt habe.«

Sie wollte sich nicht gerade jetzt mit ihm beschäftigen. Später ja, aber nicht gerade in diesem Augenblick. Andererseits hatte er ihre Neugier geweckt. Sie nickte. »Wir können uns in meiner Kajüte unterhalten. Es sei denn, Ihr wüßtet einen besseren Ort –?«

»Nein. Eure Kajüte wird genügen.«

Sie ging voran. Er folgte.

»Ihr wißt also, wo sie ist?« Shaid Galweigh saß in dem kühlen, beinahe dunklen privaten Besprechungssaal von Haus Cherian an der Kopfseite eines langen Tisches aus gegossener Bronze, der aus unvordenklichen Zeiten stammte. Die Wölfe des Hauses Cherian, die von der Katastrophe, die die Wölfe des Hauses Galweigh ausgelöscht hatte, unberührt geblieben waren, weil sie keinen Anteil daran gehabt hatten, reihten sich zu beiden Seiten des Tisches.

Das Oberhaupt der Wölfe, eine dickliche, fröhliche Frau namens Veshre, nickte und lächelte. »Wir sind uns sicher. Wir haben sie an Bord eines privaten Schiffes ausfindig gemacht, das gegenwärtig Kurs Nordost fährt, irgendwo entlang des Teufelsschwanzes. Wir glauben, daß sie vor ungefähr einer Woche auf einer der Inseln Vorräte geladen haben, und seither läuft das Schiff wieder seinen alten Kurs.«

»Habt Ihr ihr Ziel ermittelt?«

Die Wölfe sahen einander an. Keiner wußte, wie er dem Paraglese beibringen sollte, was sie herausgefunden hatten. Schließlich zuckte Veshre die Achseln und sagte: »Es sind da einige Komplikationen aufgetreten, Shaid. Wir haben eine Reihe von –« Sie runzelte die Stirn, weil ihr die melodramatischen Ausdrücke, die ihr als erstes in den Sinn kamen, nicht gefielen, sie andererseits aber außerstande war, weniger großartige Begriffe für das zu finden, was sie zu sagen hatte. »Wir haben eine Reihe von … von, hm, von Gottheiten, muß ich wohl sagen, mit ihren Bewegungen in Verbindung bringen können. Eine dieser Gottheiten hat sich irgendwie mit ihr verbunden, andere wachen über sie, und dann gibt es da noch eine Art abschirmender Macht, die bisher in ihrer Nähe war, ohne aber scheinbar mit ihr in Verbindung zu stehen. Jetzt jedoch scheint diese Macht ebenfalls eingegriffen zu haben, und unmittelbar vor Soma ist das Mädchen endgültig verschwunden. Diese abschirmende Macht … sie, ah, hat sie verschlungen … und sie ist noch nicht wieder aufgetaucht.«

Mit zornrotem Gesicht erhob Shaid sich halb von seinem Platz, aber Veshre befahl ihm mit einer flüchtigen Geste, sich wieder hinzusetzen. »Sie befindet sich immer noch an Bord des Schiffes. Sie kann nirgendwo anders hin. Ich denke, wir werden mit diesem jüngsten Problem wohl fertig werden. Die Einbeziehung unbekannter Gottheiten dagegen ist heikler. Sie könnte machtvolle Verteidiger gewonnen haben.«

»Gottheiten.« Shaid schüttelte angewidert den Kopf, lehnte sich auf seinem Stuhl zurück und legte die Fingerspitzen vor sich aneinander. »Gottheiten. Warum hat sich eine Gottheit mit dem Mädchen verbunden?«

»Es handelt sich um eine *geringere* Gottheit«, betonte Veshre. »Es sind alles geringere Gottheiten. Keine von ihnen wird im Pantheon anerkannt, keine von ihnen kam von einem besonders wichtigen Ort.«

»Aber von irgendwo müssen sie gekommen sein, nicht wahr?« Shaid fühlte sich nicht wohl in der Gesellschaft von Wölfen, eine Tatsache, die er für gewöhnlich für sich behielt. Aber heute morgen war ihm seine Gereiztheit anzumerken. »Sie haben sich mit der Frau verbunden, die ich tot sehen will. Ihre Anwesenheit muß etwas bedeuten.«

Veshre nickte. »Nur eine Gottheit hat sich übrigens wirklich mit dem Mädchen verbunden«, erinnerte sie ihn, »aber, ja, natürlich bedeutet das etwas. Wir haben das Gefühl, daß wir in nicht allzulanger Zeit in der Lage sein werden, ihre Absichten durch Divination zu ermitteln. Wir müssen natürlich sehr behutsam vorgehen – schließlich wollen wir doch nicht die Aufmerksamkeit dieser Gottheiten auf uns lenken. Das könnte –« Sie beendete den Satz nicht. *Das könnte unangenehme Folgen für uns haben,* war eine Untertreibung für die möglichen Konsequenzen, die es haben würde, wenn unbekannte Gottheiten auf die tastende Anwesenheit der Wölfe aufmerksam wurden. Hätte sie dagegen von möglicherweise *katastrophalen* Folgen gesprochen, hätte Shaid daran gezweifelt, daß sie und ihre Wölfe die Situation unter Kontrolle hatten, und im Augenblick war das Machtgleichgewicht in der Familie ohnehin unsicher. Sein mangelndes Vertrauen in ihre Fähigkeit, seine Pläne in die Tat umzusetzen, konnte der entscheidende Faktor dafür sein, daß er sich Hilfe von außen holte. Die Wölfe wußten bereits von seiner verstohlenen Werbung um die Familie Sabir. Sie mußten sehr, sehr vorsichtig zu Werke gehen, um die Kontrolle über ihre Situation zu behalten, zumindest solange Shaid Paraglese war. »Wir kümmern uns um das Problem«, sagte sie schließlich. »Es ist einzig in seiner Art, und wir werden Euch über unsere Fortschritte auf dem laufenden halten. Es wäre jedoch gelogen, wenn wir behaupten würden, daß wir das Mädchen auf der Stelle töten könnten. Wir werden uns um sie kümmern, sobald wir die Situation vollends verstanden haben.«

Shaid wirkte nicht besonders glücklich, aber jetzt sah er ihr wenigstens in die Augen. »Nun gut. Informiert mich über Eure Entdeckungen und kommt zu mir, bevor Ihr sie tötet. Ich möchte –« Er lächelte träge und hielt plötzlich inne. Der Ausdruck in seinen Augen gefiel Veshre ebensowenig wie sein an einen Geier erinnerndes Lächeln, aber sie erhob sich, bedachte ihn mit der schnellen, oberflächlichen Verbeugung, wie sie einer Frau ihres Ranges zukam, und sagte: »Sobald ich Neuigkeiten habe, werdet Ihr ebenfalls davon Kenntnis erhalten.«

Die anderen Wölfe erhoben sich auf ihr Zeichen hin, huldigten ihrem Paraglese und folgten Veshre aus dem Raum.

Der Schleier teilte sich, und eine letzte, strahlende Sphäre bleichen, rosafarbenen Lichts entsprang der Leere. Sie wirbelte in die Mitte eines Schwarms ähnlicher Sphären hinab – vielleicht zwanzig insgesamt. Diese umtanzten einander innerhalb der Grenzen einer imaginären Blase; mit ihren verhaltenen Bewegungen und sich wandelnden Farben übermittelten sie in unglaublicher Geschwindigkeit Informationen, die sich in der Sprache Sterblicher mit folgendem Gespräch wiedergeben lassen würden:

Endlich können wir in Freiheit zusammentreffen. Willkommen, Brüder und Schwestern des Sternenrats.

Wir sind nicht alle versammelt, Dafril. Einer von uns hat dem

Ruf keine Folge geleistet. Wer fehlt? Dafril berührte die Gedanken jener, die anwesend waren, und zog sich dann zurück. *Das erfüllt mich mit unaussprechlicher Furcht … Was ist aus Luercas geworden? Ist seine Seele seit unserer Befreiung aus der Gefangenschaft der Vernichtung anheimgefallen?*

Nereas antwortete. *Wir haben ihn verloren, aber er ist nicht verloren. Vor deiner Ankunft haben wir ihn gesucht, wie wir dich suchten. Du hast dein Herannahen bestätigt; er … nicht. Er verbirgt sich; jene von uns, die ihn suchten, können ihn nicht finden, aber der Faden seiner Seele ist nicht durchtrennt worden. Er ist nicht gefallen – daher müssen wir davon ausgehen, daß er … umherstreift.*

Dann muß Luercas das erste Thema sein, dem wir uns zuwenden. Was, glaubt ihr, wird er uns aktiv entgegenstellen?

Wir alle glaubten, er stehe auf unserer Seite. Da er solche Anstrengung darauf verwendet, uns auszuweichen und zu meiden, müssen wir argwöhnen, daß er lediglich Übereinstimmung mit unseren Ideen vorgetäuscht hat, um unsere Pläne und unser Trachten vollkommen zu verstehen und uns auf diese Weise umso besser zerstören zu können.

Warum? Warum sollte er sich einem neuen goldenen Zeitalter widersetzen? Warum sollte er uns Widerstand leisten?

Daraufhin trat eine Pause ein – in der Welt der realen Dinge dauerte sie nicht länger als ein einziger Blitz braucht, um von einer Wolke zur nächsten zu flackern, nicht länger als ein halber Wimpernschlag, aber für die Verhältnisse jener, die an dem Gespräch teilnahmen, schien sie eine Ewigkeit zu dauern. Endlich sprach einer der Geister des Sternenrats die Möglichkeit aus, die sie alle fürchteten.

Vielleicht trachtet er danach, sich auf Matrin ein eigenes Reich zu schaffen, in dem er selbst die Stelle eines Gottkaisers einnimmt. Villeicht will auch er das goldene Zeitalter, das wir erstreben, aber für sich allein, statt für alle.

Eine neuerliche Pause, geprägt von der Betroffenheit aller Anwesenden. Allgemeine Zustimmung folgte ihr, verwandelte sich dann aber in ein verwirrtes Geplapper, als sämtliche Geister versuchten, einander ihre Empfehlungen dafür aufzudrängen, wie mit Luercas zu verfahren sei. Schließlich hatten sich alle so weit beruhigt, daß Dafril erneut um Vorschläge bitten konnte.

Wir sollten ihn vernichten, wenn wir ihn finden, meinte Mellayne. *Wir sollten seinen Seelenfaden auslöschen.*

Werris widersprach. *Wir sollten ihn durch den Spiegel der Seelen in einen sterblichen Körper zwingen, der außerstande ist, ihm zu antworten. Auf diese Weise wird er für die Dauer eines Lebens gefangen sein, und wenn er stirbt, wird er durch den Schleier gestoßen werden. Aber der Tod seiner Seele wird nicht auf unserem Gewissen lasten.*

Vaul fand selbst das übertrieben. *Vielleicht würde eine schlichte Verbannung genügen.*

Es wurden noch andere Vorschläge gemacht, die sich alle widersprachen und sich in Schwere und Dauer der Strafen unterschieden. Einige wollten den verschwundenen Luercas lediglich wiederfinden, um zu versuchen, ihn durch Gespräche zur Vernunft zu bringen; andere wollten seine Seele ohne jede Befragung oder Verhandlung zerstört sehen – seine Abwesenheit, fanden sie, lege beredtes Zeugnis über seine Motive ab und sei Verurteilung genug. Keiner jedoch konnte sich vorstellen, daß sein Fehlen bei dieser ersten Zusammenkunft des Sternenrates seit mehr als tausend Jahren ohne Bedeutung sei. Alle wollten unverzüglich Maßnahmen ergreifen, aber keiner konnte sich, was die Art dieser Maßnahmen betraf, mit dem anderen einigen. Abermals wurde Stimmengewirr laut, und es sah so aus, als stünden hitzige Diskussionen bevor. Dafril war klar, daß ihre Kameraden im Augenblick zu keiner weiteren Lösung dieses Problems gelangen würden. Die allgemeine Entschlossenheit, Luercas seiner Strafe zuzuführen, war ohnehin gegenstandslos, bis sie ihn fanden. Also wechselte sie das Thema.

Hat ein jeder von uns unter den Sterblichen eine passende Verkörperung (Avatara) erwählt?

Ja, jeder.

Bestens. Dafril teilte ein Gefühl der Freude mit ihren Kameraden. *Meine Verkörperung ist auf dem Weg, den Spiegel der Seelen von seinem Ruheplatz zu befreien. Die Ereignisse haben mir recht hübsch zugearbeitet – es bedurfte keiner großen Überredung, sie zu der Reise zu bewegen.*

Sartrig sagte: *Meine Verkörperung folgt ihr, für den Fall, daß sie den Auftrag nicht zu Ende führen kann. Er wäre ihr auf jeden Fall gefolgt, ob ich ihn dazu drängte oder nicht; er steht unter Zwängen, die mit mir nichts zu tun haben. Aber diese Zwänge, die aus dem Inneren kommen, sind meinen Zielen dienlich. Sie gestatten es mir, mich im Hintergrund zu halten, so daß er sich die meiste Zeit über meiner Gegenwart nicht bewußt ist. Das ist nur gut so – er könnte mich, wenn er es wünschte, jederzeit aus seinen Gedanken verbannen; seine Ausbildung in Magie ist bereits bis zu diesem Punkt fortgeschritten.*

In rascher Abfolge berichteten auch die anderen: Ein Paraglese, der dazu ermutigt wurde, einen Weg jenseits der Interessen seiner Familie einzuschlagen, der den höheren Interessen des Sternenrates jedoch entgegenkam; eine Prinzessin der königlichen Linie der Gyru-nalle auf Feelasto wurde veranlaßt, eine Allianz mit den Familien Iberas ins Gespräch zu bringen; ein dalkanischer Piratenkönig, der gerade darüber nachzudenken begann, sich für einen Frieden mit den iberischen Familien einzusetzen.

Aufgemuntert von solch ermutigenden Berichten, gingen die Mitglieder des Sternenrats auseinander, um in ihre Verkörperungen zurückzukehren; bevor sie aufbrachen, kamen sie jedoch überein, nach Luercas Ausschau zu halten und bis zu ihrer nächsten Zusammenkunft darüber nachzudenken, wie mit ihm verfahren werden sollte.

Kapitel 23

Hasmal lehnte den Stuhl ab, den Kait ihm anbot; statt dessen setzte er sich auf den Fußboden ihrer Kajüte und bestand darauf, daß sie ihm gegenüber Platz nahm. Als sie sich dort niedergelassen hatten, erweiterte er den Schild, mit dem er sie beide umgeben hatte. Er durchwob ihn mit dem »bemerkt-uns-nicht« Zauber, den er zuvor so bedachtsam vorbereitet hatte. Kait sah zu, wie er einen Finger durch das Pulver zog, das er auf ihren Fußboden gestreut hatte, und sagte nichts. Und noch interessanter war der Umstand, daß ihr Gesicht nichts von dem preisgab, was sie dachte. Er hätte beinahe gelächelt – ihre jahrelange Ausbildung als Diplomatin würde ihm vielleicht bei dem, was er tun mußte, beinahe ebenso nützlich sein, als wäre sie von Kindheit an zum Falken erzogen worden.

Als die Schilde stark genug waren und er sicher sein konnte, daß die Geschehnisse in diesem Raum bei den anderen Leuten auf dem Schiff keinerlei Aufmerksamkeit erregen würden, schob er seine Pulver zu einem ordentlichen Häufchen zusammen, nahm sie dann mit einer Hand auf und verstreute sie teilweise um sich selbst, teilweise um sie herum.

Ihre Miene war immer noch völlig undurchdringlich. Als er fertig war, fragte sie aber doch höflich und leise: »Ein religiöses Ritual?«

Er schüttelte den Kopf, und nun lächelte er wirklich. »Nein. Etwas, das uns überall in Ibera eine Verurteilung zum Tode eintragen würde – und hier wahrscheinlich ebenso, trotz aller Liberalität, die Kapitän Draclas auf anderen Gebieten beweist. Die Vollendung eines Zaubers.«

Nun sah er doch, wie eine gewisse Regung über ihr Gesicht huschte, aber mit Angst hatte das nichts zu tun. Statt dessen glaubte er in dem flüchtigen Augenblick, bevor ruhige Gefaßtheit diesen winzigen Funken eines erkennbaren Gefühls aus ihren Augen vertrieb, so etwas wie Resignation dort erblickt zu haben, und er dachte: Resignation? Was für eine bizarre Reaktion.

»Es scheint, daß ich eine geborene Ketzerin bin«, sagte sie und bedachte ihn mit einem traurigen Lächeln, das er nicht verstand. »Ganz gleich, wie rein meine Motive sind, wie drängend meine Not oder wie groß meine Liebe zur Familie, jede Straße, die ich gehe, entfernt mich weiter von dem wahren Sieg.«

»Das verstehe ich nicht.«

Nun hob sich eine ihrer Augenbrauen, und der Anfang eines Lächelns ließ ihre Mundwinkel zucken. »Wenn diese Mauer des Friedens, die Ihr zu errichten versteht, mit Magie errichtet wird, und wenn ich mir wünsche, diese Fertigkeit ebenfalls zu erlernen, macht mich das zu einer Ketzerin – und das versteht Ihr nicht? Bitte. Wie lange lebt Ihr schon in Ibera? Und wie habt Ihr es fertiggebracht, zu verhindern, daß man Euch auf dem öffentlichen Platz vierteilt?«

Er schüttelte den Kopf. Sie hatte seine Frage falsch gedeutet. »Ich verstehe, daß das, was ich tue … Ketzerei ist. In Ibera, an den meisten anderen Orten der Welt, für die meisten Leute. Das weiß ich. Was ich nicht verstehe, ist, warum Ihr Euch benehmt, als sei dies nur die letzte in einer langen Reihe von Freveln.«

»Ahh. *Meine* Ketzerei.« Sie sah sich in ihrer Kajüte um und zuckte die Achseln. »Die Wände lauschen, Hasmal, und die Schlüssellöcher haben Augen, und ich wäre zweifach verdammt, wenn meine Geheimnisse ans Licht kämen. Selbst hier.«

»Der Zauber, den ich um uns herumgelegt habe, schützt uns. Niemand wird Euch bemerken; niemand wird lauschen. Ihr und ich, wir sind allein.«

Wieder flog diese Augenbraue in die Höhe. Dann lächelte sie, zuckte abermals die Schultern und sagte: »Seid Ihr ein tapferer Mann, Hasmal?«

»Nein.« Er brauchte über diese Frage nicht einmal nachzudenken. »Ich bin der elendeste aller elenden Feiglinge.«

Ihr Lächeln wurde breiter und verriet einen Anflug von Erheiterung. Sie beugte sich vor, legte eine schlanke, langgliedrige Hand über die seine und sagte: »Ihr seid ehrlich, und ich kann mich nicht daran erinnern, wann ich das letzte Mal einem ehrlichen Mann begegnet bin. Wir sind alle Feiglinge, denke ich. Jene, die das leugnen, sind einfach obendrein Lügner.« Sie drückte seine Hand. »Ich werde Euch meine Ketzerei zeigen, und dann sind wir quitt. Ihr habt mir die Macht in die Hand gegeben, Euch an Bord dieses Schiffes hängen zu lassen, falls ich Euch jemals verraten wollte; nun werde ich Euch diese Gunst vergelten, damit Ihr des Nachts ruhig schlafen könnt.«

Dann fügte sie mit einem letzten, sachten Händedruck hinzu: »Ich werde Euch kein Leid antun. Das verspreche ich.«

Während er sich immer noch fragte, was in aller Welt diese rätselhafte Behauptung bedeuten mochte, ging eine Woge dunkler, wilder Magie von ihr aus, und ihr Körper begann sich zu verzerren. Ihr Lächeln verwandelte sich in ein wildes Tiergrinsen, während ihr Mund, ihre Nase und ihr Kinn sich vorreckten und sich zu der spitzen, mageren, muskulösen Schnauze einer Tötungsmaschine in die Länge zogen. Ihre Augen, deren tiefer Braunton unverwandelt blieb, zogen sich weiter auseinander und tiefer in ihren Schädel zurück; ihre Stirn wölbte sich vor und wurde flacher und tiefer. Die Ohren stellten sich auf, liefen in wölfischer Geradheit spitz aus, obwohl sie der einzige Teil ihres Gesichtes waren, der ihn an einen Wolf erinnerte. Ihr Körper veränderte sich ebenfalls, so daß sie kein zweibeiniges Wesen mehr war, sondern ein vierbeiniges, und die Reithosen und der Überwurf, die ihre menschliche Gestalt so gefällig umrahmt hatten, nahmen sich an ihrem neuen Leib geradezu schauerlich aus. Sie spannten sich beinahe bis zum Zerreißen über den Brustkorb und die Hinterläufe, während sie an Taille, Handgelenken und Knöcheln schlaff herabhingen.

»Wir haben alle unsere Geheimnisse, siehst du«, sagte sie, und sie sprach immer noch mit der kultivierten Stimme einer Frau aus calimekkanischer Familie. Es war jedoch die Stimme eines Alptraumgeschöpfes, einer Kreatur, die durch die endlosen Wälder des Schlafs pirschte.

Hasmal trat der Schweiß auf Stirn und Oberlippe, und als er sagte: »Das sehe ich«, brach seine Stimme bei dem Wort »sehen«, und er quiekte, wie er es als Vierzehnjähriger und seither nie mehr wieder getan hatte.

Ihre Rückverwandlung in Menschengestalt dauerte länger, obwohl der Prozeß, den er am ehesten mit einem Schmelzen beschrieben hätte, im selben Augenblick begann, in dem sie sprach.

Als sie endlich wieder als Mensch vor ihm saß, sagte er: »Was *seid* Ihr?«

Sie schloß die Augen und seufzte. »Ich wurde mit einem Fluch geboren. Man nennt uns Karnee, meinesgleichen ... obwohl ich in meinem ganzen Leben nur einen einzigen anderen Karnee kennengelernt habe, und der verfolgt mich bis auf den heutigen Tag.« Sie zuckte die Achseln. »Ich bin ein Ungeheuer. Eine Ketzerin. Ein böses Tier, das sich die meiste Zeit über als Frau maskiert. Wenn meine Eltern mich nicht versteckt und am Gaerwantag, dem Tag der Kinder, nicht ein anderes Baby an meiner Stelle vor die Parnissas gebracht hätten, hätte man mich als Opfergabe an die iberischen Götter ermordet. Wie die Dinge liegen, war meine Existenz an jedem einzelnen Tag, den sie lebten, eine Bedrohung für sie. Hätte irgend jemand jemals herausgefunden, was ich war, hätte man auf einem der öffentlichen Plätze Calimekkas nicht nur mich, sondern jedes Mitglied meiner eigenen Familie getötet und die meisten – wenn nicht gar alle – Bediensteten in unserem Haus. Mein Dasein bedrohte das Leben jeder Person, die ich jemals geliebt habe, und ich hatte nicht einmal den Mut, meine eigene Vernichtung herbeizuführen, damit ich sicher sein konnte, daß ihnen kein Leid widerfuhr.«

Ihr Lächeln war voller Bitterkeit. »Wir alle sind auf die eine oder andere Weise Feiglinge.« Dann tat sie das Thema mit einem Achselzucken ab. »Jetzt, da wir beide unsere schrecklichen Geheimnisse miteinander geteilt haben, sagt mir, warum Ihr plötzlich mit mir reden mußtet, wo Ihr mir doch, seit ich an Bord kam, aus dem Weg gegangen seid.«

»Ich soll Euch unterweisen. Ich habe den Auftrag, Euch ... zu initiieren. In die Gemeinschaft der Falken. Ich soll Euch zu einem Zunftmeister machen.«

»Mich initiieren? Das ist Euer Auftrag?« Kait schien von dieser Mitteilung fasziniert zu sein. »Wer hat Euch diesen Auftrag gegeben?«

»Ich habe mich mit Geistern beraten.« Er spürte, wie er errötete, als ihre Augenbrauen in kaum verhohlenem Unglauben in die Höhe fuhren. »Das habe ich tatsächlich getan. Es ist ein Teil der Magie, die ich Euch lehren muß. Ich soll Euch mit den Geheimen Texten vertraut machen und Euch zum Zunftmeister ausbilden, und –«

Sie hob die Hand. »Die Geheimen Texte des Vincalis?«

Der Kiefer klappte ihm nach unten, und einen Augenblick lang fand er keine Worte. »Ihr habt die Geheimen Texte gelesen?« fragte er endlich.

»Mein Onkel sagte mir, daß er mir eine Kopie dieser Texte geben wolle, wenn wir nach Hause zurückkämen. Nach der Hochzeit. Er konnte es nicht mehr tun, weil er, meine Cousine und der Pilot getötet wurden, als wir landeten. Ich bin entkommen.«

Hastig beschrieb sie ihm die Ereignisse jenes Tages und endete mit ihrer Flucht aus dem Haus ihres Onkels.

Das erklärte vieles. »Sie sind immer noch hinter Euch her«, sagte Hasmal leise.

»Hinter mir her? Ja, ich weiß.« Sie wirkte nicht weiter überrascht. Sie schien zu wissen, daß man ihr folgte. Vielleicht hätte ihn das nicht überraschen sollen, aber das tat es.

»Ihr wußtet, daß Euer Onkel und die Wölfe seines Hauses hinter Euch her sind? Das erstaunt mich. Man hat Euch mit Wolfsmagie gezeichnet, aber das ist auf sehr unterschwellige Weise geschehen. Ich habe ihre Markierung mit einem eigenen Zauber abgeschirmt.«

Diese Mitteilung wiederum schien sie zu überraschen. Sie schüttelte den Kopf. »Nein. Die Sabirs verfolgen mich. Nicht meine Familie.«

»Die *Sabirs?* Nein. Dafür habe ich keine Anzeichen gefunden.«

Sie sahen einander an, und beide waren sie sichtbar verwirrt. Dann sagte Kait: »Ihr seid gewiß, daß meine Familie hinter mir her ist?«

»Ich verwette mein Leben darauf.«

»Und ich weiß, daß ein Mann namens Ry Sabir und seine Leute uns auf einem Schiff nachjagen. Ich weiß das so sicher, wie ich weiß, daß ich atme oder daß Ihr und ich auf diesen Planken sitzen.«

»Ihr habt also sowohl Sabirs als auch Galweighs im Nacken. Warum? Welche Bedeutung habt Ihr?«

Sie blickte auf ihre Hände herab. »Ihr müßt noch etwas wissen. Der Geist einer meiner Ahninnen kam zu mir, als meine Familie getötet wurde. Dieser Geist, eine Frau, sagte mir, daß ich meine Familie ins Leben zurückholen könne, wenn ich mich in den Besitz des Spiegels der Seelen brächte. Also habe ich mich auf die Suche nach diesem Spiegel begeben.«

Hasmal vergrub das Gesicht in den Händen. Der Spiegel der Seelen. Das Artefakt der Alten, von dem die Geheimen Texte versprachen, er sei mit der Rückkehr des Wiedergeborenen verbunden. Kait Galweigh, sein Verderben, war auf dem Schiff, das ihn von ihr hatte fortbringen sollen, und sie war ein Ungeheuer, und sie suchte den Spiegel der Seelen, und die Welt, wie er sie gekannt hatte, konnte jeden Augenblick zu einem Ende kommen.

Er fragte sich, wie weit er wohl schwimmen mußte, um Land zu finden, wenn er einfach in den Ozean sprang. Dann überlegte er, ob es überhaupt eine Rolle spielte, ob er Land fand oder nicht; vielleicht wäre es besser für ihn, zu ertrinken.

»Ihr wollt den Spiegel der Seelen nicht finden«, sagte er.

Sie zog eine Augenbraue in die Höhe. »Natürlich will ich das. Ich will meine Familie zurückhaben.«

Hasmal schüttelte den Kopf. »So wird das aber nicht funktionieren. Hört mich an. Ihr und ich, wir sind miteinander verbunden. Geister haben mir erzählt, daß Ihr eine Gefahr für mich bedeutet und daß wir durch unser Zusammensein irgendwie Einfluß auf die Rückkehr des Wiedergeborenen haben würden. Daher habe ich alles in meinen Kräften Stehende getan, um von Euch fortzukommen – weil ich damit rechnete, daß Ihr in Halles nach mir suchen würdet. Schreckliche Dinge sind mir widerfahren, aber ich habe es geschafft, zu überleben, und ich dachte, auf diesem Schiff, das bis ans Ende Matrins segeln sollte, wäre ich weit genug weg von Euch. Und dann seid Ihr auf eben diesem Schiff erschienen, ausgerechnet hier, wo Ihr doch an so viele andere Orte hättet gehen können. Obendrein erfahre ich nun, daß wir auf dem Weg sind, das einzige Artefakt zu bergen, das die Geheimen Texte in Zusammenhang mit der Rückkehr des Wiedergeborenen erwähnen. Das hat nichts mit Eurem Wunsch zu tun, Eure Familie zurückzuholen, Kait. Hier haben die Götter ihre Hand im Spiel, und wenn wir weitermachen, werden wir sterben.«

Kait legte den Kopf zur Seite und sah ihn an. »Ihr seid ein ziemlich nervöser Mann, nicht wahr?«

Er hätte beinahe geweint. »Nein. Ich bin der vernünftigste Mann auf der Welt. Ich hatte eine Arbeit, die mir gefiel. Ich habe viel Zeit mit meinen Eltern verbracht. Ich wußte, was ich wollte; ich wollte das Geschäft meines Vaters übernehmen, wenn er eines Tages der Arbeit müde war, genauso wie er seinem Vater gefolgt ist. Ich war ein Falke, weil mein Vater es mich gelehrt hat, aber ich habe nicht damit gerechnet, daß ich irgend etwas anderes würde tun müssen, als die Lehren an meinen Sohn oder meine Tochter weiterzugeben. Ich habe mir *nie* gewünscht, eines der Werkzeuge zu sein, die Vodor Imrish für die Rückkehr des Wiedergeborenen in die Welt benutzt. Die Werkzeuge der Götter werden am Ende alle zerbrochen. Und ich möchte nicht sterben, und ich möchte auch nicht, daß meine Eltern sterben.«

Sie klopfte ihm beruhigend auf den Oberschenkel. Es war eine herablassende kleine Geste. Eine Geste, die besagte: »Keine Angst, du armer Tor«. Laut sagte sie: »Ich habe nicht die Absicht, irgend etwas für die Götter zu tun, Hasmal. Und ich weiß nicht einmal, wer der Wiedergeborene ist – aber für ihn werde ich auch nichts tun. Also wird diese schreckliche Zukunft, die du vorhersiehst, nicht eintreten. Kein Tod, keine Vernichtung, kein Grauen. Ich werde meine Familie zurückholen, und du wirst in deinen Laden zurückkehren und ihn führen, wie dein Vater und dessen Vater vor ihm es getan haben.« Sie lächelte, als sie das sagte.

Er knirschte mit den Zähnen. »Ich wünschte nur, das wäre die Wahrheit. Ihr bewahrt Euch Eure Zuversicht, weil Ihr nicht wißt, was hier geschieht. Der Wiedergeborene«, sagte er und sprach dabei sehr langsam und deutlich, als hätte er es mit einem ausnehmend dummen Kind zu tun, »lebte zu Zeiten Vincalis, vor mehr als tausend Jahren. Er war ein Zauberer von gewaltigem Talent und vollkommener Güte namens Solander. Er schuf die Falken, damit sie gegen die bösen Zauberer kämpften, die allenthalben als Drachen bekannt waren und die Magie als Waffe und das Leben der Menschen als Nahrung benutzten. Er tat sein Bestes, um den Krieg der Zauberer zu verhindern, aber die Drachen nahmen ihn gefangen und töteten ihn unter dem Vorwurf, ein Abtrünniger zu sein. Vincalis, der ein Prophet der Falken und darüber hinaus Solanders Schüler und Biograph war, legte die Theaterstücke und

Gedichte, mit denen er sich seinen Lebensunterhalt verdiente, beiseite und warf eintausendeinhundert Tage lang Orakel. Jeden Tag notierte er die Zukunft, die er sah, in den Geheimen Texten. Er prophezeite korrekt die Selbstzerstörung der Drachen sowie die Tatsache, daß die Magie eines Tages in Ungnade fallen würde. Und er sagte voraus, daß der Wiedergeborene zurückkehren würde, wenn die Drachen sich aus ihrer eigenen Asche erhöben. Und daß der Spiegel der Seelen gefunden und dem Wiedergeborenen gebracht werden müsse, um ein Unglück zu verhindern. Und daß erst nach furchtbarer Verheerung und einem zweiten Krieg der Zauberer das goldene Zeitalter anbrechen würde, das der Wiedergeborene versprochen hatte.«

Endlich sah Kait so aus, als hätte sie die Gefahr verstanden. »Aber die Magie ist immer noch verboten – und vergessen.«

Hasmal lachte. »Das glaubt Ihr doch nicht wirklich. Die Falken haben die Magie des Wiedergeborenen über die gesamten tausend Jahre seit dem Krieg am Leben erhalten. Die Wölfe Eurer Familie und die Sabirwölfe haben seit über vierhundert Jahren die Städte der Alten nach den Texten und Artefakten der Drachen durchsucht. In den Wölfen haben sich die Drachen erhoben. Und nun beginnt das Grauen.«

»Ich arbeite auf die Rückkehr meiner Familie hin. Ich arbeite weder für Euren Gott noch für Euren Zauberer.«

Hasmal schüttelte den Kopf. »Die Götter benutzen, wen sie wollen. Und sie fragen niemals nach Freiwilligen.«

»Gut. Ihr kommt also zu mir und erzählt mir, daß Ihr mit mir reden müßtet, weil Ihr mir Euer Beileid zu der Tatsache bekunden wollt, daß Ihr und ich von Eurem Gott erwählt wurden als … Opfer? Ist es das? Nun, Ihr habt es mir gesagt. Jetzt habt Ihr Eure Pflicht getan und könnt gehen. Vergebt mir, wenn ich keine Lust habe, mich dem Plan Eures Gottes zu unterwerfen.«

Sie war eine Frau, die einen Mann zum Verzweifeln bringen konnte. »Ich bin zu Euch gekommen, weil ich Euch die Geheimen

Texte zu lesen geben muß. Ihr müßt wissen, womit wir es zu tun haben. Und ich muß Euch die Magie der Falken lehren. Ich muß Euch zu einem Falken machen.«

Sie schnaubte. »Erst wolltet Ihr nichts mit mir zu tun haben, und jetzt wollt Ihr Euch plötzlich zu meinem Lehrer aufschwingen? Was für ein Glück für mich.«

»Ich will nicht Euer Lehrer sein. Und ich will genauso wenig etwas mit diesem Schicksal zu tun haben wie Ihr. Ich habe mich nie in der Rolle eines Helden gesehen. Ich möchte Euch unterweisen, damit ich jemanden habe, der mir Deckung geben kann, wenn wir in Schwierigkeiten geraten.«

Kait zuckte die Achseln. »Na schön, dann unterweist mich. Das ist etwas ganz anderes. Ich werde Eurem Gott nicht dienen – ich bin mir ja nicht einmal sicher, wer Vodor Imrish eigentlich ist. Aber lernen kann niemals schaden. Lehrt mich, was immer Ihr wißt.«

Anwyn Sabir rieb sich mit seiner krallenbewehrten Hand über seine Hörner. Sie waren länger geworden seit dem mißglückten Angriff auf die Galweighs. Er schlug die Beine übereinander und blickte wütend auf seine beiden Pferdehufe, die flach und breit waren wie Eßteller. Sein menschliches Bein – das letzte, was ihn an die Zeit erinnerte, als er ein Mann gewesen war und kein Monster – war in der Rückströmung der Magie und dem gleichzeitigen Angriff der Galweighs verschwunden. Er vermißte das Bein; vermißte das glatte Fleisch und den Fuß, der ihn an jene Tage erinnert hatte, als er bereitwillig und mit Freude in einen Spiegel geblickt hatte. Das Gehen fiel ihm nun jedoch leichter, mit Beinen, die zueinander paßten und die sich beide in dieselbe Richtung bogen.

»Seid Ihr immer noch nicht fertig?« knurrte er.

»Still, es sei denn, du willst, daß ich den verdammten Rückstrom dir zuschiebe. Vielleicht wächst dir ja beim nächstenmal ein

Schwanz.« Crispin starrte ihn wütend an. Andrew hatte ein kleines Mädchen von ungefähr fünf Jahren unter deren Armen gepackt; Crispin hielt ihre Hand über das kleine Feuer, das er in dem Kessel auf dem Steintisch entfacht hatte. Er schnitt ihr mit seinem Messer den Handteller auf – das Blut spritzte, und das Mädchen kreischte und brachte es fertig, Andrew einen kräftigen Tritt gegen die Schulter zu versetzen.

Anwyn lachte, sprach seine Gedanken aber nicht laut aus. Er hatte sich immer noch nicht ganz von den Auswirkungen seiner letzten Vernarbung erholt, und für eine Weile wollte er lieber nicht in den Rückstoß irgendwelcher Magie geraten.

Crispin ließ die Hand des Kindes los und konzentrierte sich auf den Zauber, den er aufbaute. Es war im Grunde nur ein ganz kleiner Zauber – keiner, für den das Mädchen als Opfer wirklich notwendig gewesen wäre. Anwyn dachte, daß er sie wahrscheinlich trotzdem als Opfer benutzen wollte, sowohl als Puffer zur Vorsicht – sie alle waren seit der Katastrophe auf der Hut vor unerwarteten magischen Rückströmungen – und zum andern, weil ihm das Leiden seiner Opfer Lust bereitete. Aber wenn er seine Gier bezähmen konnte, würden sie vielleicht noch die eine oder andere Verwendung für das Kind finden, bevor es starb.

Crispin war mit dem Zauber fertig, und Andrew und Anwyn blickten in die tanzenden Flammen in den Kessel. Zuerst erschien kein Bild darin.

»Vielleicht ist der Hurensohn ja wirklich tot«, meinte Andrew.

Anwyn lachte. »Nicht einmal wir haben so viel Pech. Er hat die Sache so dargestellt, als hätten wir ihn aus einem bestimmten Grund getötet, und es sah nicht so aus, als hätte irgend jemand anderes ihn ermorden und damit davonkommen können.«

»Vielleicht hat jemand anderes dafür gesorgt, daß die Sache so aussah, als hätten wir ihn getötet.«

»Das alles haben wir doch schon einmal besprochen ...«

»Still«, sagte Crispin.

Die ersten Bilder formten sich in den Flammen. Ein weißes Quadrat, dann Wasser ... diese Dinge verwandelten sich allmählich in ein rophetianisches Schiff mit hohem Bug, das über die offene See fuhr.

»Ein Schiff?« Andrew runzelte die Stirn und beugte sich weiter vor. »Warum sollte er auf einem Schiff sein?«

»Still.« Crispin wandte keine Sekunde lang den Blick von den Flammen ab, aber der wachsende Ärger in seiner Stimme war für Anwyn Antwort genug.

Sie hatten von dem Augenblick an, da man das blutige Chaos in Rys Zimmer entdeckte, geargwöhnt, daß er nicht wirklich tot war. Sie waren sich dessen sicher gewesen, als die magischen Hinweise und Spuren allesamt auf sie als Mörder hindeuteten; sie wußten, daß sie den kleinen Bastard nicht getötet hatten, obwohl es durchaus eine gute Idee gewesen wäre. Sie hatten jedoch nicht die leiseste Ahnung, warum man ihnen seinen Tod in die Schuhe schieben sollte. Ry konnte, nachdem er seinen eigenen Tod vorgetäuscht hatte, nicht mehr zurückkehren, um die Führung über die Wölfe für sich zu fordern; seine Mutter durfte nicht hoffen, von dem Mitleid für sie, für das er den Boden bereitet hatte, profitieren zu können. Genausowenig würde ihr der Haß nutzen, den er gegen ihr Trio geschürt hatte, da sie nur durch Heirat zu einer Sabir geworden war. Und jeder andere der Sabirwölfe, der vielleicht nach der Position an der Spitze des Rudels geschielt haben mochte, würde ebensowenig Nutzen aus dem Verschwinden Rys und der Beschuldigung, die gegen ihr Trio erhoben wurde, ziehen können, um seine Nachfolge zu sichern.

Also, was konnte irgend jemand durch dieses kleine Bravourstück gewinnen?

Sie hatten die Angelegenheit untereinander diskutiert, sich sorgfältig ein Opfer gesichert, und nachdem sie einen Monat lang alles vermieden hatten, was möglicherweise Verdacht auf sie hätte lenken können, fanden sie schließlich sowohl die Zeit als auch den

Ort, um ihre Divination durchzuführen, ohne irgendwelche Aufmerksamkeit zu erregen. Am Ende des Monats war auch Anwyn so weit wiederhergestellt, daß er teilnehmen konnte. Endlich waren die Wege frei für sie, herauszufinden, was Ry im Schilde führte. Jetzt sah es so aus, als befände er sich auf einem Schiff, das von Calimekka fortsegelte.

Und wer zog den Nutzen daraus?

»Kannst du nicht mehr Einzelheiten heraufbeschwören?« fragte Anwyn.

Crispin war seine Enttäuschung deutlich anzusehen. »Er hat einen guten Schild, und er hat auch die Leute, die bei ihm sind, gut abgeschirmt. Ich kann nicht einmal einen Blick auf den Kapitän oder die Mannschaft werfen. Er war sehr vorsichtig.«

»Bist du sicher, daß er sich an Bord dieses Schiffes befindet?«

»Das Blut und die Haare, die wir aus seinem Zimmer mitgenommen haben, würde uns mit niemand anderem als ihm verbinden. Er ist dort.«

»Dann zeichne das Schiff. Früher oder später wird er aufhören, so wachsam zu sein. Früher oder später werden wir sehen können, was er tut und was er verbirgt.«

Crispin nickte. Andrew zerrte das Kind wieder zu sich herüber – diesmal begann es zu schreien, noch bevor er es berührte, und schrie immer noch, als er die Arterie in seinem Hals anritzte und das Blut in den Kessel schoß. Die drei Männer konzentrierten sich auf den Zauber, den sie woben, um das Schiff und alles darauf mit Magie zu zeichnen, damit sie es überall wiederfinden konnten. Dann wappneten sie sich gegen den Rückstrom, denn der Zauber, mit dem sie das Schiff belegten, war größer und wilder als der Divinationszauber. Als der Gegenschlag schließlich kam, konzentrierten sie ihn auf den Körper des sterbenden Kindes. Die Kleine leuchtete auf und schimmerte und begann zu schmelzen, bis sie sich in ein fellbedecktes Ungeheuer mit Fledermausschwingen verwandelt hatte. Gleichzeitig begann sie zu weinen –

ein jämmerliches Wimmern, das schwächer und schwächer wurde, während ihr Blut in den Kessel quoll, wo es zischte und siedete und in Rauch aufging.

Anwyn beobachtete Crispin, ohne sich dies jedoch anmerken zu lassen, und er sah die Schwäche in den Zügen des anderen, die er jedesmal dort sah, wenn sie ein weibliches Kind opferten. Belustigt wandte er den Blick ab, um sich seinem Bruder gegenüber nicht zu verraten. Der gutaussehende, arrogante Crispin hatte wenige Schwächen, aber eine von ihnen war gewiß seine Vorliebe für kleine Mädchen; er hatte eine illegitime Tochter von einem der Spielzeuge ihres Trios, die er sicher verborgen hielt. Anwyn argwöhnte, daß die Kleine sich irgendwo in den Neuen Territorien, vielleicht sogar in Neu-Kaspera, in den Händen einer Pflegefamilie befand. Aber nicht einmal er wußte Genaueres.

Er wußte jedoch, daß sie noch lebte, daß es ihr gutging und daß Crispin nach wie vor, auch wenn er glaubte, es gut zu verbergen, sehr zimperlich war, wenn es darum ging, kleine Mädchen zu opfern und zu töten. Wie überaus nützlich, das zu wissen. Wissen war Macht, und Anwyn hatte vor langer Zeit beschlossen, soweit es seinen älteren Bruder betraf, so viel Macht wie nur möglich zu gewinnen.

Das Kind erschlaffte in seinen Armen erst, als sich der Rückstrom in seinem zerbrechlichen Leib vollends verausgabt hatte. Anwyn sagte: »Komm, Crispin, ich schaffe dir das da vom Hals.«

Crispin reichte ihm den kleinen Leichnam. Andrew kicherte und sagte: »Aber zuerst bekomme ich es zum Spielen, ja?«

Beide Brüder wandten sich um, um ihn angewidert zu betrachten. Anwyn wurde seines Vetters von Tag zu Tag überdrüssiger – Andrews Perversionen hatten sie anfangs amüsiert, und sie beide hatten sogar von Zeit zu Zeit aus Neugier daran teilgenommen. Aber die Begierden, die Andrew trieben, schienen ihn einerseits zu charakterisieren und andererseits vollkommen auszufüllen, und Anwyn glaubte, daß er und sein Bruder, wie tief sie auch in der Seele ihres Vetters suchten, auch unter der Oberfläche nichts anderes finden würden als weitere Schichten desselben Schlamms und Abschaums. Was Andrew zu einem höchst ermüdenden Gefährten machte.

»Diesmal nicht«, sagte er und beobachtete, wie Andrews Gesicht einen verkniffenen Ausdruck annahm. »Crispins Rosen brauchen Dünger. Wenn du ein Spielzeug willst, beschaff dir selbst eins.«

Anwyn wandte sich wieder an Crispin. »Was willst du wegen Ry unternehmen?«

Crispin strich sich das gewellte, goldene Haar aus dem Gesicht, um das Anwyn ihn so sehr beneidete, und zuckte die Achseln. »Da können wir nicht viel tun, solange wir nicht seine Gründe enthüllt haben. Wir müssen wissen, warum er weggegangen ist, warum er seinen eigenen Mord inszeniert hat und warum er seine letzte Chance zerstört hat, jemals die Wölfe führen zu können. Wir werden ihn beobachten. Wenn wir beweisen können, daß er noch lebt und sich auf diesem Schiff befindet, werden wir ihn wohl einfach bloßstellen. Dann …« Er lächelte und warf einen Blick auf den Kessel. »Dann, denke ich, werden wir ihn töten. Also ohne den Verdacht zu erregen, daß wir etwas damit zu tun haben könnten.«

Kapitel 24

Die *Wanderfalke* glitt an einer weiteren Insel des Teufelsschwanzes vorbei. Über einem hohen Bergkegel in der Mitte der Insel stieg Rauch auf, und eine dicke, schwarze Spur frischen Gesteins wälzte sich zwischen den verbrannten Skeletten der Bäume zu beiden Seiten des Berges zum Ufer herunter. Kait dachte, daß Joshan, die Göttin der Höhen, der Einsamkeit und Abgeschiedenheit, sich dort recht heimisch fühlen würde. Sie schritt auf dem Backborddeck hin und her, starrte die Insel an und roch die Dinge, die dort immer noch lebten. Die *Wanderfalke* fuhr dicht an der Insel vorbei, dicht genug für Kait, ein Rotwildrudel auszumachen, das am Rand der Brandlinie graste, wo bereits das erste frische Grün wieder durchkam. Sie knurrte leise, streckte die Hände und starrte mit hungrigen Augen auf die Insel hinüber.

Vierzig Tage seit ihrer letzten vollen Verwandlung. Vierzig Tage – das war für sie beinahe der äußerste Abstand zwischen zwei Verwandlungen gewesen. Ihre kleine Demonstration für Hasmal hatte ihr eine winzige Atempause verschafft, aber sie mußte die Möglichkeit finden, ihrer dunklen Seite ganz nachzugeben. Sie wollte rennen, jagen, pirschen, töten, und die Beute war in ihrer Reichweite – und doch durfte sie sich nicht gestatten, ihr nachzusetzen. Sie mußte sich jenem anderen Wesen für einen vollen Tag überlassen, und wenn sie über Bord sprang und zu der Insel hinüberschwamm, um zu jagen, wäre das Schiff bereits achtzig Meilen weiter nordöstlich, bis sie ihrem Dämon für weitere zwei Monate genug Auslauf verschafft hatte. Sie wandte sich von dem Rotwild ab.

Sie mußte sich verwandeln. Der Zwang lauerte jetzt direkt unter ihrer Haut wie ein nie endendes Jucken, das von Sekunde zu Sekunde schlimmer wurde. Sie konnte die *Wanderfalke* nicht verlassen, weil sie das Schiff nie wieder hätte einholen können. Andererseits hatte sie furchtbare Angst, sich an Bord zu verwandeln. Sie zweifelte nicht daran, daß die Mannschaft sie töten würde, wenn sie ihr Geheimnis entdeckte. Und wie konnte sie verhindern, daß man ihr auf die Schliche kam?

Sie knurrte abermals, als der würzige Duft der Hirsche auf der Insel ein letztes Mal zu ihr herübergeweht wurde. Schon lag die Insel nicht mehr querab, achteraus. Obwohl sie wußte, daß sie in der Falle säße, wenn sie über Bord sprang, konnte Kait sich beinahe nicht mehr bezähmen.

Die Jagd. Die Pirsch. Das Töten.

Sie bohrte die Fingernägel in die Innenseite ihrer zu Fäusten geballten Hände, und ihr wurde bewußt, daß sie scharfe Spitzen spürte, die sich in ihr Fleisch bohrten, nicht Halbmonde. Voller Entsetzen starrte sie auf ihre Hände herab. Sie hatte jetzt Krallen statt Fingernägel, und ihre glatte Menschenhaut zeigte den ersten Flaum tierischen Fells. In verzweifelter Angst sah sie sich um.

Perry, die Krähe, hielt wie üblich den Ausguck des Schiffes oben im Hauptmast besetzt und blickte starr geradeaus. Ians erster Offizier, der mürrische rophetianische Navigator Jhoots, stand am Steuer und hatte ihr ebenfalls den Rücken zugewandt. Einige der Matrosen klarten Taue auf oder kletterten in der Takelage herum.

Bisher hatte keiner der Männer ihr irgendwelche Beachtung geschenkt.

Vielleicht würde das dank der mondlosen Dunkelheit auch so bleiben, falls es ihr gelang, von Deck zu kommen, bevor sie statt ihrer zwei Beine plötzlich vier hatte.

Aber wo konnte sie sich verstecken?

Nicht in ihrer Kajüte. Die würde Rrru-eeth morgen früh saubermachen. Die Tür hatte ein Schloß, aber Kait argwöhnte, daß Rrrueeths Gehör noch besser war als ihres. Die Narbige würde die Verwandlung an ihrer veränderten Stimme, ihrem Atem oder an sonst einer Kleinigkeit erkennen.

Weiter unten schlief die Mannschaft. Noch eine Etage weiter unten befanden sich die Lagerräume. Und darunter die Bilge.

Kait ging nach unten, wobei sie sich möglichst ungezwungen bewegte, um keine Aufmerksamkeit auf sich zu ziehen. Als sie die Hälfte des Niedergangs hinter sich hatte, hielt sie inne. Die meisten der dienstfreien Matrosen schliefen in Hängematten, die zwischen zwei Querverstrebungen befestigt waren und bei jeder Bewegung des Schiffes hin und her schaukelten. Sie schnarchten um die Wette; sie würde nicht die geringsten Schwierigkeiten haben, an den Schlafenden vorbeizukommen. Aber am gegenüberliegenden Schott, dicht an der Tür, die in die Frachträume führte und durch die man in die Bilge kam, spielten vier Leute eine Runde Hund und Habicht, und einer der Spieler war Rrru-eeth.

Kait spürte, wie ihre Kleidung abwechselnd weiter und enger wurde. Sie schluckte heftig und blickte angestrengt durch den Wald aus Pfosten und daran befestigten Hängematten zu den Spielern hinüber, die sich über ihr Spielbrett beugten. Sie hatte so wenig Zeit. Sie versuchte, ihre Angst im Zaum zu halten; Rrru-eeth würde, Raubtier, das sie war, Angst genauso schnell wittern, wie Kait es in einer ähnlichen Situation getan hätte.

Dann beruhige dich doch. Beruhige dich.

Sie legte den Rest des Weges nach unten zurück und hielt sich so gerade wie nur möglich. Dann ging sie durch die hin- und herbaumelnden Hängematten, als sei das ihr angestammter Platz auf Erden.

Sie machte jedoch eine beruhigende Entdeckung. Rrru-eeth würde sie nicht riechen, wenn sie vorbeiging. Als Kait sich weiter vom Niedergang wegbewegte, machte die frische Nachtluft dem Miasma Platz, das mehr als ein Dutzend schlecht gewaschener Leiber und ihre verschiedenen Körpergase verströmten. Die Wolke aus Rülpsern, Fürzen, Schweiß und Schmutz war so dick, daß man sie beinahe sehen konnte. Kait dachte, daß sie wahrscheinlich eine Herde Kühe durch den Gemeinschaftsraum treiben konnte, ohne daß jemand etwas bemerkte; sie hätte lediglich dafür sorgen müssen, daß die Kühe sich still verhielten.

Rrru-eeths Ohren wandten sich in ihre Richtung, als sie durch die Tür trat; Kait zwang sich zu einem ruhigen, zuversichtlichen Schritt und betete, daß sie so weit menschliche Gestalt bewahren konnte, um auf nur zwei Beinen statt vieren zu gehen, bis sie außer Hörweite war.

»Das macht fünf für dich«, sagte einer der Männer, und Kait hörte das Klappern von Würfeln.

»Sechs. Jetzt bin ich wieder dran ... neun ... noch mal. Elf.«

»Du hast das Ziel jetzt dreimal verpaßt. Willst du Hund oder Habicht setzen?«

Rrru-eeth antwortete: »Wenn das mein Spiel wäre, würde ich darauf bestehen, daß ich mir diese Würfel mal ansehen darf. Du hast heute abend noch kein einziges Mal dein Spiel gewonnen.«

Kait hatte die Tür beinahe erreicht. Die anderen beachteten sie gar nicht.

Eine ruhige, mit leisem Ärger gefärbte Stimme. »Vielleicht hat er heute abend einfach Pech.«

Wieder antwortete Rrru-eeth. »Vielleicht. Obwohl ich noch nie erlebt habe, daß er so viel Pech auf einmal hatte.«

Kait trat durch die Tür und stieß beinahe einen Seufzer der Erleichterung aus. Hinter ihr hörte sie: »Ich überlasse es euch dreien, diese Frage zu klären. Ich geh jetzt zum Klo.«

Kait sprang das Herz in die Kehle. Das Klo – sie hatte es irrtümlich als Wassertoilette bezeichnet, bis einige belustigte Matrosen sie verbesserten – lag in der untersten Ebene der *Wanderfalke*, und zwar achtern. Genau in die Richtung, in die sie hatte gehen wollen.

Der Schock der Angst ließ ihr Herz schneller schlagen, und ihr Atem klang wie ein Zischen. Sie hörte, wie weit hinten in ihrer

Kehle das Knurren wieder begann. Spürte das Sirren in ihrem Blut und die rotglühende, animalische Rage, und sie verwandelte sich in das Tier …

… Sprang tiefer in den Schatten, als der Mann um die Ecke bog …

… Kauerte sich dort zusammen, als er an ihr vorbeischritt, nahe genug, um ihn zu berühren …

… Und die ganze Zeit über spürte sie in ihren Gedanken den Zorn ihrer dunklen Seite, daß sie sich verstecken sollte, statt anzugreifen, daß sie in Deckung ging, als sei sie selbst die Beute, obwohl sie den Mann, der für sie eine Gefahr bedeutete, doch leicht hätte töten können.

Kait, die nur eine leise, schwache Stimme weit hinten in den Gedanken ihres anderen Ichs hatte, hielt das Tier immer noch irgendwie im Zaum, bis der Mann vorbei war. Bis sie durch die flackernde, nur von zwei Sturmlaternen erhellte Dunkelheit schlüpfen konnte, hinüber zu der schmalen Falltür, die in die Bilge hinabführte. Sie ließ sich in das Bilgenwasser fallen, achtete nicht weiter auf den Gestank und zog die Falltür über sich zu. Dann hockte sie sich auf eine Holzstrebe, ließ die Ratten ganz nahe herankommen, und wenn sie kamen, tötete sie sie, brach ihnen mit einer einzigen, schnellen Kopfbewegung das Genick.

Am nächsten Tag, wenn die Verwandlung vorüber war, würde sie sich eine Erklärung dafür ausdenken müssen, warum sie nicht in ihrem Zimmer gewesen war. Eine Erklärung für ihren gewaltigen Appetit. In einem Tag würde sie Probleme haben, und die Mannschaft würde sich Gedanken über sie machen, und Ian würde Grund haben, ihr zu mißtrauen. Aber wäre sie geblieben, und selbst wenn es ihr gelungen wäre, alle anderen aus ihrem Zimmer fernzuhalten, hätte Rrru-eeth doch die Veränderung in ihrer Stimme bemerkt, hätte das Scharren ihrer Krallen auf dem Bretterfußboden gehört, und sie hätte gewußt, daß etwas nicht stimmte. Sie hätte es *gewußt*. So aber würden die anderen, sofern man sie nicht fand, bevor sie die Verwandlung hinter sich hatte, sich schlimmstenfalls Fragen stellen.

Crispin Sabir trat mit langen Schritten in die Halle der Inquisition, bereit, sich seinen Anklägern zu stellen. Er trug seine offiziellen Gewänder – waldgrüne Seidenhosen und einen gleichfarbigen, maßgeschneiderten Samtrock, und dazu die feinste, weiße sonderranische Spitze am Hals, einen Umhang aus Silbertuch, den ein riesiges Sabirwappen in der Mitte schmückte, die beiden Bäume mit Tausenden winziger durchbohrter Smaragde nachgebildet. An der rechten Hand hatte er den goldenen Wolfskopfring, dessen Turmalinaugen in dem fahlen Licht glühten, als handle es sich um ein lebendiges Tier. An einer Hüfte trug er sein Schwert, an der anderen seinen Dolch, und beide waren mit seinen Ehrenzeichen versehen. Seine weichen, schwarzen Stiefel glänzten, und seine silberne Mantelschnalle spiegelte das Licht wider.

Andrew und Anwyn waren bereits befragt worden. Beide hatten unabhängig voneinander Alibis für die Nacht von Rys angeblicher Ermordung vorweisen können. Crispin hatte die Absicht, noch mehr zu tun.

Grasmir Sabir, der majestätisch in schlichte Seide gewandet war, mit der smaragdbesetzten Kette des Paraglese um den Hals, saß auf seinem Platz und war bereit, Crispin für die Ermordung seines Vetters Ry zu verdammen. Zu beiden Seiten des Paraglese saßen ein halbes Dutzend Mitglieder der Familie, keines davon ein Wolf. Tatsächlich hatte man keinem anderen Wolf gestattet, während dieser Verhandlung den Raum zu betreten, nicht einmal als Beobachter. Diese Tatsache kam Crispin gut zupaß, da sie sich zu seinen Gunsten auswirken würde. Er bemerkte die zahlenmäßige Überlegenheit des Kaufmannszweiges, der seit Jahren versucht hatte, die Wölfe aus allen Machtpositionen zu verdrängen und ihren Einfluß in den Familienräten zu beschneiden. Heute beabsichtigte Crispin, dieser Gruppe einen vernichtenden Schlag zu versetzen. Er hatte sein Alibi und seine Beweise und noch etwas anderes. Als er seinen Platz auf der niedrigen Bank unter dem Podium einnahm, lächelte er ein verhaltenes, kaum merkliches Lächeln.

»Die Untersuchung der Ermordung des Ry Sabir, Sohn von Imogene Valarae Sabir und dem verblichenen Lucien Sabir, ist hiermit wieder eröffnet. Es ist eine erste Untersuchung der Umstände seines Todes und der Schuld Crispin Sabirs, wie sie sowohl durch den Brief des Toten als auch durch weitere Beweise in seinem Zimmer angedeutet wird. Bevor wir die Beweise gegen Euch, Crispin, vorlegen, frage ich Euch, ob Ihr etwas zu Eurer Verteidigung zu sagen habt.«

»Das habe ich.« Crispin erhob sich im vollen Bewußtsein, daß er einen prächtigen Anblick bot; er konnte es leicht mit dem Paraglese aufnehmen und stellte die anderen, die neben ihm saßen, bei weitem in den Schatten. Er hörte beifälliges Gemurmel von seiten der Zuschauer, allesamt Mitglieder der Familie, die wenig oder gar nichts mit den Wölfen zu tun hatten. Er lächelte, und diesmal ließ er alle sein Lächeln sehen. Dann förderte er unter seinem Umhang ein Gerät aus Glas und Metall zutage – ein längliches, dünnes Gerät aus dem rostfreien Stahl der Alten, in dem eine gläserne Kugel zu sehen war.

Das Gerät wies mehrere Schalter und Hebel auf und dazu einen Griff.

»Wenn ich Euch dieses Gerät zur Begutachtung vorlegen dürfte?«

»Wenn es etwas mit dieser Untersuchung zu tun hat, nur zu. Worum handelt es sich?«

»Um mein Alibi«, sagte Crispin, trat mit dem Gerät vor und stellte es auf das Podium. »Wenn Ihr den blauen Schalter unten rechts betätigen wollt, werdet Ihr sehen, was ich meine.«

Der gesamte Untersuchungsstab bedachte ihn mit argwöhnischen Blicken.

»Es ist ein Gerät der Alten«, sagte Crispin. »Einer der Wölfe hat es vor einigen Jahren entdeckt und es seither ab und an benutzt.«

Der Paraglese legte den blauen Schalter um, und ein schwaches Licht schimmerte in der gläsernen Kugel auf, sonst geschah nichts.

»Sehr hübsch«, sagte er, »und ich kann mir vorstellen, daß es nachts nützlich sein mag, wenn ich an meinem Schreibtisch lesen möchte, statt am Feuer. Aber ich vermag nicht zu erkennen, in welcher Weise es Eure Unschuld beweist. Oder sie auch nur anzudeuten vermöchte.«

»Ihr seid im Besitz von einigen Haaren Rys und habt auch etwas von seinem Blut. Nicht wahr?«

»Das wißt Ihr doch. Beides wurde an der Stelle gefunden, an der man ihn ermordet hat.«

Crispin nickte. »Nehmt ein einzelnes Haar und schiebt es in den Schlitz im Sockel des Gerätes.«

Der Paraglese kniff die Augen zusammen und sagte: »Ich vermag immer noch nicht den Sinn des Ganzen zu erkennen.«

»Bitte. Ich verspreche, daß ich nicht hier bin, um Eure Zeit zu verschwenden.«

Der Paraglese rief nach der Schachtel mit den Beweisen, streifte ein paar feine, weiße Kalbslederhandschuhe über und öffnete den kleinen Metallkasten mit großer Sorgfalt. Dann nahm er eines der silbernen Schächtelchen, die sich darin befanden, heraus, und zog aus dieser Schachtel ein Haar. Crispin zeigte ihm, wo er das Haar einführen mußte, und als es an der richtigen Stelle lag, sagte er: »Nun müßt Ihr die Schalter in der Reihenfolge, wie ich sie Euch nennen werde, herunterdrücken und dazwischen jeweils bis fünf zählen. Drückt also erst den grünen, dann den gelben und schließlich den orangefarbenen Schalter auf der rechten Seite.«

Der Paraglese drückte den grünen Schalter. »Eins ... zwei ... drei ...«

Die Kugel verwandelte sich in ein trübes Blau. Die Veränderung war im ganzen Raum deutlich zu sehen, und Crispin hörte hier und da ein Aufkeuchen.

»... Vier ... fünf ...« Der Paraglese drückte den gelben Schalter. »... Eins ... zwei ...« In dem Blau der Kugel begann sich eine milchige, dunkle Stelle auszubreiten. »... Drei ...vier ...fünf ...« Der Paraglese legte den letzten Schalter um, und sofort wich die dunkle Gestalt im Mittelpunkt der Kugel einem deutlichen Bild.

Dem Bild Ry Sabirs, der ganz offensichtlich durchaus lebendig war. Er sprach mit jemandem, obwohl die Person, an die er das Wort richtete, unsichtbar blieb.

»Das ist mein Alibi«, sagte Crispin leise, obwohl seine Stimme so laut durch den Raum klang, als hätte er geschrien.

»Ry ist nicht tot.«

»Wo ist er?« und »Was ist mit ihm geschehen?« Und von anderer Seite: »Wer ist verantwortlich für diese Geschichte?« Die Zuschauer und der Rat bestürmten ihn mit Fragen. Crispin zwang seine Lippen zu einer dünnen, grimmigen Linie zusammen und bewegte statt einer Antwort die beiden Scheiben, die mit einer Mechanik innerhalb des Gerätes gekoppelt waren. Das Bild löste sich so schnell von Ry, daß niemand erkennen konnte, wer da bei ihm war, obwohl feststand, daß er sich in Gesellschaft vieler Leute befand. Erst als Crispin ein Schiff klar und innerhalb des Glases fixiert hatte, nahm er die Hände von den Scheiben.

»Sagt Ihr mir, wo er ist und wer verantwortlich ist«, erklärte er.

Der Paraglese beugte sich vor, und nach und nach verhärtete seine Miene sich zu kaltem Zorn. Er blickte von dem Glas auf und sah dann die Ratsmitglieder an, die links und rechts von ihm saßen. »Er befindet sich auf einem Schiff«, sagte Grasmir. »Auf einem unserer Schiffe. Einem unserer Handelsschiffe.« Der Paraglese blickte auf Crispin herab und sagte: »Es hat den Anschein, als wäret Ihr drei, du, dein Bruder und dein Vetter, Opfer einer Verschwörung zwischen den Händlern und Eurem Vetter Ry geworden. Und vielleicht steckt auch seine Mutter mit in dieser Sache drin. Ich widerrufe hiermit die Anklage und die Rechte dieses Rats und erkläre dich persönlich für unschuldig. Und ich entschuldige mich dafür, daß ich dich nicht bitten kann, dem Rat beizutreten, der sich mit der Untersuchung der Verschwörung beschäftigen wird, die euch drei zu Schuldigen eines Verbrechens machen wollte, das nicht einmal begangen wurde. Daß eure Feinde in dem Rat saßen, der euch verurteilen wollte, war ein unglückseliger Zufall – ich kann dich jedoch nicht wissentlich mit der Aufgabe betrauen, ein Urteil über sie zu fällen. Obwohl mir der Gedanke im Prinzip als überaus gerecht erscheint, kann ich nicht darüber hinwegsehen, daß du ihnen nicht unvoreingenommen entgegentreten kannst. Schließlich haben sie versucht, euch drei eines Verbrechens zu bezichtigen.« Er stützte für einen Augenblick den Kopf in die Hände und strich sich mit den Fingern durch sein ergrautes Haar, das an den Schläfen bereits spärlicher wurde. »Wenn es jedoch irgend etwas gibt, worum du mich als Paraglese bitten möchtest, werde ich geneigt sein, dein Gesuch wohlwollend zu erwägen.«

Crispin nickte. »Ich würde Euch tatsächlich gern um einen Gefallen bitten, einen, der Euch sehr wenig kosten würde. Die Wölfe sind seit dem Tod unseres geliebten ersten Wolfs, Lucien, ohne Führung. Unsere Bemühungen zum Wohle der Familie sind schwach und dürftig. Ich würde gern, zusammen mit meinem Bruder und meinem Vetter, die Wölfe zum Besten der ganzen Familie führen. Ich bitte Euch nur darum, unsere Bewerbung um die Führung zu unterstützen und das auch nur, wenn Ihr das Gefühl habt, daß wir dieser Ehre würdig wären.«

Grasmir lächelte. »Wenn ich mir den Brief ansehe, den Ry an mich geschrieben hat, bevor er auf dem Handelsschiff in See stach, scheint mir, daß es eines seiner Ziele war, Euch daran zu hindern, genau das zu tun. Ich habe nichts für Verschwörungen übrig, und ich schätze es gar nicht, wenn man mich belügt oder mich zum Narren macht. Es ist mein Recht, die Autonomie eines jeden Zweigs der Familie aufzuheben, wenn ich das Gefühl habe, daß auf diese Weise die besten Interessen der Familie als Ganzes gewahrt werden. Genau dieses Gefühl habe ich jetzt. Daher wird es keine Bewerbung um die Führung der Wölfe geben. Ich erkläre dich zum Führer deiner Leute, und ich bestimme deinen Bruder Anwyn und deinen Vetter Andrew zu deinen Helfern. Darüber hinaus werde ich keinerlei Anfechtung meiner Entscheidung dulden.« Er erhob sich. »Geh und geh mit meinem Segen. Ich entlasse diesen Rat. Händler – haltet euch innerhalb der Mauern des Hauses. Ihr werdet heute in einer Woche Rede und Antwort stehen.«

Sie hatten auf der Suche nach ihr beinahe das ganze Schiff auseinandergerissen, als sie endlich aus der Bilge hervorkroch und sich in ihre Kajüte schleppte. Hasmal fand sie, als sie sich gerade den Niedergang zum Hauptdeck hinaufquälte. Ian, Rrru-eeth und Jayti folgten ihm auf dem Fuß. Hasmal, die Götter sollten ihn segnen dafür, hatte, während er nach ihr suchte, offensichtlich nachgedacht, denn seine ersten Worte waren: »Ihr hattet wieder einen Anfall, nicht wahr?«

Einen Anfall. Die Fallsucht. Das erschreckte die Leute, aber nicht so sehr, daß sie das Bedürfnis hatten, das Opfer zu töten. Anders als bei dem Karneefluch.

Daher nickte sie. »Ich glaube, ja. Ich weiß es nicht mehr. Das letzte, woran ich mich erinnere, ist, daß ich in meiner Kabine gesessen und gelesen habe. Und dann bin ich in der Bilge wieder zu mir gekommen.«

Sie halfen ihr an Deck und sprachen von frischer Luft und Sonnenlicht. Es half nichts. Sie fühlte sich immer noch wie eine wochenalte Wasserleiche. Sie stand da und hatte alle Mühe, sich auf den Beinen zu halten.

Ian trat vor sie hin, das Licht der untergehenden Sonne im Rücken, und seine Augen zogen sich nachdenklich zusammen. »Ihr habt die Fallsucht.« Eine Feststellung, keine Frage.

Sie nickte.

»Wie oft?«

»Nicht oft. Alle zwei Monate einmal.«

»Aber oft genug, um Eurer Familie jede Hoffnung zu rauben, eine gute Ehe für Euch arrangieren zu können?«

»Einmal wäre oft genug gewesen, um das unmöglich zu machen.«

»Beschädigte Ware.«

»So ist das bei den Familiengeborenen.« Was der Wahrheit entsprach. Niemand durfte sich eine gute Ehe für eine Frau mit der Fallsucht erhoffen – ihre Mitgift wäre verwirkt, aber man würde sie nach dem ersten Anfall zurückgeben; jeder wußte, daß die Fallsucht von der Mutter an das Kind weitergegeben wurde. Damit gewann Kaits Geschichte bezüglich des Diebstahl dieses Buches zusätzliche Glaubwürdigkeit – eine unverheiratbare Tochter würde am Ende zweifellos irgendeine gräßliche Beschäftigung zugewiesen bekommen; durchaus wahrscheinlich, daß man sie damit betraute, für den Rest ihres Lebens in einem fensterlosen Raum zu sitzen und tote Sprachen zu übersetzen. Außerdem hatte sie damit eine vernünftige Erklärung für ihre Abwesenheit, jetzt und in der Zukunft. Allen Göttern sei gedankt für Hasmal. Sie hätte ihn umarmen mögen. Und sie würde ihn umarmen, dachte sie, wenn sie wieder sauber war und gegessen hatte. Wenn sie geschlafen hatte. Als der Hunger zu gewaltig wurde, hatte sie Ratten gegessen, aber selbst in ihrer tierischen Gestalt mochte sie keine Ratten. Sie lagen ihr noch jetzt schwer im Magen.

Ian nickte, und in seinen Augen lag ein Mitleid, das sie überraschte. Er schwieg sehr lange. Dann sagte er leise: »Ich weiß alles über die Familien und ihre Vorstellung von beschädigter Ware. Ich weiß es sehr gut.«

Hasmal sagte: »Wir hatten Angst, Ihr wäret vielleicht über Bord gefallen.«

Kait erwiderte: »Ich bin froh, daß ich das nicht getan habe.«

Und Rrru-eeth, die ein wenig abseits stand, fragte: »Wie seid Ihr denn bis hinunter in den Kielraum gekommen, ohne daß irgend jemand Euch gesehen hat?«

Kait zuckte die Achseln. »Ich erinnere mich nicht. Ich erinnere mich an gar nichts mehr.« Sie wünschte nur, das wäre die Wahrheit gewesen. Sie wünschte, sie hätte zumindest die Ratten vergessen können. Schwach vor Hunger und erschöpft nach der Verwandlung taumelte sie, und als das Schiff sich über einer Welle aufbäumte, hob sich das Deck unter ihr, und sie stürzte.

Plötzlich war das Schlingern zu viel für sie. Sie fühlte sich erbärmlich elend. Sie kroch an die Reling und erbrach sich ins Meer.

Das machte der Befragung höchst wirksam ein Ende. Als sie sich wieder umdrehte, trugen Hasmal und Ian sie in ihre Kajüte, und Rrru-eeth übernahm es, sie zu pflegen.

Während der nächsten zwei Tage, beschloß sie, würde sie nichts tun als essen und schlafen.

»Also, was hast du mit den Leichen gemacht?« Crispin trug immer noch seine offizielle Kleidung, obwohl er sich des Umhangs entledigt hatte, sobald er durch die Tür getreten war.

»Im Garten, unter deinen Rosen. Natürlich.« Anwyn kicherte. »Ich hoffe, wir haben die Wurzeln der Pflanzen nicht beschädigt.«

Crispin lächelte nicht. »Das hoffe ich ebenfalls. Ich habe da gerade einige sehr heikle Kreuzungen eingesetzt.«

Andrew spielte mit den Schaltern des Geräts, das sie zur Unterhaltung der Untersuchungskommission gebaut hatten. »Hat ihnen unser Spielzeug gefallen?«

»Dem Paraglese gewiß. Die Händler, die in dem Rat sitzen, fanden es auch ganz in Ordnung, bis sie das Schiff sahen.«

»Ein Händlerschiff daraus zu machen war eine hübsche Idee«, meinte Anwyn.

Crispin zuckte die Achseln. »Auf diese Weise haben wir zwei unserer Probleme gleichzeitig aus der Welt geschafft – Rys Verschwinden und die Macht der Händler.«

Sowohl sein Bruder als auch sein Cousin lächelten. »Das Problem aus der Welt schaffen ...«, überlegte Anwyn laut.

Andrew kicherte.

»Aus der Welt geschafft.« Crispin zog sich einen Stuhl heran, setzte sich rittlings darauf und blickte hinter sich. Dann schlang er die Arme um die Rückenlehne und sagte: »Ich wünschte, ihr wäret dort gewesen. Es war göttlich.«

»Wenn wir dort gewesen wären, wer hätte dann die Magie gewirkt, um deine hübschen Bilder zu schaffen?« Andrew runzelte die Stirn.

Sowohl Anwyn als auch Crispin sahen ihn verärgert an.

»Er hat es nicht wörtlich gemeint«, sagte Anwyn. Dann wandte er Andrew den Rücken zu und sagte: »Erzähl mir, wie göttlich war es denn?«

»Wie Ihr wißt, hatten wir gehofft, Grasmirs Unterstützung für unsere Bewerbung um die Führung der Wölfe zu bekommen.«

Anwyn nickte.

»Aber er hat noch etwas obendrauf gelegt. Er hat uns kraft seines Amtes zu Führern erklärt. Das heißt, er hat mich zum Führer bestimmt und euch beide zu meinen Helfern. Wir brauchen also keinen Kampf gegen irgend jemanden zu führen, den die Gruppe um Lucien vielleicht ins Rennen geschickt hätte. Wir haben das Kommando, und der Rest der Wölfe wird sich damit abfinden müssen.«

Anwyn betrachtete ihn gedankenvoll; er war zu klug, ihn direkt darauf hinzuweisen, daß sie übereingekommen waren, sich die Macht zu dritt aufzuteilen – in gleiche Teile. Aber Crispin spürte, daß er darüber nachdachte. Das Thema würde später noch einmal angeschnitten werden, aber es würde keinen Streit darum geben: Der Paraglese hatte Crispin das Kommando erteilt, und Anwyn würde nicht beweisen können, daß sein Bruder die Dinge zu eben diesem Zweck manipuliert hatte. Aber es würde zur Sprache kommen.

In der Zwischenzeit sagte Anwyn jedoch nur: »Nun, jetzt wird sich einiges verändern.«

Andrew kicherte; er stellte sich offensichtlich bereits vor, *auf welche* Weise sie die Dinge ändern würden.

Kapitel 25

Drei Wochen, die der Lektüre der Geheimen Texte gewidmet waren, als Vorbereitung für den Einstieg in die eigentliche Magie. Drei Wochen – siebenundzwanzig Tage des Nachdenkens über die Geschichte der Magie und die Zukunft ihrer Welt, wie sie in den Prophezeiungen, Aphorismen und Randbemerkungen eines Mannes geschildert wurden, der zweifellos brillant, wenn auch bisweilen aufreizend vage war. Drei Wochen, in denen sie schon vor Sonnenaufgang in ihrer Kajüte saß und bis lange nach Einbruch der Dunkelheit versuchte, ihr Wissen um die Ereignisse aus Vergangenheit und Gegenwart in das komplexe Mosaik einzufügen, das Vincalis hinterlassen hatte – und Kait war zu guter Letzt an ihre Grenzen gestoßen.

Als Ian Draclas an ihre Kajütentür klopfte, öffnete sie nur allzu gern.

»Ihr seid nun schon so lange nur zu den Mahlzeiten aus Eurer Kajüte herausgekommen«, sagte er, »daß die arme Rrru-eeth felsenfest davon überzeugt ist, daß Ihr einer Art Seewahnsinn zum Opfer gefallen seid und hier drin vor Gram vergeht.«

Kait spürte bereits wieder, wie der Zwang zur Verwandlung sich in ihr aufbaute, und dachte, daß Rrru-eeth, wenn sie sie in ihrer Karneegestalt sähe, wohl vollends davon überzeugt gewesen wäre, daß sie einer Form von Seewahnsinn zum Opfer gefallen sei. Trotz allem gelang es ihr jedoch, ein einigermaßen aufrichtig klingendes Lachen von sich zu geben. »Ich habe gelesen«, sagte sie.

»Gewiß handelt es sich um ein faszinierendes Thema.« Er beugte sich ein wenig über sie, so daß er sich in der Kajüte umsehen konnte.

»Geschichte«, sagte sie und machte eine unauffällige Bewegung, um ihm die Sicht zu versperren. »Ich möchte in der Lage der Stadt und ihrer Schätze ganz sicher sein können.«

»Natürlich«, sagte er. »Ich hatte nicht bedacht, daß Ihr mit der Übersetzung Eures Buches vielleicht noch nicht fertig wart, als Ihr es ..., ich meine, als Ihr ... es gekauft habt. Natürlich hattet Ihr noch nicht den kompletten Text übersetzt. Wie hätte es auch möglich sein können, wo Ihr es doch erst gekauft hattet?« Er errötete.

Seine Verlegenheit amüsierte sie. Sie trat einen Schritt näher an ihn heran und war sich seiner Wärme und seines Geruchs nur allzu bewußt, dieses Geruchs, der moschusartig, sinnlich und sehr männlich war, unverkennbar durchmischt mit frischer Luft und Sonnenschein. Er war ein gutaussehender Mann – sie hatte sich bisher nicht gestattet, darüber nachzudenken, aber jetzt ertappte sie sich dabei, daß sie zu ihm auflächelte, nur um ihn seinerseits lächeln zu sehen.

Und das Lächeln, mit dem er ihres erwiderte, entwaffnete sie; sie konnte Überraschung darin lesen und Hoffnung und einen leisen Schatten ihres eigenen wachsenden Hungers.

»Ihr seid irgendwie anders heute abend«, sagte er. Sie konnte nicht umhin, einen Anflug von Wachsamkeit aus seiner Stimme herauszuhören.

»Ich fühle mich anders. Ich bin einsam und müde, und ich möchte mal einen Abend lang nicht an verlorene Städte oder alte Artefakte denken.« Sie legte eine Hand auf seinen Unterarm und strich ganz sachte über den weichen Flaum goldener Härchen.

»Wirklich?« Er hob die Augenbrauen und senkte die Stimme. Sein Lächeln war diesmal von unverhohlener Sinnlichkeit.

Sie schob sich an ihm vorbei und zog die Tür hinter sich zu. »Ja. Irgendwo außerhalb dieses Raums.«

Es war ihr gelungen, alle Gedanken an Sex weit von sich zu schieben, seit sie an Bord der *Wanderfalke* gekommen war. Das beschwor nur Komplikationen herauf, denen sie sich im Augenblick nicht stellen wollte. Aber sie wußte, daß sie nie und nimmer in der

Lage sein würde, zwei komplette Verwandlungen in Keuschheit zu überstehen, und es war besser, sie suchte sich einen Partner, solange sie einen kühlen Kopf hatte, als inmitten des lodernden Feuers der Karneebegierde. Als ihr Verlangen stärker wurde, hatte sie über Hasmal nachgedacht; er zog sie an. Sie wußte, daß es sogar gewisse Vorteile hätte, wenn sie sich ihn für die Paarung erwählte – er wußte, was sie war. Er dagegen war einer der wenigen Männer, die sie je getroffen hatte, die ihr verfluchtes Karneeblut nicht geradezu zwanghaft dazu trieb, sich einzubilden, er liebte sie.

Tatsächlich hatte er, als sie zaghafte Annäherungsversuche machte, unmißverständlich klargestellt, daß er nicht das leiseste Interesse an ihr hätte.

Trotz all ihrer Klagen Amalee gegenüber, daß Männer und Frauen sich von ihr angezogen fühlten und wie demütigend es sei, daß sie sich überhaupt nicht zu ihr, sondern zu ihrem Fluch hingezogen fühlten, fand Kait es noch demütigender, jemandem zu begegnen, der selbst gegen den Fluch immun war. Diese Immunität Hasmals brachte sie auf den Gedanken, daß an ihr selbst nichts wirklich Liebenswertes sei; daß sie ohne ihren Fluch für die Männer unsichtbar gewesen wäre.

Ian dagegen war nicht immun, nicht einmal nachdem er ihren Anfall von »Fallsucht« miterlebt hatte, und im Augenblick fand sie diese Tatsache ungemein tröstlich.

Er berührte ganz sachte mit den Fingerspitzen ihren Rücken. »Wenn Ihr Euch nicht mehr in Eurer Kajüte aufhalten möchtet, würde es Euch dann vielleicht Freude machen, die meine einmal zu besuchen?«

»Das würde mir große Freude machen.«

Keiner von ihnen sprach noch ein Wort, während sie ihm bis an die Tür seiner Kajüte folgte und sich von ihm hineingeleiten ließ.

Er zündete seine Lampen an, und erst als der goldene Lichtschein sie beide umhüllte, fragte er: »Wollen wir noch einmal darüber nachdenken, ob wir nicht Freunde sein könnten?«

Sie lehnte sich gegen seine Brust und stellte sich auf die Zehenspitzen, um ihn sanft auf die Lippen zu küssen. »Ich glaube, wir werden noch mehr miteinander teilen als Freundschaft.« Ihr Herz hämmerte, und ihr Blut raste durch ihre Adern. Sie wollte es – sie wünschte sich verzweifelt, sich begehrenswert zu fühlen, schön, bewundert. Sie konnte in Ians Augen lesen, daß er all das für sie empfand. Sie küßte ihn abermals und ließ der eisernen Kontrolle, mit der sie die in ihr brodelnden Leidenschaften im Zaum gehalten hatte, die Zügel schießen; sie ließ sich in seine Berührung und seinen Geruch fallen, in das Gefühl seiner Arme um ihren Leib und seiner Hände, die sie liebkosten.

Sie gestattete sich die Illusion, daß er sie um ihrer selbst willen begehren könne.

Und gleichzeitig brachte sie es fertig, ihre verbotene Sehnsucht zu begraben; sie schob den feindlichen Karnee, Ry Sabir, aus dem Mittelpunkt ihrer Gedanken fort, wo er jeden ihrer freien Augenblicke beherrscht hatte, wenn sie wach war, und ihre Träume, wenn sie schlief.

Rrru-eeth lauschte noch sehr lange draußen vor der Kajüte des Kapitäns. Sie hatte seit mehr als einer Woche jede Nacht dort gelauscht, seit der Kapitän Kait das erste Mal in sein Bett geholt hatte. Als sie ihren Horchposten endlich aufgab, ging sie zu Jayti in einen der Lagerräume, in dem sie sich für gewöhnlich trafen.

Sie erzählte ihm, was sie gehört hatte, und endete mit einem verbitterten Knurren. »Ich kann es einfach nicht fassen, daß der Kapitän mit ihr schläft«, sagte Rrru-eeth. »Ich kann es nicht fassen, daß er sie begehrt.«

Jayti, ein magerer, dunkelhaariger, freundlicher Bursche, zog sie auf seinen Schoß herunter und lachte. »Freu dich doch für ihn. Er war so lange allein.«

»Nein.« Rrru-eeth fauchte, als er begann, ihre Bluse aufzuknöpfen. Sie entwand sich seinen Armen und sagte: »Ich habe dir doch erklärt, irgend etwas stimmt nicht mit dieser Frau. Sie ist nicht normal.«

»Ruey, wie kannst ausgerechnet du daran Anstoß nehmen? Wer ist schon normal? Du? Ich?«

Rrru-eeth sagte: »Irgend etwas stimmt nicht mit ihr. Sie spricht in ihrem Zimmer mit sich selbst, und sie versteckt irgendwelche Dinge. Sie und dieser Hasmal kommen frühmorgens in ihrer Kajüte zusammen, noch vor dem Wachwechsel. Sobald sie dort hineingehen, kann ich von dem, was sie sagen, kein Wort mehr hören, aber ich kann spüren, daß sie noch miteinander reden. Es ist ... unheimlich.« Sie flüsterte: »Und sie riecht nach Tier. Ich habe das schon bemerkt, bevor sie krank wurde ... aber seither ist es noch auffälliger.«

»Sie riecht nach Tier!« Jayti lachte Rrru-eeth aus. »Du bist eifersüchtig auf sie, nicht wahr? Weil sie hübsch ist und der Kapitän sie begehrt. Sie behandelt dich besser als jede menschliche Frau, die jemals an Bord dieses Schiffes war, Ruey. Ich habe sie beobachtet. Sie bittet dich nie um zusätzliche Arbeiten, und sie redet immer freundlich mit dir. Wirklich freundlich.«

Er zwickte sie ins Hinterteil, und Rrru-eeth knurrte ihn an.

»Untersteh dich«, sagte er immer noch lachend. »Du hast ein Auge auf den Kapitän geworfen, seit er dir einen Platz auf diesem Schiff gegeben hat. Und jetzt begehrt ihn eine Frau seiner eigenen Klasse, und dir ist klargeworden, daß du es nie zur Kapitänsgattin bringen wirst. Hab ich recht? Hm? Hab ich recht?«

Rrru-eeth zuckte die Achseln und schmiegte sich an seine Brust. »Du kannst glauben, was du willst. Aber ich traue ihr nicht über den Weg. Und ich mag sie nicht. Sie wird den Kapitän unglücklich machen. Du wirst sehen, ich habe recht.«

In Kaits Traum tanzten sie. Anfangs blieb das Gesicht ihres Partners in der Dunkelheit verborgen, während sie herumwirbelten und über einen ansonsten verlassenen Tanzboden dahinschwebten. Sie spürte die Musik, konnte sie aber nicht hören. Das einzige, was sie hören konnte, war sein Atem, tief und langsam und gleichmäßig. Und seine Hände brannten auf ihren nackten Schultern.

In Kaits Traum tanzten sie, und allmählich erinnerte sie sich auch daran, daß sie jede Nacht so tanzten. Sie sah sich um und fühlte sich, als sei sie bisher in den Ketten des Tages gefesselt gewesen und hätte gerade erst ihre Freiheit wiedergewonnen. Die lautlose Musik bewegte sich schneller, und sein Atem beschleunigte sich mit ihr. Da war Sehnsucht, und da war das Hämmern des Blutes in ihren Adern; da war die Musik, zu der sie tanzte.

Berühre mich.

Seine Stimme ließ sie bis in ihre Seele hinein erbeben. Sie strich mit den Fingerspitzen über seine Haut und entdeckte, daß er nackt war. Genauso wie sie. Magie. Es war Magie, aber nicht die Magie von Zauberern; dies war die Magie von Mann und Frau, von Lust und Begehren. Dies war der Tanz der Geschlechter, und der heiße, pulsierende Trommelschlag beschleunigte sich abermals.

Berühre mich.

In Kaits Traum tanzten sie Haut an Haut, schwebten über eine offene Wiese, und die Dunkelheit löste sich von seinem Gesicht, und seine Augen waren von einem hellen, wunderschönen Blau, und sein Lächeln brannte sich bis in ihr Herz hinein, und sie liebte ihn. Gott helfe ihr, sie liebte ihn.

In ihren Träumen tanzte sie mit Ry Sabir, dessen Familie die ihre ermordet hatte, Ry Sabir, der vielleicht selbst einen Anteil an der Ermordung der Menschen gehabt hatte, die ihr teuer gewesen waren. Und in ihren verräterischen Träumen fieberte sie seiner Umarmung entgegen und öffnete ihm ihr Herz. In ihren Träumen wußte sie, daß sie ihn liebte – sie, die noch nie zuvor einen Mann geliebt hatte.

In ihren Träumen tanzten sie, und weil er ihr Feind war, und weil sie in ihren Träumen zu schwach war, um ihn zu töten, erwachte sie.

Und fand sich in Ian Draclas Bett wieder.

Die Enttäuschung versengte sie, stach sie mit Nadelspitzen, durchbohrte sie, bis sie blutete. Sie ertrug ihren schwefelbitteren Geschmack, ohne sich ihre Gefühle anmerken zu lassen.

»Hast du gut geschlafen?«

Ich habe mit meinem Feind geschlafen. Sie küßte Ian flüchtig, spielerisch und beantwortete seine Frage nicht. »Es ist Zeit für mich zu gehen, solange es noch dunkel ist.«

»Du brauchst nicht fortzugehen. Bleib bei mir.«

Sie ließ die Zunge über seinen Nacken wandern und zog die Finger über seinen Rücken. »Ich muß gehen. Für den Augenblick muß ich gehen. Aber wenn du möchtest, komme ich heute nacht wieder.«

Bis die nächste Nacht anbrach, würde sie Ry Sabir aus ihren Gedanken verbannt haben. Sie würde sich davon überzeugt haben, daß sie ihn haßte, daß sie ihn tot sehen wollte. Sie würde sich gezwungen haben zu glauben, daß sie wahre Leidenschaft für Ian Draclas empfinden konnte, und in Ians Bett würde sie sich beweisen, daß ihre Träume nicht von Bedeutung waren.

Bis sie einschlief.

Im Schlaf konnte sie sich nicht belügen.

Kapitel 26

Kait schaffte es gerade rechtzeitig, wieder in ihrer Kajüte zu sein, bevor Hasmal sie dort aufsuchte. Bisher war es ihr gelungen, ihre Beziehung zu dem Kapitän vor ihm zu verbergen, genauso wie es ihr gelungen war, vor Ian zu verbergen, warum sie so viel Zeit mit Hasmal verbrachte. Eine weitere Woche war verstrichen, und sie hatte ihr einsames Studium der Geheimen Texte beendet und begonnen, die Grundzüge der Magie zu erlernen.

Er klopfte an ihre Tür, und sie ließ ihn ein, wobei sie so tat, als sei sie gerade erst erwacht.

Er warf einen Blick auf ihr Bett, wo sie die Decken zerwühlt hatte, damit es so aussah, als sei sie gerade erst aufgestanden. Er bedachte sie mit einem kalten Blick und sagte: »Meinetwegen brauchst du die Decken nicht so zu zerfleddern.«

Kait spürte, wie ihr die Hitze in die Wangen schoß. »Ich ...«

»Du mußt lernen, nicht zu lügen. Zumindest nicht deinen Kameraden gegenüber. Ich wußte bereits Bescheid über dich und den Kapitän. Das ist kein allzu großes Geheimnis.«

Das war eine Neuigkeit für sie. »Wann hast du davon erfahren?«

»Vor zwei Wochen. Wahrscheinlich wußte ich es schon, kurz nachdem du mit ihm angefangen hast.« Sein gepreßtes Lächeln sagte ihr, wie töricht es von ihr gewesen war, diese Angelegenheit geheimhalten zu wollen. »Wie geht es mit deinen Schutzschilden voran?«

»Die Träume machen mir nicht mehr so viel zu schaffen wie früher. Jetzt kann ich meistens aufwachen, wenn der Tanz beginnt. Und ich habe tagsüber nicht mehr das Gefühl, daß er mir über die Schulter sieht – anders als am Anfang.«

»Glaubst du immer noch, daß er uns folgt?«

»Ja.«

Hasmal seufzte. »Ich glaube, du hast recht. Ich wünschte, wir könnten ihn loswerden. Ich habe während der letzten paar Tage ein halbes Dutzend Mal *zanda* geworfen, und ich bekomme überhaupt keine Ergebnisse.«

Kait zog die Decken auf ihrer Koje gerade und setzte sich dann oben drauf. »Das scheint mir ein gutes Zeichen zu sein.«

»Nein. ›Du hast ihn verloren‹ wäre ein gutes Zeichen. ›Er ist immer noch da draußen‹ wäre ein neutrales Zeichen. ›Tut mir leid, ich habe keine Informationen, was deine Frage betrifft‹ ist ein sehr schlechtes Zeichen.«

»Warum?«

»Weil es bedeutet, daß er Zugang zu einer Magie hat, die mächtig genug ist, um ihn und sein ganzes Schiff für das *zanda* unsichtbar zu machen. Ich wäre dazu nicht imstande. Nicht einmal zusammen mit meinem Vater.«

»Oh.« Kait wußte, daß nur sie Ry spüren konnte, und dies Gefühl hing mit ihren Karneesinnen zusammen. Hasmal hatte gesagt, daß, soweit er das sehen könne, niemand ihnen direkt folge, obwohl er darauf beharrte, daß die Galweighs aus Goft ihnen immer noch mit Hilfe von Magie auf der Spur waren.

»Um dieses Problem kümmern wir uns, wenn es soweit ist«, sagte Hasmal. »Also, was hat dein Geist über unseren Bestimmungsort zu sagen?«

Endlich hatte Kait das Gefühl, daß sie einmal eine gute Neuigkeit für ihn hatte. »Sie hat mir erzählt, daß wir morgen in einen Ring von Inseln einfahren werden. Von dieser Stelle werden wir nur noch zwei Tage oder so brauchen, um den Kontinent zu erreichen, je nachdem, wie das Wetter sich verhält.«

»Das Wetter war bisher recht gut.« Hasmal schien jedoch nicht besonders glücklich zu sein.

»Was ist los?«

»Sobald wir den Kontinent erreichen und die Stadt finden, werden wir auch den Spiegel der Seelen finden.«

»Genau. Das ist doch der Grund, warum wir diese ganze lange Reise unternommen haben.«

»Sobald wir den Spiegel der Seelen haben, werden wir zur Zielscheibe – sowohl für die Sabirs, die uns verfolgen, als auch für die Galweighs, die nur darauf warten, daß wir zu ihnen zurückkehren.«

»Amalee hat mir versichert, daß wir diese Sache überleben würden, Hasmal. Du wirst schon sehen.«

Er nickte. »Das sagt sie. Aber ich habe gestern abend eine Divination gemacht. Die Sprecher sagen, der Wiedergeborene sei bereits empfangen worden. Wenn das stimmt, ist die günstige Voraussage deiner Ahnin vielleicht nichts als Wunschdenken. Sobald der Wiedergeborene empfangen ist, steht die Katastrophe unmittelbar bevor. Also, heute abend wirst du mir bei einem Ritual helfen, das uns zeigen wird, ob die Prophezeiungen der Sprecher wahr sind.«

»Ich kann dir bei deinem Ritual nicht helfen«, entgegnete Kait leise. Sie sah sich in der winzigen Kajüte um, als erwarte sie, daß die Parnissa des Schiffes mit einem wütenden Mob hereinstürmte, um sie beide zu hängen. »Ich verstehe kaum genug von Magie, um einen Schild aufrechtzuerhalten.«

»Selbst das wird helfen. Wenn du deine Kraft in den Schild legst, kann ich einen größeren Teil meiner Energie auf die Suche nach dem Wiedergeborenen konzentrieren. Das Ritual ist gefährlich und schwierig, aber wir müssen es wissen.«

Kait fand keineswegs, daß sie es wissen mußten.

Ich verspreche dir, daß der Wiedergeborene keine Rolle in deiner Zukunft spielen wird, Kait, sagte Amalee.

Kait hatte inzwischen gelernt, ihr Antwort zu geben, ohne laut zu sprechen. *Vielleicht nicht. Aber davon werde ich ihn niemals überzeugen. Das mindeste, was ich tun kann, ist, daß ich ihm bei seinem Ritual helfe, damit er* selbst *sehen kann, wie sehr er die Gefahren übertreibt, denen wir ausgesetzt sind.*

»Deiner Ahnin gefällt meine Idee nicht, wie?«

»Du kannst sie hören?«

»Nein, aber ich verstehe mich langsam immer besser darauf, deinen Gesichtsausdruck zu deuten. Ich kann jetzt immer erkennen, wenn du etwas mit ihr besprichst. Du hast dann so einen leeren Ausdruck in den Augen, und dein Mund verkrampft sich ein wenig. Sag ihr, daß ich deine Hilfe will, ob sie das nun für notwendig hält oder nicht.«

Kait brauchte es ihr nicht zu sagen. Amalee hörte sehr gut. Und antwortete mit einer bissigen Bemerkung. Kait übermittelte ihren Kommentar jedoch nicht wörtlich. Sie sagte nur: »Ihr gefällt der Gedanke zwar immer noch nicht, aber mir ist es egal. Wenn du mich brauchst, helfe ich dir.«

»Dann treffen wir uns heute abend, wenn Telt läutet, im Vorratsraum im Achterschiff.«

Kait kniete auf dem harten Fußboden des Vorratsraums hinter den Säcken mit Süßkartoffeln und Mehl und den Bierfässern und unter dem getrockneten Fleisch, das von Haken an der Decke baumelte und mit jeder Bewegung des Schiffes hin- und herschwang. In der Dunkelheit sahen die Silhouetten dieser vertrauten Dinge wie Ungeheuer aus, die sich aus dem Meer erhoben; sie konnte beinahe ihren heißen Atem im Nacken spüren. Mit jedem Knarren der Planken wuchs ihre Gewißheit, daß sie in Kürze entdeckt werden würden. Die Geräusche der Ratten, die hinter Holzverkleidungen hin und her huschten, machten sie plötzlich nervös, und jeder noch so kleine Schritt, der auf Deck über ihr hörbar wurde, ließ ihr Herz dröhnen wie eine Kriegstrommel.

Die Dunkelheit hatte ihr nie etwas ausgemacht. Aber sie entdeckte, daß sie sich vor ihrer bevorstehenden Einführung in die echte Magie fürchtete, und daß sie sich genauso sehr davor fürchtete, dabei entdeckt zu werden.

Ihr gegenüber preßte Hasmal eine Blutschale an seine Brust, schloß die Augen und sprach ein schnelles, geflüstertes Gebet an Vodor Imrish, auf daß sie nicht unterbrochen würden, während sie über viele Meilen hinweg nach dem Wiedergeborenen suchten. Als das getan war, entzündete er eine winzige Kerze und beugte sich darüber, und in ihrem Licht schnitt er sich ins Fleisch und ließ sein Blut in die Blutschale fließen. Kait betrachtete sein Werkzeug mit dem hohlen Dorn und der Aderpresse und dachte, daß sie wohl sehr wenig Magie praktizieren würde. Sie haßte die Vorstellung, sich zu schneiden oder auf eine andere Weise zu verletzen, um an ihr eigenes Blut heranzukommen. Obwohl Hasmal beharrlich beteuerte, daß man nur für einen sehr kleinen Teil der *Farhullen-Magie* Blut benötige, fand Kait, daß jeder Tropfen zu viel sei.

Sobald Hasmal eine kleine Blutlache in seiner Schale hatte, löschte er die winzige Kerzenflamme. Dann lehnte er sich zitternd und schwer atmend an einen Sack mit Süßkartoffeln neben sich. »Jetzt beginnt der eigentliche Zauber«, sagte er. »Du mußt deine Schilde um uns beide herum aufrichten, bis ich dir sage, daß du sie loslassen kannst.«

»Bist du dir sicher, daß ich loslassen muß? Die Galweighs und Sabirs werden sofort sehen können, was wir tun … und wo wir sind.«

»Der Schild, der andere fernhält, würde uns einschließen.« Er zuckte die Achseln. »Man kann keinen Zauber aussenden, solange man mit einem Schild umgeben ist. Genausowenig kannst du übrigens einen Zauber durch einen Schild senden, den ein anderer um dich herum errichtet hat.

Das ist einer der Gründe dafür, warum magische Schlachten so tödlich sind. Aber zurück zu dem, was wir vorhaben. Du mußt einfach bereit sein, wenn ich es dir sage.«

Kait fühlte sich bereits höchst unwohl, und die Vorstellung, daß sie sich jenen zu erkennen geben würde, die sie verfolgten, verstärkte die Übelkeit nur noch. Aber sie nickte und konzentrierte sich, wie Hasmal es sie gelehrt hatte.

In der Zwischenzeit schüttete er mehrere Päckchen Pulver in die Blutschale und murmelte eine Beschwörung, die sie, wie sie sich erinnerte, in einem der späteren Teile der Geheimen Texte gelesen hatte.

»He' ie abojan treashan skarere
Pephoran nonie tokal im hwerat …«

(Ich, der in der langen Dunkelheit warte
Auf das Kommen des Lichts,
Suche nun den sich regenden Geist
Des Wiedergeborenen;
Du, der du einst der Meister der Falken warst,
Unser Lehrer und unser Führer;
Du, der du uns vor deiner Zeit gestohlen wurdest
Und der versprach, zurückzukehren, um uns erneut zu führen;
Du, der du uns Liebe und Mitleid gelehrt hast,
Demut und Verantwortung,
Aufrichtigkeit und Ehre vor allen Tugenden.
Ich rufe zu Dir.
Die Welt braucht dich, und
Deine Falken haben dich nicht vergessen.

Gütiger Solander,
Werde ich gesegnet sein, Deine Stimme zu hören?

Ich erbiete mich als dein Beschützer,
Während du schwach bist, als dein Lehrer,

Während du jung bist, als dein Diener jetzt und immerdar,
Auf daß du zurückkehren mögest,
Um den Schmerz der Menschen zu heilen
Und Liebe und die Erfüllung der Hoffnung zu bringen
In die hohle Schale der Welt
Die du zurückgelassen hast.

Die verschiedenen Pulver in der Blutmixtur begannen zu leuchten. Kait schauderte. Sie konnte im Angesicht der schrecklichsten realen Gefahren tapfer sein, aber im Angesicht von Magie wäre sie am liebsten geflohen. Sie spürte, wie der Zauber langsam seine Wirkung entfaltete; sie spürte es bis in die Knochen und ins Blut hinein, und obwohl sie Hasmals Magie nicht als schmerzhaft oder »schmierig« empfand wie die Magie, die sie in Halles und dem Fluggerät gespürt hatte, fühlte sie sich doch in wachsendem Maße unwohl. Als stünde sie in der Nähe eines Feuers, das immer größer und heißer wurde. Sie wußte, daß sie nicht in Gefahr war. Aber sie konnte die *Möglichkeit* von Gefahren spüren.

»Wenn der Wiedergeborene wahrhaft zurückgekehrt ist, wird das Blut selbst zu leuchten beginnen«, hatte Hasmal ihr erklärt, bevor sie anfingen. Jetzt bewies Hasmals Blut in der Stille und der Dunkelheit um sie herum die Wahrheit der Botschaft, die die Geister ihm übermittelt hatten. Das Blut begann ganz sanft zu glühen; sein weißes Licht war ein funkelnder Strahlenkranz, der als dünne Schicht um die Schale herum begann und sich dann ausbreitete, um zuerst Hasmals Hände einzuhüllen, dann seine Arme, seine Schultern und schließlich seinen ganzen Körper.

Aber es breitete sich noch weiter aus und umschlang auch Kait mit seinem warmen, trostspendenden Kokon.

Sobald die Sphäre aus Licht sie erreicht hatte, spürte sie das zaghafte Erwachen des Wiedergeborenen. In weiter Ferne regte sich das Kind im Schoß seiner Mutter und reckte sich, um die federzarte Berührung der Magie zu umpfangen. Er war voller Liebe; er war Liebe. Heiße Tränen stiegen in Kaits Augen auf und rollten ihr über beide Wangen, und sie nahm ihrerseits eine zerbrechliche Verbindung zu ihm auf. Während sein Geist ihren berührte, löste sich ihre Angst vor der Magie. Sie fühlte sich ganz eins mit sich selbst. Mehr noch, sie fühlte sich auf eine Art und Weise akzeptiert, wie sie noch nie in ihrem Leben akzeptiert worden war. Selbst bei ihren Eltern hatte sie immer gewußt, daß sie sie *trotz* dessen liebten, was mit ihr nicht stimmte. Aber der Wiedergeborene liebte sie einfach so, wie sie war, und akzeptierte sie, weil sie in seinen Augen genauso vollkommen war wie er selbst.

In dem Augenblick, in dem ihre Seelen sich berührten, spürte sie, daß ein Schmerz, der immer in ihr gewesen war, geheilt war. Und als sie Hasmal ansah und die Tränen sah, die ihm über die Wangen strömten, wußte sie, daß sie nicht es allein war. Kait konnte es nicht glauben, daß sie derart gesegnet worden wäre – daß sie auserwählt worden war, dem Wiedergeborenen zur Seite zu stehen, obwohl andere, würdigere Menschen gelebt hatten und gestorben waren, während sie seiner harrten, ohne ihre Hoffnung jemals erfüllt zu sehen.

Ganz am Rande nahm sie wahr, daß andere Falken wie Hasmal gekommen waren, ihren Dienst anzubieten und ihre Schwüre zu erfüllen, daß sie gekommen waren, den geheimen Anfang des Wunders und der Freude zu bezeugen, die allen Menschen verheißen war. So viele Seelen, allesamt fremd für sie, und doch alle geeint in ihrem Ziel und in ihrer Liebe, streiften ihr Wesen und schraken nicht von Abscheu erfüllt zurück. Sie war, was sie war; die anderen waren, was sie waren; versammelt um die Seele des Wiedergeborenen, wie Menschen, die sich in der Wüste verirrt und die endlich eine Quelle gefunden hatten, konnten sie nichts anderes tun, als einander zu lieben und gemeinsam zu frohlocken.

Kait versuchte noch mehr zu erspüren; sie berührte die Mutter des Wiedergeborenen – und prallte entsetzt zurück. Alles, was sie von ihr wahrnehmen konnte, waren Zorn und Schmerz und Haß.

Sie spürte, daß diese Frau grausam unter den Händen ihrer Feinde gelitten hatte. Der Mutter schien die Liebe, die ihr ungeborenes Kind schenkte, nicht zugänglich zu sein; ihr Schmerz und Zorn sperrten sie ein in ihren eigenen Geist und machten sie für eine Heilung, wie Kait sie gerade erfahren hatte, völlig unerreichbar. Dann erlebte sie einen zweiten Schock. Bruchstücke der Gedanken und Erinnerungen der anderen Frau erreichten Kait, und sie entdeckte, daß die Mutter des Wiedergeborenen ihre Cousine Danya war.

Sie hätte am liebsten geschrien: »Du lebst noch!« Jemand, den sie liebte, hatte den Verrat der Sabirs überlebt. Aber sie konnte sich bei Danya kein Gehör verschaffen. Sie hätte gern gesagt: »Du bist nicht allein. Ich bin hier, und ich werde kommen, um dir zu helfen.« Aber Danya war taub, auch gegen den Trost, den sie ihr anbot.

Kait verfügte nicht über die magischen Fähigkeiten, sich Gehör zu verschaffen. Aber das würde sich ändern. Sie würde alles lernen, was sie lernen mußte, denn in dem Augenblick, in dem Hasmal sie in seinen Kreis geholt hatte, hatte ihre Welt sich zum Guten gewandelt. Sie hatte jetzt so vieles, wofür sie leben konnte, so vieles, was zu tun war. Der Wiedergeborene existierte wirklich, und er würde der Sohn ihrer geliebten Cousine sein, die unter den Händen der Sabirs doch nicht den Tod gefunden hatte. Kait wollte alles tun, was sie tun mußte, um Mutter und Kind zu bewahren und dem Wiedergeborenen zu helfen, der Welt die Liebe zurückzugeben.

Rrru-eeths schüchternes Klopfen an der Kajütentür weckte Kait, die die Nacht allein verbracht hatte.

»Komm herein.« Sie gähnte und reckte sich. Trotz der wachsenden Anspannung, die ihr Bedürfnis nach einer neuerlichen Verwandlung schuf, fühlte sie sich gut. Beschwingt, voller Hoffnung, zum ersten Mal erfüllt von der Gewißheit, daß die Zukunft besser sein würde als die Vergangenheit. Danya, die Mutter des Wiedergeborenen. Sie lächelte Rrru-eeth an, als diese den Kopf durch die Tür schob.

»Was soll ich heute für Euch erledigen? Habt Ihr Wäsche zu waschen, oder ist irgend etwas in Eurer Kajüte vielleicht nicht zu Eurer Zufriedenheit?«

Kait lachte sie an. »Gibt es nichts, was du heute vielleicht lieber tätest? Ein paar Stunden mit Jayti, zum Beispiel?«

Rrru-eeth schüttelte den Kopf. »Perry die Krähe hat die Inseln gesichtet, die Ihr beschrieben habt, und bevor man sich nicht sicher sein kann, ob es hier Riffs gibt, wird Jayti an Deck beschäftigt sein.«

Perry die Krähe war ein geselliger Matrose namens Perimus Ahern, der eine Vorliebe für luftige Höhen hatte und dessen Augen ebenso scharf waren wie Kaits. Während der Mahlzeiten erzählte er amüsante Geschichten von seinem Leben, bevor er der Mannschaft der *Wanderfalke* beigetreten war; er war früher ein Rechtsanwalt in Calimekka gewesen, der sich auf Fälle von Patentdiebstahl spezialisiert hatte. In seinem letzten Fall hatte er den Fehler begangen, den Prozeß für den wahren Erfinder zu gewinnen, den ein geringes Mitglied einer bedeutenden Familie (obwohl er nicht sagen wollte, um welche Familie es sich handelte) bezichtigt hatte, ihm seine Idee gestohlen zu haben.

Perry mußte zu seinem Verdruß entdecken, daß er sich schon am allernächsten Tag sowohl nach einem anderen Aufenthaltsort als auch nach einem anderen Beruf umsehen mußte. Er meinte jedoch, daß er das Meer lieben gelernt habe und daß seine Verhandlung gegen den »Erfinder« der Familie ihm mehr Glück gebracht habe als alle anderen Prozesse zuvor.

»Ich werde froh sein, wieder festes Land unter den Füßen zu haben«, sagte Kait. »Ich bin der See langsam müde.«

Rrru-eeths Lächeln wirkte ein wenig nervös. »Das Schiff kann schon für kurze Zeit recht beengend wirken. Stellt Euch nur vor, wie es wäre, wenn Ihr Euer ganzes Leben darauf zubringen müßtet.«

Kait dachte über ein Leben in einer winzigen, holzverkleideten Kajüte nach, von nichts als Wasser und Himmel umgeben. Sie schüttelte den Kopf. »Das kann ich mir nicht vorstellen. Aber du verbringst doch gewiß nur einen Teil deiner Zeit auf dem Schiff.«

Rrru-eeths dunkle Augen wurden schmal, und sie antwortete leise: »Ich würde nicht mal im Traum daran denken, die *Wanderfalke* zu verlassen. Solange ich an Bord bin, brauche ich mich nur Kapitän Draclas gegenüber zu verantworten. Wenn ich das Schiff verließe, nun ja ... es gibt Leute in Ibera und den Territorien, die Grund haben, meinen Hals in einem Seil sehen zu wollen.«

Kait spürte den Schmerz der anderen Frau als eine Veränderung ihres Geruchs, eine Anspannung ihres Körpers, eine Änderung in dem Muster ihres Atems. All dies war klar und deutlich für sie zu erkennen – die Karneesinne schärften sich, wenn sie sich ihrer nächsten Verwandlung näherte. Sie beugte sich vor und sagte: »Ich kann mir nicht vorstellen, daß du dieses Schicksal verdient hast.« Sie schüttelte den Kopf. »Du bist eine so freundliche Person.«

Rrru-eeth schlang die Hände ineinander und sagte: »Und doch habe ich nach iberischem Gesetz und auf iberischem Land den Tod verdient.«

»Wie das?«

»Es ist nicht wichtig.«

»Wenn es um dein Leben geht, wie könnte es da nicht wichtig sein?«

Rrru-eeth lachte – ein scharfes, zorniges Bellen. »Mein Leben ist wichtig für mich. Für Jayti wohl auch. Gewiß nicht für Euch – Ihr gehört zu den Familien.«

Kait schüttelte den Kopf. »Nicht mehr. Auf meinen Hals wartet in Ibera auch ein Seil, da bin ich mir sicher.«

Rrru-eeth seufzte, und Kait wies auf den Stuhl, der vor ihrer Koje stand. »Setz dich. Rede. Wir haben gewiß noch etwas Zeit.«

Mit offenkundigem Widerstreben nahm Rrru-eeth auf dem ihr angebotenen Stuhl Platz und sagte: »Meine Leute kamen aus den Bergen im Südosten von Tarrajanta-Kevalta. Ihr kennt es vielleicht unter dem Namen Jirinsee, in Manarkas.«

Kait nickte. Die Familie Galweigh hatte Besitztümer in den Neuen Territorien südlich des Jirinsees, einem der größten Seen, die der Zaubererkrieg geschaffen hatte.

»Ich habe dort gelebt, bis ich etwa sechs Jahre alt war, glaube ich. Vielleicht war ich auch noch ein wenig jünger. Dann kamen Diaga in unsere Stadt und forderten alle Leute, die dort lebten, als ihre Sklaven.«

Kait sagte: »Die Diaga? Das sind Menschen …« Sie hätte beinahe gesagt »wie ich«, aber im letzten Augenblick korrigierte sie sich und sagte: »Menschen wie der Kapitän? Wie Jayti?«

»Ja. Unsere Leute waren gute Kämpfer, und sie haben sich gegen die Diaga zur Wehr gesetzt, aber Eure Leute hatten die besseren Waffen. Die meisten unserer Kämpfer sind gestorben. Damit blieben nur die Verletzten und die Alten übrig und die Jungen und einige der Frauen, die seinerzeit schwanger waren und nicht kämpfen konnten. Die Diaga haben uns alle zusammengetrieben und brachten uns in die Neuen Territorien. Als erstes gingen wir nach Alt-Jirin, dann nach Badaella, dann nach Vanimar und schließlich landeten wir – das heißt, ich jedenfalls – in Glasmar. Überall, wo wir haltmachten, verkauften die Diaga so viele von uns, wie sie nur konnten. Niemand hatte großes Interesse an einem Kind, das so klein war wie ich, bis wir nach Glasmar kamen, und dort fand sich dann schließlich ein Käufer für mich.«

Bei diesen letzten Worten war ihre Stimme rauh geworden; Kait vermutete, daß es sich bei dem Käufer nicht um eine freundliche Familie gehandelt hatte, die nach einer Gefährtin für ihre kleine Tochter suchten. Sie hatte recht.

»Ein Mann namens Tiroth Andrata hat mich gekauft. Er hat auch meine jüngere Schwester gekauft, das einzige Mitglied meiner Familie, das überlebt hatte, und noch zwei andere kleine Mädchen aus unserem Dorf. Man hatte uns gekauft, um uns als Konkubinen für jene Mitglieder der oberen Klassen von Glasmar auszubilden, die einen ... exotischen Geschmack hatten. Tiroth Andrata hat offensichtlich ein gutgehendes Geschäft mit exotischen Konkubinen geführt; sein Handel hat ihm großen Reichtum eingebracht und kam gleichzeitig seinen eigenen Bedürfnissen entgegen. Er hat uns nämlich persönlich ausgebildet. Er hatte kleine Kinder sehr gern, und am liebsten waren ihm vielleicht kleine Jerrpumädchen.«

»Jerrpu?«

»Solche wie ich. So wie Ihr Euch menschlich nennt.«

Kait schluckte und nickte zum Zeichen, daß sie verstanden hatte. »Also hat er ... dich ausgebildet ...«

»Ausgebildet. Ein schwaches Wort für das, was er getan hat.«

Rrru-eeth lächelte dünn. »Oh, ja. Er hat uns eine richtige Ausbildung gegeben. Wir haben alle möglichen Techniken gelernt, um denen Freude zu schenken, die eines Tages unsere Herren sein würden. Bagga, das ist der Name, bei dem wir ihn nennen mußten, hat besonderen Gefallen daran gefunden, uns beizubringen, Schmerz und Demütigung hinzunehmen. Er hat gesagt, das sei der Gipfel der verschiedenen Möglichkeiten, Freude zu schenken.« Sie wandte den Blick ab, und ihre Augen wurden abermals schmal. »Wir haben lange Jahre bei ihm verbracht, meine Schwester und ich. Die beiden anderen aus unserer Gruppe hat er verkauft, genauso wie alle Kinder, die er danach erworben hat. Uns beide hat er behalten, bis wir keine kleinen Mädchen mehr waren – aber versteht Ihr, wir hatten große Fähigkeiten darin entwickelt, Schmerz und Demütigung auszuhalten, und er hat viel Zeit und Mühe darauf verwendet, neue Möglichkeiten zu ersinnen, unsere Kraft auf die Probe zu stellen. Er sagte, er würde uns behalten, weil wir stärker seien als die kleinen Kinder, die er für einen besseren Preis verkaufen konnte, und er wollte nicht riskieren, eines dieser Kinder zu zerbrechen, während er neue Ausbildungsmethoden entwickelte, wo er sie doch zuerst an uns erproben konnte.«

Kait schloß die Augen und rieb sich die Schläfen. Ihr war übel. Sie hatte die Existenz von Dienern und Sklaven ihr ganzes Leben über als etwas Selbstverständliches hingenommen; sie waren die schweigenden Gesichter in den Korridoren, die Dinge brachten oder holten, die dafür sorgten, daß die Zimmer sauber blieben, die Betten frisch bezogen waren und das Essen pünktlich kam und so schmeckte, wie es schmecken sollte. Nie zuvor hatten sie eine Stimme gehabt. Nie zuvor waren sie ihr ganz *real* erschienen.

Jetzt dachte sie an die Sklaven, die ihrer eigenen Familie gehörten – sie waren anders, weil sie in Ibera natürlich von menschlicher Rasse sein mußten, keine Narbigen, aber sie waren nichtsdestoweniger Sklaven. Unter den Galweighs wußte sie von mehreren Männern, daß sie regelmäßig Kindersklaven kauften und, wenn die Kinder das Erwachsenenalter erreichten, sie an ihre Bekannten weiterverkauften. Sie hatte nie viel über die Zwecke nachgedacht, denen diese Kinder dienen mochten, oder darüber, woher sie gekommen waren oder was aus ihnen wurde, wenn sie erwachsen waren. Es gab Dinge, über die die Familien nicht redeten, und die Frage, was Verwandte mit ihren Sklaven machten, gehörte zu diesen Dingen.

Sie sah Rrru-eeth an und biß sich auf die Lippen. Sie war bereit für das glückliche Ende der Geschichte, den krönenden Schlußpunkt, in dem Rrru-eeth ihre Freiheit gewann und Liebe fand. »Also, was ist passiert? Wie hat alles geendet?«

»Eines Tages hat Bagga meiner Schwester beim Training mehr Schmerz zugefügt, als sie ertragen konnte. Sie ist gestorben.« Rrru-eeths Stimme klang tonlos. »Ich habe gesehen, wie er sie tötete, also habe ich ihn getötet. Ich habe ihm zuerst Schmerzen zugefügt und dabei alles benutzt, was ich aus jahrelanger Folter gelernt hatte. Dann habe ich ihn ganz langsam umgebracht. Danach habe ich die Kinder genommen, die er für den Verkauf vorbereitete, sie angezogen und so viel von Baggas Geld gestohlen, wie ich in seinem Haus finden konnte, und dann habe ich die Kinder durch die Straßen von Glasmar zum Hafen hinuntergeführt. Ich konnte nur einen einzigen Kapitän finden, der uns ohne die Papiere der Kinder an Bord nehmen wollte.« Sie zeigte mit einer ruckartigen Bewegung ihres Kinns in Richtung Schiffsruder. »Ian Draclas. Er wollte viel Geld – mehr als ich hatte. Es ist riskant, Sklaven zu transportieren, wenn man nicht das Siegel oder die Papiere eines Sklavenhändlers besitzt, und natürlich hätte keiner von uns beweisen können, daß die Kinder frei waren, denn das waren sie nicht. Also habe ich angeboten, solange ohne Lohn zu arbeiten, bis ich für ihre Überfahrt bezahlt hätte. Er hat jemanden damit beauftragt, Papiere für alle Kinder zu fälschen. Und für mich. Dann hat er sie irgendwo hingebracht, wo sie als freie Kinder leben konnten, und er hat Familien für sie gesucht. Ich selbst habe meine Familie hier gefunden. Ich habe hier Liebe gefunden und Schutz vor Schmerz und Demütigung und Folter. Solange ich niemals wieder einen Fuß auf Land setze, das von einer Familie beherrscht wird, müßte ich eigentlich in Sicherheit sein.«

Kait, der immer noch übel war, schloß die Augen und schlug sich die Hände vors Gesicht. »Es tut mir leid«, flüsterte sie.

»Ihr schuldet mir keine Entschuldigung.«

»Es tut mir leid, daß du gelitten hast. Ich …« Wie konnte irgend jemand Wiedergutmachung für den Schmerz leisten, den Rrru-eeth hatte ertragen müssen? Wie konnte man sie zum Tode verurteilen, wo diejenigen, die den Tod verdient hätten, die Männer waren, die ihre Familie getötet und sie versklavt hatten, die Männer, die sie verkauft hatten, und der Mann, der sie zu guter Letzt gekauft hatte? Was war das für ein Gesetz, das etwas Derartiges rechtfertigte?

Der Wiedergeborene würde die Sklaven befreien, schoß es Kait durch den Sinn. Er würde Frieden und Gerechtigkeit bringen, und er würde Rrru-eeth ihren Schmerz nehmen.

»Es tut mir leid, daß jemand dir so etwas angetan hat, und daß du nun obendrein als Schuldige in dieser Sache dastehst.« Kait erhob sich und legte Rrru-eeth eine Hand auf die Schulter. »Das alles wird sich ändern. Alles.«

Ry schritt unruhig von einer Seite des Decks zur anderen, zum Bug, dann nach achtern und dann wieder zurück zum Bug; er war nicht in der Stimmung, mit irgend jemandem zu reden. Sie war da draußen. Immer noch weit vor ihm, und sie kam ihrem Ziel näher.

Er schmeckte die salzige Gischt auf den Lippen und starrte hinaus aufs Meer. Am südlichen Horizont ballten sich die Wolken zusammen, eine schwarze Linie, die im Augenblick so aussah wie eine ferne Bergkette. Die Sonne senkte sich tiefer auf den westlichen Horizont herab. Eine Walfamilie war fast zwei Tage lang neben der *Windsbraut* hergeschwommen, bis sie irgendwann nach Mittag ihres Spiels müde geworden oder ihr Interesse an den Menschen und ihrem Schiff verloren hatten. Vielleicht hatte aber auch ein Fischschwarm sie davongelockt; jedenfalls waren sie plötzlich verschwunden, und Ry hatte seither nichts Lebendiges mehr im Ozean gesehen.

Der Kapitän sagte, die Wolken sähen wie Vorboten beträchtlicher Unannehmlichkeiten aus. Er steuerte das Schiff etwas mehr in nördlicher Richtung und ließ zusätzliche Segel aufziehen. Das würde sie vielleicht vor dem Sturm bewahren, aber sie entfernten sich auf diese Weise auch weiter von Kait.

Ry wurde ungeduldig. Er war des Wartens langsam müde, des Wartens, der Trostlosigkeit des Meeres, seinem Verlangen nach ihr und der Vergeblichkeit seines Sehnens. Sie war eine Droge, und je länger sein Körper ohne sie auskommen mußte, umso mehr verlangte es ihn nach ihr.

In ihrer Kajüte spielten Valard und Yanth Frage und Antwort, Jaime machte eine seiner langen Eintragungen in sein Tagebuch, und Karyl spielte auf seiner Guitarra und schrieb eins der traurigen Liebeslieder, mit denen er die Frauen in sein Bett zu locken pflegte. Nur Trev war seit dem Abendessen an Deck gewesen, und der hielt sich fern, beobachtete Ry, ohne ein Wort zu sagen.

Ry ging mit steifen Beinen zum Bug und dann wieder nach achtern. In letzter Zeit hatten sich die Bilder, die er durch ihre Augen sah, wenn er seine eigenen Augen schloß, verändert. Jetzt sah er spät nachts einen Mann – der ihm seltsam vertraut war und dessen Anwesenheit in ihrem Bett ihn wegen dieser schwer faßbaren Vertrautheit um so mehr erzürnte. Sie waren ein Liebespaar, Kait und dieser Fremde.

Ry kannte die Karneetriebe. Er hielt seine eigenen Triebe mit Magie im Zaum, zahlte dafür jedoch einen grimmigen Preis. Wenn die Begierden am schlimmsten waren, löschte er sie mit einem Zauber – aber wenn er das tat, brannte er innerlich, litt unter furchtbaren Zornesausbrüchen, stand quälende Kopfschmerzen aus, und die Verwandlung befiel ihn schneller und heftiger. Dennoch gab er der Begierde nicht nach, was auch der Grund dafür war, daß seine Mutter, als sie ihn an seines Vaters Stelle zum Führer der Wölfe machen wollte, nicht ein halbes Dutzend seiner kleinen Bastarde auftreiben und für ehelich erklären konnte.

Es gab nichts, das darauf hindeutete, daß Kait sich auf Wolfsmagie verstand. Daher konnte sie den Zauber, der die Lust unterdrückte, nicht kennen. Ihre Karneebegierden hielten sie unkontrolliert in ihren Fängen.

Ry scherte das nicht.

Sie gehörte ihm. Er hatte sie für sich gefordert, seine Magie hatte sie gezeichnet, sie gehörte nicht irgendeinem anderen Mann. Und wenn er des Nachts die Augen schloß und sie sah, wie sie diesen Fremden berührte und ihn küßte und das Bett mit ihm teilte, dann gab er sich ein festes Versprechen.

Wenn er Kait einholte und sie für sich forderte, wollte Ry diesem Fremden das Herz aus dem Leib reißen und es in seiner Hand zerquetschen.

Kapitel 27

Danya warf sich im Schlaf hin und her und schrie auf, bis sie sich selbst aus dem Schlaf riß. Ein weiterer Alptraum, eine Rückkehr in den Kerker und zu den Sabirs, zu dem Treuebruch ihrer Familie, zu Folter und Grauen. Das Erwachen war jedoch nicht besser, denn noch während sie die Alpträume abschüttelte, wurde auch schon die Realität niemals endender Berührungen durch unsichtbare Finger stärker. Unsichtbare Augen bespitzelten; unsichtbare Fremde griffen in sie hinein und liebkosten das Kind, das sie trug. Diese Fremden versprachen lauter Lügen – Liebe und Sicherheit und Schutz, Fürsorge, Mitleid, Glück. Sie wehrte sie ab, wenn sie versuchten, sie mit ihren falschen Tröstungen zu erdrücken; von dem Bastard in ihrem Schoß konnte sie sie jedoch nicht fernhalten.

Ihre Anwesenheit war nun schon seit Tagen fühlbar gewesen. Sie fand es unerträglich. Am liebsten hätte sie geschrien, irgend etwas zerstört, irgend jemandem wehgetan, aber wie zuvor, als sie die Gefangene der Sabirs gewesen war, war sie hilflos. Sie schauderte unter der Fellrobe, aber es war nicht die Kälte, die sie frieren ließ.

Sachte, Kind, sagte Luercas. *Sachte. Deine Angst wird dir nicht helfen, und sie wird nichts ändern. Laß ihnen diesen Augenblick, und verausgabe deine Kraft nicht mit sinnlosem Widerstand. Deine Stunde wird kommen. Und nun steh auf und folge mir; ich möchte dir etwas Wundervolles zeigen.*

»Wer ist das, der mich da immer wieder berührt?« fragte sie.

Pst. Nicht hier, nicht jetzt. Sei zufrieden damit, daß sie dir nicht weh tun werden. Wir können bald darüber sprechen, wer sie sind und was sie wollen. Bald. Aber bis dahin folge mir. Was ich dir zeigen will, wird dich glücklich machen.

Luercas verstand nicht, daß diese ständigen Berührungen all die Gewalt zurückbrachten, die man ihr angetan hatte. Er sagte, das, was ihn getötet hatte, hatte große Ähnlichkeit mit dem gehabt, was ihr widerfahren sei, aber indem er ihr sagte, sie müsse es annehmen – sie müsse aufhören zu kämpfen, bewies er ihr, daß er sich nicht wirklich erinnern konnte.

Trotzdem war es besser, irgend etwas zu tun, als dort in der Dunkelheit zu liegen und nichts zu haben, woran sie denken konnte, als die endlosen, tastenden Annäherungsversuche der Fremden. Sie erhob sich und ließ die Robe zu Boden fallen. Statt dessen schlüpfte sie in die derben Lederhosen, die die Frau ihres Gastgebers, Tayae, für sie gemacht hatte, und zog auch den ihrem Körper angepaßten Fellrock über, ein Geschenk der Frau aus dem Nachbarhaus; der Rock hatte Platz genug für die Stacheln, die aus ihrem Rückgrat und ihren Gelenken herausragten, und betonte damit irdendwie ihre gräßlichen Entstellungen noch. Zu guter Letzt stieg sie in die mit Stroh isolierten Fellstiefel, die ihre Füße warmhielten, aber ihren Krallen trotzdem Platz gaben, sich auszustrecken. Sie lauschte auf Tayae und Goerg und deren Kinder, die auf dem Dachboden schliefen; sie selbst machte nicht das leiseste Geräusch, als sie sich durch den Korridor von dem Hauptraum, wo sie schlief, zum Ausgang schob. Ihre Gastgeber hatten einen leichten Schlaf und obwohl sie sie niemals nach ihrem Wohin und Woher fragten, fühlte sie sich verpflichtet, ihnen in ihrem immer noch stockenden Karganesisch irgendeine Erklärung für ihr Verhalten und seine Gründe zu geben.

Draußen herrschte immer noch die lange Nacht des arktischen Winters. Die glitzernden Sterne verströmten ein kaltes Licht und wirkten gleichzeitig nah und bösartig. Der Schnee knirschte unter den flachen, harten Ledersohlen ihrer Stiefel, das einzige Geräusch außer dem Wind, der durch ferne Schneeverwehungen pfiff.

Geh über den Hauptpfad. Folge ihm bis zum Fluß. Wenn du an den Fluß kommst, überquere ihn und wende dich an den Klippen nach rechts.

Mittlerweile kannte sie die Gegend recht gut. Weil sie nicht wußte, was sie sonst hätte tun sollen, hatte sie den Dorfbewohnern ihre Dienste angeboten – nach einigen Tagen und mit einer gewissen Ängstlichkeit hatten die karganesischen Frauen sie gebeten, ihnen zu helfen, eingelagerte Nahrungsmittel aus den Höhlen außerhalb des Dorfes in die unterirdischen Häuser zu tragen. Sie hatte sich einverstanden erklärt und war gerade, beladen mit Essensvorräten, mit ihnen auf dem Rückweg zum Dorf gewesen, als ein Rudel Lorrags angriff.

Die Lorrags waren narbige Ungeheuer, die ihren Weg als Wölfe oder Bären begonnen haben mochten, genausogut aber Kaninchen oder Hasen gewesen sein konnten, ehe der Krieg der Zauberer sie zu Alpträumen des Schreckens entstellte.

Sie verkrochen sich, wo sie es konnten, unter dem Schnee, und bewegten sich, wo sie es nicht konnten, auf vier breiten, gut gepolsterten Pfoten darüber hinweg, beinahe unsichtbar in ihrem dicken weißen Winterfell.

Die Lorrags waren furchterregende Bestien, schlauer als Wölfe, wenn auch ein wenig kleiner als diese, mager, schnell und zäh.

Die vier Lorrags, die aus ihren Tunneln im Schnee herausgeschossen kamen, hatten ihre Anwesenheit vorher nicht durch das kleinste Anzeichen verraten, und wäre Danya nicht mit ihren Zähnen und Krallen dagewesen, als sie angriffen, wäre mindestens eine der karganesischen Frauen gestorben.

Daß sie alle unversehrt heimgekehrt waren und das Dorf nichts von seinen Vorräten eingebüßt hatte, hatte Danya sowohl Dankbarkeit als auch endgültige Duldung eingetragen. Es scherte niemanden, daß sie andere Narben trug als die übrigen Dörfler. So wurde sie zu einem Teil jeder Expedition zu den Vorratslagern; sie war eine gerngesehene Gefährtin bei der Vorbereitung von Fellen und in den Nähstunden, obwohl sie mit ihren Händen außerstande war, die winzigen Knochennadeln zu halten oder die Sehnen durch die kleinen Ösen zu fädeln. Von ihrem Äußeren her war sie eher für die Jagd geeignet, und die karganesischen Männer hießen sie ebenfalls in ihrer Mitte willkommen und nahmen sie auf ihre Streifzüge mit. Ihre Nase war besser als die der Karganesen, und ihre Geschwindigkeit über kurze Strecken ermöglichte es ihr, Beutetiere zu erlegen, die ihnen ansonsten entkommen wären. Sie vergrößerte den Reichtum des Dorfes merklich, und die Karganesen zollten ihr auf Schritt und Tritt Anerkennung. Die Frauen machten ihr Geschenke; die Erwachsenen holten sie in ihre Ratskreise. In einer Räucherhüttenzeremonie nahm sie das Dorf endgültig in seine Mitte auf. Die Jungen, die für die Jagd zu jung waren, und die Männer, die zu alt oder verletzt waren, richteten ein leerstehendes Haus für sie her, wie sie es für ihre eigenen Kinder taten, wenn sie das Erwachsenenalter erreichten und im Dorf blieben. Bis die Umbauten fertig und das Haus mit Zeremonien gereinigt war, lebte sie weiter bei Goergs Familie, wo sie ihre Willkommensgeschenke lagerte und von wo aus sie abwechselnd mit den Männern auf die Jagd ging und mit den Frauen arbeitete.

Trotzdem blieb sie verbittert. Sie konnte ihrer Familie nicht vergeben, sie konnte den Sabirs nicht vergeben, und sie konnte die Narben nicht vergessen, die sie zu einem Ungeheuer machten. Und sie konnte das ungeborene Kind nicht vergessen, die Frucht furchtbarer Vergewaltigungen. Die bereitwillige Aufnahme in den Clan der Karganesen machte den Schmerz um so bitterer, denn sie konnte nicht vergessen, daß die Karganesen Ungeheuer waren wie sie. Zu jeder Zeit des Tages war ihr bewußt, daß sie niemals mehr nach Hause zurückkehren konnte – daß sie für immer und ewig aus der Gesellschaft menschlicher Wesen ausgeschlossen sein würde und daß diejenigen, die sie eigentlich hätten willkommen heißen sollen, sie nie wieder bei sich aufnehmen würden. Allerdings … wenn sie es irgendwie schaffte, durch Ibera zu kommen, ohne daß man sie dafür tötete, daß sie ein Monstrum war, würden die Galweigh-Wölfe sie aufnehmen und mit den übrigen ihrer Narbigen in den Kreis stellen, um Magie zu wirken. Sie würde sich in der Dunkelheit verstecken müssen, und ihr einziger Kontakt zu der Welt, die sie einst geliebt hatte, würde sich durch die Augen der jungen Galweigh-Wölfe vollziehen, die man noch nicht in den Kreis gestellt hatte und die deshalb einstweilen frei waren.

Aber jedes menschliche Wesen aus ihrer Vergangenheit hatte man ihr genommen, und nichts, was sie tun konnte, konnte ihr auch nur einen einzigen dieser Menschen zurückbringen. Sie hätte ebensogut tot sein können.

Mit solchen Gedanken ging sie durch die Dunkelheit über den zusammengedrückten Schnee, brach dabei hier und da durch die Kruste ein und kam schon bald an den Fluß. Die Karganesen nannten ihn Sokema, was so viel bedeutete wie: »Unser Segen«. Der Fluß durchschnitt die hügelige, weiße Tundra wie eine offene Wunde, eine dunklere Linie tiefen Schwarzes in der Finsternis. Der Wind blies dünne Schneeverwehungen über die spiegelglatte, vereiste Oberfläche, aber der Schnee blieb nicht liegen. Sie ging ohne Zögern über das Glatteis, ohne sich Sorgen darum zu machen, ob es sie auch tragen würde. Sie hatte den Dorffrauen geholfen, Eis zu hacken, um an das fließende Wasser darunter heranzukommen – sie benutzten die Löcher sowohl, um Koch- und Trinkwasser zu schöpfen, als auch, um die Angelruten auszulegen, die sie mit frischem Fisch versorgten, eine Abwechslung gegenüber dem Trockenfisch, dem geräucherten Fleisch und dem seltenen frischen Wild. Aufgrund dieser Erfahrung wußte sie, daß über dem Wasser mehr als mannshohes Eis lag.

Das für sie neuartige Eis hatte ebenso wie der Schnee rasch seinen Reiz verloren. Jetzt war es nur ein weiteres Hindernis, das überwunden sein wollte – seine Glätte bot ihren Stiefeln nur wenig Halt und hätte ihren nackten, mit harten Schuppen überzogenen Füßen noch weniger Halt gegeben. Mit ausgefahrenen Krallen schob sie sich über das Eis, die Arme hielt sie ausgestreckt, um das Gleichgewicht zu bewahren, und wieder einmal wünschte sie sich, sie beherrschte die Kunst, auf den schmalen, aus geschnitzten Knochen gefertigten Schienen, wie sie die Karganesen benutzten, über das Eis zu gleiten; aber ihr unbeholfener, narbiger Körper schien außerstande zu sein, diese anmutige, fließende Fortbewegungsweise zu erlernen.

Es kostete einiges an Zeit und Mühe, zu den Klippen auf der gegenüberliegenden Seite hinüberzugelangen, und als sie dort ankam, war sie vollkommen außer Atem.

An die Wegbeschreibung, die Luercas ihr gegeben hatte, erinnerte sie sich nicht mehr. »In welche Richtung jetzt?«

Wende dich nach rechts. Steig auf die Klippen, aber nicht bis ganz auf den Gipfel hinauf. Folge ihnen einfach unterhalb des Grats, so daß man deine Silhouette gegen den Himmel nicht sehen kann, falls irgend jemand beschließen sollte, nach dir zu suchen.

Danya fragte sich, was Luercas auf den Gedanken brachte, jemand könne sich die Mühe machen, nach ihr Ausschau zu halten. Die Dörfler achteten, nach allem, was sie bisher erlebt hatte, streng die Privatsphäre eines jeden. Wenn sie einen Spaziergang machte, fragte anschließend niemand, wohin sie gegangen sei oder was sie erlebt habe; die Leute fragten sie auch nicht, woher sie kam; sie fragten nicht, wer sie war. Ganz zu Anfang hatten sie ihr ihre eigenen Namen genannt, aber nach ihrem, Danyas Namen, fragte niemand. Als sie ihnen schließlich doch ihren Namen sagte, gingen sie damit um wie mit einem Geschenk. Sie konnte sich nicht vorstellen, daß sie nach ihr suchen würden, es sei denn, sie glaubten, ihr sei etwas zugestoßen. Sie machte diesbezüglich eine Bemerkung zu Luercas.

Die *Überraschung, die ich für dich habe, ist etwas, dessen Existenz den Dörflern bewußt ist, wenn auch nur sehr vage. Keiner von ihnen hat es je gesehen; keiner würde jemals wagen, es anzuschauen. Wegen ihres Aberglaubens fürchten sie diesen Ort, obwohl weder sie noch ihre Eltern oder ihre Großeltern oder Urgroßeltern diesen Aberglauben je auf die Probe gestellt haben. Wenn sie bemerken, daß du nach In-kanmerea gegangen bist, wie sie den Ort nennen, werden sie um dein Leben bangen und um deine Seele.* Er hielt kurz inne und fügte dann hinzu: *In-kanmerea bedeutet »Haus der Teufelsgeister«. Ich könnte erzählen, welche Vorstellungen sie mit diesem Ort verbinden, aber diese Dinge entbehren jeder Grundlage, wozu also die Mühe? Besser, du siehst es dir selbst an.* Sie spürte seine nächste Pause als einen Seufzer.

Ich weiß nicht, ob einer der Karganesen tapfer genug sein würde, sich zu deiner Rettung aufzumachen, wenn sie wüßten, daß du dort eingetreten bist … Aber ich würde auch nicht dagegen wetten; du scheinst in sehr kurzer Zeit ihre Zuneigung gewonnen zu haben.

Sie erwiderte nichts. Sie kletterte durch die Klippen, und versuchte, sich vorzustellen, die pragmatischen Karganesen könnten einen Aberglauben gegenüber irgendeinem wunderschönen Ort hegen. Ein solcher Gedanke schien allem zuwiderzulaufen, was sie bisher bei ihnen erlebt hatte. Ihre Ängste schienen jenen Dingen zu gelten, die eine echte Gefahr für sie darstellten, wie den Lorrags zum Beispiel oder den plötzlichen Eisstürmen, die allein seit ihrer Ankunft hier schon einen jungen Mann das Leben gekostet hatten. Aber die Menschen waren widersprüchlich. Es lag in ihrer Natur. Sie vermutete, daß dasselbe auch für beinahe menschliche Wesen wie die Narbigen galt.

Wesen wie mich.

Die Klippen führten sie um eine Biegung, so daß man sie vom Dorf aus nicht mehr sehen konnte. Unverzüglich erklang Luercas' Stimme: *Jetzt klettere auf den Grat. Halte dich an die Flußseite – sonst könntest du In-kanmerea leicht verpassen.*

Sie befolgte seine Anweisungen genau und hätte es dennoch beinahe verfehlt. Um ein Haar wäre sie an dem Eingang vorbeigegangen, der nur um Armeslänge zu ihrer Linken lag.

Weiß gegen weiß im Sternenlicht, mit demselben zarten Glitzern wie der Schnee, der ihn zu allen Seiten umgab, hätte er ebensogut eine große, seltsam geformte Verwehung sein können. Der Schnee, der tatsächlich in die Ecken der langen, gekrümmten Flucht von Stufen geweht war, verstärkte die Illusion noch.

Geh hinunter. Langsam; die Stufen könnten vereist sein. Ein Wärmezauber, mit dem sie belegt waren, hat das früher verhindert, aber wenn sich jetzt Schneeverwehungen ansammeln können, muß der Zauber erloschen sein.

Danya blickte beklommen in die Dunkelheit hinab. Die Karganesen fürchteten Dinge, die gefährlich waren; sie warteten erst ab, um die Gefahr des Unbekannten zu erkunden, bevor sie es fürchteten. Hätten sie sich anders verhalten, wäre sie so gut wie tot gewesen, als sie durch das Dach in Goergs Haus fiel. Am Eingang des »Hauses der Teufelsgeister« hielt sie inne und gab Luercas eine plausible Erklärung für ihr Zögern. »Wenn der Zauber je funktioniert hat, dann müßte er immer noch funktionieren. Gemäß dem Gesetz der Magischen Trägheit bleibt ein einmal in Kraft gesetzter Zauber so lange wirksam, bis er durch eine entgegengesetzte Kraft aufgehoben wird.«

Du zitierst deinen Lehrer sehr treffend. Du wendest diese Regel nur nicht an. Denk an den Zauber, der dich zu einer Narbigen gemacht und den ganzen Weg von Ibera bis hierher katapultiert hat. Die Energie dieses Zaubers hat Schockwellen quer über den größten Teil Matrins gesandt, wenn nicht gar über ganz Matrin. Und diese Schockwelle hat alle möglichen latenten Zauber aufgewühlt und wer weiß wie viele aktive Zauber ausgelöscht. Ich möchte beinahe wetten, daß die Zauber In-kanmereas bis zu deiner Ankunft noch aktiv waren. Ansonsten wären diese Stufen schon vor Jahrhunderten brüchig geworden und verwittert.

Immer noch stand sie vor der obersten Stufe. Zögernd. Furchtsam.

Luercas wurde ungeduldig. *Beeil dich, Mädchen. Die Wunder eines ganzen Zeitalters warten auf dich.*

Wollte sie die Wunder eines ganzen Zeitalters sehen? Sie stellte einen Fuß auf die erste Stufe und verharrte erneut. Danach zögerte sie jedoch kein einziges Mal mehr. Sie war schon so weit gekommen, und die Architektur des Treppenhauses und die glatte, weiße Substanz, aus der es bestand, gaben ihr auf unterschwellige Art und Weise Sicherheit; solche Treppenhäuser gab es auch im Haus Galweigh. Die Treppe führte, wie sie annahm, in eines der Häuser der Alten hinunter. Vielleicht handelte es sich aber auch um ein öffentliches Gebäude. In beiden Fällen würde das Haus ihr Gelegenheit geben, sich, wenn auch vielleicht nur für kürzeste Zeit, mit Dingen zu umgeben, die sie an ihr Zuhause erinnerten.

Sie stieg mit stetigem Tempo hinunter, während ihre Augen sich an die immer undurchdringlichere Dunkelheit gewöhnten. Als sie ihrer Schätzung nach drei komplette Kreise in der Spirale der Treppe beschrieben hatte, gab es jedoch überhaupt kein Licht mehr und selbst sie mit ihrer unglaublich scharfen Sicht war blind.

»Soll ich weitergehen?«

Du wirst im Inneren Lichtquellen finden. Du brauchst nicht mehr sehr weit durch die Dunkelheit zu gehen und du befindest dich nicht in Gefahr.

Sie wußte nicht, ob sie ihm glaubte oder nicht, aber es spielte im Grunde keine Rolle. Sie tastete sich an der Wand auf ihrer rechten Seite entlang und streckte die linke Hand vor dem Gesicht aus, damit sie nicht gegen eine Mauer lief. Dann prüfte sie vorsichtig jede Stufe vor sich, bevor sie ihr ihr Gewicht anvertraute, und auf diese Art und Weise ging sie, wie es ihr erschien, einen weiteren vollen Kreis hinab.

Es erwies sich als unnötig, daß sie eine Hand nach vorn streckte. Das leise, ein wenig hohl klingende Geräusch, das ihre Schritte auf den Stufen hinterließen, änderte sich zum Ende der Treppe hin in Klang und Lautstärke und diente ihr als Warnung, so daß sie die Tür vor sich mit ihrem Gehör und ihrer Empfindlichkeit für Druck und Bewegung der Luft spürte, noch bevor sie sie mit den Fingerspitzen ertastete. »Ich bin da«, sagte sie.

Ja. Öffne die Tür und geh hinein.

»Gibt es hier irgendwelche Fallen?«

Eine intelligente Frage. Aber die Antwort lautet nein. Die Tür wird sich öffnen, wie es jede der Außentüren im Haus deiner Familie täte. Dir ist vielleicht aufgefallen ...

Sie unterbrach ihn. »Daß dies ein Ort der Alten ist. Ja. Das ist mir aufgefallen.« Sie fuhr mit den Fingerspitzen über die Vorderseite der Tür, bis sie an die Mittellinie kam. Von der Mittellinie aus ließ sie ihre Finger zu der kalten, feuchtglatten Wölbung des Riegels hinaufwandern. Dann drückte sie mit einer Hand den Riegel nach oben und legte den Handteller fest auf das Druckpolster direkt darunter.

Nach kurzem Zögern schwang die Tür nach innen hin auf. Sie trat ein, und warme, abgestandene Luft drang in ihre Nase. Alles roch nach Staub und lange verschlossenen Räumen. Sie konnte die gewaltigen Ausmaße des Raumes spüren, in dem sie stand, aber sie konnte nichts sehen; die absolute Dunkelheit bot ihr keinerlei Orientierungspunkte.

»Ein einziger Schritt in diesen Raum hinein, und ich könnte mich völlig verirren«, sagte sie. »Ich könnte in Verwirrung geraten, könnte die Tür nicht mehr wiederfinden, könnte hier gefangensitzen, bis ich sterbe ...«

Das alles könnte dir wahrscheinlich passieren, wenn du die Lichter nicht aktivierst. Du wirst die Druckpunkte für die Lichter rechts an der Wand neben dir finden. Du brauchst nur danach zu tasten.

Sie tat es. Ihre Hand berührte etwas Weiches, das augenblicklich zu Staub zerfiel, und stieß schließlich auf eine Reihe erhöhter Wülste. Sie drückte darauf, und Tausende warmer, schimmernder Lichter flackerten über ihr und längs der Korridore auf, die sich in ein halbes Dutzend Richtungen verzweigten. Die Lichter leuchteten durch blitzende Prismen, die so zahlreich waren wie die Sterne, und bedeckten den Fußboden mit unzähligen Regenbögen. Der Boden war überwiegend aus einem kostbaren, dunkelblauen, mit Gold getüpfelten Stein gehauen; wellenförmige Intarsien aus weißem Marmor und einem Stein, so blaßgrün wie Meeresgischt, verwandelte die ganze weite Fläche in einen Ozean. Das reflektierte Funkeln verlieh dem Bild ein Leben, das ihr das Gefühl vermittelte, über Wasser zu gehen.

Sie schnappte nach Luft.

»Es ist wunderschön hier.«

Die Alten konnten In-kanmerea unmöglich als Privathaus konzipiert haben. Seine gewaltige Eingangshalle hätte zehntausend Gästen gleichzeitig Platz bieten können und war so angelegt, daß man von dort aus direkt zu den breiten, verzweigten Gängen gelangen konnte. Springbrunnen, die geformt waren wie zierliche Schiffe, waren über dem Boden verteilt. Zwar sprudelte kein Wasser aus den Brunnen, aber Danya vermutete, daß sie genauso funktionierten wie die Springbrunnen im Haus Galweigh, und daß sie, wenn sie an den Sockeln danach suchte, die Druckpunkte finden würde, die sie lebendig werden ließen. Sie fühlte sich versucht, genau das zu tun, beherrschte sich jedoch. Luercas wollte ihr etwas zeigen, und sie glaubte nicht, daß er so sehr darauf beharrt hätte, sie nach In-kanmerea zu führen, nur damit sie die hübschen Springbrunnen sah. Er hatte etwas Größeres im Sinn.

Und tatsächlich sagte er nun: *Geh zum ersten Korridor zu deiner Linken. Du wirst ihm folgen, bis er an einer letzten Wegkreuzung endet. Wenn du den Punkt erreichst, an dem du nur noch nach rechts oder nach links gehen kannst, wende dich nach rechts. Dann mußt du durch die letzte Tür auf der rechten Seite dieses Ganges treten. Und eile dich – wir haben viel zu tun.* Sie würde später noch Zeit haben, den Rest des Hauses zu erkunden. Für den Augenblick tat sie, was er ihr befohlen hatte, und beeilte sich.

Die Flure erstreckten sich über unglaubliche Entfernungen. Sie mußte links und rechts an wohl hundert Türen vorbeigekommen sein, bevor sie das Ende des ersten Korridors erreichte. Als sie sich umdrehte, um zurückzuschauen, konnte sie nichts sehen als diesen einen Gang – keine Spur mehr von der gewaltigen Eingangshalle, aus der sie gekommen war. Und als sie den Korridor, der diesen kreuzte, nach links und rechts entlangblickte, war auch dort kein Ende in Sicht.

Sie fühlte sich klein und jung und vergänglich, überwältigt von dem großen Alter und der gewaltigen Fläche dieses alten Ortes. Sie beschleunigte ihren Schritt, darauf bedacht, in einen Teil des Gebäudes zu gelangen, dessen Ausmaße weniger beklemmend waren. Als sie endlich ihr Ziel erreichte, hatte ihr Gang seine federnde Biegsamkeit verloren und sich in einen panischen, gehetzten Laufschritt verwandelt. Schwer atmend lehnte sie sich gegen die Tür auf der rechten Seite, bis Luercas ihr Weisung gab, die Tür zu öffnen. In seiner Stimme schwang ein herablassendes Kichern mit, das ihr nicht gefiel.

Sie trat in den Raum und fand den Druckpunkt, mit dem sie die Lichter dort aktivieren konnte. Sie sah sich um. Anders als die Eingangshalle und die Korridore war dieser Raum nicht der Schönheit willen geschaffen worden. Er war groß, kreisförmig und in mehreren Stufen in den Boden eingelassen. In der Mitte des untersten Kreises stand auf einem erhöhten Podest ein runder Hocker unter einer säulengestützten Kuppel. Nichts in diesem Raum – weder die reihenweise angeordneten, zweckmäßigen Sitzplätze auf den beiden höheren, die unteren umgebenden Etagen, noch die Schlichtheit des zentralen Sitzplatzes und der Kuppel oder die flachen, zu hellen Lichter an der Decke ließ eine andere Vermutung zu, als daß dies ein Ort war, an dem gearbeitet wurde.

Aber welche Art von Arbeit wurde hier getan?

Geh hinunter zu dem Podest. Nimm außerhalb des Kreises Platz, aber achte darauf, daß dein Kopf unter der Kuppel bleibt.

Merkwürdige Anweisungen. Danya zuckte die Achseln und gehorchte.

Der Grund für Luercas' Befehl wurde ihr unverzüglich und mit erschreckender Klarheit offenbar. Das Gefühl, von den unbekannten, unwillkommenen Zuschauern berührt oder beobachtet zu werden, war augenblicklich verschwunden. Sie konnte zwar immer noch die Verbindung dieser Fremden zu dem Kind in ihrem Leib spüren, aber auch die war nur noch sehr schwach, wie aus weiter Ferne, und fühlte sich unpersönlich und nicht mehr bedrohlich an.

Kannst du mich noch hören?

»Ja.«

Gut. Bewege dich nicht – wenn du dich auch mit dem Rest deines Körpers unter die Kuppel begibst, werden die Verbrecher, die dich bespitzelt haben, bemerken, daß ihre Verbindung zu dir abgebrochen ist. So wie die Dinge jetzt liegen, konzentrieren sie sich so sehr auf dein Baby, daß es ihnen gar nicht auffällt, daß du ihrer Spitzelei entrinnen konntest. Aber wenn du die Tatsache preisgibst, daß du ihnen entkommen konntest, und sei es auch für noch so kurze Zeit, werden sie Himmel und Erde in Bewegung setzen, um das *rückgängig zu machen. Sie könnten mittlerweile schon so stark sein, daß du nichts tun könntest, um sie aufzuhalten.*

»Wer sind diese Leute?«

Ein Geheimbund von Zauberern, die sich und ihr Ziel des Weltumsturzes für mehr als tausend Jahre verborgen haben, um auf die Rückkehr des Zauberers zu warten, der sie beim ersten Mal angeführt hat. Sie haben ihren Führer jetzt gefunden, und sie werden alles tun, was sie tun müssen, um ihn zu bekommen.

»Und was hat das alles mit mir zu tun?«

Du trägst diesen Zauberer in deinem Leib, Danya.

Sie wollte es nicht hören. Schlimm genug, daß sie schwanger war. Schlimm genug das Grauen, dem sie diese Schwangerschaft zu verdanken hatte. Jetzt hatte auch noch ein Rudel abtrünniger

Wölfe den verfluchten Fötus in ihrem Leib zu seinem zukünftigen Erlöser erklärt und einen Weg gefunden, ihn zu kontrollieren und sie zu beobachten.

»Es gibt Kräuter, die einer Schwangerschaft ein Ende setzen«, sagte sie.

Die gibt es. Aber das wäre die falsche Entscheidung. Wenn du versuchtest, solche Kräuter zu nehmen, würden diese Zauberer dich als Bedrohung betrachten und dich daran hindern. Außerdem könnten sie deinen Verstand vollkommen auslöschen – sie brauchen deinen Verstand nicht, damit dein Körper ihren Helden gebären kann. Das ist der Grund, warum ich dich so schnell hierherbringen mußte; du hast deinen Widerwillen gegen ihr Eindringen langsam zu deutlich gemacht, und du hättest deshalb vielleicht etwas unternommen, um gegen sie zu kämpfen, bevor ich dir ohne großes Risiko erklären konnte, welche Gefahr sie für dich bedeuten. Und sie hätten dich vernichtet. Ich werde nicht zulassen, daß sie dich vernichten, Danya. Nicht, wenn ich sie aufhalten kann.

Ihr war übel. »Warum dieses Baby? Warum ich, Luercas? Habe ich nicht schon genug durchgemacht?«

Genau das ist der Grund, aus dem du erwählt wurdest.

Das Kind, das du in dir trägst, ist die Frucht der Paarung eines Sabir-Wolfs, der darüber hinaus auch Karnee ist, mit einem Galweigh-Wolf – eine Paarung, die schon unter gewöhnlichen Umständen ein gewaltiges magisches Potential erschaffen hätte. Aber die Umstände während deiner frühen Schwangerschaft waren alles andere als normal. Du warst der Kanal, durch den eine der größten, konzentrierten Entladungen von Magie, die es seit den Tagen des Zaubererkriegs gegeben hat, geerdet wurde – die Magie, die dich zu einer Narbigen machte, hat auch das ungeborene Kind narbig gemacht. Seine Vernarbungen mögen zwar äußerlich nicht sichtbar sein, aber sie haben seinen Körper zu der perfekten Herberge für den zurückgekehrten Geist des lange toten Führers jener Ungeheuer gemacht, die danach trachten, dich zu beherrschen. Dich – und die Welt.

»Was soll ich dann tun?«

Für den Augenblick tust du gar nichts. Die Zeit wird kommen, da du wieder die vollkommene Kontrolle über deinen Körper zurückbekommst, und vielleicht kannst du ihnen das Kind dann entreißen. Retten wirst du es wahrscheinlich nicht *können, nicht einmal, wenn du es wolltest. Aber du kannst dich selbst retten, wenn du vorsichtig zu Werke gehst. Tu* so, als bemerktest du sie nicht und wenn ihre Anwesenheit so offensichtlich ist, daß du keine Arglosigkeit mehr *heucheln kannst, tu so, als mache es dir nichts aus – oder* als hießest du sie gar willkommen.

Und vergiß niemals, daß sie gefährlich sind.

Danya schloß die Augen. Genausogut hätte er seinerzeit von ihr verlangen können, so zu tun, als mache es ihr nichts aus, geschändet zu werden. Würde sie dazu in der Lage sein, selbst wenn es galt, ihr eigenes Leben zu retten?

Luercas drang tastend in ihren Tagtraum ein. *Da ist noch etwas, das ich dir jetzt sagen muß.*

»Was?«

Ich werde in deiner Nähe sein und ich werde über dich wachen, aber ich werde nur dann zu dir sprechen können, wenn du hierherkommst.

So wurde sie also im selben Augenblick, da sie sich der Invasion ihres Körpers und ihres Geistes unterwarf, ihres Wächters und Beschützers beraubt. Das hätte sie eigentlich nicht überraschen dürfen.

»Warum?«

Weil ich dich nur dann beschützen kann, wenn meine Anwesenheit ein Geheimnis bleibt. Sobald deine Feinde von mir erfahren, werden sie mich angreifen – und schwach, wie ich bin, werden sie mich vernichten.

»Von mir werden sie niemals etwas über dich erfahren.«

Dann werden wir sie besiegen. Auch wenn es eine Weile dauert.

Licht teilte den Schleier und wirbelte spiralförmig nach innen, wie eine noch ungeborene Galaxie, und der Sternenrat trat wieder zusammen.

Diesmal jedoch fehlten die Erregung und der Enthusiasmus der ersten Versammlung. Dafril rief die Versammlung mit dem rituellen Gruß zur Ordnung, fügte aber sofort hinzu: *Hat irgend jemand Luercas gefunden?*

Über das Gemurmel verneinender Antworten erhob sich eine Stimme: *Wir würden ihn leichter finden, wenn wir unsere Verkörperungen zu etwas zwingen könnten, statt nur Vorschläge machen zu dürfen.*

Geduld, sagte Dafril. *Meine Verkörperung ist dem Spiegel der Seelen jetzt sehr nahe, und es wird nur noch wenige Monate dauern, bis er in die Zivilisation zurückkehrt. Wir haben ein größeres Problem als unsere Machtlosigkeit oder Luercas' fortgesetzte Abwesenheit – dieses Problem ist der Grund, warum ich unsere Versammlung einberufen habe.*

Was könnte schlimmer sein? fragte Werris.

Solander ist zurückgekehrt.

Die Ratsmitglieder quittierten diese Feststellung mit tödlichem Schweigen.

Schließlich wagte einer zu fragen: *Bist du dir sicher?*

So sicher wie ich mir meiner eigenen Existenz sicher bin. Dafril fand die Frage dumm und unverschämt.

Aber wir haben Solander vernichtet. Und ihn in den äußeren Schleier verbannt.

Die Zeit vergeht, sagte Dafril, *und er hat nach Hause zurückgefunden. Die Falken sind auch nicht ausgestorben und haben ihn nun aufgespürt. Sie beginnen, auf seine Rufe zu antworten. Meine Verkörperung hat Kontakt zu ihm. Er ist noch nicht geboren, aber er hat bereits körperliche Gestalt angenommen.*

Wieder senkte sich entsetztes Schweigen herab. Diesmal brach es niemand. Also sagte Dafril schließlich:

Nachdem Solander wieder da ist, stehen wir der Möglichkeit unserer eigenen Vernichtung gegenüber. Daher müssen wir, bevor wir wegen des verschwundenen Luercas in Panik geraten oder uns um unsere Schwäche sorgen, eine Möglichkeit finden, Solander zu venichten. Nichts anderes darf demgegenüber Vorrang haben.

Kapitel 28

»Ich glaube, ich könnte für den Rest meines Lebens so neben dir stehen«, sagte Ian.

Kait blickte lächelnd zu ihm auf und hob die Hand, um ihm eine Haarsträhne von der Wange zu streichen. Sie standen auf dem Vordeck der *Wanderfalke* und sahen zu, wie das Schiff aus dem schmalen Kanal zwischen zwei Inseln heraus in das klare Wasser dahinter glitt. »Du wärest meiner bald müde«, sagte sie. Sie zwang sich, einen leichten, spielerischen Ton anzuschlagen. »Nach einer Weile gehe ich allen Leuten auf die Nerven. Zu viele seltsame Angewohnheiten.«

»Ich habe noch keine seltsamen Angewohnheiten bei dir beobachtet«, erwiderte Ian. Er legte ihr einen Arm um die Taille und drückte sie an sich.

Sie weigerte sich, sich der Traurigkeit darüber zu überlassen, daß er sich von ihr abgestoßen fühlen würde, hätte er nur eine Ahnung davon gehabt, was sie wirklich war. Sich einzureden, er liebe sie oder jemand wie er sei überhaupt *imstande,* sie zu lieben, war so angenehm, wenn auch phantastisch, daß sie so lange wie nur möglich daran festhalten wollte. »Nein«, pflichtete sie ihm bei. »Von meinen seltsamen Angewohnheiten hast du noch nichts gesehen.« Dann wechselte sie das Thema.

»Ich war noch nie irgendwo, wo es so schön war wie hier.«

Ihre Worte waren keineswegs übertrieben. Die Inseln, die sich hinter und neben der *Wanderfalke* erhoben, waren wie unbehauene Smaragde über einer glasglatten Oberfläche aus Saphir. Klippen und Strände aus Onyx, die wie schwarze Diamanten glitzerten, betonten noch die üppige Vegetation dieses Landstrichs. Die

Inselwälder wuchsen dicht, und in dem sanfteren, weicheren Licht dieser Breiten ließ eine leichte Brise die Blätter der Bäume zittern und funkeln, so daß die Bäume selbst wie mit Silbermünzen verziert wirkten.

»Es ist hübsch hier«, sagte Ian, aber er hob die Brauen und runzelte nachdenklich die Stirn. »Allerdings gefällt mir nicht, wie still das Wasser daliegt.«

Die Brise genügte, um die Segel der *Wanderfalke* aufzublähen und das Schiff stetig vorwärts zu treiben. Kait erwiderte etwas Derartiges.

»Es ist nicht der Wind. Es sind die Inseln. Und das Wasser. Ich habe so etwas Ähnliches schon einmal gesehen …« Er löste sich von ihr und trat an die Reling; er blickte aufs Wasser hinab und dann wieder zurück zu den Inseln. »Krähe!« rief er.

Perry die Krähe antwortete aus ihrem Nest in der hohen Takelage. »Käpt'n?«

»Sind wir schon raus aus dieser Inselkette?«

»Scheint so.«

»Kannst du erkennen, in welcher Richtung die Kette rechts und links von uns verläuft?«

Perry legte eine Hand über die Augen und wandte sich erst nach links, dann nach rechts. »Im Norden biegt sich die Inselkette von uns ausgesehen nach Nord-Nordost und im Süden nach Süd-Südost.«

Kait fiel auf, daß alle Matrosen auf dem Schiff still geworden waren; sie hatte das Gefühl, als hätten sie alle einmütig und gleichzeitig Atem geschöpft, um ihn nun unerklärlicherweise anzuhalten. »Stimmt etwas nicht?«

Ian sah sie nicht einmal an. Er schrie: »Beschreib mir, in welcher Biegung die Inselkette verläuft.«

Es folgte eine kurze Pause. Dann: »Oh, *Scheiße!* Wir sind in einem Kreis, Käpt'n! Einem großen!«

Ian reagierte ohne jedes Zögern. »Wenden! Wendet das Schiff

und bringt uns hier raus! Sofort!« Und die Mannschaft bewegte sich mit dem gleichen Entsetzen.

In der Mitte eines Kreises. Es gab zwei Möglichkeiten. Die erste war, daß hier der Krater eines gewaltigen Vulkans unter der Wasseroberfläche verborgen lag, dessen zerklüfteter Rand sich als Inselkette aus dem Wasser erhob. Das war die harmlose Möglichkeit. Die tödliche Möglichkeit war die, daß sie in einen Zaubererring gesegelt waren, der auf keiner Karte verzeichnet war.

In diesem Augenblick sehnte Kait sich verzweifelt nach einem einzigen Gott, zu dem sie aufschreien konnte. Aber welcher Gott würde schon Ohren für die Gebete der Verfluchten haben? Wenn sie sich in einem Zaubererkreis befanden ...

Das Schiff ließ sich nicht wenden. Die *Wanderfalke* schien plötzlich von einem eigenen Willen beseelt zu sein; sie segelte auf geradem, östlichem Kurs über die glasglatte Wasserfläche. »Wendet sie, verdammt noch mal!« schrie Ian.

»Wenn euch euer Leben lieb ist, wendet sie!« Er stürzte zu dem großen Steuerrad hinüber und ließ Kait allein auf dem Vordeck zurück, wo sie hilflos auf das Wasser hinunterstarrte, über dem sich nun ein Nebel zu heben begann. Weich und bleich, durchscheinend und erfüllt von reflektierenden Farben von zartem Rosa über Hellgrün und Blau, sanft kreiselnd, formte er sich über der Oberfläche des spiegelglatten Ozeans zu kleinen Wölkchen.

Einer der menschlichen Matrosen schrie nach der Parnissa; einige der Narbigen hatten sich der Länge nach aufs Deck geworfen und beteten in ihren eigenen Sprachen.

Allen Mühen von Kapitän und Mannschaft zum Trotz hielt die *Wanderfalke* ihren Kurs, als leiteten die unsichtbaren Hände der Götter selbst sie nach Osten. Aber Kait wußte, daß die leitenden Hände keinem so gütigen Wesen wie einem Gott gehörten.

Die Parnissa kam aufs Deck gelaufen, die geheiligten Utensilien ihres Amtes in Händen. Während Männer und Frauen, Narbige wie menschliche, sie umschwärmten, errichtete sie auf dem Deck des Schiffes einen Altar und ließ sich auf den Planken auf die Knie sinken. Dann stimmte sie einen zittrigen Singsang an: »Lodans Brevier für die Verdammten.«

Lodan war die Mondgöttin von Liebe und Verlust, und ihr Brevier war ein Trauergebet für jene, die bereits tot und außer der Reichweite der Lebenden waren. Kait fand, daß die Parnissa eine Pessimistin war.

Aber ihre Situation, die schon schlimm genug war, verschlechterte sich zusehends. Die Nebel wuchsen aus dem Meer heraus wie Geister, die sich aus ihren Gräbern erhoben, blähten sich nach oben und dehnten sich zu einem immer gewaltigeren Meer aus prismendurchsetztem Weiß. Die Segel erschlafften und hingen flach und leer von den Masten, aber die Geschwindigkeit, mit der das Schiff sich vorwärts bewegte, nahm noch zu. Und Kait fing ein messerscharfes Wehklagen in höchsten Tönen auf, das gerade noch im oberen Bereich des für sie Hörbaren lag. Sie spürte, wie ihre Haut zu kribbeln und ihr Herz zu rasen begann.

Die Mannschaft hatte ihre Bemühungen, das Schiff zu wenden, eingestellt. Einige Matrosen standen genau wie sie an Deck und starrten aufs Meer, wie gebannt von der bevorstehenden Katastrophe und außerstande, sich zu bewegen. Die meisten knieten und weinten oder beteten. Ian stand hinter dem Schiffssteuer und zürnte laut mit den Göttern, wobei er sie abwechselnd bedrohte und ihnen einen Tauschhandel vorschlug. Ein Zaubererkreis. Eine der Stellen, auf die die schlimmsten und gewaltigsten der während des Zaubererkriegs gewobenen Zaubersprüche getroffen waren. Wahrscheinlich hatte einst eine Stadt dort gestanden, wo jetzt die *Wanderfalke* segelte; eine Zielscheibe für die Rachsucht machthungriger Wahnsinniger. Wo jetzt unergründlicher Ozean lag, hatten einst Menschen gearbeitet, gelebt, geliebt und gehofft, in Häusern, auf Hügeln oder Ebenen – fester Grund, der nun ausgelöscht war. Und mit ihm war das Leben jener ausgelöscht worden, die dort gelebt hatten, und alles, was ihnen teuer gewesen war.

Die Menschen außerhalb der Reichweite absoluter Zerstörung waren, als die Zauber ihre Ziele trafen, zu Narbigen geworden, und die lebensfähigen Nachkommen dieser armen, verdammten Geschöpfe waren bis auf den heutigen Tag Narbige; Ausgeburten eines Bösen, das nicht ihr eigenes Werk war. Innerhalb der höllenverfluchten Kreise war das Land mitsamt seinen Gebäuden und seinen Bewohnern verschwunden. Und was aus ihnen geworden war, wußte niemand. Die Kreise bewahrten ihre Macht. Und soweit Kait wußte, war noch nie jemand, der in einen solchen Kreis geraten war, je wieder herausgekommen.

Nebelgeister verdunkelten den Himmel und schlossen das Schiff von allen Seiten ein, als hätten sie es in Baumwolle gepackt. Kait hörte eine Reihe dumpfer Spritzer, gefolgt von Stimmen, die durch den Nebel kamen. Die magiegeborene Wolke hatte sich derart verdichtet, daß der Tag zur Nacht geworden war; nur wenn sie geradewegs nach oben blickte, fand sie noch Hinweise darauf, daß irgendwo immer noch die Sonne schien, daß es irgendwo noch Licht gab. Der Nebel veränderte die Geräusche und ließ alles gleichermaßen fern erscheinen, vielleicht auch gleichermaßen nah. Die betenden Matrosen an Deck und die Parnissa, die die Seelen von Männern und Frauen beklagte, die noch nicht tot waren, schienen weder zahlreicher noch weiter entfernt zu sein als die schlürfenden, gurgelnden, schlingenden Schreie, die beinahe erkennbare Worte formten. Weil sie in der Umarmung des Nebels verborgen lagen, schuf Kaits Phantasie Bilder von den Besitzern dieser grauenvollen Stimmen: Leichen, die lange verwest waren, ihre Stimmbänder zerfetzt und ihre aufgeblähten Lungen beinahe randvoll mit Wasser. Die Angst, die sie im Angesicht von Hasmals Magie erfüllt hatte, verblaßte zu einem Nichts neben dem gestaltlosen Entsetzen, das sie in diesem Augenblick überflutete.

Dann begann der Nebel, sich auf dem Schiff auszubreiten; zarte Ranken senkten sich von oben herab und krochen von unten auf das Deck. In der nebelgeborenen Dunkelheit sahen diese Schwaden wie feste Substanz aus, wie weiße Reben oder wie die Tentakel des Leichnams eines Seeungeheuers. Die blubbernden Stimmen wurden lauter.

Aber die Nebelfinger griffen nach niemandem und berührten auch niemanden. Sobald sie in die Reichweite des Schiffes kamen, verloren sie jede Form und kondensierten zu bloßen Wassertropfen.

Kait beobachtete dieses Phänomen wieder und wieder und atmete endlich weiter, obwohl ihr gar nicht bewußt gewesen war, daß sie den Atem angehalten hatte. Sie hätte beinahe gelacht. Etwas an Bord des Schiffes hielt das Grauen fern. Hasmal vielleicht, der tief im Herzen des Schiffes einen gewaltigen Abschirmzauber wob. Oder … Es war nicht wichtig. Das Schiff verfolgte weiter mit hoher Geschwindigkeit seinen Kurs, und der lebende Nebel löste sich weiterhin jedesmal auf, bevor er angreifen konnte, und bald – bald – würden sie aus der Reichweite des Zaubererkreises heraussegeln müssen.

Sie beobachtete, wie nun auch anderen klar wurde, daß die Magie des Kreises ohne Macht war. Das Weinen verstummte, die Gebete gingen von entsetztem Flehen in tiefempfundene Dankbarkeit über, und die Verwünschungen des Himmels verwandelten sich in nervöses Gelächter über einen Tod, dem man knapp entronnen war. Einige Matrosen umarmten einander. Eine leichte Brise drang an die Segel, sie füllten sich langsam, und das Schiff, das sich bereits ziemlich schnell bewegte, legte an Geschwindigkeit zu. Daraufhin brach die Mannschaft der *Wanderfalke* in lauten Jubel aus. Um ihr Glück vollkommen zu machen, mußte sich nur noch der Nebel heben und die Inseln auf der anderen Seite des Kreises am Horizont erscheinen.

Perry die Krähe schrie: »Soviel zu den Legenden« und tanzte über das Deck.

Durch eine wachsende Wasserlache. Die sich erhob, um ihn einzuhüllen, als er sie berührte.

Die mit blitzartiger Geschwindigkeit über seinen Körper kroch und ihn mit einem blasenähnlichen Film bedeckte. In diesem Film begann er sich aufzulösen. Sich zu verflüssigen. Während er schmolz, weinte und schrie er, und seine Stimme ließ sich immer weniger von den Stimmen unterscheiden, die aus dem Nebel hallten. Ein paar Matrosen versuchten, ihm zu helfen. Versuchten, ihn abzutrocknen, ihn von dem Ding zu befreien, das ihn tötete. Als sie ihn berührten, ließ die Blase Auswüchse über die Brücke ihrer Arme schießen und überzog auch die Retter mit ihrem Film.

Sie glitzerten in der Dunkelheit – glitzerten und schrien. Ihre Qualen und ihre Angst steckten alle an, einschließlich Kait. Die Verwandlung wallte in ihrem Blut auf, und trotz aller Kniffe der Selbstbeherrschung, die sie je gelernt hatte, verriet ihr Körper sie und nahm unerbittlich seine Karneegestalt an.

Sie sah sich nach einem Versteck um, an dem sie ungesehen sterben konnte, einem Platz, nicht nur fern der Gefahr, sondern auch fern der Mannschaft. Alles, was sie war, Mensch und Tier, ging vor diesem Grauen in Deckung, das sie nicht verstehen konnte – Nebel, der jagte, Wasser, das seine Beute verschlang. Sie fürchtete den Tod, und sie wollte nicht als Tier sterben. Aber noch wichtiger war ihr, daß niemand sie als Tier sah und erfuhr, daß sie genauso eine Narbige war wie sie alle, aber auf eine Art und Weise, die sie überall zu einer Ausgestoßenen machte.

Dann jedoch rief Ian: »Unter Deck! Geht hinunter, alle, und schließt die Luken. Wir werden die Türen mit Wachs verschließen. Beeilt euch.« Und in der allgemeinen Panik, die nun folgte, verschlang eine der wachsenden Wasserlachen die Parnissa. Ohne nachzudenken, sprang Ian auf sie zu.

Kait war schneller. Mit zwei Sätzen jagte sie über das Deck, katapultierte sich gegen Ians Brust, um ihn daran zu hindern, die sterbende, sich auflösende Parnissa zu berühren. Sie knurrte und senkte die Zähne in seinen Oberarm und schleifte ihn mit dem Rest der flüchtenden Mannschaft zur Luke hinüber.

»Ein Ungeheuer hat den Kapitän«, schrie jemand, und andere fielen in den Aufschrei ein.

»Tötet es!« hörte Kait. »Tötet es!« Und überlagert von diesen Schreien, eine schrille Stimme: »Es ist zu spät, um ihn zu retten. Laßt es nur nicht hier herein.«

Eine Stimme verschaffte sich jedoch klar und durchdringend Gehör. Rrru-eeth schrie: »Sie hat den Kapitän gerettet! Rührt sie nicht an!«

Kait schleppte Ian zur Luke und versuchte, ihn hineinzuschieben, aber von unten streckten sich ihnen zahllose Hände entgegen, die sie beide packten und den Niedergang hinunterzogen.

Die Mannschaft hatte bereits die gesamten Kerzen- und Wachsvorräte des Schiffes zusammengetragen, und als die Luke geschlossen war, strichen Männer und Frauen auch schon mit Kerzen über den Zwischenraum zwischen Türfüllung und Rahmen und ließen das Wachs mit Hilfe der Flammen von Öllampen dort schmelzen. Kait hatte keine Hände, daher zog sie sich zurück, um nicht im Weg zu sein. Sie suchte sich eine dunkle Ecke und kauerte sich dorthin. Sie fühlte sich elend, schämte sich dessen, was sie war, und litt unter der Demütigung, daß man ihr Geheimnis entdeckt hatte.

Niemand achtete auf sie – sie waren alle zu sehr damit beschäftigt, die Tür zu versiegeln und unter Deck nach Lecks zu suchen.

Sie fragte sich, ob sie sie töten würden, wenn sie sich nicht länger um ihre eigene Sicherheit kümmern mußten. Die Menschen unter den Matrosen würden es gewiß wollen, und es war kaum wahrscheinlicher, daß die Narbigen sie in ihrer Mitte aufnehmen wollten – sie wußte von keinem Volk auf der Welt, das Gestaltwechslern nicht mit Abscheu begegnete. Die Tatsache, daß ihresgleichen sich den Anschein geben konnte, das eine zu sein, obwohl sie in Wahrheit etwas ganz anderes waren, machte sie allgemein verhaßt, zumindest erschien es Kait so. Das Wachs in der Tür funktionierte offenbar. Nichts kam hindurch, niemand schrie mehr auf oder begann, sich aufzulösen. Unter Deck herrschte Stille – alle lauschten auf irgendein Zeichen, daß weitere Gefahren drohten, oder daß, umgekehrt, die Gefahr vorüber war und sie an Deck zurückkehren und ihre Arbeit wieder aufnehmen konnten. Die Stimmen des Meeres schrien immer noch, ihre Qualen gedämpft durch die Barrieren aus Holz, das die Überlebenden zu allen Seiten umgab. Kait hörte diese Stimmen jedoch ohne Mühe und wußte, daß auch Rrru-eeth sie hören konnte. Rrru-eeth übernahm die Aufgabe, den Rest der Mannschaft immer wieder davon zu informieren, daß sie immer noch da draußen waren – die Geräusche waren anscheinend zu schwach, als daß menschliche Ohren sie über das Knarren des Schiffes und durch die Holzwände hindurch hätten wahrnehmen können.

Kait schlief ein, während sie noch immer ihre Karneegestalt trug, den Kopf auf die Pfoten gebettet, die Hinterläufe neben ihrer Nasenspitze, den Schwanz dicht an den Bauch gepreßt. Sie erwachte in Menschengestalt, obwohl ihr alles weh tat, weil sie ihre Tierhaltung beibehalten hatte, selbst nachdem sie sich wieder zurückverwandelt hatte. Ian saß neben ihr.

»Ich wollte dir danken, daß du mir das Leben gerettet hast«, sagte er.

Sie nickte stumpfsinnig. Nach der Verwandlung überwältigten sie stets Depression und Hunger, und jetzt, da alle wußten, was sie war, fürchtete sie sich vor einem Angriff. Sie wollte essen und sich verstecken und schlafen. Sonst nichts.

Draußen konnte sie immer noch das Jammern der verlorenen Seelen des Meeres hören; es hatte bedrohlichere Tonlagen angenommen, und das Schiff bäumte sich auf, von einer Seite auf die andere, hin- und hergeworfen von dem zornigen Wasser.

»Bist du krank?« fragte er.

»Hungrig. Eines der Symptome meines …« Sie hielt kurz inne, um nachzudenken, und sagte dann: »… meines Fluches. Ich bekomme Hunger … danach.«

»Geh hinunter ins Lager und hol dir etwas zu essen. Was du willst, soviel du willst. Ich werde hier sein, wenn du zurückkommst.« Als sie nickte und sich erhob, fügte er hinzu: »Sei vorsichtig. Falls irgendwo Wasser durchdringen kann, dann da unten.«

»Ich werde vorsichtig sein.« Sie fühlte sich stumpf, träge, dumm. Sie dachte, daß sie, falls etwas von dem tödlichen lebendigen Wasser an Bord der *Wanderfalke* eingedrungen war, zu langsam und zu begriffsstutzig wäre, um ihm auszuweichen. Aber der Hunger brachte jeden dumpfen Selbsterhaltungstrieb, den sie aktivieren konnte, zum Verstummen; sie ging an den Matrosen vorbei, die sie schweigend anstarrten, und stieg den schmalen Niedergang zum untersten Deck hinunter. Sie kannte den Weg ins Lager; das war schließlich der Ort, an dem sie und Hasmal mit Hilfe von Magie den Wiedergeborenen berührt hatten. Wenn sie an den Wiedergeborenen dachte, hob ihre Stimmung sich ein wenig; das allein schien ihr ein Wunder zu sein. Sie dachte über ihn nach und fand Hoffnung in ihrem eigenen Herzen, selbst in ihren schlimmsten Momenten.

Es hätte ihr schon vorher auffallen müssen, daß sie Hasmal nicht gesehen hatte. Erst als sie ihn lang ausgestreckt auf dem Fußboden des Lagerraums fand, bleich und ausgeblutet, wurde ihr klar, daß sie ihn nicht mehr gesehen hatte, seit der Nebel seinen Anfang nahm. Er hatte Magie gewirkt. Seine Werkzeuge lagen in wildem Durcheinander neben ihm auf den Planken; der Spiegel, die leere Blutschale, die Aderpresse und die Dornnadeln und mehrere Gegenstände, die sie noch nie gesehen hatte und daher nicht erkennen konnte. Zuerst dachte sie, er sei tot. Aber dann bemerkte sie, daß seine Brust sich ganz schwach hob und senkte, und spürte, daß ein leichter Atemhauch aus seinem halbgeöffneten Mund drang.

Sie schüttelte ihn, aber er reagierte nicht.

»Hasmal! Du mußt aufwachen! Hasmal!«

Es gab immer noch keinen Hinweis dafür, daß er sie hören konnte – kein Zeichen, daß er etwas anderes war als ein Mensch, den nur noch ein einziger Atemzug vom Tod trennte.

Sie schloß resigniert die Augen, schob seine Sachen allesamt in seinen Beutel und versteckte ihn zwischen den Säcken mit Süßkartoffeln. Wenn das Schiff aus dem Zaubererkreis entkam, würde sie den Beutel wiederholen. Sie glaubte zwar nicht, daß sie dazu Gelegenheit haben würde, war sich aber auch des ihnen allen bevorstehenden Todes nicht so gewiß, daß sie irgend jemandem preisgeben wollte, was er so bedachtsam verborgen gehalten hatte. Sobald seine magischen Werkzeuge aus dem Weg waren, rollte sie ihn auf den Bauch und schob sich unter ihn, so daß sie seine Schultern mit den ihren stützen konnte. Sie glaubte, ein leises Schlurfen gehört zu haben, als sie versuchte, sich wieder zu erheben, aber als sie sich ganz still verhielt und keinen Laut von sich gab, konnte sie nichts mehr hören als das Knirschen des Schiffes und das Stöhnen der von Geistern verdammten See.

Als Hasmals Kopf endlich über ihrer rechten Schulter hing und sie sich seine Arme wie eine Stola um den Hals geschlungen hatte, rappelte sie sich mühsam auf und schaffte ihn in gebückter Haltung aus dem Lagerraum heraus. Sie schrie um Hilfe, und mehrere Matrosen erschienen über ihr.

»Ich habe ihn im Lagerraum gefunden. Er atmet noch, wenn auch schwach«, erklärte sie ihnen, »aber ich weiß nicht, was ihm zugestoßen ist. Er sieht ziemlich bleich aus, finde ich.«

Ohne ein weiteres Wort hoben sie Hasmal hoch und trugen ihn weg.

Kait versuchte nicht, ihnen zu folgen; sie hielt es nicht für notwendig, mit einer Erklärung für ihre Entdeckung aufzuwarten. Sie wußte, was ihm zugestoßen war – zumindest teilweise – aber alles, was sie sagen könnte, würde ihre Situation nur noch verschlimmern und auch ihm Probleme bereiten. Sie hatte keinen Grund zu wissen, warum er im Lager gewesen war oder was ihm dort zugestoßen war. Sollte die Mannschaft doch ihre eigenen Schlüsse ziehen.

Statt dessen kehrte sie also ins Lager zurück und aß.

Sie verschlang gesalzenes Fleisch, getrocknete Früchte und Bier. Erst als sie sich endlich gesättigt fühlte – und so schläfrig, daß sie sich fragte, ob sie überhaupt in der Lage wäre, den Weg zum Deck über ihr zu bewältigen –, zog sie die Säcke mit den Süßkartoffeln hervor, um sich zu versichern, daß Hasmals Sachen in Sicherheit waren.

Sie schob die Säcke hin und her; zuerst war sie sich sicher gewesen, hinter welchem davon sie den kleinen Beutel versteckt hatte, aber ihre Gewißheit verblaßte, als plötzlich alle Säcke gleich aussahen. Sie runzelte die Stirn, begann ihre Suche an einem Ende der Süßkartoffeln und arbeitete sich methodisch zum anderen vor. Und erst als sie jeden einzelnen Sack bewegt hatte, gestattete sie sich, an die Katastrophe zu glauben, die sie und Hasmal befallen hatte. Jemand hatte den Beutel gestohlen.

Draußen schrie der Wind, der Regen peitschte das Schiff, und die Wellen warfen es umher, als sei es ein Kinderspielzeug. Ry blieb während des schlimmsten Unwetters unter Deck; er stellte zu seinem Unwillen fest, daß er seekrank wurde – etwas, wovon er sicher gewesen war, daß es ihm niemals passieren würde – und daß er nur dann, wenn er still auf seiner Koje lag, sich nicht mehr so fühlte, als stünde sein Tod unmittelbar bevor. Von Zeit zu Zeit kamen Karyl oder Yanth, die sich beide als immun gegen das Schlingern des Schiffes erwiesen hatten, zu ihm herein, um nach ihm, Trev, Jaime und Valard zu sehen, ihnen zu erzählen, wie sehr sie vom Kurs abgekommen waren, oder ihnen Essen anzubieten. Ry argwöhnte, daß das Angebot irgendwelcher Speisen seinen Ursprung in einer leichten Neigung zum Sadismus hatte, da die vier Männer in der improvisierten Krankenstube schon bei der Erwähnung von Essen grün im Gesicht wurden. Er hoffte nur, daß er lange genug leben würde, um ihnen ihre Freundlichkeit zu vergelten. Manchmal. Und manchmal hoffte er einfach, daß er sterben würde, bevor der Sturm noch schlimmer wurde.

Sein einziger Trost war, daß seine Verbindung zu Kait während des Unwetters stärker geworden war. Sie hatte heftig mit eigenen Problemen zu kämpfen, und er vermutete, daß er dankbar dafür sein durfte, daß sein Schiff gezwungenermaßen nach Norden hatte segeln müssen, so daß es dem schlimmsten Unwetter entging. Sie würden eine gewaltige Strecke aufholen müssen, aber zumindest würden sie nicht mitten in einem Zaubererkreis enden.

Der Zauberer, der auf demselben Schiff reiste wie sie – dessen Schilde es ihm so sehr erschwerten, ihre Gegenwart und ihren Aufenthaltsort zu erspüren –, hatte seine Schilde sinken lassen, um irgendeinen gewaltigen Zauber zu wirken. Ry wußte nicht, woher er die Kraft dazu genommen hatte, aber er schien ganz allein einen Wind heraufbeschworen zu haben, der Kaits Schiff durch den Zaubererkreis in die sicheren Gewässer jenseits davon trieb. Ry hatte gespürt, wie der andere Zauberer seinen Zauber wob, und er war gleichzeitig fasziniert und entsetzt gewesen über die Menge an persönlicher Energie, die der Fremde in diesen Zauber gelegt hatte. Diese Energie, die er aus seinem eigenen Körper zog, hätte ihn eigentlich töten müssen, aber obwohl der Fremde sich soweit entkräftet hatte, daß er dem Tode nahe war, spürte Ry, daß er immer noch lebte. Er fragte sich, mit welcher Münze der andere für seinen Zauber gezahlt hatte.

Das kann ich später noch herausfinden, beschloß er. Es ist nichts, was mir jetzt schlaflose Nächte bereiten müßte.

Die Geheimnisse des Zauberers waren zweitrangig zu dem Artefakt, das Kait verbarg; es war der Grund, warum sie den Ozean überquerte. *Dieses* Geheimnis würde er entschlüsseln müssen, sobald er sie eingeholt hatte; sie selbst war seine eigentliche Beute, aber er beabsichtigte, auch ihre Beute für sich zu fordern. Er hatte einen gewaltigen Preis für die Verfolgung dieser Frau gezahlt –

seine Familie, seine Ehre, sein eigenes Leben und das Leben seiner Freunde, die nach dieser Eskapade nie wieder dieselben sein konnten, die sie früher gewesen waren. In den seltenen Augenblicken, wo Ry seine Schilde sinken ließ, flüsterte sein toter Bruder Cadell ihm tief in seinen Gedanken zu, daß das Artefakt, nach dem Kait suchte, jede erdenkliche Anstrengung und jedes Opfer wert war. Ry glaubte ihm.

Dennoch dürstete es ihn nach irgendeinem Beweis dafür, daß er sich nicht zum Narren gemacht hatte, und in diesem Moment, wo er wußte, daß man ihn zu Hause für tot erklärt hatte, war er gewiß, daß nur ein ungeheurer Preis ihn für all das, was er verloren hatte, würde entschädigen können.

Kapitel 29

»*W*ir haben das alle besprochen, Käpt'n, und wir wollen, daß etwas wegen ihr geschieht.« Rrru-eeth stand an der Spitze der kleinen Gruppe von Seeleuten, die Ian Draclas alle mit einer Eindringlichkeit ansahen, die ihn ein wenig aus dem Gleichgewicht brachte. Von der sanften, unterwürfigen jungen Narbigen, die er nun schon so lange kannte, war keine Spur mehr zu sehen; an ihre Stelle war jemand getreten, der einem verängstigten Tier glich. »Wir brauchen eine wie sie nicht an Bord zu dulden, und das werden wir auch nicht tun.«

Er verstand ihre Angst. In dem Augenblick, als Kait sich verwandelt hatte, hatte er sie selbst verspürt. Es entsprach nicht dem Plan der Götter, daß Gestaltwechsler unter Menschen lebten, sonst hätten sie sie nicht zu solch furchtbaren Geschöpfen gemacht. Er dachte an die Nächte, in denen sie neben ihm geschlafen hatte. Die Vorstellung, er hätte beim Erwachen diese Bestie mit den wahnsinnigen Augen und den langen Fangzähnen an seiner Kehle vorgefunden, statt der Frau, die ihn so sehr in ihren Bann geschlagen hatte, war mehr als erschreckend. Er bekam eine Gänsehaut. Trotzdem hatte er nicht die Absicht, den Forderungen der Mannschaft nachzugeben; sie wollten seine Erlaubnis, das Wachs an der Tür zu schmelzen und Kait auf Deck hinauszustoßen, wo sie den Dämonen, die den Zaubererkreis bewohnten, als Opfer dienen sollte.

»Sie hat mir das Leben gerettet«, sagte er. Er verzichtete darauf zu erwähnen, daß sie seine Phantasie entfachte oder daß ihr bloßer Anblick seinen Puls rasen ließ; damit wäre seinem Ziel, sie an Bord des Schiffes zu behalten, nicht gedient gewesen.

»Und wenn sie sich wieder in dieses Ungeheuer verwandelt und ein Mitglied der Mannschaft frißt, werdet Ihr uns dann wieder daran erinnern?« Rrru-eeth tolerierte niemanden, der nicht ihrer Definition von Normalität entsprach. Er wußte das schon seit Jahren, aber ihre Vorurteile hatten ihn noch nie zuvor gestört. Jetzt entwickelten sie sich zu einem Problem, denn die Mannschaft mochte sie und sie würde die anderen aufwiegeln, wenn sie nicht bekam, was sie wollte.

Er sagte: »Man sollte meinen, du würdest eine Frau, über der auf Grund eines unglücklichen Zufalls bei ihrer Geburt das Todesurteil schwebt, als Verbündete betrachten und nicht als Feindin.«

Rrru-eeth verzog die Lippen zu einem geringschätzigen Knurren. »Ihr meint, Ihr könntet uns vergleichen, weil keine von uns in Ibera willkommen wäre? Das könnt Ihr nicht. Ich bin genau das, was jeder sehen kann – nicht mehr und nicht weniger. Ich habe mich nie um irgendwelcher Vorteile willen als menschliches Wesen maskiert. *Sie* ist eine Lügnerin, ein blutrünstiges Ungeheuer, das sich bei uns eingeschlichen und vorgegeben hat, ein Freund zu sein. Und schlimmer noch, sie steckt mit Hasmal unter einer Decke.«

»Hasmal magst du auch nicht?«

»Er ist ein Zauberer.«

Ian sah sie an, um festzustellen, ob sie ihre Worte ernst gemeint hatte; dann brach er in lautes Gelächter aus.

»Ein *Zauberer?!* Er ist ein recht tüchtiger Schiffszimmermann, und früher war er offensichtlich eine Art Händler. Aber ein Zauberer?« Er lachte abermals, aber Rrru-eeth teilte seine Erheiterung nicht. Statt dessen drückte sie ihm einen Beutel in die Hand.

Er nahm den Beutel und betrachtete ihn. Er war aus gutem Leder gearbeitet und sorgfältig bestickt; darin befanden sich eine mit Silber ausgegossene Holzschale, ein Spiegel, eine Vielzahl verschiedener, in kleinen Päckchen abgepackter Pulver, allesamt beschriftet in einer Sprache und einer Schrift, die er nicht kannte, sowie ein Gerät für den Aderlaß und andere Merkwürdigkeiten. Und ein Buch. Die Geheimen Texte von Vincalis. Er hatte noch nie von dem Buch gehört und wußte nicht, was er von dem Beutel und seinem Inhalt halten sollte.

»Das ist der Beutel eines Zauberers«, sagte Rrru-eeth, und Manir, der Koch, der hinter ihr stand, nickte wütend.

»Genauso einen Beutel habe ich mal bei den Exekutionen in Calimekka gesehen«, sagte er. »Es waren dieselben Dinge darin, und die Parnissas benutzten ihn als Beweis dafür, daß der Zauberer Magie gewirkt hatte. Ein widerwärtiges Geschäft. Und jetzt haben wir einen Zauberer in unserer Mitte. Oder vielleicht sogar zwei, weil diese Gestaltwandlerin die Sachen versteckt hat, bevor sie Hasmal zu uns gebracht hat, damit wir nicht merken, was er ist. Und plötzlich finden wir uns in einem Zaubererkreis wieder, und was passiert? Wahrscheinlich werden wir alle ins Gras beißen, bevor wir hier wieder raus sind.«

Ein zustimmendes Gemurmel erhob sich in der schweigsamen Gruppe der Matrosen, wie das Rumoren der Erde vor einem Vulkanausbruch, und dieses Gemurmel hörte sich genauso bedrohlich an.

»Deshalb sagen wir, werft sie ins Meer«, beharrte Rrru-eeth.

Weder Kait noch Hasmal waren irgendwo zu sehen. Ian betrachtete seine Mannschaft, erkannte, daß er ein Problem hatte, das gefährlich werden konnte, und wog seine Möglichkeiten ab – und das alles im Bruchteil eines Augenblicks. Schließlich beugte er sich seufzend vor. »Ich wollte niemandem erzählen, was der wahre Zweck dieser Reise ist, bevor wir unser Ziel wirklich erreichten. Aber Kait ist im Besitz eines Manuskripts – verfaßt in einer Sprache, die ich nicht lesen kann, also verlangt nicht von mir, daß ich ihr dieses Manuskript abnehme und sie ins Meer werfe –, und in diesem Manuskript steht geschrieben, wo wir eine Stadt der Alten finden, die bisher noch unentdeckt war.«

Das Schweigen der Mannschaft nahm einen anderen Charakter an. Gier trat an die Stelle, an der noch eine Sekunde zuvor nur Haß und Vorurteile gewesen waren. Er konnte sie in den Gesichtern der Männer und Frauen sehen, die vor ihm standen, an der Art, wie ihre Augen hin- und herflackerten, wie ihre Münder sich strafften, wie sie plötzlich einander ansahen und offensichtlich ihrerseits die verschiedenen Möglichkeiten in die Waagschale warfen.

Er seufzte und sagte: »Ihr hättet es bei unserer Ankunft selbst herausgefunden und festgestellt, daß auf einen jeden von euch euer gewohnter Anteil wartet. Aber ich wollte euch nicht erzählen, wonach wir suchen, für den Fall, daß wir es niemals finden.« Er hielt inne, verschränkte die Hände und fuhr schließlich fort: »Wir müssen Kait auf dem Schiff behalten, und weil Kait und Hasmal Freunde sind, müssen wir uns auch mit ihm abfinden. Ohne die beiden haben wir keine Hoffnung, diese Stadt jemals zu finden. Und ich möchte so reich sein wie ein Paraglese. Ihr nicht auch?«

Sie flüsterten miteinander und blickten nachdenklich auf ihre Füße herab. »Seid Ihr auch sicher, daß sie weiß, wo solch eine Stadt zu finden ist?« fragte Rrru-eeth.

»Nein.« Ian zuckte die Achseln. »Ich gehe ein Risiko ein, weil ich glaube, es wird sich lohnen, wenn sie den Standort dieser Stadt wirklich kennt ... Das heißt, natürlich nur, wenn wir lange genug leben, um sie zu finden. Ich nehme das Risiko auf mich. Ihr habt euch meinem Kommando unterstellt; ich habe sowohl das Risiko als auch die mögliche Belohnung für euch alle akzeptiert, aber ich habe nicht so einen weiten Weg zurückgelegt, um meine einzige Chance in dieser Sache wegzuwerfen, wenn ich schon fast am Ziel bin.«

Er wartete. Sie sahen einander an, und er konnte beinahe ihre Gedanken lesen. *Abwarten. Wir können uns die Gestaltwandlerin und den Zauberer immer noch vom Hals schaffen, wenn wir erst die Beute haben.*

Rrru-eeth verschränkte die Arme über ihrer dünnen Brust. »Also finden wir diese Stadt und nehmen wir sie in Besitz. Und dann ...?«

Ian sah ihr direkt in die Augen und sorgte dafür, daß sein Gesicht ohne jeden Ausdruck blieb. Mit teilnahmsloser Stimme entgegnete er: »Was glaubst du?«

Sie sah, was sie sehen wollte. Also ließ sie die Arme langsam sinken, nickte zufrieden und erwiderte: »Dann warten wir also noch.«

In der Krankenkabine des Schiffes saß Kait neben Hasmal und hielt ihm einen Becher Bier an die Lippen. »Trink«, sagte sie. »Das wird dir guttun.«

Er sah aus wie ein Leichnam. Schwarze Ringe lagen unter seinen eingesunkenen Augen. Seine Lippen waren blau, seine Haut war kreideweiß und wächsern. »Ich ... ich glaube nicht, daß ich irgend etwas ... trinken kann«, flüsterte er.

»Trink. Du wirst all deine Kraft brauchen.« Sie seufzte. »Vielleicht früher, als wir es uns wünschen mögen.«

Dann schob sie einen Arm unter seinen Hals und hob seinen Kopf soweit an, daß er trinken konnte. Als es ihm schließlich gelungen war, einen ausgiebigen Schluck zu nehmen, ließ sie ihn wieder zurücksinken.

»Wie meinst du das, schneller, als wir es wünschen mögen?«

Kait hätte ihm die schlimme Neuigkeit gern erspart. »Ich habe den Beutel mit deinen Zauberutensilien versteckt, bevor ich dich aus dem Lagerraum weggebracht habe. Sobald du Hilfe hattest, bin ich zurückgekehrt, um ihn zu holen. In der Zwischenzeit hatte ihn jedoch bereits ein anderer gefunden. Er ist weg, und dein Geheimnis ist jetzt wahrscheinlich ebensogut bekannt wie meins.«

Hasmal runzelte schwach die Stirn. »Dein Geheimnis? Wie?«

Er brauchte seine Frage nicht genauer zu formulieren. Kait sagte: »Ich habe Angst bekommen, als die Leute zu sterben begannen. Das Wasser ... es hat sie aufgefressen. Als ich das gesehen habe, habe ich mich verwandelt. Ich konnte nicht dagegen an. Sie haben es fast alle gesehen.«

»Das ist nicht gut. Und sie haben meinen Beutel gefunden?«

»Ja.«

»Auch nicht gut.« Er stöhnte. »Obwohl ich nicht einmal weiß, warum ich noch am Leben bin. Ich ...« Er schloß die Augen und fuhr sich mit der Zunge über die trockenen Lippen.

Kait hob seinen Kopf abermals an und gab ihm noch ein wenig Bier. »Du solltest nicht sprechen. Trink nur etwas und sieh zu, daß du wieder auf die Beine kommst.«

Nach einem kurzen Augenblick wandte er sich von dem Becher ab und sagte: »Ich muß es dir erzählen. Es ist wichtig, und ich glaube nicht, daß ich überleben werde.«

»Natürlich wirst du leben. Sprich nicht so.«

»Scht. Hör mir einfach zu.« Er ließ es sich gefallen, daß sie ihn zwang, noch einen Schluck Bier zu trinken, dann sagte er: »Das Wasser ist lebendig.«

»Ich habe gesehen ...« wollte Kait ihn unterbrechen.

»Lebendig«, sagte Hasmal ein wenig lauter.

Kait sah, daß die Anstrengung ihn Kraft kostete, und schwieg von da an, damit er ihr auf seine Art und Weise erzählen konnte, was er zu sagen hatte.

Er sah sie an, dann nickte er schwach. »Ich habe eine Divination gemacht, um herauszufinden, welcher Gefahr wir gegenüberstanden. Hier war früher einmal eine Stadt, und in dieser Stadt lebten mehr Menschen, als ich mir vorstellen kann. Sie war größer als Calimekka, vielleicht um ein Zehnfaches. Der Zauber, mit dem die Drachen die Stadt angriffen, hat die Stadt verschlungen, ihre Bewohner und das Land, und ließ den Rand des Kontinents im Ozean versinken. Und gleichzeitig hat er die Seelen jedes lebenden Geschöpfes in der auf diese Weise entstandenen Bucht gefangengenommen. Wasser strömte herein und wurde von der Magie vergiftet. Die Magie hat die Seelen der Toten im Wasser aneinandergefesselt, und diese Seelen im Verein mit der Magie haben dem Wasser Leben eingehaucht. Und ein Gedächtnis. Das Meer unter uns erinnert sich an all die Millionen Leben, die damals ein Ende fanden, denn jedes einzelne dieser Leben war tatsächlich *sein* Leben. Es ist millionenmal einen grauenvollen Tod gestorben. Es will Rache.«

Kait war übel.

Hasmal fuhr fort. »Der Wiedergeborene braucht wenigstens einen von uns. Und du bist die Mutigere von uns. Außerdem dachte ich, daß du wahrscheinlich die besseren Überlebenschancen hast. Während ich im Besitz der Magie war, mit deren Hilfe wir uns in Sicherheit bringen konnten. Also habe ich einen Handel mit meinem Gott geschlossen, mit Vodor Imrish. Ich habe ihm mein Leben und meine Seele angeboten, wenn er dich nur sicher in die Stadt und zum Spiegel der Seelen brächte, und er hat angenommen. Glaube ich jedenfalls. Er sagte mir, daß er mein Angebot annehme. Nur, daß ich immer noch am Leben bin, also hat er es vielleicht doch nicht angenommen.«

Kait hielt die Hand des Mannes, der ihr soeben erzählt hatte, er sei nicht mutig, und dachte daran, daß er sein Leben im Austausch für ihre Sicherheit angeboten hatte. Mut, ging es ihr durch den Kopf, war ein ziemlich relativer Begriff. In ihren Augen hätte niemand mutiger sein können.

Sie sagte ihm das, aber er zuckte nur die Achseln.

»Ich glaube, manchmal braucht man mehr Mut zum Leben als zum Sterben. Ich dachte, ich hätte den besseren Teil des Handels erwischt, wenn man überlegt, wieviel Schwierigkeiten der Welt noch bevorstehen, bevor der Wiedergeborene sie überwinden kann.«

Kait konnte noch immer die vielen Stimmen des Meeres schreien hören. »Woher werden wir wissen, wann wir in Sicherheit sind?« fragte sie.

Hasmal sah sie ungläubig an. Dann schloß er die Augen und begann leise zu lachen. »Ich habe keine Ahnung«, gestand er. »Ich habe vergessen, um ein klares Zeichen zu bitten.«

Ian sehnte sich nach der Behaglichkeit seiner eigenen Kajüte, nach den Freuden von frischer Luft und Tageslicht und nach dem Anblick des Meeres, das er liebte. Aber die Überlebenden kauerten sich unter Deck zusammen – Kapitän, Mannschaft und Passagier – und überließen das Schiff sich selbst, denn jeder Versuch, es zu segeln, während sie gegen das lebendige Wasser des Zaubererkreises kämpften, bedeutete den sicheren Tod. Also versteckten sie sich und beteten, daß das Schiff nicht auf ein Riff oder eine Klippe auflaufen und sinken würde und sie alle mit sich nahm; einzig dieses Vorgehen bot ihnen eine Chance zu überleben.

Ein Tag verstrich. Dann zwei.

Als Ian am dritten Tag erwachte, strömte helles Sonnenlicht durch die Prismen des Decks, und er hörte nichts anderes als das Klatschen des Wassers gegen den Schiffsrumpf.

Er fragte Rrru-eeth, ob sie Stimmen draußen hören könne, und endlich, nachdem sie zwei Tage diese Frage düster bejaht hatte, erwiderte sie lächelnd, daß sie nichts dergleichen hören könne. Die Mannschaft bejubelte ihr scharfes Gehör ebenso wie ihre Neuigkeiten. Ian jubelte mit ihnen.

Dann holte er tief Luft. »Wir müssen das Wachs von der Luke nehmen. Und wir müssen auf Deck gehen. Ich gehe als erster, aber ich brauche einige Freiwillige, die mich begleiten.«

Jayti erbot sich, mit ihm zu gehen, und Rrru-eeth tat es ihm nach. Hasmal und Kait meldeten sich ebenfalls freiwillig. Ian akzeptierte alle vier, und zu fünft begannen sie, das Wachs von der unteren Kante der Luke zu entfernen. Alle anderen zogen sich weit in den hinteren Teil des Raumes zurück. Einige Mitglieder der Mannschaft suchten gar Zuflucht in anderen Teilen des Schiffes. Ian verstand sie. Sein Herz fühlte sich an, als sei es ihm in die Kehle gestiegen und würde ihm nun bald die Luft zum Atmen rauben.

Dennoch war sein Verlangen, aus ihrem Gefängnis unter Deck herauszukommen, genauso groß wie seine Angst vor dem, was sie draußen vorfinden mochten, sobald sie die Luke öffneten.

Nichts sickerte unter der Luke hindurch; Kait hatte mit Wachs und Kerzenflamme bereitgestanden, um die Luke im Notfall wieder zu schließen, aber das war nicht notwendig. Als der letzte Rest der Versiegelung abgenommen war, sagte Ian: »Ich gehe als erster. Dann folgt ihr mir; die Reihenfolge bestimmt ihr selbst.« Kait schnitt eine Grimasse. »Und wenn dir etwas zustößt, wer wird dieses Schiff dann nach Calimekka zurückbringen?«

Ian grinste. »Ich habe eine der besten Mannschaften an Bord meines Schiffes. Selbst wenn ich tot bin, werden sie dich wieder nach Hause bringen können.«

Wenn er tot wäre, würden sie genau das wahrscheinlich nicht tun, dachte er. So wie die Dinge lagen, würde er höllische Schwierigkeiten haben, seine Leute dazu zu bewegen, sie wieder mit nach Hause zu nehmen. Aber er hatte tatsächlich eine hervorragende Mannschaft, und er kannte seine Leute nun schon seit Jahren. Einige von ihnen waren sogar Freunde. Er würde es ihnen schon begreiflich machen.

Seinen Traum, durch Kait in die Familie Galweigh einzuheiraten, hatte er zwar aufgegeben, aber sie bedeutete ihm mehr, als er je für möglich gehalten hätte. Er glaubte, daß er sie trotz ihres ... nun, ihres Gebrechens ... vielleicht sogar liebte. Komisch. Bevor sie in sein Leben getreten war, war er davon überzeugt gewesen, immun gegen die Liebe zu sein.

Bewegt von Gedanken an Liebe und seinen möglicherweise unmittelbar bevorstehenden Tod, stieg er hinauf und trat aufs Deck hinaus. In den Sonnenschein. Er sah sich um und sog scharf die Luft ein. »Was ist?« fragte jemand von unten. Hinter ihm fiel die Luke langsam zu.

»Die Stadt«, sagte er voll Erstaunen. »Die Stadt liegt direkt vor uns.«

Unten hörte er Hasmal sagen: »Das ist Vodor Imrishs Werk. Er hat es tatsächlich getan.«

»Was getan?« fragte Kait.

»Er hat uns den Wind für die Segel gegeben und uns den ganzen Weg bis zu der Stadt geführt. Es war das, worum ich ... hm, worum ich ihn gebeten habe, als ich betete. Aber ich dachte nicht, daß er uns all das geben und mich trotzdem am Leben lassen würde.«

Nun kamen nach und nach immer mehr Leute an Deck und kletterten eilig in die Takelage hinauf, um besser sehen zu können, oder beugten sich über die Reling. Ian selbst blieb, wo er war, und sah zu den an Land vor ihnen aufragenden Felsen hinüber. Die dichte Vegetation konnte die schlanken, weißen Türme alter Architektur ebensowenig verbergen wie die Säulen und Stützpfeiler, die hier und da aufragten. Die Stadt lag tatsächlich vor ihnen, wartete auf ihn nach mehr als tausend Jahren wie ein Juwel in einem Abfallhaufen. Sie lag einfach nur da und wartete, unangetastet, reif und reich. Er konnte es spüren. Er konnte sein Vermögen spüren, seinen Ruhm, seine Macht – alles wohlverborgen hinter versiegelten Türen am Ende langvergessener Straßen.

Es juckte ihn in allen Fingern, und sein Mund wurde trocken. Die Götter mußten ihn lieben, daß sie ihn und die *Wanderfalke* sicher in diese herrliche Bucht geführt hatten, an einem sonnigen Tag im Monat der Drastu. Wirklich passend, dachte er. Drastu war die Göttin der Fruchtbarkeit, des Eies und des Schoßes – und in Übereinstimmung damit auch die Göttin der Empfängnis und der Geburt neuer Werke, neuer Ideen und neuen Wohlstands.

»Du bekommst einen Schrein von mir, Drastu«, murmelte er, bevor er sich umdrehte, um die Manöver zum Ankern zu überwachen und den Teil der Mannschaft zu bestimmen, der als erster an Land gehen sollte.

Sie nahmen zwei der drei Beiboote der *Wanderfalke* und ruderten auf das felsige Ufer zu.

»Heute, am ersten Tag, werden wir nur einen flüchtigen Erkundungsgang machen«, sagte er. »Keiner geht irgendwo allein hin, keiner entfernt sich so weit, daß die anderen ihn nicht mehr rufen können, keiner legt seine Waffen ab.« Er räusperte sich. »*Vor allem* die Waffen sind wichtig; ihr dürft sie niemals aus der Hand legen. Wir haben keine Ahnung, wen oder was wir hier vorfinden werden, und wir müssen davon ausgehen, daß irgendwelche Bewohner dieses Landes, falls es sie gibt, uns feindselig gegenüberstehen werden. Seid vorsichtig. Dinge, die ihr mit einer Hand aufheben und tragen könnt, könnt ihr heute mitnehmen. Größere Sachen werden warten müssen. Wenn ihr etwas findet, das sowohl wertvoll als auch groß ist, markiert die Stelle, und wir kehren dorthin zurück, sobald es sich machen läßt.«

»Dürfen wir behalten, was wir finden?« fragte Jayti.

»Wenn ihr etwas findet, das ihr besonders gern behalten wollt, markiert es. Kleinigkeiten sollten kein Problem sein. Den Schatz teilen wir jedoch wie vereinbart auf, und die einzige Möglichkeit, die einzelnen Anteile festzulegen, besteht darin, alles zu verkaufen, sobald wir nach Calimekka zurückkommen. Oder nach Wilhene.« Der Gedanke an Wilhene gefiel ihm nicht besonders, weil das eine Sabirstadt war, aber die Händler dort boten manchmal bessere Preise als die in Calimekka.

Die ganze Zeit, während er ihnen seine Regeln erklarte, dachte er darüber nach, wie er dafür sorgen konnte, daß keiner der anderen mit etwas Unersetzlichem davonspazierte – und gleichzeitig überlegte er, wie er es bewerkstelligen konnte, mehr als seinen Anteil an sich zu bringen. Und er wußte, daß die meisten von ihnen, wenn nicht gar alle, genau dasselbe dachten.

Kait und Hasmal standen nebeneinander. Bei ihnen, dachte er. Genau dort war das große Geld. Kait hatte gewußt, wo die Stadt lag, und hatte wahrscheinlich eine Vorstellung von dem, was dort zu finden sein mochte. Hasmal hatte mit seinem Gott einen Handel geschlossen, um sie aus ihrer gefährlichen Lage zu befreien und in die Stadt zu führen.

(Ian beschloß, auch über Vodor Imrish mehr in Erfahrung zu bringen. Ein Gott, der so grundlegend in das Leben seiner Anhänger eingriff, verdiente einige Konvertiten. Es gab eine Reihe von Dingen, um die er einen Gott, der zuhörte, gern einmal bitten würde.) Als sie sich dann also zu Gruppen zusammenfanden, schloß er sich Kait und Hasmal an, und er lächelte die ganze Zeit über. »Als mein Passagier«, sagte er zu Kait, »verdienst du die Aufmerksamkeit des Kapitäns.«

»Ich dachte, ich sei mehr als dein Passagier«, sagte Kait, sobald sie nur noch zu dritt waren. »Obwohl ich verstehen kann, warum sich das geändert hat.«

»Es hat sich nicht geändert«, entgegnete er. »Ich liebe dich, Kait. Aber es war ein hartes Stück Arbeit, die Mannschaft dazu zu bewegen, dich an Bord zu behalten – sie wollten dich ins Meer werfen, als sie herausfanden, was du bist, und sie würden meine Motive in Frage stellen, wenn es so aussehen würde, als wäre ich immer noch ...« Er zuckte die Achseln, weil ihm die richtigen Worte fehlten. »... immer noch in dich vernarrt. Ich mußte um des äußeren Scheins willen einige Zugeständnisse machen.«

Er wußte, daß er sich wie ein Schwächling anhörte, der sich in seinem öffentlichen Verhalten von seiner Mannschaft beeinflussen ließ. Kluge Kapitäne beschworen jedoch keine Meuterei herauf, indem sie die berechtigten Sorgen der Männer und Frauen in ihren Diensten ignorierten.

»Ich verstehe. Ich hatte nicht erwartet, daß sie mich willkommen heißen würden, wenn sie erst davon Bescheid wußten. Was das betrifft, war ich mir sicher, daß du auch nichts mehr mit mir zu tun haben wollen würdest.«

»Nein«, sagte er. »Das wird niemals passieren.«

Ihr mattes Lächeln sagte ihm mehr als alle Worte. Sie glaubte ihm nicht. Er mußte sie dazu *bringen*, ihm zu glauben; seine Zukunft, wie er sie sich gern vorstellte, hing davon ab.

Zumindest war die Zeit auf seiner Seite.

Kapitel 30

Kait blickte an den steilen Felsen hinauf zu den Dächern und Wänden von Gebäuden, die unter tausend Jahre altem Dschungel und tausend Jahre altem Schutt hervorlugten. Sie konnte keine Straßen entdecken oder auch nur Anzeichen dafür, daß es hier jemals Straßen gegeben hatte; keine Türen oder Fenster; nur wenige unversehrt gebliebene Dächer. Die Überreste der Stadt lagen wie die halbvergrabenen Knochen eines alten Schlachtfeldes vor ihr – eines Schlachtfeldes, auf dem jeder der Gegner verloren und keiner die Leichen begraben hatte.

Sie lauschte dem Wind, der durch die Zweige strich, witterte Pflanzen und Tiere, die sich von allem unterschieden, was sie je gekannt hatte, und spürte die Sonne auf ihrem Rücken, die in diesen Breiten heißer brannte als in ihrer Heimat. Und neben alledem wurde sie von einer Mischung aus Hoffnung und Verzweiflung überwältigt, die zu gewaltig und zu tief war, als daß sie sie in Worte hätte kleiden können. In diesem Gewirr von Ruinen lag die einzige, zerbrechliche, magische Hoffnung ihrer Familie, vielleicht doch noch dem Tod entgehen zu können, den sie bereits erlitten hatte. Irgendwo inmitten all dieser Zerstörung, all dieser verheerenden Zaubersprüche und dem Ende der Welt hatte vor tausend Jahren irgend jemand den Spiegel der Seelen in dieser Stadt zurückgelassen, in einem der Gebäude über ihr. Irgendwo. Und sie hatte keine Ahnung, wie dieser Spiegel aussah, keine Ahnung, wie er funktionierte, keine Ahnung, wo sie ihre Suche beginnen sollte. Aus diesem Sumpf der Unwissenheit erwuchs ihre Verzweiflung.

Hasmal legte ihr eine Hand auf die Schulter und flüsterte: »Hat sie dir gesagt, wo wir ihn finden?«

»Nein. Ich glaube nicht, daß sie es weiß.« Kait runzelte die Stirn; Ian war auf dem felsigen Strand nördlich von ihnen damit beschäftigt, zusammen mit einigen Mitgliedern seiner Mannschaft die Beiboote zu verstecken.

Amalee erklärte Kait: *Ich weiß es nicht. Hier ist alles ganz anders, als ich es in Er … als ich es erwartet hatte. Aber dank deiner Fähigkeit, Magie wahrzunehmen, kannst du den Spiegel vielleicht auf diesem Wege aufspüren.*

Amalee schien von Enttäuschung und Abscheu erfüllt zu sein.

Wenn dir das nicht gelingt, wirst du einfach sämtliche Gebäude nacheinander gründlich durchsuchen müssen. Und ich dachte, der schlimmste Teil wäre hierherzukommen. Ich hatte ja keine Ahnung, wie schwierig die Sache sich nach unserer Ankunft gestalten würde.

»Sie wird uns nicht helfen können«, sagte Kait laut.

Ich habe dich hierhergebracht. Und ich kann den Spiegel identifizieren, wenn du ihn findest.

Kait kümmerte sich nicht weiter um diesen Einwand.

Hasmal fragte: »Wo sollen wir denn mit unserer Suche anfangen?«

Kait schloß die Augen. Sie hatte leichte Kopfschmerzen, die große Ähnlichkeit mit ihrem Unwohlsein auf der Namensfestsfeier im Hause Dokteerak hatten. Kopfschmerzen, von denen Doghall ihr später erklärt hatte, daß sie von Magie verursacht würden.

Interessant, daß es mir keine solchen Kopfschmerzen bereitet, wenn Hasmal sie anwendet. Vielleicht ist seine Magie sehr schwach.

Sie ließ den Gedanken fallen. Mit geschlossenen Augen begann sie, sich im Kreis zu drehen, um eine Richtung auszumachen, in der die Kopfschmerzen schlimmer oder besser wurden. Sie konnte nichts feststellen. Also öffnete sie die Augen wieder und setzte sich in Bewegung, zuerst über den felsigen Strand auf Ian und die Beiboote zu, dann wieder zurück. Wie zuvor konnte sie auch jetzt keinen Unterschied im Ausmaß des Schmerzes feststellen. Ihre Kopfschmerzen sagten ihr, daß etwas Magisches in der Nähe wartete, aber sie waren nicht empfänglich genug, um sie dorthin zu führen. Oder aber, ging es ihr durch den Kopf, die ganze Stadt war von Magie durchtränkt. Oder es waren verschiedene Artefakte relativ gleichmäßig verteilt, so daß sie immer dasselbe empfand, ganz gleich, in welche Richtung sie sich wandte.

»Wir müssen einfach irgendwo anfangen zu suchen.«

Hasmal seufzte. »Es muß doch eine einfachere Möglichkeit geben. Die Stadt ist möglicherweise größer, als es von hier aus den Anschein hat.«

Kait hatte von ihren Lehrern alles gelernt, was es über die Städte der Alten zu wissen gab. Einige von ihnen waren offensichtlich ziemlich groß gewesen. Und obwohl diese Stadt sich anscheinend genau in die Bucht schmiegte, konnte sie sich durchaus noch landeinwärts erstrecken. Kait nickte und entschied sich mit grimmiger Miene willkürlich für irgendeine Richtung.

»Falls es dich irgendwie tröstet«, bemerkte Hasmal, »die Tatsache, daß wir zusammen hier angekommen sind, scheint mir darauf hinzudeuten, daß die Götter selbst unserem Unternehmen gewogen sind. Daher werden wir vielleicht einfach über den Spiegel stolpern.«

»Vielleicht. Aber in der Zwischenzeit solltest du nach einer Möglichkeit suchen, wie wir ihn auch ohne Glück oder das Eingreifen der Götter finden können. Ich würde gern wieder nach Hause kommen, bevor ich eine alte Frau bin und solange ich noch die Hoffnung habe, die Menschen, die ich liebe, retten zu können.«

»Da sie bereits tot sind, sehe ich nicht, inwiefern die Zeit da eine Rolle spielt«, sagte Hasmal.

Kaits wütender Blick veranlaßte ihn, seinen Schritt zu beschleunigen.

Drei Tage und hunderte schmutzige, halbvergrabene, zerstörte Gebäude später war Hasmal bereit einzuräumen, daß sein Witz über das Eingreifen der Götter nicht zu seinen besten gezählt hatte. Die übrigen Suchenden hatten Schätze gefunden, wie sie sie nicht einmal in ihren kühnsten Träumen erhofft hatten. Platten und Maschinenteile, kostbare Metalle, Statuen, Schmuck und Dinge, die unmöglich zu identifizieren waren, die aber dennoch auf dem Markt ein hübsches Sümmchen einbringen würden, ergossen sich in die Frachträume des Schiffes, zu dem man sie mit den Beibooten hinüberbrachte. Die Mannschaft war bei ihren Streifzügen durch die Stadt in Wachen eingeteilt, so daß jeweils die Hälfte der Leute an Bord blieb, um sich zu erholen und ein Auge auf die angehäuften Schätze zu halten, während die andere Hälfte ihr Bestes tat, die andere Wache beim Sammeln von Kostbarkeiten zu übertreffen.

Hasmal hatte noch nie von einem solchen Fund gehört, wie er sich nun an Bord der *Wanderfalke* befand. Er glaubte, daß diese Stadt die reichste sein müsse, die je gefunden wurde. Wenn tausend junge Männer ein langes Leben darauf verwendeten, die Gegend hier nach Schätzen abzusuchen, hätten sie doch nicht mehr getan, als die Oberfläche anzukratzen. Die geradezu brutale Größe der Stadt verblüffte ihn. Calimekka war die größte Stadt der Welt. Mehr als eine Million Menschen hatten bei der letzten Zählung innerhalb ihrer Grenzen gelebt, und die Stadt wuchs Tag für Tag größer, sowohl an Fläche als auch an Einwohnerzahl. Ständig versuchten irgendwelche Mathematiker zu schätzen, wie viele Male die Straßen und Alleen Calimekkas um die Welt reichten, wenn man sie aneinanderlegte. Aber die Ruinen dieses namenlosen Friedhofs im Urwald hatten Platz für das große Calimekka und eine weitere Stadt gleicher Größe – und vielleicht noch mehr. Die Gebäude in der Bucht waren nur der Anfang einer Stadt, die Hasmals Vermutung nach eine der größten sein mußte, die es auf der Welt jemals gegeben hatte.

Kait wurde im Laufe ihrer Suche immer mutloser. Auch sie und Hasmal markierten Stellen, an denen sich Schätze befanden, und schon jetzt wären sie reicher gewesen als alle anderen Menschen mit Ausnahme der fünf Familien. Aber sie suchten nicht nach Reichtum, und während alle anderen in jubelndem Überschwang von den Burgen sprachen, die sie bauen, und den Sklaven, die sie kaufen würden, sah Hasmal zu, wie Kait sich immer tiefer in sich selbst zurückzog.

Auch Ian war ihre Stimmung aufgefallen, und er hatte alles in seiner Macht Stehende getan, um den Grund dafür herauszufinden. Er war eifrig um sie bemüht gewesen, aber Hasmal glaubte, daß der Kapitän argwöhnte, er und Kait suchten nach etwas Speziellem, etwas von ungeheuerlichem Wert, an dem er sich seinen Anteil sichern wollte.

Kait war nach wie vor unzugänglich.

Am Strand flackerten die Fackeln der Nachtsucher. Sie warteten darauf, daß die restlichen Mitglieder der Tagesmannschaft ihre letzten Funde zum Schiff hinausbrachten. Kait stand neben Hasmal bei dem Beiboot, das als letztes fahren sollte.

»Ich bleibe hier«, sagte sie.

Hasmal rieb sich die Augen. »Du willst hierbleiben? Bei Vodors Augen, Kait – wir haben den ganzen Tag lang gesucht. Was glaubst du, was du erreichen wirst, wenn du dich an den Rand deiner Kräfte bringst?«

Sie blickte starr zu den Hügeln hinauf, dann wandte sie ihre Aufmerksamkeit wieder Hasmal zu. »Ich kehre nicht zum Schiff zurück, bevor ich nicht den Spiegel gefunden habe. Ich habe so ein schreckliches Gefühl, daß uns die Zeit knapp wird. Ich weiß nicht, warum – ich weiß nicht, woher dieses Gefühl kommt oder ob es einen wahren Kern hat. Aber ich möchte meine Mutter und meinen Vater wiedersehen. Meine Brüder. Meine Schwester. Doghall. Meine Vettern und Cousinen. Ich würde alles tun ...«

Ihre Stimme brach. Sie schluckte heftig und schmeckte Tränen. Sie wußte – *wußte* –, daß sie den Spiegel der Seelen, wenn sie ihn nicht innerhalb des nächsten Tages fand, überhaupt nicht finden würde. Sie spürte es in ihren Knochen, in ihrem Blut. Es gab nichts, worauf sie den Finger hätte legen und sagen können: »So. Das ist der Grund, warum ich Angst habe.« Aber das verschlimmerte die Furcht nur noch. Sie hielt das Leben vieler Menschen in ihren Händen, das Leben von Hunderten und darunter das Leben von Menschen, die ihr wichtiger waren als ihr eigenes Leben. Und wenn sie jetzt versagte, weil sie nicht hart genug gearbeitet hatte, würde sie sich das niemals verzeihen können.

Dann war es besser, sie wäre gestorben.

»Ich würde alles tun, um sie zu retten«, sagte sie, als sie ihre Stimme wieder unter Kontrolle hatte. »Aber ich habe nicht allzuviele Möglichkeiten. Aber eines kann ich tun: Die ganze Nacht lang suchen.«

»Und wann wirst du schlafen?«

»Sobald ich den Spiegel gefunden habe.« Sie war Karnee. Sie konnte ihrem Körper mehr abverlangen als jedes menschliche Wesen, wenn das notwendig war. Jetzt war es notwendig. »Geh und schlaf ein wenig. Wir treffen uns morgen früh hier wieder. Dann gehen wir gemeinsam auf die Jagd.«

»Ich kann nicht zulassen, daß du das tust.«

»Du hast keine andere Wahl.«

»Vielleicht nicht. Aber was ist mit dem Kapitän? Du weißt, er möchte immer in unserer Nähe sein; was auch immer wir suchen, er will es haben.«

»Ich weiß. Deshalb wirst du für mich lügen müssen. Sag ihm, du glaubtest, ich sei schon früher an Bord gegangen. Wenn er versuchen würde, mich heute nacht aufzuhalten, würde er meine Arbeit lediglich verzögern.«

Jähes Begreifen blitzte in Hasmals Gesicht auf. »Du willst dich …«

»Verwandeln. Ja. Auf diese Weise kann ich sehr viel mehr schaffen, und meine Sinne sind schärfer. Irgend etwas muß uns bisher entgangen sein, und ich glaube, das ist meine Chance, herauszufinden, was es war.«

Hasmal blickte an ihr vorbei und flüsterte: »Dann geh jetzt. Der Kapitän schleppt irgend etwas den Strand hinunter; er muß jeden Augenblick hier sein.«

Kait nickte. »Wir sehen uns morgen. Wünsch mir Glück.«

»Viel Glück«, sagte er.

Kait sprang den Hügel hinauf und schnürte im Gehen ihren Rock auf. Sie hatte keine Fackel mitgenommen.

Auch in ihrer menschlichen Gestalt konnten ihre Augen selbst ein Mindestmaß an Licht nutzen, so daß sie ziemlich deutlich sah. Wenn sie sich verwandelt hatte, würde sie genausogut sehen, als ginge sie bei hellem Tageslicht auf die Jagd.

Sie wollte den Nachttrupps aus dem Weg gehen. Die Leute mochten sie genausowenig wie die anderen Besatzungsmitglieder der *Wanderfalke;* Kait traute ihnen nicht. Ganz gleich, wieviel Gutes sie ihnen getan hatte, indem sie sie in diese Stadt brachte – sie vermutete, daß jede der Zweiergruppen versuchen würde, ihr etwas anzutun, wenn sie sie irgendwo allein vorfanden.

Sie schlüpfte aus ihren Kleidern, faltete sie zusammen und ließ sie in einem Gebäude auf dem Gipfel der Klippe liegen. Dann überließ sie sich den unmenschlichen Begierden und Gelüsten der Verwandlung und glitt hinüber in die Ekstase des Andersseins.

Für ihre erschärften, verwandelten Sinne wurde die Nacht zu einem Ding von unaussprechlicher Schönheit. Die Sterne flammten durch die breiten Blätter des Urwaldbaldachins, meißelten die Bäume zu Statuen aus flüssigem Silber und bleichten die zerstörten Gebäude zu Schöpfungen aus durchscheinendem Schildpatt. Der Wind sang mit leisem Wispern, eine süße Begleitung zu den Stimmen der Insekten, Nachtvögel und vierbeinigen Raubtiere, die im Wald jagten. Und dann die Düfte …

Sobald sie verwandelt war, lief sie landeinwärts, wobei sie sich einer Ahnung folgend nach Osten hielt. In eben dieser Richtung hatten sie und Hasmal auch während des Tages schon gesucht, und da war irgend etwas gewesen ... irgend etwas ... etwas, das sie erregt hatte, das aber zu gedämpft und zu körperlos gewesen war, als daß sie es hätte beim Namen nennen können. Tagsüber hatte es sich als eine Art Kitzeln weit hinten in ihren Gedanken bemerkbar gemacht und ihr die Gewißheit geschenkt, daß sie etwas von ungeheurer Bedeutung auf der Spur war. Etwas Lebenswichtigem. Etwas Wesentlichem.

Als sie nun auf einem Felsvorsprung haltmachte und sich dem Wind zuwandte, fing sie eine ganz schwache Witterung desselben atemberaubenden Duftes auf. Ja, sagte ihr Gefühl. Was es auch ist, du wirst es finden, wenn du in dieser Richtung weitergehst.

Sie rannte in den Wind hinein, verlangte sich das Letzte ab und hoffte, daß der Geruch stärker werden würde. Wahrscheinlich war es töricht, ihm nachzujagen – welche Chancen hatte sie schon, daß dieser Duft irgend etwas bedeutete? Sie lief jedoch weiter; andere Ideen hatte sie nicht.

Sie lief bis weit über das Gebiet hinaus, das sie und Hasmal bereits abgesucht hatten, so weit, daß sie schließlich aus dem schützenden Wald heraus auf eine hügelige Ebene kam. Selbst im Mondlicht konnte sie die Narben sehen, die ein Feuer an den verbliebenen Baumstümpfen hinterlassen hatte. Das Feld war vor mehr als einem Jahr abgebrannt, und infolge des Brandes hatten Gräser und Wildblumen sich in üppiger Fülle ausbreiten können. Daneben konnte sie die ersten winzigen Anfänge dessen entdecken, was in zwanzig oder dreißig Jahren der neue Wald sein würde.

Nach einem Unglück, sei es groß oder klein, war das Leben keineswegs ausgelöscht, auch wenn es sich veränderte. Ungezählte kleine Kreaturen bewohnten die Ebene. Sie waren nicht allein. Kait konnte ein Rudel großer Tiere hören und riechen, die sich nordöstlich von ihr befanden. Ihre Nase machte einen blutigen Geruch aus, der sie umgab. Raubtiere also. Sie war froh, daß sie sich auf der dem Wind abgekehrten Seite befand.

Dieser andere Duft – der, den sie zu kennen glaubte – wurde stärker. Süß. Herrlich süß, aber unter der Süße ein winziger Anflug von Verfall. Wo hatte sie diesen Duft schon einmal gerochen? Blumenbilder blitzten in ihren Gedanken auf, aber der Duft war ihr nicht in einem Garten begegnet. Auch nicht im Dschungel. An keinem gewöhnlichen Ort.

Das Rätsel machte ihr zu schaffen, aber sie konzentrierte sich nicht darauf. Sie verfolgte ihre Fährte; wenn sie gefunden hatte, was sie suchte, würde sie sich höchstwahrscheinlich auch daran erinnern, wo sie diesen Geruch schon einmal wahrgenommen hatte. Sie verlor die Fährte, kehrte um und strich umher, erst in nördlicher, dann in südlicher Richtung, bis sie die Witterung wieder aufgenommen hatte. Danach führten die verführerischen Schwaden dieses unwiderstehlichen Duftes sie weit hinaus in die Ebene, durch die in Reih und Glied stehenden Gerippe begrabener Gebäude, an einem Bach entlang und schließlich in eine Talmulde hinein.

Sie kam an den oberen Rand eines kleinen Wasserfalls.

Zu beiden Seiten fielen die Klippen schroff ab, Sandstein, der zwischen Reben und verkümmerten Bäumen hervorsprang. Ein Teich am Fuß der Klippen ergoß sich kreiselnd in einen Bach, der hinter einer Biegung außer Sicht geriet.

Was es auch war, wonach sie gesucht hatte, es befand sich dort unten.

Der Duft erfüllte das ganze Tal. Süße und Verwesung. Erfüllt von Angst und Erregung gleichzeitig, begann sie ihren Abstieg über die schroffen Klippen und prüfte immer wieder die Luft, um jede noch so kleine Veränderung, die auf Gefahr hindeutete, wahrzunehmen. Ein Vogel sang wunderschön, verfiel aber in Schweigen, als sie sich dem Wasser näherte.

Die Geräusche der Insekten verstummten und Kait spürte die Augen der Dunkelheit auf sich ruhen, das erschreckte, in sich zusammengekauerte Beutetier, das in ihr den Räuber erkannte, der sie war. Sie quittierte die Stille als den ihr zukommenden Tribut, aber sie durchbrach sie nicht. Auch sie konnte sich in der Rolle der Beute wiederfinden – gejagt, statt selbst zu jagen. Am Fuß der Klippen entdeckte sie einen Pfad. Bis dahin hatte sie nichts gesehen, das darauf schließen ließ, daß Menschen irgendwo in der Nähe der Stadt überlebt haben könnten. Aber wenn sie auch keinerlei menschliche Witterung auf dem Pfad wahrnehmen konnte, sah er doch nach Menschenwerk aus. Er war ordentlich, sorgfältig begradigt, sauber begrenzt. Und irgend jemand hielt ihn instand. Ihr Nackenfell stellte sich auf, und tief in ihrer Kehle formte sich ein instinktives Knurren. Aber der Pfad führte in die Richtung, in der die Quelle des Duftes lag. Sie dehnte ihre Krallen und ging weiter, wobei sie versuchte, mit ihren Sinnen überall gleichzeitig zu sein. Der Weg folgte dem Rand des kleinen Teichs bis zu dem Bach, in dem sein Wasser abfloß. Dann erstreckte er sich weiterhin auf die Länge von vielleicht zwei calimekkanischen Häuserblocks parallel zum Bach, bis er eine scharfe Biegung nach rechts machte und hügelaufwärts in eine weitere Bergschlucht führte.

Diese Bergschlucht ließ abermals auf gegenwärtige Bewohner schließen: Der sich immer weiter verbreiternde, gepflegte Pfad war mit Blumen gesäumt; Dornenbüsche waren so angepflanzt worden, daß sie eine begrenzende Hecke längs der Felsengipfel formten, und zu guter Letzt gelangte sie an ein Gebäude, das sich in gutem Zustand befand und auf dieselbe Art in den Stein hineingebaut war, wie das Haus Galweigh in die Felsen eingebettet war.

Dieses Gebäude wirkte von draußen recht klein. Der Teil, den Kait sehen konnte, war etwa so groß wie das Pförtnerhaus daheim. Oder vielleicht so groß wie einer der Schreine für die geringeren

Gottheiten. Dieser Gedanke kam ihr, weil es sie in seiner Gestalt an jene Schreine erinnerte. Ein Eingang, keine Tür, keine Fenster, ein kunstvolles Dach und in dem Schrein selbst ein Altar auf einem Podest.

Der Altar war jedoch anders. Er glühte und leuchtete wie eine kleine Sonne; sein warmes, goldenes Licht erhellte das Innere des Schreins und ließ seine durchscheinenden Wände wie von Feuer überhaucht erscheinen.

Freundliches, willkommenheißendes Licht ergoß sich auf den Weg hinaus, und zu beiden Seiten wuchsen Blumen in üppiger Fülle. Und der Altar war es, der den Duft verströmte, dem sie aus solcher Entfernung gefolgt war.

Geißblatt, begriff sie plötzlich. Der klebrige, süße Duft war der von Geißblatt. Und der Ort, an dem sie ihn schon einmal gerochen hatte, war das Fluggerät gewesen, in dem Augenblick, bevor sie und Doghall von Magie überwältigt worden waren. In dem Augenblick, bevor alles anders wurde.

In den Tiefen ihrer Gedanken sagte Amalee: *Das ist er.*

Das ist der Spiegel der Seelen.

»Wo?« fragte Kait, ohne ihre Frage laut auszusprechen.

Du hast ihn in deinen Gedanken als Altar bezeichnet. Das leuchtende Podest.

Kait starrte es an und stöhnte. *Es ist zu groß. Das kann ich unmöglich allein zum Schiff tragen.*

Dann geh wieder zurück zum Strand und warte, bis deine Freunde zurückkommen. Und beeil dich. Denn das ist der Grund, warum du diese ganze weite Reise unternommen hast.

Genau in diesem Augenblick entschlossen sich die Ungeheuer, die den Schrein bewachten, zum Angriff.

Kapitel 31

Sie hatte weder ihr Herannahen gerochen, noch hatte sie auch nur das leiseste Geräusch gehört. Der klebrige Geruch nach Geißblatt und Fäulnis hatte sie vor ihr verborgen. Sie kamen zu beiden Seiten des Felsens herunter und tappten mit unbeholfenem Gang aus dem Schrein auf sie zu; entstellte und verkrümmte Parodien menschlicher Wesen, nackt und fauchend, mit Hacken und langstieligen Schaufeln und Rechen in ihren knotigen Händen. Ihre Vorfahren waren gewiß menschlich gewesen, aber sie selbst waren es nicht. Sie rochen nur nach vermoderten Blättern, feuchter Erde und dunklen, verborgenen Orten, und sie wisperten, während sie sich auf sie zubewegten, ein wortloses Wispern, das das Rascheln von Blättern nachahmte. Sie kamen von allen Seiten. Obwohl Kait auf dem Weg hierher so vorsichtig gewesen war und trotz all ihrer Kraft und Schnelligkeit versperrten sie ihr den Fluchtweg, und sie begriff, wie gut diese Wesen den Schutz ihres Schreins geplant hatten.

Sie befand sich in einer Senke und hatte keinerlei Rückendeckung. Sie konnte weder in den Felsen Zuflucht suchen noch in irgendeine andere Richtung fliehen als die, aus der sie gekommen war. Sie zählte zwölf dieser Wesen und bezweifelte, daß sie mit der ersten Angriffswelle gleich ihre ganze Kampftruppe ausgesandt hatten. Dafür gab es noch viel zu viele gute Verstecke wie das, aus dem diese ersten Angreifer so urplötzlich aufgetaucht waren.

Sie waren nicht besonders gut bewaffnet, und sie bewegten sich unbeholfen, da ihre Körper weder für Schnelligkeit noch für den Kampf gedacht waren. In diesen beiden Punkten war sie ihnen überlegen. Im Angesicht der Vorteile der Ungeheuer jedoch – ihrer Position, ihrer Anzahl, ihrer Vertrautheit mit dem Gelände und dem Überraschungsmoment – glaubte sie nicht, daß diese Überlegenheit ausreichen würde, um ihr Leben zu retten. Sie spürte die Angst als eine Kraft, die ihr die Luft aus den Lungen preßte, die sich auf ihre Schultern und ihren Rücken legte und sie niederdrückte. Die sie langsam machte. Schwach.

So nah. Sie war dem Erfolg so nah gewesen, dem Triumph. Sie war eine halbe Welt von ihrer Heimat entfernt, und nur ein Steinwurf trennte sie noch von dem magischen Gerät, das ihr die Toten zurückgeben würde, die sie so sehr liebte, aber weder sie selbst noch ihre Familie würde eine Chance bekommen. Kait heulte ihren Zorn und ihre Qual gen Himmel und stürzte sich auf das Ungeheuer, das ihr am nächsten stand.

Kait!

Sie kreischten und schwangen ihre Gartenwerkzeuge, trafen sie im Gesicht, an Schultern und Rippen. Sie sprang vor und hieb mit Zähnen und Klauen auf ihre Gegner ein, und jene, die sie attackierte, fielen zurück. Aber andere traten an ihre Stelle, und weitere Schläge prasselten auf sie hernieder. Sie riß einem der Ungeheuer den Bauch auf, so daß das Blut hervorquoll; auf seine Schreie hin erschienen noch weitere dieser Kreaturen, über ihr, hinter ihr, vor ihr. Sie alle waren mit Werkzeugen, Stöcken oder Keulen bewaffnet.

Kait!

Endlich hörte sie Amalees Rufe, und ihr wurde bewußt, daß Amalee sie schon zu erreichen versuchte, seit die Ungeheuer sie umzingelt hatten. »Nicht jetzt!« fauchte sie. »Siehst du nicht, daß ich vollauf damit beschäftigt bin, zu sterben?«

Du mußt menschlich sein.

Kait tötete eine der Kreaturen, aber es erschienen immer mehr von ihnen. Sie schätzte, daß es jetzt mehr als dreißig sein mußten, die sie umringten und angriffen, obwohl sie sich nicht sicher sein konnte – sie waren überall um sie herum und der Kampf ließ ihr keine Zeit, genau zu zählen. Für jedes Ungeheuer, das sie tötete, stürzte sich ein Dutzend weiterer mit irgendwelchen Waffen auf sie.

Sie verwundeten sie schneller, als sie heilen konnte. Sie würden sie stückweise töten, ihr das Leben in kleinen Portionen entreißen, ihr einen langsamen, grauenvollen Tod bereiten.

Du mußt menschlich sein. Amalee ließ nicht locker und schrie Kait ihre Worte so grimmig entgegen, daß sie ihre tote Vorfahrin nicht länger ignorieren konnte.

»Ein Jammer aber auch, daß ich es nicht bin.«

Hör mir zu. Du mußt dich wieder verwandeln. In Menschengestalt. Sie werden alles töten, was kein Mensch ist. Sie sind die Wächter des Spiegels und wenn du menschlich bist, werden sie dich ungehindert über den Pfad gehen lassen. Sie werden dir sogar erlauben, den Spiegel an dich zu nehmen. Deine Ankunft ist es, worauf sie und ihresgleichen fast tausend Jahre lang gewartet haben.

»Ich habe in Menschengestalt keinerlei Waffen«, sagte sie. »Keine Kleider. Ich werde vollkommen hilflos sein.«

Du mußt menschlich sein. Sonst wirst du sterben. Wenn du ein Mensch bist, werden sie dir kein Leid zufügen.

Kait glaubte ihrer Vorfahrin nicht. Fünf der Ungeheuer lagen nun tot am Boden, und sie glaubte nicht, daß sie ihr dieses Gemetzel verzeihen würden, wenn sie sich jetzt verwandelte und wieder Menschengestalt annahm. Statt dessen würden diese Ungeheuer sie nur um so schneller töten, und das ohne weitere Verluste auf der eigenen Seite.

Aber sie starb. Langsam. In ihrer Karneegestalt würde sie zwar noch weitere Gegner töten, bevor sie sie endgültig überwanden. Aber sterben würde sie trotzdem.

Ich muß menschlich sein, sagt sie. Sie werden einen Menschen nicht töten, sagt sie.

Sie ist eine Närrin, sage ich.

Nun, wenn ich heute ohnehin sterben muß, möchte ich lieber als Mensch sterben statt als Tier.

Fauchend, kämpfend, von Schmerzen gequält, mühte sie sich, den stillen Ort tief in ihrem Wesen zu finden, den Ort, der ganz blau und grün und stilles Wasser und Schweigen war. Furcht, Zorn und Qual begruben ihre Menschlichkeit in unauslotbarer Tiefe. Die brennende Blutgier ertränkte sie beinahe. Aber jahrelange Anstrengungen, sich selbst unter den schlimmsten Umständen ihre Menschlichkeit zu bewahren, kamen ihr zu Hilfe, und schließlich fand sie diesen Ort der Stille doch noch. Berührte das Schweigen in ihrer Seele. Spürte, wie der Schlachtenhunger langsam starb, obwohl die Ungeheuer sie nach wie vor angriffen, obwohl sie selbst ihre Angriffe eingestellt hatte und lediglich versuchte, die Schläge abzuwehren, die nach wie vor aus allen Richtungen auf sie niederprasselten.

Sie verwandelte sich und spürte, wie ihr Blut kühl, ihre Haut schwer und ihre Sinne stumpf wurden.

Sie streckte und verwandelte sich, und überall um sie herum zogen sich die Ungeheuer wimmernd zurück, während sie sich von vier Beinen auf zwei erhob und schließlich über ihren gebeugten und verzerrten Gestalten aufragte. Sie ließen ihre Waffen fallen, einige begannen zu weinen, und alle warfen sich ihr zu Füßen. Sie stand über ihnen, blutete aus hundert brennenden Schnitten, benommen von Schmerz, bis sie endlich langsam über die am Boden liegenden Kreaturen hinwegschritt. Aber nicht in die Richtung, in der der Spiegel der Seelen auf sie wartete. In die entgegengesetzte Richtung. Zurück dorthin, woher sie gekommen war. Sie mußte wieder am Strand sein, wenn die Morgenmannschaft ankam. Sie mußte Hasmal, Ian und ein oder zwei weitere Matrosen um Hilfe bitten, damit sie gemeinsam den Spiegel zum Schiff zurückbringen konnten. Für den Weg, den sie in Karneegestalt in einer einzigen Nacht zurücklegen konnte, würden Menschen mehrere Tage brauchen. Und Zeit war kostbar. Zeit war alles.

Sobald sie die Schlucht hinter sich hatte und ein gutes Stück von den Wächtern des Spiegels entfernt war, zwang sie sich zu einer neuerlichen Verwandlung, obwohl sie ihrem Körper damit weitere Reserven abverlangte. Ihr Körper verzehrte sich selbst, um die Verwandlung zu vervollständigen, und würde noch mehr von ihrem eigenen Gewebe verbrennen, wenn sie sich am Strand wieder in einen Menschen verwandeln mußte. Mehrmals hielt sie in ihrem rasenden Lauf inne, um Tiere zu töten und zu fressen, die das Pech hatten, ihr über den Weg zu laufen. Diese Beutetiere würden jedoch lediglich verhindern, daß sie verhungerte, bevor sie das Schiff erreichte; wenn sie dort angekommen war, würde sie eine gewaltige Mahlzeit benötigen.

Das war eine Nebensächlichkeit. *Alles* war nebensächlich angesichts ihres Sieges. Wider jede Wahrscheinlichkeit hatte sie den Spiegel der Seelen gefunden. Ihre Familie und der Wiedergeborene würden triumphieren.

Ian stieg aus dem Beiboot auf den Strand, und die Nebel der Morgendämmerung umhüllten ihn wie ein Mantel. Er trat der Nachtmannschaft entgegen, als diese gerade ihre letzten Funde an das felsige Ufer herunterbrachte.

»Wo ist Kait?« Er hielt seinen Zorn im Zaum und zwang sich zu einem einigermaßen ruhigen Tonfall, um seine Leute nicht merken zu lassen, wie sehr ihr Verrat am Abend zuvor ihn erschüttert hatte.

Alle, die er fragte, zuckten die Achseln und sahen ihn überrascht an. Ihre Antworten fielen unterschiedlich aus, von: »Ich dachte, sie gehört zur Tagesschicht«, bis: »War doch klar, daß sie früher oder später weglaufen würde«, aber niemand hatte sie gesehen.

Hasmal hatte ihm beteuert, daß sie sie beide am Strand erwarten würde, sobald sie dort ankämen. Ian hatte ihn der Lüge bezichtigt, und der Morgen hatte ihm recht gegeben.

Als die Nachtwache ihre Fracht eingeladen und zum Schiff zurückgerudert und die Tagwache sich zerstreut hatte, um weitere Schätze zu suchen, wandte er sich zu seinem Schiffszimmermann um. »Jetzt kannst du mir verraten, was ihr beide die ganze Zeit über gesucht habt. Was ist es, was sie gefunden hat? Was ist der wahre Grund, warum ihr beide in diese Stadt wolltet?«

Hasmal hakte die Daumen in seinen Gürtel und sah Ian zornig an. »Ihr habt sie in Eurem Bett gehabt, Käpt'n. Ihr müßt doch ihr Bettgeflüster besser kennen als ...«

»Mein Bettgeflüster ...«, sagte Kait. Sie kam aus der Deckung des Waldes hervorgetaumelt, und Ian sog scharf die Luft ein. Alles, was er an ihr erkennen konnte, war ihre Stimme, und die klang ungewöhnlich rauh. Sie war dünn wie ein Skelett, so daß ihre Kleider ihr wie ein Zelt um den Leib schlotterten. Narben in verschiedenen Stadien der Heilung bedeckten ihr Gesicht und jedes andere Stückchen Haut, das er sehen konnte. Ihr Haar fiel ihr wirr übers Gesicht und war von Blut und Schmutz verfilzt. Ihre aschgraue Farbe und wächserne Haut hätten ihn, wenn sie nicht aufrecht und sprechend vor ihm gestanden hätte, davon überzeugt, daß sie bereits tot war.

Sein Zorn löste sich in nichts auf, wie Nebel unter einer flammenden Sonne. »Kait? Bei Brethwan, was ist dir zugestoßen?«

»Ich ... ich habe ihn gefunden«, sagte sie zu Hasmal. Dann drehte sie sich zu Ian um und lächelte. Und sank in sich zusammen.

Es gelang ihr, sich wieder zu fangen, kurz bevor sie zu Boden fiel. Ihr Atem ging so schnell, als sei sie gelaufen. »Wir müssen ... sofort losgehen. Ich schätze ... der Ort, an dem er versteckt ist ... einen Fußmarsch von drei Tagen entfernt. Plus ... drei Tage für den Rückweg.«

Ian stockte schier der Atem. »Hasmal, heb sie ins Boot, der Wundarzt soll sie sich ansehen.«

Hasmal sagte: »Der Wundarzt ist mit den anderen auf Schatzsuche. Er möchte nicht, daß irgend jemand seinen Anteil in Frage stellt.«

»Verflucht.« Er senkte den Kopf und dachte nach. »Dann rudern wir sie zum Schiff raus und läuten die Glocke. Bis der Wundarzt wieder zurück ist, können wir selbst uns um sie kümmern.«

»Mir geht es gut«, sagte Kait. »Aber wir … wir müssen uns beeilen.«

»Dir geht es nicht gut!« Ian stellte fest, daß er Angst um sie hatte – Angst, daß sie jeden Augenblick zusammenbrechen und sterben könnte.

Kait warf Hasmal einen flehentlichen Blick zu. »Sag ihm, daß es … mir gutgeht, Hasmal.«

»Es geht dir ganz bestimmt nicht gut«, sagte Hasmal. »Du bist dem Tod verdammt nahe.«

»Ich brauche nur …« Sie sank abermals in sich zusammen, und Ian konnte sehen, daß es ihr noch schwerer fiel als beim ersten Mal, nicht hinzufallen.

Er hob sie auf und küßte sie. Sie fühlte sich wie ein Vogel in seinen Armen an, zu leicht und zerbrechlich, um zu überleben. An Hasmal gewandt sagte er: »Zurück zum Schiff. Dort können wir immer noch herausfinden, was ihr zugestoßen ist und was wir deswegen unternehmen müssen.«

Ian war von seinen eigenen Gefühlen überrascht. Er *brauchte* sie nicht mehr, er hatte die Stadt, die ihn unaussprechlich reich und mächtig machen würde, und wenn sie an ihren Verletzungen starb, konnte er die Stadt für sich allein beanspruchen. Aber während er und Hasmal sie zur *Wanderfalke* hinüberruderten, stellte er fest, daß er sie *wollte* und daß dieses Gefühl tiefer ging als jedes Vergnügen, das sie ihm im Bett bereitete. Er wollte sich noch einmal mit ihr über die relativen Vorzüge der Philosophien von Farellhau und N'stanri streiten. Er wollte mit ihr in einem großen Haus vor einem großen Feuer sitzen und über die Abenteuer reden, die sie beide an diesen Ort des Wohlstands, der Macht und des Glücks geführt hatten. Oder, begriff er plötzlich, er würde auch zufrieden sein, den Rest seines Lebens damit zuzubringen, zusammen mit ihr über die gewaltigen Meere Matrins zu segeln. Ian Draclas sah die ausgezehrte, sterbende Frau in seinen Armen an und entdeckte mit Schrecken, daß etwas Unerwartetes geschehen war: Irgendwann zwischen seinem Entschluß, ihre Stadt um des Reichtums willen für sich zu fordern, und dem, sie selbst um der Macht ihrer Familie willen zu heiraten, hatte er sich in diese Frau verliebt. Und damit waren der Reichtum und die Macht, die zweifellos in seiner Reichweite lagen, plötzlich unwichtig geworden, und seine einzige Sorge galt ihrem Leben.

Als sie das Schiff erreichten, atmete sie kaum noch. Ian versuchte, sie wachzuhalten und zum Reden zu bringen, während Hasmal Wasser holte.

»Bevor der Wundarzt zurückkommt, können wir wenigstens versuchen, ihr etwas Flüssigkeit einzuflößen. Sie sieht aus, als sei sie völlig ausgetrocknet.«

Ian nickte. Er hielt ihren Kopf in seiner Armbeuge und half ihr, das Wasser zu schlucken, das Hasmal ihr in den Mund schüttete, indem er sachte über ihren Hals strich. Es dauerte nicht lange, bis die zwei Männer eine deutliche Verbesserung ihres Zustands bemerkten. Sie begann, ohne Hilfe zu schlucken, und schließlich öffnete sie die Augen und griff nach dem Becher, um allein zu trinken.

Als sie wieder sprach, war ihr erstes Wort: »Essen.« Und das war für beträchtliche Zeit das einzige, was sie sagte. Hasmal holte alles mögliche aus dem Lagerraum und der Kombüse herbei, und Kait verschlang es und verlangte nach mehr. Das Essen half schneller, als Ian es für möglich gehalten hätte. Binnen zwei Stunden konnte er sehen, daß sie an Gewicht zugenommen hatte – sie war jetzt nicht mehr skelettdünn, sondern nur noch zerbrechlich. Außerdem stellte er fest, daß ihre Wunden vor seinen Augen verheilten. Sie aß stetig und verlor kein Wort, außer um weiteres Essen zu verlangen. In seinem ganzen Leben hatte er noch niemals einen einzigen Menschen so viel essen sehen.

Endlich schob sie ihren Teller weg. »Wir müssen jetzt gehen und den Spiegel holen«, sagte sie. »Wir werden Hilfe brauchen. Er ist viel größer, als ich erwartet hatte. Ihr beide, ich und vielleicht noch zwei andere. Außerdem brauchen wir eine Art Trage oder Schlitten, um ihn zum Schiff zu transportieren. Vorräte für drei Tage Hinweg und drei Tage Rückweg. Wahrscheinlich auch Waffen, obwohl das Artefakt selbst kein Problem darstellen wird. Ich bin allerdings Raubtieren über den Weg gelaufen, die mich in Menschengestalt gewiß recht schmackhaft gefunden hätten.«

Ian sagte: »Wir werden gar nichts holen. Du wärest heute beinahe gestorben ...«

Sie fiel ihm ins Wort. »Ich habe das einzige Artefakt gefunden, das ich als meinen Anteil unseres Schatzes für mich fordere. Auf alles andere verzichte ich.«

Ian erstarrte kurz, aber nur einen Augenblick lang, in dem seine Habgier flüchtig wieder Fuß faßte. Dann schüttelte er sie ab. »Sag mir, was du gefunden hast.«

Sie brauchte eine Weile, aber sie erzählte es ihm.

Schließlich begriff er das ganze Ausmaß dessen, was ihm da berichtet wurde. »Ein Artefakt, das die Toten zurückholt. Und du willst die Galweighs wieder zum Leben erwecken. Jedenfalls, sobald du gelernt hast, wie man das Ding benutzt.«

»Ja.«

In seinen Ohren klang ihre Geschichte vollkommen wahnsinnig, aber das Wissen der Alten war in allen Dingen dem heutigen überlegen. Vielleicht hatten die Zauberer sich deshalb keine Sorgen wegen der Zerstörung der Welt gemacht, weil sie einen Weg kannten, um später alle wieder zurückzuholen – zumindest alle, denen sie gewogen waren. Er vermutete jedoch, daß derjenige oder diejenigen, die wußten, wie etwas Derartiges zu bewerkstelligen war, ebenfalls getötet worden sein mußten. Er griff nach

Kaits Hand. Wenn der Spiegel der Seelen funktionierte, dann würde ihn das in den Augen seiner zukünftigen Schwiegereltern gewiß in ein recht günstiges Licht setzen. Wenn nicht, fiel ihm der größte Anteil des Reichtums der Stadt zu. In beiden Fällen würde er gewinnen. Und er hätte diesen Sieg errungen, ohne Kait in irgendeiner Hinsicht wehzutun oder zu schaden.

»Wir werden heute abend aufbrechen«, sagte er. »Ich helfe dir, wo ich nur kann. Ich werde dir sogar helfen, den Spiegel in dein Haus zu schaffen, damit du deine Familie wieder zum Leben erwecken kannst.«

Sie zog verwirrt die Augenbrauen hoch. »Das willst du tun? Aber warum?«

Er strich über die weiche Haut ihres Handrückens und spürte die zarten Knochen darunter. Sie mußte noch mehr essen, bevor sie losgingen, beschloß er. Er wollte auf keinen Fall riskieren, daß sie sich abermals bis an den Rand des Todes trieb. »Weil ich dich liebe«, antwortete er.

Es fühlte sich merkwürdig an zu wissen, daß er die Wahrheit sagte.

»Er hat sie geküßt«, sagte Rrru-eeth zu Jayti. Auf Rrru-eeths Bitte hin hatten sie beide in den Bäumen oberhalb des Strandes abgewartet; Rrru-eeth sagte, sie mache sich Sorgen wegen des Benehmens des Kapitäns.

Jayti hatte sich an ihre Sorgen gewöhnt. Jeden Tag, wenn Ian Draclas mit Kait und Hasmal auf Schatzsuche ging, jammerte Rrru-eeth, daß er sich in den Fängen der Gestaltwandlerin und des Zauberers befinde. Mindestens einmal am Tag erwähnte sie, daß sie und Jayti versuchen sollten, Kait und Hasmal allein zu erwischen und zu töten, damit der Kapitän sich endlich ihrem Bann entziehen könnte. Sie hatte Angst, er könne sein Versprechen, die beiden hier zurückzulassen, am Ende vergessen. Als sie ihn nun aus der Deckung der Bäume beobachteten, vibrierte Rrru-eeth förmlich vor Zorn. »Ich kann nicht behaupten, daß es mir gefällt«, sagte Jayti, »aber als Kapitän kann er machen, was ihm gefällt.«

Rrru-eeth zog die Augenbrauen hoch. »Das ist also deine Meinung? Sag mir, denkst du wirklich so?« Ihre Stimme war ein gefährliches, von Verachtung triefendes Knurren.

So sehr Jayti Rrru-eeth verehrte, galt seine Loyalität doch in erster Linie Ian Draclas, der ihn vor zehn Jahren vor der Hinrichtung gerettet hatte. Jayti, damals siebzehn Jahre alt, war angeklagt gewesen, Hand an eine Paraglesa gelegt zu haben. Er war als Hilfskoch im Hause Sabir in Wilhene angestellt gewesen, und die Gemahlin des Paraglese hatte Gefallen an ihm gefunden. Sie hatte ausdrücklich den Wunsch geäußert, daß er ihr ein Tablett mit Konfekt und eine Karaffe Wein auf ihr Zimmer bringen solle – »für eine kleine Feier«. Bei seiner Ankunft mußte er entdecken, daß die Paraglesa eine Feier nur für sie beide im Sinn gehabt hatte und daß es sie zum Dessert nach mehr verlangte als nach Konfekt.

Er hatte sich – in der Überzeugung, daß der Paraglese ihn vierteilen lassen würde, falls er seine Gattin anrührte – geweigert, an ihrem Fest teilzunehmen. Sie wußte seine Rücksicht auf ihre Ehre nicht zu schätzen, rief unverzüglich die Wachen und behauptete, Jayti habe sich ihr in unziemlicher Weise genähert.

Ian Draclas hatte irgendwie von seiner schlimmen Lage erfahren und ihn aus dem Kerker des Hauses Sabir herausgeholt. Bis auf den heutigen Tag hatte Jayti nicht in Erfahrung bringen können, wie ihm das gelungen war oder warum er es getan hatte. Aber er würde seine Rettung niemals vergessen, und er würde auf immer in der Schuld des Mannes stehen, der ihn vor dem Tod bewahrt hatte.

Wenn der Kapitän eine Frau fand, die er gern hatte, fand Jayti, daß er es verdiente, sie zu behalten, solange er konnte.

»Rrru-eeth, selbst wenn er sie mitnimmt, wenn wir wieder in See stechen, wird er sie doch beide in Calimekka zurücklassen. Nur noch ein paar wenige Wochen, dann werden sie für immer aus deinem Leben verschwinden.«

»Er hat sie *geküßt.* Was ist, wenn er will, daß sie bei ihm auf seinem Schiff bleibt?«

Jayti schnaubte. »Sie ist eine *Parata.* Sie ist vom Scheitel bis zur Sohle eine Familiengeborene. Sie wird wohl kaum Haus und Macht und Reichtümer aufgeben, um an seiner Seite auf der *Wanderfalke* um die Welt zu vagabundieren. Du wirst noch an meine Worte denken – in der Sekunde, in der wir Land sichten, wird sie aus dem Leben des Kapitäns verschwinden.«

Rrru-eeth sagte nichts. Aber der Ausdruck in ihren Augen sandte Jayti einen eisigen Schauer über den Rücken. Er dachte, daß er gut beraten wäre, wenn er sich für eine Weile in der Nähe des Kapitäns hielt.

Als das Unwetter sich endlich legte, befand sich die *Windsbraut* weit nördlich von Kaits Position. Ry Sabir spürte ihre Gegenwart als ein fixes Zeichen im Südosten. Das Wissen um Kaits Position bedeutete im Augenblick jedoch gar nichts. Die Segel der *Windsbraut* waren nur noch Fetzen, ihr Rumpf hatte an einem halben Dutzend Stellen gefährliche Lecks, und sie hatte beinahe ein Drittel ihrer Mannschaft eingebüßt. Der Kapitän sagte, daß die Reparaturen an dem rophetianischen Schiff bestenfalls einige Tage in Anspruch nehmen würden; er sagte ferner, daß Ry entweder seine Zeit weiterhin damit zubringen konnte, auf und ab zu laufen, oder daß er ihnen helfen konnte. Aber wenn er und seine Leutnants nicht halfen, würden sie nicht Tage, sondern Wochen in dem kargen nördlichen Hafen zubringen, in den sie endlich eingelaufen waren.

Die Sabir-Wölfe verrichteten keine körperliche Arbeit.

Niemals.

Ich habe also Glück, für tot erklärt worden zu sein. So wird Mutter nicht an der Schande sterben.

Ry machte sich an die Arbeit und entdeckte auf diese Weise, daß er ungeschickter war als der geringste der Matrosen. Er verstand nichts von den Werkzeugen des Schiffszimmermanns, nichts von den Techniken des Schiffsbauers, nichts von dem, was einen Kapitän ausmachte.

Selbst bei den einfachsten Arbeiten war er unbeholfen, und anfangs ging er den Männern und Frauen, die von der Schiffahrt und der See lebten, auf die Nerven. Zu seinen Gunsten sprachen einzig seine gewaltige Kraft und Ausdauer und seine Bereitschaft, zu lernen.

Diese Talente stellte er nun zur Gänze in den Dienst der Arbeiten, die man ihm zuwies, fest entschlossen, alles zu tun, was notwendig war, um zu Kait zu gelangen. Er mühte sich ab, er litt, und er lernte.

Ich komme, Kait, flüsterte er, während er arbeitete.

Du gehörst mir. Du gehörst mir. Du wurdest für mich geboren, und du gehörst mir und mir allein.

Und ich komme dich holen.

Kapitel 32

Kait führte ihre kleine Truppe den Weg hinauf, über den man zu dem Schrein gelangte. Von ihrem Kampf mit den Wächtern waren keine Spuren geblieben. Der Pfad befand sich wieder in perfekt gepflegtem Zustand, die niedergetrampelten Blumen waren ersetzt, die Leichen weggeschafft worden. Obwohl sie wußte, daß überall um den Schrein herum Wächter postiert waren, und obwohl sie wußte, wo sie sich versteckten, konnte sie keinen einzigen von ihnen entdecken.

Ian und Hasmal sowie Jayti und ein Matrose namens Turben – die sich beide freiwillig erboten hatten, beim Transport des Spiegels zum Schiff zu helfen – folgten ihr über diesen gepflegten Pfad zu dem Schrein hinauf. Sie überquerte als erste die Schwelle und konnte als erste einen ungehinderten Blick auf den Spiegel werfen.

Sein Schöpfer mußte jemand gewesen sein, der einen Blick für Schönheit gehabt hatte. Seine schlanken, schmucklosen Linien erinnerten sie an Lilien und Orchideen. Der Spiegel hatte sowohl eine »Blüte« als auch einen »Stengel«. Die »Blüte« bestand aus einem Ring von fünf miteinander verbundenen Blütenblättern aus leuchtendem platinweißen Metall, und in das größte dieser Blütenblätter waren bunte Zeichen eingeritzt. Der Sockel, der diesen Ring trug, ahmte die glatte Wölbung dreier langer, schwertähnlicher Blätter nach und bestand ebenfalls aus diesem strahlenden, weißen Metall. Der »Stengel« war der erstaunlichste Teil des ganzen Artefakts – eine Säule aus fließendem, goldenem Licht, das seinen Ursprung am Boden nahm, zwischen den drei Blättern aufstieg und sich dann spiralenförmig nach oben wand, in das Zentrum des Rings von Blütenblättern, und verschwand, wo er diese nach außen hin berührte. Kait stand da und beobachtete wie gebannt die Bewegung des Lichtes.

Ian trat neben sie und legte ihr eine Hand auf die Schulter. »Ich habe an dir gezweifelt, als du mir davon erzählt hast«, sagte er leise. »Ich habe nicht geglaubt, daß ein solcher Gegenstand wirklich existieren könnte. Aber wenn ich mir dies hier ansehe, erkenne ich seinen Wert. Er ist mehr wert als alles, was wir bisher gefunden haben. Und er wird noch mehr wert sein, wenn er dir deine Eltern und Geschwister zurückgibt.«

Sie nickte, so überwältigt von Gefühlen, daß sie nicht einmal sprechen konnte. Schließlich streckte sie die Hand aus und berührte eines der Blütenblätter, und durch ihre Fingerspitzen konnte sie das vibrierende Leben spüren, mit dem der Spiegel erfüllt war. Diese Regung war ein Versprechen, das fühlte sie, ein Versprechen, das auf seine Weise genauso kostbar und schön war wie die Liebe, die sie gespürt hatte, als ihre Seele den Wiedergeborenen berührte. Der Spiegel versprach ihr die Rückkehr ihrer Welt, oder zumindest des Teils davon, der ihr am meisten am Herzen lag.

Jayti und sein Freund Turben setzten die Trage zusammen, auf die sie den Spiegel legen wollten. Während sie die Seile um ihre Stangen und durch das Segeltuch zogen, das sie mitgenommen hatten, nahm Jayti den Kapitän beiseite. Es war offensichtlich, daß er nicht wollte, daß Kait oder Hasmal hören konnten, was er sagte. Hasmal war dazu nicht in der Lage; Kait, die den Spiegel einer sorgfältigen Betrachtung unterzog, tat so, als höre sie ebenfalls nichts.

Mit leiser, nervöser Stimme sagte er: »Turben und ich sind aus einem bestimmten Grund mit Euch gekommen, Käpt'n. Ich rechne mit Schwierigkeiten, wenn wir zurückkommen. Rrru-eeth hat Angst vor Eurer Kait und vor dem Zauberer – sie möchte, daß die beiden hier zurückgelassen werden, und sie glaubt, Ihr würdet das nicht tun.«

Ian warf einen Blick auf Kait und Hasmal und schaute dann an ihnen vorbei, als sähe er sich die Gegend an. »Sie hat recht«, sagte er. »Ich werde keinen der beiden hier zurücklassen. Ich liebe Kait. Und selbst wenn es nicht so wäre – sie ist diejenige, die uns in diese Stadt geführt hat. Hasmal hat sein eigenes Leben als Opfer angeboten, als er die Zauber wirkte, mit dessen Hilfe wir aus dem Zaubererkreis herausgekommen sind.«

Er drehte sich um und sah Jayti mit ruhigem Blick an. »Ich bin nicht so treulos. Und ich glaube, du bist es auch nicht.«

Jayti zuckte die Achseln. »Das ist der Grund, warum wir hier sind.« Er beschäftigte sich weiter mit dem Seil und hielt den Kopf gesenkt. »Möglich, daß die zwei auf dem Rückweg Schutz brauchen. Rrru-eeth hat vielleicht die Absicht, einen … einen Unfall für die beiden zu arrangieren. Wenn dem so ist, wird sie wahrscheinlich einige der anderen dafür gewinnen können, ihr zu helfen.«

»Nur einige?«

»Die meisten. Turben und ich sind ja nicht die einzigen, die in Eurer Schuld stehen … aber fast alle haben Angst, Käpt'n. Man schläft nicht gut in der Nacht, wenn man weiß, daß man sich unter einem Dach mit Gestaltwandlern und Magie befindet.«

»Das gilt sogar für dich?«

Er zuckte abermals die Achseln. »Ich bin auch nicht tapferer als die meisten. Aber ich denke, wenn Ihr die beiden für vertrauenswürdig haltet, dann sind sie es auch. Ihr hattet mehr als einmal mein Leben in Eurer Hand, und ich erfreue mich immer noch bester Gesundheit.«

Der Kapitän klopfte ihm auf die Schulter. »Ich verbürge mich mit meinem Leben für die beiden, Jayti.«

»Das ist mehr als genug für mich.« Nun blickte er doch noch von seiner Arbeit auf. »Wir bringen sie sicher zurück, ich und Turben. Das schwöre ich.«

In Kaits Augen standen Tränen. Daß ein Mann sich aus Loyalität zu dem Kapitän erbot, sein Leben für ihres in die Waagschale zu werfen, verblüffte sie. Ian war ein Pirat, das wußte sie. Sie vermutete, daß er darüber hinaus auch *Barzanne* war – ein Familiengeborener, der verstoßen und enterbt worden war und dessen Geburt man auf Grund irgendeiner tatsächlichen oder eingebildeten Sünde, die er begangen hatte, für nie geschehen erklärt hatte. Aber er war noch mehr als das, viel mehr.

Sie fragte sich, ob sie jemals alles über ihn erfahren würde, was es zu wissen gab.

Als die Trage fertig war, standen sie vor dem Dilemma, den Spiegel darauflegen zu müssen.

»Können wir ihn nicht einfach hochheben?« fragte der Kapitän.

Alle sahen Kait an.

Amalee meldete sich zu Wort: *Du darfst auf keinen Fall das Licht berühren.*

Kait gab diese Information weiter. Es war schwieriger, diesem Rat zu folgen, als es zuerst den Anschein hatte. Sie selbst geriet mit der Hand in unmittelbare Nähe des Lichtes, als sie half, den Spiegel hochzuheben, und als das geschah, prickelte ihre Haut und der Geruch nach Geißblatt wurde stärker. Ebenso der Geruch nach Verwesung. Sie trat hastig einen Schritt zurück und würgte.

Ian sah ihr ins Gesicht und runzelte die Stirn. »Was ist los?«

»Der Geruch. Er ist schlimmer geworden, als ich dem Licht zu nahe kam.«

Seine Verwirrung wuchs. »Was für ein Geruch?«

Nun war es an Hasmal, ihn verblüfft anzusehen. »Der Geruch des Spiegels. Des Spiegels der Seelen. Süß und ein klein wenig faulig.«

»Ich rieche nichts«, sagte Ian. Jayti und Turben pflichteten ihm bei.

»Wenn man dem Spiegel so nahe ist, ist der Geruch beinahe überwältigend«, erklärte Kait.

»Ich rieche absolut nichts«, sagte Jayti. »Und ich habe eine gute Nase.«

»Ich nicht«, sagte Hasmal, »und ich konnte das verdammte Ding schon ganz oben in der Schlucht riechen.«

»Ich habe ihn anhand seines Geruchs aufgespürt«, sagte Kait.

Sie standen da und sahen einander verwirrt an. Dann lächelte Hasmal plötzlich. »Ich weiß, was es ist.«

»Was denn?« fragte Kait.

»Der Geruch ist magischen Ursprungs. Du und ich, wir können ihn riechen, weil ...« Er zuckte leicht zusammen, als sein Blick die drei anderen streifte. »Weil wir empfänglich für Magie sind. Sie sind es nicht, daher gibt es für sie keinen Geruch.«

Kait seufzte. »Das klingt vernünftig.«

»Dann ist es also nicht weiter wichtig?« fragte der Kapitän.

»Warum sollte es? Es ist lediglich eine Eigenschaft des Spiegels. Es ist nicht so, als täte der Geruch irgend etwas.«

Ein wenig zaghaft begannen sie, den Spiegel aus dem Schrein herauszuziehen. Sie verließen die Bergschlucht so mühelos, wie sie sie betreten hatten, und ohne das geringste Anzeichen dafür zu bemerken, daß dort, hinter dem blumengesäumten Gehweg und den sorgfältig gestutzten Hecken, irgendwelche Wächter lauerten. Ihre Rückkehr dauerte weniger als drei Tage, vielleicht, weil die Bedeutung ihres Fundes sie in Hochstimmung versetzte. Kait hätte am liebsten laut in den Himmel geschrien, daß sie gefunden hatte, weswegen sie hierhergekommen war. Bis auf einige Male in ihrer Kindheit und den Tag, an dem sie ihren ersten diplomatischen Auftrag bekommen hatte, war sie ihres Wissens nach niemals so glücklich gewesen.

Sie würde ihre Mutter wieder in die Arme nehmen können. Sie würde noch einmal mit ihrem Vater über seine Pferdezucht sprechen, über seinen preisgekrönten Hengst und seine wunderschönen Zuchtstuten. Sie würde die Stimmen ihrer kleinen Cousinen und Cousins hören, ihrer Nichten und Neffen, die durch die unteren Stockwerke des Hauses tobten und Fangen oder Verstecken spielten.

Und wenn sie all das getan hatte, würden sie und Hasmal den Spiegel dem Wiedergeborenen bringen, wo immer er sich aufhalten mochte. Sie würden ihm das Artefakt übergeben, und dann würden sie Zeugen werden, wie ein Zeitalter der Liebe und des Wissens anbrach.

Kapitel 33

Als sie sich der Bucht näherten, wurden sie vorsichtig. Kait ließ sich nicht anmerken, daß sie wußte, daß die anderen mit einem Angriff auf sie und Hasmal rechneten. Sie war jedoch auf der Hut und trug ihr Schwert lose in der Scheide, während ihre andere Hand sich nie weit von ihrem Dolch entfernte. Das lebhafte Gespräch, in das sie alle fünf auf dem Rückweg verstrickt gewesen waren, machte tiefem Schweigen Platz, einem Schweigen, das von keinerlei menschlichen Geräuschen durchbrochen wurde.

»Entweder haben sie einen Hinterhalt geplant, oder sie haben gar nichts unternommen und sind in alle Winde verstreut, um nach weiteren Schätzen zu jagen«, bemerkte Ian zu guter Letzt. »Ich höre jedenfalls *niemanden.*«

»Ich auch nicht«, dachte Kait, und das ist seltsam. Sie wappnete sich gegen den Angriff.

Sie gingen immer weiter durch den Wald. Endlich kamen sie zu der Anhöhe, über die man zur Bucht hinuntergelangte. Stille. Kait wünschte, sie fänden eine Lichtung, aber der dichte Wald ließ nicht erkennen, was vor ihnen lag.

Ihre Nase fing jedoch einen unverkennbaren Geruch auf, und kaum war sie stehengeblieben, um zu schnuppern, folgten die anderen auch schon ihrem Beispiel. Der Gestank von Tod und Verwesung wehte durch den Wald, und das Summen der Fliegen wurde überlaut, als sie den Spiegel der Seelen absetzten und sich vorsichtig einen Weg hinunter zur Bucht bahnten.

Vier aufgeblähte Leichen lagen mit ausgestreckten Gliedern auf dem felsigen Strand. Ian rannte auf sie zu, dicht gefolgt von seinen Männern.

»Daverrs«, rief Ian, als er die erste Leiche identifiziert hatte.

Turben sagte: »Seely und Smith's Son.«

»Bright«, sagte Jayti. »All die, die am meisten Grund hatten, Euch gegenüber loyal zu sein.«

Kait hatte genau wie die anderen die Leichen betrachtet, aber plötzlich begann ihr Herz schmerzhaft in ihrer Brust zu hämmern. Sie blickte aufs Wasser hinaus und fragte leise: »Ian, wo ist das Schiff?«

Alle fünf starrten sie in die leere Bucht und dann wieder auf die Leichen herab.

Ian sah genauso leblos aus wie die toten Matrosen. »Rrru-eeth hat sie überredet, mein Schiff zu nehmen. Mein Schiff.«

Hasmal erbleichte. »Wir sind die einzigen menschlichen Wesen auf diesem Kontinent?«

Turben und Jayti sahen erst einander an, dann die anderen drei. Jayti sagte: »Wir haben keinerlei Vorräte, außer dem Wenigen, was noch in unseren Rucksäcken ist.«

Kait blickte starr in die Bucht hinaus und dann hinüber zu der dünnen Linie des Ozeans, der dahinterlag. »Das ist nicht wichtig«, sagte sie. Sie ließ ihre Schilde sinken, und augenblicklich spürte sie die Anwesenheit Ry Sabirs, der immer noch Jagd auf sie machte, der näher kam. »Es ist wirklich nicht wichtig. Unsere Probleme sind bei weitem größer. Es wird Nacht, und die Jäger sind auf dem Weg.«